中野睦夫作品集 Ⅱ

終わりの街

Single Cut Publishing House

中野睦夫作品集　II

終わりの街

目次

第一章

I〈中篇集〉

夢の女
終わりの街
祭日
満月の子供たち
山の女
名前を盗まれた話

夢の女

一

男はふと我に返り、庭に面した座敷の縁に腰かけている自分を見出した。一瞬どこにいるのかわからず、夢のなかにいる気がした。いや、ちがう。若狭の小浜に来ているのだ。男はあえて自分に言い聞かせて、あらためて庭を眺めた。町の人たちが椿屋敷と言い習わしている旧武家屋敷の庭で、椿の樹で埋めつくされていて、しかもちょうど開花の盛りなのである。

　それにしても妙だった。それが眠気を誘って夢のなかの気分に引き入れたのか、日が暮れる時間でもないのに、照明を落とした舞台のように暗いのである。そしてその陰りのなかに、散り積もった花弁ともども、咲きほこる椿の花だけが、照明を受けたみたいに、あざやかに浮き出ているのである。

　いや、こんな夢があるはずはない。男はもういちど自分に言い聞かせて、座敷を振り返った。奥の部屋は暗がりになっているが、男がここに腰かけたとき、そこから老婆が茶をのせた盆を持ってあらわれたのである。そしてそばに坐ると、この庭の奥にある洞窟が八百比丘尼《びくに》伝説の祠《ほこら》までつながっているという言い伝えがあり、それで比丘尼屋敷とも呼ばれているという謂《いわ》れを、ささやくような声で話したのである。

　男は黙って聴いていたが、その謂れはもちろん、人魚を食って八百年も生きた比丘尼が、長い諸国遍歴のあと、この小浜に帰りつき、椿の花の精になったという伝説も知っていた。幼くして父母を亡くした男は、この椿屋敷の近所に住む、子供のない、遠い親戚にもらわれて来て、小学四

年から高校までこの町で育ったのである。

庭に目を戻すと、いつ来たのか、四、五歳の男の子が椿の樹の下で、花と戯れていた。咲いた形のまま散り落ちた花を拾っては、あたりに投げているだけだが、それが面白くてたまらないというように、夢中になっているのである。男はそれを見て、ふたたび夢のなかにいる気分になったが、その光景が、これまでになん度か見た、おなじ夢の場面に、よく似ているからである。

その夢のなかで、十歳くらいの子供に戻っている男は、怯えて立ちすくみ、前方の闇を見つめている。椿の花が蠟燭の火のように点々と浮き出て、女の子の声が「浩《ひろし》さん、おいで。わたしはここよ」としきりに呼んでいる。男は、そこに行きたいのに、その声が深い闇に誘うようにも聞こえて、動けないでいる……。

「あ、おばちゃんだ！　おばちゃんが来た！」

庭の男の子が叫んで、男のほうに駆けて来た。男は駆けて来る男の子を目で迎え、さらに駆けて行くほうへ顔を向けた。すると、男の視線と男の子の視線が重なり、その一致が出現させたかのように、ひとりの女が目に入った。その女は、縁にならべた座布団のひとつに、ひっそりと坐っているのである。

「あら、どうしたの？」

飛びつく勢いで駆けて来た男の子が、縁の前で足を止めたので、女は男の子のほうへ手を伸ばして言った。

「わかった。おじさんがいるので、きまりが悪いのでしょう」

その声に聞き憶えがあって、誰なのか気づくと、男はおもわず縁から降りて、女の白い顔を茫然と見つめた。ほんとうに登美ちゃんだろうか。そうだ。間違いない。ドレスの色も、登美ちゃんがいちばん好きだった淡い緑だ。

男の子ははにかみながらも、女の手を手に取った。女は、その手を男の子にあずけたまま、白い顔を男のほうに向けて、静かな声で言った。

「そんなにおどろいたの」

男はまだ茫然として声が出せなかった。それに、ほっそりとした体をすこし前に傾けた女の様子が、なにか異様な感じを漂わせているせいもあって、うっかり声をかけたりすると、消え失せそうな気がするのである。それでも男は、女が自分の隣りの座布団を指し示すと、その仕草に誘われて歩み寄り、縁のふちまで座布団を引き寄せた。

「久しぶりですものね」

と女は、男が腰かけるのを待って言った。

「私たち、どのくらいのあいだ逢わなかったのかしら」

女は奇妙なくらい落ち着いた声で話していた。それでいて、この場に男を見出したことが信じられないというように、男の顔から目を離さずにいた。男の子は、女の手の指を引っ張りながら、ふたりの顔を見比べている。

「十九のとき以来だから、もう二十年になるでしょう」

男はようやく声が出せた。

「十九のときから？」

女は一瞬、怪訝そうな顔をして、それから寂しそうな表情を浮かべた。

「そうね。そんなになるのね」

「それにしても、ここで、こんなふうに登美ちゃんに逢えるなんて、思いもしなかった」

男はその寂しそうな表情に胸を打たれながら言った。

「それはわたしもおなじよ。それにここは、椿の花が咲かなければ、入れないもの」

女の言うとおり、この庭は、椿の開花の時期だけ開放される慣わしであった。男は一時間ほど前に通りかかり、たまたま門が開いているのを見つけて、入って来たのである。

「それで浩さんは、二十年ぶりで小浜に来たの？」

「吉川先生が亡くなられたとき来たけれど、あのときは葬儀に出ただけだから……いや、おどろいてしまった」

「なにをそんなにおどろいたの？」

「二十年ぶりに目にする小浜の風景、海や山や川など、どこを見ても高校生のとき描いた絵が頭に浮かんで、気が変になるかと思った」

「そうでしょう。浩さんはあんなに風景画に夢中だったもの」

「だけどぼくは、小浜の風景を記憶からすっかり締め出したつもりでいたのだ」

「どうしてそんなことをしたの」

「十年前に風景画を断念したのだけれど、そうするためには、それまでの絵をすべて塗りつぶすだけでなく、風景画の原型である小浜の風景の記憶も捨てる必要があったのだ」

「いかにも浩さんらしい徹底ぶりね」

「ところが、こうして二十年ぶりに小浜の風景に接してみると、塗り潰したはずの絵が一枚一枚、頭に浮かんで、あのころの感情までよみがえるのだ」

「その気持、わたしにもわかる気がする」

女はこう言って、男の顔をじっと見つめ、それから唐突に言った。

「でもきょうは、晶《あき》ちゃんに逢うために来たのでしょう」

「晶さんに……どうして？」

男はなんのことかわからなかった。

「どうしてって……」

「登美ちゃん、もちろん知っているのだろう」

「晶ちゃんが自殺したこと？　ええ、知っている。といっても、わたしの知っているのは、ご主人の転勤先のニューヨークへ出発する前日、その支度をしている最中に子供の部屋で……ただそれだけだけれど」

「ほんとうにそれだけ？」

「そうよ。浩さんは、彼女がなぜ自殺したのか、知っているの？」

「実は知らないのだ」

「やはりそうなのね」

ふたりはしばらく黙っていた。そのふたりの顔を見上げていた男の子が、小さな声で言った。

「ぼく、庭で遊んでいい？」

「いいわよ。でも、遠くに行かないで。おばちゃんの見えるところよ」

男の子は女の手を離して、さっきまで遊んでいた椿の樹のほうへ駆けて行った。男は男の子を目で追いながらあらためて訊いた。

「登美ちゃんは、晶さんは死んだあと小浜に帰っているはずだ、その晶さんに逢いに来たのか、そう言いたいの」

「もちろんそうよ」

「そういうことなら、そんな考え方ができることさえ思いつかなかった、というほかない。金沢で〈鏡花をめぐる絵画展〉という催しがあって、ぜひ出品をということで、作品を持って来た。それで、ついでに小浜を訪ねる気になった、ただそれだけだよ」

「もしそうなら、浩さんはどうかしているわね」

たしかに奇妙だった。逢いに来たのかどうかはともかく、小浜へ行ってみようと思いついたときも、こうして小浜に来ていながらも、晶さんのことを忘れていたのは、自分でもわけがわからなかった。晶さんとの長い関わりからすれば、なによりも真っ先に思い浮かべて当然だったのだ。

「だってそうでしょう」

と女は声を強めて言った。

「あのころの仲間はみんな、浩さんが結婚しないのは晶ちゃんへの想いが断ち切れないからだ、そう思っていたはずよ。実際に浩さんは、東京に出てから二十年ものあいだ、晶ちゃんの家の近くに住みつづけたのでしょう」

「それはそうだけれど……」

と男は言いよどんで、口を閉ざした。女も膝のあたりに視線を落としてしばらく黙っていたが、思い起こすように言った。

「ほんとうは浩さんが言ったのよ。晶ちゃんは、いつかきっと、死んでまでも小浜に帰って来たくなるだろうって」

「ぼくが……どうしてそんなことを……」

「晶ちゃんの美しさは、この地方の山と海と低い雲がつくる微妙な陰影、この町の生活に培《つちか》われた古風な美学、このふたつによって生み出されている。こんなふうに話して……」

「いつそんなことを……憶えていないな」

「卒業した年の夏、晶ちゃんを描いた絵を私たちに見せたでしょう。上半身を大きく描いた絵で、デフォルメされた久須夜《くすや》ヶ岳と双子島が背景になっていた。あれを見て、わたしはひどく気になったけれど、浩さんは、晶ちゃんを海に沈めて描いたのよ。あの絵も憶えていないの？」

「いや、絵のほうは憶えている。あの絵は、晶さんが海の底に沈んでいる夢を見て、それで描いたのだ。みんなに見せたのは、自分でもすこしは気に入ったからだろう」

男はこう言ったが、実際はただ記憶しているだけではなかった。十年前に風景画を断念して、これからどういう絵を描けばいいのか悩みぬいたとき、脳裏によみがえった数枚の絵のなかの一枚だったのだ。

「やはり夢を描いたのね。あたしもそうじゃないかと思った。そのときよ、浩さんがそれを話したのは。だから、晶さんは小浜を離れるべきでない、もし離れるようなことになれば、その美しさはいずれ色あせるだろう、そして、そのことに気づいたとき、死んでまでもこの町に帰って来たくなるだろうって。つぎの年の春、晶ちゃんは東京へ出たのだけれど。わたし、浩さんの絵のことが気がかりだったので、浩さんが口にすることはなんでも気をつけていた」

「たしかに登美ちゃんは、絵についていろいろ教えてくれた。それに実際、登美ちゃんの絵は素晴らしかった。小学生のころ、ほとんど毎日、学校から帰ると、ふたりで写生をしていたけれど、ぼくはいちども登美ちゃんより上手に描けたことがなかった。そのぼくが画家になると決意したのは、登美ちゃんの絵のせいなのだ」

「そんな……」

「いや、そうなのだ。高校生のとき、頭にはいつも登美ちゃんの絵があって、その絵を登美ちゃんに代わってどんどん先に押し進めて行けば、いつかかならずいい絵になるはずだ、そう考えていた。そして、そう考えているうちに、画家になる決意をしてしまった」

　女はなにか言おうとして、口を閉ざした。そして、椿の樹の下で落下した花に戯れる男の子のほうを眺めながら、ほっそりした体をすこし前に傾けた。すると束ねた髪が向こう側に片寄り、モジリアニを思わせる首があらわになった。と同時に、目も鼻も口も消え失せて、ただ白いだけの顔になった。そしてその白い顔に、椿の花の赤と葉むらの緑があざやかに映えた。

「〈夢の女〉だ！」

　男はおもわず呟いた。赤と緑が映えたその白い顔が、男が執拗に描きつづけているテーマのフォルムそのままなのである。

「どうしたの。いまなんて言ったの？」

　女はかがめた体を起こして、男のほうに顔を向けた。顔はもとに戻っていた。

「いや、なんでもない」

　と男はあわてて言い、あらためて訊き返した。

「それで、登美ちゃんは、二十年前にぼくの言ったことが、晶さんの死に関係している、そう言いたいの？」

「そうじゃない」

　と女は、男の顔を見つめたままつづけた。

「わたしは晶ちゃんの死を知ったとき、浩さんのその言葉を思い出した。だけどすぐに、そうじゃない。浩さんは彼女の死に関係ないだろう、そう思いなおした。実際に、そうなのでしょう」

「そうなのだ。ぼくはなにも知らない。それに、なぜか知りたいとも思わなかった。ただ、ひどく悲しかった。なにかを失くした、これ以上大切なものはないのに、それなのに、なにを失くしたのか、わからない、そう思っただけだった」

　男は晶さんの葬儀のときのことを思い起こしていた。東京の空は秋晴れで、参列者から離れた男は、禅寺の庭の石に腰かけて、スピーカーから流れる読経を聞きながら、斎場でもある本堂の屋根の上空に、晶さんの顔を思い描こうとした。ところが、どんなに試みても、思い描けなかったのである。

「もちろん、藤さんをはじめ、彼女と親しかった何人かの人に訊いてみた。だけど納得のゆく話は聞けなかった。彼女たちも、晶さんがあんなに可愛がっていたふたりの子供を残して死ぬなんて、それだけでも信じられない、そう言っていた。結局、人にはわからない原因がいくつか重なり、そうするしかなくなったのだろうというのが、ぼくの勝手な結論になってしまった」

「そうね、そんなふうに考えてあげたほうが、下手に詮索するより、彼女のためにもいいのかもしれない。ただわたしが言いたいのは、晶ちゃんが死んだ結果として、浩さんに責任が生じたはず、ということよ」

「責任？」

「だってそうでしょう。晶ちゃんが小浜を出たら、死んでも帰って来たくなるだろう、そう言っていた浩さんが、彼女がいま小浜に帰っていると思わないなんて、それではあまりに無責任でしょう」

「だけど、そんな考え方、彼女にとって、むしろ迷惑かもしれない」

「そんなこと絶対にない。いまのわたしには、そのことがよくわかる。それに、晶ちゃんが浩さんの言ったことを気にしていたのは確かよ。小浜を出たら自信を失うかもしれないって」

「といって、ぼくの責任だというのは……」

「責任という言葉がいけなければ、取り消してもいいけれど、浩さんがそういうことを口にした、そして晶ちゃんがそれを気にしていた、それなのにどうして、彼女が小浜に帰って来ている、そう思わないのか、わたしはそう言っているのよ」

「つまり、なんて無責任なのだろうって」

「そんな……ほんとに無責任だとしても、浩さんの場合、そんなこと、たいしたことじゃない。それよりわたしにわからないのは、浩さんが自分の言ったこと、したことを、忘れていることよ」

「だけど、ぼくたちはまだ二十歳にもなっていなかった。それに二十年前のことだよ」

「それがどうしたの。晶ちゃんが生きているなら、たしかに二十年前の言葉にすぎないけれど、晶ちゃんが死んだいま、二十年の歳月は消えてしまった。すくなくとも浩さんにとってそうであるはずよ。だって、時間を超えるのが芸術家の仕事でしょう。時間を超越できなければ、真の芸術家にはなれない。これは浩さん自身の言葉よ」

「登美ちゃんは、よくそんなことまで憶えているね」

「浩さんの言ったことはなんでも憶えている。わたしが言いたいのは……」

「わかっている。ぼくが本物の画家のつもりなら、晶さんが小浜に帰っている、そう信じられなければならない、そういうことだろう」

「そう。浩さんだけは、それが信じられるはずよ」

「ところがそんなふうに思わなかった。ということは、ぼくはまだ芸術家といえるほどの画家になっていないのだ」

「それはちがう」

と女は、白い顔に真剣な表情を浮かべて、強い口調で言った。

「浩さんは高校生のころ、もう本物の画家だった。写生は不思議なくらい上達しなかったけれど、そんなことは問題ではなかった。美という非現実的な存在を生み出すことに生涯を賭けられるかどうか、それだけが問題だった。そして浩さんには、高校生のころすでにその覚悟があった。浩さんのその覚悟が本物なのを理解できたから、わたしはあんなに好きだった絵をやめたのよ」

「だけど、登美ちゃんが絵をやめたからといって、ぼくが上手になるわけではない」

「もちろんそうだけれど、これは、上手になるとかならないとか、そういうことではなくて、ひとつの芸術が誕生するには、なにかが犠牲にされなければならない、ということよ」

「それで登美ちゃんの絵が犠牲になった？」

「絵だけじゃない。わたし自身がそうだった」

「登美ちゃん自身が……それはどういうこと？」

「どういうことって……それが事実だから」

「どんな事実？」

女は答えないで、淡い緑色のドレスに包んだ体をすこし前に傾けるようにして、白い顔を俯けた。その様子があまりに悄然としているので、男はそれ以上問いかけるのをためらった。

それにしても、絵のことならともかく、男の身に起こっていることまで自信を持って話す女の態度は、どう考えても不可解だった。養父母に懐くことができず、近所に住む女だけを頼りにした幼いころのことなら、たしかにそうした自信もけして誇張ではないけれども、いまのふたりは、たまたま二十年ぶりに遇ったにすぎなかった。げんに男は、女の身の上をなにも知らなかった。すくなくともこの十年、消息さえ聞いていなかった……。

いや、そうではない。男の頭に記憶がよみがえった。五、六年前、登美ちゃんがひどく荒れた生活をしている、そんなふうに晶さんから聞いたことがあったのだ。そのとき晶さんは、結婚が半年で破綻したあと、登美ちゃんはすっかり人が変わってしまった、とも話したのだ。

二

ふたりはしばらく黙って、庭で遊ぶ男の子を眺めていた。すっかり夢中の男の子は、花びらを両手ですくっては、自分の頭や肩に振りかけている。

「ぼくたちもこの庭でよく遊んだね」

と男は、子供のころを思い出して言った。

「留守番のお婆さんに見つかっても、叱られなかった。こうしてあの子を見ていると、あれがぼくで、登美ちゃんがこの縁で見守っているので、安心して遊んでいる、そんな気がするくらいだ」

「そうね」

と女も懐かしそうに言った。

「でも私たち、もっと大きくなっていた。大人にちかい感情を持っていた」

「そうだったかな」

「そうよ」

「それにしても不思議な感じのする子供だね。どういう子なの。まさか登美ちゃんの子じゃないだろう」

「そのまさかなの」

と女は言って、白い顔に嬉しそうな笑みを浮かべた。

「兄夫婦にあずけてあって、ここでときどき逢っているの」

「父親は？」

「そんなもの、いない。いても、とうに忘れた」

女はこう言ってから、静かに笑うと、低い声でつづけた。

「あの子、変な子なの。わたしがお母ちゃんだっていくら言っても、おばちゃんはお母ちゃんとちがうって、真面目な顔で言い張るの」

「どうしてだろう」

女の顔から笑みが消えて、ひどく寂しそうな表情になった。その表情を認めると、男は理由のわからない脅えをおぼえて、あわてて話のつづきに戻った。

「それで登美ちゃんは、晶さんが小浜に帰っているとして、ぼくにどうしろと言うの？」

「それは浩さんの心の問題で、わたしがあれこれ言うことではない」

「そういうことだね。それにしても、登美ちゃんも、ぼくが結婚しないのは晶さんを想いつづけているから、そう思っていたの？」

「そうじゃないの。ちがうの。いいえ、答えなくっていい。そんなふうに思ったこと、わたしはいちどもない。でも、みんながそう思っていたのは当然だった。だって、浩さんが自分で、みんなにそう思わせていたのだから」

「想ってもいないのに、想っているように思わせた……」

「そうじゃない。浩さんは晶ちゃんが好きだった。それは誰が見ても疑いようがなかった。そうでしょう」

男がうなずくと、女はつづけた。

「でもわたしは、結婚へ進展するような想いではない、そう思っていた。でも、わたしに関係のないことだから、そのことをあまり考えなかった。浩さんがまだ彼女の近所に住んでいると聞くたびに、なぜかわからないけれど、それでいい、そう思った。ただ、いつだったか、晶ちゃんと話したとき、恋愛関係にも進展しなかったと知って、すこしおどろいた。彼女の気持はともかく、浩さんの彼女に対する想いはなんだろうって」

「登美ちゃんのその見方はきっと正しいのだろう。そうすると、それはどんな想いだったのだろう」

「そんな……」

「それが妙なのだ。二十年のあいだずっと、晶さんに対してたしかにある強い想いがあった。ところが、彼女がいなくなったとたん、その想いがなんであったのか、いや、そういう想いを持っていたかどうかさえ、よくわからなくなった。さっき、晶さんに逢いに来たのかと訊かれたとき言ったけれど、こうして小浜に来ているのに、彼女のことをまったく頭に思い浮かべなかった自分が不思議でならない」

「そうね。たしかに変ね」

と女は、みずからに問いかけるように言った。

「浩さんは芸術家だから、絵を介して予言したことを二十年の歳月をこえて信じられなくてはいけない、わたしはそう言ったけれど、晶ちゃんがいなくなったとたんに、彼女への想いがあったかどうかさえ疑わしくなったという、浩さんのいまの言葉を聞いて、わたしにもわからなくなった。だって、その想いは二十年もつづいたのでしょう」

「そうだと思う」

と男はとまどいながら言った。

「晶さんがぼくをどう思おうと、彼女が誰と結婚しようと、その想いはすこしも変わらなかった」

「それなのに、彼女がいなくなったとたん、その想いが消えてしまった……。どういうことかしら」

女はこう言って、視線を膝の前の縁へ向けたまま、しばらく考え込んでいた。男はその様子を眺めて、子供のころのことを思い出した。女がこんなふうに男のことを真剣に考えてくれることが、よくあったのである。

「答えはやはりあの絵に隠されていたのね」

と女は、顔を上げると、男の目を見つめて言った。

「浩さんのことを考えるとき、浩さんの絵を考えればいい。高校生のときわたしはいつもそうしていた。絵を見ていると、浩さんのことが自然にわかってくる」

「あの絵って、二十年前のあの晶さんの肖像?」

「そう。わたしにもいまわかったのだけれど、浩さんは、あの絵を私たちに見せたとき、自分と晶ちゃんとの関係を打ち明け、自分の選択をはっきりさせたつもりだった。いいえ、実際に、あの絵を描くことで晶ちゃんを小浜の海に封じ込めて、彼女との関係を完成させた、こう言ってもいい。あの絵を描いたとき、彼女が東京に出ること、浩さんは知っていたのでしょう」

「彼女がそう言っていたから」

「やはりね。とにかく浩さんは画家になろう、絶対になる、そう固く決意していた。そうでしょう」

「登美ちゃんがさっき言ったじゃないか、高校生のときすでに、絵に生涯をかける覚悟をしていたはずだって」

「そうね。だから浩さんは……」

と女は、ひと息ついてから、勢いよく話し出した。

「あの絵を描くことで、彼女の美しさを小浜の海に封じ込め、彼女を殺したのよ。ああ、わかった。わたし、なんて馬鹿だったのかしら。ふたりのあいだが恋愛関係にさえ進展せず、それでいて浩さんがどうして二十年ものあいだ晶ちゃんの近所に住んでいたのか。

そう、すこしもむずかしい理由じゃない。画家になろうという意志が浩さんのすべてだったからよ。自分が極端に弱い人間なのを知っていた浩さんは、現実との関わりでいつ画家への意志が損なわれるかわからない、だから、現実との接触をできるかぎり制限して自分の意志を守ろう、そう心に決めたのよ。

そうした現実との関わりのなかで、浩さんにとって、なにがいちばん危険かしら。当然、女性でしょうね。浩さんのなかには、もし女性との関わりに満足し、与えられるその慰めに馴染んでしまったら、画家への意志は消え失せて、すべてが終わりになるという強い怖れがあった。それなのに、高校生になるともう、そのもっとも危険なものが浩さんの前にあらわれた。それが晶ちゃんで、彼女は浩さんが求めるものをみんな持っていた。美人なのはもちろん、強くてしっかりした性格なのに、それでいて優しい。わたしは、晶ちゃんに対する浩さんの気持がよくわかったので、彼女にはとてもかなわないと思った。

そこで、浩さんはどうしたか。逆手に取った。彼女が東京に出ると聞いた浩さんは、晶ちゃんを絵に描いて小浜の海に封じ込めてしまった。そのうえで、晶ちゃんの後を追って上京し、安心して接触できる彼女のそばにとどまり、そうすることで、ほかの女性をふくめたさまざまな現実との関わりがもたらす危険から身を守ろうとした。そして実際に、浩さんは二十年ものあいだ、晶ちゃんを想いつづけて、最後までその計画どおりに実行した。だから、その想いが結婚どころか恋愛にも進展しないのは当然だった。浩さんのそのような態度が、彼女の側からすればなにか欠陥があるせいに思えたらしいのも――晶ちゃんがそんなふうに言うのを聞いて、わたしはおどろいたけれど――無理もないことだった。どう、こんな考え方、間違っているかしら」

「そういうことなら、たしかにそうだ」

と男はうなずいて言った。

「晶さんがいなくなったとたん、彼女のことが頭から消えてしまった、こうして小浜に来ているのに彼女のことを忘れていた、ということの説明がつく。なぜなら、いなくなると同時にその存在理由もまた消えて当然だからだ。もっとも、このような考え方を認めてしまうと、晶さんに悪いことをしたことになるけれど」

「どうして?」

「彼女をあざむき、好きな振りをしつづけたことになるから」

「そんなことはない」

と女は断言するように言った。

「晶ちゃんの美しさが危険だからこそ、絵にして小浜の海に封じ込めた、それでも彼女が好きだから、二十年ものあいだ、彼女の近所に住んでいた、そうじゃないの。もし仮に、好きでもないのに好きな振りをしていたとしても、それでも悪いことをしたと考える必要はない。いいえ」

男が話そうとするのもかまわず、女はつづけた。

「わたしにはわかっている。いつか晶ちゃんと話したとき、彼女の口ぶりから、浩さんが彼女に対してどんな態度を取ったのか、およその見当がついた。浩さんは何ひとつ具体的に動かないで、たえず好きな振りをするだけ、好きだと思わせるだけ。そうでしょう。それでは、晶ちゃんはどうしていいかわからない。いいえ、いけないと言っているのではない。そうじゃない。そうではなく、浩さんはそうするほかなかったはずだ、そう言っているの」

「だけど、登美ちゃんの言うとおりだとして、それだけでは、好きな振りをしつづけたことが許される十分な説明になっていない」

「そうね。でも、それはこういうことだと思うの。あのころ浩さんはよく言っていた。芸術家になるには、虚偽を養分にしなければならない、そして、その虚偽がいつか真実になるまで、辛抱づよく待たなければならないって。だから、好きでたまらない晶ちゃんを絵にして海に封じ込めたのも一種の虚偽であったとすれば、好きな振りをしつづけたのも、また、彼女の結婚に無関心な振りをしつづけたのも、一種の虚偽であった。そうじゃない?」

「なるほど。ぼくのような弱い人間は、現実に巻き込まれたらひとたまりもない。画家への意志などあっけなく吹き飛び、たちまち自分をなくしてしまう。そのことがよくわかっていたので、現実に触れずにすむよう、虚偽という防御服をまとっていなければならなかった。そうした配慮に、絵の勉強に劣らぬくらい多くのエネルギーを費やさなければならなかった。それはそれで仕方がなかったのだけれど、その結果として……」

男はここまで言って、急に口を閉ざした。自分がなにを言いたいのか、はっきりと気づいて、自分でもおどろいたのである。

「どうしたの?」

女はこう訊いて、男の目を見つめた。

「さっきから、登美ちゃんになにか話さなければならない、そんな気がしていたのだけれど、それがなんであるか、いまわかったので、それで……」

「わたしに……どんなこと?」

「近ごろ絵のテーマが希薄になりつつある、そう思えるのだけれど、そのことに関係があるらしい」

「具体的に言うと?」

「いま登美ちゃんが言ったように、あまりに用心深く現実を避けつづけ、虚偽の状態に長くとどまっていたので、ぼくは真実に触れえない人間になってしまった、その結果、いつかは真実に変わるはずの虚偽が、虚偽のまま定着してしまった、そんな気がするのだ。そしてその虚偽の姿勢が絵を描くうえにもあらわれて、テーマの展開の障害になっている、そんなふうに思えてならないのだ」

「それはちがう。浩さんの絵にかぎって、そんなことがあるはずがない」

「登美ちゃんは、どうしてそんなふうに断言できるの」

「浩さんの絵のことなら、わたしにはなんでもわかるからよ」

「ぼくの絵についての登美ちゃんの自信は、ほんとうに不思議だね。子供のころ、ぼくはたしかに、どんなふうに描けばいいのか、登美ちゃんに教わっていた。描き方だけではない。なにを描けばいいのかまで教わっていた。それに登美ちゃんは、さっき晶さんを海に封じ込めたあの絵をみごとに解釈したように、いつもぼくの絵を上手にほめてくれた。そのことがぼくにどれくらい大きな影響を与えたか、いくら過大に考えても過大すぎることはない。だけど、現在もぼくの絵がぼく以上にわかるという登美ちゃんの自信は、どう考えても不可解だ。そうじゃない？」

答えに窮したのか、女は椿の庭へ目を向けたまま黙っていた。男がそのほうへ目を向けると、いつのまにか男の子の姿が見えなくなっていた。男もしばらく黙って咲き乱れる椿の花を眺めていたが、その場の沈黙から思いついて言った。

「こんなふうに黙り込んだまま、ふたりで京都まで行ったこと、登美ちゃん、憶えている？」

高校を卒業した年の夏、男が京都の美術学校に戻るため小浜の駅で列車に乗ると、たまたま女といっしょになった。ところがそのとき奇妙なことが起こった。通路を隔てて向かい合う席に腰かけながらも、ふたりは挨拶をするタイミングを逸したまま、京都までの時間、たえず視線をかわすだけで、たがいにひと言も声をかけなかったのである。京都駅に着いても、挨拶もしないまま別れたのである。

「忘れるはずがないわ」

と女は、男のほうに顔を向けると、悲しそうな表情を見せて言った。

「あれが私たちの最後になったのだもの。でも、わたしのほうから黙り込んだわけじゃないわ。浩さんがひとりで金縛りになったのよ」

「そうなのだ。あのときのぼくはどうかしていた。ただ、あのころは晶さんと親しくしていて、登美ちゃんとはすこし疎遠になっていた。晶さんが相手だと気楽になれたのに、ずっと親しいはずの登美ちゃんが相手だと、なぜか妙に動きが取れなかった」

「でも、あの日の一週間前、みんなで海岸を散歩したとき、ふたりだけでしばらく話したのよ」

「そうだったかな」

「そうよ。それに、どんなに疎遠になっても、挨拶ぐらいするわ」

「すると、あれはどういうことだったのだろう。二十年が経ったいまも、あのときのことを思い起こすたびに、ぼくたちのあいだに、どうしてあんな奇妙なことが起こったのか、どんな意味があったのか、そう思って、ひどく悲しい気持になる。登美ちゃんは、あのときのことをどう思っている？」

女はすぐには答えないで、すこし間をおいて話し出した。

「ほんとうのことをいえば、あのとき私たちになにが起きたのか、これまで確信が持てなかった。でも、こうして話したので、浩さんと晶ちゃんの関係がはっきりして、その結果として、浩さんとわたしの関係もはっきりして、ようやく確信が持てた。順序立てていえば、こういうことよ。

高校を卒業した最初のあの夏は、浩さんにとって大切な時期だった。京都や大阪に出ていろんな絵を見てまわった浩さんは、画家になるための具体的な計画を立てようとしていた。列車で遇ったあの一週間前、浩さんが海岸でわたしに話したのもその計画の一部で、京都や大阪で見た絵から学んだことは、いい絵にはかならず、その絵と画家とのあいだに確かな関係があるように思える、だからぼくも、これからその確かな関係を身につけなければならないけれど、それにはどうすればいいのか、そう言って、まるでわたしに相談しているみたいだった。

一方で、浩さんは、夏休みのあいだ、晶ちゃんに毎日逢っていた。ほら、公園で花火大会があった夜も浩さんは晶ちゃんといっしょで、ばったり遇ったじゃない。でも、わたしが相手のときのように、彼女に絵の話をしていたのかしら。そうじゃなかった。どうすれば彼女との関係を持続できるか、そればかりを考えていたはずで、そして最後に考えついたのがあの肖像画だった。そして実際に、浩さんは、あの絵を描くことで晶ちゃんを小浜の海に封じ込めることに成功した。そしてさらに、浩さんは、自分のなかでなかば死んだ彼女を追って東京へ出よう、そばに住むことで彼女との関係を見失わないようにしよう、そう決心したのよ。

それなのにあの日、列車でいっしょになったとき、その計画からわたしが外れていることに気づき、浩さんは混乱してしまった。だって、浩さんとわたしの仲は十歳のときからつづいていたのだもの。もちろんあのとき、わたしは、なにが起きたのか理解できず、浩さんの態度があまりに変なので、すっかりおどろいてしまったけれど、それでも、わたしをはじめて女として意識し、それで急におかしくなった、それで、金縛りになっている、そう思った。事実、そうじゃなかったのかしら」

「そうなのだ。ぼくはすっかり動顚してしまった。あの日、登美ちゃんは、いま着ているのとおなじ淡い緑色のドレスを着ていた。そのあでやかなドレスを着てあの座席にいたのは、それまで考えたこともなかった、女そのものの登美ちゃんだった。ところがぼくは、絵以外のことでは、ほんとうはまだ子供だったので、そんな登美ちゃんに対してどういう態度を取ればいいのか、まるでわからなかった」

「やはりそうなのね。でも、そのことがわかっていても、あのときのわたしは、どうすることもできなかった。もちろん最初のうち、ひと言でも言葉を交わせば、それでもう浩さんはわたしのものになる、京都に着くまでになんとかなるだろう、そう思って、声をかけてくれる瞬間を必死で待っていた。でも、浩さんがいつまでも金縛りになったままなので、そんなふうに勝手に決めている自分がしだいに恥ずかしくなり、とうとうわたしまで金縛りになってしまった。それに、そんなに晶ちゃんが好きなのかしら、という考えがたえず頭にあって……」

「そうすると、あのとき、もしどちらかがひと言でも口をきいていたら、ぼくたちはどうなっていただろう」

「そうね。ひと言でも口をきいていたら、きっと……」

と女は言いよどみ、恥じらいの表情を見せてつづけた。

「あの日のうちにも、私たちはいっしょになっていたでしょう。そしてあの日から、浩さんはわたしを憎みはじめたでしょう。だって、晶ちゃんを小浜の海に封じ込めてまで画家になる計画を立てたのに、わたしがその計画を壊してしまい、その結果として浩さんの絵はだめになり、それでもたがいに執着して離れられなくなったでしょうから。でも、そんなふうにはならなかった。浩さんは最後までひと言も口をきかなかった。京都駅に着いても、さよならも言わず、京都の街のなかへ消えてしまった。わたしはひどく情けない気持になり、ひとりになってほっとしたくらいだった。

あのとき起こったことは、浩さんが意識していなくても、これだけの意味があった。つまり、画家になろうという浩さんの決意が、わたしと男女の関係に入ったらおちいるだろう危険を予知し、あんなふうに用心深く黙らせた。といって、わたしがそのことを理解したのは五、六年あと、晶ちゃんが結婚してからだった。それだって、完全に理解したわけではなく、いま浩さんと話したのではっきり言えるのだけれど、あの列車のなかで浩さんがわたしに話しかけなかったのは、晶ちゃんを小浜の海に封じ込め、そのうえで現実から守ってくれる役割を彼女に与えたように、いずれ、わたしにも別の役割を与えるための隠された計画だった。もちろん浩さんは、意識しないでそうしたわけだけれど」

「別の役割……それはどんな？」

「どう言ったらいいのかしら……そう、危険をはらんだ現実との関わりから浩さんを守るのが晶ちゃんの役割であったように、それとはべつに、浩さんの絵がいずれ要求してくることになる、超現実的なものとの接触を可能にするのが、わたしの役割だった」

「超現実的なもの？」

「だって、浩さんの絵は結局、現実から超現実へと向かう運動だったわけでしょう」

「それはそうだけれど……」

「だから、まだわたしを必要としていなかった。浩さんの絵が超現実的なモチーフに移るのは十年も先のことで、それまでわたしの役割はわたし自身にも隠されていた。それに浩さんは、高校生のころもう、ぼくにとって風景画も、一種の虚構にすぎない、そう言っていた」

「それはそうだけれど、そんな考えだから、ぼくは風景画に失敗した」

「そうじゃない。風景画に向いていなかった。その傾向は小学生のときすでにはっきり出ていた。浩さんにとって風景画は、超現実的なものへ決定的に移行するために必要な迂回路でしかなかった」

「そう言われれば、そうかもしれない。小学生のころほとんど毎日のように登美ちゃんといっしょに写生していたけれど、すこしも上手にならないので、ただ登美ちゃんのそばにいたいだけじゃないか、自分でもそう思うことがあったくらいだ。だから、中学生になると、絵はやめて、テニスをはじめた」

「でもわたしは、浩さんの絵がだめだなんて、いちども思わなかった。それなのにテニスをはじめたので、もう絵は描かないのだろうと決めてかかり、それで高校では、わたしもテニス部に入った。するとこんどは、浩さんは美術部に入り、それはもう夢中で絵を描きはじめた」

「そういえば、中学以降のぼくたちは、行き違いばかりだった」

「そうじゃない。わたしが一方的に浩さんの後を追いかけていた。浩さんはわたしから逃げまわっていた。わたしが浩さんのいるグループに接近すると、いつもきまって抜けてしまう」

「そうかな。ぼくは、そんな意識はすこしもなかった。むしろぼくのほうが登美ちゃんを追いまわしていた。学校へ行く途中、待ち伏せしたりして……」

「でも、わたしの後ろをただ歩いて来るだけだった。偶然いっしょになったというふうに」

「そう言われればそうだけれど……教会の前を通るあの道、ターナーの風景のようなあの土手を、登美ちゃんのすぐ後ろにくっついて学校へ行った。登美ちゃんは裸足の踵でズックの後ろを踏んでいることがよくあった。その素足は、ぼくの脳裏に焼きついてしまったらしく、長いあいだしょっちゅう夢に出て来た……。それならば、どうして美術部に入らなかったの。絵が好きなのはみんなもよく知っていたじゃないか」

「なん度も入ろうとした」

と女は思い起こすように言った。

「でも、そのたびに、絵のことで浩さんの邪魔をしたくない、そう思った。テニスが面白くてやめられなかったこともあったのだけれど……それに、浩さんの絵が怖かった」

「怖かった？　あのころは風景ばかり描いていたのに……そうか、ぼくの絵があまりに下手なので、それで怖かったのだ」

「下手というのではなく、風景画が不向きなのに気づかなかったので、あんなに一所懸命なのに、どうして上達しないのか、まるでわたしの責任みたいで、いつもはらはらしていた。三年になってようやく、抽象画が向いているのかもしれない、そう考えつき、それで、浩さんが見るだろうと思って、抽象画を描いて文化祭に出した。浩さんが〈抽象画なんてものじゃない。新しいタイプのお化けの絵だ〉そう言っていたって、晶ちゃんから聞いた。あの絵、憶えている？」

「〈わたし〉と題した絵だろう。もちろん憶えている。さっき登美ちゃんの顔を見ていて、その絵を思い出したくらいだ」

「浩さんの言ったように、抽象画なんて言えなかった。でも、それだけにかえってずいぶん苦心したのよ。死ぬ思いで描いたのよ」

「たしかにあれは不思議な絵だった。見ていて怖くなった。だけどぼくは、すぐ忘れてしまい、十年以上も経ってから、あるイギリス人の絵を見たとき、突然、あの絵を思い出した。そして、それをきっかけに、いまのような絵を描きはじめ、二年前にようやく〈夢の女〉というシリーズを完成し、すこし認められるようになった」

「知っているわ」

「登美ちゃん、〈夢の女〉を見たの？」

「ええ。見たわ」

「どこで」

女は下を向いて答えなかった。膝に視線を落としたまま、白い顔に苦しそうな表情を浮かべていた。

三

姿の見えなかった男の子がしょんぼりとした様子で、庭の奥から戻って来た。そしてふたりのいる縁に近づくと、泣き出しそうな声で言った。

「おばちゃん。ぼく、怖いよ」

「どうしたの？」

女は男の子の頭に手をおいて、顔を覗き込んだ。

「だって、お婆さんが洞窟に入って、ぼくが覗いていると、〈おいで、おいで〉するんだもの」

「ほんと。怖いわね。でも、そんなところ、覗くからいけないのよ」

「だって、ぼく、あそこで遊んでいたんだもの」

「おばちゃんの見えるところで、遊べばいいのに」

「うん。だけど、まだ怖いから、ぼく、ここにいていい？」

「いいわよ」

「ほんとにいい。ぼく、おばちゃんたちの邪魔しない？」

「邪魔しませんよ」


靴を脱いで縁に上がった男の子は、座布団を持って来ると、それを女の座布団の隣りにならべ、そこにちょこんと坐った。そして小さな体を傾けて、女の脇に肩を押しつけた。

「浩《ひろ》ちゃんは怖がりだから……あら」

女はこう言って、男を振り返った。

「まだ言ってなかった。そうなの、この子に浩さんの名前をもらったの」

そしてこんどは男の子へ向かって言った。

「このおじさん、誰だと思う。絵描き屋さんなの。浩ちゃん絵が上手でしょう。でも、このおじさんはもっと上手なの。わかる？」

「うん。ぼく、わかる。おばちゃんみたいなお化けも描くの？」

「そう。怖いのだから。ほら」

女は長く伸ばした舌で男の子の鼻をぺろりと舐めた。悲鳴を上げた男の子は女にすがりつき、膝に顔を伏せた。

「そんなに怖かったの。ごめんね、ごめんね……」

女は子供の背中をさすりはじめた。その手の動きがなにかを暗示しているように思えて、男はそこから目をそらせないでいた。

「それで、登美ちゃんは、〈夢の女〉シリーズをどう思った?」

男は視線を女の顔に移して、中断していた話に戻った。

「もちろんいい絵だわ」

と女は、男の子の背中をさすりながら言った。

「いい絵というより、すごい絵だわ。浩さんはとうとう生涯のテーマをつかみ、本物の画家になった、そう思ったわ」

「ほんとにそう思った?」

「ほんとにそう思った。どうして?」

「さっき、登美ちゃんが〈夢の女〉を見たと言ったとき、なぜか不安になった。もしかすると、登美ちゃんはあの絵に不満だったのではないかって」

「わたしが……どういうこと?」

女は男の子へ向けていた顔を上げて、男を見つめ返した。男はその目に惹き入れられて、気持が昂るのを感じながら言った。

「登美ちゃんだから打ち明けるのだけれど、〈夢の女〉シリーズは、繰り返し見たひとつの夢を、あのようなフォルムに定着させたものなのだ」

「そのこともわかった。文化祭に出したわたしの絵を浩さんは〈新しいタイプのお化けの絵だ〉と言ったけれど、この絵もそうだ、わたしはやはり間違っていなかった、そう思った。だって、わたしのあの絵も夢を描いたのだもの。それとも、夢をモチーフにした絵はなにか問題があるの?」

「そんなことはないけれど、その夢がひどい夢なのだ。ほら、古事記にある、イザナギが洞窟のなかで見たイザナミの正体、〈蛆が湧いてごろごろと鳴っており、頭には大きな雷がいて、胸には火の雷がいて、腹には黒い雷がいて、陰《ほと》には盛んな雷がいて……〉というふうな、極端に変容したイメージなのだ」

「それくらいあの絵を見ればわかるわ」

「ところが、実は……ちょっと言いにくいんだ」

「わかっている。〈夢の女〉はわたしがモデルなのでしょう」

男はおどろいて、女の白い顔を見つめた。

「どうしてわかったの?」

女は視線を膝に落としたまま答えなかった。細い首がふたたびモジリアニの首になっている。男はその首に目を向けたまま話し出した。

「そうなのだ。〈夢の女〉は登美ちゃんがモデルなのだ。二年前、一週間くらい不思議なことが起こり、登美ちゃんの夢ばかり見つづけた。もう十七、八年も逢っていないし、あの絵に描いたとおり、ほとんど人間の形をしていないのに、それでも登美ちゃんだと認めていた」

女は苦痛をこらえるような表情で聴いていた。男は、女のその様子に脅えをおぼえながらも、話しつづけた。

「その一週間、枕もとにスケッチブックを用意し、その夢から体をもぎ離しては、夢のイメージをスケッチし、それからまた夢のなかに戻るというふうに、それを繰り返しつづけた。さっき登美ちゃんは、〈わたし〉と題したあの絵を死ぬ思いで描いたと言ったけれど、そのときのぼくもおなじだった。夜と昼の区別がなくなり、食事もろくに取らなかった。しまいには気が違うかと思った。

一週間が経ったとき、夢はぴたりとやんで、解放された。枕もとに分厚い一冊分の夢のスケッチができていた。そのスケッチをもとに、〈夢の女〉シリーズに取りかかった。風景画を断念したあと女体をモチーフにしはじめて七、八年、さまざまな試行錯誤を経てようやく自分の絵にたどり着いた、という思いだった。これが与えられた生涯のテーマだ、このテーマを繰り返し展開させることが自分の絵だ、そう確信が持てた」

男が口を閉ざすと、女は白い顔を上げた。目がすこし白く光っていて、興奮の色があらわれていた。

「浩さんがいずれそうした生涯のテーマを見つけることは、私たちが知り合った子供のころからすでに決まっていた。高校生のときわたしはそのことを確信していた。だから、浩さんの絵にかぎって、わけのわからないままに終わるなんて、そんなことは絶対にない」

「そうなのだ。風景画にこだわり十年も無駄にしたけれども、風景画を断念したあとは、自分を捨ててひたすら内的な欲求にしたがっていれば、いつかは目的へ向かう道に出るはずだ、いつかは自分に与えられたテーマにたどり着き、絵描きとしての自分を自覚できるはずだ、つまり、絵と自分の関係をはっきり自覚できるはずだ、そう信じていた。そして事実、〈夢の女〉シリーズによって自分のテーマを把握できた」

「そうよ。〈夢の女〉が浩さんの唯一のテーマなのよ。そのテーマが失われるなんて、そんなことは絶対にない」

「それならばいいのだけれど……あれから二年しか経たないのに、近ごろ、〈夢の女〉シリーズによって把握したはずのテーマがしっかり捉え切れないことがある。スケッチは残っているし、最終的なフォルムも完成させたのに、このテーマはしだいに希薄になるのではないか、そう思うことがある。そんなとき、〈夢の女〉シリーズは偶然できたのかもしれない、そう疑いはじめて、不安におそわれるんだ」

「でも、浩さんに、ほかにどんなテーマがあるというの？」

と女は強い口調で言った。

「〈夢の女〉シリーズが浩さんの生涯のテーマでないなんて、そんなことが絶対にあるはずがない。そうでしょう。浩さん自身、そうはっきり確信しているのでしょう？」

「そうなのだ。〈夢の女〉以外のテーマなんて、考えられなくなっている。どのように描いても、結局〈夢の女〉シリーズの反復になってしまう」

「それがどうして……」

と女は言いかけて、不意に振り向いた。

「浩《ひろ》ちゃん、そんな悪戯をしてはいけませんよ」

女の後ろに坐った男の子が、ドレスの裾から出た女の足の指を引っ張っているのだ。

「そんな悪戯はいけません」

女が繰り返した。

「だって、伸びないんだもの」

男の子が不満そうに言う。

「ええ、伸びませんよ」

「どうして伸びないの」

「今日は伸びません」

「どうして今日は伸びないの」

「おじさんとお話ししているでしょう」

「お話ししていると、どうして伸びないの」

「どうしてもです」

そう言われても納得できないらしく、男の子はまだ引っ張っている。

「あっ、いけない子ね」

女は振り向いて、男の子を抱きかかえた。そして、膝の上に仰向けに寝かせると、男の子の顔に白い顔を押しつけた。

「そんな悪戯をすると､食べちゃいますよ。ほら、食べちゃうぞ。食べちゃうぞ」

男の子は悲鳴を上げて、女の膝の上から遁れようとするが、女はなおも「食べちゃうぞ。食べちゃうぞ」と言いながら、白い顔を男の子の顔に押しつけていた。そして男の子が大人しくなっても、しばらく顔を押しつけたままでいた。すると間もなく、男の子は軽い寝息を立てはじめた。

「この子はひとりで生きているみたいな子で、遊び疲れると、こんなふうにすぐ寝てしまうの。そういえば、浩さんも、ひとりで生きているみたいなところがあって、疲れるとすぐ寝てしまった。いちど、絵を描いている最中に寝てしまい、それでもまだ筆を動かしていた」

女はこう言いながら、男の子を膝からおろして、座布団に寝かせた。そしてその寝顔を眺めていたが、不意に顔を上げると、唐突に訊ねた。

「それで、浩さんはどうするつもりなの」

「なんのこと?」

「〈夢の女〉シリーズのテーマが希薄になりそうだ、ということよ」

女は男の子の肩をそっと撫でていた。男はその手の動きに魅入られそうで、目に入れないようにしていた。

「さっきも言ったけれど、フォルムとして固定し終わっているのに、テーマの内容が闇に戻って行こうとしている。だから、どうすることもできない」

「もしそれが希薄になり、消えてなくなると、どうなるの?」

「さっきも言ったように、試行錯誤を経てやっと見つけたテーマだから、ほかに見つからないかもしれない」

「もし見つからなかったら?」

「それっきりだろう。絵をやめてしまうか、晶さんのように命を絶つか、どちらかを選ぶしかないだろう」

「絵をやめられる?」

「そのときになってみないとわからないけれど、たぶんやめられないだろう」

「そうでしょうね。それで、さっき浩さんは、あまりにも長いあいだ虚偽に身をまかせ、現実を避けつづけた結果ではないか、そう言ったけれど、具体的にどういうこと?」

「たぶんこういうことだと思う。登美ちゃんの夢を見つづけたあの一週間、死ぬ思いで捉えたつもりだったが、それでも気持のどこかに、これは夢でしかない、したがって虚偽である、という意識があった。その結果が、いまになって、テーマの希薄さとしてあらわれてきた」

「やはりそうなのね。すると、もういちどその夢を思い起こして、確認しなおせばいいわけね」

「それはだめだ。完成させたそのフォルムを繰り返し表現できても、テーマの内容は希薄になっていく」

「それはそうね。不完全な把握に終わったということね。困ったわね」

「………」

男は返す言葉が見出せなかった。女も視線を庭へ向けて考え込んでいた。椿の庭はさらに暗く陰って、満開の花だけが画像のようにあざやかに浮き出ている。

「こうなったらもう、それしかないわね」

女は庭へ向けていた視線を膝に移して、呟くように言った。

「それしかないって?」

男の声が耳に入らないのか、女はなおも呟くように言った。

「やはり因縁なのだわ。遁れられない因縁でこうなっているのだわ。そうであるに決まっている。でも、お婆さんが入れてくれるかしら……だいじょうぶ、すっかり話せば、きっと入れてくれる」

「因縁……どういうこと?」

ひとり呟いていた女は、男の声に我に返り、膝に視線を落としていた顔を上げると、沈んだ声で言った。

「さっきは言わなかったけれど、浩さんの描いた〈夢の女〉シリーズは、わたしの身に実際に起こったことなの。浩さんが夢を見つづけたその一週間、ある男に登山ナイフで切りつけられたわたしは、病院に運び込まれて、生死の狭間をさ迷っていた。助からないと医者に宣告され、ほとんど手当てらしい手当てもされず、暗くて寒い病室にひとりで放置されていた」

「まさかそんな!」

「いいえ、ほんとうなの。実際に起こったことだから、わたしはいまこうして、比丘尼屋敷に来ている」

「………」

男はなにか言おうとしたが、女が属している領域にすでに引き入れられていて、声を失っていた。女は男の顔を見つめたまま話しつづけた。

「わたしは、その危篤状態の意識のなかで、浩さんがいまわたしをスケッチしている、そうはっきり知ることができた。コンテの動きのひとつひとつを、愛撫の手のように感じ取ることができた。そんなふうに浩さんがわたしをスケッチしていると確信できることが、そのときのわたしにとってどれくらい慰めになり、どれくらい悦びになったことか。だからわたしは……」

女はそこで言葉を切り、白い顔に寂しそうな表情を浮かべた。

「ほんとうは、完成した〈夢の女〉を見ていない。いいえ、見ていなくても、どんな絵なのか、誰よりもよくわかっている。〈夢の女〉は、そのときのわたしがモデルで、わたしのそのときの変容がイメージ化されたものだもの。これが因縁でなければ、なにが因縁だというの。そうでしょう」

(『春昼』だ!)声をなくした男は、胸のなかで叫んだ。(でも、ぼくたちは鏡花の物語のなかの人物じゃない。それな

のに、どうしてそんなことが信じられるだろう）
「そうね」
と女は、男の声にならない言葉を聞き取って言った。
「絵という虚構の上のことでなければ、とても信じられないわね。でも、絵を描くことがすべての浩さんにとって、これは疑いようのない事実なの。そして、浩さんにとって事実であるから、わたしはいまこの比丘尼屋敷に来ているのだし、〈夢の女〉シリーズのテーマが希薄になりつつあるという浩さんの言葉の意味が、わたしにもこんなにもはっきりと理解できる。

そうよ。絶対に間違いない。わたしの身に起こったことを夢としてしか捉えなかったので、わたしが見せようとした変容の最後の様相を確認し損なった。その結果、変容のイメージとそのフォルムを手に入れながらも、完全に把握しなかったその欠陥があらわれ、それで、〈夢の女〉のテーマが希薄になりつつある、ということよ。それもみんな、浩さんがもう一方で、晶ちゃんという現実にまだ心を傾けていたからだわ……。

でも、晶ちゃんがいなくなったいまなら、わたしの変容の最終の様相を完全に確認できる。そのことは絶対に間違いない。だからわたしは、どうしてもそうするしかない。

そうだわ。わたしは最初からこうなる定めで、小浜に帰って来たのだわ。そして、浩さんもやはり、晶ちゃんに逢いに来たのでなく、わたしに逢うために小浜に来たのだわ。そうよ。それに間違いない。だからわたしは、どうしてもそうしなければならない」


女は言い終わって、しばらく黙っていた。決意したことに耐えようとしているのか、暗がりに浮き出た無数の椿の花をじっと見据えている。男も茫然とした気持のまま、女の白い顔から目が離せないでいる。

「わたし、もういちど、浩さんに〈夢の女〉を見せてあげる」

女は穏やかな口調に戻って言った。

（えっ、どんなふうにして）

男は声にならない言葉で問いかけた。

「どんなふうって……とにかくわたしにはできるのよ」

（いつ）

「いま」

（どこで）

「ここで。でも、これがわたしの浩さんにしてあげられる最後のチャンスなの。だから、こんどは、しっかり見てちょうだい。だって、それを見せてしまったら、わたしはいない。


……」

女はこう言いかけて悄然としながらも、すぐに気を取りなおしてつづけた
「とにかくしっかり見て、〈夢の女〉のテーマを完全に把握するって、そう約束して」

男は返事をしようとしたが、やはり声が出せなかった。そこで、女の目を見つめたまま、はっきりとうなずいてみせた。それを認めた女は、眠っている男の子を抱き起こして、頭を自分の膝に乗せた。

「この子の夢を借りるの。こうしていると、この子は夢を見るの」

男の子の寝息が乱れて、うわごとが洩れた。

「ぼく、怖いよ」

「だいじょうぶ、すこしも怖くありませんよ」

男の子の耳にささやきかけた女は、乱れた寝息が静まるのを待って言った。

「夢を見はじめた。その夢が、浩さんがこれから見る夢なの。いいえ、見るのではなく、その夢のなかに入って行くの。でもそのまえに、わたしの目を見てちょうだい」

女はすこし身を乗り出させて、白い顔を男の顔に近づけた。男は言われるままに白く光るその目を見つめた。

「わたしの白い眼差しが浩さんのなかに入って行くでしょう。そしてその白い眼差しのせいで、自分がいないような気持になっているはずよ。さあ、もういいわ。目を閉じて」

男は目を閉じた。すると、その白い眼差しが体のなかに感じ取れて、別の空間に入り込んでいることがわかった。

「どう、見えて来たでしょう。なにが見えて。そう、この椿屋敷の庭を歩いているこの子が見えるでしょう。そう、それがいまこの子が見ている夢なの。浩さんはどんどん歩いて行ってこの子に近づくの。そう、もっと歩いて。そうよ、もう一歩よ。ほら、この子と入れ替わって。思い出さない？三十年前の夜とそっくりおなじでしょう。浩さんがこの町にもらわれて来た次の日の夜、庭を一周する町内の子供の肝試しがあった。その夜も椿の花が満開だった。わたしは手を曳いてあげようと、こっそり先回りして……」

四

男の子の夢のなかで男の子と入れ替わった男は、おなじ椿屋敷の庭を歩いている。暗がりのなかに椿が無数の花を咲かせている。

「浩さん、早くおいで！　わたしはここよ」

そこまで来ると、女の子の声がした。男は声のほうへ進

んだ。

「怖がらないで、真っすぐこっちに来てちょうだい」

そこまで行くと、樹の陰から女があらわれて、両手で男をとらえた。

「やっと来てくれたのね。わたしはここで三十年ものあいだ待っていたのよ。さあ、急いで行きましょう」

男の手を取った女はこう言って、椿の樹のあいだを庭の奥へと歩き出した。

「どこに連れて行こうとしているのか、もうわかっているでしょう。そう、八百比丘尼伝説の祠につながる洞窟よ。わたしはいま、そこにいるの。ほら、あれを見て。私たちが進むにつれ、椿の樹が成長するでしょう。私たちも猛スピードで成長しているのよ。二十歳……いいえ、二十五歳……三十歳よ……」

いちばん奥まったところに来た。椿の樹はまばらになり、前方に樹木の茂った裏山が立ちはだかっている。

「ほら、もう四十歳の現在に達した。椿はすっかり枯れ木になった。それでもたくさんの花を咲かせている。わたしという樹は枯れたけれど、浩さんの絵になるわたしが、これからも咲きつづけるからよ」

洞窟の入口の扉が見えた。扉いっぱいに椿の花が描かれている。

「さあ、着いた」

その前で立ち止まると、女は男のほうに体を向けて言った。

「よく聴いて。もういちど〈夢の女〉を見せてあげるには、ふたりでこのなかに入る必要があるの。それにはどうしても差配のお婆さんを説得しなければならない。だから、ここで待っていて。それから、私たちはいま四歳の子供の夢のなかにいるのだから、わたしやお婆さんの言うとおりにして。もし間違いが起こって戻れなくなると、縁で眠った状態の浩さんの意識は、四歳の子供の夢に閉じ込められてしまう。そんなことになったら、浩さんは四歳の男の子の夢のなかで生きなおすことになり、そのなかでもういちど晶ちゃんやわたしに出会って、三人ともそれぞれにそっくりおなじ生き方を繰り返すことになる。そんなことは絶対にあってはならない。もちろん晶ちゃんやわたしのためにも……わたしの言うこと、わかるでしょう」

女はこう言って、男がうなずいたのを認めると、扉のすぐ近くにある、切り株に坐らせた。そして洞窟の入口へ向きなおり、扉についた鉄の環を起こして、二、三度ノックした。扉が細く開いて、白い目をした老婆が小さな顔をのぞかせた。開いた扉の隙間から、鉦《かね》の音がかすかに聞こえている。

「わたしです。お願いします」

女は老婆に向かって頭をさげた。小柄な老婆は、女の顔を見上げたあと、白く光る目を男に移して、地中から洩れたような声で言った。

「登美さん、その男はどういうことかね。どうして連れて来たのかね」

「それをいま話します」

「だけど、なにを聞いたところで、生きた男なんか、入れられんことになっておる」

「ですから、特別にお願いするのです。差配のお婆さんにはできるはずです」

「できるかもしれんが、そんなことをして、登美さん、あんたはなにをするつもりだね」

「舞台にあがるのです」

「えっ！」

と言って、老婆は扉のあいだに身を乗り出させた。

「それじゃ、登美さん。あんたは地獄おどりを踊るというのかね」

「そうなの。地獄おどりを踊って、この人にすっかり見せなければならないの」

「そんなことをすれば、自分がどうなるか、わかっているのだろうね」

「わかっています。これは私たちの因縁で、仕方がないのです」

「それは確かかね」

「確かです。それをお話ししますわ」

「だけど、浩坊《ひろ》はどうなる。二度とあの子に逢えなくなる。そのこともわかっているのだろうね」

「もちろんわかっています。でも、あの子のことはもういいのです。気づきかけているので、離れてやらないといけないのですから」

「それはそうだが……」

「お願い。話を聴いてちょうだい。わたしがどうしてここに来たのか、お婆さんも知っているでしょう」

「そりゃ知っていますよ。だけど、生きたまんまの男を入れようなんて、そんな……」

「でも、生きたままでないと、意味がないの。生きているこの人に、すっかり見せなければならないの」

「そんなことをしたら、登美さん、もういっぺん訊くけど、あんたは八百年、ここから出られなくなる。それを承知なのだろうね」

「ええ、よく考えました。でも、この人との遁れられない因縁でそうするしかないって、はっきりわかったの。お婆さん、お願い。話だけでも聴いてちょうだい」

女は両手を合わせて、「どうかお願い」となん度も繰り返した。そのあいだ老婆は口を閉ざして、白く光る目で男を見つめていたが、ようやく口を開いた。

「そこまで言うなら、確かな因縁かどうか、聴くだけは聴いてみようかね」

老婆の顔が消えて、鉄の扉が半分くらい開いた。そして開いたそこに、腰の曲がった老婆が全身をあらわした。扉のなかから鉦の音のほかにもお囃子のようなものも聞き取れて、小浜の町の人々の言伝えを男に思い出させた。寝静まった真夜中、笛や太鼓の音がどこからともなく聞こえることがある、という言い伝えで、それが聞こえるのは心に疚しいことのある証拠で、そんな音が聞こえるはずがない、そう思って確かめようとすると、かえって楽しそうな、それでいて寂しそうな音色が耳について離れなくなる、というのである。

「どうしたものか、わしにもわからんのだよ」

扉の外に一歩出た老婆は、女と向かい合うと、しゃがれた声で言った。

「その男のせいでここに来たあんたが、またその男のせいで、八百年もここに自分を閉じこめようというのかね。それではあんまり可哀相だよ。あんまり酷いよ」

「でも、この人に罪はないの」

と女は勢い込んで言った。

「この人はただ絵が上手になりたいだけなの。いいえ、そうじゃない。わたしが勝手に上手にしてあげたいだけなの。いま縁で話していて、そうするのがわたしの一生の願いだったことが、そして私たちの関係がこの人の絵で結ばれた因縁であることが、あらためてはっきりわかったの」

「だけど、女だけが因縁の責を負うなんて、そんな片手落ちの因縁はありゃしないよ。男の狡さがいつもそんなふうに仕向けるのさ」

「そうだとしても、自分からそれを望んでしまうのが、女の哀しい性《さが》でしょう。その女の性がそこまで望まずにすまされなくなるのでしょう。狂ったようにつぎつぎ花を咲かせる椿が、ぽたぽた血を滴らせ、地面を真っ赤に染めずにおれないように」

「そうだね、登美さん」

と老婆も声を落として言った。

「女子《おなご》というのは辛いもんだね。あんまり年を取ったので、どうしてここに自分を閉じ込めたのか忘れていた。男のために身を捨てた女子の自惚《うぬぼ》れまでも忘れていた。業《ごう》のように咲き、業のように花のまんまで散る椿は、悔しいね、哀しいね。ところが、その椿の花がその男を屋敷に引き入れた。椿が咲いていなけりゃよかったのに。お女郎はしていたけれど、登美さん、あんたはいちども女子の魂は売らんかった。だから、差配をまかされているわしは、あんたをいつでも昇らせることができた。ただ、浩坊になん度でも逢わせてやりたい、そう思ってぐずぐずしていた。その情けがかえって仇《あだ》になった。その男が来てしもうた。やはり因縁かね」

「そうなの。これは間違いのない因縁なの」

女はさらに勢いづいて話し出した。老婆に聞かせるというよりは、自分に聞かせることでその因縁を解き明かそうとしている、そんな口ぶりである。

「この人がこの近所の家にもらわれて来た日、わたしはたまたまその家の前で遊んでいた。そして、その心配そうな、頼りなさそうな様子を見て、利口な女の子でもなかったのに、わたしがきっと守ってやろう、そう決心したの……。せめて恋だったらよかったのに。恋だったら、いつかは覚めただろうに。でも恋ではなかった。まだやっと十になったばかりだったもの。つぎの日、近所の子供たちの肝試しがあった。椿屋敷にはじめて入るこの人が道に迷うのはわかっていた。それでわたしは、手を曳いてあげようと、先回りして椿の樹と樹のあいだに立っていた。暗闇にまぎれ、椿の樹をまねて、この人が近づくのを待っていた。でもこの人は立ち止まってしまった。わたしがいくら呼んでも、怖がって、そばに来なかった。とうとうわたしを残して、後戻りしてしまった。

そのときからだった。わたしがこの人のことを、ひとときも想わずにおれなくなったのは。恋なんて嬉しいものじゃなかった。もっと深い関わり、抜き差しならない因縁だった。この人を見ただけでもう胸が苦しくなり、なんとかしてあげなければと思ってしまう。それでも小学生のころは嬉しかった。いつもわたしのそばにいたがるので、そのことでいじめられはしないかと心配したくらいだった。中学生になると、わたしのそばを離れて、わたしの姿など目に映らないみたいに、ほかの人たちのところへ行ってしまった。それでもわたしは、いつも遠くから見守りながら、この人が助けを求めたら応えてあげようと、そればかり考えていた。だけど、高校生になると、晶ちゃんがあらわれて……」

女はそこまで言って振り返り、なにかを確かめるように男を見つめた。その目も老婆の目とおなじように白く光りはじめていた。

「でもやはり、この人はわたしの助けが必要だった」

と女は、老婆のほうに向きなおって話しつづけた。

「手を曳いてあげようと椿の樹の陰で待っていたのは、間違っていなかった。あれから三十年が経ったきょう、わたしが呼んだら、この人は真っすぐわたしのところに来てくれた。三十年待った甲斐があった。それにしても、私たちは、なんという寂しい因縁で結ばれていたのかしら。京都へ行く列車で通路をはさんだ向かい合わせに坐りながらも、たがいにひと言も口をきかなかったあの十九の夏以来、今日までの二十年のあいだ、いちども逢うことがなかったのだから。

そのおなじ十九の秋、わたしは浩さんを忘れようとたまたま知り合った男と結婚した。でもその結婚は、心がこの人にあずけられていることをわたしに教えただけだった。そのことを知って、わたしは茫然とした。そして半年が経ったとき、相手にすまないという気持もあっていたたまれなくなり、妻にも母親にもなれない女だという書置きを残して、その人の家を出た。といっても、この人が恋しくて決意したのではなかった。だから、この人のいる東京に行こうとは考えなかった。好きだという気持がいちばん強かった中学生のころのあの狂おしさは、とうに消えていた。絵筆を持つことはやめたけれども、いつも頭のなかで絵を描いていたように、この人のことを頭のなかで好きなだけ考えていたい、それだけが願いだった。

ふたたびこの人のことが気になりはじめたのは、それから五年ほどして、晶ちゃんが結婚したのに、まるでその結婚を無視するみたいに、この人がまだ彼女の近所に住みつづけていると聞いてからだった。それとも、晶ちゃんへの想いは恋ではないのかしら、そう思った。でも、そのことをあえて確かめなかった。晶ちゃんに逢っても、この人のことは訊かなかった。この人はもうわたしのなかにしかいない、そう思っていた。

さらに五年が経ち、いまから十年前、やはり晶ちゃんに逢ったのがきっかけで、わたしはこの人が置かれている状況をようやく理解しはじめた。晶ちゃんはそのとき、浩さんはわたしが好きなわけじゃない、なぜかわからないけれど、ただ近所に住んでいたいだけなの、というようなことを話した。もちろん彼女は間違っていた。この人が彼女を好きでないなんて、そんなことは絶対になかった。好きでもないのに、どうして二十年ものあいだ、近所に住んでいたりするかしら。

そんな単純なことではなかった。この人にとって晶ちゃんは好きである以上のものだった。不要な現実から身を守り、絵に専念するための不可欠な存在だった。それは十九のあの夏、画家を志したとき、自分でも知らずに考え出した計画だった。それなのにわたしは、そのことを十年ものあいだ察することができずにいた。そしてようやく、晶ちゃんとはべつに、わたしにもこの人のためになすべき役割がある、それが残されている、そうはっきりと気づいて、ふたたびこの人のことを心配しはじめた。

でも、なにをどう心配すればいいのかしら。わたしになにができるというのかしら。この人に逢うわけにはいかないし、仮に逢ったところで、役立つことをしてあげられるわけではない。それに、結婚した男から逃げ出したあと、その当然の報いを受け、いろんな男といっしょになっては逃げ出すという生き方を繰り返しているわたしに、ひたすら絵を描いているこの人に逢う資格なんてない、そう思っていた。それでもこの人のことを心配する気持はすこしも衰えなかった。自分でもあえてその気持を捨てなかった。それどころか、生きる望みをなくしつつあったわたしには、その気持を保つことが残された唯一の慰めになっていた。ところが……」

女はそこで言葉をきり、ふたたび振り返って、白く光る目で男を見つめた。そして、男が見つめかえすことでその白い眼差しを受け入れると、安心したようにうなずき、老婆のほうへ向きなおって先をつづけた。

「ところが、偶然、ある展覧会でこの人の絵を見たの。わたしはその絵にショックを受けた。大げさでなく、一瞬に息が止まるかと思った。浩さんの絵は一変していた。あれほど風景画にこだわっていたのに、女体を極端に変形させて描くという、象徴的な絵に変わっていた。わたしは気をとり直して、その絵を見つめつづけた。するとその絵が、晶ちゃんを海に沈めて描いたあの肖像画にどこか共通していること、なによりもわたしが高校生のときこの人に見せるために描いた、そしてこの人が新しいタイプのお化けの絵だと批評した、〈わたし〉という題の絵に似ていることがわかった。もちろん、わたしの絵を思い起こしてその絵を描いたなんて思わなかった。そんな単純なことであるはずがなかった。そのあとしばらくして、この人の絵の批評に、フランシス・ベーコンという人の影響があると書かれているのを見つけ、そのイギリスの画家の画集を開いてみると、たしかにそのとおりだった。

でもわたしが、この人の絵を見て息が止まりそうになったのは、フランシス・ベーコンの画像に似たその異様さのせいではなかった。女体の変容をテーマとするその絵が、わたしの過去の変容ばかりでなく、わたしの未来の変容までも描こうとしていることがわかったからだった。そのことがはっきりとわかるにつれて、こんどは全身がしびれるような悦びに満たされて、この絵の前でいますぐに死んでもいいと思った。わたしとこの人の関係はこんな深いところにあった、わたしが一方的に想っていたのでなく、この人のほうでもこんなにわたしを必要としていた、ということを、その絵にはっきりと見出したのだもの。

その展覧会をきっかけに、わたしはこの人の絵を見てまわるようになった。この人の絵は終始一貫して、わたしを唯一のモデルに、女体の変容を象徴的に描くというテーマを繰り返していた。わたしのほうもいつのまにか、この人の絵を見るたびに、そこに象徴的に表現されているイメージから、自分の変容を進めるべき度合を見出すようになっていた。そうすることが、わたしが生きることの唯一の意味になっていた。

もちろんこの人の描く変容は、エル・グレコのあの上昇の変容とは反対に、ひたすら下降する変容だった。だからわたしはひたすら下降しなければならず、それはつらい試練だった。でもわたしは最後まで耐えぬく覚悟をしていた。なぜなら、結婚した男から逃げたあと多くの男たちとかかわることで身を持ち崩したわたしの下降が、そっくりそのまま、この人の絵のモチーフになっていたのだから……。

わたしはこのようにして、大勢の男たちとかかわりを持つことで、自分の下降にいっそう拍車をかけた。この人の絵が、女体を徐々に崩壊させ、その崩壊の底まで行き着こうとしている以上、わたしもそうするほかなかった。それに、多くの男たちに体を投げ出せば投げ出すほど、浩さんの絵が目指す変容が実感できるようになっていた。浩さんの絵のなかのわたしは、腕がなくなったり、脚がなくなったりして、さまざまに変容した。赤と緑にかこまれた、ただの白い塊りでしかないこともあった。それでもそれがほんとうのわたしだった……」

女はこう言って、淡い緑色のドレスにつつんだ体をふるわせた。老婆はうらやむような表情で、女の顔を見上げている。

「ところが……お婆さん、よく聴いてちょうだい」

と女は、すこし声を強めて話しつづけた。

「五年ほど経ったとき、この人の絵が足踏みしてしまった。女体の変容を象徴的に描くこの人のテーマは完成したのだろうか。そんなはずはなかった。やがてわたしはこの人の絵が足踏みしている原因に気づいて、愕然とした。わたしという女の下降をモチーフにし、その変容を順に追って描きながらも、誰をモデルにしているのか、浩さんはわかっていない。わたしがモデルであることに気づかず、ただ不特定の女を描いているつもりでいる。ということは、自分の絵のテーマがどんな意味を持っているのか、完全には理解していないことになる。それを理解していない以上、絵が足踏みしてしまうのは当然だ。

浩さんはわたしがモデルだと気づいていない、そう知ったときから、わたしのほんとうの苦しみがはじまった。モデルであるわたしはどうすればいいのか。わたしの変容がモチーフになっていると知らせなくてもいいのか。モチーフの実体を知らないで描きつづけても、このテーマは完成するのか。いいえ、モチーフの実体を理解していなければ、それが真の価値あるものとして完成することはない。それなら、わたしの下降がモチーフになっていると浩さんに教えるべきだろうか。いいえ、そんなことは絶対にできない。十五、六年も逢っていないわたしが、自分がモデルになっている、わたしの下降がモチーフになっていると主張しても、気が違っているとしか思われない。もちろんそんなことはけしてあり得ないけれど、もし仮に信用させることができて、この人が納得したとしても、そのときは制作衝動そのものが萎えてしまう。なぜなら、このテーマがなにを意味しているかを、つまり、わたしの変容にフォルムを与えることが、浩さん自身の自己の変容を達成することだ、というこのテーマの意味を、この人がみずから理解しなければ、いずれそのテーマ自体が後退するにちがいないからだ。したがって、このことは絶対に教えるわけにはいかない。でも、このことを知らなければ、この人の絵はこのまま停滞し、そんなことは絶対にあってはならないことだけれど、画家としてなにも達成できずに終わってしまう……。

教えれば、なによりも大切なそのテーマが失われるし、教えなければ、この人の画家としての目的が達せられない、というジレンマにおちいったわたしは、どうすればいいのかわからなくなった。それでもわたしは、自分にできることがなにか残されていないかどうか必死で考えつづけ、結局、すべてをあきらめることにした。

そこでわたしは、いずれ滅び去るわたしだから、せめて、この人の絵が指示してくれるはずだった、下降への変容をひとりで辿ろう、この人のカンバスの上に描かれるはずだった、最後の変容へ向けて自分を投げ出そう、そう決心し、下降の速度を早めるため、急な坂道を転げ落ちはじめた。そうなの、お婆さんの言葉で言うなら、お女郎さんになった。それでもこの人の絵に未練があって、展覧会へ行くことだけはやめなかった。この人の絵はあいかわらず足踏みしたままだった。カンバスの上の赤と緑に包まれた女体は、すでに極端に変形して、その変容はほとんど行き着いたかに見えながらも、真の変容は途中で停止したままだった。フォルムとして完成しながらも、魂としての完成は不完全のままだった。

このようにして、最後の下降に身を委ねて二年くらい経ったころ、わたしはしだいに、自分とこの人の絵に描かれた女体のフォルムの区別がつかなくなる瞬間を体験しはじめた。もしかすると、わたしの下降のスピードが鈍いので、絵の進展もとまっているのではないのか。浩さんは、わたしがモデルであることに気づいていないけれども、それでもわたしの最後の変容を待っていて、それで絵の進展がとどこおっているのではないのか。もしそうであるなら、浩さんの絵の停滞はわたしに最後の変容を促していることになる、わたしが先に立って、浩さんの絵を導いて行く必要がある、ということだ。

この考えはわたしを勇気づけた。わたしは、下降をいっそう早めることでこの考えに自分を馴染ませた。そして、わたしが最後の変容を遂げさえすれば、浩さんはその変容を感じ取り、それをカンバスの上に定着させ、変容というテーマを完成させるにちがいない、そう確信するようになった。でも、それにはわたしはどうすればいいのか……。最後の変容を遂げるには、わたしはどうすればいいのか……。このようにして、最後の変容という考えに捉われて半年ほど経過した二年前、あの傷害事件が起こった。

当時、わたしは五人の男に共同で囲われていた。自分たちの友情を深める目的でわたしを共同で所有していたその男たちは、ゲームを楽しむようにわたしを奪い合い、おもちゃにしていた。すくなくとも最初のころはそうだった。けれども、彼らのわたしを奪い合うゲームは、いつのまにか真剣さをおびて、わたしがそのことに気づいたときはすでにおそく、いずれ彼らの誰かの手によって、あるいは全員の合意によって、殺されることになるだろう、という考えが頭から離れなくなった。そしてその考えはやはり現実になった。ほかの四人に除け者にされそうになった五人目の男が、すでに脱け殻でしかないわたしを独占しようと、登山ナイフで……。

わたしは一週間、生死の狭間をさ迷いつづけた。それでもそのあいだ、きれぎれにつづく意識で、とうとう底をついたわたしの変容をいま浩さんが描いている、そう確信することができた。だから、もうこれ以上の望みも、これ以上の慰めもない、そう自分に言い聞かせつづけていた。実際に、さっき縁で聞いて確かめたのだけれど、その一週間、この人は、たえず引きこまれる夢のなかで、それがわたしだとはっきりと認めて、最後の変容をスケッチしつづけていた。そしてわたしの死とともに、それが〈夢の女〉シリーズとして完成して、この人はようやく生涯のテーマを把握できた。そのことがわたしにもはっきりとわかり、これで浩さんの絵になり得たのだから、浩さんのことはもう心配しなくていい、そう思って、この人のことを忘れ、子供に逢うために小浜に帰って来た。子供にだけ未練が残っていた。

ところが今日になって、突然、この人が椿屋敷にあらわれた。そして話しているうちに、この人は、二年前たしかに〈夢の女〉シリーズを完成させたけれども、あの夢を見ているあいだ、これは夢にすぎない、という意識がどこかにあって、最後の変容をしっかり確認し損なったせいだろう、その欠陥がいまになってあらわれ、このテーマが失われつつある、と言うの。わたしは慄然とした。もしそんなことになったら、わたしの一生も、この人の長年の努力も、すべて水の泡になってしまう。そんなことは絶対にあってはならない。たとえ下降への変容であっても、すべてが無に帰していいわけではない。せめて一枚の絵でいいから、芸術が存在した証《あか》しとして実を結ばねばならない。でも、それにはどうしたらいいのか。もういちどこの人に変容の様を見せるしかない。そうすれば、この人はそれをはっきり確認し、こんどこそテーマを完全に把握できるはずだ。それに、それを見せることはいまのわたしには容易にできる。ただそれを見せたとき、わたしは……」

女は口を閉ざして、悄然とした様子でうなだれた。老婆は扉から一、二歩離れて、女の手を両手に取った。

「おお、そうじゃろう、そうじゃろう。男はみんな、女子《おなご》を食い物にしようとするもんじゃ。そのことは、わしら女郎がいちばんよう知っておる。みんな、男に魂まで食い物にされたあげく、この比丘尼屋敷に戻って来たのじゃから。だけど、登美さん、あんたはちがう。あんたはここに来んでもよかった。あんたはただ浩坊《ひろ》に逢うためにここに来た。それなのに、その男が来てしもうた。心に食いついたまんまのその男が、こんなところまでやって来てしもうた。あ、わしの善かれとしたことが仇になった。浩坊《ひろ》にいちどでも多く逢わせてやりたいばっかりに、早う昇らせんかったわしの情けが、こんな酷い仇になった。この扉のなかにその男を入れれば、あんたの話を聴けば、どうしてもあんたの願いをきかずにおれよう。登美さん、あんたはどうしても、その男に地獄おどりを見せるのかの。思いなおす気はないんかの」

「お婆さん、ありがとう」

女はこう言って、うなだれていた顔を上げて言った。

「でも、わたしはもうどうすることもできない。なぜって、この人は、わたしの心もわたしの体も、いちども求めたことがなかったのだもの。いい絵が描きたい、ただそれだけを願っていたこの人は、そのためにわたしの助けを必要としていながら、そして、実際にわたしの助けを求めていながら、自分ではそのことに気づいてさえいなかったのだもの。それが、いまこうしてはじめて自分からわたしに助けを求めている。それなのに、どうしてそれを拒むことができて。できるはずがない。ねえ、そうでしょう……」

老婆はなにか言いかけて呟き込んだ。女は老婆が握っていた手を離して、その手で老婆の背中をさすりながら話しつづけた。

「ほんとにごめんなさい、我儘なことを言って。そうなの、誰よりも女の性《さが》の深さを知っているお婆さんだから、こんな無理もきいてもらえる、男と女の因縁がどれほど抜き差しならないものかを知っているお婆さんだから、わかってくれる、そう思って、お願いしているの。それにこれは、わたしが十歳のときこの人に絵を描くことを教えたことからはじまったのだから、責任は全部わたしにある。絵によって結ばれたこの関係が、幼いころからいちども切れることのなかった私たちの因縁なの。生きているあいだはいろんなことがあってわからなかったけれど、いまこうして振返ってみると、その因縁が私たちをどれほど固く結びつけていたか、よくわかる。だから、ここにある舞台で魂を売り、この人の望みを叶えてあげるのが、わたしの遁れられない定めなの。もし地獄おどりを見せてあげなければ、わたしが生きていたときにしたことがみんなわたしの勝手な思い込みになってしまう。ここの舞台で地獄おどりを踊り、この人に望みを叶えてあげてはじめて、わたしが生きていたときしたことがみんな、いいえ、生きていたことがそっくりそのまま、この人のためだったことになる。そして、やはりそのときはじめて、わたしの悲願でもあった、この人の絵のなかにわたし自身を印すことができ、同時にこの人も女体の変容というテーマを完全に把握できて、自分の絵を完成させることになる。これもすべて、私たちの因縁でこうなるように決まっていたの。だから、どうしても地獄おどりを踊らなければならないの。もしそうしないと、いまこうしてここにいることも意味がなくなってしまう。ねえ、お婆さん、そうじゃなくって」

老婆は皺だらけの小さな顔を伏せて黙り込んだ。女は老婆の背中をさすりながら、閉ざされた口が開くのを待っている。扉の隙間からもれるお囃子が、男の耳にさらに大きくなって聞こえている。

「ああ、登美さん。あんたには負けた」

涙で濡れた白い目をこぶしで拭うと、老婆はようやく顔を上げた。

「それじゃ、ほんとにいいんだね」

「ええ、わたしはとうに覚悟してしまっているの」

その言葉を待っていた女は、はっきりとうなずいて言った。

「ほかのことは、もうなにも考えられなくなっているの」

「だけど、あんたの恋は、なんて悲しいめぐり合わせなんだろうね。それなのに、男はつけ上がるばかりで……ああ、そんな甲斐のない恋のために、こんなことになって……」

老婆は、背中をさする女の手を押し戻すと、女の顔を見上げたまま後ずさりして扉のなかに入った。つづいて扉が軋みを立てて大きく開かれた。女は男に歩み寄って、立ち上がらせた。

「お婆さんが開けてくれた。浩さん、さあ、入りましょう」

すでに変容がはじまっているのか、女の目はさらに白く光りはじめている。

「そうなの。この洞窟には、死んだ人が集まっているの。町の言い伝え、死んでいるのにまだ生きたがっている女たちが、男をおびき寄せて餌食にしているという言い伝えは、もちろん間違いだけれど、死人が集まっているというのはほんとうなの」

女はこう言いながら、男を扉のなかに導き入れた。老婆は後ずさりをして、ふたりを迎え入れた。薄暗い前房のようなところで、正面の観音扉の隙間から洩れる赤い明かりに、まわりの岩の壁がかろうじて見分けられる。お囃子はさらに大きく聞こえ、香《こう》がただよっている。

「だけど、恨みを持たれていなければ、死人を恐がることはすこしもない。死人はみんな気が弱く、内気なの。ねえ、お婆さん」

「そうじゃ。死人くらい大人しい者はいない。生きている者とは大ちがいじゃ。死人から見れば、生きている者はまるで鬼じゃ」

その死人たちはそこでなにをしているのだろう、男はそう思いながら、観音扉から洩れる赤い明かりを見つめていた。すると女がいきなり、男を老婆のほうに押しやって言った。

「お婆さん、お願い。この人をしっかりおさえて、最後まで見せてね」

男はおもわず女に体を寄せようとした。だが、それよりさきに、老婆が飛びかかる勢いで男の腕を両手につかみ、恐ろしい力で引き寄せた。

「そりゃもう、絶対に離さないよ。目を閉じたら、目ん玉を抉り出しても、ちゃんと見させるから、安心おし」

女から引き離されて、男は茫然としていた。

「浩さん！」

女は名前を呼んで、あらためて男に歩み寄った。そして白く光る目で男の顔を見つめ、静かな声で言った。

「浩さん！　これでほんとうにお別れね。地獄おどりを見せてしまったら、わたしは八百年この洞窟に籠もることになる。だから、逢うことはもうない。でも悲しまないで。人が人に逢いたがるのも、因縁による煩悩にすぎないのだから。そうなの。これはみんな、因縁なの。わたしがこれから浩さんに地獄おどりを踊って見せるのも、浩さんが望みどおり女体の変容というテーマを完成させ、そうすることでみずからの変容を確認することを願わずにいられないからだけれど、それだってやはり、因縁からそうするの。こうしてそれぞれが自分の役目を果たすことで、その因縁を解かなければならない。お婆さんはあんなふうに言ってくれたけれど、娼婦をしていたわたしは、はじめから地獄おどりを踊る定めだった。だから浩さんは、自分を責めたりする必要はない。ねえ、よくわかったでしょう。あ、なにも言わないで……」

女は白い手を伸ばして、男の口をふさいだ。そしてさらにその手で、男の額に触れ、目に触れ、頬に触れ、唇に触れた。

「ああ、わたし！」

女はうっとりした声で言った。

「浩さんに触るのは三十年ぶりだわ。あのころは子供だったから、ほんとに触るのはこれがはじめて。こんなに深い因縁で結ばれていながら、大人になってからいちども逢わなかった、そう思うと、死んでいることを忘れて、この指が燃えるよう。浩さんの顔に触れたこの指だけが消えずに残ってしまいそう……でも、もう遅すぎる。感覚が消えてしまった……」

女は男の顔から手をゆっくりとおろした。そして白い眼差しでなおも男の目を焼きつくように凝視し、悲しみのこもった声でつづけた。

「こんどこそほんとにお別れね。お願いだから、今日かぎりわたしのことを忘れてね。いいえ、地獄おどりを見れば、きれいに忘れるはずよ。そのためにも見せるのだもの。それから、浩さんは本物の画家よ。だから、自信を持っていい絵を描いて、お願い……。浩さん、さようなら……。あ、大事なことを忘れるところだった。晶ちゃんを助けてあげて。浩さんが封じ込めたままの晶ちゃんは、双子島の下の海に沈んでいる。もういちど彼女の肖像画を描いて、海の底から救い出してあげて、きっとよ。地獄おどりを見たあとの浩さんには、それが出来る。ああ、なんて切ないんでしょう。さようなら……」

女は男の目を凝視したまま、よろめくように一歩二歩と後ずさりした。そして岩の壁に触れた瞬間、その姿は消え失せていた。

「あ、登美ちゃん、どこへ!」

五

「そこにはもういないよ。なかだよ」

老婆はこう言って、男の腕を引っ張り、観音扉のほうへ導いた。

「あんたは運のいい男だ。生きたまんまで地獄おどりを見れば、もう女子《おなご》に気を取られんし、無駄な欲も無駄な見栄もなくなる。そうなりゃ、あんたは、その絵とやらに命がけになれるだろう……さあ、お入り」

老婆は観音扉を押して、男をなかに引き入れた。岩をくり抜いたような五十畳くらいの四角い洞窟で、壁も天井も緑色に塗られた、巨大な岩室である。さらに大きくなった鉦の音に加えて、笛や太鼓の混ざったお囃子がはっきり聞き取れる。

そのお囃子が聞こえる奥まった正面へ目を向けると、鏡花の『陽炎座』を思わせる小さな舞台があって、黄色い引き幕がかかり、その前にムシロが敷きつめてある。舞台に置かれた燭台が、なにか赤いものを照らしているらしく、薄暗がりの石窟の内部が、その照り返しに、火事に染まった夜空のように、赤みをおびている。

　男の腕をつかんだ老婆は、薄暗がりのなかを、ムシロを踏んで舞台のほうへ進んだ。

「あの娘《こ》も言っていたが、なにも怖がらんでいい。ここの死人はみな、生きていたときの業《ごう》から離れられんだけで、人を恨む者なんか、ひとりもいやせん。恨みのない死人はどんな悪さもせんもんや」

　石窟の中ほどまで来ると、老婆は足を止めて、いきなり大声で叫び出した。

「さあ、みんな、寝かした体を起こしなせえ。さあ、みんな、寝かした体を起こしなせえ」

　見まわしても、舞台の前に敷かれたムシロの上だけではなく、四方の隅々も人影ひとつない。まわりは緑色に塗られた岩の壁で、出入口である観音扉のほか完全に閉ざされている。それでも老婆は大声で叫んでいる。

　とそのとき、男の足もとで影が動いた。おどろいて見つめると、陽炎のように揺らぐかすかな影がくっきりと見えてきて、たちまち赤みをおびた人の形になった。足もとだけではない。ムシロの上はどこもかしこも、老婆の呼びかけにおうじて形をあらわした何十もの人影で埋まり、すでに足の踏み場もない。その揺れ動く人影を踏みつけそうになり、男は足を止めた。老婆も立ち止まり、「さあ、みんな、寝かした体を起こしなせえ」と繰り返し呼びかけて、さらに叫んだ。

「解き放ちだよ。解き放ちだよ。登美さんが踊るよ。登美さんが地獄おどりをすっかり見せるよ。こんなおばん振る舞いは、百年にいちどあるかないかだよ。男衆、よう見て、成仏しなせえ」

　老婆のその言葉にムシロを埋めた人影から「わあっ！」という歓声が起こり、石窟の内部いっぱいにとどろき、その歓声をきっかけに、人影のひとつひとつがいっそう濃くなった。すでに生きている人間とほとんど変わらない。さらによく見ると、ムシロの上で動く人影はそれぞれ一対の男女で、薄物をまとった女たちが経帷子を着た男たちに蔽いかぶさっている。老婆の呼びかけが男たちを奮い立たせるらしく、組み敷かれている男たちの影が女たちの影を押しのけて、いっせいに体を起こすのである。

　老婆と男のまわりは、立ち上がった男女の影で埋めつくされた。だが、どの一対の男女も、立ち上がるとすぐに別々になる。男たちはすがりつく女たちを振り払って正面の舞台に近づいて行き、女たちは、なにが起こったのか理解できないというふうに、一様に老婆と男のほうに寄って来るのである。その女たちを片方の手で追い払いながら、老婆が叱るように言う。

「お門違いだよ。これは登美さんの男だよ。おまえたちの餌食は死んだ男たちの魂。これはまだ生きておる。こんなのを食ったら、いっぺんに腹を壊すよ」

その言葉に気落ちした様子を見せながらも、おどろくほどの素直さであきらめた女たちは、白粉をつけた顔を俯けて、石窟の後方の隅に引きさがって行く。薄暗いそこでひと塊りになり、暗い影と見分けがつかなくなるのである。一方の活気づいた男たちは、舞台の前にぎっしりと寄り集まり、黒々とした影を重ねている。

「見たかえ」

老婆はこう言って、隅に引きさがった女たちの影を示した。

「これはみんな、この小浜に生まれた女たちで、都に女郎に売られて、そこで死んだが、成仏できんで、ここに戻って来たのじゃ。売ってはならん魂まで売ったため、成仏できんのじゃ。魂がなければ、人間、どうして成仏できよう。それで、八百年この比丘尼屋敷にこもり、男の魂を食らいつづけるんじゃ。ほら」と、舞台の前にぎっしりと寄り集まった男たちの影を指さして、さらにつづけた。

「これが亡者じゃ。成仏できん亡者じゃ。みんな、女子に未練があって成仏できんかったこの町の男たちじゃ。町に死人が出ると、わしが火葬場に行って、そんなのをみんな、ここに連れて来るんじゃ。いくらでもおるわ。数に不足せんわ」

拍子木がカチンと鳴って、乾いた音が石窟の湿っぽい空気のなかにひびいた。舞台の前でひしめき合う男たちの影が、その拍子木の音におうじて、左右に大きく揺らいだ。と同時に、黄色い引き幕の右側がすこし開いて、細長い紙が貼り出された。

地獄おどり　　登美さん

「ここに戻って来たこの女郎たちは、八百年ものあいだこの男たちの魂を食らい、魂を取り戻し、ようやく成仏できるんじゃ」

と老婆はなおもつづけた。

「もともと女郎になんの罪もねえ。ただ苦界に身を落とした悲しさ、親兄弟恋しさに思い余って、売ってはならん魂まで売ってしもうたので、ここでその魂を男から取り戻すだけのこと。女子はみな成仏できるようにできておるのに、いちばん辛い思いをした女郎が、なんで成仏できんことがあろうか。辛抱じゃ、八百年のあいだ辛抱さえすれば、間違いのう成仏できる。だが、男はちがう。女子や子供を泣かすから、男はみな罪がある。それでもその罪は慈悲の力で祓《はら》われる。だけど、女子に未練を残す男に慈悲の力は及ばず、それで、わしがここに連れ込んで、女郎の餌食にする。未練を捨てさせるためじゃ。魂を食いつくされた男は、ようやく女子への未練を捨てるが、こんどは魂がないから成仏できん。そこでじゃ」

老婆は男の腕をつかんだまま、赤みをおびた男たちの影をかき分け、さらに舞台に近づいた。

「慈悲の力が及ばんこの亡者たちをどうするか。ところが有り難いことが起こる。この比丘尼屋敷に来んでいいはずの女郎が、ときたま来ることがある。登美さんもそのひとりじゃ。あの娘は女郎だったが、客にいちども魂を売らんかったから、すぐにも成仏できる。そんな女郎は身内に逢いに来るんだが、何度か逢えば気がすむものを、成仏せんで、ぐずぐずしておる。なぜじゃ。成仏できん男たちを救うためじゃ。慈悲の力がそうした女郎に宿るんじゃ。それがほんとの女郎というもの。結局、男のために魂まで売らねば気がおさまらん。自分から男のために魂を売り、八百年この比丘尼屋敷に身を沈めるんじゃ」

ふたたび拍子木がカチンと鳴り、黄色い引き幕を見つめる男たちの影が揺らいだ。鉦を打つ音が速まり、お囃子もいっそう賑やかになる。

「退《の》いた、退いた」

老婆は男たちの影を押しのけて、さらに舞台の正面に近づき、舞台に接した席に男を坐らせると、男の腕を握ったまま、自分もそこにうずくまった。

「ここで魂を売るというのは、地獄おどりを踊って、女子というものの正体を男に見せることじゃ。ここでのうても、女子が魂を売るということは、女子の正体を男に見せることじゃ。すると、それを見た男はどうなる。女子への迷いから覚め、精進できるようになる。女子にとっては損な話じゃ。自分は魂をなくし、成仏できなくなるわ、男に愛想をつかされるわ。それでも女子は男のためにそうするんじゃ。それが女子というもの、それが女郎というもの……」

いきなりドドンとひびく太鼓の音が石窟を満たした。男たちの「わあっ！」という歓声がふたたび石窟の内部にとどろき、まわりを埋めた経帷子の影が渦巻くように揺れ動き、それからしいーんと静まり返った。

「亡者ども、さあ、見なせい。嬉しくなって腰を抜かせねえで、よーく見なせえ。これが成仏できん男衆に引導を渡してくれる、お慈悲の地獄おどりだよ」

黄色い引き幕がすうーと開いた。あらわれたのは岩をくり抜いた横穴で、それがそのまま幅二間ほどの狭い舞台になっている。左右に燭台が置かれているほかはなんの道具立てもなく、その舞台の真ん中に、真っ白なものが横たわっている。女体である。横ざまにくず折れた女体が、胸に両腿がつくほど極端に折り曲げた恰好で、横たわっているのである。すでに腕も足もない。顎を肩口に押しつけているらしく、かろうじて顔と見分けられる。

白い塊りである女体は静止したままである。それを見つめる男たちも、息を呑んで沈黙している。その静寂のなかで、男は心を震わせながら、女体を凝視しつづけた。すると、その凝視を待っていたのか、静止していた白い塊りが伸びをするようにかすかに動いた。

経帷子の男たちがいちどに腰を浮かせて、すこしでも舞台に近づこうとざわめき立ち、それに煽られて左右の燭台の焔が大きく揺らいだ。とつぎの瞬間、舞台の背景である岩に塗られた緑の照り返しと、そこに描かれた椿の花の赤の照り返しが、横たわった女体にくっきりと映えた。まさしく〈夢の女〉シリーズのフォルムと色彩である。そしてそのとき、その白い女体のなかに、ちいさなふたつの目が浮き出て、じっと男を見つめ返した。

「ああ、登美ちゃん！」

男ははげしい衝撃に、おもわず後ずさりしようとするが、老婆の両手に首をつかまれていて動けない。大きく目を見開いたまま、〈夢の女〉から視線をそらすことも、目を閉じることもできない。

「さあ、登美さんの地獄おどりがはじまるよ。しっかり見なせい。地獄おどりを踊るのは、それを見る男に代わり、地獄に堕ちてみせることだ。登美さんはいま、あんたに代わり、地獄へ堕ちてみせるのだよ」

老婆はこう叫びながら、男の首をつかんだ両手に力をこめると、舞台の〈夢の女〉の間近へ男の顔をぐいっと押し出した。

「さあ、しっかり見て、立派な絵描きにお成り。そんなにまで絵が上手になりたいんなら、しっかり見て、立派な絵描きにお成り。さあ、さあ、さあ……」

（了）

終わりの街

一

わたしは長いあいだベッドに横たわったままだった。もう二度と起き上がれないだろうとあきらめていた。実際に、医師や看護師たちは気休めさえ口にしなかった。年配の看護人の女性だけが「いまによくなりますからね」と決まり文句を繰り返していたが、わたしはそのたびに情けない気持になった。このベッドが残された現実との唯一の接点であり、明日にもこのベッドの上から消え去る、そう思うと、残念な気がしてならなかった。

　苦痛がいくらか和らいだとき、わたしはなんども、生涯を総括しようとした。一生を振り返り、自分なりに納得したいと思ったのである。だが、なにもかもが夢であったとしか思えず、夢のなかでは思考や意志を働かせないのとおなじで、過去の断片が取り止めもなく思い浮かんでは消え去るのを、呆然と見送るばかりだった。

　それでいて一方で、このままでは終わりにならないのではないか、なにか為残《しのこ》したことがあって、そのことがこんなふうに終わりを先延ばしにしているのではないか、という考えも頭から離れなかった。そしてその考えに決着をつけ得ない苛立ちのなかで、なにか為残したことがあるとすれば、それはいったいなんだろう、そう自分に問いつづけていた。

　ところが、昨夜、夢ともうつともつかない、朦朧とした意識の状態のうちに、ある物語が提供されて、わたしはその物語のなかで、なにを為残しているのかを教えられたばかりか、おなじその物語のなかで、それを為《な》し終えたのである。そしてその結果、わたしはいま、これまでの苛立

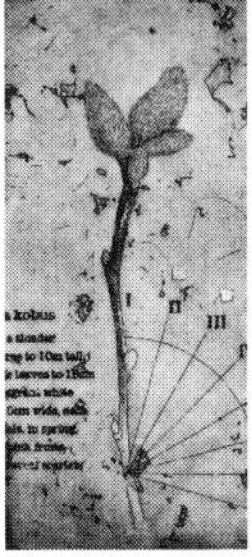

ちから解放されて、そのときを心静かに待っているのである。それはつぎのような物語であった。

消灯のあとの真夜中にちかい時間であった。奇跡が起こって、わたしはベッドの上で起き上がったのである。もちろん自力ではなかった。案内人と名乗る男があらわれて、わたしを引き起こしたのである。それは体格のがっしりした、四角な顔の男だった。そして男は、「わたしにまかせておればいい」と言って、わたしを廊下に連れ出し、さらに非常階段を降りたのである。

わたしは非常階段を降りながら、この案内人は、終わりを迎えた患者たちを、病状とはべつに、こんなふうにして死のほうへそっと送り出しているのではないのか、それを自分の務めにしているのではないのか、そのせいで、その分だけ、患者はより楽に死んで行けるのではないのか、そんなふうに思った。すると、わたしの胸のうちを読んだ案内人は、階段の途中で立ち止まって、こう言ったのである。

「それはちがう。わたしはただ、あなたのようなケースの患者が完結して終わるよう願っているだけだ。それ以上のことはできない」

わたしは一瞬、なんのことかわからず、問いかけた。

「完結して終わるとはどういうことです」

同時にわたしは、声が出せることを知って異様な喜びをおぼえた。言葉を声にすることはもうないだろうと思っていたのである。男はこう説明した。

「完結して終わるというのは、満足して終わるということだ。誰もが満足して終われるわけではない。不本意のままに終わる者も大勢いる。一方で、満足して終われるはずなのにそれができずにいる者もいる。あなたの場合がそうだ。そんな患者の手助けをするのがわたしの役目だ」

「満足して終わるとはどういうことです」

わたしはさらに問いかけた。

「それは知らん。人にはそれぞれの完結の仕方がある。それがどんなものか、わたしはいちいち知ろうとは思わない。わたしは、いま言ったように、完結して終われるのにそれができずにいる患者を見分けることができるだけだ」

「それで、こんなふうに連れ出し、その完結が見出せる場所に連れて行くのですか」

「そうだ。わたしにできるのはそれだけだ。あとはどうなるか知らん」

ふたりは病棟の下に降りた。案内人は裏門のほうへ導いた。そして裏門から表通りに出ると、タクシーが通りかかるのを待った。

「タクシーのなかでは、口をきいてはいけない。それでなくとも、運転手に余計な神経を使わせるのだから」

「それはわかっていますが、どこへ行くのです」

「街だ。この大都会のはずれにある真夜中の街だ」

「真夜中の街？」

「そうだ。真夜中になると出現する街だ」

タクシーが来た。

「以後は黙って……」

タクシーは深夜の街を走りつづけた。わたしは窓の外を眺めていた。二年ぶりで見る都会の光景は、異様に懐かしかった。生涯のほとんどをこの大都市で過ごしながらも、こんなに懐かしく思ったことは、これまでいちどもなかった。

タクシーは下町の裏通りを走った。深夜で車がすくないのだから表通りを走ればよさそうなものなのに、せまい路をぬうようにして走った。都会の隅のほうへと、あるいは奥のほうへと、無理やり潜り込もうとしている、そんな感じだった。案内人も運転手もひどく緊張していて、むしろタクシーが勝手に走るのを心配そうに見守っている、という顔つきだった。

そこまで来てタクシーは急に止まった。なにかを思い出して停車したというような止まり方だった。げんに案内人は「もう着いたのか」と運転手に訊いたが、意外だというニュアンスのある訊き方だった。「ええ、着きました」と答えた運転手も、たしかに意外だ、と言いたそうだった。「よし。降りよう」と、案内人は決意するように言って、わたしをうながし、運転手がほっとしたようにドアを開けた。

長居は無用とばかりに、タクシーはふたりを残して、大あわてで走り去った。降りたところはやはり下町のようなところで、街灯が寝静まった街を照らしていた。案内人は体の向きを前後左右に変えながら、遠方を覗き見るようにして眺めていた。

「なんど来ても、どちらなのか判断がつかない。そのつどちがうみたいだ」

「真夜中に出現するその街の在り処ですか」

「そうだ。大きな街だ。途方もなく大きな街だ」

「誰が住んでいるのです」

「わたしは知らない。わたしは入ったことがない」

「その街でわたしはなにをするのです」

「それも知らん。知っているのは、それぞれが為残《しのこ》したことを為《な》し終えて自分を完結させるために必要な街であり、これはわたしの推測にすぎないが、その街がなんらかの方法でその人が為残したことを教えてくれるばかりか、為し終えるチャンスを与えてくれるのだろう、ということである」

「それで、為し終えたらそのあと、どうなるのです。あるいは、為し終えられなかったらどうなるのです」

「結果がどうなるか、わたしは知らん。わたしがこうしてここに案内するのは、それぞれが為残したことを為し終えることでその街を通過し、無事に向こう岸にたどり着くということが前提になっている」

「すると、その街からもどって来た人はひとりもいないということになりますね」

「そうだ。ひとりもいない」

「ということは、やはり誰もが為残したことを為し終えて、その街を通過したことになりますね」

「そうであるとわたしは信じている。だが、説明はもういいだろう。街そのものについてわたしは何ひとつ知らないのだから。さあ、行こう。その街に入るまであなたは下を向いて、まわりを目に入れないほうがいいだろう」

「どこにあるかわかったのですか」

「わからない。だが、進んだ方向にあることになっている。もともとその街は現実に存在するわけではない」

案内人はこう言って、わたしの肘のあたりをつかみ、路の真ん中を歩きはじめた。しばらく行くと、あたりの雰囲気がちがってきた。空気の成分が変わって、それにしたがい、あらゆる事物が屈折しているように感じられた。わたしは下を向いて目に入れないようにしていたが、案内人はまわりの変化を感じ取っているのだろう、歩き方に緊張が加わった。実際に、このあたりはもう半分は現実の街ではないような気がした。そしてそこまで来たとき、これ以上は無理だというように案内人は足を止めた。

「わたしが案内するのはここまでだ。あとはひとりで行かねばならない。不合理に思えることもあるだろうが、その街を通過しなければならないことは確かなのだから、そうした不合理なことにも堪えなければならない。それを堪え切れば、おのずから為残したことを為し終えたことになり、完結に達するはずだ。それでは、わたしはここで失礼する」

こう言ったと思うと、案内人はわたしの腕を離して背を向け、来た路を引き返して行った。

遠ざかる案内人の靴音が聞こえなくなるのを待って、わたしはようやく顔を上げた。星ひとつ出ていない異様に暗い空である。わたしはもういちど視線を足もとに向けた。

ゆるい弧になった石の橋の上に立っていた。街灯の白い光が石を冷たく照らしている。欄干に歩み寄ると、ほとんど流れのない深い運河で、かすかに水の匂いがする。

わたしは橋を降りて、街に踏み入れた。しばらく進むと、ひろい路に出た。交通は完全に途絶えていて、静まり返っていた。路の両側に整列した街灯が、無人の街路を遠近法さながら、遠くまで浮かび上がらせている。わたしは路の真ん中に歩み出て、前方を見わたした。どの建物も、二階までは街灯に照らし出されているが、それ以上の階は闇にかき消されている。真夜中になると、出現する幻の街だ。案内人はそう言っていたが、見たところどの建物も、いかにも重々しい感じである。

ひろい路上には、人や車ばかりではなく、動くものは何ひとつない。街灯の明かりだけが、なにかを待ちつづけているかのように煌々とかがやき、建物の正面と路面を照らしている。わたしは立ち止まり、建物のひとつを選んで、戸口や窓をたんねんに眺めてみた。やはり戸口も窓もすべて閉ざされていて、あきらかに無人である。

人も車も途絶えた路上を歩きつづけた。靴音があちこちに反響して、自分の靴音とわかっていても、あたりを見まわさずにおれなかった。遠くのほうに車の音がかすかに聞こえるとか、裏通りを急ぐ靴音がするとか、そういう物音もしない。釘一本が落ちても聞こえそうな異様な静寂に、街路そのものが硬直しているのである。

わたしの頭に疑念が生じた。こんな静止した街でなにが起こるというのだろう。なにも起こらずに通り過ぎてしまうのではないのか。すべてが案内人の作りごとではないのか。もちろんすぐに考えなおした。いや、そうじゃない。きっとなにかが起こる。なにも起こらずに街を通過し終わるなど、そんなことがあるはずはない。空っぽの街をただ通り抜けるだけのことなら、わざわざこんな街を出現させる必要はなく、案内人だって、死の床に横たわる者を、こんなところに連れて来るはずがない。

それとも、とわたしは、そこまで来て思いついた。こちらからなにか働きかける必要があるのだろうか。街はそれを待っていて、それで、こんなふうに息を殺しているのだろうか。わたしは、足もとをつよく踏みつけて歩いてみた。靴音が左右の建物に反響して、さらに遠くへとこだました。街そのものが無人ゆえに音響装置になっていて、音をそっくりそのまま前方へ運んで行く、そんなふうにも聞こえた。わたしは、さらに靴音をひびかせて、無人の路上を歩きつづけた。上空を見上げても、どんなかすかな動きもない闇の広がりである。

そこまで来たとき、静寂を破って、軽い音がひびいた。誰かが足もとに小石を投げて寄こしたのである。呼びとめる声を聞かれるのを怖れてのことだろうと察して、そのほうに歩み寄った。建物と建物のあいだの通路にひとりの男が身をひそめていた。軍帽のようなものをかぶり、軍服のようなものを着た、背の高い男である。なぜか胸のボタンが二個だけ眼球のようににぶく光っている。

「あなたは誰だね」

わたしは相手の顔を見上げて訊ねた。こうして見上げても、帽子を深くかぶっているので顔はよく見えない。骸骨が帽子をかぶっているのかもしれない、そんな考えが頭に浮かんだ。

「紹介人です」

と男は枯れた低い声で答えた。

「紹介人……なんの紹介だね」

「この街を通過するためのガイドを紹介する者です」

「ガイドなんて必要ない」

わたしはとりあえず言った。相手の目的がわからないのに、安易に誘いに乗るわけにはいかない。

「あなたの場合、ガイドがいなければ、この街は通過できません」

男はわたしの言葉を無視して言った。

「すると、それは公認のガイドということだろうか」

「いいえ。非公認のガイドです」

「ガイドと名乗りながら、どうして非公認なのだね」

「この街の決まりだからです」

「それでは偽のガイドと思われても仕方ない」

「あなたはなにもわかっていない」

「そうだろう。はじめてこの街に来たのだから。だからといって、偽のガイドかもしれないのに、うかうかと誘いに乗れない。それくらいなら、このままこの街を素通りしたほうがましだ」

「やはりあなたは、なにもわかっていない。この街について思い違いをしている。いいですか。繰り返しますが、あなたの場合は、ガイドなしではこの街は絶対に通過できません」

「どうしてだね」

「この街に踏み入れたということは、この街となんらかの関わりを持つ必要があるということです。その必要がなければ、誰もこの街に踏み入れたりはしません」

「なるほど。それで、それはどんな関わりだね」

「そのこともガイドが教えます」

男の言っていることは理にかなっていた。それでもわたしはあえて訊いてみた。

「仮にガイドを無視して、このまま通り過ぎたら、どうなるのだろう」

「そんなことはできません。通り過ぎるまえに街の餌食になってしまいます」

「餌食になる？　どういう意味だね」

「言葉どおりです。そのときあなたは、なんのためにこの街に踏み入れたかわからないままに、街の餌食になって、消滅するということです」

「………」

信用していいのかどうか判断がつかず、わたしはしばらく黙っていた。そして、「その街を通過しなければならないことは確かなのだから」という案内人の言葉を思い起こすことで、ようやく勧めにしたがうことにした。わたしの立場は案内人を信頼するほかはないのである。

「わかった。ガイドを紹介してもらおう」

「ようやく決心しましたね。当然とはいえ賢明な選択です。さあ、行きましょう。それでなくても躊躇しているところなど、これ以上見られないほうがいいのです」

「誰が見るのだろう」

「もちろん街です」

「街はいま眠っているのでは？」

「この街は眠ったりはしない。いつも大きく目を見開いている。われわれガイド紹介人はその目から隠れて仕事をしているのです」

男はこう言って、伸ばした手でわたしの腕をつかみ、建物の陰に引き入れた。

「それで、そのガイドはどこにいるのだろう」

「近くです。さあ、行きましょう。足もとに気をつけて」

男はわたしの腕をつかみなおし、建物と建物のあいだの通路の奥に導いた。凹凸のある石畳になり、わたしはなんどもつまずいて転びそうになり、そのたびに男に支えられた。

「ほら、気をつけてと言ったでしょう」

街灯の明かりが届かなくなると、足もとも見分けられない暗さに変わり、わたしは男に抱えられる恰好になった。さいわい、そんなに遠くなかった。表通りの建物の裏にある建物の脇をふたつ通り抜けたところで、男は「ここです」と言って足を止めた。

男はわたしの腕をはなして、裏口らしいドアのノブをまわした。隙間からなかの光がかすかに洩れた。ぎらつくような街灯の光とはちがって、暖かみのある明かりだった。わたしはその明かりにほっとした。男はいったんドアを閉めて言った。

「入ってください」

「あなたは？」

「わたしの役目はここまでです。心配しなくても、十分な明かりがあります。道順も簡単です。明かりが洩れないように入ってください。さあ、入って……」

わたしが開いた隙間に体をもぐり込ませると、男は背中を押すようにしてドアをすばやく閉めた。

二

一瞬、閉じ込められたのではないか、そう思って振り返ったが、確かめることはしなかった。むしろ、この穏やかな明かりのなかに身をおいてみると、ほっとした気持になり、街をおおう闇と街灯のぎらつく明かりに、どれくらい緊張を強いられていたかがわかった。といっても、部屋の壁に取りつけられた明かりは、かろうじて物の在り処が見分けられる貧しいもので、壁が剝き出しの部屋も、空っぽの物置といった感じだった。

奥に階段の手すりが認められた。歩み寄ると、降りるだけの階段で、そこにあって当然と思える、ほかの部屋につながる出入り口のようものは見つからなかった。ということは、この部屋は、外と地階に降りる階段をつなぐだけの部屋でしかないということだった。あるいは、この街の建物はすべて、その重々しい外観にもかかわらず、地階以外は外壁だけでできていて、なかは空洞なのかもしれなかった。

いずれにしても、階段を降りるほかに道はなく、わたしは段に足を降ろした。いまの部屋の明かりにようやく見分けられる暗い階段は、見たところふつうの階段と変わりなく、踊り場をはさんで向きが反対になり、さらに下へとつづいていた。降り切ると、すぐ目の前にドアがあった。ノックしてみたが、応答はなかった。もういちどつよくノックしても、やはりどんな応答もない。

わたしはドアを開けてなかに入った。暗がりに沈んだ部屋で、どこかに小さな明かりがあるらしく、向かい側の一郭をスポットライトのように照らしていた。そしてその明かりのなかに男がひとり立って、こちらを見ていた。わたしは男へ向かって歩を進めた。妙に奥行きのある部屋で、声をかけるには遠すぎる、そう思ったのだ。向こうもこちらに近づいて来る。ところがふたりの接近は異様な速度で、このままでは、たがいにぶつかってしまう、そう思えるほどだった。

わたしはおどろいて足を止めた。すると男も立ち止まり、ふたりは二十歩ほどの距離をおいて向かい合った。とその瞬間、わたしは、それが自分であることに気づいた。向かいの壁が鏡になっていて、そこに自分が映っているのである。だがわたしは、自分が映っていると認めながらも、それと同時に、やはりそこに誰かがいて、部屋の造りと弱い明かりのせいで、自分が鏡に映っているように見えるのではないのか、そんなふうにも思った。

そこでわたしは、こんどはゆっくりと近づいてみた。向こうもゆっくりと近づいた。わたしはふたたび足を止めた。向こうも足を止めた。面と向かい合う恰好になり、顔がはっきりした。三十くらいの男だった。わたしは念のために手を上げてみた。相手は手を上げなかった。

ということは、やはり鏡ではないということだった。だがほんとうにそうだろうか。わたしはさっきとは反対にそう思って、もういちど手を上げてみた。すると男は、手を上げるかわりに、かすかに笑みを浮かべた。その笑みが、むしろ自分の顔であることをわたしに確信させた。わたしは子供のころから、鏡のなかの自分の顔に向かって、笑いかける癖があったが、男の笑った顔は、自分に向かって笑いかけるその顔であった。

その顔を自分の顔であると認めると同時に、わたしはおもわず「きみは誰だ!」と問いかけていた。といっても、相手に対する不審から問いかけたのではなかった。むしろ、目の前にいるのが、自分でありながら自分ではない、そうした存在であることを認めたので、問いかけたのである。わたしは、返事を待たずに、背を向けて歩き出した。そして部屋を出て、階段を登り、控えの間のドアを開けて、ふたたび街に出た。

街はあいかわらず静まり返っていた。街灯の明かりを受けた建物に反響して、靴音が遠くまでこだました。わたしは無人の路上を歩きつづけた。もちろん追って来ているはずの男から逃げようとしているのではなかった。どうして自分の分身から逃げる必要があるだろう。部屋を飛び出したのは、自分の分身であると認めながらも、その存在をどのように考え、どういう態度をとればいいのか、あの場でとっさに判断ができず、そんな自分に堪えられなかったからである。

わたしはすこしずつ足をゆるめて、靴音を小さくした。思ったとおり、追って来る靴音が後ろに聞き取れた。その靴音がわたしの気持をむしろ落ち着かせた。おそらくこの街では、分身は、当人の外に出られるだけではなく、あたかも他人であるかのように対面できるのだろう。ということは、この成り行きを認めて、相手をガイドとして認めなければならないということだった。「不合理なことにも堪えねばならない」という案内人の言葉も、こうしたことを言っているにちがいなかった。

靴音はすぐ後ろに接近した。その落ち着いた足どりは、わたしが足をゆるめた意図を察していることを教えていた。分身でありながら、理性を十分にそなえているのである。わたしは路上の真ん中で足を止めて、相手のほうに向きなおった。相手も予期していたように立ち止まった。ふたりは五、六歩を隔てて向かい合った。

その五、六歩という距離がわたしに、三十何年か前にいちど、街中の路上で、こんなふうにこの相手と向かい合ったことを思い出させた。同時に、自分よりもいくらか若く見え、どこか悄然としていたそのときの印象が、いまもそのまま認められることに気づいた。わたしはこんなにも年老いたのに、分身である相手は、当時のまま、まったく変わっていないのである。

わたしはどう声をかけていいのかわからなかった。それどころか、分身と話をするなど、あり得ないことに思えた。ところが、相手は一歩踏み出すとともに、なんのためらいもなく、先に声をかけた。

「あれから三十何年という歳月が経っています。おどろいて当然です」

その声は録音された自分の声のようにも聞こえたが、それでも外にはっきりと聞こえていて、会話が可能であることを保証していた。

「ここで立ち話はできません。それに街が見ています」

相手はさらにこう言って、わたしに触れるくらい接近したと思うと、向きを変えて路の片側に歩を進めた。わたしもあとにつづきながら、分身が当人のわたしに対して、こんなふうに丁寧な言葉づかいをするのは、変ではないかと思った。だが、三十年前のままの相手の立場からすれば、わたしは倍以上の年齢になっているのだから、こうするのが自然なのかもしれない、とも思った。

わたしはならんで歩き出したが、まだ黙っていた。なにをどう話しかければいいのかわからなかった。それに、街中の路上で向かい合ったあれ以来、この分身を、三十何年もの長いあいだ、無視しつづけて来たという後ろめたさもあった。

「わたしをどうあつかっていいか戸惑っていますね。そんなに気にしなくてもけっこうです。呼び名も、仮の名前、たとえばエルとでも呼んでください」

「エル？」

「意味はありません。きみとかおまえとか、そうした代名詞の代わりです。この呼び方のほうが違和感はすくないでしょう」

「あれから三十何年の歳月が経ったわけだから、分身とはいっても、わたしにとってもはや自分とはいえない、といって、他人でもないということかね」

「まあ、そうです。それよりも靴音を立てないでください。ここまで来るあいだ必要以上に靴音を立て、無用な刺激を与えてしまったのですから」

そう言われて気づいたが、エルはもう靴音を立てていなかった。

「刺激……誰に対して？」

「街に対してです。街はつねに監視していて、敏感なのです」

「なんのために監視しているのだろう」

「街に入って来た者が、この街に踏み入れながらも、自分がなにを為残しているかを自覚できず、それを為残したまま通過しようとしたとき、餌食にするためです」

「紹介人もそんなことを言っていたが、それは、みずからを終わらせることができないその人に代わって、慈悲というような配慮から餌食にするのだろうか」

「街にそんな穏当な意図はありません。餌食にするのがこの街の在り方だから餌食にするだけです」

「それで、エルたちが、ガイドという形で、そういうことにならないよう導くということだろうか」

「そういうことです。あなたがいずれわたしを必要とすることを見越して、この街でこうして待機していたのです」

「さっきのあの鏡のなかで、三十何年ずっと？」

「まさか。この街に出入りしはじめたのは、あなたが重篤になってからです。鏡のなかにいたのは、あのようにして鏡から出るという形で、あなたの前に姿をあらわさないと、このように向き合って話すことができないからです」

「ということは、分身は、つねに当人のそばにいるわけではない、ということだね」

「もちろんそうです。といっても、そう一概には言えません」

　エルはこう言って、わたしの顔を横から見つめた。

「実体のないわれわれは、影のようなものです。したがって、始終そばにいる分身もいれば、そばにいたり離れたりを繰り返す分身もいる。すっかり姿を消して、当人の生命が危険に瀕したり終わりにちかくなったときにのみ、あらわれる分身もいる。わたしもだいたいそれに当たる。いずれにしても、時間にかんして自在であるように、空間にかんしても自在で、したがって内とか外とか、なんらかの距離をおいてとか、そういった分け方はありません。もちろん終わりのときが来れば、どんなケースも当人のなかに戻るのですが。曲がりますよ」

　エルはこう言って、街角を曲がった。そして、通りの明かりが届かなくなったところまで来ると、「ここです」と言って、壁とほとんど見分けのつかないドアを開けた。入ったすぐそこに石段が降りていた。エルは「足もとに気をつけて」と言って、先に立って降りた。

　ごく短い石段で、降りたところにもうひとつ、ドアがあった。半分が地階になっているらしく、なかに入ると小さな酒場で、地下の湿った温もりのなかに、ビールやタバコの匂いが感じ取れた、客はいなくて、カウンターのなかに、赤い服の太った女がいた。椅子に腰かけて雑誌かなにかを見ているらしく、胸より上しか見えない。その女の後ろの棚に、色とりどりのラベルをつけた酒瓶がならんでいる。

　テーブルのひとつに向かってわたしを坐らせると、エルは女のところに行って、小声で話をした。そして戻って来て、椅子に腰をおろすと、ポケットからタバコを取り出した。

「タバコはやめたのでしたね。当人が禁煙したときは、原則として分身も禁煙することになっているのですが、いろいろと言い訳をして、やめなかったのです」

「それはすまないことをした。そういう事情を知っていたら、考えなおしたかもしれない」

「すんだことです。気にしなくていいです。それよりも、せっかくの機会ですから、話の順序として訊きますが、いつどこで分離が生じたのか、知っていますか」

「…………」

　わたしは答えられなかった。カウンターの女が盆に酒瓶とコップをのせて持ってきた。そしてそれをテーブルの上に置き、ふたりの顔を見くらべた。

「まるで親子の対面といったところね」

「余計なことを言うな。あっちへ行ってくれ」

女は笑いながらカウンターに戻った。エルはコップに酒をついでわたしにすすめ、自分もコップを口に持って行った。

「たぶんごく幼いころだと思うけれど」

わたしはこう言いながら、コップのなかの物を飲んでみた。かすかに酒の匂いはするが、水であった。

「これは……」

「水です。この街全体が幻でしかないように、この酒場自体が、もちろんあの女もそうですが、幻でしかない。だから、こうして酒の匂いがついていれば、それで十分なのです」

わたしはあらためて酒場のなかを眺めた。酒場の雰囲気が忠実に再現されていた。

「しかし、だからといって」

とエルは、わたしの顔を見つめて言った。

「この街がただの幻だと見做すのは、ひどく危険なことなのです。幻であるこの街に、やはり幻であるあなたやわたしが接するとき、誤った関わり方をすると、幻ではすまされない軋轢が生じて、致命的な事態になりかねないのです」

「すると、この街はエルたち分身の街ではない、ということだろうか」

「とんでもない。非公認のガイドなどとあえて名乗っているのも、わたしたち分身は、この街ではネズミ以下の存在だからです。幻の幻なのですから」

「すると、この街を支配しているのは誰だろう」

「街そのものです」

「しかし街は幻でしかない」

「そうですが、その幻が街を支配しているのです」

「………」

納得できる説明ではなかった。だが無理に納得する必要を感じなかった。それよりもいまは、いつ分離がはじまったのか、知ることのほうが大事に思えた。

「裏庭の百日紅《さるすべり》から落ちたときです。あのときのことを憶えていますか」

エルが先まわりしてあっさりと言った。

「憶えていないが、そのことは聞いた。五歳くらいだった」

「あなたは木から落ち、石で頭を打って気を失った。何時間もそのままになっていた。わたしは気が気でなくて、とうとうあなたから分離して抜け出し、隣家の人が気づくように枝を揺すった」

「分離はそのときはじまったのだろうか」

「そういうことですが、ふつう、幼児のころ起こった分離は、記憶の底に沈んでよみがえることはなく、痕跡さえほとんど消えてしまう。そうでなければ、障害となって、正常な成長はおぼつかない。ところがあなたは、なぜか、そうした分離が自分の身にあったことを、無意識のうちに知っていて、ことあるごとに、いろんな形で意識しつづけた。そして二十何年がたったとき、あの病院でそれをはっきりと自覚した」

「たしかに、病院の洗面所であったことは記憶している」

わたしはこう言って、エルから目をそらし、カウンターの棚にならんだ酒瓶に目を移した。赤い服の太った女は、あいかわらず雑誌のようなものを見ていて、置物のような不動の姿勢を保っている。わたしがテーブルの一点に視線を固定すると、わたしの記憶の回復を待つかのように、エルも俯いて動かなくなった。

その三十何年か前、入院中のわたしは、ある朝、まだ外が暗い時間、病棟の洗面所で手を洗おうとしていて、なにかの気配を感じ、顔を上げた。目の前に鏡があって、そこに顔が映っていた。ところがその顔が自分の顔に見えなかった。夜間用の暗い電灯のせいもあって、鏡の向こうの闇に埋まったその顔は、見知らぬ男が鏡の奥からこちらを見ている、そんなふうにしか見えないのだ。

わたしは洗面台に手をついて鏡に顔を近づけ、その顔を見つめつづけた。自分の顔に見えるまで目をそらせないという思いから、一瞬も目をそらさずにいた。そうしているうちに、こちらを見つめ返すその目が、にぶく光っていることに気づいた。顔の輪郭が闇に溶けていることもあって、目だけがくっきりと浮き出ているのである。その目に気づくと、いっそう自分の顔に見えなくなり、そこに誰かがいるという感じがつよくなった。

そのような状態のなかで、わたしの頭にひとつの考えが生まれた。鏡のなかの顔を、自分ではない誰かの顔である、そうはっきりと認めなければ、反対に、自分が誰であるかもわからなくなる、という考えだった。そしてけっきょく、その考えに押し切られて、「自分の外に出た自分が、外から自分を見つめている」そうみずからに言い聞かせることで、その場の窮地から解放されたのである。

「あの鏡のなかの顔は、やはりエルであったわけだ」

わたしはよみがえった記憶から身を離して言った。

「そういうことです」

とエルは言って、俯けていた顔をあげた。

「もちろん、あのときのあなたの病気がそうさせたのだが、五歳のときの分離の記憶が、意識の底から浮上し、鏡を仲立ちにして、わたしの存在を、あなたに自覚させたのです。

そしてさらにひと月あと、あの街中で、わたしは決定的な形で、あなたの前に姿を見せざるを得なくなったのです」

わたしは、その言葉にもういちどエルから目を離して、カウンターの向こうの酒瓶の列に目を向けた。酒瓶は弱々しい明かりを受けながらも、それぞれが小さな光を反射させていて、それが刺激になり、わたしの記憶をよみがえらせた。

そのとき病院を抜け出たわたしは、都心にちかい街中にいた。眠りを拒絶した頭に引きまわされて、昼も夜も歩きつづけたあげく、もう一足も歩けなくなり、歩道に立ち止まって、車の行き交う車道を見つめていたのである。この状態から抜け出すには、車道に横たわるしかないという考えに取りつかれていたのである。いまその決心をしないと、自分が誰なのかわからなくなり、誰でもない状態のまま終わりになってしまう。それだけは絶対に回避しなければならない。それにはこうするしかない……。

だがわたしはその決心ができなかった。それでいて、もうそこに一分も立っておれなかった。わたしは車道に踏み出そうとした。とそのとき、後ろに引き戻されるように感じて振り向いた。すると五、六歩前に自分が立っていた。鏡のなかに認めたあの自分である。わたしは、それが自分だと認めながらも、この男だ、この男が邪魔をして決心させないのだ、とっさにそう確信して、男に飛びかかった。そうすればその場から消し去ることができるかのように。そして飛びかかったつぎの瞬間、その場で昏倒したのである。

「すると、あのときエルと向かい合ったおかげで死なずにすみ、あれから三十何年という長い年月が経って、いま終わりのときが来たので、もういちど向かい合うために、こうしてここにいる、ということになる」

「そういうことです」

「ということは、その長い年月、エルはわたしを内側から支えていたのだろうか」

「そういうことはない。分身は、その誕生の仕方によって規制されている。木から落ちて気を失ったあなたを助けるために分離したわたしの場合、あなたの行動や考えに直接介入することは許されていなかった。あなたの生死に関わるときだけ、役目を果たすために姿をあらわす、それだけの存在だった。もちろん、あなたがわたしの存在を、いろんな形で感じ取っていることは知っていた」

エルはこう言って、すこし寂しそうな笑みを浮かべた。わたしはそんな彼の顔から視線をそらして、酒場のなかを見まわした。女はいつのまにかいなくなっていた。

「ということは、その存在を知りながらも、わたしがエルを無視できたのは、エルがわたしの考えや、わたしの行動に介入しなかったからだろう」

「そういうことです」

「それなのに、いまになって、どうしてこのような形で再会する必要があったのだろう」

「ともに無駄に滅亡しないためです」

「無駄に滅亡しないため？」

「そうです。無駄に滅亡しないために、あなたはこの終わりの街に来たのです。そして、無駄に滅亡しないようにするのが、分身としてのわたしの務めなのです」

「ということは、行動や考えには介入しないけれども、わたしが無駄に滅亡しないよう、それだけは、エルは、ずうっと見張っていた、ということだろうか」

「そのとおりです。そのときが来たので、わたしはいま、その最後の務めを果たそうとしているのです」

「…………」

わたしは不思議でならなかった。自分ほど孤独な人間はめったにいないだろう、つねづねそう思っていた。実際にわたしは孤独な生き方をした。ところが、いまのエルの話では、わたしが無駄に滅亡しないよう見張っていたという。つまりわたしは、けして孤独ではなかったのだ。

「しかし妙だな」

とわたしはおもわず言った。

「エルがつねに見張っていたということは、わたしはつねに安全であったということになり、怯えて生きる必要などなかった。それなのにわたしは怯えつづけた。いったいなににあんなに怯えていたのだろう」

「わたしの存在に怯えていたのです」

「分身の存在にどうして怯えていたのだろう」

「分離させていたので、それで、このままいなくなるのではないかと、無意識のうちに怯えていたのです」

「ということは、エルの存在を無視しながらも、そのエルがいなくなるのを怖れていた、ということになる」

「そういうことです。分身の存在ということでは、誰でもそうであって、終わりのときにならなければ、そのことが自覚できないのです」

「つまりは、終わりを前にしてはじめて、分身という存在を、必要なものとして自覚する、ということだね」

「そうです。そのためにいまこの街に来て、こんな形で向かい合っているのです」

そのときカウンターの奥のほうから女が出て来た。それを見てエルは立ち上がった。そしてカウンターをはさんで、女と言葉を交わした。女になにかを頼んでいて、それがかなえられたので、礼を言っているようだった。

「あんたも行ってしまうのね」という女の声が聞き取れた。名残り惜しそうな響きで聞こえて、それを聞き分けると、わたしは悲しみをおぼえた。「行ってしまう」ということは、ここでは、完全に消え去るということを意味しているのである。

三

「そろそろ行かなくてはなりません」

戻って来ると、エルはこう言ったが、それでも椅子に腰かけてタバコを吸いはじめた。わたしはタバコを愛おしげに吸うエルを見守りながら、彼がどんなにつつましい存在であるか、あらためて教えられた気がした。

「行くって、どこへ?」

「夜の娘たちのところです」

「それはなんだろう」

「この街の真の支配者です」

「支配者は幻だ、そう言わなかっただろうか」

「言いました。しかし、実質的な支配者は夜の娘たちなのです」

「その夜の娘たちはなにをしているのだろう」

「なにもしていません。なにもしないことでこの街を支配しているのです」

「死んでいるということだろうか」

「そのとおりです」

とエルは、わたしの顔を正面に見て言った。

「死んでいることが彼女たちのエネルギーになり、この街の真の支配者にしているのです」

「その夜の娘たちに会って、わたしはなにをするのだろう」

「なにもしません。ただ会うだけでいいのです。だいいち、この街ではすべては幻ですから行為は成り立ちません。行為に代わるものとして、眺めるとか、見つめるとか、向かい合うとか、見つめ合うとか、接見するとか、それで十分なのです。下手になにかをしたり意味を求めたりすると、かえって油断が生じて、街の餌食になってしまいます」

「すると、わたしが為残していたこととは、エルの存在を確認するということであって、それを為し終えたいま、あとは夜の娘たちに会うだけでよい。そうすれば、街の餌食の対象でなくなり、街を無事に通過することになる、ということだろうか」

「そういうことです」

「それで、その夜の娘たちはどこにいるのだろう」

「わかりません」

「どうして?」

「この街の建物はすべて地底の通路でつながっていて、彼女たちはつねに移動しているからです」

「なんのために?」

「わかりませんが、流動する性質をそなえているということでしょう。それに、娘たちというのだから、何人かいるとか、大勢いるとか、そう思いたくなりますが、そうではありません。ひと繋がりになったり、ばらばらになったり、そのときそのときの都合でさまざまな形態に化生する、そう考えられています」

「ということは、エルも夜の娘たちに会ったことがないということだ」

「もちろんです」

とエルはつよい口調で言った。

「わたしひとりでは夜の娘たちに会うことはできません。わたしが彼女たちに会うのは、あなたの終わりのとき以外にはないのです。そしてそのときのあなたの接見がうまくいけば、わたしは自分を救うことができるのです」

「それはどういうことだろう」

わたしはおどろいて訊いた。エルがはじめてみずからの願望を口にしたのである。

「わたしの場合、自分を救うとは、あなたから完全に分離することなのです。しかしあなたが終わりになるときしかそれは可能でない。しかも、この街の餌食になるような終わり方では、共に消滅するだけで、完全に分離したことにならない。あなたから完全に分離するには、どうしてもあなたを夜の娘たちに会わせる必要があるのです。そのときはじめて、わたしはあなたから完全に分離できて、そしてあなたも無事に街を通過して、たがいに無駄に滅亡せず、終わりを迎えることができるのです」

わたしはいくらか気が楽になった。エルがみずからの願いを持ち、それを成し遂げようとしていることを知って、それに手を貸すことができれば、すこしでも後ろめたさを減ずることができるかもしれない、そう考えたのだ。

「だいじょうぶ。どこに行けば会えるか、すぐにわかります」

エルはこう言って、カウンターの女を示した。

「彼女が連絡を取ってくれています。街のあちこちにこうした半地階の酒場があって、夜の娘たちの居場所がわかるように、ひとりずつ配置されているのです」

「夜の娘たちは、どうしてそんなふうに移動しているのだろう」

「いま言ったようにわかりませんが、街に見つからないためとも考えられています」

「街に見つかると、どうなる?」

「実際はどうか知りませんが、水分を取られてミイラみたいに干からびてしまうという意見もあります」

「つまり死んでしまう?」

「いいえ。夜の娘たちは死んだりはしません。夜の娘たちというその夜とは死のことであり、死の娘たちと呼んでも差し支えないのですから。それなのに、女たちとは言わず娘たちと言っているのは、その蘇生する力を指して言っているのです」

「その女たちが街の根もとに巣食って、なにをしようとしているのだろう」

「その根もとを侵食して街を瓦解させる機会を狙っている、そんな考えもあるようです。もちろん賛成できない考えです。それでは元も子もない。また反対に、その蘇生する力で街を維持するのが彼女たちの役目だという考えもあります。ですが、それでは死の女という本質にふさわしくなく、その考えにも賛成しかねます。そうではなく、定義できないもの、さしあたって、夜の娘たちとは、生と死が混然となったエネルギーそのもの、つまり、死であると同時に生である力、とでも考えるべきでしょう」

「すると、対立しているようでありながら、街は夜の娘たちのそのエネルギーに支えられているということだろうか」

「街についてはなにもわかりません。街は夜の娘たちから死を取り除き、生のみを取り込もうとしている、という考えもあるようです。生と死はつねに表裏一体になっていなければならないのに、死が欠落した歪《いびつ》な生として無意味に増大しつづける、それが街だ、という考えです。いずれにしても、街は夜の娘たち以上に正体がわかりません。つねに増大しようとしている存在、とでもいうほかありません。それでいて街は、重々しい外観にもかかわらず、なかは空洞なのです。

いずれにせよ、確かなのは、ここに踏み入れる者にとって試練の街であるということです。しかしあなたはすでにその試練を乗り越えた。あなたが為残していたことは、わたしの存在とわたしの分離を、確認することだった。あの地階であなたは逃げ出したけれども、わたしを分身だとはっきり認めたうえでのことであり、したがって為すべきことを為したのです」

エルは話しながらも、ときどきカウンターの奥のほうを振り返った。女はあいかわらず雑誌かなにかを見ているが、どうやら誰かが来ることになっていて、エルはそのことを気にしているようだった。女の背後を見ると、すべての酒瓶のラベルが半分剝がれて、一枚一枚がいまにも宙に漂い出そうに見える。わたしはこちらを向いたエルに問いかけた。

「試練の街ということなら、わたしはここで、あらためて終わりを覚悟する必要があるのだろうか」

「あなたはすでに覚悟をしているからその必要はありません。ただ夜の娘たちに会いさえすればいい。そうすれば、わたしとのあいだに、完全な分離が成就する。そしてその分離のあと、夜の娘たちがあなたを終わりの門に無事に連れて行ってくれる」

「終わりの門?」

「わたしは見たことはないけれども、街を通過して抜け出たところに終わりの門と呼ばれるものがあって、その門をくぐると、すべてが完結して、あなたは何ひとつ為残すことなく、終わりになる」

「ふたりの行き着くところがちがうわけだ」

「そうです。それ以外に街を無事に通過することはできません。夜の娘たちに接見できないと、その時点で街の餌食になるのです」

「その接見はどんなふうに行なわれるのだろう」

「わかりません。さっきも言ったように夜の娘たちは決まった姿かたちはなく、そのときそのとき必要に応じてさまざまな形であらわれる。したがって接見がどんなふうに行なわれるのかまったくわからない。はっきりしているのは、その接見が分身であるわたしをあなたから完全に分離してくれるということだけです」

エルがそう言い終わったとき、カウンターのなかの女が立ち上がった。そしてカウンターの奥に入り、こちらに背を見せて、誰かと話をしていた。エルもそれに気づいて、そのほうに顔を向けた。わたしはその横顔を見つめて、三十何年か前に街中で分離してあらわれたときのエルを思い起こしていた。そのときの若い分身が、そのままに、いまこうして死を迎えたわたしを、無事に向こう岸に渡らせようとしているのである。

話し終えた女がこちらを向いて、エルを呼んだ。エルは立ち上がり、女とカウンター越しに小声で話をした。戻って来ると、椅子に腰かけて言った。

「話が通りました。夜の娘たちに接見できます」

そして、テーブルの上のタバコを手に取った。

「最後のタバコです。また別れのタバコです」

「ここで？」

わたしはおどろいて訊いた。エルはカウンターの奥を示して言った。

「あそこに、夜の娘たちの案内の女が待っています。あなたは彼女といっしょに行かなければなりません」

「エルは？」

「ほんとうは、わたしはすでにあなたのなかに戻っているのです。あの鏡を仲立ちにしたことで、あなたの目に、外にいるように見えているだけなのです。したがって、あなたが背を向ければ、その瞬間にわたしの姿は消え失せるのです」

「…………」

わたしはなにも言えなかった。その沈黙のなかで、エルはタバコを吸い終わった。いつのまにかそばに来ていたカウンターの女が、エルの手からタバコをとって灰皿に押しつけた。そして女は、エルの背後にまわり、その両肩に両手を置いてから、わたしに向かって「さあ、カウンターの奥に行って」と言った。わたしは立ち上がった。女は「振り向いてはだめ」と鋭い声で言った。わたしはエルの顔から視線をそらして背を向けた。

四

わたしはカウンターのなかに入り、さらにその奥に入った。真っ暗でなにも目に映らなかった。異様な暗さにおもわず足を止めたが、そこで待っていた誰かが腕をつかんで、その暗がりに引き入れた。女のように小さな手なのに、逆らうことのできないつよい力だった。事実、「さあ、歩いて！」という女の声がして、何ひとつ目に映らない暗がりのなかを歩き出した。

「なにも見えないでしょう。わたしに寄りかかっていればいい」

言われるまま老いた体を押しつけると、女に抱えられた恰好になった。

「そう。そんなふうにして」

女の髪は湿ったようなつよい匂いがした。脳裏にときどきよみがえって、これは赤子のとき死別した母親の匂いではないか、わたしに生涯そう思わせつづけた匂いである。といっても、懐かしいとか、慕わしいとか、そうした匂いではなく、海藻の匂いに似た生臭い匂いである。

暗闇でどんなところかわからなかったが、足もとは下り坂だった。壁に触れることはないが、せまい通路のようだった。女がどんな体型をしているのかも、まるでわからなかった。髪の位置からみてわたしとおなじくらいの背丈に思えるのに、巨大な女に抱えられているみたいに、長い腕が真上から降りているのである。

「遠いのですか」

あまりの暗さに、わたしは声を出さずにおれなかった。

「なにを言っているの。歩き出したばかりじゃないの」

正体の知れない存在だが、声はふつうの女の声で、むしろ優しそうに聞こえる。

「それにしても暗い。闇が目に張りついたみたいだ」

「地の底へ向かっている。当然でしょう。どうせ見えないのだから、目を閉じていればいい」

目を閉じると、エルが戻っていることがわかった。こんなふうに、エルが自分のなかに収まっているのを自覚するのは、はじめてだった。

「完全に分離するには」

と女が、わたしの胸のうちを読んで言った。

「最後にもういちど、あらためて合体し、そのうえで分離しなければならない。そしてそれには、分離を受け入れるものがなければならない」

「これから行くところに、その受け入れるものが待っている?」

「そう。そのために案内している」

「それで、そのあとエルはどうなるのだろう」

「わたしたちに受け入れられて、生命というエネルギーになる。そしてそのエネルギーの源に合流して、いずれ蘇生する」

「完全に分離するということは、そういうことなのだ」

「本来は、誰であっても、終わりになると、本人が気づかないうちに分離が行なわれる。ところがあなたたちのように、中途半端な分離状態にとどまっていると、終わりになっても終わらせることができなくなる。それでこの街に送られて来る」

「そして、分身がガイドという名目であらわれて、なにが起こっているかを教え、完全な分離のための準備がなされる」

「そう。その準備に失敗すると、街の餌食になってしまう。夜の娘であるわたしたちがこうして捕まえた時点で、もうその心配はない。わたしたちは死の娘でもあるので、あなたを死の門に導くけれども、一方で、完全に分離させた分身を、新たな生命のエネルギーとして蘇生させる」

わたしは納得してうなずき、さらにつよく体を女に押しつけた。女はそれっきり沈黙した。地底に向かう暗黒の通路はまだ先へとつづいた。

「さあ、着いた」という声に、わたしはわれに返った。やはりなにも見えないけれども、その声がふたたび女の姿をかたどらせて、彼女に抱えられていることを、わたしに思い出させた。

「ここからは声を出さないこと。言葉にしなくても、あなたの言いたいことはわかる」

女はこう言って、後ずさりした。同時に、わたしの目の前にドアが浮かび出た。岩屋とか室《むろ》とか、そうしたものを思い描いていたので、意外な気がした。女が「入って」と背後で言って、わたしはドアを開けて踏み入れた。背後でドアが閉まった。けっきょく女の姿はいちども目に映らなかった。

なんの変哲もない正方形の部屋で、絨毯が敷かれていて、燭台の小さな明かりがまわりの花柄の壁紙を照らしていた。それでも、見た目とはちがって、大きな石棺なのかもしれなかった。わたしは部屋のまん中まで進み出た。

それに応ずるように、正面の壁の一部がゆっくりと動いた。回転ドアのようになっていて、緑色のガウンをまとった背の高い女である。女は部屋に入ったところで立ち止まった。とその一瞬、行き違うようにして、女と目が合った。死人の眼差しのように静止しながらも、それでいて焼きつくすような眼差しである。

その異様な眼差しを避けて、あらためて眺めると、人形のように整った顔に、型どおりの笑みを浮かべている。型どおりなのは、全身、どこもおなじである。長い髪が片方の肩をおおい、白い頸がガウンの襟のあいだに形よく収まっている。その襟のつづきが乳房の豊かな膨らみを隠している。胸から腰へとボリュームのある流れが曲線を描いている。ガウンの下に見えている素足は漆黒である。

「たしかにわたしに感情のようなものはない」

と女がいきなり、金属的な、それでいて低いくぐもった声で言った。

「それでも、こうして若い女に化身すれば、その化身にしたがって、惹きつけようとせずにおれない。それでなくとも、これから起こることは、惹きつけるということによって生ずるのだから。どう、うまく化身したでしょう」

　女は両手を差し出した。わたしはその手に目を向けた。素足とおなじ漆黒である。黒い物質のまま化身していて、顔と頸だけを白く塗っているらしい。その手は、あきらかに死人の手でありながら、それでいて艶めいている。わたしは、どんな恐怖もおぼえることなく歩み寄った。すると女は制止するような仕草を見せた。

「いま触ってもだめ。人の姿を借りているだけで、触っても触ったことにならない。ほら見て、この乳房もよくできているでしょう」

　女はこう言って、両襟を左右に大きく開いてみせた。漆黒の乳房は深い谷間をつくり、高く盛り上がっている。やはり死人の乳房にちがいないが、それでいて一対の生き物のように息づいている。わたしはその乳房に魅入られて、食い入るように見つめた。女も、誇るかのように、剝き出しの乳房を高くもたげている。

　わたしはおもわず手を伸ばした。女は一歩さがって、「いま触っても、イメージに触れるだけ」と、もういちど言った。そして壁まで後退すると、「支度をするから、ここで待っていて」と言って、回転する壁の向こうに消えた。

　わたしはひとりになって、むしろ不安をおぼえた。なんの支度をするのだろう。夜の娘たちの本来の姿である、死という物質に戻るのだろうか。もしそうであるなら、そのような物質を目にすることに、堪えられるだろうか。こんなふうに思っていると、「入っていい」という声が壁越しに聞こえた。

　わたしは回転する壁を押してなかに入った。暗がりに沈んだ岩屋のようなところだが、どこかに明かりがあるのだろう、かろうじて物の見分けがつく。女はいなかった。見まわすと、片側の岩の壁にそって、絹のように光沢のある紅色の布が広げられている。そしてその下に、人の形をしたものが横たわっている。「わたしはここよ」と、布の下から金属的な、それでいて低いくぐもった声がした。わたしは歩み寄って、その膨らみを見おろした。

　人の形の膨らみは悶えるようにうごめき、その動きが布を剝ぎ取るよう、うながしていた。わたしは布をゆっくり引き剝がした。床である岩に窪みがあって、そこに黒い裸体が横たわっている。人の形をした漆黒の物質で、乳房がなければ女とは見分けられないくらい、体型が崩れている。顔もすでに黒い塊りでしかなく、わずかにふたつの小さな眼球と赤い唇だけが認められる。

その赤い唇がかすかに開いて、「形のあるうちに触って！」と言った。やはり金属的な、それでいて低いくぐもった声である。わたしはかがんで手を伸ばした。触ろうという衝動がすこしもないのに、手がおのずと伸びたのである。女はさらに言った。

「でも、わたしに触るということがどういうことなのか、承知したうえで触らなければ、触ったことにならない」

なにを言おうとしているのか、わたしにもわかった。

「わたしは死の娘たちだから、あなたは、わたしに触れた瞬間に息絶える。そのことを承知のうえで、触らなければならない」

黒い物質はこう言いながら、岩の窪みのなかでゆっくりとうごめき、その動きに誘われて、わたしの手がさらに伸びた。黒い物質は、その手を迎えるかのように脹れあがり、一気に形を崩しはじめた。手が黒い物質に触れた。だがわたしは息絶えなかった。いま気づいたが、黒い物質に触っているのは、わたしの手ではなく、エルの手であった。

わたしはエルの手の動きを見守った。エルの手は形が崩れた黒い物質をかき回している。それにつれて、黒い物質はぴちぴちと音を立てて、エルの手を呑み込もうと盛りあがる。エルの手は、いつのまにか、手首のすこし上のあたりから切り離されていて、それが黒い物質をかき回しているのである。

「さあ、もういいでしょう」という声がした。姿は見えないが、案内した女が後ろに来ていた。わたしはエルの手から目が離せずにいた。黒い物質はタール状になっていて、それをかき回すエルの手も、すでに形状を失い、黒い物質と見分けがつかなくなろうとしている。

「さあ、もういいでしょう」

とふたたび案内の女が言った。

「エルはあなたに代わってよみがえる。あなたは為残《しのこ》したことを為《な》し終えた。真夜中がすぎると、この街はなくなってしまう。そのまえに終わりの門を出なければならない」

女は怪力でわたしを抱えて、その場から連れ出した。わたしは念のために訊いた。

「エルは完全に分離したのだろうか」

「完全に分離した。もうなんの心配もない。あなたは完結した」

女はこう言って、終わりの門へ通じているのだろう、ふたたび暗黒の通路にわたしを引き入れたのである。

（了）

祭日

日に日に春めいていた。遅くなって目をさますと、一条の光が棲家《すみか》の近くまで射していた。どんよりとした曇天がつづいたので、衰えた視力は外灯の明かりかと錯覚したが、暖かい陽の光と知って、老いた体に小さな悦びが芽生えた。わたしは、昼食をかねた朝食をおえると、明日のパンをもらうために教団に向かった。それが唯一の日課であった。

浮浪者に関わりはないが、今日はなにかの祭日なのか、公園を出て市場を通りかかると、店はみんなシャッターを降ろしていた。数匹の犬がうろつき、鼻を鳴らしながら餌をあさっていた。野犬を見かけるなんて、珍しいことだった。

教団につづくゆるやかな坂道は、暖かな日差しに照らされていた。車が通らないこの坂道は、幼い子供たちの遊び場にもなっていて、彼らはいつも、わたしが通りかかると、どういうつもりなのか、わざとそばを走りぬけたり、まわりを駆けめぐったりした。けれども今日は、祭日でどこかに出かけたのか、彼らの姿は見かけなかった。

坂の途中まで来て、ひょっとすると今日は施しがないかもしれないと気づいた。もしそうであるなら、今日の分も昨日配られたはずで、昨日怠けてもらいに行かなかったのが悔やまれた。と同時に、「あなたの場合、勝手に死のうなんて許されていません」というJシスターの思いのこもった、優しい言葉を思い出した。一年まえこの州都に流れ着き、餓え死に寸前で施しを受けたときのシスターの言葉だった。そのときシスターは、わたしが絶食していたのを見抜いてそう言ったのだが、それ以来、それが彼女の決まり文句になったのである。

さらに坂道を登って行くと、顔見知りの男に出会った。

よその公園の浮浪者だが、二、三度言葉を交わしたことがあった。気の合いそうな男で、相手もおなじように思っているようだが、たがいにあえて親しくしなかった。浮浪者というのは、煩わしさを極端に嫌うもので、ことに、人との関わりには、必要以上に用心深くする。それでも、教団でいっしょになると、わたしもその男も、施しをもらったあと、相手がもらうのを見とどけるまでとどまった。みんなに行き渡らないことがあるので、これまでそういう機会はいちどもなかったが、そのときは分けてやってもいい、という考えからだった。

その男は、わたしを認めると、今日は施しがないと教えるつもりだろう、胸の前で両腕を交差して見せた。やはり今日の分も昨日配られたのだ。男はなにか言いたそうにちょっと足をとめたが、わたしがはっきりとうなずいたので、そのまま通りすぎた。蓄えがなければ、分けてもいい、そう言いたいのかもしれない。

わたしは、何日か蓄えがあるので、さしあたっては困らなかった。それに、浮浪者なら誰もそうだが、一日や二日腹に入れる物がなくなることはつねに覚悟していた。昨日行かなかったのでシスターは気にしているかもしれないが、彼女だって、老いた浮浪者が一日くらい欠食しても、それほど心配はしないはずだ。

そのとき遠くのほうでドラム、シンバル、トランペットなど、楽器の音が聞こえた。わたしは足をとめて、音のするほうを眺めた。大通りのあたりで聞こえていた。わたしは、春めいた陽気のせいか、楽器の音にいつになく気持が高ぶるのをおぼえた。ふだんは、そんなところに行かないのだが、このまま棲家に戻る気になれず、なにがはじまっているのか、通りまで行ってみることにした。

坂を降りて大通りに出ると、パレードの最中で、すでに大勢の人が舗道を埋めて見物していた。近づくと、人々は、老人なのを認めて、あるいは、浮浪者だと知って、触れないように身を退いたのかもしれないが、前に押し出してくれた。

わたしは車道に足を降ろして、舗道のふちに腰かけた。ふだん遠くを見ることがないので焦点が合わず、しばらくは、ぼんやりとしか見えなかった。それでもなぜか珍しく興奮して、つぎつぎにやって来るパレードを眺めた。

こうして眺めていても、なんのパレードなのか、わからなかった。まわりの人々も知らないらしく、後ろでこんな声が聞こえた。

「なんのパレードでしょう」

「さあ。なんでしょう」

「ほら。例年の祭日のパレードですよ」

「例年の祭日というと？」

「……」

「なんのパレードでもいいじゃないですか」

「そうですよ。パレードはいつ見ても楽しいものです」

「そう。なんでもかまわない。楽しめばいいのです」

そのうちわたしの目もしだいに慣れてきた。少女たちが色あざやかな布切れを打ち振りながら行進してきた。ローラースケートをはいた少年たちが、ボールを巧みにあやつりながらやって来た。風船を手にしたさまざまな衣装のグループもあった。

こうして眺めていると、若かった何十年もの昔、こんなふうに晴れやかなパレードを見て、抑えようもなく興奮したことが思い出された。そのころの自分といまの自分がおなじ人間だと思えないだけに、その記憶だけがいっそうあざやかによみがえり、しばらくのあいだその記憶に気持をうばわれて、いまどこにいるのかを忘れていた。

さらにいろいろなパレードがつづいた。わたしは、大勢の見物人のなかにいながらも、公園の棲家にいるみたいに、ひとり勝手な思いに浸っていたが、それでも目はパレードを追っていた。

いま目の前を通りすぎて行くのは、動物の仮面をかぶった行列だった。馬、狐、ライオン、豚などを仮面にした、それぞれ二、三十人のグループが、つぎつぎにあらわれた。それらの動物の顔が、わたしの弱い視力にも妙に生々しく映った。最後にサルの仮面をつけたグループがあらわれたと思ったが、よく見ると、サルではなく、皺だらけの顔をした幼児の仮面で、まったく思いがけないものを見た、そんな気がした。

その仮面のグループをさかいに、わたしは歓びを感じなくなった。むしろ眺めていることが苦痛になった。それなのに、なぜか立ち去れなかった。うずくまった恰好のまま、麻痺したみたいに動けないでいた。それに、抜け出そうにも、後ろは人々で隙間なく埋まり、厚い壁になっていた。

どうしてこんな奇妙なパレードがつづくのか、まったく理解できなかった。いま目にしているのは、防火服で身をかためた消防隊員と消防車の行進で、音量こそ落としているが、祝いであるはずのパレードに似つかわしくない、警報のサイレンを鳴らしているのだ。

それとも祝いのパレードではないのだろうか。そう思っていると、目の前にさらに奇妙なものがあらわれた。平らな車輌に乗せられた巨大な棺で、銀と白の造花で飾られていて、礼服の男たちが車輌をかこんでいるのである。すると、これは葬列だろうか。わたしは一瞬そう思ったが、もちろんそんなことがあるはずがなかった。げんに群集は、この巨大な棺の出現にたいしても、歓声をあげているのだ。

つぎにあらわれたのは百人もの病人の一団で、看護師たちが車椅子を押したり、担送車に付き添ったりしていた。まるで病院の引っ越しか避難訓練のような光景だった。しかも、仮装しているのではなく、あきらかに本物の病人だった。それなのに舗道の観客は、その一団を迎えて、おなじように歓声を上げているのである。

待遇改善を求めての抗議デモだろうか。もしそうであるなら、どうしてプラカードをかかげてないのだろう。わたしは、自分がなにか思い違いをしている気がした。それでいて、なにをどう思い違いしているのか、わからなかった。実際に、病人たちの行列につづいて、さらに不可解なものが登場した。

ブルーの服を着た囚人たちの集団であった。みんな手錠をかけられた状態で歩いていて、看守らしい制服の男たちがまわりをかためていた。それを見て、やはりなにかの改善を要求するデモかと思ったが、それにしては、どうしてうなだれているのか、わからなかった。それでなくとも、囚人が刑務所を出てデモに参加するなど、そんなことが実際にあるとは思えなかった。

囚人たちのあとに、得体の知れない男女の一団がつづいた。特殊な訓練で鍛えたのだろう、異様な体つきの選手たち、肌を大胆に露出した衣装の女たち、裸のうえに革のジャンパーを着てオートバイにまたがった男たちで、わたしはそれを見て、いっそうパレードの意図がわからなくなった。

最後の一団がやって来た。主催者らしい人たちがいた。わたしは、よく見ればなんのパレードなのかがわかる気がして、かすんだ目をこらした。お偉方とでもいえそうな、胸に造花をつけた人たちが、何列かになって歩いていた。もちろん、教団の施しで顔を合わせる浮浪者たちのほかには、わたしの知っている者など、この州都にひとりもいないのだから、知った顔など見つかるはずがなかった。

ところが、わたしは、そのお偉方のなかに見知った顔を認めたのである。棲家のある公園で立ち退き騒ぎが起きたとき、当局とのあいだに入ってくれたAという人物である。そのAという人物は、今日明日立ち退きを迫る以上、当局はすくなくとも今日明日の落ち着き先を用意しなければならないという条件を持ち出して、その用意ができるまでのあいだ、この公園にいてもよい、という許可を取りつけてくれたのである。もちろん用意されても、浮浪者がそんな施設に入ることはなかった。そんなところに落ち着けるくらいなら、なにもわざわざ浮浪者になることはないのだ。いずれにせよ、Aという人物は、いわば当座の恩人になったのである。

その人物をふくめた主催者たちらしい一群が通過すると、そのあとにつづいて、見物の人々が飛び入りで参加したらしく、ふつうの服装の人たちが、道いっぱい、溢れるように行進していた。そして、その最後尾が来ると、わたしのまわりの人たちも、自分たちの出番が来たとばかりに、車道に降りて行進に加わったが、わたしは、その人々の動きに逆らえず、立ちあがると同時に、その人波にさらわれていたのである。

わたしは人波に体をまかせて、衰えた足を懸命に動かした。進むにつれて見物していた人々がさらに加わり、雑多な人々のほか、なにも見えなくなった。わたしは、自分の力で歩いているのではなく、人々の洪水に押し流されているのである。

その洪水がどこへ向かっているのか、見当もつかなかった。行き先のことなど、誰の頭にもない、そんなふうにも思えた。声を張りあげる者もいたが、なにを叫んでいるのか、聞き分けられなかった。抗議をしているようにも聞こえるし、自棄《やけ》になって声を出しているようにも聞こえた。祝いのパレードの雰囲気とは、あきらかにちがっていた。

わたしは、どうしてここから抜け出そうとしないのか、自分でもよくわからなかった。その気になりさえすれば、なんとかなるはずだった。それなのに、抜け出そうとしないのは、主催者らしい人たちのなかにAという人物を認めたこと、そしてさらに、そのAが口にしたことを、なぜか妙にはっきりと記憶しているせいのように思えた。

といっても、立ち退き騒ぎのとき、わたしはAと親しく話したわけではなかった。それどころか、仲間の浮浪者たちと話しているのを、そばで聞いていたにすぎなかった。Aはこんなふうに言ったのである。

「あなたたちにこの公園の一角を占拠する権利はない。追い立てられても仕方ない。それなのに当局は、代わりの住居を用意しようと言っている。あなたたちがそれを受け入れるなら、実際に住居が提供される。しかしあなたたちは、おそらくそれを受け入れない。そのことは当局がいちばんよく知っている。だから、当局は住居を早急には用意しないし、あなたたちもここを不法占拠しつづける。これを言い替えれば、あなたたちは自由でいたいのだろうが、当局の側から見れば、〈法を犯すことでしか得られない自由を求めている〉ということになる」

わたしは、だからといって、Aのその言葉がこのパレードに関係している、そう思ったわけではなかった。主催者のなかにAを認めたので、法とか自由とか、なにかそうしたことに関係があるのではないか、漠然とそう思ったのである。それに、いまそのことを突きつめて考える余裕はなかった。ぎっしりと詰まった人波にのまれていて、衰えた足をその人波の流れに合わせて、必死で繰り出さねばならなかった。

そこまで来て人の流れが停滞した。前方を見ると、群集は大きな公園に流れ込んでいた。わたしは、棲家のある小公園と教団のあいだを行き来するだけで、ほかの公園に踏み入れることはなかった。それでもこれが州都の中心にある中央公園であることはわかった。一年まえ適当な棲家を求めてあちこちの公園をめぐり歩いたとき、この広大な公園も通り抜けたはずで、実際に、おそらくこの州都の基礎を築いた人物なのだろう、巨大な銅像に見覚えがあった。

公園を埋めた群集のなかに押し入れられると、わたしはその銅像のほうにすこしずつ移動した。どんな根拠もないけれども、Aがその銅像に似ているような気がして、銅像を近くで見ればAの正体がわかり、その結果として、これがなんのためのパレードなのかもわかるかもしれない、そう思ったのである。

けれどもわたしは銅像に近づけなかった。人波は大きなうねりになり、絶えず動いていて、それを押し分けて進むのは、とうてい不可能だった。それどころか、むしろ銅像から遠ざけられて、広場に仮設された舞台のほうに押しやられた。そこはさらにぎっしりと詰まった人垣で埋まっていて、そんなところに近づきたくはなかったが、人波のうねりには逆らえなかった。

わたしは舞台の正面近くまで押しやられた。そこでは、たえず前後左右から人波がぶつかり合い、人の動きが溜まりのようになっていた。わたしはその溜まりのなかに閉じ込められて、動きが取れなくなった。仕方なく人波の動きに体をゆだねたまま、まわりの人たちのあいだに見え隠れする舞台を見あげていた。

舞台の両袖はスロープになっていて、そこからいろんな人たちがつぎつぎに登場した。パレード順に各グループの一部の人たちが舞台に上がることになっているらしく、代表者が短い演説をした。演説というよりは、喚くようにして、なにかを訴えていた。だが、マイクを通した声は大きすぎたり、まわりの騒音に妨げられたりして、わたしの耳には、なにも聞き分けられなかった。人々はここでも拍手したり歓声を上げたりしていた。

自由という言葉だけがわたしにも聞き取れた。代表者たちは誰もが自由という言葉を口にして、それがパレードのテーマであることはあきらかだった。だが、その言葉で具体的になにを要求しているのか、まるでわからなかった。

道路で見たパレードの代表者たちが舞台に登場した。色あざやかな布切れを手にした少女たち、ローラースケートをはいて、ボールを巧みにあやつる少年たち、風船を手にしたさまざまな衣装のグループたちなどで、つづいて強い印象で記憶に残っている一団が登場した。さまざまな動物の仮面をつけた一団の最後、わたしがサルの仮面と見誤った、皺だらけの顔をした幼児の仮面のグループである。

その仮面の一団は、なにか喚きながら舞台に登場して、正面にずらりとならんだ。群集から悲鳴が上がった。それほどその仮面は醜いもので、そのうえてんでに意地汚く喚き散らすので、見世物としても最悪だった。なにを喚き散らしているのかわからなかったが、それでもやはり自由という言葉が聞き取れた。そしてそれが、不思議な作用を群集に及ぼし、群集もそれに声を合わせて、おなじ叫び声を上げはじめたのである。

つぎに舞台に登場したのは、赤い防火服に身をかためた消防隊員たちだった。彼らは手に松明《たいまつ》を模したものを持っていて、喚きながら舞台を走りまわった。無邪気な遊びをしているつもりなのである。やはり彼らも自由という言葉を連呼していて、自分たちにとって自由とは、州都を火の海にすることだ、そう言っているのである。

騒々しい消防隊員が去ると、舞台は一転して静けさに満たされた。群集も声をひそめてその登場を見守った。例の巨大な棺を乗せた車輌と、それをかこんだ礼服の男たちの一団である。男たちは棺を飾っていた銀色と白の造花を手にしていた。そして、舞台の前面に整列すると、群集に向かって深々と一礼し、手にしたそれを床にならべた。どういうつもりかわからないが、あきらかに群集を棺の主に見立てているのである。その様子を見守る群集も、そのことを了解しているかのように、それにこたえて拍手しているのである。

つぎに登場したのは病人たちのグループで、看護師たちが患者を乗せた車椅子を押したり、担送車に付き添ったりしていて、まるで芝居の一場面のようにゆっくりと登場した。やはり本物の病人たちだった。車椅子で運ばれて来た老女が、舞台の真ん中でいきなり立ちあがり、群集に向かって「自由を！　自由を！」と叫び出したが、そうして叫び声を上げているうちに咳き込んで、車椅子ごと横転した。看護師たちは、老女が起きあがれないのを十分に確かめてから、ようやく舞台の裾に引きずって行った。

舞台の奇妙な出し物を眺めながら、わたしは、自分がなぜここにいるのか、ますますわからなくなった。そして、それをわからせてくれるのは、やはりあのAではないのか、最後に舞台に上がり、その演説を聞けば、なんのパレードなのか、はっきりするのではないのか、繰り返しそう思った。

つづいて登場したのは、パレードの順番どおり、囚人服の一群だった。手錠をかけられていたが、パレードのときとはちがい、みんな顔を上げて、群集をまっすぐ見つめていた。看守たちも脇に退いて、そんな囚人たちを見守っていた。囚人たちはいっせいに叫び出した。手錠をはめられた両手を高くかざし、声をそろえて「自由を！　自由を！」と叫ぶのである。その叫びは、パレードのメーンテーマであることを主張する力強さがあった。群集も囚人たちの訴えに賛同し、より大きな叫び声を上げて、自由という言葉がこれまでになく現実味をおびて聞こえた。

囚人たちを押し分けて、主催者らしい男たちが舞台にあらわれた。Aもいるはずだが、見分けがつかなかった。男たちは代わる代わる短い演説をした。やはり聞き分けられなかったが、言葉の区切りごとに、囚人たちがいっせいに「自由を！　自由を！」と叫び声を上げた。群集もそれに声を合わせた。

わたしは、まわりの人々を真似て、「自由を！　自由を！」と声を出してみた。わたしは、生涯、自由だけを求めて生きてきた、浮浪者になったのも、ほんとうの自由を求めたからだ、そう思っていた。ところがいま、こうして声を出すことで脳裏に浮かび出たのは、思いがけない言葉であった。立ち退き騒ぎのとき、Aがわたしのなかに吹き込んだ、〈法を犯すことでしか得られない自由を求める〉という観念としての言葉だった。

わたしはしばらくその観念に気持をうばわれていたが、そのあいだに、舞台ではあることが進行していた。看守たちが囚人たちの手錠をつぎつぎにはずしていて、解放された囚人たちが拳を突きあげ、いっそう力強く「自由を！　自由を！」と叫び出したのである。彼らがこのパレードの主役として登場した瞬間であり、主催者たちはしだいに片側に追いやられて、舞台は囚人たちに占拠された。

群集も常軌を逸しつつあった。囚人たちの熱気にあおられて、自由という言葉に酔いはじめていた。演説を中断された主催者たちが隅に退くと、舞台は囚人たちの叫びに満たされ、群集もそれにこたえて、声のかぎり「自由を！　自由を！」と連呼した。舞台の裏のほうからも囚人たちの「自由を！　自由を！」という叫び声が、こだまのように聞こえていた。その圧倒的な叫びを聞いていると、これから囚人たちがどういう行動に出るか、そのことによってこのパレードがどういうパレードになるかが決まる、そんなふうに思えた。

最後に登場した一群があった。主催者たちの前を行進していたあの異様な風体の男女である。奇形に見えるくらい体を鍛えた選手たち、肌を露出した衣装の女たち、裸のうえに革のジャンパーを着てオートバイにまたがっていた男たちだった。その男女は、囚人たちのあいだに割って入り、囚人たちひとりひとりに銃を手渡していた。

どういう趣向であれ、モデルガンでなければならなかった。群集もそう思っているにちがいなかった。けれども囚人たちの様子から、わたしの老いた目にも、本物の銃に見えた。もしそうであるなら、その銃と「自由を！　自由を！」という叫びが結びついたとき、どういうことになるか、容易に予測がついた。囚人たち自身がこんな計画を立てることはないのだから、誰かが囚人たちを利用しようとしていることになる。

囚人たちのあいだに銃の奪い合いが起こった。それが引き金になって、発砲騒ぎが生じた。やはり銃は本物のようだった。そのうえ、銃を渡した男女がその機を逃さず、あちこちで発砲して、油をそそいだ。狙いが囚人たちを暴発させることであるのは、あきらかだった。

群集が悲鳴を上げて、パニックがはじまった。囚人たちも主催者たちの意図にようやく気づいて、舞台の上で銃を渡した男女と対峙した。もはや暴発は避けられなかった。群集は舞台に背を向けて、遁走した。わたしも巻き込まれて、遁走する人波にのまれた。

サイレンが州都の空に響きわたった。出動準備をおえていたパトカーにちがいなく、いっせいに押し寄せて来るのである。

逃げまどう人々の波に呑まれたわたしは、そのままに押し流されて、州都の中心部であるビル街にまで来ていた。どの店もシャッターを下ろしていた。入ろうとする人々を押し戻しているビルもあった。路面電車やバスはすでに停止していた。

サイレンが鳴り響いていた。パトカーは公園を包囲したにちがいなかった。わたしの頭に、Aたちの姿が思い浮かんだが、彼らの狙いがなんであるのか、やはりわからなかった。パレードという形で囚人たちを連れ出し、反乱者に仕立て、それを利用して反体制勢力の一掃をはかろうとしている、そんなふうにしか思えなかったが、同時に、そのような反体制勢力がこの州都に存在するとは、どうしても思えなかった。

騒ぎが大きくなったらしく、遠くのあちこちで銃声が聞こえていた。囚人たちが街に入り込んだのかもしれなかった。もしそうであるなら、ひどく面倒な事態が生じたことになるが、Aたちは、ほんとうに、こうなるように仕向けたのだろうか。それとも、なにかの手違いがあって、このような事態になったのだろうか。

大きな交差点まで押し流されて来た。ここでも混乱が生じていた。公園から逃げて来た群集と、前方と右側のふたつの通りからやって来た群集が、三つ巴に衝突して、大混乱におちいっているのである。ということは、中央公園だけでなく、騒ぎはあちこちで同時に発生している、ということだった。途方もない計画が実行に移されていて、州都全域に燃え広がろうとしている、ということになる。

必死で逃げて来たので、気づかずにいたが、わたしは、ここに来るまでのあいだに、残っていた体力をほとんど使い果たしていた。混乱の渦のなかに閉じ込められた状態で、そこから脱け出せなくなっていた。このままでは、いずれ意識が薄れて転倒し、踏みつぶされる。そう怖れながらも、どうすることもできなかった。浮浪者になったとき、どんな終わり方になっても仕方ない、そう覚悟をしたが、まさかこんな形で終わるとは思ってもいなかった。どこかの公園の片隅でひっそりと終わりを迎える、そんなふうに想像していて、またそう願ってもいたのだ。

ところがわたしは意識を失わなかった。人波に押されて息がつまり、意識が失われると思った瞬間、むしろ反対に、意識を回復させたのである。舗道の人垣のなかに黒い僧衣を見つけ、あれはJシスターだ、そう認めることで、意識をはっきりさせたのである。

わたしは、あるかぎりの気力を振りしぼり、脱出しはじめた。幾重もの人垣を突破しなければならず、思うように進めなかった。怒号が飛び交い、悲鳴が起こっていて、どう考えても、不可解なパニックだった。銃声が遠くに聞こえているけれども、いまここで、このような混乱状態になる理由はないのである。

ようやく舗道にたどり着いたが、もちろんシスターはいなかった。それに、舗道も人垣で埋まっていて、そこからも容易に抜け出せなかった。人々は、車道の人波の渦に加わりたい衝動に駆られながらも、思い切ってそこに跳び込めず、それで、ここでこうして押し合いへし合いしている、そんなふうにも思えた。

「揺さぶりだ！　揺さぶりがはじまった！」

ひとつの言葉がわたしの耳に入った。聞き覚えのある言葉だが、どういう意味なのか、わからなかった。わたしになにか関わりのある言葉だろうか。浮浪者が〈揺さぶり〉にぶつかったとき、浮浪者狩りを意味する、ということだろうか。けれども、この州都の浮浪者にかぎって無害な存在であり、州民も浮浪者をあえて嫌うようなことはなかった。

もちろん、これだけの騒ぎが生じているのだから、なにか原因があるのだろうが、ここまでの経緯からみて、すくなくとも浮浪者には関わりはない、そう思えた。したがって、騒ぎの及んでいない路地にでも避難すれば、それですむことだった。

けれどもわたしはその場を離れなかった。パレードに加わったときもそうであったように、群集のなかにとどまっていることを義務づけられている、そんなふうに思えて、群集から体を離せないのである。

思い切りの悪い自分に苛立ちながら、舗道の群集にもまれていると、店のシャッターが三分の一ほど開いているのが目に入った。体をかがめて覗いてみると、店というよりは倉庫といった感じで、商品の山のあいだに、奥につうずる通路が認められた。わたしは這うようにして、シャッターをくぐった。やはり倉庫代わりに使われているらしく、通路の両側に、ロープとか寝袋とか、登山用品が山積みになっている。

わたしはおそるおそる奥に進んだ。咎められたら、避難させてもらった、そう言い訳をするつもりだった。誰もいなかった。商品のあいだの通路を進むと、ドアにたどり着いた。すこし開けてみると、かなり広い部屋で、大勢の男たちがいた。

外の騒ぎをよそに、なにをしているのだろう。わたしはそう思いながら見守った。奥のほうでひとりの男が木箱から取り出したものを、ならんだ男たちひとりひとりに手渡していた。さらによく見ると、あきらかに銃である。

男たちはさまざまな服装をしていた。制服のようなものを着た者もいれば、皮の胴着のようなものを着た者もいる。工員ふうの作業服の者もいる。どの男も、銃を受け取ると、一様に、左右の手に持ちかえたり、重さをはかったり、あちこちをいじりまわしたりしている。銃といっしょに報酬らしいものも受け取っているところから、騒ぎに加担しようとしている人たち、そのために集められた人たちにちがいなかった。

わたしはその光景を盗み見て、まずいものを目撃していると思った。浮浪者の仲間入りをしたころ、先輩のひとりから、自分に必要なもの以外は、いっさい目に入れないよう訓練しなければいけない、そう教えられたが、いま目にしているのは、まさにその目にしてはいけない最たるものだった。

ところが今日にかぎって、わたしはなぜかそれができなかった。自分には関わりがないと思いながらも、ずるずる引き入れられて、押しとどめることができないのである。

銃を渡している男のそばに女がひとりいた。目に入れた一瞬、Jシスターではないかと思った。黒いスカーフ、黒づくめの衣服が、シスターそっくりなのだ。さっき外でシスターを認めたと思ったのも、あるいはこの女だったのかもしれない。

よく見れば、それほどシスターに似ているわけではなかった。だいいち、シスターの穏やかな顔とちがって、険しい顔をしていた。それに女は、銃を渡している男の後ろを行ったり来たりしていたが、足が不自由なのか、一歩ごとに体が右に傾くのだ。

いずれにしても、Jシスターに関わりのある女にちがいなかった。わたしは女から目が離せなくなった。もしそうであるなら、シスターもこの騒動に関わりを持っている、そう考えられるからだ。というのも、立ち退き騒ぎのとき当局とのあいだに入ってくれたAは、Jシスターの紹介で公園にあらわれたのである。

銃の受け渡しが終わって、こんどは火炎びんらしいものが配られていた。騒ぎに油をそそぐために駆り集められた人たちだろう、大半は日雇い労働者ふうの男たちである。報酬といっしょにアルコール類も配られていて、持てるだけのカップを受け取っている。壁ぎわの床に坐り込んで、さっそく飲んでいる者もいる。

シスターを思わせる女は、立ちどまって、部屋全体を見まわしていた。準備がととのいつつあるのを確認している、という感じである。わたしは恐怖をおぼえながら思った。こうした拠点が州都のあちこちにあって、いっせいに街に飛び出すのだろうか。そしてその結果、州都は騒乱の巷と化すのだろうか。それにしても、この人たちが当局の側に属するのか、騒乱者の側に属するのか、どちらとも判断がつかないのは、いったいどういうことだろう。

女の顔が静止して、視線がまっすぐ固定された。ドアの隙間から覗いているわたしに気づいたのだ。するどい目が探るように見つめている。ここで捕まると出陣の景気づけに血祭りにされるかもしれない。あの女ならやりかねない。わたしはそう思いながらも、それほど恐怖を感じなかった。Jシスターと関わりがある、したがってシスターの許可がなくては勝手なことはできないはずだ、そんな考えがあった。

それに、「あなたの場合、勝手に死のうなんて許されていません」というシスターの言葉が頭にあって、そのときが来なければ終わりにならない、そんな思いもあった。実際に、ここまで来るあいだ、なんども力がつきそうになりながらも、そのたびにこの言葉が頭によみがえって、危機を乗り越えたのである。

女は男たちを掻き分けて近づいてきた。一歩ごとに体を右に傾けながらも、わたしの顔からいちども目を離さなかった。足が不自由なのだから、その気になれば、老人の足でも、逃げ切れるかもしれないが、わたしはそばに来るのを待った。女もわたしが逃げ出すとは思っていないようだった。女がドアをつかむのを見て、わたしはノブを離して後退した。女は部屋に踏み入れて、後ろ手でドアを閉めた。

倉庫のような部屋の通路で、女と向かい合った。女はあいかわらずわたしの顔をまじまじと見つめていた。それはわたしもおなじだった。いつもなら、浮浪者の習性で、人の顔をこんなふうに長く見つめることはしないのだが、女の顔から目をそらさずにいた。女は険しい表情をすこしゆるめて、低い声で言った。

「あなたがそうなのね」

「そうです。わたしがそうです」

わたしは、こう返事をしながらも、自分でもなんのことかわからなかった。ただそう答えると同時に、一年まえJシスターに助けられたときのことを思い出していた。そのときもシスターは、「あなたがそうなのね」と言ったのである。そしてわたしは、やはりなんのことかわからないままに、「そうです。わたしがそうです」と答えたのである。

「聞いていたとおりの汚い年寄りね」

女はちょっと侮るような笑みを浮かべて言った。

「ここに来るまで、なんども転んだ」

わたしはこう言ってから、「あなたは誰です」と訊いてみた。

「みんなはジュリーと呼んでいる。妹ということになっている」

「誰の妹です」

「あなたを生かしている者の妹よ」

「Jシスターのことですね」

ということは、やはりわたしはシスターによって生かされていたのである。「あなたの場合、勝手に死のうなんて許されていません」という言葉は、励ましの言葉などではなく、シスターがわたしを生かしているという事実を言ったにすぎなかったのだ。

「どうしてこんなに早く来たの。まだはじまったばかりじゃないの」

ジュリーと名乗った女は、叱るような口調で言った。

「シャッターが降り切っていなかったからです」

とわたしはおもわず言ったが、もちろん言い訳になっていなかった。

「ほんとうにあなたがそうなの?」

ジュリーは二、三歩近づき、わたしの顔をさらにじっと見つめて言った。その眼差しがJシスターの眼差しを思い出させた。

「わたしがそうであるなら、わたしをどうしようというのです」

「迷っているの。外に追い出すべきかどうか」

「外の騒ぎのなかに?」

「そう。あなたはこんなに早く騒ぎから抜け出してはいけなかった。すくなくともあと四、五時間は騒ぎのなかにいなければならなかった」

「なぜ? そんなことをすれば、こんな年寄りは死んでしまう。それでなくともすっかり弱っている」

「だから、さっきから考えている。いま死なれては元も子もない。それで追い出すかどうか迷っている」

「なんの必要があって?」

ジュリーはそれには答えないで、なかば独り言のように言った。

「あの男が小細工をするから、予定が狂ってしまった」

「あの男って、Aという人物?」

「そう。銅像を真似ている男」

どこか似ていると思ったが、やはり自分を銅像の人物に見立てていたのだ。

「彼がこの騒ぎの首謀者だろうか」

「まさか」

とジュリーは肩をすぼめて言った。

「本人が思っているほどの役割はない」

「しかし囚人たちに銃を持たせて街に放った。あのようにするしかない、きっとそう考えたのだ」

「どうしてそう思う?」

「州民は自由など求めていない。パレードのとき〈自由を!〉なんて誰も口にしていなかった。演説に乗せられて〈自由を!〉と叫びはじめたが、もともとそんな要求はなく、その場の勢いで叫び出しただけだ。あれでは騒動になるはずがない」

「それで、そのことを見越していたAは、銃を渡し、騒動を誘発した、そう言いたいの?」

「そうとしか考えられない」

「たしかに騒動が誘発された。そのことは認めてもいい。しかし予定より早まってしまった。それに、無理に駆り出された囚人たちだから、騒動はあれ以上は拡大せず、長くつづかない。騒動は州民のなかから自然に起こることになっていた」

「そしてそのなかに」

とわたしは先回りして言った。

「隣りの部屋にいるような男たちを送り込むことで、騒乱へと拡大させる予定だった」

「そういうことよ」

「それにしても、目的はなんです。なにをしようとしているのです」

「みんなが口をそろえて、〈自由を!〉と言っていたでしょう」

「しかしこの州は、これ以上はない自由に恵まれている。それなのに、このような騒ぎが起きている。ということは、あきらかに誰かが無理やりこの騒動を仕組んだ、ということになる」

「そういうことね。でもこれくらいでは、まだ駄目。その騒動をもっと拡大させて、騒乱に近いまでにしなければならない」

ジュリーはこう言って、さらに真剣な表情をした。わたしは繰り返した。

「いったいなんのために？」

「自由が飽和状態に達してしまっていて、先が見えなくなっているからよ」

「しかし中央公園では、誰もがみんな、その自由を求めて叫んでいた」

「でも、どんな自由を求めて叫んでいた、というの？」

わたしは答えられなかった。そこで、苦しまぎれに言った。

「自由を放棄したいという叫びだったのだろうか」

「まさか。〈自由を！〉と叫んでいるのだから、やはり自由を求めている。しかし飽和状態に達しているから、自由とはなにか、わからなくなっている」

もしそうであるなら、今朝から起こっていることは、すべて茶番ということになるが、なんの意味もないことが、こんな騒ぎになるだろうか。わたしは試しに言ってみた。

「すると、囚人たちに渡された銃は、あの場では本物に思えたけれど、モデルガンだろうか。隣りの部屋で配られた銃も？」

「本物よ。そうでなければ、あんな銃声にはならない。いまもあちこちから聞こえている」

「ということは、死者も出ているということだろうか」

「まだそこまでは行っていないはず。この交差点の騒ぎが、いまのところ自然発生的な騒ぎでしかないように。だから、あなたはまだ、群集のなかにとどまっていなければならなかった」

「それはどういうことだろう」

わたしはおどろいて訊いた。

「わたしが騒ぎのなかにとどまっていれば、騒ぎはもっと拡大するはず、ということだろうか？」

「そういう予定だった」

「どうしてわたしだろう。わたしはただの年寄りの浮浪者で、公園を汚したり、良俗の景観の妨げになったりすることがあっても、それだけのことで、社会に影響を及ぼす力なんてなにもない」

「これは、浮浪者であるとか、年寄りであるとか、そんな問題ではない。あなたは選ばれていた」

「選ばれていた？」

「あるひとつの観念を体現する者として選ばれていた」

「それはなんだろう」

「〈法を犯すことでしか得られない自由を求める〉という観念よ。あなたはその観念の体現者として選ばれ、実際にその観念を保持していた。あなた自身、そのことはすでに自覚しているはず。そうでしょう」

「そんな……」

わたしは絶句しながらも、そういうことなら、今朝から自分に生じていることの謎が解ける、そう思った。ジュリーは繰り返した。

「いいえ。あなたはその観念の体現者としてここにいる」

だが、そうであるとしても、それはAが口にした言葉であり、それが、ひとつの観念としてわたしのなかに入り込んだのである。しかも、そのAをわたしたちの公園に寄こしたのはJシスターなのだ。わたしはあえて言ってみた。

「もしそうであるなら、その観念の体現者に仕立てるため、Jシスターがわたしを選んだことになる」

「もちろんそういうことよ」

ジュリーはあっさりと肯定した。

「だが、なぜわたしだろう」

「べつに理由はない。選ぶ相手は誰でもよかった。強いて言えば、あなたが浮浪者であり、しかも、いつ死んでもいい、そう考えている人間だからでしょう」

「それで、選んでおいて、〈あなたの場合、勝手に死のうなんて許されていません〉そう言っていたのだろうか」

「そういうことでしょう」

「ということは、この騒ぎは、Jシスターが首謀者であり、あなたがその実行者ということになる」

「それはどうかしら」

「ちがうのですか。まだほかに誰か、いるのですか」

「そのことは、はっきり決める必要はない。見方によっては、それが誰であるか、どんなふうにも解釈できるのだから」

「だが、すくなくともあなたは、駆り集めたあの男たちを使って、本格的な騒乱にしようとしている」

「そういうことね」

「それで、あらためて訊きますが、いったいなんのために?」

「さっきも言ったでしょう。この州では、自由が飽和状態に達していて、自由の内容がわからなくなっている。したがって、法も意味をなくしている。そこで、引き戻しが必要になっている」

「自由がよりすくない状態に引き戻す?」

「まさか。自由と法とのあいだに、本来あるべき緊張をよみがえらせる、ということよ」

「それにはこうした騒ぎが必要だと?」

「法が本来の力を発揮するには、緊張がなければならない。その緊張を生み出すにはこうした騒動が不可欠であり、その前提として〈法を犯すことでしか得られない自由を求める〉という観念が先行して、存在していなければならない」

「つまり、そういう観念を体現している者が必要であるということ?」

「そういうことね」

「そして、それがわたしだというわけですか。だが、わたしなど微々たる存在で、誰ひとり知らない」

「これは、知られているとか知られていないとか、そういうことではない。騒動の根底にそういう観念が存在する、そのことが大事なの。その観念の体現者として、姉はあなたを選んだ」

「それなのに、そのわたしが、騒ぎが十分に成長しないうちにここに来てしまった。これではすべてが無駄になってしまう。といって、こう弱っては、騒ぎのなかに戻しても、長く持たない」

「そう。だから、あなたをどうするか、迷っていると言った。騒乱といえるまでに大きくするには、あなたを騒ぎのなかに戻さなければならない。しかし、いま息絶えられたら困る。なんとかこの状態を保ったまま、騒ぎを拡大しなければならない。ということは、あなたを地階に押し込めるしかない」

「しばらく生かしておいて、そのあいだになんとかして、騒乱にまで拡大させる、ということですか」

「そういうことね。抵抗しても無駄よ。わかっているでしょう」

ジュリーはこう言って、飛びかかる勢いで、わたしの腕をつかんだのである。


ジュリーがわたしを閉じ込めたのは、おなじビルの地下二階の、もちろん窓のない小さな部屋であった。病院の個室のように殺風景な部屋で、鉄製のベッドがひとつあるきりだった。わたしはひどく弱り切っていて、二つの階段を降りたところで力つき、自力ではベッドにも登れなかった。ジュリーは、わたしをベッドに寝かせると、すでに言葉を交わす対象とは見なしていないのか、つぶやくように言った。

「こんなに衰弱している。騒ぎのなかに戻さなかったのは正解だった」

「…………」

わたしはなにか言おうとしたが、そんなふうに言われると、もう言葉を口にできなかった。

「これ以上、あなたの相手をしていられない。いい。ここでじっとしていて。こうなっては、あなたがしなければならないことは、もうしばらく息をしていること、それだけなのだから。わかったわね」

ジュリーは出て行った。遠ざかる足音が消えると、異様なほど静まり返った。ただの地下二階ではなく、なにか特別の部屋のように思えて、あらためて見まわしたが、べつに変わったところはなかった。ドアの上の換気口のほか、灰色の壁とおなじ灰色の天井があるばかりだった。鍵をかけなかったのは、もう自力では脱出できない、そう判断したのだろう。

わたしは公園の棲家を思い起こした。わたしにかぎらず、たいていの浮浪者は整頓ずきだった。持ち物をできるだけ少なくして、その少ないものを寝床のまわりにきちんと整頓しておく。その意味では、ベッドのほかなにもないこの空間は、いまのわたしにとっては、ほとんど理想に近い棲家といってよかった。

けれどもあまりに静かすぎた。公園の棲家はいつもなにか聞こえていたので、この静けさはかえって落ち着かなかった。壁に身を寄せて耳を澄ませても、なにも聞こえなかった。それでもわたしはしばらく耳を傾けていた。

足音らしいものが聞き取れる気がして、それがさっき目撃した男たちを思い出させた。酒を飲みおえた男たちは、銃や火炎びんを手に出動しはじめている。州都のあちこちでおなじように男たちが出没して、解放された囚人たちと合流しようとしている。やがて州都全体を巻き込む本格的な騒乱に拡大する……。

このように想像して、わたしは、それならば自分はどうすればいいのかと考えた。仮にジュリーの言ったことを信じるならば、わたしの生死と外の騒動のあいだに相関関係があり、彼女がここに閉じ込めたのは、わたしが息絶えるのを、その結果として騒動が収束するのを怖れたからだ。ということは、ベッドを降りて歩きまわり、死を早めることで、騒動を早く収束させるべきだろうか。それとも、可能なかぎり安静にして死を遅らせ、Jシスターたちの狙いのままに、騒動の広がりに協力すべきだろうか。

けれどもベッドを出るだけの体力はもうなかった。「あなたの場合、勝手に死のうなんて許されていません」というJシスターの言葉どおりに、この状態で動かずにいるほか、なにもできなかった。仮にこの騒動が、わたしのなかに吹き込まれた、〈法を犯すことでしか得られない自由を求める〉という観念の現われであるとしても、こんなふうに衰弱しては、わたし自身は、もうその経緯に関わりがない、そう思うほかなかった。

ドアが乱暴に開いて、ひどく太った女が入って来た。割烹着のようなものを着ていて、食堂の賄い婦といった感じの女だった。女は、ドアをいっぱいに開けると、足に車のついた小さな台を引き入れた。そして、それを枕もとの近くでとめると、まるで珍しい物でも覗き込むように、わたしの顔を見おろした。

「あんたがそうなの。老いぼれているだけで、ちっともそんなふうには見えないけれど」

女はこう言って、毛布を足のほうまでめくり、確かめるように眺めまわした。わたしは外の騒ぎがどうなったのか訊いてみたかった。いまでは、すでに定まった自分の生死よりも、騒動の経緯のほうが大事に思えた。

けれどもこの女に訊くのはためらわれた。だいいち女は、わたしが口をきけるとは思っていないらしく、下手に声をかけたりすると、なにか面倒が起きそうな気がした。おそらくジュリーは、食事を頼むとき、たとえば、「大事な人質だから」とか「大事な贄だから」とか、なにかそんな言葉を使ったにちがいなかった。

「さあ、たんと召しあがって元気になっておくれ。あんたが召しあがらないと、わたしはジュリーさんに鞭で打たれるからね」

女はこう言いながらも、わたしにどんなわずかな関心もない、というか、人間以下の存在と見なしている、そんな様子だった。実際に、〈法を犯すことでしか得られない自由を求める〉という観念に仕立てられているのだから、そしてまた、自分でもそれをなかば承認した状態にあるのだから、人間以下の存在と見なされても、文句は言えなかった。

「ほら、お弁当だよ。お茶もあるし水もある。こっちが水、こっちがお茶。わかるね」

女は、ひとつひとつ目の前に差し出して、台に置きなおした。そのあいだわたしは、女の動きから目を離さずにいたが、こんなふうに人間をじっと見つめたことがこれまでいちどもなかったような気がした。たがいに人間どうしという了解があるので、突きつめて見つめることを怠っていたのかもしれない。

けれどもいまは、人間でない自分が人間を見ている、そんな気がした。女の顔は妙に赤く、まん丸だった。こんな大きな顔があるはずがない、そう思える大きさだった。顔ではなく、顔に似たなにかであるかのようにさえ思えた。

「あんたに死なれると、ジュリーさん、困るのだって。どうしてだろうかね。わたしなんか、自分のいい人でなければ、誰がくたばろうと、ちっともかまいはしないけど……」

女はこう言って、なにかを思い出したように笑い声をあげ、大きな背をこちらに向けると、部屋を出て行った。けっきょく「あんたに死なれると、困るのだって」という言葉だけが頭に残った。

もちろんわたしは、弁当に手を出さなかった。空腹を感じないくらい衰弱していた。喉の乾きに気づいて、水をすこし飲んでみた。水の流れが体のなかをひと筋になって落ちるのがわかって、自分の体でないように感じられた。ジュリーが言ったとおりに、騒動とのあいだに相関関係があるなら、騒動の収束と同時に、息絶えるだろう、そう確信していた。

わたしは、ふと意識が戻って、そこにいる自分を見出した。どのくらい眠ったのか、見当もつかなかった。三日も四日も眠りつづけたように思えた。そのあいだに、外の騒ぎがどうなったのか、なにもわからなかった。こうして息をしているということは、ジュリーの監禁が功を奏して、騒動はまだ持続しているということだろうか。わたしはそう思って、自分のなかに意識を集中させた。そうすれば、騒動の経緯がわかる、とでもいうように。

けれども、すでに自分というものは失われていて、〈法を犯すことでしか得られない自由を求める〉という観念であるとしても、その観念の抜け殻としてここにいる、そんな気がした。騒動はすでにおさまり、相関関係は解消されたのに、息絶えることなく、ひとり取り残されている、そんなふうにも思えた。

そのときドアが静かに開いて、Jシスターが姿を見せた。一瞬、幻覚かと思った。シスターは部屋の中ほどで足をとめて、覗き込むように、わたしを見おろした。すらりとした黒い僧衣姿は、異様なほど美しかった。

「どうしてそんなところにいるの。そこのほうがいいの?」

Jシスターは例の優しい声で言った。そう言われてはじめて、わたしはベッドの外にいることに気づいた。どうやって抜け出たのか、ベッドの反対側の隅にいて、公園の棲家でいつもそうしているように、毛布にくるまっているのだ。わたしは、おもわず体を起こそうとしたが、体を支える力がなかった。シスターも手を貸そうとしなかった。

「食べなかったのね」

シスターはベッドの脇の台の上を見て言った。

「でも水は飲んだ」

わたしはこう言ったが、自分からJシスターに話しかけたことにおどろいた。この一年のあいだ、「あなたの場合、勝手に死のうなんて許されていません」「わかっています」という以外、言葉を交わすことはなかったのである。

「ジュリーの意図はわかったのでしょう」

シスターは念をおすように問いかけた。

「彼女は、騒動を騒乱にまで拡大しようとしていた。それには、〈法を犯すことでしか得られない自由を求める〉という観念を、その動機づけにしなければならなかった。それなのにわたしは、予定より早くここに来てしまった。そのうえ、騒動のなかに戻るには、あまりにも衰弱していた。そこで彼女はやむなく、わたしの息が絶えないよう、この部屋に押し込め、隔離した、ということです」

「それで、あなたは、与えられた役割を知って、どう思った？」

「誰か、無理に背負わせた者がいる、そう思った」

わたしはこう言って、シスターの顔を見つめた。あいかわらず優しそうな顔だが、それでもどこかジュリーの険しい顔に似ていた。

「それを誰だと思った？」

「もちろん。シスター、あなたです。ちがいますか」

シスターはかすかに笑みを浮かべた。

「さあ、どうでしょう。見当ちがいかもしれない。あなた、〈揺さぶり〉という言葉を聞いたことない？」

「〈揺さぶり〉？　たしかにどこかで……そうだ。外の騒ぎのなかで耳にした」

「この騒ぎのもとは、その〈揺さぶり〉なのよ」

「それはなんです」

「人間の根っこのようなもの。それが十何年かにいちど頭をもたげる」

「どうして頭をもたげるのです」

「高度な社会をつくった人間といえども、ただの生き物であり、生き物である以上は、かならずひとつの限界に達して、閉塞状態におちいる。だから、十何年にいちど、〈揺さぶり〉が必要になり、それが自分で頭をもたげる。今年がその年だった」

「そこであなたたちは」

とわたしはシスターから引き継いで言った。

「祭日の騒動を介して、その〈揺さぶり〉を目覚めさせようとした。それが目的で、〈法を犯すことでしか得られない自由を求める〉という観念をわたしのなかに吹き込み、それを騒動を拡大するための動機づけにした、ということですね」

「あるいは、そういうことかもしれない」

シスターはこう言って、ふたたびかすかに笑みを浮かべた。

「それでわたしは、その役割を果たしたのですか。ジュリーがわたしをここに保護したのは、有効な働きのある処置だったのですか」

「あの子のすることは、いつだって中途半端。半分はうまくいって、半分はうまくいかない。あの体だもの、仕方ない。最後にはわたしがなんとか処理する」

「すると、それなりに騒動を拡大できたということですね」

「もちろんよ。騒動というものは、祭日の重要な行事のひとつでしょう。三日のあいだ、その騒動を介して、〈揺さぶり〉を目覚めさせることができた」

ということは、三日が経ったということであり、そして、わたしがこうして息絶えずにいるということは、騒動はまだ収束していない、ということだった。

「それに、祭日における〈揺さぶり〉の目覚めは」

とシスターは先をつづけた。

「いつだって十分に満足できるものではない。したがって、満足と不満足が入り交ざった、まずまずというところで、日常に戻らねばならない。ただ、ジュリーは、騒ぎの拡大にばかり気を取られて、〈揺さぶり〉の目覚めの度合いを、正しく見さだめることができない。そのせいもあって、タイミングよく収束させることができない」

「そこで、無事に収束させるため、あなたがここにやって来た、というわけですね。つまりは、騒乱を収束させるには生贄が必要、ということですね」

「そういうことです。あなたは不満なのですか」

シスターはこう言って、ふたたびかすかに笑みを浮かべた。わたしは、こんなふうに言われてみると、すこしも不満ではなかった。

「いいえ。すこしも不満ではない」

「そうでしょう。あなたは絶食して死のうとしていた。だから、一年長く生きてもらった」

「つまりは、〈揺さぶり〉のための生贄として、用意されていた、ということになる」

「そう考えてもらってもいい。そのために毎日、〈あなたの場合、勝手に死のうなんて許されていません〉そう言いつづけていたのだから」

「そういうことになりますね」

わたしはこう言って、今日の祭日をうべなうべく、大きくうなずいた。

「それで、なにを用意したのです」

「これです」

シスターはこう言って、僧衣の下から小さなビンを取り出した。

「終わらせるための薬ですね」

「そうです。一粒で十分ですが、念のためみんな呑んでください」

わたしはすこし体を起こし、ビンを手に取った。五粒ほど入っている。

「みんな呑むには水がいります」

「そのまえにベッドに戻ってはどう?」

シスターはもういちど言ったが、それでも手を貸そうとしなかった。

「いいえ。わたしは浮浪者です。ここがふさわしいでしょう。そう、それが水です」

わたしは錠剤を口にふくみ、シスターの手から水を受け取った。そして、すこし咽びながら錠剤を呑み込むと、公園の棲家でいつもそうしているように、毛布を頭からかぶり、両膝を折って横になった。シスターの祈りの声が聞こえた。ごく短い祈りで、すぐにドアの閉まる音がして、足音が遠ざかった。


（了）

満月の子供たち

一

隣りの部屋から瑛子の寝息が聞こえている。さっきまでの寝苦しそうな呼吸にかわり、安らかな寝息になっている。その寝息を聞いていると、彼女がわたしのあずかり知らぬ夢を追っている、そんなふうに思えてならない。もしそうであるなら、その夢は、都心を離れて郊外に引っ越すことになったことに、関わりがあるにちがいない。私たちは今週中にも四度目の引っ越しをすることに決めたのである。

きのう都心から二時間ばかりの郊外の住宅地に住む妹を訪ねた瑛子は、一泊して帰って来ると、新築の一軒家を借りることができた、しかも家賃はいらないと興奮した面持ちで話した。そんなあやしげな話に乗るなんて彼女らしくないと思ったが、よく訊いてみると、そういうことがあっても、おかしくないことがわかった。

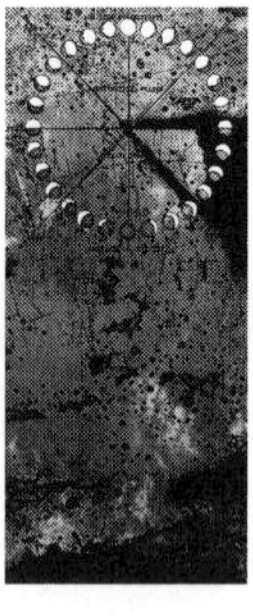

家の持ち主は若い夫婦で、双方の親が協力して建てたのだが、新婚二か月でニューヨークに転勤になり、すでに向こうに渡っていて、適当な借り手が見つかるまで、瑛子の妹の知り合いが管理を頼まれているというのである。瑛子の妹は、わたしが設計事務所をやめて家で仕事をしているのを知らず、私たちが都心を離れられないと思い込んでいて、その話を姉に知らせなかったというのである。

ところで、瑛子がわたしに相談もせず勝手に引っ越しを決めたのは、同棲してから三年のあいだに、三度も引っ越すという不運があったからである。小さな刺激にも過敏に反応してしまうわたしは、最初のアパートでは、隣室の若い住人たちの騒音にあやうく気が狂いそうになり、二度目のアパートでは、隣りのビルに窓をふさがれた暗室のような部屋のせいで、奇妙な眠り病に取りつかれた。そして、三度目のこのアパートでようやく落ち着けると思っていると、持ち主が土地を売って取り壊されることになり、立ち退きを迫られているのである。

もちろんたまたま不運が重なったにすぎないが、それでも私たちは四度目のアパートを探すのがおっくうになっていた。いっしょに暮らすだけで十分、それだけが大切と言っていた瑛子も、「私たち、この地上から追い立てられようとしているのよ」などと、大げさなことを言い出す始末で、したがって、彼女がその話に飛びつき、ひとりで借りることに決めたのも、けして勝手な独断とは言い切れないのだ。

けっきょくわたしも賛成することになった。都会のなかに埋もれて生きる決意をしているわたしにとって、郊外に移るのは意に反するのだが、しばらく都心を離れるのも悪くないかもしれない、そう考えなおしたのだ。それに、家賃がいらないというのは、経済的に不安定な私たちにとって、なによりも魅力だった。

ところで家主は、家賃を取らないかわりに、当然のことながら、厳しい条件をつけていた。それはひと組の男女であること、いつでも無条件に明け渡すこと、このふたつを前提にしたつぎのような条件であった。

一、最小限の家財道具しか持ち込まないこと
一、客を招いたり家を留守にしたりしないこと
一、家賃がわりに家の手入れを怠らないこと
一、子供を作らないこと

要するに若い夫婦は、自分たちの新しい家にどんな小さな汚れもどんな小さな傷もつけたくない、そう願っているわけだが、といって、空き家ではかえって傷む恐れがあるので、無償で貸して管理させよう、そう考えたわけだ。

ところがその願望がいささか度を越えていて、いま述べた条件を書き込んだ書類にサインを求めているばかりか、持ち込む家財道具の一覧表、子供を作らないという誓約書の提出まで求めていた。実際に、瑛子が持ち帰った書類を見せられたとき、家主が若い夫婦だけにその要求がいっそう露骨に思えて、不快な気がした。そこで、「ここまで要求するのはすこし強引ではないだろうか」と瑛子に言ってみた。すると彼女は、「そう言われれば、そうね」と同意しながらも、「でも、この条件、私たちのために考え出されたみたいに、どんな負担にもならないわ。そうじゃない?」とつぶやいたのだ。

たしかに彼女の言うとおりで、私たちくらいこの条件に合った男女はいないだろう。夫を裏切って——これはその夫のせりふだが——家を出た女と、まったく生活力のない男がいとなむ小さな所帯は、家財道具らしいものはなく、

世間との交際もなく、旅行に出る余裕もない。もちろん子供を作るつもりはない。

それに、これは誓って保証してもいいことだが、新築の家を汚されたくない、傷つけられたくないという家主の願いに対して、それに応え得るのは、瑛子以上の適任者はいないだろう。ひとつの目的を見出すと、それがどんなことであろうと、必要以上にエネルギーを注ぎ込まずにおれないのが、彼女の性格でもあるのだ。

いずれにしても、こうした経緯で郊外に引っ越すことになったが、おそらくこの引っ越しは、もちろん内容まではっきり予測はつかないけれども、かならず私たちの関係に、なんらかの影響をおよぼさずにおかないだろう。なぜなら、私たちの同棲生活は微妙なバランスの上に成り立っているので、環境の変化にどうしても影響されずにはすまない、そう思えるからだ。

しかもその変化は、おそらく瑛子のほうから生ずるだろう。これまで相談なしに何ひとつ決めることのなかった彼女が、ひとりで引っ越しを決めたこと自体、すでに変化の兆しに思えるからだ。そこで、わたしとしては、予感されるその変化を前にして、それに対応できるよう、私たちの同棲関係の始まりとその経緯をあらためて確認し、頭にしっかり収めておく必要がある、そう思えるのだ。

私たちが出会ったのは三年前で、その日から同棲生活をはじめたのだが、そのとき瑛子は、離婚を決意して家を出ていたとはいえ、籍の上ではまだ人妻であった。二十歳から七年つづいた結婚の破綻は、夫のでたらめな放蕩が原因で、相手に一方的に非があった。それにしても、真面目な人柄だった夫が、結婚半年もしないうちに、どうしてそのような行動に出たのだろう。これは彼女の話をもとにしたわたしの推測にすぎないけれども、つぎのようなことであったらしい。

結婚しても瑛子は幼い性格を多分に残していた。したがって、少女たちがときどき見せるあの〈純粋なきらめき〉をまだ失っていなかった。ところが、女性にあまり接する機会がなく育った夫は、彼女が見せるそれを、なにか異常なものに思ったらしく、むしろ怯えさえ感じた。たしかにわれわれ男たちは、女性のなかにそうしたものを見出そうと願いながらも、実際にそれに出くわすと、戸惑いをおぼえるのかもしれない。

いずれにせよ、瑛子の夫は〈純粋なきらめき〉の正体がなんであるかを知ろうとしなかった。そればかりか、しだいに強まる不安をおぼえて、あえてそれを曇らせようとせずにおれなかった。けれども、彼女自身がそういうものを持っているという自覚がないせいもあって、どのようにして曇らせればいいのか、わからなかった。そしてその結果が、途方もない放蕩という形になったのである。

もちろん瑛子の夫の行動は、奇妙な錯誤から発していた。また、そうした錯誤に至るにはそれなりの理由があったのだろう。たとえば、みずからの出生で母親を失った彼は、一家の不幸の原因が自分にあると思い込んでいて、父親や兄弟にも馴染まないまま、むしろ自制心ある人間に成人したのだが、むしろそのことが転じて禍になったのかもしれない。つまり、瑛子のなにごとも許容する〈純粋なきらめき〉に出会うことで、反対にそれまで保ってきたその自制心をなくし、あげくに自分を見失い、自分の望みとは反対の行動に出てしまったのかもしれない。

いずれにしても、彼は瑛子を大切に思いながらも、あえてほかの女たちに走り、その女たちといっしょになって彼女を貶めることで〈純粋なきらめき〉を曇らせようとした。もちろんその振る舞いは、みずからを貶めるだけのことでしかなかった。

一方の瑛子は、夫のわけのわからない行動に傷つきながらも、自覚していない〈純粋なきらめき〉によって夫を許していた。それればかりか、自覚しないままに、それが彼女に自信を与えていて、いずれ出会ったときの彼にもどるだろう、そう信じていた。もちろんそれも奇妙な錯誤だったのだろう。九歳のとき母親が家出をし、さらに七、八年後には父親を亡くすという幼いころの不幸な過去が、むしろ瑛子にそうした転倒した自信を与えていたのかもしれない。

けれどもけっきょく、彼女の夫は、放蕩ばかりではなく、様々なトラブルをつぎつぎに起こして、後もどりできない深みに踏み入れてしまった。そうなると、彼女の力ではどうすることもできず、夫を見かぎるしか道がなくなった。同時に彼女は、自分の持っている〈純粋なきらめき〉を自覚して、夫はもはやそれに値しない、夫とこれ以上生活を共にしても、どのような未来も生まれない、そう考えるようになった。

七年という月日が経っていた。瑛子は離婚手続の書類を残して、体ひとつで家を出た。夫を見かぎりさえすればみずからを失わずにすむはずだという確信は持っていたが、どうやって生きていけばいいのか、どんな考えも持っていなかった。ところが自分でもまったく予期していなかったし、また望んでもいなかったのに、一か月あとにわたしと出会い、そのまま同棲することになったのである。

当時、わたしは、自分を見出す会と言った奇妙な集まりにいて、みんなから幽霊と呼ばれていた。そのあだ名のとおり、女性を惹きつける若さも望みも持っていなかった。ところがその夜、私たちのその集まりにたまたま紛れ込んだ瑛子が、夫を裏切ろうと決意していることを直感すると、わたしは、この好機を逃してはならない、なんとしてもこの女と関わりを持たねばという思いがけない確信に取りつかれて、はじめて自分から跳躍を試みたのである。

つまり、自己が幽霊であるせいでひとりでは現実に触れることのできないわたしは、夫を裏切ることを決意した女に関わり、その裏切るという行為に加担することで、現実に触れようと必死で跳躍を試みたのである。そしてその結果、わたしは、幽霊である自己を現実に触れさせることに成功したのである。

瑛子の夫は彼女をはげしく非難して、一年以上も離婚を承諾しなかった。正式に離婚していないのに同棲したことが裏切りだというのである。もちろん言いがかりにすぎなかった。彼のでたらめな放蕩を考えると、離婚請求はあまりに遅すぎたといってよく、夫を見かぎって家を出た時点で、彼女は完全に自由の身であり、誰からも責められるいわれはなく、まして裏切りなどという非難はまったくの見当ちがいだった。

けれども、夫から裏切りだと非難されたことは、瑛子の気持にすくなからず影響をおよぼすことになった。というよりも、正確には、離婚の手続きがなされるまでの一年という歳月が、みずからの在り方を彼女に熟慮させたというべきかもしれない。たとえば、その一年のあいだに、わたしと正式に結婚しようという考えを放棄した彼女は、わたしがひそかに使っている言葉で言えば、〈仮の女〉という立場に身を置くことを、みずからに課したのである。

それにしても、瑛子は、無実であるにもかかわらず、どうして裏切りという刻印に甘んじて、自分を〈仮の女〉という立場に置いたのだろう。もちろん罪の意識からではない。もともとなんの罪もないのだから。おそらくこういうことだったのだろう。つまり彼女は、夫との不幸な軋轢《あつれき》で身につけた知恵によって、裏切ってもいないのに裏切ったことにすることで、自分の在り方を規制したのだろう。その自己規制にしたがい、彼女はいまも〈仮の女〉という立場を演じているのだろう。

それならば、彼女はなんのためにみずからを規制して、〈仮の女〉という立場を演じているのだろう。もちろん〈純粋なきらめき〉を二度と男に見せまいと熟慮した結果にちがいない。それを見せることで男がかならずおちいる錯誤をふせぐには、あえて〈仮の女〉という立場を演ずるほかはない、そう悟ったからにちがいない。

もちろん、〈純粋なきらめき〉を隠蔽しようとする瑛子の意図は、それだけではない。彼女がそれを自覚した以上、当然、その内容が変容していると考える必要があるからだ。変容した〈純粋なきらめき〉とはなにか。それは男から実質的な力をうばい取り、男を取り込もうとする女性本来の渇望にほかならない。そのことを夫との軋轢を経ることで自覚したからこそ、彼女は自分を〈仮の女〉という立場に置くことで〈純粋なきらめき〉を隠そうと決意したにちがいないのだ。

したがって、わたしに必要なのは、その渇望に支配されることを避けるために毅然とした態度を取ることだろう。けれども、男が求めずにはおれない〈純粋なきらめき〉と、それが変容した男を取り込もうとする女の渇望とを見分けることは、ひどく困難なことだ。しっかりと見分けることができなければ、〈純粋なきらめき〉を求めながらも、その渇望の餌食になるという結果を招きかねない。男を取り込もうという、その渇望の餌食になるくらいなら、彼女の夫のように、〈純粋なきらめき〉を汚そうと意図して、放蕩に走ったほうが、まだましなのかもしれない。

いずれにせよ、瑛子とわたしは、このような経緯のなかで出会うことによって、それぞれの望みを達成させ得たのである。つまり彼女は、みずからを規制して〈仮の女〉という立場に身を置くことで、男を虜にしようという渇望に変容した〈純粋なきらめき〉を隠すことに、一方のわたしは、彼女の夫への裏切りに加担することで、ひとりでは現実に触れ得ない幽霊である自己を、現実に触れさせることに、それぞれ成功したのである。

ところで、私たちの同棲生活は、これまでの三年のあいだ、住まいのこと以外はほとんど波立つことのない日々であり、平穏そのものであった。危険をはらんでいるとすれば、むしろその平穏さのなかに潜んでいて、私たちは用心ぶかくその危険を回避してきたのである。

もうすこし詳しくいえば、私たちの関係を保つ緊張の低下に気づくと、瑛子もわたしも、臆面もなく出会いの時点にもどり、夫を裏切った彼女のエネルギーによってふたたび負の感情を回復させ、緊張が高まるよう努めるのである。そしてその際、出会いの時点にもどるということは、たがいに相手を鏡にすることであり、その鏡に、彼女は〈仮の女〉という立場にある自分の姿を映し出すことで、わたしは幽霊である自己の姿を映し出すことで、それぞれの役柄を確認するのである。

このようなわけで、合わせ鏡としての部分だけを拡大した形こそが、私たちの関係であり、この合わせ鏡の形態を保ってこられたのは、二間だけのアパートというせまい空間に自分たちを閉じこめてきたからである。さらにいえば、生活による繋がりというよりも役柄の繋がりというべき私たちの関係は、舞台という空間に置かれた男女ふたりのように、つねに相手を鏡に見立てて、そこに自分の姿を映し、それぞれの役柄を演じることによって、かろうじて成り立っているのである。

ところが瑛子は、一軒家という転居先を勝手に決めることで、合わせ鏡の形態を演ずるのに都合のいい舞台装置を変えてしまったのである。私たちはその転居先でも、これまでどおりの関係を保つことができるだろうか。いま心地よさそうな寝息を立てている瑛子は、転居して行くそこで、これまでのこうした関係を解消して新たな関係をはじめようと夢見ているのだろうか。もしそうであるならば、場合によっては、現実に触れながらも幽霊である自己をどこまでも保とうとするわたしは、彼女のその望みの前から退散するという事態が生ずるかもしれない、そんなふうにも思えるのである。

二

真夜中がすぎて、夜明けが近づいている。それなのに頭が冴えて、眠れそうにない。〈もうひとつの空間〉という言葉が頭を離れず、眠気を妨げている。この言葉がなにを意味するのか、はっきりさせなければならない。

この家に引っ越して、三か月が経った。もちろんいまも、瑛子とわたしの生活はすこしも変わっていない。たがいに相手の意識を鏡にして、そこに自分の役柄を映し出すという、これまでどおりの合わせ鏡の形態を持続させている。だが、それにもかかわらず、やはりなにかが変わったはずで、それを取り出して拡大し、目に見えるものにする必要がある。それにはまず、この家に目を向けなければならない。生じている変化の兆候は、あきらかにこの家に関わっているのだから。

わたしは散歩から帰って来るたびに、家の前の路上で足をとめて、玄関、二階のベランダ、赤い屋根……とこの家を眺めずにおれない。丘陵地の中腹に建つこの家は、まわりに樹木がなく、庭木もまだ小さいので、裸を晒しているように見えるのだが、わたしはそうした外観をゆっくりと眺めながら、違和感が甦るのをあえて感じ取ろうとする。

もちろん違和感の原因は家のなかにある。これまでの三つのアパートでは、このような違和感が生ずることはなかった。帰って来てドアを開けると、もうそこが自分の内部であるかのように、ぴったりと納まった。それに反して、この家では、すでに三か月が経って慣れながらも、ぴったり納まるという感じはなく、むしろ違和感が強まるばかりだ。この違和感の原因は使用していない二階にある。

わたしは引っ越して来るまで、二階の一室を仕事場にするつもりでいた。そうすれば、仕事をしているときだけでも、瑛子を意識せずにおれるだろう、そう考えたのだ。けれども、引っ越して二、三日もしないうちに、三つある二階の部屋——そのうちの奥の一間に家主の家財道具が収められている——をすべて使わないことにした。私たちの合わせ鏡の形態は、やはり仕事のあいだも、たがいに相手を意識している必要があるからだ。相手がなにをしているか、物音や気配で察しのつくところに身を置くことで、つねに相手の意識を鏡にして、そこに映る自分の役柄を確認していなければならないからだ。そしてまた、そこに身を置くことで、合わせ鏡のずれを修正しながら、自分たちの関係を保たねばならないからだ。

このようなわけで、わたしは階下の一室に製図台を、瑛子は仕切り戸で隔てられた隣りの部屋にミシンをすえ、それぞれが寝室をかねた仕事場にして、二階はそっくり使用しないことにした。するとその結果、もちろん、自分の家ならば、こんなことが起こるはずはないが、借家のなかの使用されない部分である以上、それが違和感の原因として、しだいに意味を持ちはじめたのである。

当然のことだが、わたしが問題にしているのは、使わない二階に違和感をおぼえるという、ただそれだけのことではない。私たちふたりが、階下の使用している部分では従来どおりの合わせ鏡の形態を保ちながらも、使用していない二階に関して、異なった関わり方をしているということが問題なのである。つまり、わたしのほうは引っ越して来たとき二、三度登ったきりで、二階と関わりを持つことをみずからに禁じているのに反して、瑛子は二階の部屋や廊下の床を磨く作業に熱を入れていて、つねに関わろうとしている、そのことが問題なのである。それを詳しくいうと、つぎのようになるだろう。

ニューヨークにいる家主とかわした契約を守り、瑛子は毎日、なん時間かを家の手入れや掃除についやしている。わたしが予想したとおり、家を汚したり傷めたりしないように気を配ることでは、彼女以上の配慮は考えられない。彼女は毎朝、わたしが目を覚ますまえにもう家のなかを歩きまわり、あちこちを点検している。日中でもミシンの音が聞こえなくなったと思うと、二階でなにかしているという熱心さだ。

瑛子は、それほど家主におもねているのだろうか。そうは思えない。彼女はみずからのその欲求に服しているだけである。その証拠に、使用している階下よりも使用していない、したがって汚れなどすこしもない、二階に多くの時間と労力をついやしている。ことに、床を磨く作業に熱中していて、まるで彼女の思いが通じたかのように、ニューヨークからワックスが多量に送られて来るという偶然があったくらいである。

といっても、わたしは、そうした瑛子の思いにまで立ち入ろうとは思わない。私たちの関係は相手を鏡としてそこにみずからを映す関係であり、相手の思いにまで入り込んだり、口に出して批判したりすることは、許されていないのである。

問題は、二階という使用していない空間に関して、ひとつの思いが生じたという事実、瑛子が一日のうちなん時間かをかけてその思いをいっそう強化させているという事実、そのことである。彼女はこれまで〈純粋なきらめき〉の変容である女性の渇望をわたしの目から隠すように努めてきたが、そのためには、わたしの思考や感情に適合させる必要があった。そしてそれができたのは、アパートというせまい空間のなかで、つねにわたしの意識の動きを鏡にして、そこに映し出される自分の姿、つまり〈仮の女〉という立場を演ずることによってであった。ところがいま、二階という新たな舞台ができたことで、彼女の意識の在り方に、あきらかに変化が生じたのである。

にもかかわらず、私たちの関係そのものはすこしも変わることなく、合わせ鏡の形態を保っている。ということは、自己が幽霊であり、自分ひとりでは現実に触れ得ないわたしは、瑛子のどんな変化にもつねに対応していなければならないわけだから、この場合、彼女に生じたその新たな意識を鏡にして、関わりをみずからに禁じている二階を、〈もうひとつの空間〉として受け入れていなければならない、ということになる。

それならば、それをどのようにして受け入れればいいのか。同調しない以上は、二階における彼女のその思いを否定することで、二階を〈もうひとつの空間〉として受け入れるほかないが、どのような方法で彼女のその思いを否定すればいいのか。べつにむずかしいことではない。二階についての瑛子の思いを、さしあたって若い夫婦がこの家に残している思いに触発された意識である、そう想定したうえで、その意識が形をとった瑛子の行為、つまり床を磨いている彼女の姿を想像するたびに、ただちにそれを否定すれば、それでよい。

もちろんこのような考え方が危険なことは、わたしも十分に承知している。〈もうひとつの空間〉において、彼女はわたしのあずかり知らぬ思いを持続させている、そしてわたしのほうは、その思いをつねに否定しつづけている、というわけで、部分的であるにせよ、合わせ鏡であるはずの私たちの関係が逆向きに変形してしまっているからだ。さいわいこの企ては、わたしがひとりで階下にいて、二階にいる瑛子のその思いを否定するという、ただそれだけのことなので、彼女に気づかれる恐れはない。

いつのまにか窓に明るみが射して、朝の気配がただよいはじめている。さっき隣りの部屋で起き出した瑛子は、そっと二階に登って行った。彼女は毎朝、起きるとすぐ二階に登って、しばらくそこで過ごすのだが、なんの物音もさせない。彼女はなにをしているのだろう。部屋の窓から夜が明けるのを見守っているのだろうか。磨きつづけている床を点検しているのだろうか。だがわたしはあえてそれを知ろうとは思わない。

階段を降りて来る足音がして、瑛子は台所で湯を沸かしはじめた。毎朝、台所のテーブルで彼女と顔を合わせると、わたしはきまって「今朝はどうだった?」と訊ねることにしている。よく晴れた日の朝にかぎり、二階の窓から山脈の連なりが遠望できるのだが、彼女は「今朝は完璧ね」とか「今朝はだめ。ご機嫌が悪くって」とか答える。この問答は一種の儀式化していて、わたしはそのたびに、二階の窓からいちど目にしたことのある、くっきりと姿を見せた山々を、彼女の目に映ったままであるかのように、脳裏に思い浮かべるのだが、同時にそのイメージを否定するのである。

三

騒々しい音で目を覚ました。二階を駆けまわる音であることがわかった。そうだ、あの女の子たちだ。わたしは思い出した。夕方、瑛子の妹が小さな娘たちを連れて来たのだ。急用で外出しなければならず、三歳と四歳の女の子を瑛子にあずけて行ったのだ。それにしても、こんな真夜中に、どうしたというのだろう。

すでに両親のいない瑛子は、ほかに兄弟がいないので、血縁者は妹とその子供たちだけである。二十歳前に結婚した妹は二十七、八歳のはずだが、すでに四人の娘がいる。あずけて行ったのは、下のふたりの女の子だ。

瑛子と妹はあまり仲のいい姉妹ではない。すくなくとも瑛子はいつも妹から距離を置くようにしていて、自分からはめったに会おうとしない。彼女に言わせれば、反りが合わないそうだが、わたしから見る彼女たちは、本来はひとつであるべき人生をふたつに分けて、半分ずつ分担して生きている、そんなふうに思えてならない。幼いころ母親が家を出てしまい、さらにそのあと父親が早く亡くなったので、成人するまえに、生き方の選択を迫られた結果なのかもしれない。

いずれにしても、妹が現実の生活にしっかりと根を下ろしているのに反して、瑛子は現実の生活よりも自分の在り方を大切にしている。そのせいで少女のままに停滞して、大人になっても〈純粋なきらめき〉を持ち越してしまい、不幸な結婚を経ることで、ようやくそれを男の目から隠す必要を知り、わたしを相手に、あえて〈仮の女〉という立場を演じているのである。

おなじ町内にいながら瑛子は、自分から妹を訪ねることはない、妹が訪ねて来るばかりだ。ましてわたしが訪ねることはなく、瑛子の姪たちを見るのははじめてだった。わたしは三歳と四歳の女の子を見て茫然とした。身近に子供というものがなく、したがって子供に馴染みのないわたしにとって、ふたりの女の子の出現は衝撃的であった。

女の子たちはこんなふうだった。すこし大きさは違っても、双子のようによく似ている。体のわりに大きな頭をおかっぱにしていて、そっくりおなじ丸顔のなかで、目を大きく見開いている。母親に行儀よくしているように言われたのだろう、人形をふたつ並べたように、台所のテーブルに向かって、椅子にちょこんと腰かけている。実際に、人形になったつもりなのか、わたしの顔にまじまじと見入り、目をそらさない。もちろんそんなことはあり得ないが、瑛子とわたしの不自然な関係を知っていて、それでわたしを咎めている、そんなふうに思えるくらいだ。

わたしはどうしてあんなに女の子たちに魅せられたのだろう。やはり現実に触れ得ない幽霊である自己が、女の子たちの突然の出現に不意をつかれ、拒みようもなく謎めいた存在として、彼女たちを受け入れてしまった、ということだろうか。女の子たちの執拗な沈黙も、わたしを魅了した原因であった。三歳と四歳だから十分に会話が成り立つはずなのに、ここでしゃべったりすれば、この男の存在を認めることになる、だから私たちは絶対に口をきかない、小さな胸のなかでそう誓っているみたいに、口をぎゅっと閉じていたのだ。

もちろんわたしも話しかけなかった。女の子たちとわたしのあいだにひと言でも共通の言葉があるなど、思いもつかなかった。彼女たちは、いわば不意にあらわれた小さな女神であり、わたしは、その素晴らしい現前に、もし瑛子がそばにいなければ、跪拝《きはい》していたかもしれない。いずれにせよわたしは、ふたりの女の子を見つめることに夢中で、瑛子がそばにいることを、忘れていたくらいである。

そのあとどうしたのか。そうだ。いちどにふたつも昇った月を眺めているような不思議な酔い心地で、ふたりの女の子の丸い顔、丸い頬、丸い瞳を見つめつづけているうちに、ひどく満足した気持になり、同時に、たまらなく眠くなったのである。眠気に朦朧としながらも、わたしの顔を見つめつづけるふたりの女の子の、人形のそれのように動かない目を、おなじように見つめ返していたのだが、とうとう眠気がこらえ切れなくなり、寝床に倒れ込んだのである。

そしてそのまま、女の子たちが駆けまわる音で、いま目を覚ますまで眠りつづけたのである。ということは、寝不足でもなかったのに四、五時間も眠っていたということになるが、真夜中のこの騒ぎはどういうことだろう。瑛子はなにをしているのだろう。わたしはようやくそう思って、そっと寝床を抜け出し、仕切り戸をすこし開けて、覗いてみた。

明かりを消した隣りの部屋の向こうに、台所のテーブルが見える。まず目に入ったのは女の子たちの父親だった。引っ越して来た日の夜、挨拶に行って玄関で会ったきりだが、妻や子供たちを生き甲斐にしている善良な男で、勤めの帰りなのだろう、背広をきちんと着たまま、テーブルに寄りかかって居眠りをしている。おなじテーブルで妻と瑛子とが話し込んでいるのも、娘たちが騒いでいるのも、彼の眠りの妨げにならないらしい。勤めから帰って夕食のあと、妻や娘たちに囲まれて、その騒々しさのなかで居眠りするのが、彼のもっとも幸福な時間なのかもしれない。

その彼を無視して瑛子と妹は夢中で話をしている。食器が残されているところを見ると、わたしが眠り込んでいるあいだに、妹夫婦がいっしょにやって来て、留守番の上のふたりの娘も呼んで、みんなで食事をしたにちがいない。

それにしても、このようにくつろいだ様子の瑛子を見るのははじめてである。妹とは話すことはなにもないといつも言っているのに、ふたりの唯一の共通の話題、子供のころのことを話しているのだろうか、妹に負けないくらい夢中で話している。もちろん詳しいことは知らないが、神官であった彼女たちの父親は、妻が家出をしたあと男手ひとつで娘たちを育てながらも、不運なことが重なって、みずから命を断ったのである。

二階で悲鳴のような声がして、騒々しくなった。と思うと、階段を勢いよく駆け降りて来る足音とともに、わたしを魅了した三歳と四歳の女の子があらわれた。追っ掛けっこをしているふたりは、台所に入ると、金切り声を発しながらテーブルのまわりを駆けめぐりはじめた。スカートをからげて細い脚を見せた恰好は、人形のようにおとなしくしていた昼の様子とはまるで違っていた。白粉を塗り口紅をつけた丸顔は、目が吊りあがり、濡れたように黒いおかっぱの髪がくしゃくしゃになっている。

ふたりにつづいて、彼女たちの姉の六歳と七歳になる女の子が、いっそう荒々しい足音をさせて階段を駆け降りて来た。やはり白粉を塗り口紅をつけたふたりは、妹たちに劣らず興奮していて、おなじようにテーブルのまわりを駆けめぐりはじめた。そのひどい騒々しさにもかかわらず、父親は目を覚ます気配はなく、母親も子供たちを叱る様子はない。四人の女の子は床を踏み鳴らし口々になにか叫んでいて、まるで小さなスカートに火がついたような途方もない騒々しさである。

わたしはあることに気づいた。下のふたりの女の子は金切り声を発して駆けまわるだけだが、上のふたりの女の子は、駆けまわりながらときどき素早く母親の耳になにか囁きかけるのである。眉をしかめて聞き取った母親は、そのつど瑛子の耳にも息を吹きかけるみたいにして、そのなにかを一瞬の囁きで伝えるのである。

まもなく下のふたりの女の子が階段を登って行くと、上の女の子たちもたがいに相手を押し立てるようにして登って行き、家のなかはしいんとした。母親と瑛子はあいかわらず話に夢中になっているが、そのあいだも階段のほうをうかがって、静まり返った〈もうひとつの空間〉に耳を澄ませている様子である。

しばらくして、突然、二階で悲鳴に似た金切り声がしたと思うと、ヒステリックな笑いが爆発して、〈もうひとつの空間〉は笑い声に満たされた。さらにその笑い声に床を踏んで駆けめぐる足音や叫び声が加わり、気違いじみた騒ぎになり、その騒々しさのままに、四人の女の子が勢いよく階段を駆け降りて来た。そして、ふたたびテーブルのまわりを駆けめぐりはじめて、上の女の子たちが母親の耳に素早く囁きかけ、母親がそれを瑛子に伝えるのである。

どうやらこの騒ぎは、小さいふたりの女の子たちに端を発するようだった。三歳と四歳の女の子によって発火した興奮が、姉たちに飛び火して燃え移り、それがさらに母親と伯母にも伝えられるのである。女の子たちは〈もうひとつの空間〉でなにをしているのだろう。もちろん男のわたしにわかるはずがなく、したがって勝手に想像するほかないが、それはつぎのようなイメージである。

電灯のついていない二階は、窓から差し込む月明かりに、物が十分に見分けられる明るみになっている。すっかり興奮して忘我の状態にある女の子たちは、月が射し込む〈もうひとつの空間〉で、自分の外に自分を見出す遊戯に夢中になっている。三歳と四歳、六歳と七歳の二組に別れた女の子たちは、月光の明るみのなかでそれぞれ相手を捕まえ、月明かりに映える白い顔を覗き込み、たがいに自分を見つけ出して大騒ぎになる……。もちろん見当ちがいかもしれない。瑛子と妹が顔を寄せ合うようにして話している様子から、わたしが勝手に想像したイメージにすぎないのだから。

そのとき女の子たちは二階に登り声を殺していて、家のなかは静まり返っていた。わたしは眠気にうとうとして、額を仕切り戸にぶつけてしまった。瑛子と妹がこちらに顔を向けた。瑛子はめずらしく化粧をしていて、白粉を塗り口紅を真っ赤につけた顔は、妹とほとんど区別がつかない。自分たちが化粧をしたとき、女の子たちにもおなじ化粧をしてやったのだろう。

わたしは、瑛子が立ちあがる気配を見せたら、そのまえに寝床にもぐり、寝たふりをしようと思った。だが、瑛子は椅子に腰かけたままで、目を覚ますはずがないというように妹と目で了解し合って、話にもどった。わたしに関してどんな些細な注意も怠らなかった瑛子がはじめて油断したのである。三十分くらいのあいだに、女の子たちは四回か五回階段を登ったり降りたりして、おなじ騒ぎが繰り返された。

四

（夕食の後かたづけを終えて、二人は台所のテーブルに向かって腰かけている。瑛子はエプロンのポケットから手紙のようなものを取り出す。）

瑛子　（それをテーブルに置いて）これはどういうこと？　なぜ破り捨てたりするの。

私　（とぼけて）それはなんだね。ぼくは知らないよ。

瑛子　見ればわかるでしょう。ニューヨークの大家さんから来たクリスマスカードじゃないの。

私　（なおもとぼけて）そんなもの知らないね。ほかの郵便物といっしょに破り捨てたのだろう。ぼくが不要な郵便物を破り捨てることは、きみも知っているじゃないか。

瑛子　それならばどうして屑かごにちゃんと捨てないの。そうじゃないわ。わざと目につくように落としたのよ。あなたらしくない陰険さだわ。

私　わざと落とした？　ぼくがどうしてそんなことをするのだね。

瑛子　（わたしの顔を見据えて）そんなこと知らない。でも、そうに決まっている。あなたは大家さんとの交渉をわたしに任せておきながら、それが面白くなくて、そのことにこだわっているのよ。

私　馬鹿なことを言わないでくれ。それじゃ、まるでぼくが家主ときみとのあいだを嫉妬しているみたいじゃないか。それとも、そう言いたいのかい。

瑛子　（一瞬、考え込み、それから思い切ったように）そうよ。あなたは嫉妬しているのよ。このあいだからなにか変だと思っていたけれど、そういうことだったのだわ。

私　それならば訊くけれど、ぼくが嫉妬しているとすれば、家主ときみのあいだに嫉妬の対象になるような関係がなければならない。もしそういうものがあるなら、その関係を説明してもらおうじゃないか。そうすれば、嫉妬しているか、していないか、すぐにもわかるだろう。さあ、どんな関係があるというのだね。

瑛子　（一瞬、言葉につまって）どんな関係もあるはずがないでしょう。でもあなたはあると思って、嫉妬しているのよ。

私　それなら、ぼくがあると思っているというその関係がどんなものなのか、それを説明してもらいたいね。

瑛子　あなたが勝手に思っていることを、わたしにわかるはずがないでしょう。それでもわたしには確信があるのよ。あなたが大家さんとわたしのあいだを嫉妬していることは確かだわ。

（口を挟もうとするわたしを制して）

いいえ、わたしに言わせて。そうね。嫉妬とちがっているかもしれない。もっと底意地の悪いもの。そうだわ。あなたはわたしに濡れ衣を着せようとしているのだわ。

私　濡れ衣だって？（と大げさにおどろいてみせて）それはいったいどういうことだね。

瑛子　あなたは大家さんとわたしのあいだにどんな関係も

ないことを承知しながらも——だってわたしは、大家さんと会ったことはもちろん、電話で話したこともないのだから——、なにかそうした関係を想定して、そのうえで濡れ衣を着せようとしているのよ。
私　なんのために？
瑛子　そんなこと知らないわ。それでもやはり、あなたが大家さんから来たクリスマスカードを破り、目につくところに捨てておいたのは、わたしに濡れ衣を着せていて、罪を宣告したつもりなのよ。
私　だから、ぼくはなんのためにきみに濡れ衣を着せようとしているのだね。
瑛子　それは……（と言葉を探して）それは……あなたの最初からの企みで、ここに引っ越して来たのも、そのためだったのよ。
私　それでは答えにならないよ。それに、ここに引っ越すことを決めたのはきみ自身だし、ほかのこともみんなきみに任せているじゃないか。それなのに、ぼくがなにかを企んでいるなんて、まったくの言いがかりだよ。
瑛子　それはそうだけれど、ほんとうはそうじゃないのよ。あなたはここに引っ越して来る以前から、そう、私たちが知り合う以前から、頭のなかになにか企みを持っていて、それを実現する機会を狙っていたのよ。それはみんな、わたしを侮辱するため……そうだわ。わたしに濡れ衣を着せる目的は、わたしを侮辱するためだわ。
私　（こんどはほんとうにおどろいて）ますますわからない。いったいなんのためにきみを侮辱するのだね。
瑛子　…………。
私　いいかね。ぼくは、自分を含めてどんな人間だって侮辱などしない。しないというより、人を侮辱することなんて、ぼくにはできない。もしぼくが人を侮辱したら、そのとき、ぼく自身が、さらに侮辱されてしかるべき人間になってしまうからだ。ぼくがどんな人に対しても敬意をはらっていることは、きみだってよく知っているはずだ。
瑛子　それはそうだけど、わたしだけは例外なのよ。あなたはそうした考えの反動として、わたしだけを例外にしたがっているのよ。
私　どうしてきみだけが例外なのだね。
瑛子　そんなこと知らないわ。あなたはただ誰かを侮辱したいのよ。その対象としてわたしを選んだのよ。あなたがひそかに使っているらしい言葉を借りれば、夫を裏切った女であり、〈仮の女〉であるわたしこそ、侮辱するにふさわしい人間と考えて……笑ったりして、なにがおかしいの。

私　笑ってなんかいないよ。（むしろ真剣な気持になって）それに、きみは間違っている。いいかね、断言するけれど、ぼくはきみを侮辱したりしないし、きみに濡れ衣を着せたりもしない。いったい、きみはいまの自分の立場が不満なのかい。不満なら、そのことをはっきりと言えばいい。

瑛子　不満なんかないけれど、なにか変なのよ。あなたはわたしを使ってなにかを企んでいるのよ。

私　それなら、それはどんな企みだというのだね。

瑛子　それはわからないけれど、あなたは、なにかに復讐しようとして、その機会を執拗に追求しているのよ。このクリスマスカードを破り捨ててわたしの目につくところに落としておいたのも、そのためよ。

私　また、そのことかい？

瑛子　クリスマスカードのことはもういいけれど……（テーブルの上の破れたクリスマスカードを手に取り）あなたはひそかに人を憎んでいて、人に復讐したがっているのだわ。それで、みんなに復讐できないので、わたしひとりをその代表として復讐しようとしているのだわ。

私　そんな馬鹿な……復讐するなんて、それこそぼくには縁のないことだ。ぼくにできるのはせいぜい否定することくらいだ。

瑛子　否定……そうだわ。あなたは復讐しようとしているのではなく、わたしを否定しようとしているのよ。そのために大家さんとの関わりを想定し、それを材料に濡れ衣を着せて、わたしを否定しようとしているのよ。

私　だけど、きみを否定して、それで、どうしようというのだね。

瑛子　………。

（このあたりで会話を打ち切りたいと思いながらも、成り行きで打ち切ることができない。）

瑛子　いいえ、あなたは、わたしだけでなく、すべての人間を否定したいのよ。それがあなたという人の本性なのよ。でも実際は、そうできないので、誰かひとり、つねに否定しつづけている人間が必要なのよ。その否定しつづける人間として、わたしをそばに置いているのよ。そうでしょう。

私　………。

瑛子　やはりそうなのね。

私　だけど、仮にきみの言うとおりだとして、どうしてそんなことをするのだろう。（気持が沈むのを感じながら）残念ながら、他人を否定するということは、自分をさらにつよく否定することでしかない。つまるところ、みずからを抹殺しようとすることだ。
瑛子　そうよ。それなのだわ。（わたしの顔をじっと見つめて）どういうつもりか知らないけれど、自分を否定しつづけようという意志によってあなたは生きているのよ。だから、どんな生産的なことにも手を着けようとしない。仕事だって、現実的なものは人の手伝いをするだけで、自分の仕事は幻の建造物しか設計しない。
私　仕事のことに触れてもらいたくないね。ぼくがどんな図面を引こうと誰にも迷惑はかけない。
瑛子　それならば、わたしのことで、大家さんとの関係を想定したそのうえで、それを否定するなんて、そんなこともしないでちょうだい。
私　ぼくはそんなことを目的とはしていない。〈もうひとつの空間〉だけを目的として、それを実現したいだけなのだ。
瑛子　〈もうひとつの空間〉ですって……それはなんのこと？
私　設計士として、ぼくがつねに夢見ている空間だよ。
瑛子　なんのことかわからないわ。その空間のために自殺した神主の娘を生贄にしようというの。
私　そうだ、きみたちは神主の娘だったね。
瑛子　きみたち？
私　きみと、きみの妹やその娘たちのことだよ。
瑛子　それがどうしたというの。
私　いや、なんでもない。
瑛子　いずれにしても、あなたはわたしを否定しようとしているのよ。それで、ありもしない大家さんとの関係をあらわにするためにこれを破り捨て、わざと目につく所に落としておいたのね。
（瑛子は立ち上がり、手にしたクリスマスカードを屑かごに捨てる。）
私　いや、そうじゃない。それと気づかずに、ほかの郵便物といっしょに破ったのだ。
瑛子　そんなことは絶対にないわ。
（瑛子はもう取り合おうとせず、わたしも内心ほっとする。彼女はわたしに背を向けて台所の窓から外を眺める。）
瑛子　あら、みごとな満月が昇った。散歩はどうするの。
私　そうだな。変なおしゃべりで遅くなってしまった。きょうはやめにしよう……。

五

午後おそく、瑛子の妹の家から帰ると、わたしは茫然として、製図台の足もとに坐り込んだ。二晩、病院の廊下のベンチで仮眠しただけなので、いまにも寝入りそうなのに、虚脱状態がかえって眠りを妨げていた。眠って目を覚ましたときひとりになった自分を見出すのが怖く、それで眠る勇気がないのかもしれなかった。

仕切り戸が開けられていた。瑛子に頼まれて妹が片づけたにちがいなく、隣りの部屋は、ミシンと裁縫台のほか、仕事着が壁にかかっているばかりだった。わたしはミシンと裁縫台と仕事着を交互に眺めつづけた。これまで彼女の持物をしっかり見たことが、いちどもなかったような気がした。

わたしはようやく気を取りなおして製図台に向かい、線を引きはじめた。一本の線を引くにも気持を奮い立たせる必要があったが、それでいて、線を引くことでしか時間の経過に耐えられそうになかった。そしてそのあいだも、なにが起こったのか、たえず思い起こしていた。

今朝、瑛子は退院すると言い出して、妹の反対を聞き入れなかった。さいわい危険を脱していて、あとは安静にするだけなので、注意事項を厳守するという条件をつけて、医師は退院を許可してくれた。

もちろん瑛子は、すでにわたしを必要としなくなっていた。そのことがわかっていたので、わたしはどのような成り行きになっても口をはさむまいと思っていた。けれども、あらかじめ決めてあったわけでも、その場で話し合ったわけでもないのに、病院を出た車がまっすぐ妹の家に向かったとき、たぶんこうなるだろうと予想しながらも、瑛子がどんな拒絶反応も見せずにしたがうのを見て、わたしはすくなからずショックを受けた。それに実際、彼女は、妹の家に着いたとき、「これで姉さんもやっと自分の家に帰って来たのね」という言葉に、はっきりと頷いたのである。

瑛子は正気を失ったのだろうか。しかし医師は、流産のショックが意外に大きく、しばらく不安定な状態がつづくかもしれない、そう言っただけであった。いずれにしても、思いがけない流産は、私たちの関係に致命傷をあたえた。そのことをすぐに認めたわたしは、さしあたり口を閉ざして、彼女を見守っていよう、そう心に決めた。事実、二階で流産したとき瑛子がわたしを呼んだのは、妹に連絡させるためで、なにが起こったのかを説明せず、「だめよ。あなたに関係ないことなのだから、絶対に来ちゃだめよ」と、奥の部屋から叫びつづけたのである。

瑛子の拒絶は入院のあともつづいた。はじめのうちわたしの姿を目に入れないようにしていた彼女は、やがて目に入れても、どんな反応も見せなくなった。三年半前の出会いのときに生じた合わせ鏡という形態だけを保ち、現実の生活に背を向けてきた私たちにとって、その形態が消滅すると同時に、相手も消滅するほかなかったのである。

したがって、妹の家に落ち着いた瑛子は、わたしにとってすでに見知らぬ女になっていた。げんに彼女は、久しぶりに自分の家に帰った人のように、家のなかを懐かしそうに眺めると、用意してあった布団にみずから進んで横たわった。そして、寝心地を試してみただけというようにすぐ起きあがると、布団の上にきちんと正座して、四人の姪の名前をひとりひとり呼びながら、頭を優しく撫ぜていたが、その穏やかな振る舞いは、わたしがいちども目にしたことのない、安らぎに満ちたものであった。

ということは、瑛子はようやく本来の自分にもどったのだろうか。それとも反対に本来の自分から完全に離れてしまったのだろうか。彼女がいまだに失わずに持っている〈純粋なきらめき〉は、わたしとの関わりを経ることでどのようなものに変容したのだろう。もちろんこのまま妹の家に落ち着くとは思えないが、それならば、彼女の前にどんな道がつづいているのだろう。

いずれにせよ、彼女はすでにわたしとは関わりのない人間になっていた。そしてその結果、その場に同席しながらも、わたしは、彼女にとってすでにいないのも同然であった。わたしは、みずからのその不在さに耐え切れなくなり、立ち去るほかなかったのである。

いつのまに寝入ったのか、目を覚ますと、製図台の下に横になっていた。真夜中になり、しいんと静まり返っていた。わたしは起きあがって、台所で水を飲んだ。眠りのなかで瑛子を探していたらしく、その気持がまだつづいていて、水を飲んでからゆっくり探そう、そう思ったのだ。

けれども、水を飲んでいる最中、「もう瑛子はいない」そう思ったとたん、飲んだ水が異物に変わり、床に吐いてしまった。そして、「彼女にとってわたしはもう死んでしまったのだ」そう思い返すことで、瑛子を探している気持をようやくなだめ静めた。

あたりがひどく明るかった。階段に光を反射していて、不思議な明るみに満たされているのだ。二階を見あげると、月の光とは思えぬくらいつよい光が降りそそいでいる。

わたしは月の光に足を濡らしながら、階段を登った。月の光が床や壁に反射して――瑛子は半年のあいだ毎日、何時間もかけて磨いていたのだ――、隅々まで充満していた。取っ付きの部屋の窓が開け放たれていて、そこから月の光が射し込んでいるのである。

わたしはその空き部屋に入って、開け放たれた窓から外を眺めた。奇妙なくらい黄色い、大きな月が中天にあって、月光が胸に降りかかった。一か月まえクリスマスカードのことで瑛子と言い争ったが、あのときとおなじみごとな満月である。

窓から体を乗り出すと、左手に駅の方角にひろがる町が見わたせた。視界のおよぶかぎり家々も道路も樹々もすべてが、月光に白く浮き出ていて、まるで雪景色のようだった。故郷のないわたしだが、幼いころ雪国ですごしたので、これと似た景色を眺めた記憶が残っていた。

さらに遠くへ目を向けると、月光に浮き出た山々の連なりが、氷塊のように見えた。わたしはその山々をしばらく眺めていたが、心が凍りつきそうな震えをおぼえて、窓から後ずさりした。とそのとき、なにかを踏みつけそうになり、おどろいて跳び退いた。それは窓の下の壁にそってゆっくりと移動している。

赤ん坊だ！　幻影を見ているのだ！　わたしは自分に向かって叫んだ。するとその叫びにおうじて、赤ん坊がはっきりとした姿を見せた。裸の赤ん坊が、壁につかまり歩きをしているのだ。窓から射す月光に触れると、ピンクの肌が鮮やかに浮き出るのである。わたしはそっと後ずさりして廊下に出た。幻影は幻影のままにしておこう、そう考えたのだ。

ところが、階段のほうに向きを変えたとき、ドアの開いた向かいの部屋のなかが見えて、そこにも、動きまわる赤ん坊の姿が認められた。どうやら赤ん坊は、その奥にある三つ目の部屋から這い出て来るようだった。ということは、たとえ幻影であっても、それが生ずる原因があるということであり、それを確かめなければならない。

わたしは二つ目の部屋に入り、そこから三つ目の部屋を覗いてみた。異様な光景が待っていた。そこには家主の家具が収められているのだが、ベランダのガラス戸もカーテンも開け放たれていて、月の光がいっぱいに射し込んでいるのである。そして、何人もの赤ん坊が、沐浴図さながら、月光を浴びているのである。

わたしは陶然となって、その光景を眺めた。月の光にピンクに輝く赤ん坊たちは、家具のあいだの床を這ったり、低いテーブルにつかまったりして、たえず動きまわっている。洋簞笥のなかにまで入り込み、頭や尻を出している赤ん坊もいる。

ベランダに向かって置かれたソファーに目がとまった。そのソファーは月光に照らされた白い布におおわれているが、その布が大きく盛りあがって動いている。赤ん坊がもぐり込んでいるのだ、そう思って見守っていると、布の下から赤ん坊が転げ落ちるようにして出て来た。ところが、布がすぐにふたたび盛りあがって動き出し、赤ん坊がまたひとり、ソファーの下に転げ落ちた。それでいて赤ん坊たちが布にもぐり込む様子はない。

間違いなかった。瑛子が流産したのは、このソファーの上だったのだ。彼女はこのソファーの上で、「だめよ。あなたに関係はないのだから、来ちゃだめよ」と叫んでいたのである。ということは、この幻影は、彼女の流産との関わりがあって、したがってこの赤ん坊はすべてわたしの子供なのだ。

この事態をどう考えたらいいのだろう。たしかにわたしは、二階に関わっている瑛子の思いを否定することで〈もうひとつの空間〉を作り出そうと試みていた。そして、流産という思わぬ事態が生じて、その試みは失敗に帰した、そう思い込んでいた。

ところがいま、〈もうひとつの空間〉のなかにいて、自分の子供が生まれ出る光景を目撃しているのである。ということは、これはひとつの成果なのだ。瑛子との関係は終わったが、自己が幽霊であって自分ひとりでは現実に触れ得ないわたしが、たとえ幻影であるにせよ、瑛子との関わりを介して〈もうひとつの空間〉を作り出すことに成功していたのである。

わたしは目の前の光景を、このように解釈して、ひとまず満足した。そこで静かに後ずさりすると、満月の夜の幻影である赤ん坊たちをそのままに、足音を忍ばせて階下に降りた。そして半年ぶりで都心にもどるべく、製図具と図面をカバンに詰めて、瑛子のいなくなった家を出たのである。

家の前の道路に出たところで、月の光を浴びながら二階を見あげると、まだ幻影はつづいていた。十人ほどの赤ん坊がベランダの手摺の支柱につかまり、顔を出して見おろしているのである。わたしは一歩一歩、後ろ向きに歩いた。隣りの家の影の部分に入ったが、ベランダの赤ん坊たちはまだ見えていた。

わたしは影の部分からふたたび月の光のなかに出た。月の光はシャワーのように頭上に降りそそいだ。家から四、五十歩離れたところで、路は下り坂になった。わたしは赤ん坊たちに見守られながら、なおも後向きに坂を降りつづけた。坂を降りるにつれて家は一階から二階としだいに沈んで、赤ん坊たちのいるベランダも見えなくなった。真上の中空に、煌々と輝く月が残った。

（了）

山の女

一

バスは、山峡の広場を前進と後進を繰り返して、すこしずつ向きを変えると、車体をゆらせて、山路を降りて行った。わたしはバスを見送ってから、待合室のベンチを振り返った。バスを乗りついだ疲れだろう、Iは、足もとにぼんやりと目を向けていて、わたしが見ていることに気づく様子がなかった。

わたしは広場に視線をもどして、暮れかかる空を見上げた。三方を山に囲まれた、まだすこし明るみを残す上空は、谷底からひろがる闇に侵食されて、濃い闇に変わろうとしていた。向かいの黒く陰った山肌が、頭上に崩れ落ちてきそうだった。

振り返ると、後ろにIが立っていた。真剣な表情をしたIは、目が合うと、広場の片側にたむろする五、六人の男たちを視線で示した。小さな屋根に紹介所とあって、宿の案内の者たちだとわかる。

わたしは鞄を手に取って、旅館のあるほうへ、広場をよぎって歩き出した。山を切り崩してつくった広場は、見た目にはわからないが、谷川のほうに傾斜しているらしく、体が自然に左に傾いた。ヒールのIは、もっと歩きにくそうで、こわごわ歩いている。

広場を出て、歓迎とあるアーチをくぐってすこし行くと、片側にみやげ物屋がならぶゆるい坂になった。店の明かりや看板のネオンがうす暗がりに馴染まず、まだらな明るみをつくっている。夕食の時間のせいか、客の姿はほとんどなく、静まり返ったなかに、ふたりの靴音がこだまする。山峡につらなる明かりのなかを通りながら、わたしはよう

やく温泉に来たという気持になっていた。

だがその気持は長くつづかなかった。みやげ物屋の店先に立つ女たちが、理由はわからないが、声をかけないばかりか、好奇心をあらわに、ふたりの通過するのを眺めている、なぜかそんなふうに思えて、その気持が萎えたのである。Iも、女たちの視線を意識しているらしく、俯いて歩いている。

みやげ物屋や小さな酒場がつきるあたりから、旅館街になった。せまい谷間の片側を隈なく埋めて、旅館が立ち並んでいる。どれもみんな、三階か四階の縦長の建物で、坂路を登りながら見上げると、頭上にのしかかって見える。わたしは、すこしずつ遅れるIにかまわず、旅館のあいだの坂路を登りつづけた。Iが疲れているのを知りながらも、また、どんな旅館でもかまわないと思いながらも、旅館の前に来ると、入る決心がつかないのである。それに、どれも似たような旅館で選びようもない。

旅館街の坂路を登りつめると、行き止まりになり、見上げるくらい急な石段があらわれた。その下で待っていると、靴音とともに姿を見せたIは、いかにも疲れたという様子で、石段に腰かけた。わたしは、そんなIを見守りながらも、やはり声をかける気になれなかった。Iもかたくなに黙っている。

上に旅館があるとは思えなかったが、Iをそこに残して、石段を登った。登ったところに外灯があって、その明かりに透かし見ると、すこし奥に小さな鳥居が認められた。振り返って眺めると、いま登って来た道筋にそって、みやげ物屋の灯火がつらなり、山の巨大な影のはざまに、旅館の窓の明かりが点在している。その暗い夜景は、十五、六年ものあいだいちども都会を離れなかったわたしにとって、夢のなかの光景とすこしも変わらないのである。

視線を足もとに下ろすと、Iが、登りづらい石段を、必死な様子で登っていた。わたしは、下で待つようにと言おうとしたが、やはり声が出せなかった。都会をバスで離れた今朝から、ふたりは、なぜか、たがいに黙り込んでしまい、この温泉に着くころには、完全に口をきかなくなったのである。

石段を登りきったIは、しばらくそこにうずくまり、あえぐような息をしていたが、それがおさまると、意を決したように立ち上がった。そして、温泉の夜景など目もくれずに、小柄な体をまっすぐに伸ばし、暗い夜空へ小さな顔を向けて、その姿勢を固定させた。空を仰いでいる鳥のような、あるいは、天に向かって祈りを捧げているような、そんな恰好である。

　Iはその姿勢を保ちつづけた。その奇妙な振る舞いにおどろきながらも、わたしは黙って見守った。今朝からの執拗な沈黙につらなる行為のひとつ、そんなふうに思ったのだ。だが、それでもわたしを無視したその振る舞いに、いたたまれない気持になった。そこで、Iに背を向けて、鳥居のほうに歩き出した。鳥居があるのだから、奥に祠《ほこら》のようなものがあるはずで、それを確かめよう、そう思ったのだ。暗がりを透かして見ると、たしかに祠らしいものがある。

「M！　行かないで！」

　鳥居をくぐろうとしたとき、Iがはげしい口調で叫んだ。おもわず立ち止まると、Iはもういちど叫んだ。いつもとはちがう甲高い声だ。

「そっちへ行ってはだめ！」

　前方に目をこらすと、祠の左手に細い路がある。あの路のことを言っているらしい。どういうことだろう。そういぶかりながらも、わたしは鳥居をくぐり、あえてそのほうへ歩き出した。すると、闇にまぎれて見えない山肌に、悲鳴のような声がこだました。

「ああ、わたし、もう知らないわよ」

　その声を振りきって、祠の裏へとつづく、木々に隠れた、細い路に踏み入れた。むしろIの声に追われた恰好だった。

　その暗い路をしばらく行くと、すこしひろい路に合流した。小さな谷川にそってゆるやかに登る路で、足もとに水音が聞こえていた。そんな路にも外灯があって、湿った路面を照らしていた。わたしは、水音に誘われるように、足を早めた。Iがあんなふうに言う以上、なにかがあるはずで、それを確かめないでは引き下がれない、そんな気持になっていた。

　谷川にそってつづく路は、両側に山肌が迫り、いまにも行き止まりになりそうだった。だが、山襞をめぐるたびに、先へとつづいていた。外灯があるということは、夜でも人が通るということだろうが、誰がなんのためにこんな路を通るのだろう。それとも、そんな気配はないけれども、この先に小さな部落でもあって、Iはその部落に近づくことを恐れて、そっちへ行くなと言ったのだろうか……。

　谷川の流れが路の高さに近づき、並行しはじめた。豊かな水量が、いまにも路上に溢れ出そうだ。水草をなびかせるその流れにそって歩を運んでいると、夢のなかを歩んでいるように思えて来る。

　その地点は不意にあらわれた。山襞のひとつを曲がると、開けた地形になり、並行していた路と川がひとつになり、そこに小さな木の橋がかかっていた。それでいて、橋の向こう岸に、もう路はなく、十メートルくらい先の岩壁まで、草が生い茂るばかりだった。

わたしは木の橋の上に進み出て、その中央に立ち、あたりを見わたした。上空はひらけた感じだが、まわりの山肌が高い壁になり、視界を完全にふさいでいた。Ｉが行くなと言ったのはここにちがいなかった。といっても、なにか危険がひそんでいそうな気配など、すこしもない。

木の橋のふもとに、最後の外灯があって、頭上から照らしていた。その明かりが届かないので、はっきりとは見わけられないけれども、橋のすぐ川上に大きな岩がいくつかあって、そのあいだから水が湧き出ているようだった。わたしは低い欄干に腰かけた。湧き出る水は、その勢いのままに、橋の下に流れ込んでいる。

その水の流れを眺めながら、わたしは、今朝から頭を離れない問いにとらわれていた。自分たちになにが起ころうとしているのだろう。昨日までとはちがう自分たちを見出そうとしているように思えるが、いったいどういうことだろう。Ｉの不可解な沈黙や、鳥居の前でのあの奇妙な振る舞いは、なにを意味しているのだろう……。

どのくらい経ったのか、わたしはわれに返った。そして、低い欄干に腰かけている自分に気づくと同時に、恐怖におそわれて立ち上がった。橋の下に勢いよく流れ込む水が橋もろとも押し流そうとしている、そんなふうに思えたのだ。雨が降らなくても増水することがあって、Ｉが行くなと言ったのは、そのためだろうか。だが、そんな短時間でこの路が水没するなんて、そんなことがあるだろうか。

増水なんかではない。わたしは自分に向かって言った。ここには、もっとちがった恐怖の原因がある。Ｉがあんなにはげしい声で止めようとしたのも、それによって引き起こされる決定的な事態を知っているからなのだ。

わたしは、こんなふうに考えると、立っておれなくなった。そしてそこに、すでにその恐怖の原因であるものを認めていたかのように、向こう岸の草むらの一点を見つめた。と同時に、それに背を向けると、急ぎ足で引き返した。

途中までもどって、わたしはようやく足をゆるめた。ほっとした気持になり、橋の向こう岸にあったものを、思い起こそうとした。あのときなにを見たのだろう。異様なものがうずくまっていたのに、どうしてしっかり確かめなかったのだろう。

うずくまっていた？　すると生き物だったのだろうか。

いや、生き物ではないが、その物体は、生き物であるかのように、こちらをうかがっていたのだ。それなのに、そのことに気づかず、ぼんやりと欄干に腰かけていたのだ。

祠の裏に通ずる枝道までもどったが、その路には入らず、まっすぐに進んだ。すこし行くと、樹々のあいだに旅館の明かりが見えてきた。わたしはさらに足をゆるめながら、向こう岸にあった物体を、思い起こそうとしつづけた。確認しなかったことが、重大な過失に思えてならなかったのだ。といっても、引き返して確かめなおす気は起きなかった。それに、引き返しても、二度とあれを見ることはできない、なぜかそう確信していた。

土の道が舗装に変わって、下り坂になったと思うと、石段のすこし手前の旅館街に出た。石段までもどって、Iを呼んだが、どこからも返事はなかった。石段も登ってみたが、そこにもいなかった。石段を降りはじめて途中で気づいたが、石段の下に置いたはずの鞄がなくなっていた。Iが鞄を持って、広場に引き返したにちがいない。

だが、バスの発着所である広場に引き返しても、Iはいなかった。旅館街にもどり、片端から路地に入ってみたが、旅館の玄関につうずるだけで、どの旅館も後ろは山だった。けっきょく、ふたたび広場に引き返して、待合室の前のベンチに腰をおろした。Iのほうでも探していれば、ここにいるのがもっとも見つけよいはずだ。

ベンチに腰かけて一時間ほどが経ったが、Iはあらわれなかった。Iはもう見つからないかもしれない、なんどもそう思った。それならば、どこに行ったのだろう。ひとりで旅館に入った。いや、Iはそんな勝手なことはしない。ということは、とわたしは思った。やはりあのとき追って来たのだ。そして行き違いになり、いまもあの山のなかで、わたしを探しているのだ。だがそんなことがあるだろうか。もどったとき、祠の横の枝道を通らなかったが、あれはごく短いのだから、後を追って来たのなら、わたしが山のなかにいるうちに、あの木の橋のところに着いているか、途中どこかで出会うか、どちらかでなければならない……。

そう思うたびに、わたしの頭にIの姿が浮かび出た。Iはわたしが山を降りたとは考えられなくなっていて、あの山の路を行ったり来たりして探している。あの木の橋にもどっては、増水に浸された橋の上に立って、「M、どこにいるの！」と呼びつづけている……。

もしそうであるなら、とさらにわたしは思った。向こう岸のあの物体はIに恐怖を与えないのだろうか。そうだ、平気なのだ。Iが恐れたのは、わたしがあの物体を目撃することであり、その結果として、わたしに生ずる事態なのだ。ということは、禁止の言葉をわたしが無視した時点で、Iはわたしを見捨てたことになり、したがってわたしを探していないことになる……。

それでもわたしは、ベンチに腰かけて、なおも待ちつづけた。暗い夜空には、星ひとつ見えなかった。谷川の流れが広場の下の方角でごうごうと水音をひびかせている。隣りのベンチでは浴衣姿の四人の老人が、身を寄せ合うようにして、ぼんやりとあたりを眺めている。

わたしは暗い夜空を見上げながら、Iとの関係は終わったのだろうか、そうなんども自分に問いかけた。たしかにIは、今朝、都会を離れると同時に口を閉ざしてしまい、この温泉に着くころは、まるで別の女のようになっていた。ということは、ふたりの関係は、都会でしか成り立たなかった、ということだろうか。

それならば、あんなにつよく反対しながら、どうしていっしょにここに来たのだろう。いや、Iとの関係はまだつづいている。ただその関係が、Iの故郷でもあるこの温泉に着いてから、とくに「そっちに行くな」というIの言葉を無視した時点から、別の関係に変わってしまった、そう考えるべきだ。

いつのまにか老人たちがいなくなり、ひとりになっていた。Iを見失ってから二時間が経ち、大気が冷えはじめていた。わたしはようやくあきらめて、ベンチから立ち上がった。みやげ物屋のならんだ石畳の路を登って行くと、浴衣姿の人たちがいて、サンダルの音が山峡の静けさにこだましていた。みやげ物屋の数にくらべて客がすくなく、季節はずれの温泉らしい、落ち着いた雰囲気になっている。

暗い旅館街に入ると、真夜中かと錯覚を起こすくらい、しいんとしていた。今夜はもう見つからないだろう。どんな旅館でもいいから入ろう。わたしはそう思いながらも、旅館の前に立つたびにためらった。Iが山のなかで探しているという考えを拭い去れず――それでいて探しに行くことは考えないのだが――、どうしても旅館に入る決心がつかないのである。けっきょく旅館街の坂道を登りつめて、石段の下に出た。

わたしは外灯の明かりに青白く浮き出た石段を見上げた。登ってもIがいないことはわかっていた。それでも、石段に腰をおろす気になれず、とりあえず一段登った。すると疲れているにもかかわらず足が自然に動いて、もう一段もう一段と登り出した。なんのために登っているのか、自分でもわからない。

石段の途中まで登ったとき、名前を呼ばれた気がした。石段の上にも下にも人影はなかった。気のせいだ。幻聴だ。そう思いながら、なおも登った。そして登りきって後ろを振り返ったとたん、巨大な建物の影が目に映った。ホテルの建物の裏側なのだろう、闇にすっぽりとつつまれていて、黒い山肌と見分けがつかず、それで気づかなかったのだ。

その建物を認めると同時に、もういちど「M!」と呼ぶ声がした。その建物の五階か六階の高さのところに小さな窓があって、そこにIのシルエットが見えた。建物そのものが暗い山肌にまぎれているので、その窓だけが空中に浮き出た恰好だ。

あんなところにいる。わたしは一瞬そう思い、叫び返そうとして思いとどまった。なぜか、こちらから声が届くことはない、そう思えたからだ。つづいて、そのシルエットが、焦れたように窓から身を乗り出させて、手招きをした。Iにまちがいなかった。

二

そのホテルは旅館街から離れて、谷川の向こう岸にあった。ところが向こう岸に渡る橋が見つからなかった。わたしは、源流にあったあの行き止まりの小さな橋を頭に思い描きながら、あちこちと探して、ようやく同じような小さな木の橋を見つけた。そしてそれを渡って、ホテルに入ると、玄関の広間のまん中に、Iがひとりで立っていた。Iはすでに裾の長い白い服に着替えていた。

ほっとしたわたしは、Iから目をそらして、あたりを眺めた。ホテルの玄関にしては暗く、妙に殺風景だった。それに、受付けのカウンターがないばかりか、従業員も客の姿も見当らなかった。以前は玄関だったが、別のところに新しい玄関ができたので、いまは通用口として使われている、そんなふうにも思えた。

Iに視線をもどして、わたしは啞然とした。Iではないように見えるのだ。そんな馬鹿なことが……と思って、じっと見つめても、やはりIであると断定できなかった。化粧らしい化粧をしないはずなのに、目の前のIは、白粉を塗り、目蓋に赤紫の化粧をしているのである。そのせいだろう、全体の感じはあきらかにIなのに、その白い顔がIではないように見えるのだ。

いつまでも顔を見ているわけにはいかなかった。それに、状況からみて、Iでないなんて、そんなことはあり得なかった。とにかくIであると仮定して行動しよう。この場合、そうするしかない。こう考えて、Iに歩み寄った。Iはなにも言わなかった。ということは、わたしが黙っているかぎり、Iであると仮定したこの状態がつづくということだ。

けれども、そうなると、そのあいだIの言うままになるということだが、それでいいのだろうか。そうだ。それでいいのだ。鳥居の前で、行くなという言葉を無視したことでこのような事態になったことを考えれば、さしあたって、Iにしたがうことが、なによりも大事なのだ。そうしているうちに、なにがIをこのように変貌させたのか、はっきりするはずだ。

わたしは広間に踏み入れて、Iの後ろにある階段を登ろうとした。Iがいた窓の階に行くには、当然、そこを登るのだろう、そう思ったのだ。ところがIは、わたしの腕をつかんで引きもどし、「どこへ行くつもり？　あなたは下のほうじゃないの」とはげしい声で言った。そのとき目が合ったが、その目は、昨日までのIの、あの遠慮がちな眼差しではなく、つよく見つめ返す眼差しであった。

Iではないのだろうか。あらためて疑念が生じた。もちろんそんなおかしなことがあるはずがなかった。それに、いまの声はあきらかに、鳥居の前で、「行かないで。そっちへ行ってはだめ！」そう叫んだときの、あの奇妙なほど甲高い声であった。

問いかけて、Iであることを確かめるべきだろうか。一瞬そう思ったが、思いとどまった。それよりもいまは、Iとこうしてふたたびいっしょになったことで生まれつつある関係がどういうものなのか、それを知ることのほうが大事だった。

Iはそれ以上なにも言わず、わたしの腕をつかんだ手を離すと、先に立って案内した。階段の裏側に、半分くらいの幅の別の階段があって、「あなたは下のほうじゃないの」と言ったとおり、そこを降りた。わたしは、Iの後につづきながら、ここを降りることで、自分になにか決定的な事態が起こるにちがいない、そんな考えにとらわれていた。

降りたところは、もちろん地階で、窓のない暗い廊下が前後につづいていた。ぞうりのようなものをはいたIは、いかにも物馴れた様子で、先に立って歩き出した。どういうつもりなのか、ひどく早足なので、見失わないよう、懸命に追わねばならない。

廊下は左にも右にも折れて、どの方角に進んでいるのか、すぐにわからなくなった。窓のない壁の通路、小さなホールといったところを、つぎつぎに通過した。それでいて、これといって目安になるものはなく、似たような印象がつづいた。やはり客の姿はおろか、従業員の姿さえ見かけず、無人のように静まり返っている。

こうして廊下を進んでいるあいだも、わたしの頭に「あなたは下のほうじゃないの」というIの言葉が消えずにあって、つぎのような意味がふくまれているように思えた。わたしは下のほうに属しているのに、その自覚がなかったこと、Iはその下のほうに属していないらしいこと、その上と下のあいだに大きな隔たりがあるらしいこと、である。

いずれにしても、奇妙な事態に引き込まれたことに変わりなかった。人気のない廊下の様子から察して、玄関でもそう思ったが、ホテルの営業は別棟の新館に移ってしまい、旧館のここは、ホテルとはまったく別の目的に使われている、そして、Iの変貌はもちろん、その別の目的にかかわっているにちがいなく、わたしはそのためにここに引き入れられた、ということである。

もしそうであるなら、とわたしはさらに思った。その目的とはなんだろう。Iを介してなにかが企てられていることになるけれども、それはどんな意図から出た、どんな企てだろう。錯綜した無人の建物のなかを、確信ありげにたどるIは、その目的のための場所へ導いていることになるのだろうけれども、その場所は、もちろん客室などではなく、Iが言った〈下のほう〉であり、そこは、わたしの在り方そのものが、あらためて問われる場所、ということだろうか。

Iを懸命に追いながら、わたしはこんな考えをめぐらせていたが、一方で、すこしも怖れる必要はない、そう自分に言い聞かせていた。ふたたびこうしてIといっしょにいるのだから、さしあたってIの言うとおりにすればいい、そう思えるからである。そこでわたしは、ひとまず気持を静めて、どうしてこういうことになったのか、あらためて思い起こしてみた。

わたしは、この何年かのあいだ、みずからをどこかに転進させる必要がある、そう結論づけながらも、どこに転進させればいいのかわからずにいた。そして、その行き詰まった状態のなかで、わたしの頭に、とりあえずそのきっかけとして、いちど都会を離れてみようという考えが思い浮かんだ。そこで、思いつくままに、この温泉の名を口にすると、Iが強硬に反対した。そして、いくらそのわけを訊いても、「あの温泉はわたしの故郷でもあって、Mのためによくない」そう繰り返すばかりだった。

けれどもわたしは、あとに退かなかった。むしろIの強固な反対に活路を見出した思いで、この温泉に固執した。おそらくIは、わたしの決意が動かないことを見極めると同時に、どういうことになるかを、予知したにちがいない。だからこそ、長距離バスに乗った今朝をさかいに、人が変わったように沈黙したのであり、その沈黙がわたしにもおよんで、その断絶のなかで、「Mのためによくない」このような事態が生じたのである。

Iの変貌がなにを意味しているのか、もちろんわからないが、わたしは仮に、こんなふうに考えてみた。Iは、なんらかの事情で、故郷におけるみずからの役割を放棄して、都会に出奔していた。そして、たまたまわたしに出会い、わたしの在り方にそった在り方に甘んじていた。ところが、わたしが結論づけた転進先がこの温泉であり、その決意が動かない、そう見て取ると、本来の自分に引きもどされてしまった。故郷の近くのこの温泉にいたときの自分、このホテルで課せられていた任務に復帰してしまった……。

Iはなおも暗い廊下を歩きつづけた。遅れまいと懸命に足を運びながらも、わたしはたえずまわりに目を向けていたが、この地階がどういうところなのか、やはり見当もつかなかった。この複雑な経路になにか意味が隠されているようにも思えるが、あえてそのことは考えずにいた。いま必要なのは、Iとの新しい関係を確かめることであって、したがって、けしてIを見失ってはならないのだった。

もちろん別なふうにも考えられた。Iのほうはすでに解決ずみで、わたしをこの長い廊下を引きまわして疲労困憊させ、そのあげく、どこかに放置して、姿を消そうとしている、という考えだった。あれほど反対しながらもこの温泉にいっしょに来たのも、その意図を隠していたからで、「あなたは下のほうじゃないの」という言葉は、そのことがおもわず口に出たのかもしれないのだ。もしそうであるなら、わたしの進退はすでにつきたのも同然であり、いまさら足掻いてもムダということになる。

けれども、Iがそのような意図を抱いているとは、どうしても思えなかった。これは、悪意とか落度とか、そうしたことから生じた事態ではなく、都会でしか成り立たなかったふたりの関係が、当然、行き着くしかない事態だったのかもしれないのだ。

三

そこまで来て、Iが足をとめて振り返った。わたしは、頭のなかで失いかけていたIを見出した思いで、ほっとした。後ろ姿を追いながらも、見知らぬ顔を見出すかもしれない、そんなふうにも怖れていたのである。

前に向きなおったIは、廊下の窪みのようなところに入った。四角い空間で、床がはぎ取られた足もとに、細い階段が降りていた。手すりを頼りに、暗がりのなかを降りて行くと、三十段ばかりでようやく床に足が着いた。と同時に、腕をつかんだIが、例の甲高い声で「いいわね。絶対に離れてはだめよ」と叱るように言った。

Iに引き入れられる恰好で入ると、なかも同じ暗がりに沈んでいて、天井にいくつかある黄色い小さな明かりが、かろうじて淡い明るみをつくっていた。その明かりに透かし見ると、壁らしいものが認められて、あまりひろくない部屋のようだった。これまでの経緯からすれば地下二階のはずで、十分に換気されていないらしく、生暖かい空気がよどんでいる。

Iはわたしを連れて、暗がりのなかを進み出た。たくさんの黒い影が目に映り、なんだろうと思っているうちにも、人影であることがわかった。三十人くらいの男たちが、なにかを待っている様子で、暗がりのなかに漫然と立っているのである。

ほぼまん中と思えるあたりまで来て、Iは立ち止まった。その男たちに取り囲まれた恰好だが、どういう男たちなのか見分けようとしても、暗くて顔はよく見えない。わたしは声をひそめて訊いてみた。

「こんな暗いところで、なにを待っているのだろう」

するとIは、これまでの経緯にこだわるふうもなく言った。

「籤《くじ》を待っている。でも、きょうはその甲斐がないわね」

甲高い声になっているが、口調はまちがいなくIである。

「どうして?」

「籤が当たるのはあなただもの」

「わたしに? こんなに大勢いるのにどうして……」

「当然でしょう。わたしがどうしてここにいると思っているの」

やはりIは、なにか手助けしようとして、わたしをここに案内したのである。ということは、関係はまだつづいているということだった。あとは、その関係が、Iの変貌とどのように関わりあっていて、わたしはどういう立場に置かれたのか、ということだった。

それにしても、なんのための籤で、この男たちはその籤になにを期待しているのだろう。わたしはそう思ったが、あからさまに訊くわけにはいかなかった。予期しない成り行きとはいえ、自分でこの温泉を選んだことを考えると、ここがどういうところなのか、この男たちがここでなにを望んでいるのか、ある程度まで、自分で判断ができなければならない、そう思えるからだ。そこで、問いの形を変えて訊いてみた。

「わたしはなにをすればいいのだろう」

「なにもしなくていい。まちがいなくあれを見た、そう確認しさえすれば、それでいい」

「あれって?」

「きまっているじゃないの。しいっ!　もうしゃべってはだめ。話すことが禁じられているの。ほら、聞かれてしまった」

まわりの男たちがすこしずつ寄って来た。ひとりの男が私たちにぴったりとくっついたので、Iが手で胸を押すと、その男は押されるままに近くの者に寄りかかり、寄りかかられた者も同じように反応して、暗がりのなかに小さな波紋が生じた。

こんどは、わたしの側から男が寄って来た。ちょうど頭の上に小さな黄色い明かりがあって、顔がすこし見分けられた。ひどく緊張した表情で、目をにぶく光らせている。Iを真似て肩を突くと、その男も後ろの男に倒れかかり、波紋があたりにひろがった。

「この人たちはどうしたのだろう。やっと立っているみたいだ」

Iの声をもういちど聞きたい気持もあって、わたしは小声で問いかけてみた。

「それは仕方ない。長いあいだ待ってようやく籤に当たる機会が来たのだもの」

「ということは、ぼくは、きみのおかげで待たずにすむというわけだ」

「そう。でも、あなたの場合、あれが確認できなければ、籤に当たってもなんにもならない。いいえ、もっと悪い。いちばん下からやり直すことになるのだから」

「その、あれのことだけれど……」

「しいっ!　はじまるわ」

頭上の黄色い明かりが消えて、闇に閉ざされた。Iはわたしの腕をつかみ直して、勇気づけるようにささやいた。

「いい。よく見て、まちがいなく確認するのよ」

気がつくと、いつのまにか、男たちはひと塊りになっていた。私たちもそのなかに取り込まれて、身動きできないくらいまわりからつよく押しつけられていた。

どこかで物音がして、男たちがざわめいた。聞き憶えのある音で、なんの音だろうと思っていると、光が頭上をかすめて、同時に、男たちがいっせいに体の向きを変えた。私たちもそのほうに体を向けると、壁にさがった白い布に光が当たっている。急ごしらえのスクリーンで、映写がはじまろうとしているのだ。

スクリーンの反射でまわりの様子がすこしはっきりした。三十人ほどの男たちが長方形の部屋の中央で、ひと塊りになっている。私たちは、その中ほどに位置していて、スクリーンから七、八メートル離れている。男たちはひと塊りになりながらも、すこしでも見よい位置を取ろうとしていて、しばらくのあいだ小競り合いがつづいた。

スクリーンの光が弱まったと思うと、ぼやけた映像が映し出された。男たちがざわめいたが、すぐに息をつめた沈黙に満たされて、映写機のまわる音にかわった。ぼやけていた映像がくっきりとした。なんの変哲もないモノクロの風景で、坂道を登りながら撮っているらしく、左側に切り立った崖、右側に茂った樹々が交互に映し出される。

わたしは目を男たちの顔に向けてみた。どの顔もみんな生き返ったみたいに目を光らせて、画面を見つめている。その真剣な眼差しにおどろいて、スクリーンに目をもどすと、まだ同じ風景がつづいていて、見憶えがある光景だと気づくと同時に、この温泉のバスの発着所である山峡の広場が映し出された。

どうしてこんなものが上映されるのだろう。そう思っているうちにも、歓迎と書かれたアーチが映し出されて、さらにみやげ物屋や酒場のならんだ石畳の坂路が映し出された。それにしても落ち着かない画像だった。むやみにカットしたり、無理なアングルにこだわったりして、焦点が定まらない。それに、夜間の撮影のせいだろう、画面がひどく暗い。

旅館街に移って、カメラは一軒一軒、玄関を覗きながら奥に進んだ。画像はいっそう落ち着きのない動きになり、ときどきなにが映っているのかわからなくなる。画面から目を離して、もういちどまわりの男たちの顔に向けてみた。どの男もやはり、食い入るように見入っている。

旅館街を出て、石段の下に着いた。そしてすぐに石段を登り出した。上を向いたカメラは、石段と暗い空しか映し出さない。それでも画面の動きと一体になっている男たちは、登っているつもりらしく、あえぐように呼吸している。男たちのそのあえぎを聞いていると、わたし自身、石段を登っているような気持になるのだった。

石段を登りきると、夜空に向けられたままに半回転したカメラが、山峡の闇に沈んだ温泉の夜景を映し出した。巨大な影の塊りである山のあいだに、店の明かりや旅館の窓の明かりが、いまにも消えそうに揺らいでいる。

カメラは向きを変えて、ふたたび前進しはじめた。草むらに囲まれた空き地を抜けて鳥居をくぐり、祠の裏手につうずる樹々のあいだの小路へと進んだ。そこには外灯がないので画面はまっ暗になるが、すぐに谷川にそった、登り勾配の土の路に出た。ここまで来ると、行先がどこなのか、もうあきらかだった。

川ぞいの路に出ると、画面はようやく落ち着きを取りもどして、視点を路の前方に固定したまま、前進することに没頭した。暗く湿った路面がつづき、カメラが左に曲がると崖の一部が映し出され、右に曲がると谷川の流れが映し出された。そうして景色をなぞるだけの映像なのに、男たちと同じように、わたし自身、画面から目が離せなくなっていた。

やがて画面は、渓谷の奥に着いた。カメラは、いったん木の橋の上で立ちどまり、視点をまわりに向けた。橋のたもとの外灯の明かりが認められただけで、あとはただの闇である。つづいて画面が大きく揺らいだと思うと、カメラは橋の上に向けられ、そしてさらに視点がすこしずつ上げられて、向こう岸の草むらの茂みに固定された。

茂みにうずくまる黒々としたものが映し出された。あのときわたしの目にも映った物体である。わたしは、見定めようと目をこらした。けれども、どんな物体なのか、わからなかった。干涸びた樹の根だとか、獣の死骸だとか、その気になればなににでも見えそうだが、わたしの目にはただの黒い塊りにしか見えないのである。

まわりの男たちは、なんであるか知っていて、それを確認しているらしく、息を殺して見つめている。画面が一枚の写真になったのと同じように、それを凝視する彼らも凍りついているのである。その沈黙のなかで、映写機の回転音が、いまにも途絶えそうに聞こえている。

わたしはその黒い塊りを見つめたまま、あらためて思った。Iは、わたしがあの物体を見定めたと判断して、この建物に引き入れたのだ。だがわたしは見定めなかった。だから、こうしていくら画面を見つめても、黒い塊りとしか認めることができない。それなのにIは、籤がわたしに当たるという。しかも、確認できなければ、籤に当たってもなんにもならないという。するとその結果、どういうことになるのか……。

わたしがこんなふうに思っていると、Iが耳に息を吹きかけるようにして、「さあ、いまよ。最後にもういちど、しっかり確認して！」とささやいた。同時にスクリーンのその物体がみずから正体を暴くかのように、白く燃え出した。だがそれは、一瞬でしかなく、その物体がなんであるか、やはり見わけられなかった。そしてつぎの瞬間、映写は中断してまっ暗になり、何ひとつ見えない闇のなかで、男たちの争いがはじまった。

わたしの腕をつかんだIも争いに加わり、闇のなかでたえず移動していて、男たちの頭や手がぶつかってくる。布を引き裂く音があちこちでする。どうやら布を奪い合っている様子だが、暗がりでも目が見えるのか、Iはひどく冷静だ。

十分くらいで終わって、急に静かになり、男たちの立ち去る気配がした。足音が消えると、頭上に明かりがついた。映写室というより、長方形の控えの間という感じで、一方の壁に出入口であるドアがあって、それに向かい合う壁に、鉄の扉が四つ、等間隔にならんでいる。

「ほら、あなたに当たったでしょう」

そう言われて、手を見ると、わたしは小さな布切れを持っていた。引き裂かれたスクリーンの切れはしで、床にも同じものがいくつも落ちているが、わたしの手にあるものだけが焼け焦げている。あの物体が映っていた個所の燃えた跡にちがいなく、それが当たり籤だというのである。

「はじめからわたしにきまっていたなんて、男たちに悪いことをした」

当たり籤の意味がわからないので、とりあえず独り言のように言ってみた。するとIは、あいかわらずわたしのほうを見ようとせず、例の甲高い声で言った。

「でも、けして不正ではない。この建物のなかでは、不正なんて絶対に起きないのだから」

「そうは言っても、やはり彼らからすると……」

「それは仕方がない。今回は運がなかった、ただそれだけのこと。女に付き添われた男に優先権が与えられていることとは、みんな知っている」

「つまりそういう力がIにあるということだ」

わたしは思いきって名前を口にした。

「Iだなんて、やめて！」

Iは呟くような声で言って、顔を伏せた。

「どうして……きみはIじゃないのかい？」

「ちがう。仮にあなたの言うそのIであったとしても、いまはもうそのIじゃない」

その声には、言葉とは裏腹に、気持がこもっていた。

「それはどういうことだろう」

「この建物のなかでは、そのIとあなたの関係は、関係がないという関係でしかない」

「…………」

わたしは、いまならIだと、まちがいなく確信できる、そう思った。だが、Iが否定する以上、その確信も意味がなかった。そこで、あえて気持とは反対に言ってみた。

「要するに、われわれの関係はもう終わった、ということだろうか」

「終わったというよりも、あなたとそのIの関係は、いま言ったように、以前のような関係ではあり得なくなったということよ」

「なぜそんなことになるのだろう」

「この建物のなかでは、外の世界とはなにもかもちがっていて、人と人との関係は、関係を持たないという関係になってしまうからよ」

「どうして人と人との関係がなくなるのだろう?」

「ここでは、すべてのことが共有すべき現実ではない。だから、誰もがみんな、ひとりで建物と向かい合っている。したがって、人と人との関係は意味をなさない」

「たしかにここには、共有する現実というものが、欠けているようだ。それでいながら、きみの言うように、個人がそれぞれに建物に向かい合っているというのなら、この建物は一種の理念のようなものだろうか」

「そうね」

とIは、かすかにうなずいて言った。

「あなたの立場からすれば、当然、そんなふうに見做すべきでしょう。もちろん、女のわたしにとっては、ただの山だけれど」

「山?」

「わたしたち女は、ここを山と呼んでいるの」

「どうして山だろう?」

「知らない。とにかくわたしたち女にとってここは山なの」

「それで、その山は、女にとってどういう存在なの?」

「どう言ったらいいのかしら……。半分はすでに同化しているもの、とでも言えばいいのかしら。もっと正確には、わたしたち女にとって、半分すでに同化しているためにかえって完全には同化できなくなっているもの、そう言えばいいのかしら」

「なるほど、すこしわかってきた」

わたしはおもわず言ったが、ほんとうは、なにもわかっていなかった。

「それで、ここが理念としての空間であるとするると、誰によって生み出された理念だろう」

「誰って……もちろん男たちひとりひとりによって生み出されたものよ」

「男たち?」

「そう。だから、この場では、男であるあなたが生み出した理念、そう言うべきでしょう」

「わたしが?」

「そう、あなたよ。生み出した本人が、そのなかにすでにいながら、かえってそのことを自覚できないという意味で、ここがどんなところかわからないでいるあなたこそ、この山を生み出した、そう言える」

「………」

「そしてわたしたち女は、自分の生み出した理念と一体化できないでいる男たちを手助けして一体化させることで、自分もいつか残りの半分も同化できるようにと願っている」

「なるほど。ということは、きみは、その願いを成就させるため、わたしをこの温泉に誘い込み、このホテルに引き入れたというわけだ」

「そうじゃない。それはまったくの誤解よ」

とIは、わたしのほうにすこし顔を向けると、声を強めて言った。

「こういう事態になったのは、あなたが自分でそれを望んで決意したからで、そのIは、ほかにどうしようもなかった」

「自分で望んだ?」

「そう。自覚していなかったけれど、あなたはこの山に入ることを自分で望んだ。そのIだって、故郷であるこの温泉以外のところでは、けしてこのようなことを求めたりしない。女はもともと理念なんて求めはしないし、男にも求めさせない。ただ、あなたがここに来ることを決意した以上、そのIには、それに協力するしか方法がなくなった」

「………」

わたしがなにも言えずにいると、Iはさらにつづけた。

「もうすこし順序だてて言うと、こういうことよ。あなたのそのIは、都会での在り方を、それもひとつの在り方として受け入れ、あなたといっしょにいた。誰だって本来の自分でおれるわけではないし、とくに女は、自分から抜け出て、相手の在り方に合わせなければならず、またそれができる。それなのにあなたは、都会でのその在り方を放棄し、そのIの故郷であるこの温泉に来ることを望んだ。そうなると、あなたのそのIは、あなたを山に引き入れるしかなくなった」

「つまり、本来の自分にもどり、故郷であるこの温泉に誘導して、山に連れ込むという役目に成功したというわけだ」

「そうじゃない」

とIは、あいかわらずわたしのほうに顔を向けずに言った。

「いま言ったように、山はあなた自身が生み出した理念なのよ。したがってそのIは、あなたが望んでいないのに、あなたをここに引き入れることはできない。実際に、そのIは、この温泉を回避するよう言い張ったはずだし、ここに着いてからだって、案内を介して宿をきめるよう、目で合図したはずよ。それだけではない。あなたが決定的な岐路にあったとき、そっちへ行くな、そうはっきり警告したはずよ」

「たしかにわたしは、自分からここに来ることを望んだけれども、自分がなにを望んでいるのか自覚していなかった。それなのに、このような事態になったのは、そのIに、知らず知らずのうちに、誘導されたからだ。そうではないのかい?」

「あなたがどうしてもそう考えたいのなら仕方ないけれど、そのIには、そんな権限もなければ使命もない。この山のなかでも同じことで、あなたの考えを無視してはなにも決められない。たとえば、その当たり籤でも、ほんとうの当たり籤になるかどうかは、あなた自身によって決定される」

「それはどういうことだろう」

「あのなかで、あなたが到達した状態が本物かどうか検査されて、その結果で、適合か不適合かが決定される」

Iはこう言って、壁にならんだ四つの鉄の扉を示した。

「どんなふうに?」

「女が入ることはないから知らない。とにかく、その検査の結果にしたがって、すべてが決定される」

だが変ではないだろうか。Iの言うように、この建物が男たちひとりひとりの理念であるのなら、どうして押しつけられるようにして、合否が決定されるのだろう。といっても、Iに疑念を向けても、仕方がない。

「それで、適合と認められたらどうなるのだろう」

「あなたという個人は解消されて、あなたの望みどおりに、自分の生み出した理念とひとつになる」

「すると、もうきみに会えないことになる」

「もちろん。でも、会う必要なんてもうない。そのときあなたはすでに理念と一体化していて、わたしたち女が完全な同化を願う山そのものになっている」

「それで、不適合だったら？」

「そのとき、あなたは、自分自身でもある理念のなかを、ひとりでさ迷うことになる」

「そのあいだきみが手助けをしてくれる？」

「ちがう。あなたを個人的に手助けする女があらわれるのは、いまのわたしがそうであるように最初の一度きり。もしあなたが不適合で山のなかをさ迷うことになっても、わたしがあなたに会うことは二度とない。もし会ったとしても、いまもそうだけれど、もちろんあなたのそのＩなんかじゃない」

「ということは、山のなかで会う女はすべて、きみがそうであるように、Ｉではないけれど、わたしがつねにＩではないか、そう思わずにいられない女ということになる。そうじゃないのかい？」

「そうかもしれないけれど、それだって、実際は、関係がないという関係でしかない」

「だけど、きみはさっき、残り半分を同化することを願って手助けする、そう言った」

「でも、手助けという意味がちがっている。それは、あくまでも山の機能の一部として働くという意味で、個人的に手助けをすることではない。だから、個人的な関係ということでは、むしろその関係を断とうとする関係しか成り立たない。ああ、もう説明している時間がない。ほら、あれを見て」

Ｉが示すほうを見ると、四つある鉄の扉の左からふたつ目の上に、赤いランプが点滅している。

「すると、どうしてもあの扉のなかに入る必要があるわけだ」

わたしがこう言って、視線をもどすと、Ｉははじめて顔をわたしに向けていた。

「そうよ。もともとあなたが望んだことなのだから、すこしも怖がることはない」

「ここまで来て、いまさら怖がったりはしないけれど、適合と認められたら、もうきみに会えなくなる、そう思うと……」

「そうじゃない。そのときあなたは、そのＩが完全な同化を求める、山という対象になっている。だから、あなたのそのＩは、あなたに同化しようと願っていることになり、実際にいつかあなたに同化して、ふたりのあいだにたしかな関係が生まれる。もっともそのときは、男女の区別なんて、もうないけれど」

「そういうことなら、あそこに入るほかない」

「そう。勇んで入らなければ」

赤いランプが催促して、せわしく点滅している。

「さあ、行って」

　Iはこう言って、わたしから二、三歩離れた。

「別れの挨拶はしない。山では、外の世界のような意味での別れはないのだから」

「そういうことだね」

　わたしはIの顔から視線をそらして、ランプのついた鉄の扉に歩み寄った。もういちどIを見ておきたかったが、かろうじて思いとどまった。


　鉄の扉を開けた瞬間、わたしは、強烈な光に目を射られて、後もどりしそうになったが、反対に身を投げ出すようにして、なかに転げ込んだ。背後で扉が重々しい音で閉まった。わたしは床に這いつくばり、顔を伏せて、光に慣れるのを待った。強烈な光に満たされているので、部屋がどんな様子なのか、顔を上げて確かめる勇気がなかったのだ。それでも目を見開いたまま、白い光を反射する床を見つめていた。

　光にすこし慣れると、わたしは体を起こして、部屋のなかを見まわした。板を壁に張りめぐらせた長方形の密室で、隅々まで白い光に満たされていて、まだ誰も入ったことがないみたいに、なにもかも光り輝いている。それでいて、作りつけの洋箪笥の戸が開いていたり、洋服やワイシャツが乱雑に脱ぎ捨てられていたりして、ひどく散らかっている。夜具さえ敷きっぱなしになっている。

　部屋の真ん中に座卓があって、白い土瓶が載っていた。その土瓶を目に入れると、わたしは渇きをおぼえて、這い寄った。見ると、同じ座卓に、いろんな陶製品が山積みになっている。茶わんや皿などの容器が大半を占めるが、菓子や果物や野菜などを模したものもある。どれもみな、赤や青や緑の鮮やかな色彩を見せている。

　陶製品の山に埋もれて、なにか黒いものが見えた。上にあるものを取り除くと、旧式の電話があらわれた。これも陶製の模造だろうか、そう思いながらよく見ると、コードがついている。ためしに受話器を取ってみると、まさかと思ったのに、呼び出し音につづいて、甲高い声が耳に飛び込んできた。

「この期に及んで、いったいどうしたのだ！」

　わたしは受話器を放り出そうとして、あやうく思いとどまった。そして答えに窮して、仕方なく言った。

「なんでもないのです。いま着いたものですから」

「いま着いた？　うむ、どうしてこんなに遅くなったのだね」

ひどく甲高い声だが、それでも穏やかな口調だった。たまたま電話に出たのは、温和な担当者なのかもしれない。

「ここに来るまでにいろいろと事情があったものですから」

「そんな事情など、こちらに関係ない。準備して待つ側のことも考え、予定どおり来てもらわないと困るじゃないか」

誰にも遅いと叱ることになっているのだろう、言葉ほどには怒っていないようだ。

「よくわかっています」

とわたしは相手に合わせて言った。

「わかっている？」

その声はこう言って、一瞬、途切れたが、すぐにつづけた。

「それならば、掃除をはじめているだろうな」

「テーブルの上を片づけている最中です」

「よし。掃除が終わるころ電話をするから、用意をして待っていろ」

わたしは急いで掃除にかかった。散らかった洋服などを洋簞笥におさめると、陶製品の山を乗せたまま、座卓をすこしずつ押して一方の壁に寄せた。そして空いた部屋のまん中に夜具を引き出した。もうすこしていねいな仕事をしたかったが、その余裕がない。事実、掃除を終えるか終えないうちに電話が鳴って、受話器を取ると、さっきの甲高い声が聞こえた。

「用意はできているな？」

「できました」

「真下に敷いてあるな？」

「決まりどおりです」

「よし。そこにあるのを着て横になっていろ。すぐにはじめる」

掃除にかまけて気づかなかったが、部屋のまん中に引き出した夜具の上に、白い寝衣《しんい》が抜け殻みたいな恰好で置かれている。わたしは上着とズボンを脱ぎ、寝衣を頭からかぶって首を出した。同時に渇きを思い出して、土瓶の水を茶碗についで飲み、指示どおり夜具の上に体を横たえた。

夜具の上で顔を上に向けると、ちょうど真上に投光器があって、ぎらぎらした光が顔を照らした。内部に電球が蜂の巣状に装塡されていて、目を焼くほどの強烈な光を発しているのだ。それでもわたしは、目を大きく見開いて、見つめ返していた。

唸るような低い音がして、輝きがさらに強まり、同時に投光器が顔のすぐ上に降りて来た。職員が「はじめる」と言ったのは、このことだったのだ。わたしは異様な明るさを懸命にこらえて、目を閉じずにいた。それほどのつよい光にもかかわらず、目を開けておれたのである。

見開いた目を通して、強烈な光が液体のように入って来た。光の液体はさらにあらゆる器官の隅々まで浸透した。その結果、内部という暗がりが消え失せて、個人としての意識ではなくなった。ということは、誰の意識でもないということであり、全体のなかに溶けて存在している、ということであり、したがってこの意識が、ここでこのまま消滅しても、なんの不都合もないということだった。

ところが、その誰のものでもない意識は、その状態のまま停止して、予期された消滅という現象が生じなかった。それが消滅しない以上、個の意識にもどるほかなく、事実、わたしがその意識を自分の意識だと気づくと、投光器の光も急速に弱まって、最初の明るさにもどった。同時に電話が鳴った。受話器を取ると、例の甲高い声が聞こえた。

「確認していないじゃないか。確認していない者にどうして籤が当たったのだ」

もちろん木の橋から向こう岸に認めたはずの、あの物体のことを言っているのである。あの物体を確認していないわたしの意識は、当然、まだ個の意識にとどまっていて、そのせいで全体のなかに受け入れることはできない、ということにちがいなかった。

「連れの女が思い違いをしたのです」

「思い違い……それはなんのことだ？　そんなことはこちらに関係がない。確認していないから内と外がひっくり返り、ただ内部が外部になっただけのことだ」

「でもわたしは……」

わたしが言葉につまると、その声はつづけた。

「とにかく不適合だ！　いちばん下からやり直しだ！」

決定的な言葉だった。わたしはその言葉に追い立てられて、着替える暇もなく、靴だけをはいて、部屋を飛び出した。入ったときのあの散らかった様子から、この部屋は不適合者の入る部屋ではないのか、Ⅰもそのことを知っていたのではないか、そんなふうにも思った。

四

あれほどつよい光を浴びながらも、どこも異常はなかった。もちろんIはすでにいなくて、四つならんだ鉄の扉と向かい合うドアが半開きになっていた。映写室を出ると、Iといっしょに降りた階段とはべつに、足もとにもうひとつ、降りる階段があった。

わたしはそこに立ち止まり、四角に区切られた頭上の明るみを見上げて思った。この階段を登れば、そこは地下一階で、あの錯綜した廊下のどこかに、すくなくともひとつは登る階段が見つかり、それを登れば、もういちど地上に出ることができる。それに反して、この階段を降りれば、そこは未知の領域であり、これまでの経緯から察して、けして好ましいところとは思えない。

けれどもわたしは、登ることを断念した。電話の指示を無視できないという理由だけではなく、仮にそれを無視して上の階に登ったとしても、この建物の外に出る気持にならないだろうことは、もうわかっていた。この建物がわたし自身の生み出した理念でもあるというIの言葉が、わたしの頭からすでに外の世界を消し去っていたからである。

それに、仮に外に出ないとしても、上の階に登ることの意味をまだ理解していないのだから、いったん一階に出れば、当然の成り行きで二階に登ることになるだろう。そして、二階に登れば、自制心を失い、さらに上の階に登ることになるだろう。ということは、この建物が自分の理念であると確信するまえに、つまり、この建物と自分との正しい関わりを見極めるまえに自滅してしまう、そんな怖れがあるからだ。

暗がりのなかを足で探りながら階段を降りると、ひどく長く感じられた段がつきて、ようやく足が床に着いた。まっ暗でなにも目に映らないが、ノブが手に触れた。ドアを押すと明かりが射し込んで、やはり〈いちばん下〉なのか、もう降りる階段はなかった。ドアから顔を出してみると、やや幅のひろい廊下が左右につづいている。

意外に思いながら廊下に出ると、地下一階や地下二階にくらべて、はるかにふつうの造りになっていた。けれども、どちらに進もうか迷ったあと、とりあえず右のほうへ進んで行くと、たちまち廃屋の様相をおびてきた。梁が剝き出しになっていたり、床が半分も剝がれていたりして、老朽するままに放置されている。

そんな荒れた廊下をそこまで来たとき、防火壁である鉄の扉に行く手をふさがれた。左のほうに進むべきだった。わたしはそう悔やみながらも、ためしに扉を押してみると、鉄の重い扉がきしみを立てて開き、思いがけない光景があらわれた。廊下はまだつづいていて、そこに大勢の男たちが認められるのである。

こうなっては、このまま進むしかなく、わたしはその廊下に踏み入れた。右側に部屋がならんでいて、ドアのない入口のあたりに、かならず男が二、三人立っている。それだけではなく、部屋から運び出されたらしい家具で埋まっていて、男たちと家具のあいだを通り抜けなければならない。

部屋を覗いてみると、どれも四角な造りで、いかにも殺風景だった。天井からさがった電灯が暗く照らしていて、そんな部屋のなかに、男たちがマットを敷いて坐っていたり、横たわっていたりしている。おそらくつねに半数の者が廊下に出ているのだろう。

廊下の男たちのなかには、柄の短い箒で床を掃いている者や、衣服の手入れをしている者もいるが、たいていの者は、壁にもたれたり家具に腰かけたりして、あたりの壁や天井に静かな目を向けている。たがいにすこしずつ距離を置くことで、それぞれに独自の在り方を形づくっていて、それを大事に保っている、そんなふうに思える。

そのせいもあって、彼らからは、拘束されているとか、囚人のようにあつかわれているとか、そうした暗い印象は受けない。それどころか、ある種の自由さを身につけている、そんなふうにさえ見受けられる。強制的に連れ込まれたのだとしても、この建物をみずからの理念として受け入れることで、外の世界を忘れてしまったのだろう。

廊下はそこで右に折れたが、まだ廊下がつづいていた。運び出された家具のあいだに男たちがたたずむ光景も、変わらなかった。それを見て、わたしは足を止めた。このまま進んで、まちがいなく〈いちばん下〉に行き着けるのかどうか、疑問に思えたからだ。

それでもすぐに思いなおして、ふたたび廊下を進みはじめた。引き返すとなると、正確な道筋をたどらねばならず、この建物のなかでは、とうてい不可能だからだ。だいいち、引き返すとしても、どこまで引き返せばいいのかわからない。こうなっては、やはりこのまま進むほかない。

そこまで来たとき、前方に、Iと同じ、裾の長い白い服の女が目に入った。わたしはおもわず足を止めたが、すぐに走り寄って、女がかかえた毛布の山を両手でつかまえた。

「そこを退いてちょうだい」

歩き出せない女は、毛布の山で前が見えないので、廊下にいる男たちのひとりが邪魔をしていると思ったらしく、大きな声で叫んだ。それでも動けないので、向きを変えて、わたしのほうを見た。Iだろうか。Iであるとしても、ずっと若いころのIだ。その若いIは、わたしの顔を見て、すこしおどろいたような表情をした。

「きみに質問していいかな」

わたしは毛布の山を押さえたまま話しかけた。

「わたし、いま忙しいのよ」

甲高い声もIにそっくりだった。

「それはわかっている」

わたしは毛布の山を揺すり、答えるまでは離さないという気持を伝えた。

「ひと言だけ答えてくれればいいのだ」

「それなら早く訊いて。答えていけないという規則はないのだから」

「それじゃ訊くけれど、この建物の出発点はどこにあるの」

「出発点って、それ、なんのこと？　そんなもの、ここにはないわ」

「出発点という言葉を使っていけなければ、〈いちばん下の部屋〉といってもいいけれど。そこに行くよう指示を受けている」

若いIは、あらためてわたしを眺めると、断言するように言った。

「あなた、部屋なんか割り当てられていない」

「どうしてきみにわかる？」

「着ているものを見れば、誰にだってわかるわ」

「これ？」

わたしは自分の姿を眺めた。光の部屋で着替えた寝衣のままだった。

「あわてて飛び出したのだ。こんな恰好で女性の前に立つなんて、失礼だね」

「あら、どうして？　山では、部屋を与えられていない人のその恰好が、わたしたち女をいちばん夢中にさせるのよ。毛布を持っていなければ、キスしてあげてもいい」

若いIは唇を尖らせて、キスをする真似をした。

「毛布をおろせばいいじゃないか」

「だめ。急ぐよう指示を受けている」

「誰から？」

「誰からって……電話にきまっているでしょう。電話以外に誰が指示を出すというの」

なるほどそういうことなのか。秩序と無秩序が同居しているのは、すべてが電話の指示で動いているせいなのだ。

「それなら、わたしも電話で訊けばいいわけだ」

「そうよ。山では、電話の指示なしで、誰もやっていけないわ」

「わかった。それで、電話はどこにあるのだろう」

「どこって……どこにでもあるわ」

「どこにもないじゃないか」

わたしは首をめぐらせるふりをした。

「見えるところにあるはずがないでしょう。電話が目に見えるところにあったら、わたしたち、恥ずかしくて、いつも目を閉じていなければならない」

「それなら、たとえば、どこにあるの」

「たしか、そこ。その後ろにもひとつあるはずよ」

若いIは、いま出てきたところを顎で示した。部屋と部屋のあいだに窪みがあって、そこに毛布が積まれている。

「わかった。すぐかけてみる。それからもうひとつ教えてほしいのだけれど」

とわたしは、声をひそめて訊いた。

「この人たちは、ここでなにをしているの?」

「きまっているでしょう。電話で指名されるのを待っているのよ」

「指名されると、どうなるの?」

「ここは地下三階だから、ひとつ上の階、地下二階に招待される」

「地下二階のどこに?」

「いろいろ。地下二階の部屋はみんな、ひとつずつちがっていて、そこで、もっと上の階に招かれる資格があるかどうかが試される」

「映写室みたいに?」

「そう。映写室もそのひとつ」

「それで、そのいろんな部屋に招待されるのを、こうしてなにもしないで待っているわけ?」

「そんなことない。そのときのために上着の手入れをしたり、部屋や廊下を整頓したりして待っている。でも、めったに指名されないから、実際は、電話番の順番を待っているようなものだけど……。ああ、もう離して。遅いって、叱られる」

わたしは、男たちの置かれた状態を、どう考えていいのか、わからなかった。男たちのそれぞれが、この建物をみずからの理念であると認めながらも、個々の部分では、映写室の籤がそうであったように、試練として受け入れなくてはならない、そんなふうになっているらしい、そう思えるからである。

若いIは、かかえた毛布の山でわたしを押し退けて、先のほうに歩き出した。わたしは二、三歩追おうとしたが、電話の有無を確かめたい気持もあって、その後ろ姿を見送った。

五

　廊下の窪みに積まれた毛布の後ろを覗くと、たしかに電話が隠されていた。受話器を耳に当てると、例の声が耳に飛び込んできた。

「なんだって、そんなにひんぱんにかけてくるのだ」

「路がわからなくなったものですから」

「路がわからない？　そんなことでいちいち指示を求めていいと思っているのかね」

「でもわたしは、ここに来たばかりです。わたしが誰か、そちらでわかりますか」

「この建物のなかのことは、蟻一匹までわかっている。そこからはもう音がするはずだ。その音のするほうへ行け。いいか、電話は、こっちからかけるためにある。そのことを忘れないように」

　音だって？　わたしは受話器をもどして、耳を澄ませた。どんな音も聞こえなかった。壁に耳を当ててみると、なにかの音が遠くに聞こえた。がらんがらんという金属的な音のようにも、獣の吠え声のようにも聞こえる、そんな音である。

　すこし進んで壁に耳を当てると、同じ音がすこし強まった。さらに進んだところで壁に耳を当てると、もっと強まった。

　このようにして、壁に耳を当てながら、音が大きくなるほうへ移動した。あたりはいっそう荒涼とした感じになり、いつのまにか、男たちは廊下から消え失せていた。それでも、部屋はまだ右側にならんでいて、見捨てられた古い家具類が、ドアのない入口から、すこしずつ廊下にずり出ようとしていた。

　壁の音が低くなった。引き返そうとすると、廊下に窪みがあって、古い家具が積まれていた。ここにも電話が隠されているのだろうか、そう思いながら洋簞笥の後ろを覗くと、電話はないが、壁の裂け目のような恰好で、通路の入口が見つかった。その入口に頭を入れてみると、がらんがらんという音が、これまでとは格段のちがいで大きく聞こえた。

　音のするほうへ行けという指示にしたがう以上、ここに入るほかなかった。体の幅とほとんど変わらないせまい通路で、廊下の明かりが届かなくなると、完全な闇になった。それに、床がくだり勾配なので、壁に両手をついて支えていなければならない。

信じられないくらい長く、どこまでもつづいた。どこにもたどり着かないのではないのか。そう思えてきて、しだいに不安になった。といっても、引き返すわけにはいかなかった。いっそう大きくなる、がらんがらんという音は、あきらかに通路の奥から聞こえていた。

あまりの暗さに距離の感覚がなくなったころ、目に見えない壁に行く手をはばまれた。手探りしても、平坦な壁の表面を撫でるばかりで、ノブとかドアの枠組みとか、それらしいものに触れなかった。やはり行き止まりで、引き返すほかないのだろうか。それならどうしてこんな無益な通路をつくったのだろう。本来ならこれがドアでなければならない。

わたしはそう呟いて、壁をこぶしで叩いてみた。すると、ことりと音がして壁がすこし揺らぎ、そこにできた隙間に、かすかな明かりが見えた。さらに力をこめて押すと、壁自体がくるりと回転して、壁の内側に転がり込んでいた。

わたしは、床に膝をついた恰好のまま、しばらく暗がりのなかで動かずにいた。ひどくせまい場所のような気がして、確かめるまでは下手に動けない、そう思ったのだ。それにしても、ここがほんとうに〈いちばん下〉だろうか。がらんがらんという音はたしかに耳にじかに聞こえているが、底に着いたというよりも、どこか途中に引っかかっている、そんな感じなのだ。

様子がわかってきた。暗がりのなかに白く見えるのは、垂れさがった布で、それがかすかに明るんでいるのである。そして、その布の明るみで見ると、ベッドよりすこしひろいくらいの板敷きで、天井は、坐った姿勢でも手が届く高さである。壁ぎわにたたまれた毛布があって、枕が乗せてある。要するに、寝台車とほとんど変わらない、文字どおりの寝床である。

これだって、寝台車の仕切りのカーテンにそっくりだ。わたしはそう思いながら、その布をたぐろうとした。すると手が触れたとたん、布が頭上に落ちて来た。おもわず払いのけると、さらに下に落ちて行く。

布のなくなったあとを見て、わたしは後ずさりした。窓どころか壁さえなく、いきなり暗い空間に接しているのである。同時に、がらんがらんという大きな音が耳を打ったが、その空間の下のほうから昇って来て、もっと上にある天井に反響する音である。

わたしは膝を進めて、寝床から顔を出してみた。吹き抜けになっていて、はるか下に明かりが見えた。その明かりからここまでは五、六階の高さがあり、巨大な井戸の底を覗く恰好である。明かりに目をこらすと、白い湯気がさかんに昇っている。工事現場だろうか、そう思っていると、立ち昇る湯気が切れて、ひとつの光景が姿をあらわした。地下深くに設けられた厨房である。

わたしは身を乗り出して、厨房を見下ろした。まわりに大きな棚をめぐらせた、黒光りのする調理場、十個の巨大な竈《かまど》がならぶ、ひろびろとした土間、そのふたつからなる厨房である。その竈の大釜から立ち昇る白い湯気とともに、大鍋を掻きまわす、がらんがらんという音、配膳中のさまざまな物音が、渾然一体となって、吹き抜けの暗い空間を昇って来るのである。

わたしは寝床に腹ばいになり、暗い空洞に首を突き出して、大厨房を眺めつづけた。調理場では、いくつもの大きな配膳台を囲み、膳をならべたり、盛りつけをしたりしている。土間の竈では、ならんだ大鍋を、それぞれに五、六人の男たちが、櫂のようなもので掻きまわしている。それを囲んだ男たちが、その大鍋からすくったものを盥《たらい》のような容器に移したり、その容器を運んだりしている。あちこちに立った男たちが厨房全体の動きを監視しているが、その監督たちをふくめて、男たちはことごとく裸である。

その光景は見飽きることがなかった。黒光りの板の間、巨大な調理台、四壁を埋めた棚の列、男たちの裸など、すべてのものが、竈の炎が燃え立つたびに赤く輝き出るのである。そして、こうして覗き込むようにして眺めていると、夢のなかの光景のように思えてきて、腕を伸ばせば手が届きそうな気がするのである。

事実、腕を伸ばせば届くにちがいなかった。というのも、その夢は、わたし個人の眠りのなかの夢であると同時に、大勢の男たちの眠りのなかの夢でもあるからだ。厨房の光景に気持をとられて気づかずにいたが、さらに頭を突き出してみると、上下左右どこもみな、同じ蚕棚の寝床で、そこから荒々しい寝息が聞き取れるのである。

上下左右だけではなかった。四角い巨大な吹き抜けの内壁は、五、六階の高さのうち二階の高さまでが厨房に属していて、それより上はすべて、細かく仕切られた無数の寝床である。そして、その仕切りにひとりずつ男が入っていて、竈から炎が燃え立つたびに、裸の寝姿が浮かび出るのである。

眠っているその男たちを眺めたせいで、わたしははげしい眠気に誘われた。それでも眠気をこらえて、厨房の光景に見入っていた。すると、しだいにわかってきたことだが、何百という蚕棚で眠る男たちの眠りは、燃え立つ竃の火、立ち昇る白い湯気など、厨房の動きに照応しているのである。ことに、大鍋を掻きまわす音が、男たちの眠りを荒々しいものにしていて、その荒々しい眠りのせいで、寝床である蚕棚全体が、うねるように蠕動しているのである。

わたしは眠気を堪えきれなくなった。この眠気に身をゆだねることは、木の橋の上であの物体を見定めずにおわり、その結果、映写室で、それを確認し得なかったわたしにとって、Ｉが言っていたように、これまでとは別の在り方のはじまりを意味するはずであった。

わたしは寝衣を脱いで裸になり、枕に頭を乗せて木の床に横たわり、体を毛布でおおった。すると眠りの大きな波がすっぽりと包んで来た。そして、あえて眠りの大波に身をゆだねると、つぎの瞬間、もう眠りの波の底に引き込まれていた。と同時に、夢のなかにいて、眠りに落ちる前に確認した梯子、蚕棚の寝床のあいだの梯子を、裸のまま、地底の大厨房へと降りて行くところであった。

（了）

名前を盗まれた話

わたしには名前がない。といっても、親がつけてくれなかったのでも、失念したのでもない。もちろんパスポートを紛失したというように、どこかでなくしたのでもない。じつは盗まれたのだ。名前を盗まれた？　そんな馬鹿なことがと誰もが思うだろうが、たしかに盗まれたのだ。それならば、その名前をもう思い起こせないのか、あらたまってそう訊かれると、困惑せずにおれない。三十年以上も名乗ったりサインしたりしてきた名前だから、盗まれる以前とすこしも変わらず、いつでも思い起こせる。だが、盗まれたという自覚があるので、かつてそういう名前であったということがそのたびに意識にのぼり、居心地の悪さをおぼえる、という微妙な状態にあるからだ。

いずれにせよ、盗まれたといっても、日々の生活のうえでどんな不便もない。記号のように使うだけなら、盗まれたその名前を名乗ったりサインしたりするのに、どんな支障もない。したがって、名前を盗まれたと自覚しながらも、そのことをまったく気にしないで、その名前を平気で使っている人がいるかもしれない。そういう人から見れば、わたしのように名前を盗まれたことをあえて問題にするのは、むしろ馬鹿げている、ということになるのかもしれない。

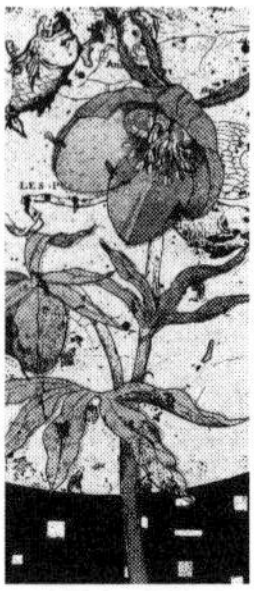

けれど、すくなくともわたしにとって、名前を盗まれたという事態は、存在にかかわる重大事であって、放置しておくわけにはいかない。いつまでも名前がないという意識の虜になっていると、自分であるという確信がしだいに曖味になるのではないか、そればかりか、自分であるという確信が曖昧になるにつれて、まわりとの関わりも曖昧になり、やがて自分そのものが見失われるのではないか、とい

う不安をぬぐい去れないからだ。

　ところで、わたしがこうして、あらためて名前を盗まれた経緯を思い起こそうとしているのは、いま言った不安を解消するために、誰かから名前を盗もうと決意した結果、盗まれたときのことを思い起こす必要が生じたからである。名前を盗むという行為は、もっとも創造的な行為のひとつであり、独自の方法を考え出さねばならないのだが、そのまえに、わたしから名前を盗んだ男がどのような方法をもちいたのか、もういちど記憶をはっきりさせよう、そう考えたのである。

　さいわいなことに、というのも変だが、わたしから名前を盗んだとき、あの男が自分の方法をみずから語ったので、あの日にわたしに起こったことと合わせて、あの男がわたしに話したことを可能なかぎり正確に思い起こしさえすれば、とりあえずはそれで十分だろう。


　一年前の春の暖かい日の午後だった。窓から射し込む明るい日差しのなかで、わたしはいつものように、壁ぎわに敷いたマットレスに寝転んで、気だるい静けさに浸っていた。はた目には怠惰を貪っているように見えただろうが、当時、無為を信条としていたわたしにとって、マットレスに寝転んでぼんやり天井を眺めていることも、自分に課した務めのひとつだったのだ。

　そのとき、午後の静けさを破って、階段を勢いよく駆け登ってくる足音がした。あの乱暴な足音は家主の息子だな、そう思っていると、隣りの部屋のドアをたたく音がして、「J・Cさんって人いますか。電話です」という声が聞こえた。電話だって？　どういうことだろう。わたしに電話がかかってくるなんて、そんなことがあるだろうか。いや、絶対にない。わたしはそう思いながらも、廊下に顔を出して、隣りの部屋の前に立っている家主の息子に、「わたしじゃないのですか」と声をかけた。

　ところが、こちらを向いたあの息子は、女の子と見ちがえそうな、母親似の色白の顔にけげんそうな表情を浮かべただけで、なにも言わなかった。そしてわたしが「その電話、わたしじゃないですか」と繰り返すと、まだけげんそうな表情を浮かべたまま、「ほんとにJ・Cさんですか」と訊き返した。わたしはおどろいて「そうだよ。わたしがJ・Cだよ。きみはどうしてわたしの……」と言いかけた。

　するとあの息子は、猫が笑うような笑いを浮かべ、大人びた声で「そうですか。あなたがJ・Cさんですか」と念を押すように言った。そこでわたしが「そうだよ」と声を強めると、「それなら電話です。でもあの人は、あとでかけ直すから絶対に外出しないように、そう伝えてくれって……」と、あらたまったように言った。と同時に、さらに問いかけようとするわたしの鼻先をかすめて廊下を駆け出し、階段をばたばたと降りて行った。

わたしはふたたびマットレスに寝転び、視線を天井に向けて、その電話を待った。電話の主が誰なのか見当もつかないけれども、J・Cとはっきり名指している以上、たしかにわたしにかかったのだ、とにかく待つしかない、そう考えたのだ。

わたしは電話を待ちながら、不快な気持を持て余していた。電話の主がまったく思い当たらないこともそうだったが、二間しかない貸し部屋のひとつが空き部屋なのを知らないはずのないあの息子が、どうして空き部屋をノックしたのか、わけがわからなかったからだ。それればかりではない。仮に部屋を間違えたとしても、どうして「ほんとうにJ・Cさんですか」と訊いたのか、「そうですか。あなたがJ・Cさんですか」と念を押したのか、どう考えても不可解だったからだ。階上と階下とはいえ、すでに三年ものあいだ同じ屋根の下に住んでいたのである。

そのうえに、「そうですか。あなたがJ・Cさんですか」と念を押したとき、あの息子が見せた猫が笑うような笑いを思い起こすと、不快な気持がいっそう募った。というのも、「ほんとにJ・Cさんですか」という問いに「そうだよ」と答えたとき、わたしは一瞬、自分がまるで他人の名前をかたったかのような錯覚におちいったが、彼のその笑いは、わたしがそのような錯覚におちいることをあらかじめ知っていたのではないのか、というような疑いを起こさせたからだ。

電話の主そのものも不可解だった。たとえば、あの息子が使った〈あの人〉という言い方は、わたしと彼の双方が知っている人物を指すのだろうが、そのような人物などいるはずがなかった。さらにまた、〈あの人〉の「あとでかけ直すから絶対に外出しないように」という頭ごなしの伝言も、どう解釈していいのかわからなかった。電話をかけている最中に、緊急の事態が生じ、後回しになった、それでそのような伝言になった、ということかもしれないが、それならそれで、ほかにもっと言いようがあるはずだ。すくなくとも名乗ってしかるべきだ。それなのに、どうして名乗らなかったのか、わけがわからない。

いずれにせよ、それから二時間ほどのあいだに階下で二、三度電話が鳴って、家主の主婦の声が聞こえたが、もちろん〈あの人〉からではなかった。それに、わたし自身、本気で待っていたわけではなかった。ほとんど完璧にちかい孤立状態にあったわたしに電話がかかることなど、絶対といっていいくらいあり得ないことだったのだ。

ところで、いまこうして振り返ってみると、J・Cとはっきり名指していたせいでもあるが、絶対にかかって来るはずのない電話を待つ気になったのは、あの時点ですでに、わたしの在り方に、なにか変化が生じていた、ということではないだろうか。わたしの保っていた孤立はぎりぎりの限界に達していて、あれ以上は外部から自分を切り離しておれなくなっていた、ということではないだろうか。

事実、わたしから名前を盗んだあの男も、わたしの孤立が限界に達していると見通したうえで、そのことが名前を盗むのに都合のよい下地になっていると見做したからこそ、そのチャンスをねらっていて、あの日、わたしの虚をついたのである。そうでなければ、名前を盗むなどという微妙なたくらみを、どうしてあれほどみごとに成功させることができるだろうか。

このようなわけで、本題に入るまえに、家主の一家のことをふくめ、わたしが置かれていた当時の状況について最小限、あらためて確認しておく必要があるだろう。

いまも言ったように、当時のわたしは、すでに三年ものあいだ、ほぼ完璧にちかい孤立状態に身を置いていて、言葉を交わすのは、それも月に二、三度にすぎなかったが、家主の主婦だけであった。というのも、親兄弟をはじめどんな社会とも繋がりを断っていたわたしは、都心からすこし離れた郊外のもっとも平均的な住宅地、そのなかの二階の部屋を貸している小さな家に身をひそめて、自分自身のみにかかわって生きていたのである。

したがって、わたしの存在を知っているのは、家主である階下の一家だけで、しかも精神を病んで入退院を繰り返す主人とは、顔を合わせることがなかったので、階下の家主の主婦とあの息子だけが、J・Cと名乗っているわたしを知っていて、かろうじてわたしを識別できたのである。

といってもわたしは、そのような孤立した生き方を誰かに、あるいはなにかで強いられていたわけではなかった。それまでのさまざまな考えから得た結論にもとづき、あえてそのような状況を作り出していたのである。いまここでそのことを詳しく述べる余裕はなく、粗雑な言い方しかできないが、四、五年という年月にかぎって、自分を人々の目から可能なかぎり隠しておこう、そして、もしそれが可能であるなら、その年月のあいだに、自分を放棄することはできないまでも、あたかも自分を他者であるかのように見做せるようにしよう、という考えだった。

もちろん現在のわたしは、そうした考えから大きく隔てられている。というよりもむしろ反対の方向へ向かっている。げんに、名前を誰かから盗もうと決意したこと自体、大きな転換を意味しているはずである。

けれどいまは、名前を盗まれた経緯を思い起こすことにあるのだから、考えの変化や考えの推移について、これ以上、触れるつもりはない。それよりも、わたしが当時置かれていた状況でもある家主の一家との関わりについて、もうすこし記憶をはっきりさせておくことのほうが大切だろう。わたしから名前を盗むというあの男の計画は、家主一家の協力なしにはあり得なかったのだから。

まず主婦からはじめると、もちろん彼女とは、二階の一間を借りているという以外、どのような関係もなかった。彼女のほうからすれば、わたしくらい世話のかからない、おとなしい間借り人に恵まれることは二度とないだろう。それほどわたしは、この世にいないかのようにひっそり生きていたのである。それでも強いていえば、部屋を借りた当初ちょっとした行き違いがあって、わたしがその二階にいた三年のあいだ、彼女はわたしに対してある期待を持ちつづけていたことは確かであり、その行き違いとは、つぎのようなことであった。

間借りした当初、新築して二階を貸すことになった主婦は、はじめての間借り人であるわたしと隣室の男の世話をうるさくやこうとした。そうしたある夜、ほとんど真夜中といっていい時間に、なにかの用でわたしの部屋に来た彼女が、どういうきっかけか忘れたが、身の上話をしたことがあった。といっても、べつに変わった生い立ちではなく、いまではほとんど記憶に残っていない。

ところが彼女は、ひと通り身の上話をしたあと、それが言いたかったとでもいうように、女学生のころ好きでもない男に呼び出されて、そのいちどの密会のために中絶をしなければならなくなったという話をした。そしてさらに、結婚したあともなんどか中絶しているという話をして、結婚当初から入退院を繰り返す夫が、一年のうち半年以上も入院しているような人だからだ、と説明した。

わたしはただおどろくばかりで、なぜ彼女がそのような話をしたのか、よく考えてみなかった。うかつといえばそれまでだが、精神を病んで入退院を繰り返す主人と夫婦になったことの淋しさを、そういう形で表現したのだろう、そう解釈した。

　そして、そのあとしばらくしてから、主婦が隣室の間借り人と妙な関係になっているのを知り、あのとき彼女は、あんなふうに話すことで誘ったのだ、とようやく気づいた。ついでに付け加えておくと、隣室の男と彼女の関わりは、わたしの感じたところでは、彼女の一方的な渇望によって成り立っていたにちがいなく、その男は、三か月ほどで、彼女から逃げるようにして部屋を引き払ってしまった。

　このような成り行きで、わたしは結果として彼女を拒絶することになったが、彼女と隣室の男の関係に気づくまで、自分が彼女を拒絶したことを知らずにいた。そして、そのあいだも当然のことながら、彼女に対してそれまでとすこしも変わらない態度を保った。ところが彼女は、わたしの態度が変わらないことを曲解して、わたしが拒んだのは別の形で彼女を受け入れようとしているからだ、そう思い込んだのである。そして、その思い込みがわたしに対する奇妙な期待として、三年ものあいだつづいたのである。

　彼女のその奇妙な期待とはなんであったのか。わたしがあの二階にいた三年のあいだ、彼女はつぎつぎと男を取り替えていたようだが、そうした渇望とはべつに、逃れがたい願望を持ちつづけていたのである。それは、夫を精神の病いから救い出すのに必要な手がかりを見出すことであり、おそらく彼女は、結婚当初からその手がかりを探しつづけていたにちがいないのである。

　そして実際に彼女は、わたしから名前を盗んだ男の共犯者でもある夫から協力を求められたとき、そのたくらみが、夫を病いから救い出すのに必要な手がかりになると信じて、そのたくらみに加担し、そうすることで、三年のあいだ持ちつづけてきたわたしに対する期待を実現させたのである。

　日々に変化しながら成長する子供について断定的な意見を述べるのは、過ちを犯す危険があるので、本来なら避けるべきかもしれないが、あの夫婦のあいだの息子であり、あのとき、なんらかの役割を担っていた以上、ひと言触れないわけにはいかないだろう。

　言うまでもなく、あの息子は不幸な子供であった。父親が精神を病んでいることから生ずる負荷は、当然、息子のほうが主婦よりずっと大きく、将来はさらに大きくなるだろう。主婦の話では、入退院を繰り返す父親は、親としての自覚が希薄で、家のなかでも息子を避けて、口をきかないということだが、そういう父親を持った子供がどういう生き方を強いられるか、仮にも楽観的な見方は許されないだろうからだ。

父親がそのような状態である以上、あの息子は母親とふたりきりで育ったのも同然で、どんなに仲のよい母と息子であってもふしぎはなく、事実、仲のいい親子だった。だがそれは、ふつうの意味の仲のよさではなかった。彼の母親はつぎつぎと男を求めずにいられない一方で、いま言ったように、夫を病いから救い出すという目的のために我が子さえ犠牲にしかねないところがあり、あの息子もそれを十分に承知していて、母親に精いっぱい協力している、というような仲のよさだった。

もちろんあの息子の立場を特別であるときめつけるのは軽率かもしれない。誰であっても、親の病いによってこうむる子供の心の病いくらい必然的で、避けがたいものはないからだ。たとえば、わたしの場合でも、あの息子とどれくらいの違いがあるだろうか。たしかにわたしの父親は、精神病などまるで縁のない大工職人にすぎない。しかしだからといって、時代の流れが必然的に引き入れる病いからまぬがれているわけではない。

したがって、わたしがそれに類した病いに引き入れられないようにするには、すくなくとも父親のいる場所からみずからを引き抜いて、ほかの場所に植え替えなければ、けして成功しないだろう。それがわたしの幼いときからの変わらぬ考えだった。

最後に、家主の主人にも触れなければならないが、材料があまりにすくなすぎて、ほとんどなにも知らないと言っていいくらいだ。わたしが直接知っている主人は、病院から一時帰宅して、小さな裏庭にぼんやり立っているところを、たまたま二階の窓から見おろした姿でしかない。しかもそのパジャマ姿はきまって後ろ姿で、正面から顔を見た記憶がない。それに、主婦や息子の声は二階まで聞こえることがあるのに、主人の声は聞いたことがいちどもない。したがって、その後ろ姿は別人なのかもしれず、そうなると、主婦の話と名前を盗んだあの男の話を通してしか、わたしは家主の主人を知らないことになる。

ところが、顔を合わせたこともないその主人が、あの男にわたしの存在を教えたばかりか、あの男と共謀して、わたしから名前を盗む計画を実行に移したのである。その経緯はこれから名前を盗んだあの男自身に語らせることになるが、その主人がわたしに異常な関心を持っていたというのだから、驚きである。階下の主婦がわたしに関心を持つよう精神を病む夫に無理に強いたのではないか、そう考えたくなるくらいである。なぜなら、彼女がわたしにかけた期待そのものが、すでに言ったように、精神を病む夫を救い出すのに必要な手がかりを求めての期待であったのだから。

以上が間借りしていた一家とわたしの関わりであって、そうした関わりと当時のわたしの在り方とが、信じがたい一致点を見出して、それが名前を盗まれるという、ふつうは起こり得ないことを可能にしたのである。

名前を盗まれた当日に話を戻すと、わたしは壁ぎわに敷いたマットレスに寝転んでさらに一時間ほど待ったが、もちろん電話はかかってこなかった。いつのまにか夕日が射し込み、部屋は光の部分と影の部分に二分されていた。

マットレスの上で体を起こしたわたしは、それが当時もっとも大切な日課になっていたのだが、窓から射し込む夕日によって出現する光と影の対比を見つめはじめた。三年ちかくも孤立と無為の状態にあるわたしの意識にとって、光と影は大きな意味があり、光と影の対比に見入ることは、わたしの考え方の核心をなす重大な課題であった。誤解を恐れず粗雑な言い方であらわせば、光と影の対比とその絶え間ない移り変わりこそ、外部に投影された自己であるという思考から、そうして見つめている瞬間、他者としての自己を見つめているつもりでいたのである。

もしかしたら、隣室に間借り人が……という考えがわたしの頭に浮かんだのは、このように光と影の対比である、他者としての自分を見つめている最中であった。突然、ひょっとすると、隣りの部屋に間借り人が入っているのではないか、その可能性がまったくないとは言いきれない、そう思いついたのである。

もちろん、わたしはすぐに、いや、そんなことはあり得ない、そう自分に向かって言った。だいいち、そんなにも物音をさせない物静かな人がいるとは思えない。ドアの開け閉めはどんなに静かにしても耳に入るし、窓の開閉だって同じことだ。

けれどもいったん生じた疑念は頭から離れなかった。それに、静まり返った真夜中になんどか、壁のすぐ向こう側で呼吸をする気配を、奇妙なくらいはっきりと感じ取り、恐怖に襲われたことがあったのだ。そのつど、なにかの錯覚だ、そう思うことで、その恐怖を振り払ったのだが。

わたしは、仮に隣室に間借り人が入っているとして、とあえて仮定してみた。その間借り人が同じJ・Cという名前なら、どういうことになるだろう。家主の息子が隣りのドアをたたいたのは正しかったのに、わたしが廊下に顔を出して「わたしじゃないですか」と言ったので、あの息子は、一瞬頭を混乱させて、取り違えてしまった。電話をかけてきた〈あの人〉というのも、隣りの部屋のそのJ・Cにとって、それだけで十分、誰なのかわかる人物なのかもしれない……。

わたしは、こうした仮定にとらわれて、壁に耳を押しあててみた。もちろんなにも聞こえなかった。隣室は静まり返っていた。だが、どんなに静かでも、空き部屋だという証拠にはならない。隣りのその誰かは、信じがたい用心深さで、物音を消しているのかもしれないのだ。それならば、その男はどういう目的で物音を消しているのか。もちろんこちらを盗み聞きするためだ。だがなんのために？

あれこれと考えているうちに、わたしは壁から耳を離せなくなった。おそらくその時点で、男が仕掛けた罠に落ちていたにちがいなかった。あの男の狙いどおりにことが運ぶには、わたしが、自分を放棄したような状況のなかで、他者を想定するというようなことが必要であったのだ。

わたしはなおも、壁の向こうの静寂に聴き入りつづけた。するとやがて集中した意識のなかで、その仮定がただの仮定ではなくなった。実際に隣室に誰かがいて、わたしがいまこうしているように、その誰かも、聞き耳を立てていることが、もはや疑いのないように思えた。

それにしても、とわたしは自分に問いかけた。もしそうであるなら、その誰かは、わたしにとってどういう存在だろう。たしかにわたしは他者としての自分を見出すという考えに没頭してきたが、壁の向こうにその他者を見出そうなどとは、思ってもいなかった。それなのに、壁の向こうにその他者がいて、わたしの部屋を盗み聞きしているというのは、どういうことだろう。その他者は、わたしに戦いを挑んでいるのだろうか。

わたしはようやく壁から耳を離した。すると、静寂しか聞き取れないにもかかわらず、その他者の存在をこうして認めた以上、もはや無視できない、という気持になっていた。わたしはさらに自分に問いかけた。その挑戦を受けて立ち、すこしでも勝ち目があるだろうか。いや、あるはずがない。何か月もまえから盗聴しているにちがいない相手に対して、いまから盗み聞きをはじめても、完全に手おくれだ。

そのときわたしの頭に、最初からなにもなかったことにすればいい、という考えが浮かんだ。そうすれば、すくなくとも敗北だけは避けることができる。しかもそのためのたしかな方法がある。それは、いますぐ隣りの部屋を奇襲して、そこが空っぽであることを確認することだ。

だがもし誰かがいたら？　いや、そんなことがあるはずがない。わたしがこちら側にいるからこそ、壁の向こう側にその他者が存在するのであって、わたし自身が向こう側に行ったとき、そこにその他者が存在するはずがない……。

わたしはしばらくのあいだ、隣りを奇襲するというその思いつきに戯れていたが、それを実行に移さずにおれなくなった。自分で仕かけた罠にみずから落ちようとしている、そんな予感にとらわれながらも、確かめずにおれなくなったのである。

廊下に出ると、わたしはスリッパの足音をしのばせて、隣室の前に立った。そしてドアをノックすると同時に、「失礼ですが、こちらはJ・Cさんですか」と声をかけた。すると、猿ぐつわをされたみたいな低い声の返事があった。しかもそれは、わたしがやって来ることを予期して、待ち構えていた、そんな気のする返事であった。

わたしは反射的にドアを開けて、部屋を覗いた。雨戸が閉まっているので薄暗がりになっているが、左手の小さなキッチンから洩れる夕日に、わたしの部屋同様、家具のない、がらんとした部屋が見分けられた。そして想像したとおり、壁の下にマットレスが敷かれていて、そこにひとりの男が寝ていた。壁をはさんだそこに、わたしがいつもそうしているように、毛布にくるまっているのである。

男をそこに見出して、わたしは、おどろくというよりも、不快な気持になった。これはどういうことだ！　こんな馬鹿げたことがあっていいのか！　けれどもわたしは、そう思いながらも、すでに、こういうことがあっても、それほどふしぎではない、という考えにもなっていた。

男は体をおこす様子はなかった。薄暗がりのなかで枕からすこし頭をもたげただけであった。そして、毛布の脇から出した左手を折り曲げて、入るようにという仕草をした。わたしは男の顔を見おろした。薄暗がりのせいもあって、わたしと同じ三十歳くらいというほかは、なにも見分けられなかった。わたしがなおもそこに立っていると、首を伸ばした男は、顎を毛布の外に出して、

「どうなさったのです。どうぞ、お入りください」

とひどくしゃがれた声で言った。

その声が自分のなかから聞こえたような気がして、わたしはおもわず身ぶるいした。だが、その男がつづいてつぎ

のように言ったとき、体の外にはっきりと聞こえて、もうその声に慣れていた。

「いまあなたがどんな気持でいるか、わたしはよくわかっているつもりです。すくなくともわたしたちのあいだには、悪意というものは微塵もないはずです。そのことはあなたもご承知のはずです」

もちろんわたしは、たまたま見出した幻影にすぎない男を信用したわけではなかった。ただそれでも、なぜか、男が口にする言葉だけは信用していい気がした。そこで、スリッパを脱いで、部屋にあがった。部屋の造りは、わたしの部屋を鏡に映したように左右が逆になっているほかは、まったく同じだった。

「どこにでも坐ってください。ここもあなたの部屋と言ってもいいくらいなのですから、すこしも遠慮はいりません。ええ、そこがいいでしょう」

足もとを見ると、男が横たわったマットレスの手前に、まるでわたしのために用意したみたいに、平べったいクッション一枚が敷いてあった。言われるままにそこに腰をすえると、男から一メートル半ほど離れた位置で、ところを得たという感じだった。だが、そんなに近づいても、男の顔はやはりはっきりしなかった。わたしが腰をおろすのを待って、男はうれしさを隠しきれないように言った。

「とうとうあなたは来ました。いずれお見えになると確信して、ひと月ちかくお待ちしていたのです。でも挨拶は抜きにしましょう。わたしたちの間柄では、その必要がまったくないはずですから。とはいえ、客を迎えながらこんな恰好でいることの理由だけは述べておきましょう。もちろんお察しのとおり、病気で臥せているのではありません。それなのに横になったままでいるのは——あなたならかならずわかっていただけると確信していますが——、わたしがあまり下手に体を動かしたりすると、せっかくこうして形がつくられた、わたしたちのこの希有な関係が、壊れてしまう怖れがあるからです。

どうなさったのです。すこしも話しませんね。わたしたちの仲です、遠慮なくなんでも話してください。お訊きになりたいことがたくさんおありでしょうから。そうですか。それならわたしが先に話しましょう。わたしたちのあいだでは、一方が話すことはかならず他方のいちばんの関心ごとであり、聞いているだけで、いま話しているのは自分ではないか、そんな錯覚さえ起こしかねないはずですから」

男は、問いかけるような口ぶりをしながらも、わたしに答える隙を与えないよう、ひどい早口でしゃべっていた。

あとでわかったことだが、わたしにひと言も話させないつもりだったのだ。それなのにわたしは、相手の意図に気づかず、それなら好きなだけしゃべればいい、そのあいだにこの男の正体を見定めてやろう、という心づもりで、沈黙を守りとおしたのである。

「さて、なんの話をしましょうか……いえ、冗談です。わかっています。もちろん名前の話です。あなたとわたしのあいだに、名前の話以外に話すことなどないのですから」

名前の話……なるほど、やはりそういうことなのか。わたしはおもわず胸のなかでつぶやいた。もちろんその時点では、なんのことかわからなかったのだが、それでもこのような話を予期していた、そうでなければ、わざわざ自分をこんな状況に置くはずがない、そう思ったのだ。男は天井に視線を向けたまま話をつづけた。

「そうですね。わたしが名前をなくしたときのことをお聞かせするのが、順序としてやはり妥当でしょう」

名前をなくした？　すると、影でしかないようなこの男も、名前を持っていたというわけだ。わたしはそう思いながら、よし聴いてやろうという構えを見せた。男はちらっとわたしの顔を横目で見てから、静かな声でつぎのような話をはじめた。

「わたしは以前、仕事の関係でよく地方を旅行していました。名前をなくしたのもそうした旅行の途中で、一冊の旅行案内がきっかけでした。旅行のときいつも携帯するその旅行案内のページを何気なく繰っていて、小さな温泉の記事に目をとめたのですが、なん度も隅々まで目を通したはずなのにまったく記憶のないのがふしぎで、しかもその温泉がそのとき乗っていたローカル線の沿線にあるのを知って、つい訪ねてみる気になったのです。

聞いたこともない温泉ですから、不便なところなのは覚悟していました。小さな駅でおりてタクシーに乗ると、山裾をいくつかめぐって二十分くらい走ってから、山襞を深く入った小さな渓谷の入口でとまりました。そこに木の小さな橋があって――急に言い出すなんて、まったくおかしな話ですが――、あとは歩いて十分くらいだから降りてくれというのです。わたしは仕方なくおりて、引き返すタクシーを見送ったあと、その木の橋を渡り、渓谷ぞいの道を歩き出しました。

まわりはすっかり山で、細い道は消えてなくなりそうでした。そのうえ、日没にはまだ二時間くらいはあるはずなのに、あたりは暗く沈んで、いまにも闇に閉ざされそうでした。この道を行けば、ほんとうにその温泉に行き着けるのだろうか、そう思うと、しだいに心細くなったものです。その古い旅行案内は、読物として携帯しているので、実際に役立てようとすると、とんでもないことになりかねないのです。そういえば、行き先を言ったとき、運転手がちょっとあわてたような顔をしたのが思い出されました。旅館について訊いても、予約がなくても支障はないということのほか、はっきりした返事をしなかったのです。

それでも引き返す気になれませんでした。タクシーが走った道のりを歩いて帰るわけにはいかないし、歩いて十分の距離というのなら、とにかく行ってみるほかはない、そう腹をくくったのです。誰だって、一生にいちどくらい、いやな予感をおぼえながらも、わけのわからない衝動に押し出され、未知なものへ向かわずにおれないことがあるものでしょう。そのときのわたしもそうした気持だったのです。

もちろんその温泉はありました。渓谷を抜け出ると、山にかこまれた、十軒ばかりの人家があらわれて、そのうちの一軒が旅館でした。あたりには人影は見あたらず、その旅館の玄関に立つまでは、部落そのものが無人ではないかと思うくらい静まり返っていました。それは、とうに廃業していそうな、ひどく寂れた旅館でした。ところが、明かりのともった玄関に入ると、わたしの到着を知っていたかのように、濃い化粧をした年配の女が待っていました。そして、わたしがなにも言い出さないうちに、まるで馴染みの客を迎えるように〈さあ、どうぞ〉と言って、薄暗い廊下を奥の部屋に案内したのです」

男はここまで話して、いったん話を中断した。そして横目でわたしの顔を見ると、声を変えて言った。

「疑わしそうに聴いていますね。作り話でこの場をごまかそうとしている、そんなふうに思っていますね」

そのように言われても、わたしは黙ったまま、肯定も否定もしないでいた。

「たしかに、いかにも疑わしいと思える話でしょう。そのことはわたしも否定しません。けれど、この話に関わりのない人にとって疑わしいと思えるのであって、聞き手があなたである場合は、事情がまったくちがいます。仮にこれが作り話であるとしても、あなたが真剣に聴いたとき、真実になり得る話なのです。むしろあなたに聴かれることで真実になるためにこの話はある、こういってもいいくらいです。ですから、そのつもりで聴いてください。ほんの十分ほどでおわりますから。

どこまで話したのでしょう……そうそう、部屋に案内されたところでしたね。ところでその旅館は奇妙な造りになっていました。なにもかも、むやみに大きいのです。広い廊下。太い柱。高い天井。通された部屋も同じで、ふつうの造りなのに、十人も泊まれそうなのです。部屋のまん中にすえられた座卓もやはり大きなもので、その前に坐ると、顎が触れる高さなのです。要するに、その旅館に入ったとたんに、わたしの体が三分の二ほどに縮まった、そう考えてもらえばよいわけです。

もちろんわたしのほうに責任がないわけではありません。というのも、わたしは、未知の場面に出くわすと怖じ気づいて、外界をこんなふうに拡大させることがよくあるのです。そしてそのあとで、その場を自分にふさわしいものに作りなおしながらゆっくり順応する、それがわたしのやり方なのです。ですから、案内したあと、いったん出て行った厚化粧の女が戻って来たとき、はじめて、見上げるような大女であることに気づいても、べつにおどろきはしませんでした。

いいえ、このことは名前をなくした成り行きとは、直接の関係はありません。旅館に着いたとたんに疲れが出て、それでそのような幻覚にとらわれた、そう考えてもらってもいっこうに差し支えないでしょう。ただそれでも、いま言ったように、わたしにはあえてそうした幻覚に、みずからとらわれようとするところがあって、その幻覚がつづいているあいだは、それが一種の現実でもあるのです。このような考え方は、おそらくあなたもそれほど異論はないはずだ、わたしはそう確信しているのですが。

そうですね、名前をなくしたことに関係がありそうなことは、そのあと窓の外を眺めたことが、あるいは関係があったのかもしれません。厚化粧の大女が茶と菓子をおいて出て行ったあと、しばらく畳に横になっていたわたしは、這うようにして部屋をよぎり、窓に向かって立ち上がりました。立たないと外が見えない高さなのです。

それは奇妙な窓でした。身を乗り出して腕を伸ばせば届きそうなところに、青みをおびた灰色の岩肌があるばかりで、視界は完全に閉ざされているのです。そして、部屋の明かりに照らされたその岩をよく見ると、陶器のように艶のある岩肌を、ごく薄い水の膜がおおっていて、かなりの速さで流れ落ちているのです。ごく小さな滝といってもいいのでしょうが、水しぶきもなく、音も立てず、滑り落ちているのです。

もちろんわたしは、その眺めにすぐ飽いてしまいました。

それなのに、窓枠につかまったまま、目の前の水が滑り落ちる岩肌をぼんやりと眺めていました。光の筋が流れるだけでなにも映し出されないスクリーンを見つめているような恰好でした。

ところが、そうして眺めているうちに、滑らかな岩肌を滑り落ちる水とは反対に、体が上昇する錯覚にとらわれました。隣りのレールを走る電車を見ていると、止まっているこちらの電車のほうが動いているように思えるのと同じ錯覚です。しかも奇妙なほど生々しく、体が空になったみたいに、どんどん昇って行くのです。最初しばらくは軽いめまいがして不快でしたが、そうしてその錯覚に自分をゆだねているうちに、上昇しつづけるその感覚が、なんとも言えぬふしぎな快感に変わったのです。

そのことが名前をなくしたことにどのように関係しているのか、そうおっしゃりたいのですね。そうです、関係があるとすればと断わったように、実際にはなんの関係もないのかもしれません。残念ながらわたし自身、どのような確信もないのです。いずれにせよ、名前をなくすというのは、ひどく微妙な出来ごとなので、それだけを取り出して話しても、真実味がなくなってしまうのです。したがって、関係があるともないとも判然としない前後をふくめて話すほかないのです。ええ、わかっています。そろそろ本題に入りましょう。名前をなくしたのは、つぎのような成り行きでした。

そうして窓の外の小さな滝の流れを眺めて、上昇感にともなう快感に酔っていると、後ろで声がしました。例の大女で、〈お客さん、その窓はあまりご覧にならないほうがよろしいですよ〉と言うのです。わたしはその声にようやくわれに返り、夢から覚めたような気持で、座卓に戻りました。

大女は宿帳を持って来たのでした。昔ふうに客が自分でじかに書き込むのです。座卓が高いので、わたしは中腰の姿勢を保ったまま、自分の名前を書こうとしました。ところが自分の名前が思い出せないのです。もちろんそれまで名前を忘れたことなどいちどもありません。ペンを握った手を小刻みに動かしながら、なおも頭のなかをさぐり、なんとか思い出そうとするのですが、どうしても思い出せないのです。わたしはおどろいて、そばに立つ大女の濃い化粧をした顔を見上げました。彼女はひどく真剣な眼差しでペンを握ったわたしの手を見つめていました。絶対に書けるはずがないと確信しながらも、万に一つ書けたらどうしよう、というような顔つきでした。事実、わたし自身、その時点で、もう名前を思い出せないだろうとあきらめていたのです。

　そこでわたしは、とりあえず誰かの名前を思い浮かべようとしました。誰かの名前を借りることで、その急場を切り抜けようとしたのです。ところが、いくら思い浮かべようとしても、どんな名前も思い浮かばないのです。わたしの置かれたそのときの立場は、名前を借りるというような場合とは、事がらの本質がまるでちがっていたのです。自分の名前をなくした人間は、同時に他人の名前も頭に浮かべることができないのです。このようにして、誰の名前も思い起こせないと知った時点で、わたしは自分が名前をなくしたことをはっきりと自覚したのです。

　以上が名前をなくした経緯ですが、それにしても、名前をなくすということは、奇妙な出来ごとです。同じなくすことでも、たとえば、時計をなくすのとはまったく異なった出来ごとなのです。あえてこじつければ、さきほど話をした、窓の外の岩肌を滑り落ちる水の膜を見つめていたときにおちいった状態によく似ているでしょう。重みのなくなった体がふわふわ浮きあがり、止まらなくなった気持なのです。

　そのあとどうしたのか、そう質問したさそうですね。なんでもありません。いったん名前をなくしたという自覚ができると、頼りなく感じながらも、かえって恥も外聞もなくなりました。そこで図々しく、ペンを握った手を宿帳の上で動かし、書くふりをしました。すると、厚化粧の大女が、〈ご心配はいりません。この部屋にご案内するお客さまに、こうしたことがよく起こるのですよ〉と慰めてくれて、宿帳のページを何枚か繰って見せてくれました。どのページにも、名前は書かれていなくて、欄ごとに×印がひとつずつ書かれているばかりでした。そこでわたしもそれに見倣い、×印を記入したのです」

　話しおわった男は、顔を天井に向けて、しばらく黙っていた。わたしも黙ったまま男の顔を見つめていた。もちろん聴きおわっても、その話は、わたしのなかで真実になっていなかった。真剣に聴けば真実になると男は言っていたが、名前をなくすことの意味を知らないその時点では、真実になりようがなかったのである。やがて男は、わたしが沈黙を破ることができないのを確認したらしく、ひとりうなずくと、

「やはり作り話だと思っているようですね」と言って、ふたたび話し出した。

「でも、さしあたって、あなたがそう思うのも無理はない

でしょう。さきほども言ったように、名前をなくすというのは微妙な事柄なので、そのことを客観的な事実として他人に理解してもらうのは、ほとんど不可能なのです。だいいち、名前を所有しているという言い方からして適切ではなく、したがって、所有していないものをなくすということ自体奇妙な話です。ですから、むしろいっそのこと、うさん臭い作り話に置きかえたほうがいいくらいです。そうしないと、手の込んだナルシズムのように受け取られかねず、いったんそう受け取られると、もはや相手を納得させる手段が完全になくなるのです。

　ところで、わたしのように名前をなくした者は、そのあとどうなると思います？　生活のうえではどんな変化もないのです。名前をなくしたことは、日常生活にどのような支障も生じさせないのです。げんにわたしは、その旅行からもどって半年のあいだ、それ以前とすこしも変わらない生活をつづけました。といっても、名前をなくしたという事実そのものは、つねに頭を離れませんでした。そしてわたしは、名前をなくしたあの瞬間、どうして名刺や手帳を取り出さなかったのだろう、そうすれば、ちょっと失念したということですんだはずだ、というような考えを、いつも頭のなかでもてあそんでいました。

けれどそれはまったくの見当ちがいなのです。あの宿帳に×印ばかり記入されていたことが証明しているように、あの瞬間、誰も名刺や手帳を見ることなど思いつかないのです。たとえ名刺や手帳を見たところで、名前をなくしたという事実がすこしも変わらないことをすでに知っているからこそ、名刺や手帳を見ることを思いつかないのです。名刺や手帳によって名前を見つけても、それはただの記号としての名前でしかないのです。いずれにしろ、名前をなくしたことによって、日常生活に支障をきたすようなことはありません。すくなくとも最初しばらくは、記号としての名前を自分で口にしたり、人から呼ばれたりしても、それほど気になりません。むしろ一種の新鮮さを感じるくらいです。

　ところが、やがて記号としての名前にしだいに違和感をおぼえるようになり、自分との隔たりに気づくようになります。そしてしまいには、記号でしかない名前から逃げ出したいという願望に取りつかれるのです。わたしの場合、けっきょく生活をしている環境から立ち去ることになりました。記号である名前を自分から名乗ったり、記号である名前で人から呼ばれたりすることのない、別の環境に身を移すことになりました。つまり職場を捨ててしまい、家族からも離れてしまったのです。けれども残念ながら、そのようにして別の環境に身を移しても、問題はすこしも解決しませんでした。見知らぬ人々のなかに紛れ込んでも、やはり仮の名前が必要になりますが、そのような名前の使い方こそまさに記号的な使用であり、いっそう混迷した状態に身を置くことになるのです。

わたしはこのようにして、どこに身を置いても、自分の名前がどうしても必要なことを最終的に悟りました。おそらく人間は、この地上にひとりで生まれ、ひとりの人間にも出会わず、そのままひとりで死んで行くならばともかく、ほかの人間のなかにいるかぎり、あるいはまた、ほかの人間のなかにいたという記憶があるかぎり、名前なしでは存在することは不可能なのでしょう。さらにいえば、おそらく人間は、名前なしには、人間であることのもっとも厳密な意味において、死ぬことさえ不可能なのでしょう。

人間は名前なしでは存在できない。それでいて、任意の名前を使っても、他人の名前や偽名を使っても、なくした名前の代わりにはならない、そうはっきりとわかったとき、わたしはなにを考えたでしょう。そうです、名前を盗むことを考えたのです。

ところで、名前を盗むくらい簡単なことがこの世にあるでしょうか。たまたま通りかかった家の表札の名前をちょうだいすればそれですむのですから。同姓同名など珍しくもなく、どこからも苦情は出ません。けれど、そんなふうにして盗んでも、やはりなんの意味もないのです。そうして盗んだ名前もやはりただの記号でしかなく、ほんとうに盗んだことにならないのです。せめて表札でもちょうだいすれば盗んだことになるかもしれないと思って、そうしたこともありますが、もとより愚かな考えです。

それでもわたしは、名前を盗もうという決意を捨てませんでした。それにはどうすればいいのか、あれこれと考えつづけた末、ある結論を得ました。名前を盗むという行為は、名前を盗まれる側の盗まれたという承認があってはじめて成り立つ行為だ、ということでした。なぜなら、その承認がないと、本人がいくら盗んだつもりでも、盗むという主観的な行為が客観的な行為にならないからです。あるいは、誰かから名前を無理やり盗んで、そのことを無理やり承認させるという方法もあるかもしれませんが、わたしにはとても出来ない方法です。

ですから、わたしの場合、名前をなくしたがっている人間をどうしても見つけなければなりませんでした。けれど、名前をなくしたがっているような人がいるでしょうか。自分の名前を嫌ったり、自分の名前を隠す必要があったりする人はいるでしょうが、名前そのものをなくしたがっている人がいるとは思えません。もしいるとすれば、名前をなくしたがっているのではなく、自分であることを放棄しようとしていて、それで自分を縛っている名前も放棄したい、そう考えているような人ということになります。それにしても、そのような都合のよい人がいるでしょうか。

ところが、そのような都合のよい人がいたのです。そうです、あなたです。どういう理由でそういう考えを持ったのかは知りませんが、あなたはすでに三年ものあいだ、自分を絶対的な孤独に晒しながら、自分であることを放棄しようとしている人間として、わたしの前にあらわれたのです。わたしは、このような人こそ、名前を盗む相手としてもっとも都合のいい人間だ、そう確信したのです。

どのようにしてあなたを見つけたのか、不審に思っていますね。それはなんでもないことです。この家のご主人から聞いたのです。名前をなくしたあと、わたしはあちこちさ迷い歩いたあげく、一年前に精神病院に落ち着いたのです。そしてそこで、この家のご主人と知り合いになったのです。念のために言っておきますが、わたしはみずから望んで入院したのであって、ここのご主人と同様に、いつでも入退院が許可されているのです。

ここのご主人とわたしは、たまたま同室になると、精神を病む者のあいだでは珍しいと先生たちが注目するくらい親密な間柄になりました。といっても、わたしたちがどうして親密な間柄になったのか、先生たちはまるで理解していないのです。じつは、わたしたちはある共通した関心の対象を持っていて、いつもそのことをたがいに確認し合っているからなのです。そしてその共通した関心の対象というのはあなたなのです。わたしたちの関係は、あなたという存在を媒介に成立していて、あなたのことを話し合いさえすれば、いつでも心の交流が可能になるのです。

もちろん、ここのご主人があなたのことを話したのがきっかけでした。あなたのことで頭がいっぱいだったご主人は、あなたのことを誰かに話さずにおれなかったのです。わたしは最初しばらくのあいだ、ご主人が自分のことを話しているのだと思い、いかにも疑わしい話として聴いていました。事実、ご主人は、あなたのことをまるで自分のことのように話していたのです。そして、それがご主人自身のことでないと知ったとき、それまでのわたしのその思い違いがむしろ功を奏して、その疑わしい話が、わたしたちの心の交流を可能にする真実の話に転化したのです。

それ以来、あなたという存在についてあれこれと考えたり、さまざまな意見を交換し合ったりすることに、わたしたちは没頭してきました。先生やほかの患者たちは、わたしたちが自分の心を打ち明け合っていると思っていますが、完全な思い違いです。わたしたちは、わたしたちの心の媒体であるあなたのことだけを話しているのです。あなたのことでない話などいちどもしたことがない、そう言ってもいいくらいなのです。

こういうわけで、あなたについて考えをめぐらせているうちに、わたしたちふたりの願望が同じ願いに根ざしていることがわかってきました。自分の名前を持ちたいというわたしの願望も、病いから癒えるために誰かの力を借りたいというここのご主人の願望も、根本のところは、もういちど言葉に対する信頼を回復させたいという願いであるということがわかったのです。そのことをごく簡単に説明しますと、つぎのようになるでしょう。

ご存じのように、わたしたち精神を病む者は、他人との関わりに狂いが生じています。他人との距離を大きく取りすぎたり、小さく取りすぎたりして、いつもぎくしゃくしてしまうのです。他人との間の距離を正常に保つために必要な、自分自身であることのバランスに狂いが生じているからです。

ところで、人と人の関わりとはいったいなんでしょう。もちろんさまざまな関わり、さまざまな媒体による無数の関わりがあって、それが網の目のように個人を取り巻いているのでしょう。そのなかには、その人にとって好ましいものもあれば、否むべきものもあるのでしょう。けれど、いずれにせよ、人間である以上、ほんとうの意味での関わりは、言葉による関わりでなければなりません。なぜなら、言葉による関わりだけが、関わることと関わらないことの両方の働きを同時に可能にして、それが自分自身であることとのバランスを保たせているからです。

ところが、わたしたち精神を病む者は、言葉というものが信じられなくなっていて、その結果として、関わることと関わらないことの両方の働きを同時に働かせることができず、どうしてもその関わりの一方にかたよってしまうのです。そのかたよりが自分自身であることのバランスを狂わせて、それが病いとして固定しているのです。ですから、この病いから抜け出すためには、もういちど、どうしても言葉に対する信頼を回復させる必要があるのです。

したがって問題は、言葉への信頼をどうすれば回復させることができるのか、ということであって、わたしとここのご主人は、こう結論づけました。言葉への信頼を回復させるには、言葉とその言葉の内容との正しい関係を確認するしかない。それができれば、おのずからこの病いから脱出できるはずだ。けれど、自分であることのバランスを狂わせているわたしたちは、自分自身では、その正しい関係を確認することができないのです。誰かの力を借りる必要があるのです。

といっても、借りる相手はどんな人でもいいというわけではありません。そうです、あなたのような境地のなかで自分を保っている人、つまり、自分を自分から分離させ、自分を他者と見做そうとしている人でなければなりません。なぜなら、そうした人の場合にだけ、その人とその人の内容が一致しながらも分離しているという構造、言葉自体が持つ構造と同じ構造が、見て取れるからです。

わたしたちふたりは、このような考えにもとづき、あなたによって言葉とその内容との正しい関係を確認し、言葉に対する信頼を回復させよう、そう決意したのです。ふたりで協力し合ってそれを達成できれば、そのときここのご主人は、自分であるということのバランスを取り戻し、この病いから脱出できるのです。同時に、名前をなくすことでやはり言葉に対する信頼を失っているわたしは、あなたの承認を得て、その人とその人の内容が一致しているあなたの名前を貰い受ければ、言葉に対する信頼を取り戻して、この病いから脱出できるのです。

問題は、どのようにしてあなたの力を借りるか、その方法でした。さいわいなことに、この家の二階に、鏡に映した形で同じ造りの部屋がふたつあって、その一方にあなたがいるのですから、もう一方から関わりを持つようにすればいい、そう考えついたのです。そこで、ここのご主人とわたしは、十日ごとに交替で退院して、この部屋に閉じ込もることにしました。あなたという媒体があるので、一心同体も同然のわたしたちは、わたしがこうして退院しているあいだは、ご主人がわたしの病いを一時的に身に引き受けることが、ご主人が退院しているあいだは、わたしがご主人の病いを受け持つことができたのです。

このようにして、ここのご主人とわたしは、十日ごとに交代で退院し、このマットレスに横になり、壁越しにあなたに向かって意識を集中させつづけました。そしてわたしたちが知ったことは、あなたが非常な厳格さで守りつづけている驚異的な沈黙でした。それというのも、わたしたち精神を病む者は、たとえ黙り込んでいるように見えても、絶え間なくしゃべりつづけているのです。しゃべることを止めたくても、それができない状態にあるのです。沈黙という裏打ちのない偽の言葉にさんざん翻弄されたあげく、他人との関わり方を見失いながらも、それでも自分を取り戻そうとせずにおれず、偽の言葉がつくる空間を壊そうとわめき散らしたり、それらの言葉にあらがってぶつぶつ言ったり、それらの言葉を押し除けようとしたり、しつづけているのです。

ですから、あなたの保っている沈黙を発見したことは、わたしたちにとって決定的な意味を持っていました。というのは、わたしたちは、あなたの驚嘆すべき沈黙こそ、言葉と真に照応している言葉の内容であることに気づいたのです。つまり、J・Cというあなたの名前と、あなたが壁の向こうで保ちつづけている沈黙、そのふたつが照応していることに気づいたのです。したがって、あなたのその沈黙に身を挺して同化し、そのうえであなたの承認を得て、あなたの名前を貰い受ければ、そのときわたしたちのなかで、すべての言葉がその内容に正しく照応するはずだ、そう確信できたのです。

そしてそのことに成功すれば、名前のないわたしを名前で呼びたいと言っているここのご主人は、わたしをJ・Cという名前で呼ぶことで、わたしはここのご主人からJ・Cという名前で呼ばれることで、それぞれが言葉とその内容との照応していることを確認できるのです。そしてそのあと、わたしたちがひとりになったときも、J・Cという名前を貰い受けたわたしは、その内容である沈黙がつねに保証されているわけですし、ここのご主人のほうは、J・Cという名前を呟くだけで、言葉の内容である沈黙がつねに保証されることになるのです。

わたしたちはこのように確信して、十日交代で、このマットレスに横たわり、言葉の内容であるあなたの沈黙に同化しようと、可能なかぎり意識を集中して、聴き入りました。もちろんそれには、この壁がなによりも大きな意味を持っていました。なぜなら、この壁がなく直接あなたに接するようなことになれば、たとえあなたのような境地に身を置いている人であっても、生身の人間のまま、その内容が正しく照応していることを確認するための言葉に見立てることは、とてもできないからです。

もちろん最初のころ、あなたが一言半句も言葉を口にしないばかりか、どんな小さな音さえ立てないので、その沈黙の深みに引き入れられ、かえって病いが重くなるのではないのか心配でした。自分自身であることのバランスを狂わせている現在の自分さえもなくしてしまう、そんな不安に駆られたのです。それでも、わたしたちは自分たちの考えを信じて、踏みとどまりました。可能なかぎりその沈黙に意識を集中して耳を傾けることで、絶え間なくしゃべりたいという衝動を抑え込んだのです。

するとと、二か月目になってようやく、あなたの沈黙に慣れることができるようになり、かすかに明かりが見えてきました。わたしたちの考えはやはり正しかったのです。自信を得たわたしたちは、さらに、全身を投げ出すようにして、あなたの沈黙に耳を傾けました。その結果、三か月目四か月目に入って、ようやくその沈黙に同化できるようになったのです。自分のなかでおしゃべりがやんでいることに気づき、言葉への信頼の回復がはっきり予感できるようになったのです。

五か月目になると、わたしたちの考えは、揺るぎないものになりました。壁を隔てたここで、呼吸を合わせるかのようにして、いっそう意識を集中させていると、あなたの沈黙に完全に同化できて、そうした瞬間、わたしたちのなかで、言葉とその内容とが正しく照応しつつあることが、はっきりと見えてきたのです。

こうして六か月目になり、あとは、この確信のなかであなたの承認を得て、J・Cという名前を貰い受けるだけになりました。それができれば、わたしたちはこの病いから癒されるのです。といっても、こちらからそれを求めることはできません。あなた自身が壁のこちら側に来て、みずから承認してくれなければなりません。そんなに都合よくことが運ぶかどうか、もちろんすこしは心配でした。しかし……」

ここでいったん言葉を切った男は、これまで体をぴくりともさせなかったのに、胸にかけた毛布をもたげるように大きく呼吸した。それを見たわたしは、相手の言葉だけでなく、相手の存在までも認めてしまっている自分に気づいて、おもわず動揺した。するとつぎの一瞬、わたしのその動揺を認めた男が、一気に言いきったのである。

「けれどわたしたちはあなたを信じていました。わたしたちがJ・Cという言葉の内容であるあなたの沈黙に同化し得た以上、いずれあなたがやって来て、そのことを承認しないはずはない、そう信じていました。それが言葉の持つ本来の働きでもあるのですから。そしてげんにいま、あなたはそのことを承認するためにここに来ているのです。あなた自身、そのために来たと、はっきり断言できるはずです。間違いありませんね」

男はこう念を押して、わたしの顔をじっと見つめた。わたしが承認するか否か、賭けに出たのである。そのことがわかったので、わたしは、否認すべく、いまこそ反撃に出よう、そう思った。それはごく簡単なことだった。

たとえば、「あなたたちはやはり精神を病んでいて、とんでもない妄想に取り憑かれている。そのようなあなたたちと、どのような駆け引きもするつもりはない」そう言えば、それでよかった。事実、わたしがそう言いきっていれば、男が考えたことも、実行に移したことも、一瞬のうちに水泡に帰していただろう。

けれどわたしは、男の話によって生じた沈黙に閉じ込められていて、一言半句も口にできなかった。そこで、仕方なく口を閉ざしていると、みずからの勝利を確信している男は、その沈黙のなかで、わたしの承認を待っているらしく、天井に目を向けつづけていた。もちろんわたしがみずから承認の言葉を口にすることはあり得なかった。

ところが、男が待っていたのは、わたしの承認の言葉ではなかったのである。そのとき階段を駆け登る足音がして、あの息子だな、と思う間もなく、ドアのあいだから家主の息子が顔を見せたのである。おそらく部屋の暗がりのせいもあって、彼の目にはふたりの人間がいるようには認め得なかったにちがいない。それでもあの息子は、小屋でも覗くような恰好で、「J・Cさんって、ここにいますか」そう訊いたのである。

わたしは立ち上がり、「わたしがJ・Cだ」と言おうとした。けれど、「わたしが――」と言いかけてそこで口を閉ざし、まるで助けを求めるかのようにマットレスの男を振り返った。するとそこは空で、男はいつのまにか、わたしのすぐ後ろに、ぴったりとくっついて立っていた。わたしはおどろいて、もういちど「わたしが――」と言いかけたが、やはりあとがつづかなかった。

するとつぎの一瞬、片手でわたしを静かに押し退けた男が、家主の息子に向かって「わたしがJ・Cだよ」と名乗り出て、それがまるで他人の名前のようにわたしの耳にひびいたのである。あの息子も、納得したようにうなずき、男に「あの人から電話です」と伝えて踵を返し、つづいて男が、茫然と立ちつくすわたしを尻目に、部屋を出て行ったのである。いまはじめて気づいたのだが、あの人というのは、階下の家主の主人のことであった。

(了)

第二章

Ⅱ〈短篇集〉

塔

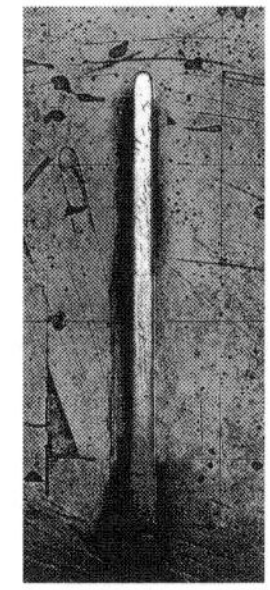

いまだに信じがたいことだが、湾の入口に漁船を浮かべて敵の湾内突入を阻止するのが、私たちに与えられた任務だった。島に駐在する私たちは、軍に現地召集され、軍事訓練などいちども受けず、軍服さえ支給されず、いきなり身を挺して敵の上陸をはばむ任務を言い渡されたのである。それがどういうことかまったく知らないままに、三艘の漁船をならべて、敵艦隊があらわれるのを待ち受けたのである。

それにしても私たちは愚かだった。死の前に立っているとは露ほども思わず、軍の命令とはいえ、本社に連絡もしないで漁船をこんなことに使っていいのか、誰が責任を取るのか、などと言い争っていたのだから。

といっても、私たちの認識不足のせいばかりとは言えなかった。なにしろ私たちは南の海に浮かぶ島に駐在し、島民の協力を得て海から海産物を拾いあげる仕事に従事する水産会社の末端の従業員にすぎず、ごく平穏な日々を送っていたのだから。もちろん本国がはじめた戦争のことは知っていたが、そしてじっさいに、本国から船が来なくなり通信さえ途絶えていたが、それでも戦火がこの平和な島に及ぶなどとは、想像もしなかったのである。

ところが半月まえ、なんの前触れもなく輸送船があらわれたのである。そして二、三千もの数の兵士たちが上陸し、兵器と物資が陸揚げされて、私たちは戦争が現実であることを実感したのである。もっとも、軍がなぜ戦略価値のなさそうなこんな島に上陸したのか、私たち民間人に知らされることはなかった。上陸した軍隊は、その日のうちに山を越えて、島民でさえ踏み入れない内陸部に移動してしまった。

つぎの日はもう平静さを取りもどした私たちは、波に戯れる島の子供たちの元気のいい声を耳にしながら、あいかわらずのんびりと仕事をつづけていた。そのつぎの日もまたつぎの日もおなじだった。そして、内陸部に姿を消した軍のことなど忘れがちで、あれはほんとうに本国の軍隊だったのか、敵国の軍隊ではなかったのか、あれこそまさしく幻の軍隊だ、などと冗談を言ったりしていた。いずれにせよ、戦争というのは途方もない浪費をするものだ、二、三千もの人間が山のなかでのんびりキャンプ生活をしているのだから、というのが私たちの一般的な意見だった。

けれども呑気なのは私たちだった。一週間まえに三人の司令官が軍刀をがちゃがちゃ鳴らして、山を降りて来たのである。そして私たちを浜辺に集めて——島民も集まったが、追い払われた——、全員が現地召集され、部隊に編入されたことを告げたのである。私たちはおどろいて顔を見合わせた。軍が自分たちを同国人だと認めていることにおどろいたのである。

もちろん私たちは、司令官たちの一方的な宣告を黙って受け入れた。言われてみればたしかに本国の一国民であることに変わりなく、むしろ本国との繋がりを確認した思いで、ひそかに感激したくらいだった。三人の司令官はそれだけを言って、山にもどって行った。

ところが、昨日まだ夜が明け切らないうちに、私たちはふたたび浜辺に集められて、いきなり任務を言い渡されたのである。五十人たらずの私たちは二班に分かれて、一班は湾の入口に三艚の漁船をならべて敵の侵入を阻止する、もう一班は岬の先端にある小島に大砲を据え、側面から敵に砲弾を浴びせて援護するというのである。

私たちは呆然とした。軍隊に編入されたといってもせいぜい土嚢積みか食料調達の手伝いくらいに考えていたのである。しかもおどろいたことに、この作戦は陽動作戦でもあるので、軍は一兵も参加しないというのである。私たちは唖然として、問うべき言葉も見出せなかった。大砲の扱い方も知らない私たちに、どうしてそんなことができるというのだろう。それでも司令官たちは大砲の扱い方を簡単に説明して、じっさいに出撃の準備をさせたのである。

一班の私たち二十人は、なにがなんだかわからないまま、分乗した三艚の漁船を湾の入口に横一列にならべた。年じゅうそうだが、昨日も雲ひとつなく晴れわたり、凪いだ海は青い鏡面のように輝き、丸みを帯びた水平線がくっきりと引かれていた。そのときすでに戦闘態勢に入っていたわけだが、そこは私たちの職場でもあり、むしろ海に出て緊張がほぐれたくらいで、手持ち無沙汰に甲板を歩きまわったり、一艚に一基ずつ据えられた大砲を囲んで、教えられた扱いについてあれこれ口論したりしていた。たしかに私たちは不安を隠していたが、それは、年にいちどの、島民たちとの親睦のための運動会で、出番を待つときの不安と、そんなに変わらないものだった。

昼をすぎても敵艦船らしいものは現われなかった。私たちは大砲の扱いについての議論にも飽いて、仕事でも遊びでもない時間をもてあまし、船室と甲板を行ったり来たりしていた。なかには日陰を見つけて昼寝をする者さえいた。やはりこれは軍の連中の、いたずらとまではいわないが、戦争中であることを実感させるための演習のようなものだろう、いまにも演習中止の合図があるだろう、そう思って、むしろ湾の奥、町のほうばかりを眺めていた。もっとも浜辺は、退去させられたらしく、人影はひとつもなく、島民の部落も静まり返っていた。

二時ごろだった。「やって来たぞ」と叫ぶ声がした。日差しを避けて船室に潜りこんでいたわたしは、岸から小舟で誰かがやって来たのだろうと思って、甲板に這い出した。しかしみんなは沖のほうへ顔を向けていた。見ると、水平線に無数の黒い斑点が浮き出ていた。とても敵艦隊とは思えず、わたしはなんだろうと思った。みんなもおなじで、ひとりとして、敵の艦隊だと口にする者はいなかった。そんなことを口にすれば馬鹿にされるという気持だった。

そのあいだにも黒い斑点は増大して、巨大な船団であることがはっきりした。私たちはそれを相手に自分たちが戦闘をするなど想像もしなかった。したがって恐怖はなく、刻々と近づく艦隊を見守りながら、こう考えた。敵の艦隊とはかぎらない。味方かもしれない。敵であるとしても、あの巨大な艦隊が漁船三艚を相手に戦闘を仕かけるはずがない。

このような考えは、口にこそ出さなかったが、みんなおなじだったにちがいない。私たちは大砲のことなどすっかり忘れて、自分たちは駆り出された民間人にすぎないという気持にこだわっていたのである。そしてそのこだわりのせいで、じっさいは、さっさと逃げ出すのが唯ひとつの正しい行動であったのに、それを口にする者さえいなかったのである。

船団は肉眼でも敵艦隊であると識別できるまでに近づいて来た。大小さまざまな軍艦で、湾の外海さえ埋めつくすかと思える数である。私たちは、その異様な光景を徐々に拡大させて接近する敵艦隊を見守りながら、一方ではたえず陸を振り返っていた。だが、どこかで様子を見守っているはずの軍は、なんの合図も見せなかった。

最後に私たちの頭に等しく居すわったのは、こんな考えだった。これはわが軍の敵をあざむくために仕掛けた偽装作戦なのだ。湾の入口をふさいでいるのは三艚の漁船にすぎず、戦闘相手ではない、そのことを認めて敵艦隊が方向転換をする、そう考えての作戦なのだ。ということは、その成功不成功にかかわらず、私たちの役目はもう終わったはずで、陸に引き返してもかまわないということだ。ところが事態はそうはならなかったのである。なんともあっけない、それでいてこれ以上にない恐ろしい事態が生じたのである。

そのとき敵艦でぱっと白い煙が上がり、誰かが「あっ、なにかを打ちあげた！」と叫んだ。と同時に頭上に空気を引き裂くような音が接近したと思うと、私たちは水柱のしぶきを浴びて、甲板に転がっていた。わたしは、威嚇射撃だ、そう思った。だがつぎの瞬間、ふたたび空気を引き裂くような音が無数に接近したと思うと、すぐ間近で複数の破裂音がした。砲弾がいくつも三艘の漁船に命中したのである。

気がつくと、わたしは海に放り出されていて、岸に向かい、夢中で泳いでいた。背後で無数の水柱があがるのを感じ取りながらも、船がどうなったのか、仲間たちがどうなったのか、振り返って確かめることは、いちどもしなかった。前方の陸地が蜃気楼であるかのように見えていて、そこへ向かって泳いでいる自分はすでに気が狂っている、そんなふうにしきりに思っていた。

それでも必死で泳ぎついて、わたしは陸に這いあがった。たどり着いたのはわたしひとりだった。漁業に従事する泳ぎの達者な者が大半を占めるなかで、泳ぎの下手な事務職のわたしだけが助かったということは、無数の砲弾を打ちこまれて三艚の漁船が木っ端みじんになるとともに、わたし以外の全員が爆死したということだった。わたしひとりがなにかの間違いで助かったのである。

そこは港からすこし離れたところで、崖になっていた。わたしは、その崖のてっぺんによじ登ると、中腰の格好で、はじめて海を眺めた。三艚の漁船は跡形もなく、そのあたりになにか浮いているのが、わずかに認められるばかりだった。助けを求める仲間たちの姿さえなく、みんな上手に逃げおおせた、そんなふうにも思えた。もちろんそうではなかった。炸裂する砲弾に引き裂かれて、飛び散ったのである。

敵艦隊はまだ砲撃をつづけていた。仲間の半分が配置された岬の先端の小島に砲弾を浴びせているのである。私たちが撃沈されたのを見て、仲間たちがおそらく何発か砲撃したのだろう、徹底的に反撃されているのである。砲弾が描く弧線がくっきりと見えているが、島自体は硝煙におおわれて見えなかった。小さな島だから逃げるところがなく、仲間たち二十人はすでに全滅したにちがいなかった。それでも敵艦隊は、私たちの三艚を海上から消し去ったように、島自体を消し去ろうと砲弾をあびせつづけているのである。

わたしは崖の上で中腰のまま、茫然とその光景を眺めていた。助かったという喜びなどみじんもなく、仲間たちみんながいなくなった、そんなことがあるだろうか、いや、あるはずはない、そう必死に自分に言い聞かせていた。

ようやく艦砲射撃がやんだ。硝煙が消えて姿を見せた島は、見慣れた島とは似ても似つかない、いびつな岩の塊りと化していた。もちろん人影はなかった。砲撃のやんだあとの静けさが不気味だった。わたしは取り返しのつかない過ちを犯したという悔恨のあまり、立っておれなくなり、地面に坐りこんだ。犯したその過ちのために仲間から除け者にされて、ひとり取り残された、というような、これ以上にない惨めな気持に押しつぶされていた。

やがて敵の艦隊は、湾を目指していっせいに前進しはじめた。その圧倒的な敵艦隊の光景を目にして、自分があまりに微小な存在であることを意識しながらも、わたしは、どうすれば殺された仲間に代わって、その無慈悲な砲撃に対して抗議できるだろう、そんなことを考えていた。

艦隊は湾の近くの外海を埋めつくして停止した。甲板の人の動きが見分けられるくらい近いところだった。全艦がいっせいに砲撃すれば、町は五、六分で岬の小島とおなじ運命になるのはあきらかだった。けれども敵艦隊は砲撃せず、上陸を開始した。わたしは無数の上陸艇を見て、山のなかに逃げこんだのである。

山をひとつ越えたところで、五十人ほどの工作隊らしい一団が作業をしているのに出喰わした。わたしは命令されたわけでもないのに、その作業を手伝いはじめた。ほかにどこに行く当てもなく、それに仲間を失った絶望に、なにかをせずにおれなかったのだ。工作隊はわたしが作業に加わっても咎めるようなことはなかった。わたしも軍が強いた非道な犠牲について、彼らになにも言わなかった。

山の向こう側の湾と小さな町は完全に占拠されたのだろ

うが、敵軍が進軍して来る気配はなかった。その方角からどんな物音も聞こえず、斥候《せっこう》もあらわれなかった。おそらく内陸部に我が軍がひそんでいることを知らないのだろう。工作隊も敵の進軍など気にかける様子はなく、黙々と作業をつづけていた。

そこは山峡の川の流れに沿った、いくらか平らになったところで、上陸した軍はここを通って奥地に入ったらしく、戦車の轍《わだち》が残っていた。わたしはその作業の目的を問うこともせずに手伝った。そうして兵士たちの作業に加わりながらも、彼らとはけして口をきかないでおこう、そう決意していた。

それは不可解な作業だった。流れのそばに建つ小屋から奇妙な物体を、すこし離れた山の中腹の平らになったところに運びあげるのだが、その物体の正体がわからなかった。すこし青みがかった白っぽいそれは、ちょっと見ると、ひと抱えほどの長方形の石かコンクリートのように見える。だが、そんな重みはまるでなく、むしろ、水分がなくなった巨大な豆腐を思わせた。じじつ、一個ずつ抱えて運ぶのだが、角がぼろぼろと落ち崩れて、ひどくあつかいにくいしろものだった。

秘密兵器? 新しい爆薬? しかし爆薬ではなさそうだった。得体が知れないこともあって、必要以上に用心深くなり、かえって角を崩してしまうのだが、そんなとき隊員たちに見ならって谷底へ放りこんでも、なにも起きなかった。その奇妙な物体を山の中腹に運んで、そこに塔のように積みあげるのだが、慎重に積まないと崩れかかるので、そのつどやり直さねばならないのである。

わたしはその物体を運びながら、繰り返し思った。こんなおかしな塔をつくって、どうしようというのだろう。それとも、いずれ敵軍は内陸部に進撃を開始するだろうが、そのときこの塔がなにか効果を発揮するのだろうか。とてもそんなふうには思えない……。ところが完成に近づくにつれて、この塔が敵の目にどんなふうに映るだろうと思うと、なにか心理的な効果を期待せずにおれない気持になっていた。

塔は完成した。頂点が背丈の三倍ほどもある円錐形の塔で、その白さが樹々の緑にくっきりと映えて、みごとな出来栄えだった。わたしは塔を見あげて思った。これはなにかの記念碑のようなものではないだろうか。あるいは鎮魂碑のようなものではないだろうか。だが、どこにも文字や紋章のようなものはなく、なんのための塔なのか、やはりわからなかった。

塔が完成すると、工作隊はつぎの作業にかかった。小屋を取り壊したあと、あたりを踏み荒らされる以前の状態にもどす作業だった。そしてそれを終えると、戦車やトラックの通った跡を消しながら、さらに山を越えて奥地に後退しはじめた。わたしも工作隊といっしょに作業をしながら、すこしずつ奥地に入った。

いくつかの低い山を越えたそこは、四方を山にかこまれた凹地になっていた。工作隊は轍の跡を消す作業を中止して、まっすぐ密林に入って行き、やがて軍の駐屯地に着いた。内陸部にこんなところがあるなどこれまで想像もしなかった光景である。といっても、ただの鬱蒼とした原生林で、樹木以外になにも目に入らない。

さらに近づくと、上からは見えないが、樹々の下に戦車や大砲がぎっしりと隠されていた。これほど多くの兵器を誰が想像するだろう、そう思えるくらいである。そのまわりにテントがあって、兵士たちの姿が見え隠れしていた。見たところ、平穏そのもので、すこしも緊張した様子がない。上陸した敵がいつ進撃して来るかわからないというのに、戦闘態勢に入っていないのはどういうことなのか、まるでわからなかった。

咎められる様子がないので、わたしはあちこち歩きまわった。いまさら司令部を見つけて、全滅の様子を報告することなど考えもしなかった。そんなことをしても死んだ仲間たちが生き返るわけではない。それに、軍は一部始終を目撃していたばかりか、この悲惨な結果を最初から承知していたはずで、それなのにそれを報告して、なんの意味があるというのか。

駐屯地のなかを歩きまわっているうちに夜になった。あまり長い一日だったので時間の経過を忘れていて、急に暗くなったのにおどろいた。さっきまでテントのまわりで食事をしていた兵士たちはテントに入ってしまい、密林は完全な静寂につつまれた。ときどき暗闇のなかで、名の知れない鳥が不気味な鳴き声を発するばかりだった。

わたしは兵士たちが食べ残したもので腹を満たして、草むらに横たわった。同胞の軍隊といっしょにいるということで安堵しながらも、同時に仲間がその同胞の軍隊の犠牲になったという怒りにかられて、容易に寝つけなかった。あまりの怒りと悲しみに寝ておれなくなり、なんども立ちあがった。まわりのテントを片端から壊し、兵士たちを起こして、その怒りと悲しみを訴えようと決心しかけたが、いずれこの兵士たちもおなじ運命が待っているはずだ、そう思うことで、その怒りと悲しみをしずめた。自分の意気地なさを呪いながら、樹々の隙間に見える、星を散りばめた蒼黒い空を見つめて、すべては夢なのだ、必死でそう思いこもうとしていた。

騒々しい物音に目を覚ますと、陽はとっくに頭上にあった。わたしは樹々のあいだから漏れる陽を浴びて、草むらに横たわっていた。まわりで兵士たちが行動を開始していた。わたしはすることがないので、駐屯地のなかを歩きまわった。

兵士たちはテントをたたみ、身の回りのものを整理していた。いよいよ反撃に出るのだろうか。わたしは同胞の軍隊を見くびっていたのだろうか。敵軍がここに我が軍がひそんでいることに気づいていないとすれば、これほど武器弾薬を完備した部隊なら、敵の不意をついて、勝てるかもしれない。ということは、あれだけしか抵抗勢力がないと見せかけるために私たちを犠牲にした作戦が図に当たった、ということだろうか。そんなふうに考えると、反撃は成功疑いなしという気持になり、それならば仲間たちの霊も、百分の一か千分の一くらいは慰められるかもしれない、そう思った。

ところが、しばらくして信じがたい事態が生じた。あちこちでいっせいに小爆発が起こったのである。一瞬、わたしは、敵軍の砲撃がはじまったと思った。もちろんそうではなかった。あまりに小さな爆発だった。よく見ると戦車、装甲車、大砲などの兵器が、炎を噴いたり、煙を吐いたりしている。自爆させているのである。そして、その小爆発が終わると、兵士たちは、延焼をふせぐために水をかけたり、破壊の状態を確認したうえ、ハンマーで叩き壊したりしはじめた。

いったいどういうことだろう。わたしは呆気にとられた。そのあいだにも兵器を破壊し終わった兵士たちは、背嚢を背負い、銃をかついで整列した。わたしはようやく理解した。戦わずに逃走するのである。やはり軍は現地召集した私たち民間人を犠牲にし、抵抗勢力はあれだけしかないと見せかけて、自分たちの安全をはかったのである。しかしほんとうにそうだろうか。たしかに私たちは全滅したが、島民が残っている。いずれ彼らがこの部隊の存在を教えるだろう。そのことを軍はどう考えているのか。それとも、これには、わたしには想像もつかない作戦が秘められているのだろうか。

兵士たちは整列し終わった。号令がかかり順に動き出して、島の奥へと移動しはじめた。もちろん兵器を放棄したのだから、戦闘行為であるはずがない。それにしてもどこへ行くのだろう。この島のどこかに、これだけの数の人間が身を隠す場所が、ほんとうにあるのだろうか。わたしはそう思いながら、信じがたい気持で遠ざかる軍隊を見送った。部隊はゆっくりと動き出して、さらに深い原生林のなかへと、静かに入って行った。

わたしは、草むらに姿を消す蛇さながらに、最後尾の部隊が消え去るのを見送って、ようやく自分がひとり取り残されたことに気づいた。後を追って行くべきだろうか。ほかにどこに行く当てもないのだから。だが足が動かなかった。それに、部隊とこれ以上行動を共にすることは、死んだ仲間を裏切ることのようにも思えた。といって、昨日まで協力者であった島民のところにも行けなかった。陽気で人のいい彼らは、今日にも敵国の協力者になるにちがいなかった。

わたしは部隊が姿を消したその場所に立って、しばらく動けなくなっていた。無残に殺された仲間たちがいる、あの懐かしい海に行けばいいのか、それとも、その身になにが起こるかわからない兵士たちを追って、原生林の奥へと入って行くのがいいのか、その判断がつかなかったのだ。

そのあとわたしは密林のなかを当てもなく歩きまわった。そして昼ごろ、気がつくと、町に近づいていた。やはりすべてが現実であった。敵艦隊は沖合に停泊し、海上を埋めていて、陸とのあいだをたくさんの艀《はしけ》が往来していた。

わたしは裏手からおそるおそる町に近づいた。仲間たちはみんな生きていて、しかも町のなかにいるような気がしてならなかった。建物があるあたりまで来て、わたしは目を疑った。見慣れた町はなくなり、代わりに別の町が出現していた。もちろん上陸した敵軍が一夜でつくり変えた町である。

わたしは建物の影に身を隠しながら、町の中心部に近づいた。島民はまだ部落のなかで身をひそめているのだろう、路上に人影はなく、静まり返っていた。町そっくり一掃して、組立式の建物をならべただけの町だが、それでも私たちの町よりはるかに立派だった。いろんな建物がひろい道路の両側に整然とならび、海辺に近いところに――昨日までそこに私たちの加工工場があった――二階建てがあって、敵国の旗がひるがえっていた。さらにおどろいたのは、海辺からまっすぐ山際まで、幅ひろい道路ができていたことで、しかも舗装さえされているのである。

そのときざくざくという靴音が聞こえた。わたしは道路の脇の溝に飛びこんで、体を伏せた。武装した隊列が向こうの角を曲がって、こちらにやって来るのだ。五十人ちかい人数で、列から離れたひとりが大声で号令をかけていて、それに応え、全員が声を合わせ、掛け声を張りあげているのである。

はじめて見る外国の兵隊だった。おそろしく背が高く、どの兵士も鼻筋が通り、きりりとした顔をしている。隊列はたちまち近づいた。頭上ちかくを通る靴の響きがわたしを戦《おのの》かせた。昨日、砲弾を浴びたときでさえ感じなかった恐怖が、その靴音によって生じた。同時にその靴に踏みにじられるのが、自分の運命だというあきらめが生じた。

隊列は路が中断している山の麓まで行って、そこから引き返して来た。ふたたびわたしの横を通過して、海辺の本部らしい二階建ての角を曲がって行った。わたしはようやく体を起こしたが、彼らの軍靴に蹂躙されたみたいに、すでに腑抜け状態になっていた。そしてその状態がむしろわたしを居なおらせた。

わたしは、居なおったうえにさらに酔ったような気持のまま、溝から這い出ると、道路の真ん中に進み出て、本部らしいその二階建てのほうへ歩き出した。仲間たちはこの連中に殺されたのだ。そのことを思えば、なにも怖れることはない。おなじように殺されるまでのことで、そうすれば、仲間のところに真っすぐに行ける。それがいまのわたしに可能な唯一の望みだ……。

途中、建物のひとつの前に来ると、なかが賑わう気配がした。わたしはなにも考えずに五、六段を登り、扉を押してなかに入った。酒場だった。日中なのに大勢の人がビールを飲んでいた。奥にカウンターがあるだけで、みんな立って飲んでいるのだ。もちろん敵の兵士たちだが、わたしはすこしも恐怖を感じなかった。むしろ恐怖を感じない自分を不気味に思うくらいだった。

わたしが入口に姿をあらわしても、兵士たちは誰もわたしに不審な目を向けなかった。みんな大ジョッキを手にして、喚くような大声で話していた。兵士のなかに入って行くと、兵士たちがわたしのために路を開けた。その瞬間に気持が反転して、わたしは理由のわからない優越感をおぼえた。そしてその気持のままに、彼らのあいだを通って、奥のカウンターへ向かった。

カウンターのなかの女性は、わたしが近づくのを待っていて、青い目でじっと見つめていた。わたしはカウンターの前に立ち、自分でもどうしてそうするのかわからないままに、彼女に向かって大きくうなずいて見せた。すると女性もはっきりとうなずき返した。そして彼女は、わたしの前になみなみと満たした大ジョッキを置いた。彼女はわたしに非常な好意を寄せていることがわかった。

わたしはそのことに気づいて、もういちど女性に向かってうなずいた。そして大ジョッキを両手で持ちあげ、液体を喉のなかに流しこんだ。半分も飲めそうになかったが、それでも女性に見守られながら一気に飲みつづけた。早くこの場で昏倒してしまおうという考えだった。それでなくとも、昨日からの経緯で疲労は限度に達していて、たちまち意識が薄れ、その場に倒れかかった。するとそれを見て、女性がカウンター越しに両手を伸ばし、支えてくれた。わたしは安心して、みずから昏倒に身をゆだねた……。

けれどもわたしは昏倒しないで、意識を取りもどし、われに返った。女性がカウンターの向こうでまだわたしをじっと見つめていた。やはりわたしに非常な好意を寄せているようだった。まわりを眺めると、テーブルを囲んでビールを飲んでいるのは、兵士たちではなく、色とりどりの服装をした観光客であった。そしてわたし自身も……。

あの戦争から三十年の歳月がたったのである。職を退いたわたしは、死んだ仲間に会うために、この島にやって来て、敵国が一日でつくり上げた町を、三十年前そのままに見出したのである。それどころか、あのときの酒場を見出して、こうしてカウンターに近づき、あのときとおなじように、カウンターの女性の好意のある視線に迎えられたのである。

わたしはまわりの人々をあらためて眺めた。あのとき敵兵士たちに感じたのとおなじように、その人たちに対して優越感をおぼえた。同時に、この優越感がなにに原因しているのか、三十年たったいまようやく自覚した。間違いなかった。わたしは死んだ仲間たちの代理としてここに来ているのである。つまりわたしは仲間たちの亡霊であり、生きた死者であった。その生きた死者の状態のまま、三十年を生きてきたのである。したがってこの優越感は死者としての優越感であった。カウンターのなかの女性はそのことを最初から見抜いていて、それでわたしに非常な好意を寄せているのである。このように自覚すると、わたしはふたたび女性に向かってうなずき、ビールを飲みながら、こう思ったのである。

原生林の奥に消えたあの二、三千もの兵士たちはどうしたのだろう。彼らにとって戦争はまだ終わっていなくて、謎の作戦を継続中なのだろうか。昔、いっしょに働いていた島民のひとりは、いまもときどき夜中に鬨《とき》の声を耳にすることがある、それが密林の奥から聞こえる、と言っていたが、ほんとうだろうか。

　いずれにせよ、工作隊を手伝ってつくった、あの塔を訪ねてみなければならない。あれはいまも建っているはずで、こうして自分が死んだ仲間たちの亡霊であり、生ける死者であると自覚できたいまなら、あそこに行けば、なんのための塔なのか、わかるかもしれない。

（了）

スパイ

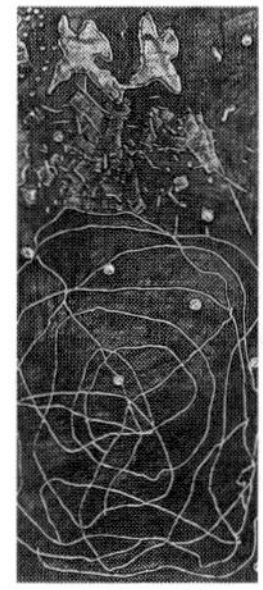

兄と兄嫁とわたしの三人は、一組のスパイチームである。といっても、国際政治とか産業界の裏面とかに暗躍するスパイとは似ても似つかない、路上を走りまわるだけのスパイにすぎない。ふだんは行商人をよそおい、またそれによって生活をしながら、年がら年中、都市から都市へと移動している。

逃走、たえまない逃走、それがわたしたちのスパイ活動の内容である。どんな追っ手から遁れるために逃走しているのか、リーダーである兄の胸に秘められていて、兄嫁もわたしも知らない。それに訊くまでもない。わたしたちは、あるスパイの組織の末端から仕事を請け負っていて、仕事の内容はいつも同じだからである。つまり、味方のスパイから敵スパイを遠ざけるための偽装行動、なかでも偽装逃走にかぎられているからである。

偽装逃走のやり方も、つねに一定している。三人そろって行商をしながら、一週間ほどの比較的のんびりした逃避行のあと、兄が単独で行動を開始して、都市の奥深くに潜入する。そうなると、逃避行の大詰めの立ち回りが――実際は、そんなことはけして起こらないのだが――近づいたということであり、最後に、兄の潜伏先を兄嫁とわたしが捜し当てるという段取りである。

わたしたちのスパイ活動の舞台は、大都会とか貿易港のある都市とか、そうしたところではなく、人口が十万未満の地方都市にかぎられている。兄はいつも言っている。スパイを職業にする者にとって、地上のいかなる都市も活動の舞台でないところはなく、むしろ都市は、われわれが出没することで秘密めいた都市に変貌する、そしてまた、そのような秘密めいた都市に変貌させるのが、われわれスパイの務めなのだ、と。

たしかに兄のその言葉は、わたしたちの置かれた立場をよく言い表わしている。姿の見えない敵スパイに追い詰められたわたしたちが、その都市の繁華な地域に逃げ込むと、そのあたり一帯はおのずから危険きわまりない雰囲気が満ちはじめる。実際に、そこはその都市の大通りの裏側、中華料理店や理髪店や安酒場などが密集した地域で、わたしたちはその湿っぽい路を、酔っ払いや酒場の女たちのあいだをすり抜けて、逃走するのである。それがわたしたちのスパイ活動のすべてなのだ。

ところで、わたしはみずからの職業であるスパイという仕事に懐疑的な気持を持ちつづけている。どうしてスパイという職業でなければならないのか。世の中にはいろんな職業があるのに、なぜ選りに選ってスパイなのか。いったいこのスパイという職業にどんな意義があるのか。世間の人は、わたしたちの職業をどんなふうに見ているのか。いや、どんなふうに見るも見ないもない。こんな職業があることさえ知らない。だから、この職業にたずさわっているかぎり、この世に同じ生を享けながらも、その生を共有する喜びを味わうことがない……。

こんな思いにとらわれると、わたしは虚しさで胸があふれて、しまいにはすっかり自己不信におちいってしまう。それでなくても、年がら年中旅をしていて、しかもたえまのない逃避行だから、落ち着いてものを考える暇もない。事実わたしは、ひと所に暮らす生活がどんなものなのか、想像さえできなくなっている。

もちろん兄は、わたしが稼業であるこの仕事に懐疑的であるなど夢にも思っていない。スパイという職業に誇りと情熱を持つ兄にとって、世界はスパイが活動するために存在しているようなもので、すくなくとも偽装逃走にかんしては、誰にも負けないと自負している。事実、兄はスパイそのものである。彼の目にはどんな人も敵スパイの可能性をふくんでいる。いつもまわりの動きに油断なく目をくばり、物音に耳をすませ、あらゆる事物の裏になにかの気配を感じ取ろうと身構えていて、その正体が判定できるまで、一瞬も気をゆるめない。

わたしがスパイという仕事を捨て切れないのも、兄のそうした情熱に引きずられているせいでもある。もちろんそれだけではない。たとえば、兄嫁の存在もこの仕事を捨て切れない理由のひとつになっている。というのも、いま言ったように、わたしたちの逃走はつねに兄が先行し、わたしと兄嫁が後を追うという形になっていて、したがって、わたしはたえず兄嫁と行動を共にしているが、わたしがいなくなると、兄嫁はひとりで兄を追わねばならず、生まれながらのスパイであるわたしでさえようやく耐えているのに、女の身で耐えられるはずがない、そう思っているからだ。

実際に、見知らぬ都市の奥深く潜入した兄のところに行き着くのは容易ではない。用心深い兄は落ち合う場所を教えないので、兄の好みそうな場所を経験と勘を頼りに嗅ぎ出さねばならず、わたしは、いったん兄を追いはじめると、仕事に対する疑念を忘れて夢中になる。逃走経路のことで頭がいっぱいになり、それがおのずと勘を働かせて、兄の潜入先を嗅ぎ出させるのである。

それでも兄は不満で、いつもこう言っている。おまえはただおれの逃走経路をなぞっているだけだ。それでは敵スパイをおれのところに案内しているようなものだ。おれがそのことまで計算して逃走経路を選んでいるからなんとかなっているが、おまえもそろそろ独自の偽装逃走を工夫してもいいころだ。その工夫ができたとき、おれたちのスパイ活動は、もうすこし盤石になるだろう。

しかしわたしにそんな工夫ができるはずがない。わたしの疑念の中心になっているのは、ほんとうに敵スパイは存在しているのかどうか、ほんとうに敵スパイが、わたしたちを本命のスパイと見なして追跡しているのかどうか、ということであって、独自の逃走方法まで工夫する余裕などないからだ。

もっとも兄は、このような疑念を口にすれば、本命のスパイの逃走を助けるための偽装逃走を専門とするわれわれに、どうして敵スパイの存在を確認する必要があるのかと反問するだろう。兄の言うとおり、ひたすら逃走することがわたしたちの仕事であり、敵スパイの有無の詮索など、まったくの無用なのである。

それでもわたしは疑念を募らせずにはおれない。というのも、兄はたえずどこかにある組織の末端に連絡を取っているが、万が一の事態を考慮して、兄嫁とわたしに仕事の経過を教えることはなく、したがって兄嫁とわたしは、仕事がいつはじまりいつ終わったのか、その成果はどうだったのか、何ひとつ知らされないからだ。ましてやその成果を誰がどう評価しているのかなど、知るすべもない。

このようなわけで、わたしはつねに疑念にさいなまれている。兄が連絡を取っているはずの組織さえ、兄の頭のなかに存在するだけではないのか、そう疑いたくなる。つまりわたしたちは、虚構を演じているにすぎないのではないか、そう疑いたくなる。そしてそんなとき、わたしはきまって、この仕事からいちど離れなければならない、そう思わずにはいられないのである。

もちろんわたしは、スパイを廃業したいとはっきり願っているわけではない。なんといっても父から受け継いだ仕事であり、それに、スパイという仕事をやめてなにをすればいいのか、まるでわからない。それどころか、この仕事から離れるようなことになれば、自分が何者かわからなくなり、どの方向にも一歩も踏み出せなくなるのではないか、そんな怖れさえ持っている。

一方でわたしは、しばしばこんなふうに思うことがある。父の時代はこうではなかった。ごく幼かったのではっきりとした記憶がなく、断言はできないけれども、感知できる追っ手がたしかに存在していた。したがって、ひたすら偽装逃走をしていても、それだけで仕事の意義を十分に自覚できた。それなのに、われわれの代になってからは、それが自覚できなくなり、偽装逃走が空回りしているのではないのか、そう思えてならないのだ。

そしてさらに、こんなふうに思うことがある。時代の移り変わりと兄の神経質なほどの慎重なやり方が相まって、わたしたちを追っているはずの敵スパイをかえって遠ざけてしまい、偽装逃走という仕事を空転させている、そう考えるべきではないのか。そしてその結果、わたしたちはスパイという特殊な世界のなかでさえ孤立してしまっている、そう考えるべきではないのか。

いずれにせよ、わたしが願っているのは、わたしたちの偽装逃走にまんまと引っかかってわたしたちを追っているという敵スパイの姿を、ほんの一瞬でいい、たしかに存在すると確認することである。それができれば、この仕事を意義あるものとして自覚でき、疑念はたちまち消え失せて、父から受け継いだこの稼業に全力を投入できるはずだ。

しかし残念ながら、敵スパイの姿を見たいというわたしの考えは、兄には想像もつかない考えであり、わたし自身、どうすればその考えを実現できるのか、まるでわからない。たとえば、敵スパイが張りめぐらせている網のなかにこちらから踏み入れて行けばいいわけだが、そんなスパイ網など、どこで探せば見つかるのか、皆目見当もつかないのである。

その夜も、先行した兄を兄嫁とふたりで追いながら、わたしは兄と落ち合う場所を頭に思い描いていた。この都市は、わたしと兄嫁ははじめてだが、兄は二度目ということで、なんでもそのときは、敵スパイをこの都市まで引き寄せることで、本命のスパイの逃走をまんまと成功させたというのである。

兄はその話をしたとき、「友誼荘」というホテルの名前を口にした。兄は潜伏先をけして口にしないのだが、話に夢中になり、つい洩らしたのだ。ということは、今夜はおそらくそのホテルで待つつもりだろう。その「友誼荘」は、そんなに広くない都市だから、誰に訊いても、いや、訊くまでもなく、気をつけていれば目に入るはずだ。わたしはそう目安をつけていた。

しかし、真っすぐそこに行ったのでは、偽装逃走にならない。たどり着くまでの道のりが重要で、都市の奥深くに姿をくらませた兄の跡を嗅ぎ分け、あえてあちこち進路に変化を加えながら、疲労困憊の態でたどり着かねばならない。もちろん、そんな面倒なことをせず、真っすぐ兄の潜伏先に行ったところで、なにも生じないことはわかっているが、それでは、偽装逃走という仕事をみずから放棄することになる。

まして、敵スパイの存在を疑っているわたしは、そうした疑いを持っているからこそ、逃走経路に変化をつけることでスパイであるという自覚を生じさせ、その自覚によって敵スパイを存在させる必要があるのだ。それでなくても、わたしたちのスパイ活動には十日にいちどは、スパイとしての緊張を生み出すための大詰めが不可欠なのだ。

わたしは例によって、兄嫁といっしょに兄好みの裏通りに入り込んだ。そこには、どこの都市でもそうであるように、簡易旅館や安酒場がぎっしりとならんでいた。実際はただの汚い街だが、いよいよ大詰めだと思うと、わたしの目にも秘密めいた街に見えてくるのである。

兄嫁とわたしは、小さな中華料理店に目を止めた。中華料理店は兄がよく利用する、落ち合う場所への最後の抜け道なのだ。兄に言わせると、そうした店の古いコックのなかのひとりは、われわれを助けてくれる味方であり、どの都市にもそうした協力者がひとりやふたりはいることになっている。

わたしたちはすぐには店に入らなかった。敵スパイが先回りして待ち伏せているかもしれず、店の前を行ったり来たりして、ガラス戸越しになかの様子をうかがった。テーブルが四つあるだけの小さな店で、客は五、六人しかいない。だからといって、そのなかに敵スパイがいないとは断言できない。それにはコックの目を見る必要がある。もし敵スパイがいれば、その目が危険を教えているはずだ。しかし外からでは、コックのいる奥までは見えない。

けっきょくいつもそうだが、危険を承知で店に入るほかない。隠れて見ていてもなにも起きないし、引き返そうにも引き返すところはないのだ。それに、こうした大詰めをこれまで数かぎりなく経験しているが、敵スパイに捕まったことはいちどもないのである。

兄嫁とわたしは恋人どうしのように腕を組んで店に入った。兄嫁が一瞬の緊張に顔を引きつらせて、体を押しつけた。わたしまで恐怖をおぼえて、おもわず踵を返したくなる。この一瞬の緊張はなんど経験しても新鮮で、こうした緊張があるためにこの仕事から離れる決意がつかない、そう思うくらいである。

わたしたちはテーブルのひとつの席に着いた。こちらからコックに合図を要求するのではなく、あくまでも向こうからの合図を待たねばならない。コックが味方であるとはかぎらないし、味方であっても、はっきりそれとわかる形でわたしたちを助けることはなく、したがって、わたしたちはその助けを信じて行動するほかないのである。いずれにせよ、コックはもちろん給仕の女や客たちをよく観察し、店のなか全体の動きを正確に把握して、つぎに取るべき行動を頭に描いておかねばならない。

しかしその店はあまりに小さかった。奥のテーブルで給仕の女が雑誌をひろげているほか、調理場に男がひとりいるきりである。五人の客たちも労働者ふうの男たちで、敵スパイという様子ではない。だが、兄の言葉を借りれば、もっともそれらしく見えない者ほどスパイである可能性が高いのだ。

ということは、店にいるみんな、その可能性があるということだった。そしてそのような疑いの目でさらによく観察すると、五人の客のうち隅のテーブルに向かい合っているふたりの男がいちばん怪しかった。わたしたちに目を向けないし、妙に黙り込んでいて、たがいに目で合図し合っているようにも見える。

わたしの観察は、そのふたりに集中して、彼らを敵スパイに見立てることに成功した。もちろんそうであると確信したわけではなく、実際に彼らが敵スパイという可能性はほとんどなかった。それに、ほんとうに敵スパイかどうかその真偽は、どうでもよいことだった。最終的にそれが確認できるわけではないのだから。

それというのも、同じ説明の繰り返しになるが、わたしたちは重要な情報をたずさえて逃走しているのではなく、味方のそうした逃走を助けるべく、偽装逃走するのが目的なのである。だから、敵スパイが存在しようがしまいが、相手を惹きつけているという意識で行動するほかないのである。つまりわたしたちは、想像によって敵スパイを生み出し、それをつぎの行動への原動力にしなければならないのである。

そのことは、わたしたちの逃走を助けてくれる味方についても言えた。中華料理店のコックが兄の好みの味方なのだが、それだって、わたしは、コックが味方であるといちども確認したことがない。勝手にそう決めているだけである。コックを味方だと仮定したうえで、敵スパイの隙を見て逃走する際、彼らに手助けしてもらう、それがわたしたちのやり方なのである。

たとえば、わたしたちを追う敵スパイの足もとに椅子を倒すとか、料理を盛った皿を落とすとかして一瞬、追跡を遅らせるというわけだが、といっても、そのときはすでに逃げおおせているわたしたちは、コックのそうした働きを目にすることはない。背後にそうした騒ぎが起こっているのを感じ取るばかりである。

もちろんわたしは、こうしたトリックに完全に寄りかかっているわけではなく、すべてが仮想のうえに成り立っていることをつねに意識している。だから、中華料理店という場面でいちども失敗せずに敵スパイから逃れ得たことは、自負すべきことであると同時に、それが敵スパイの不在による成功だということも、十分に承知していた。

このようなわけで、給仕の女が料理と勘定書を持って来ると、兄嫁はいつものように勘定を先にすませた。敵スパイに見つからないように素早くしなければならないが、兄嫁は手慣れていて、それがコックへの合図にもなっている。

といっても、コックがそのことに気づくという保証はなかった。いずれにせよ、コックにこちらの正体を知らせて助けを求めなければならないが、調理場と店とがすこし離れていて、なかの様子はわからない。店が小さいので、何気ない振りをして調理場を覗くというわけにもいかない。

わたしは仕方なく、コックがすでにわたしたちに気づいているという考えに賭けることにした。いつだってそうなのだが、けっきょく、いちどは思い切った行動に出るほかないのだ。ただその際、わたしが先になって調理場を駆け抜けるか、兄嫁を先に走らせるか、その選択がいつものようにわたしを迷わせた。兄嫁を先にすれば安全だが、そうすると調理場からの出口を見つけるのが遅くなる怖れがある。わたしならこれまでの多くの経験から一瞬にして出口を見出せる。それに、そこを出ても、その先の通路がない場合どうするかも、とっさに判断しなければならない。

わたしたちはゆっくり食べながらも緊張していて、料理を味わっている余裕はない。まわりの様子を見きわめ、意表をつく行動に出なければならない。その瞬間にこそ、逃走を本領とするわたしたちのスパイ活動が、集約されているのである。

兄嫁とわたしは目で合図をしていきなり立ち上がり、調理場をめがけてテーブルの間を駆け抜けた。隅のテーブルのふたりの男は、そんなわたしたちの行動を見て、ようやくわたしたちの正体を知ったようだったが、その認識が精いっぱいで、即座に行動を開始できない様子だった。

調理場に駆け込むと、調理台の前の椅子に坐ってたばこを吸っていたコックは、わたしたちの正体に気づかずにいたのか、きょとんとした表情をした。といっても、わたしたちにそのことを詮索している暇はなかった。わたしは調理場全体を見まわして、それらしい手垢のついた戸口を見つけ、そこに突進した。

わたしたちが外に出ると同時に、調理場で騒動が生じたようだった。ようやくわたしたちに気づいたコックが、後を追って入って来た敵スパイの足もとに、障害物を置いたのかもしれなかった。いずれにせよ、脱出に成功したことをその物音によって知ることができた。あとは、そこに積み上げられた空き箱などを、念のために倒して路をふさぎながら逃走すればよかった。

兄嫁とわたしは通路を抜け、いっそうせまい路地に入った。家々がならぶ路地で、じめじめした地面を嗅ぎながら、犬がとぼとぼ歩いていた。弾んだ息がおさまり、兄嫁が乱れた髪をなおすと、わたしたちは何事もなかったように歩き出した。中華料理店の調理場を無事に通り抜ければ、あとはもう危険はなかった。十分かそこいら歩きまわれば、おのずと兄の潜伏場所が目に入ってくるはずであった。

ところがその夜にかぎって、落ち合う旅館が目に入ってこなかった。勘が狂ったのかと思いながらも、一時間ちかくも歩きまわった。そのあげくに街はずれの人家のまばらなところに出た。わたしは戸惑いを兄嫁に知られたくないので、足を休めずに歩きつづけた。そして目に入った神社の鳥居をくぐり、奥にある森のほうに進んだ。兄嫁は不安そうな様子を見せたが、わたしは自信があるふりをしていた。

そこまで来たとき、たくさんの明かりに照らされた旅館の玄関があらわれた。酒樽が積み上げられていて、それを提灯の明かりが照らしているのだ。わたしはおもわずその明かりのなかに進み出た。兄嫁がわたしの顔に不審そうな視線を向けた。

たしかに兄の潜伏先とは思えなかった。兄の好みは地味でひっそりした商人宿ふうのホテルなのに、温泉旅館かヘルスセンターのような感じなのだ。近づくと、上がり口にスリッパがならべられていて、赤い絨毯がひろい廊下へとつづいている。

やはり勘が狂っているようだ。そう思いながらもなおも近づくと、半纏《はんてん》を着た番頭らしい男が前に立った。わたしは身を退こうとしたが、男は合図のように二、三度頭を下げてから、先に立って歩き出した。わたしはその男の後につづいた。いつもとちがう感じの旅館なので、あらかじめ兄がこの男に話しておいてくれたのだろう、そう思ったのだ。その男は黙ったまま、先に立って奥に入って行く。

ひろい廊下の両側に売店やゲーム室がならんでいたが、客らしい影は認められず、従業員の姿も見かけなかった。やはりレジャーセンターといったもので、宿泊客などいないのかもしれない。そう思っていると、廊下を折れたところから、客室がつづいている。

部屋のひとつに案内すると、男はひと言も言わず引き返した。やはり兄の指示のように思えたが、奥の部屋に踏み入れたとたん、そうでないことがわかった。巨大なベッドがあって、壁に大きな鏡がかかっている。観光ホテルのような外観にもかかわらず、一方、こうした客室も提供しているらしい。

やはりきょうはどうかしている。わたしはそう思って、そのことを兄嫁に言おうとした。兄嫁は奥の部屋をいちど覗いただけで、ソファの端に腰をかけて、足もとの床を見つめていた。わたしは、兄嫁のそんな様子を認めながらも、あえて弁解することはない、そう思って黙っていた。女中が来たら、間違いではないか、帳場で調べてくれ、そう言うつもりだった。だが女中は来なかった。

ソファの端に腰かけた兄嫁は、バッグを胸に抱きしめて、まだ床を見つめていた。疑いがあればはっきり口にすればいいのだ。わたしはそう思って、意固地になり、奥の部屋を覗いたり、あたりを歩きまわったりしていた。そんなわたしを怖れているみたいに、兄嫁は肩をすぼめている。

わたしは、これ以上ほっておけないと思い、「どうも変だ。ここではなさそうだ」そう言おうとした。ところがそのまえに、兄嫁はいきなり立ち上がり、ドアの外に駆け出して行った。隙をついて飛び出すしかない、そう考えていたみたいだった。わたしは呆気にとられて、追うのを一瞬ためらったが、誤解を解く必要があることに気づいて、すぐに後を追った。兄嫁は玄関に出て、外に走り出た。

神社の森の入口のところで、ようやく追いついた。肩をつかまえると、兄嫁は立ち止まり、わたしの手を振り払った。そしてその拍子に、そこに坐り込んだ。わたしはその前に立ち、兄嫁を見下ろした。ふたりとも、息を切らしていて、しばらく声が出せなかった。誤解を解くつもりだったが、こうして追って来たことで、もうすんだような気がした。それでも息切れがおさまると、わたしは声をかけた。

「いきなり駆け出すなんて、いったいどうしたのです」

地面に坐り込んだ兄嫁は、まだ身を守るような恰好をしていた。

「どうしてあんなところに入ったのか、わたし、わかっているわ」

「誤解ですよ。ぼくが義姉さんに……どうしてそんな？」

「わたしに？」

兄嫁はさえぎって言った。

「それこそ誤解だわ。そんなこと言っていない」

「どういうことです」

わたしはおどろいて訊いた。

「あなたは、うちの人とわたしをこけにしているのよ」

なにを言っているのか、わからなかった。

「どういう意味です」

わたしはなぜか不安になった。

「あの旅館がいやらしいなんて、言っているんじゃない。そうじゃなくて、あんたの考えがいやらしいのよ」

「ぼくの考え？」

「そうよ。わたしはうちの人にいつもそれとなく言っているのよ。あんたがわたしたちを、そう、わたしたちの仕事をこけにしているって。それがうちの人にはまるでわからないのよ。あんなに一途な人だから」

「どういうことです」

「自分でわかっているでしょう」

「すこしもわからない。なにがどうしたというのです」

暗がりのなかで兄嫁は顔を上げた。

「じゃあ。どうしてあんなところに入ったの」

「あれだと思った」

「嘘だわ。こけにするためよ」

「どうしてぼくが兄さんたちをこけにするのです」

「それでは、どうしてあそこに真っすぐ行かなかったの」

「あそこって?」

兄嫁は体を起こして、腕を伸ばした。そのほうへ目を向けると、森の樹々の上にネオンが目に入った。わたしは、あっと思った。落ち合う場所が〈友誼荘〉というホテルであることをすっかり忘れていたのだ。

「あそこだ!」

わたしはおどろいて声を上げた。

「すっかり忘れていた。そうだ。〈友誼荘〉だ。今夜はどうかしている」

「そうじゃないわ。さっきの旅館に入るまえ、あなたはあのネオンを見ていた」

「そんな……思いすごしですよ。さあ、行きましょう」

わたしはこう言って、腕をつかんで立たせようとした。兄嫁はわたしの手を振り払い、自分で立ち上がった。そしていきなりそのホテルのほうへ走り出した。

「待ってください。誤解ですよ」

わたしは追いすがり、腕をつかもうとした。すると兄嫁は、いきなり振り返り、わたしの胸を両手で力いっぱい押した。

「あんたなんか!」

わたしはよろめいて尻もちを着いた。そしてその姿勢のまま、遠ざかる兄嫁の後ろ姿を見送った。その足どりには、勝ち誇る感じがあった。ということは、兄嫁はわたしを落とし入れる機会をねらっていたのにちがいなかった。それにしてもなぜだろう。わたしは尻もちをついたまま、しばらく茫然としていたが、やがてこう結論した。

そうだ。おそらく彼女は、偽装逃走というこの仕事にわたしと同じ疑念を持っていたのだ。そしてそれを持ちこたえられなくなっていたのだ。しかし兄のことは信じている。そこでわたしが同じ疑念を持っていると見抜いた彼女は、きわどいところで一転して、わたしを切り捨てることで自分の疑念を振り払い、自分の浮上をはかったのだ……。

このように考えて、わたしは兄嫁の振る舞いを自分に納得させた。実際に、彼女はわたしに同調できないのだから、こうするしかなかったのだ。すると兄も共犯だろうか。だからいつもは匂わせるだけの落ち合う場所を、はっきりと知らせておき、わたしがそれを忘れるのを見越して、こんな形になるように仕組んだのだろうか。

そんなことは絶対になかった。兄嫁のいうとおり仕事一途の兄は、父から受け継いだスパイという稼業にわたしが懐疑的であるなどと、露ほども疑っていないはずだ。そのことは兄嫁も知っていて、わたしが疑念を持っていると兄に言えば、自分まで怪しまれることを十分に承知していたのだ。ということは、兄嫁は、夫婦ふたりのチームで十分だと判断して、ねらっていたこの機会を逃さず、わたしを切り捨てたのだ。そうだ、絶対に間違いない……。

わたしは、そのあと森の入口のほうへ歩き出した。そして、行く当てもないのに、足がすこしずつ早くなり、いつのまにか駆け出していた。どうして走っているのだろう。もう誰からも追われることはないのだ。しかし、そう自分に言い聞かせながらも、足を止めることができなかった。

わたしは森を出て街に入った。

わたしはそのまま、街を走りつづけた。真夜中になってもまだ走っていた。するとやがて、これまで感じ取れなかった敵スパイの存在がはっきりと感じ取れた。走るからいけないのだ、立ち止まれば、追っ手などいないことがわかる。わたしはそう思いながらも、立ち止まらなかった。

こうしてわたしは、偽装逃走が専門の単独のスパイになったのである。毎夜、夜を徹して街を走りつづけることで、追っ手を存在させずにおれなくなったのである。

（了）

奇妙な動物たち

海外に出るのははじめてだった。機内での十何時間、ふだんの不眠症はどこかに消え失せて、ほとんど眠っているような状態におちいった。したがって、パリの空港に降りたとき、地球というトンネルをくぐり抜けた、そんな気持になっていた。そして、そのせいもあって、みずからを外の世界に押しつけて成り行きにまかすという、いわば子供にもどったような無責任な状態になっていた。

障害をうまくすり抜けたみたいに、いちども迷うことなく、パリ市内にたどり着いた。そして、当てのないままに地下鉄に乗ったが、そのぼんやりとした意識のせいで、物のあり様がいくらか希薄に感じられて、夢のなかにいるみたいな状態を保つことができた。

もちろんいつまでも地下鉄に乗っておれなかった。いちど乗り継いだあと任意の駅で降りて、長い階段を登り、午後の陽が差す地上に出た。はじめて見る外国の都市、まちがいなくパリの街角で、しばらくそこに立ってまわりを眺めていた。

車がひっきりなしに行き交っていた。皮膚の色のちがった人々が、肩を触れ合わせて往来していた。都会の雑踏はどこでも同じだ、そう思って、ようやく人々にまぎれて歩き出した。フランス語はひと言も話せないし、パリの街は映像で見たかぎりの知識しかなく、文字どおり東西南北、まったく方角さえわからなかった。

もっとも、どこかに行きたいのか、どこに行けばいいのか、当てがないのだから、さしあたって迷子になる心配はなかった。それに、夢のなかにいるような気持のせいで、前後の繋がりを断たれた状態にあるのだから、どんな考えに縛られることもなく、一瞬一瞬、まわりに気を奪われながら歩いていれば、それでよかった。

といっても、意識の下ではつねに不安がゆらいでいて、浮上する機会をねらっていた。その不安をおさえておくには、このぼんやりとした意識を持続させていればいいわけで、それには、なにか決断しなければならない状況に追い込まれないことだった。たとえば、この都市も何時間かあとには夜になるわけで、適当な宿を見つけなければならないが、その心配に気持を占領されると、一気に不安にのみ込まれる怖れがあった。

実際に、体にひそむそうした不安が目覚めて、それがしだいに強まり、人波のなかで足が動かなくなった。白人たち、黒人たち、いろんな人種の人たちが行き交う光景が異様な現実になって目に映り、この場から自分を消し去りたい、そんな衝動が込み上げてきた。

あたりを見まわすと、映画館が目に入った。映画館はどこであろうと馴染みの場所であって、その暗がりに逃げ込み、スクリーンに見入ることで、不安を忘れることができるのだ。いまのこの状況は、スクリーンに映し出されたもののなかにいるのと同じなのだから、映画館に入り、映像に体を馴染ませて、街に出て来ればいいわけだ。

大きな映画館だった。薄明かりのなかで、広告のスライドが映し出されていた。ほとんどが空席で、スクリーンのちかくの正面に、四、五十人ほどが、ひと塊りになっているばかりだった。しかもその人たちは、スクリーンを見ていなくて、たえず立ったり坐ったりして、誰彼なく抱擁し合っている。

映画がはじまった。薄明かりはそのままで、スクリーンいっぱいに映し出されたのは、裸の男女がもつれ合うシーンで、それが長々とつづいた。鮮明に映すのが禁じられているのか、男女の見分けがかろうじてできる淡い映像である。

スクリーン近くを占領した人々は、法にふれない範囲で薬をのんでいるのか、甘いような匂いを発散させていた。それはまた、湿っぽいような、それでいて、ざらざらするような匂いでもあって、嗅いでいると、白っぽい薄明かり、頭上をよぎる色とりどりの光線、うごめく裸像の白と紫と相まって、しだいに陶然とした気分になるのである。

しばらくして二十人ばかりの一団が入って来た。その一団を見て、なにか妙な気持になったが、すぐに理由がわかった。日本のツアーの人たちで、低い話し声が聞き取れた。そしてなぜか、昨日まで耳にし、口にしていた日本語が、いかにも古い言葉であるかのように聞こえた。その人たちは、見物に疲れているらしく、スクリーンを見る気力もないといった様子で、椅子に坐り込み、すぐに黙ってしまった。

すこし遅れて二十五、六歳くらいの男が入って来た。その団体の一員と思えるのに、通路を隔てたぼくと同じ列の席に坐り、スクリーンを熱心に見はじめた。ネクタイをきちんとしめて、髪をきれいになぜつけている。映像に目を向けているのも、そうするのがきまりだから、といった感じである。

「あなたは日本人でしょう。わたしになにか用ですか」

ぼくのぶしつけな視線を感じ取ったのか、その男が声をかけた。

「いいえ、なにも。あなたは日本人ですか」

「わたしはシンガポールです」

「そうですか。するとあの人たちは……」

「わたしは日本の人たちのガイドしております」

「それで日本語が上手なのですね。日本には？」

「わたしは、日本にはまだ行ったこと、ありません」

その男は話しているあいだも、スクリーンから目を離さなかった。べつに迷惑とは思っていないようだった。試しに言ってみた。

「実は、パリに着いたばかりなのです」

「そうですか」

「……………」

男はそれ以上の興味を見せなかった。黙るしかなかった。スクリーンでは男女の同じ行為がまだつづいていた。その映像の下では、例の一団があいかわらず、立ったり坐ったりしていた。そのなかから、一組の男女がもつれ合うように、通路をこちらにやって来た。小柄な女が男をかかえているのだが、男はいまにも通路に坐り込みそうだった。それでも女は歩かせようとしていた。

その男の仲間だろう、後ろからやって来て、女を払いのけるようにして、男を連れもどした。その女は早口でなにか言ってから、あきらめたみたいに、こちらにやって来た。そしてガイドの青年を認めると「あら、また会ったわね」と日本語で話しかけて、そばの席に腰かけた。

そしてその女は、しきりにフランス語でガイドの青年に話しかけた。青年はスクリーンから目を離さず「ノンノン」と言いながらも、女の話を聞いていた。なにを話しているのかわからないが、ホテルという言葉を聞き分けられて、体が自然にそのほうに傾いた。女もその気配に気づいて「この人は？」と日本語で訊いた。ガイドが「日本の人ですが、わたしのお客さんではありません」と、やはり日本語で説明した。

「ちょっとここに坐らせてね」

女はこう言って、隣りの席に坐った。もちろん染めているのだろう濃い金髪で、眉の下を鮮やかな青色で塗りつぶし、睫毛が針を植えたように黒く隈取っている。だが、近くから見ると、やはり日本の女の顔である。

「ずいぶん若いのね」

近眼なのか、女は顔を突き出してじろじろと見た。そんなふうにいう女も、ぼくとそんなに変わらない歳に思えた。

「アメリカをまわって来たの?」

女は足もとの鞄に目をとめて言った。

「いいえ、真っすぐ」

「日本から」

「ええ」

「それで、これからどこへ行くの。誰か知っている人、パリにいるの?」

「姉がいます」

こう答えて、飛行機に乗っているあいだも、着いてからも、姉のことをすっかり忘れていたことに気づいた。パリに行っても姉を探さないでおこう、そう決めていたのはたしかだが、ほんとうに忘れていたことに、自分でもおどろいた。

「姉さんが……だったら、どうしてそこに行かないの。こんなところにいないで……」

「それがわからないのです。どこにいるのか」

女はやはりという顔をした。

「ほんとうにお姉さん、パリにいるの?」

「いるはずです」

「頼りないのね。それで、お姉さん、なんていうの。これでわたし、パリでは顔がひろいのよ」

「名前ですか。——圭子です」

「——圭子……あら、いやだ。するとあんた、もしかして浩ちゃん?」

「…………」

「——圭子の弟の浩ちゃんでしょう」

「ええ、そうです。でもどうして?」

「忘れたの。ほら、京都のアパートで圭子と同じ部屋にいた……。あなた、高校生で、夏休みに来たじゃないの」

たしかに高校一年のとき、絵の講習に出るため、大学生の姉のアパートに三日ばかり泊まったことがあった。その部屋に姉と同じ大学生とは思えない、丸顔の可愛い女がいたことを憶えていた。いま目の前にいるのが、そのときの女とは信じられなかった。

「わたしを思い出した？　愛子よ」

「ええ、憶えています……」

「嘘。嘘。憶えているって顔じゃない。でもまあいいわ。さあ行きましょうよ」

「どこに？」

「どこにって、決まっているじゃないの。圭子のところよ。今日はとんだ拾い物だったわね。さあ立って」

「知っているのですか。姉の居場所？」

「そうよ。私たち、まだいっしょなのよ」

愛子はこう言って立ち上がり、ガイドの男になにかフランス語で話しかけてから通路に出た。その後について通路に出ながら、パリに着く早々に姉を頼ることになったことを、不甲斐なく思った。同時に、こうなっては、この偶然の成り行きに身をまかせるほかなく、今夜の宿の心配がなくなったことに、ほっとしていた。

タクシーを降りると、愛子は、ほとんど人通りのない、両側に褐色や灰色の四、五階の建物の壁がつづく路に導いた。愛子の後について歩きながら、ユトリロそのままだと思い、あたりを見まわしていた。宿の心配がなくなったので、眺める余裕ができたのだ。

いくらか陽が傾いたのか、片側の建物の最上階のあたりが白く陽を受けていて、その上に青い空が見えていた。空港からここまで来るあいだ、空などないかのように、いちども見上げなかったのだ。さらにすこし行くと、建物は三階くらいになり、人が住んでいないかのような静けさは、京都の町なみを思わせた。

「来たばかりなのに、どうして映画館なんかにいたの」

愛子が振り返り訊いた。陽に腕をかざして、厚化粧の顔をかばっている。その顔が日本人形の首のように見える。

「いまのぼくには、現実も虚構も同じことだ。実際のパリがどんなところなのか、なんて、もう意味がない。そう思えるので、そのことを確かめようと思って、それで」

自分でもよくわからない返事をした。愛子はちょっと表情をゆがめて、女子大生のころの面影を口もとにただよわせて言った。

「言っていることがよくわからないけれど、でも、あんな映画では、どうしようもないでしょう」

「それはそうだけれど、たとえば、さっきから目に入るのはユトリロの絵そのもので、ユトリロはここで描いた、そう思いたくなるけれども、実際は、写真かなにかを見て描いたらしい。当時でさえすでに現実との関わりは、そんなものだった」

「そうなの。見て描いたのではないの……。さあ着いた。圭子、びっくりするわよ」

立ち止まって見上げると、二階くらいのところに小さな窓がいくつかあるが、どう見ても倉庫にしか見えない建物である。愛子は重い扉を押し開けて入り、その後につづくと、すぐそこに階段があった。

「変わった階段でしょう。ここは裏口で、非常用の階段なの。昼の出入りは、ここを使っているの」

たしかにおかしな階段だった。二階ぐらいの高さまで真っすぐに伸びている。彼女は先になって登った。急勾配で登りにくいのだろう、スカートを腰までたくし上げていて、下着が見えている。

ようやく頂上に着いた。床に這い出ると、窓のない正方形の空間で、小さな明かりがともり、床にいま登った階段が手摺りもなく口を開けている。

「ここが私たちのねぐらなの」

やはり倉庫を改造したものらしく、窓のない壁にドアがふたつあった。愛子はドアのひとつを開けて入った。そしてぼくの腕を取り、部屋に導き入れながら言った。

「圭子をおどろかせてやろう。あなたは、わたしの腰にこんなふうに手をまわして……」

彼女の言うとおりにすると、脇腹にあるなにか、こりこりしたものが指に触れた。

ぼくはおどろきながらも、同時に、べつに異常というほどのことはないのだろう、これがこの女性の運命なのだろうと、わけのわからないことを考えた。そしてさらに、このようなものをこうして確認した自分も、同じ運命のなかにいるのだろう、などと考えた。愛子はフランス語の歌を口ずさんでいた。彼女もフランス語を専攻していて、姉といっしょに中途退学して、フランスに渡ったのである。

なかに入ると、小さな窓がひとつあるきりの、天井のひどく高い、薄暗くがらんとした部屋だった。その窓のところに丸いテーブルが一つと椅子が三つあって、その向かい側に古い洋ダンスがふたつならんでいた。床には絨毯が継ぎ足したように敷いてあって、隙間ができたり盛りあがったりしている。

その部屋の様子を眺めると同時に、ぼくは悲しい気持になった。京都のアパートのあのこじんまりしたふたりの部屋を思い出したが、強引に留学したあと、彼女たちがどういう経験をしなければならなかったのか、その一端を見せつけられた気がしたのだ。

「圭子！　あんたにお客さんよ」

腰に腕をまわしたところを見せようというのだろう、愛子は部屋の真ん中に立ち、いくつかあるらしい奥の部屋に向かって、大きな声で叫んだ。姉に会うのは四年ぶりで、見分けられるかどうかわからず、不安が頭をよぎった。住所さえ親に知らせなくなった姉とは、すでに姉弟の繋がりなど消えているのではないか、という心配もあった。

愛子はもういちど呼んだ。するとドアのひとつが開いて、のっそりと女が現われた。派手な恰好をして、けばけばしい化粧をしている。これが姉だろうか。頭がかっと熱くなった。いや、ちがう。姉はこんな大柄ではない。もしこれが姉というのなら、愛子も自分もとんでもない思い違いをしていることになる。

「どうしたのよ。大きな声で……」

その女は部屋に入って来た。もちろん姉ではなかった。

「誰？」

その女はこう問いかけて、ぼくをじろじろと眺めた。

「アヤ、帰っていたの。圭子は？」

愛子は答えないで訊き返した。

「寝ている。さっき帰ったばかりだから起こしちゃ可哀そうよ」

その女はそう言いながら、さらに近づいて来た。

「圭子はいちど眠ると十時間は起きないから、やっぱり起こす」

愛子はそう言って、腰からぼくの腕を解いて、奥の部屋に入った。

「若いのね」

ふたりになると、その女は珍しい動物でも見るようにじろじろと眺めながら言った。それから女は、窓の近くの椅子に腰かけると、そこに置いてあるたばこに火をつけた。

「立っていないで、腰かけなさいよ」

たばこをくわえた女はこう言って、顎で自分の向かい側の椅子を示した。椅子に腰かけたが、椅子を跨ぐように腰かけた女のドレスの裾がめくれていて、目のやり場がない。だが女は平気な顔をしていた。この女も留学生だったのだろうか。

奥の部屋で言い争うような声が聞こえた。すこし傾いた陽が窓に射していて、たばこの煙がその陽のなかを流れている。

「誰なの？」

寝入り端を起こされたのだろう、かすれたような声が聞こえた。

「いいから起きなさいよ。あんたにお客さんよ」

「誰なの？　やたらに人を連れて来ては駄目じゃないの」

あきらかに姉の声だった。

「そうじゃないの。さあ早く」

愛子に押し立てられて姉があらわれた。黒いスリップ姿で、腰のまわりや裾に赤い縫い取りの線が入り、きらきら光っている。ところが、そんな艶っぽい姿に似ず、化粧を落とした顔は、おかっぱのような髪のせいもあって、十五、六歳のころの姉の顔のままである。ただその同じ顔がひどく草臥《くたび》れている。

姉は入って来るなりひと目で認めたらしく、戸惑いを隠すためなのか、疑わしげな目で見つめたきり、視線をそらした。そして気だるそうにテーブルに歩みより、乱れた髪を指で搔き分けながら椅子に腰かけると、たばこに手を伸ばした。

「アヤ、一本、もらうわ」

「わかったの？」

後ろで愛子が訊いた。

「うん」

姉はかすかにうなずいて、ぼくに背をむけたまま、たばこに火をつけた。そして深く吸いこんだ煙を窓のほうに吐いた。

「愛想がないのね。四年ぶりだって、さっき言っていたのよ」

愛子もこう言いながら、たばこに手を伸ばした。

「へえ、圭子の弟なの。どこで見つけたの？」

「××ホールで。ここを知らなかったのよ。まるで奇跡みたいな偶然ね」

窓のほうを向いていた姉が急に振り向き、もういちど、ちらっとぼくを見てから強い声で言った。

「あんた、電話したの？」

「………」

ぼくに言ったのではなかった。

「忘れていた。たいへん、たいへん……」

アヤという女が椅子から立ちあがり、控えの間のほうに行った。姉は視線をそらしながらも、ぼくを観察しているようだった。

「コーヒーくらい淹《い》れなきゃ」

愛子はこう言って出て行った。

「あんた、いつ学校よしたの？」

愛子が出て行くのを待っていたかのように、姉は体を半分ぼくのほうに向けて訊いた。

「二年か三年だったでしょう?」

「三年だったけれど」

「しょうがないわね」

「………………」

姉は、生半可なフランス語を勉強しても仕方ない、そう気負い立ち、大学を中途退学してパリに来たのだろうが、ぼくは絵を描くためにパリに来たのではなかった。描けなくなったことを確かめるため、パリに行って絵を見てまわろう、そう思ったにすぎなかった。

「あんなに好きだったのに、どうしてやめたの?」

「絵画芸術はもう行き詰まっている、先が見えている。そんなふうに思えて。そうかといって、前衛美術なんて、そんなエネルギー、ぼくにはない」

「………………」

姉は困惑するような表情を見せた。彼女自身、パリに来てフランス語を学ぶことがどれだけの意味があるのか、十分すぎるくらい思い知らされたはずである。愛子がコーヒーを入れて持って来た。

「やっぱりアヤの車に乗せてもらい、アンリのところに行って来る」

「それはいいけど、あんまり深入りしないほうがいいわよ。たいした男じゃないのだから」

「ええ、わかっている。……あんた、わたしのベッドで寝ていいわよ」

愛子はこう言って、ぼくが礼を言うまえに、玄関で呼んでいるアヤという女を追って出て行った。彼女の脇腹にあった、あのこりこりしたものを思い起こしながら、彼女とはすでに親密な間柄になっているような気がしていた。

「それじゃ、パリになにしに来たの」

ふたりになると、姉はすこし感情をこめたような声で訊いた。

「ただなんとなく」

「遊びに来ただけなの?」

「まあそうだけれど、遊ぶといっても、絵を見てまわるだけだけれど」

「やはり絵じゃないの」

「この目で見てまわり、終わったことを確かめたい、それで納得できるかもしれない、そう思っているだけだよ」

「でもどうしてなのかしら」

「なにが?」

「わたしもあなたも、あれほど憧れて努力したのに、こうして行き着いてしまうのは」

「誰かが言っていたよ。この百何十年、走りに走りつづけた疲れが、いまになって出たのだろう、って」

「それもあるだろうけれど、そんなことを言えば、フランス人の疲れは、底が知れないくらい深い。それが魅力の源になっている、そう言ってもいいくらい」

「………」

「あんた、お金あるの?」

ぼくはポケットからフランに替えた札を出してテーブルに乗せた。汚いものでも見るかのようにして眼で数えているらしく、姉は言った。

「絵を見て歩くだけなら、安い部屋を見つければ、一年くらいは持ちそうね」

「………」

小さな窓から西日が差し込んでいた。ふたりはしばらく黙っていた。その沈黙はすこしも気詰まりではなかった。幼いころの姉と弟にもどったかのようで、相手の気持がつよく感じ取れる沈黙であった。十二、三歳のころの姉は、ひどく内気な女の子だったのだ。

二人のあいだの沈黙はしだいに密度が濃くなり、姉はひっきりなしにたばこを吸っていた。そんな姉からそらした視線を足もとに向けると、姉の足がぼくの目に入った。女の子のように小さな足で、姉はその足を無意識でそうしているらしく、床に置いたぼくの鞄にすりつけていた。

「わたしにこんなこと言う権利はないけれど」

と姉は、ぼくが背を向けて窓に立つと、それを機に言った。

「やはりあなたは、このお金を使ったら日本に帰ってよ。絵は描かなくっていいから、日本にいてよ。ふたりとも外国に行ったままなんて、親にすまない。こんな馬鹿な生き方はわたしひとりでたくさん。好きなようにしていいから、あんたは日本にいて。あのぼろ家やあのちっぽけな畑だって、ここでこうして思い起こすと、気持の支えになるのよ……。ねえ、そうしてちょうだい。帰りのお金、わたしが出す。だからこのお金がなくなったら、日本に帰ってよ。女なら、こんな愚かな生き方もできるけれど、ちゃんとした職業も目的もない男なんて、ここではみじめなだけよ」

ぼくは姉の言葉を聞きながら、窓の外を眺めていた。すぐ向かい側は公園かなにかの裏山になっていた。高い金網が張りめぐらされていて、そこから頂上へと傾斜地がつづいている。あちこちに囲いや小屋が点在している。

その光景をぼんやり眺めていたが、奇妙なものを認めた。その囲いや小屋のそばになにか動いていて、よく見ると、動物たちである。ところが、遠くてどんな動物かわからないこともあって、なにか異様な感じがした。豚に見えるのが犬であったり、猪らしいと思うと鬣《たてがみ》があったり、白い毛におおわれた鹿がいたり、脚が六本も八本もある驢馬がいたり、丸々と太った、つるつる光る山羊がいたり……。

ぼくは、「変な動物がいるね」そう口にしそうになり、あやうく思いとどまった。ここはパリであり世界の都《みやこ》なのだから、なにがあろうとおどろいてはいけないのである。そこで、とりあえず「動物園の裏のようだね」と言ってみた。すると姉は、ほとんど歌うような、いまにも眠ってしまいそうな声で言った。

「そうよ。あんなふうになったらもうおしまいね。誰もかまってくれないし、ただ食べて生きているだけ。自分がどういう動物で、どういう本能で生きているかさえわからない。どんな生き物だって持っているはずの、生き物としての誇りなんて、とうになくしている……」

ぼくは、姉の声をその動物たちの声であるかのように聞きながら、その奇妙な動物たちに眩惑されている自分を自覚して、あえて自分に問いかけてみた。自分もまた、あの動物たちみたいに、正体不明の生き物になりたくて、それでパリに来たのだろうか……。


（了）

拒否

　MとNとわたしの三人は、教団の支部の推薦を受けて、本部の研修会に招待された。そして二か月の研修をおえて、正式に入団するようにと要請された。もちろん入団するかしないかはその時点でも自由なはずで、本部の境内にある宿舎にもどると、三人はさっそく話し合った。田舎を出発するとき、入団するにせよ、拒むにせよ、行動を共にしようと約束した仲であった。

　もちろん予測されたことだが、その話し合いはうまくいかなかった。話し合いどころか、MとNがわたしに妙な働きかけをするという、ただそれだけの一方的な結果になった。というのも、二か月の研修を経ることで彼らとわたしのあいだに、考え方に違いが生じていて、行動を共にするというその約束が守れなくなっていたからだ。

　結論からいえば、MとNは入団を決意していて、わたしは入団拒否を決意しているということだった。わたしはもともと教団の教義に馴染めないものを感じていたのだが、本格的に研修を受けてみると、その馴染めないものがはっきりとした疑問になってあらわれて、自然な思考ではとても受け入れがたい、そう思うようになっていたのだ。

　といっても、わたしはMとNの入団は当然のことだと思っていた。彼らもわたし同様に教義に疑問を持ちながらも、研修が一か月二か月とたつにつれて、支部の推薦、本部の丁重な待遇が、どれほど大きな意味を持っているかに気づき、また、教団の組織の強大さ、将来性を考慮すると、入団拒否などありえないという結論に達したはずだ、そう思っていたからだ。言いかえれば、彼らは分別ある大人の選択をすることで教義についての疑問を自分のなかで押し隠したはずだ、そう思っていたからだ。

もちろんMとNもわたしの入団拒否を予想していた。二か月のあいだ、一日の研修を終えて宿舎にもどると、疲れた様子をよそおう彼らを相手に、わたしが教義に対するおさえようのない疑問を口にしていたので、彼らにとってわたしはすでに厄介な存在になっていたのだ。そしていま、その厄介な存在があらためて浮上したというわけだ。

つまり、教義についての疑問を棚上げして行動を共にするという約束を盾にとり、わたしも入団すると言いだすのではないかということが彼らを怖れさせていたのだ。なぜなら、わたしが入団した場合、教義に疑問を持つわたしと同列に見られる怖れがあること、自分たちのなかで押し隠した疑問をわたしがそばにいることでいつも思い出さねばならないこと、このふたつが自分たちの教団での言動を曇らすだろう、そう懸念されるからだ。

いずれにせよ、解決がこじれたのは、MとNのそうした疑心暗鬼が原因だった。最初からMとNが入団を宣言し、教義に対する疑問は疑問として、わたしにも約束どおりに入団するように誘いかけていたら、彼らのジレンマはあっさりと解消していただろう。なぜならわたしは、彼らの信仰にまで介入するつもりはなく、これまでの友情を感謝するとともに、入団を見合わせることを表明していただろうからだ。

けれども、わたしと袂を分かつことで自分たちの熱意を教団の幹部に印象づけたいという下心のある彼らは、へんに屈折した態度に出た。自分たちの入団の決意は口にせず、そのまえにわたしに入団拒否を宣言させようとしたのである。しかもその際に彼らがわたしに働きかけたのは、あまりにも見え透いた、図々しいやり方だった。友人として涙をのんで忠告せずにおれないが、というもったいぶった前置きのあと、いつになく真剣な表情でこう言いだしたのである。

「きみの論理的な思考、自由奔放な思想への情熱にわれわれは敬服している。友人として誇りにさえ思っている。だからきみはその自由な思想を大切にしなければならない。きみがその才能を教団に入って発揮するのを見たいものだが、それではきみの雄大な思想を枠づけすることになり、その思想に対して罪を犯すことになる。友人としてきみにそんな罪を犯させたくないし、なによりもその才を惜しむ。ところで、われわれがどれほどきみを羨んでいるか、きみにはわからないだろうが、きみには家族という足枷がなく、どんな生き方も選択できる。したがってきみは未知の思想へ向かって自由に羽ばたくべきだ。それがきみに課せられた使命だ。残念ながらわれわれふたりは、きみの果敢な決断と出発を見送って、拍手するのが精いっぱいだ……」

要するにふたりは、教団の幹部の人たちが身につけている論法、見え透いているが、ときには強烈な説得力になる、おだてると同時に、恥ずかしげもなく相手の弱みにつけ入る論法を披露したわけだ。なんのことはない、きみは入団の資格がない、そのことはおれたちが一番よく知っている、おれたちに迷惑をかけず、男らしくきっぱりと拒否を宣言しろ、そう言っているのである。

そして実際に、彼らの臆面もない説得が効を奏して、わたしは彼らの泣きつきにほだされた格好で、「きみたちが言いたいのは、この際、友情よりも思想を優先させるべきだ、ということだね。ぼくも賛成だ。よしわかった」と言って、彼らの望みどおりに入団拒否を宣言したのだ。すこしあっさりしすぎると思ったが、最終的にそうするしかないことははっきりしていた。

すると彼らは、内心ほっとしながらも、いかにも残念そうに「やはりそうか。やむを得ないな。とにかく支部に連絡しよう」と言って、わたしの気が変わらないうちにということだろう、さっそく電話をかけに行った。支部を通して入団を申し込むことになっていたのである。

ふたりが部屋を出て行ったあと、わたしはひとりになって思った。彼らだってわたしの入団はいかにも無理がある、そう思っているだけで、それ以上の意図はない。それに、われわれは遅かれ早かれ、何らかの組織に加入しなければならない。そして、組織というものは当然、個人の思考や感情から見れば大なり小なり偏《かたよ》りや矛盾を含んでいる。まして宗教団体なのだから、偏りや矛盾が顕著に現われていても、なんの不思議もない。MとNは自分の感情や思考を抑えて組織に身を委ねようとしているが、自分にはそれがまだできない、ただそれだけのことだ……。

ところがMとNは青くなってもどって来た。そして「さっきの話は明日まで待ってくれ。それまで入団についての話はなかったことにしてくれ」と意外なことを言いだして、わたしの入団拒否を思い止まらせようと支離滅裂な説得をはじめた。どうやら本部の研修に推薦された者から入団拒否者が出るようなことになれば支部の面目は丸つぶれで、支部の降格に発展する怖れがあるということのようだった。したがって、支部の幹部が明日の夕方に到着するまで待ち、それから結論を出そうというのである。わたしは面白くなってきたぞと思って黙っていた。ふたりはなにやらこそこそと話し合っていた。

しばらくして支部からの電話があって、部屋を出て行ったMとNは三十分ほどでもどって来たが、すっかり動転していた。支部からは誰も来られないということで、彼らだけでわたしを説得して入団を決意させるように言い含められたらしく、電話で言われたとおりにこんなふうに言いだしたのである。

「きみが教義について疑問を持つのは当然だ。疑問を持つのは若者の特権だし、きみも知っているとおりわれわれだって多少の疑問はある。それに教団だって新入団者に教義の完全な消化を最初から望んではいない。その点は意外に寛大なのだ。そうでなければ若い入団者は激減するだろう。だからきみは現時点で教義を厳密に考える必要はない。それよりもとりあえず田舎を発つときの約束を守って、行動を共にしようじゃないか。教団の人たちに馴染めないというのなら、及ばずながらわれわれが力を貸そう。こう言ってはなんだがきみはいわば孤児だ。世間との繋がりを見出すのは人一倍むずかしい。入団すれば無数の援助の手が伸びる。なんといってもこれだけの巨大な組織だ、あらゆる可能性がきみの前に横たわっている……」

MとNは困惑ぶりをあらわに必死だった。わたしにも彼らの立場がよくわかった。わたしを説得できなければ、将来、教団の幹部にまで出世するだろうという支部の期待を裏切るばかりか、入団の時点でもう傷がつくことになる。けれどもわたしは彼らの人を見くびった態度が我慢ならず、首を縦に振らなかった。それにまたいったん拒否を口にした以上撤回できるはずがなかった。困り果てたMとNは、支部の指示を仰ぎに電話をかけに行き、ふたたび策を授かってもどって来た。こんどは明らかに脅迫だった。

「わかった。きみの決意を尊重しよう。だがこの場合、われわれの友情に免じて、いちおう入団すると宣言してくれ。もちろん本部にいるあいだだけのことだ。それくらいのことはきみにとってなんでもないはずだ。正式に支部から書類を提出するとき、きみの名前を削ることにする」

「ということは、入団のあと支部で不祥事が生じ追放した、ということにするわけだ」

「いや、追放なんて、誰も言っていない。脱退ということだ。それに表現などどうでもよいではないか。最終的にきみの望みどおりになるのだから」

なるほど、支部の幹部は、この場をつくろい、あとで咎を着せ、追放という作戦を考え出したわけだ。わたしは意地になり、彼らの申し出を断った。

「無理だね。嘘にしろ、入団を宣言できるくらいなら、ぼくはあっさり入団する。なぜなら、教義への疑問は疑問として、入団か拒否か、その選択はぼくの精神にかかわる重大な問題だ。それをそんなふうにごまかして、自分の精神を曖昧にしたくない」

　すると彼らは怒りに震えながらも、つぎの段階の策を授かっていたらしく、さらにこうつづけた。

「われわれのきみに対する友情はおくとして、支部の人々の好意、この二か月の本部の手厚いもてなしを、きみはどう思っているのか。われわれは子供じゃない。感謝しろとまでは言わないが、いささかの恩義、いや、礼儀くらいは心得てしかるべきではないのか。きみはそれにどのように報いるつもりなのか……。きみが思いつかないのなら教えてやろう。いいかい、本部にいるあいだは礼儀として表向き入団するように振る舞うことだ。支部から提出する入団手続きにはきみの名前は載せない。もし本部から問い合わせがあった場合、きみに事故が生じたことにする。どうだ。これを受け入れられないとは、いくらきみが厚かましいとしても、嫌だとは言い張れないはずだ」

　さすがのわたしもこれには反発の言葉をなくして、

「なるほど。こんどはこの世から抹殺されるわけだ。たしかにそういうのもまんざら悪くないね」と折れて出て、本部にいるあいだ、といっても明日には立ち退くつもりなので、それまではすくなくとも入団拒否を口にしない、そう約束した。

　無意味なやり取りがようやく終わり、三人は黙りこんだ。MとNはぐったりして、わたしの顔を見るのも嫌だという様子で背を向けた。わたしももの悲しい思いに押しつぶされた。自分が悪いとは思わないが、彼らが悪いとも思わなかった。いつかはこうなったのだ、そう考えて、自分を慰めるしかなかった。

　ところが、こうして一段落したと思われたのに、思わぬところから問題が再燃して、もういちど最初からやり直すことになったのである。おそらく支部の幹部の誰かが本部に讒訴《ざんそ》したのだろう、三人のあいだで結論が出て二、三十分も経たないうちに、本部の呼び出しが、はじめはMとNのふたりに――あわてて出て行くのを見送ったのが彼らとの最後になった――、それからすこし経って、わたしにあったのだ。

　教団の中心部、本殿の隣りにホテルのような建物があった。地階と一、二階に事務局、レストラン、ロビー、大小さまざまな会議室があって、三階以上が本部役員の宿舎になっているらしく、言われたとおりエレベーターを五階で降りて、廊下の奥のドアを開けると、そこは幹部専用のラウンジだった。

　バーとソファーの囲みがいくつかあって、遅い時間なのにかなり賑わっていた。わたしはソファーの囲みのひとつに導かれたが、すでに女性ひとりをふくむ五人が坐っていた。彼らの真ん中に坐らされてよく見ると、私服に着替えているが、研修会の講師たちであった。彼らはていちょうな態度で迎え、飲み物を注文して、気持を楽にするようにと言った。

　彼らは雑談をするような調子でわたしの生い立ちや支部での活動について触れ、理由もないのに感心してみせたりした。彼らの腹は見え透いていた。懐柔策で籠絡しようというのだ。もちろんわたしはその手に乗らなかった。それに、いったん拒否という言葉が耳に入った以上、彼らがわたしに対してどのような感情を持っているか、はっきりしていた。

　ただ残念なのは、どうせ拒否するなら、MやNが相手ではなく、最初からこの人たちを相手に拒否したかったということだった。なぜなら、相手が強力であればあるほど拒否を実のあるものにできるからだ。だがもう手遅れだった。

　そこでわたしは教義そのものには触れず、ひとつのことを主張しつづけようと腹をきめた。

　彼らはたがいに目配せをして、ひとりがようやく切りだした。

「ところであなたは、お友だちの話では、私たちの仲間に入りたくないということだが、どういうことでしょう。なにか不都合なことでもあるのですか。支部からお預かりした以上私たちにも責任があるのです」

　なるほど子供扱いにするつもりだな。それならばおなじように子供っぽい主張をするしかない。わたしはそう考えて真剣な顔で言った。

「いいえ、べつに不都合なことはありません。ただ本能的な危惧をおぼえるのです」

「危惧？　それはどういうことだろう。教団の存在が危険だという意味ですか」

「まさか、そんな……。ぼく個人にとって危惧をおぼえるという意味です」

「妙ですね。入団するとあなたの身に危険なことが降りかかるということですか」

「まあ、そういうことです」

「それはどんな危険です」

「わかりません。ですから本能的と言ったのです」

彼らは面喰らい顔を見合わせたが、なかのひとり、神経質そうな男が言いだした。

「きみのいう危惧をおぼえるというのは、思想的なことを指しているのではないかね。それならば理解できるが……」

「さあ、よくわかりません。あるいはそうかもしれません。でも、いまのところ本能がそう告げているだけです」

「それではわけがわからない」

「そうですか。講師の先生たちならいろいろな受講者のケースをご存じだから、なにかお教えいただけるかと思ったのですが」

「いつ危険を予感したのですか。当然ここに来てからでしょうね」

「もちろんです。実は昨夜、夢を見たのです」

「夢？　どんな夢です」

ひとりが訊ねて、彼らはふたたび顔を見合わせた。

「憶えていません。教団にとどまっていては身の上になにか危険なことが起こる、そうはっきり告げられたことのほか、具体的なイメージは何ひとつ憶えていません」

「それならばその夢と教団を結びつけるのはおかしい。間違っている。そんなふうに結びつけるのは、きみになにか特別の考えがあってのことではないのかね」

「そうかもしれませんし、そうでないかもしれません。でも、特別の考えといっても、なにも思い当たりません。もしそういった考えがあるとしても、まだ体のなかに眠っているのでしょう。そしてそれが夢になってあらわれたのでしょう。いずれにせよ、目を覚ますと、ここを去らねばならない、そう決心していたのです。ですから、ぼくの意志ではどうにもならないのです。先生方のせっかくのご好意に背くのは心外なのですが」

もちろんわたしは口から出まかせを言ったのだが、それでも話しているうちに実際にそんな夢を見たような気がした。教義について反論してくると考えていた彼らは、わたしが子供っぽい主張を繰り返すので、これではどうしようもないという表情に終始した。

ところで、理屈抜きにひとつのことを強引に主張することうしたやり方は、二か月の研修で彼らから学んだもので、それを利用したにすぎなかった。彼らは論理的な説明に行き詰まると、「人間の能力では測りしれない」とか「これは永遠の真理である」とか言って、あっさり飛躍する。もちろん宗教の教義だから飛躍があって当然だが、それならはじめから理論づけなどしなければいい。それなのに彼らは、さまざまな知識を引っ張り出し、自分たちの教義に見合った人間を作りあげている。その彼らが、夢だとか本能的な予感などという言葉を持ち出されると、困惑せずにはおれないのだ。

それでも彼らは、なんとか教義についての議論に持ち込もうとあれこれと質問した。けれどもわたしは教義についてひと言も口にしなかった。彼らはその専門家であり、しかも彼ら独自の理論を持っている。本格的な議論になると、わたしにとうてい勝ち目はない。

彼らは、わたしが幼い思考しか持っていない、これならすぐにも教化できる、そう見なしたらしく、入れ代わり立ち代わり話しかけて説得しようとした。しかしわたしが夢の話を繰り返すので話がいっこうに進展せず、嫌悪を募らせはじめた。どうやら支部の人たちとちがって、研修者から拒否者を出したところで直接の責任はないらしく、彼らには必死で説得しようという熱意が不足していた。

わたしはこうして拒否の態度を貫きながらも、力が抜けたようにがっかりしていた。自分がなぜここに坐っているのか、わからなくなったからだ。そればかりか、わたしが教義について議論を避けたのは、彼らに説き伏せられるのを怖れたのではなく、むしろ議論することでわたしに入団資格が決定的に欠けていることを彼らに見抜かれるのを怖れたからではないのか、そんなふうに思えてきた。しかしなぜだろう。わたしが入団を拒否することは確かだった。入団することは絶対にあり得なかった。ということは、わたしの願いは、入団させようとする彼らの勧誘に身を晒してみたかった、ただそれだけのことだろうか。

いずれにせよ、わたしが入団することは絶対にあり得ず、わたしはなおも幼稚な主張を繰り返した。すると彼らは呆れ返り、どうしようもないという顔で、ひとり席を立ちふたり席を立ちして、ラウンジを出て行った。そしてずっと黙って見守っていた女性ひとりが残った。ふたりになると、女性はわたしの隣りに席を移し、体を接するようにして言った。

「ほんとうに困ったわね」
「ええ、ぼくも困りました」
「わたし、思うのだけれど、ここはそんなに楽しくないところかしら」
「いいえ、二か月ぼくは楽しく過ごしました」
「そうでしょう。だったらこれからも楽しめばいいじゃないの」

おそらくこの女性は信者獲得に大きな成績をおさめて、その業績で幹部になったのだろう。

「そうですね。でも、楽しいだけではいけないでしょう」

「どうして」

「生きているのは、それだけではないからです」

「それはそうよ。でも、とりあえず楽しいことからはじめればいいじゃないの。あなたはそんなに若いのだから、楽しいことがいくらでもあるはずよ」

「そうかもしれませんが……」

「ねえ、あなたも知っているでしょう。ここには女の子も大勢いて、みんな楽しくやっている。教団は若い男女の交際にはずいぶん寛大なのよ、だからたとえば、わたしがあなたにそんな女の子をひとり紹介することだってできる。わたしの言うことならその女の子、なんでもきくわ。わたしの言っている意味、わかるでしょう」

これ以上の説得力のある言葉はなかった。しかし残念ながらこの女性は若者のほんとうの飢えを知らなかった。あまりに飢えている若者はそうやすやす餌に食いつかないものだ。

もっともさっきの男たちとちがって、なにかを期待しているわたしの気持にこの女性が一歩を踏み入れたことは確かだった。

もちろんわたしは彼女の誘いに乗らなかった。それでも彼女のおかげで、女の子などで左右されるわけにはいかない、そう思うことで、入団拒否がわたしにとってどれほど重大な決意であるか、はじめて実感できた気がした。つまり、この瞬間までほんとうの覚悟がわたしになかったことを教えてくれたわけだ。同時にわたしは、これ以上この女性と口をきくと、抜き差しならぬ事態を招きかねないことに気づいた。そこで完全に沈黙した。その執拗な沈黙に根負けしたのか、女性はとうとう立ちあがり、「ほんとうに困ったわね」と言ってラウンジを出て行った。

いつのまにかラウンジは人がいなくなり、がらんとしていた。これでわたしの入団は完全になくなったわけだが、わたしはひとり残されて、自分がひどくちっぽけな、ひどく汚らわしい存在になった、そんな気持がした。

とりあえず宿舎にもどろうと、ラウンジを出てエレベーターで一階におりた。そして玄関のほうへ人気のないロビーを通りかかると、ひとりの男と立ち話をしていたさっきの女性が、わたしを呼びとめた。わたしが立ちどまると、女性は相手の男にていねいにお辞儀をして、ロビーを出て行った。

わたしはその男とふたりになった。男は微笑みをたたえたまま、歩み寄った。いま気づいたが、それはG師という教団の頂点に立つ何人かの指導者のひとりで、特異な言動が教団の外部にまで知られた人物だった。いちど研修の場に姿をあらわしたことがあったが、席に着くとすぐに居眠りをはじめて、終わるころ目を覚ました。わたしはそのとき妙な男だと思った。

G師はわたしに近づきながらも声もかけず、にこにこ笑っていた。薄い髪は白くなり、七十歳にちかいようにも見えるが、実際はずっと若く、五十代半ばということだった。独身なのでここに住んでいるのだろう、黒っぽいガウンの下にピンク色のパジャマを着こんでいる。長い顔は妙に赤っぽく、化粧を落とした女性の顔を思わせる。いちど床に就いてから起き出したのかもしれない。

G師は、微笑みを浮かべたままわたしの前まで来ると、いきなり両手をわたしの肩に乗せた。そしてなにも言わずしばらく小さな目でわたしの目をじっと見つめた。相手の心のなかをぶしつけに覗きこみ、そうすることで引き入れようという師独特のやり方なのだろう。いちどは入団を拒否しても、G師の説得に応じたとなればお墨付きになり、むしろ有望な入団者ということになるのかもしれない。

わたしは微笑み返すまいとして、わざと不機嫌そうな顔でG師の目を見つめ返していた。その目が笑っていないことに気づけば、相手に乗ぜられることはなかった。師もわたしの気持に気づいたらしく、両肩に置いた手をすこしずつ下げて腕をもむようにした。これも師独特のやり方で、くすぐったくて、逃げだすか相手の胸に倒れこむか、そのどちらかに追いつめられた、そんな感じだった。わたしはそのくすぐったさをこらえて、相手と対峙する気持を保った。

たしかにG師は、体を接することで親密さをにじませ、気持の交換が可能であるような錯覚を起こさせる能力を持っていた。しかしそれは、裏を返せば、ある種の愚鈍さを隠し持っているということだった。したがって体を接することでじかに伝えるこの親密さも、やり方が思い切ったものというだけのことで、この場かぎりのものにすぎなかった。

わたしはこのように見通すことで、あえてG師に対して疎遠さを感じとることに成功した。わたしがもう二つか三つ若ければ、このような感情に自分を駆り立てず、師ひとりのためにも進んで入団を受け入れていたのかもしれなかった。

それにしても長い微笑みだった。それが消える瞬間を思うとわたしは怖くなった。そこで、それが消えるまえに自分のほうから消さなければと、両腕を握った相手の手を振り解くように腕を伸ばし、さらにG師の腕をつかんだ。たがいに相手の腕をつかみ合った対等の格好だった。すると微笑みを浮かべたまま、G師の目に戸惑いの表情が認められた。わたしの拒否の意志を読みとったのである。師はゆっくりと腕をおろし、わたしも師の腕を離した。同時に師の顔から微笑みが消えた。

「そうだったね。きみは自由を選ぶ決心をしたのだったね。だが、それは辛いことだよ。道のない暗闇のなかをさ迷い歩くことだよ。わかっているだろうね」

ようやく本心が出たようなやさしい声だった。わたしがうなずくと、師はもういちどわたしの肩に手を置いてから、その手をそっと退いて、ピンク色のパジャマを隠すようにガウンの襟を合わせた。そして寝床にもどるのだろう、背を向けてエレベーターのほうへ去って行った。

宿舎に帰ると部屋のドアの前に、わたしのふたつの鞄が置かれていた。念のために開けてみると、Mたちが詰めてくれたのだろう、持ち物がすべてきちんと収められていた。即刻退去せよというわけである。

わたしは鞄を両手にさげて教団の裏門を出た。二時をすこしまわっていた。特別に暗い夜だった。とにかく表通りに出ようと歩きだしたが、すぐに路地のなかで方角を失った。それでも気を取りなおして歩きつづけた。G師の言うとおり暗闇のなかをさ迷うことはわかっていた。わたしはとりあえず、べつの物語がはじまろうとしている、そう自分に言い聞かせた。

（了）

獣《けもの》の庭

獣に変容したわたしが、意識を回復させて最初に目にしたのは、巨大な巻貝であった。うずくまっていたそこは、箱のなかのように閉ざされていて、開いている前方だけが、背丈ほどもある巻貝のとんがりで、ふさがれていたのである。

わたしは、獣に変容しながらも、ヒトの意識をそっくり保っていた。もちろんそのことを、単純に悦ぶわけにはいかなかった。ヒトの意識を残したまま変容しているということは、それだけ余計に辛い思いをすることになる、そう考えたからだ。

それでも、いくらか救いに思えたのは、獣になったことで意識の在り方が、内部から外部へと、その志向が切り変わったらしい、そう思えることだった。げんに、自分がどんな獣に変容したのか、それほど気にならなかった。

ともあれ、ヒトの意識を保っていると知り、わたしがその意識でもって自分に言い聞かせたことは、こうして獣に変容した以上、変容した獣の本能に忠実でなければならない、ということであった。その獣の本能にしたがって行動する場合にのみ、目の前にあらわれる事態に対してどう反応すべきか、適切な判断ができて、そのうえで、もし運がよければ、いましばらく命を失わずにすむかもしれない、そう思えたからである。

わたしはうずくまった姿勢のまま、目の前の巨大な巻貝のとんがりを見つめつづけた。全身で感じ取っている恐怖に強いられた状態で、可能なかぎり意識を集中して、巻貝を凝視したのである。しまいには、あまり意識を集中しすぎて、巻貝とそれを見つめる自分との区別がつかなくなったくらいだった。

まもなくして、この巻貝はべつに敵対的な存在ではなさそうだ、そう思えてきた。すると意識の集中がしだいにゆるんで、一個の巨大な巻貝が背中をこちらに向けて横倒しになっていて、それを見つめている、というありのままの状況がもどってきた。わたしは自分に言った。いくら大きくても、巻貝は巻貝だ。しかも中身のない脱け殻だ。

だが、そう言ったとたん、わたしは恐怖に震え上がった。対象に同化するくらい意識を集中して凝視しながらも、その対象がなんであるのか、つまり、中身のない巻貝がそのとんがりから垂らしている異様なものを凝視しながらも、自分がなにを凝視しているのか、気づかずにいたのである。

わたしは愕然として、あらためて巻貝の尻尾を確かめた。もちろん巻貝の尻尾などではない。螺旋のとんがりに穴が開いていて、そこから垂れ下がっているのは、蛇の尻尾なのである。空の巻貝のなかに入り込んだ巨大な蛇が、その穴から尻尾を出しているのである。

わたしはその瞬間、絶望に打ちのめされた。意識を回復して最初に目にしたのが丸呑みにされそうな巨大な蛇だということは、これから先どれほど過酷な状況が待ち受けているか想像もつかないからだ。わたしは自分に問いかけた。こんなおぞましい現実に耐えてまで、こんな獣でいる必要があるだろうか。いや、必要はない。ヒトとしての意識が残っているいまのうちに、この場で死んだほうがましだ。

ところが、死を求めるほどの恐怖をおぼえる一方で、わたしは体のなかをかつておぼえのない熱い血が駆けめぐるのに気づいた。それは生きようとする獣の血であり、戦いの本能であった。実際にわたしは、気がつくと、獣の毛におおわれた腕を伸ばし、艶のある不恰好な黒い手で、蛇の太い尻尾をたたいていた。すると、それが合図みたいに蛇の尻尾が貝殻のなかに入って行き、とんがりにぽっかりと穴が開いたのである。

わたしはそれを見て、言い知れない悦びをおぼえた。ここではこんなふうに試みることで、そのたびにそれ相応の成果が得られるのだろうか。あるいは、とてもありそうにないことだが、変容した獣は、あんな大きな蛇でさえ、背中を軽くたたくだけで道を開けるくらい大物なのだろうか。

道を開ける？　そうか、これが進むべき道なのだ。わたしはそう気づいて、巻貝のとんがりに開いた穴から目を離さず、体をすこし動かしてみた。背後と左右は身動きができないほどぴったりと壁にふさがれている。したがって、この狭い空間から抜け出るには、蛇の尻尾が消えた巻貝のとんがりの穴しかなく、これが唯一の出口なのである。

わたしは身を乗り出して、こわごわ巻貝のとんがりの穴を覗いてみた。向こう側はいくらか明るみのある空間らしく、貝殻の艶のある白い内壁がかすかに見分けられた。そしてそのわずかな明るみがわたしに甘い幻想をいだかせた。この貝殻の向こう側にヒトには想像もつかない充実した世界が待っているのかもしれない。ヒトの生存だけが生きるに値するという考えがどれくらい勝手な思い込みであるかを、教えられるのかもしれない。

だがわたしは、その穴にさらに首を突っ込み、貝殻のトンネルにひびく物音を耳にして、震え上がった。獣の熱っぽい呼吸音や忙しげに咀嚼する音が、ぞっとするような不気味さで、聞き取れるのである。貝殻をくぐったそこは、すべてが弱肉強食で成り立つ獣たちの世界なのである。それなのに、こうして獣になり、獣として生きつづけようとする以上、あえてそこに踏み入れなければならないのである。

わたしは気が遠くなりそうな恐怖をおぼえながら、もういちど巻貝のとんがりの穴に頭を突っ込んでみた。するとその拍子に、上半身にくらべて軽量な下半身がひとりでに跳ね上がり、その拍子に、頭部が穴にすっぽりおさまったのである。おどろいて抜こうとするが、抜けない。それどころか、そのまま背中を押される恰好で、螺旋状のトンネルのなかを滑り出したのである。そして、内壁にそって二回転したと思うと、もう巻貝のひろい出口に達していたのである。


巻貝の表側に抜け出ても、そこに待っていたのは、あいかわらず闇に満たされた空間であった。しかも夜の闇ではなく、空間そのものが闇でできているらしい、得体の知れない闇であった。同じ獣の世界でも、むしろ自然界から切り離された、もうひとつ別の獣の世界にちがいなかった。

わたしは巻貝のなかに踏み止まって、未知の空間を満たす闇に目をこらした。木々の茂みらしい塊りが認められるほかは、なにも見分けがつかなかった。それでいて闇のなかに、種類も大小もちがう獣がうずくまり、わたしを見守っている気配が感じ取れた。熱っぽい呼吸、地を這う低い唸り声などが、獣としての聴覚に細かく聞き分けられるのだ。それぱかりか、さまざまな獣たちの臭いが、生々しく嗅ぎ取れるのだ。

鋭い嗅覚に気づくと同時に、ひとつの匂いを嗅ぎ分けて、わたしは震え上がった。あれほどの恐怖に襲われながらも、もうその存在を忘れていたあの巨大な蛇の臭いであった。わたしはすでに蛇の腹のなかにいるような気がした。あの大きさだから、ひと呑みにされてもすこしもおかしくない。もちろん奇跡であるかのように、わたしはまだ巻貝の殻のなかにいた。蛇の匂いはそれほど強くはなく、近くにはいないようだった。

わたしは自分に言い聞かせた。あの蛇には特別の警戒が必要だ。ほかに方法がなかったとはいえ、こちらから攻撃をしかけたのだから。それに、自分の巣を留守にして、防御がむずかしいと思える巻貝のなかにもぐり込んでいたのだから、よほどの余裕と大胆さの持ち主と見做していいだろう。とてもそうは思えないけれども、もしわたしが変容した獣にそれだけの実力があるなら、いずれ一戦を交えて、勝てないまでも、なんとか折り合いをつける必要のある相手なのかもしれない。

わたしは蛇を嗅ぎ分けたことに自信を得て、闇を吸うように鼻をうごめかせてみた。思ったとおり、嗅覚はすばらしい働きをした。個々の臭いがどういう獣の臭いなのか、まだ嗅ぎ分けられないけれども、何層にもなってただよう様子が、手に取るようにわかるのだ。さらに慣れれば、聴覚にも助けられて、個々の獣たちの細かな動きのひとつひとつがはっきりと嗅ぎ分けられるにちがいない。

それにしても意外なのは、巻貝の外の空間がひどく狭く、その狭い空間の闇のなかで獣たちが踵を接して身をひそめている、そんなふうに思えることである。そして、その狭いという印象からわたしの頭に、ひとつの考えが浮かんだ。もしかするとここは、眺めるだけでいちども入ったことはなかったが、わたしの部屋の窓の外、家主の家とのあいだの、あの三十坪足らずの庭ではないだろうか。広さも同じくらいに思えるし、あの庭も草木が生い茂り、昼でも暗かった。巻貝の螺旋をくぐり抜けたことで、ヒトの庭自体がこうして獣の庭に変容したのではないだろうか。

もちろん、ここがあの庭であるとしても、わたしに生じた事態はすこしも変わらないだろう。こうして巻貝の螺旋をくぐり抜けたわたしには、もう獣の庭というこの空間しか与えられていないのだから。そのことは、獣になったこと自体にも、同じことが言えた。仮に脳が異常をきたして獣になったと思い込んでいるのだとしても、獣に変容したという意識から遁れることができない以上、獣であることに変わりはないのだ。

ということは、たとえつぎの瞬間に命を失うことがあろうとも、この巻貝から出なければならないということだ。

それに、いつまでも貝殻にしがみついていると、闇のなかで見守るすべての獣たちに、臆病者というレッテルを貼られる恐れがある。それだけでなく、自分がどのような獣に変容したのか確かめていないのだから、みずからを弱い獣だと規定してしまう恐れがある。

わたしはようやく覚悟を決めて、貝殻の外に片方の足を降ろした。獣たちの固唾を呑む息遣いが感じ取れて、背筋に恐怖が走った。あの蛇でさえ可愛らしい部類にはいる獣が、闇のなかに待ち構えていて、つぎの瞬間、餌食になっているかもしれないのだ。

なにも認め得ない視線をめぐらせながら、もう一方の足を降ろした。さいわい、いきなり襲いかかる獣はいなかった。わたしが変容した獣には、優れた演技力が与えられていて、たとえ虚勢であろうと、それなりに効果があって、獣たちに、襲いかかるのを控えさせたのかもしれない。

わたしは闇のなかを二歩三歩と移動してみた。闇のなかに、土をひっかく音、草を掻き分ける音など、かすかにうごめく気配が、波紋のようにひろがった。獣たちが、それぞれの能力に応じ細かく分割した縄張りに、わたしが割り込んだことで、すこしずつ後退している、そんなふうにも思えた。

ということは、わたしが変容した獣よりも強力な牙や爪を持った獣はいないということだろうか。そうは思えない。げんに、ひと呑みにされそうな巨大な蛇がいる。こうして無事でいるのは、そうした大物たちが、侵入した餌食をめぐって、たまたま譲り合った結果かもしれないのだ。だが、もしそうであるなら、やはり、獣の本能が危険を知らせてくれるはずだが、そうした予兆は感じ取れない。あの蛇だけが例外であり、やはりたいした大物はいないのだろうか。

わたしはあれこれと考えて、さらに想像をめぐらせた。もしあの蛇以上の実力者はいなくて、あの蛇と協定を結ぶことができれば、いつかこの獣の庭を自分の力で再編成できるかもしれない。このような獣に変容しながらもヒトの知性を保っているのだから、彼らを統治することなど、造作もないことかもしれない。

事実、さらに五歩六歩と進むと、獣たちが闇のなかで後ずさりする気配がひろがり、あちこちで小競り合いが生じた。その波紋は、わたしの変容した獣の力が行き渡るかのようで、わたしのなかで勝ち誇る気持がふくらんだ。ヒトであったときいちども経験したことがない、全身で感じ取れる勝利感である。

だが、さらに十歩ほど進んで、庭の中程と思えるところまで来たとき、わたしは悲鳴を発して、二メートルも飛び上がった。闇を引き裂くその悲鳴は、自分の声とは思えない、獣そのものの叫びであった。と同時に、わたしは、その叫び声の原因である痛みを頭のてっぺんに感じた。姿の見えない猛禽類が、するどい嘴を垂直に突き下ろしたのである。

足の裏まで刺し抜かれたような衝撃に、わたしは火だるまになり、悲鳴を上げながら獣の庭のなかを転げまわった。暗がりのなかで、苔や岩に足を取られて転んだり、木の幹や灌木の茂みにぶつかったりした。そのあいだに、大小さまざまな獣たちに牙や爪で引っ掻かれ、足蹴にされた。

そして最後に、大木らしいものを探り当てると、夢中で登り出した。それが変容した獣の特技であるらしく、自分でも信じられない勢いで、たちまち頂上の梢の先端まで一気に登った。すると頭上に夜空があらわれて、そこに無数の星が輝いていた。それを認めると、わたしは星に飛びつこうとして、登って来た勢いそのままに、宙に身を踊らせた。もちろんほんのわずかに飛翔しただけで、真っ逆さまに落下した。

どのくらい経ったのか、われに返ると、わたしは枯れ残った木の根っこに、片方の腕と両足を絡ませていた。ここはいったいどこだろう。どうしてこんな暗がりにうずくまっているのだろう。わたしは一瞬そう思ったが、頭のてっぺんを責めたてる傷口の痛みが、なにが起こったのかを思い出させた。思い上がりから油断して、致命傷になりかねない一撃を食らったのである。

それにしても、いつもなら、あのような一撃があれば眠りから覚めて、ベッドに寝ている自分を見出すはずである。それなのに、依然として一匹の獣に変容したままであり、しかもそのことを悲しみもせず、当然のように思っている。ということは、もう二度とヒトにもどれないことを、みずから認めているということだ。

それよりもおどろいたのは、ひどい頭の痛みにもかかわらず、片方の手を樹の根っこの腐ったところに伸ばしては、その手を口に移していることだ。その動作をあらためて確かめると、根っこの腐った個所の穴を足でふさいでいて、その足をすこしずらせては、その穴から羽虫を一匹ずつつまんで口に運んでいるのである。意識を失っているあいだにはじめたその食事は、すでに長くつづいているらしく、口のなかに羽虫の羽がたまっていた。

わたしは口のなかのそれを吐き出したが、その食事はやめなかった。ひどく不味いけれども、受け入れる胃がすばらしい消化力を発揮していて、その養分が体の隅々まで浸透するのがはっきり感じ取れるのである。それに、食欲に意識を集中させていると、頭の傷の痛みが不思議なほど薄らいで、しばしば痛みを忘れるくらいなのだ。そのことに気づくと、わたしはいっそう夢中になって、羽虫を口に運んだ。

やがて腹がすこし満たされると、羽虫の食事は我慢できないくらい不味くなった。そこで、羽虫の巣の穴を土でふさいで食事を終えたが、そんな粗末な食事でも頭の痛みを和らげてくれたおかげで、生きる意欲がもどっていた。とりあえずここを拠点にしよう。そのことをまわりの獣たちに向かって宣言しよう。

実際に、頭上からのあの一撃が、結果として好条件の拠点を用意してくれたようだった。意識を失っているあいだに攻撃されなかったということは、近くに敵対するような大物はいなくて、比較的安全な場所ということになる。この根っこがなければ、いつも四方の敵に身を晒して一瞬も気を抜けないが、ここに身を寄せていれば、すくなくとも根っこのある側からは不意を突かれることはない。それに、根っこに巣食う羽虫が、餌を手に入れる方法をまなぶまで、最小限の餌になってくれる。

そこでわたしは、その考えにしたがって、すこし腰を浮かせて、まわりの闇に目をこらしてみた。だが、獣の庭に来てかなりの時間が経ち、闇に慣れたはずなのに、すこし奥まったあたりに位置するらしいということのほか、なにも見定められなかった。ということは、変容した獣の視力は、これが限界であるということだろうか。

もしそうであるなら、嗅覚と聴覚の助けを借りて、茂った灌木、草におおわれた地面、苔むした岩、それらの陰に身をひそめる大小さまざまな獣たちの様子を、かなり正確に思い描けるとしても、この目でじかに見なければ、獣の庭がどんな構造になっているのか、どんな獣がどれくらい巣食っているのか、確認できないということになる。

そうだ。夜空がある。わたしは思い出して頭上を見上げた。厚い枝葉に閉ざされていて、その上に無数の星が輝いている気配など、みじんも感じ取れない。それに、星々が存在していても、この庭に生きる獣たちにとって、意味もない、遠い存在でしかない。

羽虫の不味い食事でも、腹が満たされたせいもあり、眠気が込み上げてきた。それに気づいて、不眠に苦しめられてきたわたしは、うれしくなった。ここではその不眠から解放されて、好きなだけ眠りを貪ることができるのだ。その満ち足りた眠りが、獣になったことの唯一の慰めになるかもしれない。

ところが、眠気に身をまかせて目を閉じ、四、五分うとうとしたと思うと、何者かがいきなり首の後ろに食いついてきた。氷を押しつけられたような堅く冷たい感じで、一瞬なにが起こったのか判断できなかった。それでもわたしは両手を首の後ろにまわし——わたしにそんな動作ができることを、相手は考えもしなかったのだろう——、その何者かを両手につかんで、思いきりつよく地面に叩きつけた。うっかり隙を見せると、あきらかにわたしよりもはるかに小物と思える獣までが、猛然と襲いかかってくるのだ。

地面に叩きつけたその獣はどうなったのか。すぐ前の闇のなかでなにかを奪い合うはげしい争いのあと、あちこちでしばらく咀嚼する音がつづいたが、やがて何事もなかったように静まり返った。わたしはその争いがつづくあいだ、自分の獲物を横取りされているような気持になり、争いに加わろうとする衝動をかろうじて抑えていた。けして克服できない恐怖心と一体になった、体が燃えるようなこの闘争心こそが、獣の自己意識なのである。

ふたたび猛烈な眠気が込み上げてきた。わたしは目の前の闇を見据えて、必死で眠気をこらえた。ヒトであったときとは反対に、ここではたえず眠気を追い払わねばならないのである。獣になったいま、ここでこうして思うと、わたしを苦しめていたあの不眠こそ、ヒトであることの証《あか》しだったのかもしれない。

しばらくすると、眠気が頭の隅々までひろがり、それを我慢しつづけているせいで、意識が朦朧とした。その朦朧とした意識のなかで、わたしは小刻みに眠ることを覚えた。眠りの底まで一気に下降して、すぐに全速力で浮上するのである。そして、浮上するたびに、眠り込んでいないことを知らせるため、大きく見開いた目でまわりの闇を見据えるのである。どうやらこのような眠り方は、ほかの獣たちも同じらしく、わたしが体をすこし動かすだけで、まわりに聞こえる寝息がぴたりとやむのである。

ということは、半醒半眠の状態を保ちつつ、まわりの獣の目を盗んで小刻みの睡眠を取るほかないということである。そしてそれは、慢性的な不眠のなかをさ迷いつづけるということであり、この獣の庭では、つねに死と隣り合わせという現実に向き合っていなければならないということである。こう考えると、わたしは絶望的な気持になり、自分に向かって叫ばずにはおれなかった。

「このような状態にあって、生きることにどんな意味があるというのか。あの巨大な蛇とそれに類する獣たちに包囲された、一瞬の油断さえ命取りになる、けして猶予されることのないこの緊張。おそらくは永久に明らかにされない、その獣たちをつつむ正体不明の闇。これがこの獣の庭のすべてであり、この状態から一秒も遁れることができないのだ。

仮にその闘争に耐え抜き、幸運にも獣たちの餌食にならずにすんだとしても、過去という時間も未来という時間もないここでは、気づくとすでに老い果てている。つまり意識のあり方としては、いまのこの瞬間、老いてしまうのも同然で、たちまち死に引きずり込まれてしまう。すべてがこのようにしか起こらないここでの生存は、したがって、どんな意味もあり得ないということになる……」

わたしがこんなふうに自分に向かって叫んでいると、「いや、そうじゃない。ここにも意味は存在する」と耳にささやく声がした。おどろいて見まわすと、はっきりとは目に映らないが、手を伸ばせば握手できそうな近くに、獣たちのいくつもの影が、垣根のようにわたしを取り囲んでいる。そして、あたかもわたしの内部から聞こえるかのように、彼らの声がいっせいにこう言うのである。

「いや、そうではない。むしろここにこそ、生存の真の意味がある。おまえはこの空間を獣の庭と名づけたようだが、むしろ死の庭と名づけるべきであり、この死の庭こそ、おまえにとって、与えられた役割を見出すことのできる唯一の場所なのだ」

（了）

白い光

名前を呼ばれてわれに返ると、目の前に黒い服の男が立っていた。わたしは一瞬、自分がどこにいるのか、わからなかった。つづいてその男が「終点です。お降りくださ い」と言った。わたしはようやく気づいて、O駅でないことを確かめてから、電車のなかを眺めた。乗客はおろか運転手もいなくて、車掌とふたりきりだった。それにしても、終点とはどういうことかわからなかった。市内を循環するこの路面電車は、市の中心部にあるO駅を出てそこにもどるだけで、ほかに終点はないはずだった。

それにあの人たちはどこへ行ったのだろう。わたしはそう思って、もういちど空の車内を眺めた。わたしを残して先に下車したのだろうか。そうは思えなかった。シートに坐ったまま、この場から消え失せた、そんなふうに思えた。わたしは、そうすればもういちど目の前に呼び出せるとでもいうように目を閉じて、その人たちを思い浮かべた。

その人たちは、わたしと向かい合う格好で腰かけていた。五十歳前後のふたりの男、それよりすこし若い三人の女、それに十歳前後の男の子と女の子という七人からなる、あきらかに家族と思われる人たちだった。その人たちは全員が黒一色の服装に身をつつんでいて、ひとりの男、ふたりの女、女の子の四人は黒い帽子をかぶっていた。

その人たちはひどく緊張しているように見えた。ふたりの子供をなかに右側にふたりの男、左側に三人の女が腰かけていたが、そろって背筋をしっかりと伸ばし、両手を両膝にきちんと乗せていた。それに、ほかに乗客はいないのに、七人は肩をぴったりと寄せ合ってひどく窮屈そうにしていた。

さらに奇妙なのはその人たちの視線で、七人とも視線を

向かいのシートに坐っているわたしに向けながらも、その目にわたしの姿が映っているようには見えなかった。そして、その人たちの見えていないその視線が原因で、わたしは自分がその場にいないような、あるいは、なにかによってその人たちから隔てられているような、そんな気持がしてならなかった。

それでいてわたしは一方で、その人たちと自分のあいだになにか繋がりがある、そう確信していた。そしてその確信のせいで、その人たちに対してなんらかの義務を果たさねばならないという気持を持ちつづけていた。たとえば、電車が急カーブしたとき、いちばん左端に腰かけた家長らしい男が、六人が傾いて加わる重みをひとりで耐えていたが、それを見るたびに、その男の隣りに席を移して、その重みをいくらかでも負担すべきではないか、それが自分の任でなければ、せめてその男が膝頭に押しつけた右手に握っている黄色い菊の花束を、代わりに持ってやるべきではないのか、そんなふうに思ったりした。

もちろん、その人たちの目にわたしの姿が映っていないように思える以上、なにか繋がりがあるとしても、わたしのほうから働きかけるわけにはいかなかった。そんなことをすれば、その人たちにひどい恐怖を与える、そんな気がしたからだ。そこでわたしは、その人たちがどこへ行こうとしているのか、せめてそれだけでも確かめようと思って、予定の駅を乗り越したのである。それなのにいつのまにか、その人たちを見失ったのである。

一瞬のうちにこれだけのことを思い返してから、わたしは目を開けた。怯えた表情で見おろす車掌は、わたしから視線をそらしたい気持を、職務上ようやくこらえている、とでも言いたそうだった。わたしは、これ以上怯えさせてはいけないと考えて、なにかをうながすつもりで、車掌の目を見つめ返した。すると車掌は、見つめられたことで弾みがついたらしく、一方の手で制服の衿をなおす仕草を見せてから、すこし力をこめた声で「終点です。お降りください」と繰り返した。

それはすこしの権威も感じとれない指示だったが、わたしはシートから立ちあがった。すると車掌は後ずさりして、みずからの職務をことさら誇張するかのように、制服の腕を真っすぐに伸ばして、運転席の横のドアを指さした。そのドアはすでに開いていた。

電車を降りると、さっき窓から確認したとおり、ひろびろとした荒地で、見まわしても、目印になるものはなにもなかった。わたしはさしあたって市の中心部からもっとも離れた郊外だろうと考えたが、市のどの方角に当たるのか、見当もつかなかった。さらに上空を見あげると。真昼にちかい時刻のはずだが、灰色に曇っていて、太陽の位置も定かでなかった。わたしは電車の前方に出てみた。錆びたレールが雑草のあいだに見え隠れして、なおも真っ直ぐ伸びていた。

わたしは車掌の視線を背中に感じながら、二本のレールにそって歩きだした。その方角へ進むことを選んだのは、車掌が腕を伸ばして運転席の横のドアを示したとき、同時にあの七人の家族の去った方角を暗に示唆した、という考えを捨て切れなかったからだ。

錆びついたレールにそって三十メートルほど行ったところに、土饅頭が待っていた。レールはその土饅頭のなかに潜りこんでいて、文字どおり終点だった。立ちどまって振り返ると、市街にもどって行く電車がすでに小さくなって見えた。

視線を前方にもどして、わたしはふたたび歩きだした。そして、レールが潜りこんでいる土饅頭を踏み越えた。とその瞬間、それがなんであるか、具体的には自覚できなかったが、決意のようなものが自分のなかに生じたのを、はっきり感じとった。

わたしは、その決意に押し出される格好で、砂利の多い雑草地をさらに真っすぐ進みながら、ひとつの予感に昂ぶりを感じていた。それは、自分でもどうしても明らかにできずにいた、この地方都市に滞在している理由が、いまようやく明らかになりつつあるという予感であった。

それにしても、一年以上もこの都市に滞在していながら、どうしてこのような場所があることを想像しなかったのか、わからなかった。こうした場所を頭のどこかで意識していたからこそ、この都市に滞在していたのではなかったのか。おそらくそれは、この都市に来てからも、あいかわらず自分の内部ばかりにこだわりつづけていて、自分の外部にあるものに信頼を置かなかったせいにちがいなかった。そしてその結果、そうした在り方に限界が来て、内部に見出そうとして見つけられなかったものを、いまようやく外部に見出そうとしているからにちがいなかった。

といっても、ここにとくに変わった景色があるわけではなかった。薄曇りの白い大気の下に、砂利まじりの雑草地がひろがるばかりで、どこの都市の郊外でも見出せる景色でしかなかった。さっきの、あるはずのない終点で降りたのでなければ、ほとんど目を向ける価値のない眺めといってもいいくらいだった。それでいて、なんの変哲もないその景色が、わたしがまだ自覚できずにいるその決意に照応していて、いずれ姿をあらわすはずの境界をはっきりと予感させているのである。

わたしは、その景色のなかを真っすぐに進みながら、いずれ川に出て、その浅い流れを歩いて渡ることになるのだろう、そう思っていた。靴を両手に持ち、滑る石に足を取られないように用心して……。ところが川に出る気配はなかった。それどころか、やがて背丈より高い草むらに行き当たった。なんという植物か知らないが、ぎっしりと密生して、行く手を阻んでいるのである。わたしは意外に思いながらも、ためらうことなくその草むらに分け入った。

一メートル進むのも容易ではなかった。太い茎は木の幹のように堅く、左右に押し倒して、そこにできる隙間に体を押しこまねばならなかった。それでもわたしは前進しつづけた。むしろそうして格闘しながら頑強な草むらに分け入ることで、いま自分はある目的に向かっているという意識をしっかり保とうとした。

わたしは途中で立ちどまり、自分の置かれた状況を確かめてみた。背の高い草のほか、頭上に遠近のない白い大気があるばかりで、水の底にいるかのようだった。だがそれでいて、すこしも孤立感はなく、これまでは知り得なかった悦びをおぼえた。この瞬間なら、どんなものに変成しても、たとえば、この草むらに巣食う一匹の昆虫に変成しても、誰にも、もちろん自分自身にも、けして恥じることはない、そう思った。

したがって、ふたたび歩きだして草むらが急に消え失せ、倉庫のような大きな建物の背後に出たとき、わたしはむしろ拍子抜けがした。草むらが急に退き潮になり、沖に去って行った、そんな感じだった。それに、建物であれ、なんであれ、人間の手になる事物を目にすることはもう二度とないだろうと思っていたので、その建物を目にして、むしろ戸惑いをおぼえたくらいだった。

倉庫は一棟だけではなかった。かつては穀物の集積地だったのだろう、そのための倉庫群にちがいなく、おなじ造りの倉庫がいくつもならんでいた。観光客相手の博物館のようなものに転用すればまだ十分に活用できそうな堅固な建物だが、条件がととのっていないのか、放置されたままらしく、人の気配がまったくなかった。倉庫のあいだのせまい石畳を歩きだすと、あたりの静寂のなかで、靴音が倉庫の厚い土壁にこだました。

倉庫のあいだの通路を歩きまわっているうちに、せまい通りに偶然のように抜け出た。舗装のない路で、両側に軒の低い家並みが連なっていて、昔の宿場町を思わせた。この市の郊外にこのような町があるなど、もちろん聞いたことがなかった。それでもわたしは奇異な感じを受けなかった。それがなんであるか、まだ具体的な自覚はないけれども、あの土饅頭を踏み越えたときの決意をもってすれば、どんなことに遭遇しても、それを不問に付して受け入れる用意ができていたからである。

前方に人の姿が認められた。近づくと路上は人で埋まっていた。祭りの行列でも待っているのだろうと思いながら、さらに近づくと、祭りのような華やいだ気配はなく、むしろ異様な静けさがあたりを領していた。

わたしはその人々の後ろまで来た。みんな一様に背を向けて、路の前方に顔を向けていた。サーベルを下げた白服の巡査までおなじだった。なにか事件でも起きたのだろうと思って人々の頭越しに前方を眺めても、人々が路を埋めているだけで、なにも見えなかった。それでもわたしは人々の後ろに立ち、前方を眺めていた。

そのとき、わたしの前に立ったひとりの女が、背後になにか気配を感じたというように振り返った。そしてその女は、わたしの顔を見ると、あわてた様子で一歩さがった。その女だけではなかった。まわりの人々もその女の動きに気づいて振り返り、わたしの顔を見ると、やはりおなじように後ずさりした。その波紋が前方にひろがり、結果として群集が左右に割れ、わたしのための通路ができた形になった。

思いがけない成り行きに戸惑いながらも、わたしは人々に誘い出された恰好で通路に進み出た。巡査に阻まれるかと思ったが、むしろ反対で、巡査は気づかない人たちに注意をうながして道を開けさせた。ということは、人々が集まっていることとわたしとのあいだになにか関わりがあるということだった。人々が開ける通路を進んで行くと、事実、その場の求心点であるかのように、すべての人の視線がわたしに集中して離れなかった。

人々の視線が電車の車掌を思い出させた。あの車掌がわたしに関してなにかを知っていたように、わたしを見つめるこの人々も、おなじそのなにかを知っているにちがいなかった。それでいて両者に、はっきりとした違いがあった。それは、車掌が職務でなければ口もきけないほど怯えていたのに対して、この人々の蒼白い顔には、すこしの怯えも浮かんでいないことだった。

人々が後ずさりすることでできた通路を進むと、巡査がもうひとり立っていた。その年配の巡査は、わたしが近づくのを待って、ていねいに一礼した。わたしはその実直そうな物腰に惹かれ、どんな行事があるのか訊ねようとして、あやうく思いとどまった。そのような質問をすれば、みずからの立場についてひどい無知をさらけ出してしまう、そんな気がしたのである。同時にわたしは、とりあえずこのままの状態を保ち、なにが起こっても動じない態度を貫くべきだ、そう考えなおした。

人垣のあいだをさらに進むと、路は左に曲がり、群集はその一帯も埋めていて、やはりわたしのために路を開けた。そしてすこし先に、通行を禁ずる縄が張られていて、そこにも白服の巡査がふたり立っていた。わたしは歩いて来た勢いのままに、縄の前まで進み出た。

それを待っていたように、ふたりの巡査が縄を高くかかげた。わたしはためらうことなく縄をくぐり、囲いの内側に入った。同時にわたしは、電車のレールを呑みこんだあの土饅頭を踏み越えたとき自分のなかに生じながらも、それがなんであるか自覚できずにいた決意が、いま具体的な形を取ろうとしている、そうはっきりと確信した。

わたしは縄の内側に立って、あらためてあたりを眺めた。とくに変わったものは目に入らなかった。路の両側から家並みが消えたせいで上空が開けて、遠近のない白い空の下に、掃き清められた路が真っすぐ伸びているばかりだった。そのひろい路の両側は疎らな松林で、ところどころに白服の巡査が立っていた。縄の外にはやはり大勢の人々が集まり、わたしを見守っていた。

わたしは、最後に路の前方へ視線を向けて、なにがあるのかを確かめた。それほど遠くない行止まりのそこに、長方形の黒い壁のような物があって、その上に白い半球体のものが見えていたが、それがなんであるか、ここからは見さだめることはできなかった。

いずれにしても、ここで行なわれていることがわたしに関わりがあることは、疑いの余地はなかった。わたしはそのことをはっきりと認めて、それらしく振る舞おうと、幅広い路の中央に進み出た。そして掃き清められた路上をゆっくりと歩きだした。どのような役割かわからないが、おそらく生涯にいちどしか与えられない主役の立場にちがいなく、こういう事態になった以上、なんとしても無難に演じきらねばならないのである。

路の両脇の群集に見守られながらそこまで来て、わたしはおもわず足をとめた。十メートルほど前方の路上に置かれた、全裸の死体が目に入ったのである。もちろん、できることなら死体など見たくなかったが、とりあえず落ち着きをよそおって、近づいた。掃き清められた路上に、わたしのほか、その死体があるばかりなのだから、無視することは許されない、そう考えたのである。

わたしはそこまで来て、裸の死体を見おろした。死体はうつ伏せになり、顔を地面につけていた。死体が持つ、異様な物体といったあの印象は認められなかった。むしろ奇異に思えるのはその姿勢であった。左腕と右脚を胸と腹の下に折り畳み、右腕と左脚を伸ばしていて、すこし腰が持ち上げられた姿勢は、短距離選手がスタートの合図と同時に、前にのめり地面に顔をつけたまま動けなくなった、という格好である。

死体から顔をあげて、わたしは視線を路の左右の群集に向けてみた。人々は蒼白い顔に緊張した表情を浮かべて、わたしがどういう態度を見せるか見守っていた。人々は死体とわたしの関係を知っているのである。

わたしは死体の頭を両手で抱えるようにして、顔を横向きにしようとした。髪がすこし薄くなりかけた頭から、知っている人物のようにも思え、思いがけない顔があらわれて、おどかされそうな気がした。だが、奇妙な姿勢が示すとおり、顔は地面に押しつけられていて、ぴくりともしなかった。

仕方なく体全体を起こそうとした。下半身がよじれるようにしてすこし持ちあがり、折り畳まれた脚と腹のあいだに隙間ができた。その隙間を覗くと、脇腹に掌ほどの赤黒い瘢痕があって、その中央に切り口が開いていた。といっても、すでに癒えていて、まわりが淡い紅色になり、そのせいで、朽ちかけた薔薇の花のように見えなくもなかった。

その赤黒い瘢痕に見おぼえがあった。わたしは、どこで見た瘢痕だろうと思いながら、顔を近づけようとした。けれどもつぎの瞬間、死体の腰にかけた手を退くと、一歩跳び退いた。そして、思わず叫んでいた。悪魔のいたずらでなければ、どうしてこんなことが起こり得るのだろう！

悪魔のいたずらではなかった。二年前、医者はわたしにこう言ったのである。あなたはとうに死んでいなければならない。病根がこんなにまで拡大しながらまだ生きているのは、きまりに反することなのだから。それでも医師は、わたしの執拗な懇願に折れて病根を摘出し、手術はみごとに成功して、わたしは二年も生き延びたのである。ただ、切り口が壊疽を起こして癒着しなくなり、いまはその必要はなくなっているが、一年ちかく腹部を包帯でぐるぐる巻きにしていたのである。

足もとに横たわる死体の瘢痕は、個所といい、切り口といい、わたしの腹部に口を開けている傷にそっくりおなじなのである。ということは、自分の後ろ姿など見たことがないので他人のように見えるけれども、この死体はわたしなのである。

それにしても、路上に自分の死体を見出すなど、どうしてこんな奇妙な事態が生じたのだろう。もちろん自分の死を外部から確認する必要があったからである。わたしはこのように考えて、あらためて死体を眺め、死体の姿勢に注意を向けた。頭の先のほうへ真っすぐ伸ばした手が、黒い壁の上に見えている白い半球体を指しているのである。

わたしはその指示にしたがい、死体を後にして歩きだした。同時に、路上の死体が自分であると認めたことで、自分のなかに、ひとつの確信が生じたことに気づいた。それは、自分を他人のような冷静さで見るという確信であり、この確信こそ、わたしがこれまでの生涯において、つねに得ようと努力しながらも、どうしても得られなかったものであった。そして、この確信が欠如していたので、為すことのすべてが中途半端に終わって、形あるものを何ひとつ生み出すことができなかったのである。

死体から四十メートルくらい進んだとき、路上にふたつ目の死体が横たわっていた。それを見ても、わたしはそれほどおどろかなかった。さっきの死体をわたしの死体であると認めた以上、わたしの死体がいくつ出現しても、それほど不合理ではないからだ。立ちどまって見おろすと、さっきの死体とは違いがあった。片脚を折り前につんのめった姿勢は変わらないが、首から上が切断されて持ち去られていた。それでも右腕はやはり真っすぐに伸ばされて、人差し指が前方を指している。ということは、この先に三つ目の死体が待ち受けているはずで、死体はこうしてみずからを路上に展示することで、わたしがその方向に進むことの正しさを保証しているのである。

三つ目の死体のところに来た。首のほかにさらに両脚がなくなっていた。胴体と両腕だけの死体は、自分の死体とは思えなかった。わたしはそこには立ちどまらず、死体が指さす方向へ進んだ。四つ目の死体には、方向の指示はもう不要ということだろう、両腕がなくなり、一種のオブジェのように見える。

わたしはそこを通りすぎながら、死体の展示がなにを意味するか、考えてみた。こんなふうに自分の死体の展示に導かれる必要が生じたのは、二年の猶予期間を与えられたとはいえ、あの医師の言ったとおり、すでに死んでいながら、その死を自覚できずにいたせいにちがいなかった。つまり、こうした形で〈引導が渡される〉必要が生じたからにちがいなかった。

　けれども、だからといって、肉体の消滅を示すことで、ただ単に死の自覚を求めているとは思えなかった。なぜならわたしは、理由もなく死を回避していたわけではなく、死に確かな意味を与えたいと望んだからこそ、きまりを無視してまで、死を先延ばししたのである。そのために、家族までも捨てて各地をさ迷い歩いたあげく、この地方都市に流れ着いて、そのときが来るのを待っていたのである。

　このように考えているうちに、五番目の死体にたどり着いた。胴体はなくなり、一セットそろった内臓が、そのまま路上に置かれていた。わたしは足をとめて見おろした。死体の一部というより、人体模型の部品にしか見えなかった。

　残りの展示品は、ほぼ等間隔で砂地の路上に置かれていた。肺が消え、胃と腸が消えるというぐあいに、順次その一部分が消滅して、全体がしだいに小型化した。それらがなんであるのか、わたしにその知識がなく、またその必要もなかった。そのひとつひとつをたどって行けば、それで十分だった。

　事実、わたしは、展示物をたどることに、意識のすべてを集中できた。しかもその意識の集中は、これまでのような内部に向けられた集中ではなく、外部に向けられた集中であった。したがってその意識のなかに、路の両側で見守るすべての人々の意識がやすやすと溶けこんできた。人々の意識だけではなく、外界の事物もおなじで、外部に向けられたその意識のなかに、外界のすべてのものがやすやすと溶けこんでくるのである。

　そこまで進んだとき、最後の展示品にふさわしく、心臓が路面に置かれていた。わたしは惜別の目を向けながら通りすぎた。そして、なおも十メートルくらい進んだところで足をとめて、路面から静かに顔をあげた。目の前に黒い門が立っていた。壁に見えていたのは門だったのである。しかもわたしを待って、すでに扉が開かれていた。

　わたしは低い石段を登って、黒い門をくぐった。一歩なかに入ると、高い塀に囲まれた内部が隅々まで見てとれた。一本の草木もない、玉砂利を敷きつめた正方形の空間で、やや奥まった中央に、先端がすこし尖った十メートルほどの高さの、椀を伏せた格好の白い塔が立っていた。上空へ目を向けると、塀の外の空は暗く閉ざされていて、この正方形の空間の上空だけが明るんでいた。半球体の塔の先端の尖った部分が光を発していて、それがその明るみを作っているのである。

わたしは視線を塔に固定して、半球体を見つめた。先端の白く光った部分が、ひとつの巨大な眼球になって、わたしを見つめ返していた。その眼差しにおぼえがあった。というよりも、物心がついたあとは、意識の下に押し隠しながらも、その存在をつねにかすかに感じつづけていた、そう思える眼差しであった。

その眼差しに惹き寄せられて、わたしは塔に向かって歩きだした。そうして歩み寄りながら、この眼差しをどう解釈すべきだろうと考えた。べつに畏怖をおぼえるような眼差しではなかった。といって、慈愛に満ちた眼差しでもなかった。最後には正面から向かい合わねばならない眼差し、ただそんなふうに思った。

塔の下に着くと、その眼差しから解放された。視線を足もとに下ろすと、塔の地下に向かう石段があって、降りたところにある通路から、白い光が洩れていた。塔の先端を白く輝かせることでそれを巨大な眼差しにしているのは、この白い光にちがいなかった。

わたしはその白い光の源を求めて、地下に降りた。十段ばかり石段を降りると、四角い地下道が前方に延びていたが、先のほうはなにも見えなかった。地下道の途中、通路の幅いっぱいに、天井にうがたれた無数の孔から、水が勢いよく降りそそいでいて、しかもそれが奥から射す白い光にきらきらと輝いているのである。

わたしはそのシャワーのなかに踏み入れた。シャワーはその個所だけではなく通路の奥までつづいていて、はげしい水しぶきにたちまちずぶ濡れになった。もちろんすこしも不快ではなかった。それどころか、これまで知らなかった不思議な悦びをおぼえた。頭や肩を叩く水しぶき、目つぶしのような強い光、その双方を浴びていると、これまでの緊張と疲労がすべて洗い流され、自分のものと思っていた意識が誰の意識でもない純粋な意識に変わるだろうことが予感されて、そのことが無上の悦びであった。

光にきらめく水しぶきを浴びながらそこまで来ると、地下通路の左側に水を避ける形で大きな窪みがあった。そしてその窪みのなかに、仏像のようなものがならんでいた。だが仏像ではなく、電車のなかで見失ったあの黒い服を着た七人の家族であった。先回りして待っていたのだろう、男の子、女の子、三人の女、ふたりの男という順に横一列に立ち、目の前のシャワーの通路を見つめているのである。

わたしはそのほうに歩み寄って立ちどまり、ひとりひとりを見つめて、やはりそうだ、と思った。なぜかはっきりとは断定できないけれども、二年前にわたしが捨てた家族であった。ふたりの子供は息子と娘、三人の女は姉と妹と妻、ふたりの男は兄たちである。わたしはそうと知って、一瞬、どういう態度を取ればいいのか戸惑った。

けれどもすぐに、いや、いまさらどのような態度を取ろうと、もう取り返しがつかない、そう考えなおして、二歩進み出ると、男の子と向かい合った。男の子は緊張した面持ちでわたしの顔を見あげながら、台詞を読みあげる口調で、

「自分がなくなるのは怖くありませんか」と訊ねた。

「怖くなんか、すこしもないよ」とわたしは答えた。息子であるらしい男の子はすこし安心したように頷いた。

わたしはつづいて女の子と向かい合った。女の子は泣きだしそうなのを懸命にこらえながら、

「自分がなくなるのは悲しくありませんか」と訊ねた。

「悲しくなんか、すこしもないよ」とわたしは答えた。娘であるらしい女の子は、はにかんだような微笑みを見せて頷いた。

わたしは最初の女と向かい合った。その女は、懐かしそうな、すこし恨めしそうな顔で、

「愛さなければならない者を残して行くことは、つらくないのですか」と訊ねた。

「もう特定の誰かを愛しているということはない。だから、つらくなんかない」とわたしは答えた。妻であるらしい女は、不満そうな目で見つめ返したが、あきらめるより仕方がないというように頷いた。

わたしはふたり目の女と向かい合った。その女はわたしの顔を見つめて、

「それでは愛というものを信じなかったの」と訊ねた。

「そうじゃない。自分ひとりのことで精いっぱいで、人を十分に愛している余裕がなかっただけだ」とわたしは答えた。妹であるらしい女はすこし納得したように頷いた。

わたしは三人目の女に向かい合った。その女はいかにも哀れむような表情を見せて、

「愛とは言わないまでも、このまま肉親を残して行くことに、ほんとうに悔いはないの」と訊ねた。

「悔いはない。もうみんな、すんでしまったことですから」とわたしは答えた。姉らしい女は――姉ならば幼いころず

いぶん可愛がってくれたはずだ——、言い足りなさそうにしながらもかすかに頷いた。

わたしはその女の顔から視線をそらして、最初の男に向かい合った。その男は冷静さを保とうとしている声で、

「なにか為残《しのこ》したことがあるだろう。いちおう聞いておこうか」と言った。

「自己に関わることのほか、なにもする意志がなかった。だから、為残したことはなにもない」とわたしは答えた。

男はすこし首をかしげて、

「それでは、それほど大切なその自己とは、なにを意味するのだね」とさらに訊ねた。

「自己とは、全体に到達しようとする個の消滅過程、そんなふうに思えます」とわたしは答えた。次兄であるらしい男は納得しかねるがとりあえずというように頷いた。

わたしは二番目の男に向かい合った。その男は義務を果たそうとするように、

「それでは、自己という個が到達しようとするその全体とは、なにを意味するというのだね」と訊ねた。

「わかりません。ただそれでも、消滅する自己という個を含む全体、つまり有でもあり無でもある全体、そんなふうに思います」とわたしは答えた。長兄であるらしい男は、目を閉じて考えてから、まあいいだろうというように頷いて、手にしていた黄色い菊の花束を差し出した。

わたしはその花束を受け取りながら、意味のない返答ではなかったかと思ったが、すぐに、いや、これでいい、儀礼でもあるのだから、そう思いなおした。見ると、七人の最後の眼差しがわたしに注がれていた。その眼差しに異様な懐かしさをおぼえながら、わたしは二歩さがり、落ちる水しぶきのなかに立ち、七人に向かって一礼した。そして背を向けると、きらきらと光る水しぶきのなかを、ふたたび光の源である通路の奥へ歩きだした。

そのあとの歩みは、通路の奥から射す光との闘いであった。シャワーがやんで、光源が迫ったらしく、白い光がさらに煌々と照りつけ、通路の四辺形が真っ白に輝く面になった。わたしは一瞬一瞬、その白い光の面を突き破り、光の奥に侵入した。やがて見開いた両目も明るさに眼球が焼かれて、光すら認め得なくなった。それでも意識はまだ持続していた。それは誰の意識でもない意識であり、いまにも白い光にとけることで全体に融合する意識であった。


（了）

アカデミーへのある報告

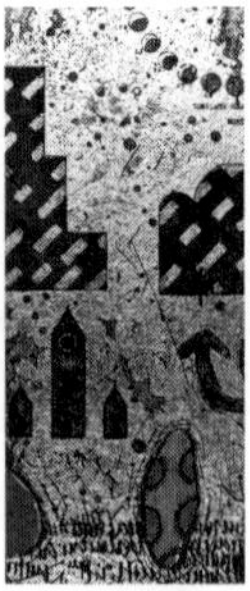

地球環境改良学会の会員の皆様！　わたしは、貴学会に提出するよう要請されたわけでもなく、また現在のところ、身の置かれた状況から提出可能とも思えませんが、それでもなんらかの幸運が生じて皆様のお手元に届き、ご一読いただくことがあるかもしれないというはかない願いをこめて、ヒトであったときの記憶を懐かしみながら、わたしの生涯のなかばにおいて生じた稀有な事態によって知り得たある事実について、この報告書をしたためることにいたしました。

　まずは、わたしの身に生じた事態から報告をさせていただきますが、この未開の地においてわたしが猿たちの仲間に加えられ、その一員として認められるという事態が生じたのは、もちろんそれに不可欠な飛躍の素地がわたしの側にあったからです。そしてその飛躍が現実となるには、猿の側にも似たような飛躍の素地が同時になければならず、事実、以下のような偶然がそのふたつの飛躍の素地の仲立ちをしたのです。

　ジャングルのなかで遭難したわたしは、幾日かが経ったその夜も、朦朧とした意識のまま、荒涼とした岩場をさ迷っていました。そしてそのとき、足を滑らせて岩と岩とのあいだの暗がりに転げ落ちたのです。するとそこになにか柔らかなものがあって、わたしはそれがなんであるかを確かめもせず、朦朧とした意識のままに抱きついたのです。

　飛躍が生じたのはそのときでした。わたしはそのあと意識を失ったのですが、なかば無意識の状態で抱きついたその行為が、わたしの側の飛躍になったのです。そして、猿の側の飛躍は、そこに横たわっていてわたしが抱きついたその柔らかなもの、つまりそのメス猿の置かれていた状況が、彼女に相手が猿でないとはっきりと確認させずにわたしを受け入れさせた、ということでした。

猿の側にどうしてこんなことが起こり得たのか。もちろんメス猿がヒトのオスを受け入れるなどあり得ないことです。そのメス猿（わたしは彼女をキキと名づけました）はいわば後家猿といった立場にあるのですが、ただそれだけの事情ではなかったのです。もちろんあとになって知ったのですが、それはこういうことでした。

一夫多妻である猿の社会では生殖可能なメス猿はすべてボス猿に所属していて、後家猿というものは存在しません。ところが、その性質に猿ばなれしたところがあるキキは唯一の例外であり、正統派のボス猿から敬遠されていて、群れ全体からも疎外されたような状況にあったのです。とはいえ、キキはけして嫌われているわけではありません。というのも、彼女はボス猿さえ一目おく高い知能の持ち主なのですが、繁殖行為が最大の価値基準である彼らの社会にあって、むしろ高い知能の持ち主ゆえに、疎外されているのです。そしてそのことはキキ自身も十分に認めていて、もし自分と繁殖行為を試みようというオス猿がいるとしても、それは離れ猿のなかでも特異な猿だろうとかねてから思い定めていたのです。しかも彼女は、もしそのときが来たとしても、あたかも無意識であるかのように振る舞うことでしか、その特異な猿を受け入れるチャンスはないだろう、そう考えていたのです。そして実際に、その考えにしたがい、そのときが来たとばかりに、相手が誰であるか確かめずにわたしというヒトのオスを受け入れたのです。

翌朝、わたしは頭上のキイキイという声で目を覚ましました。すでに日が昇って明るくなっていました。もちろん猿たちでした。岩の上に二十匹くらいの猿が覗くようにしてわたしたちを見おろして、キイキイと言いながら笑っているのです。なかには腕を伸ばして指を差している猿もいました。同時にわたしは、自分が一匹のメス猿と抱き合っていることを知っておどろき、昨夜、失神するまでの朦朧とした状態のなかで遭遇したいくつかの疑念に思い当たりました。といっても、すでにひと晩をともにしたわけですから、晴天の霹靂であるその事実は、瞬時にわたしにひとつの決意をさせました。それは、こうなった以上、みずからを猿であると思い込んでいる人間のオスとして振る舞うしかない、それだけが命を救う唯一の方法であるはずだ、ということでした。

もちろん相手のメス猿のキキは、とうに目を覚ましていました。そしてなにが起こったかを完全に理解した彼女は、さらに激しい抱擁を仲間の猿たちに見せつけることで、この事態を受け入れさせなければならない、そう悟っていたのです。繁殖行為こそ猿たちの社会ではもっとも容認しよい緩衝《かんしょう》地帯であって、彼女は、そのことを利用して、この飛躍を猿たちに受け入れさせるしかない、そう悟っていたのです。そしてそれを実行したのですが、事実、岩のあいだで抱き合うわたしたちを揶揄して笑っている猿たちの様子は、この希有な出来ごとがすでに彼らに容認されていることを保証していたのです。キキの作戦がみごとに的中したわけです。

それにしても、なにがキキにこうした快挙をなさしめたのか。結論からいいますと、猿たちの社会にこのような成り行きを容認できる余裕があるということです。そしてその余裕のうえに、それを実行に移せるだけの知性を持つキキというメス猿がいたということです。ということは、猿たちが持っているその余裕とはなんであるのか、ということになりますが、それは彼らの生存のあり方に、つまり彼らの社会のあり方に、われわれが考える以上の理性が働いているということになります。そしてその理性は、彼らが自己を制御する術を心得ている証拠でもあり、わたしがこの報告書で述べたいと考えているのも、彼らのその理性による自己制御についてなのです。

ところで、その本題に入るまえに、次のことをはっきりさせておく必要があります。抱擁したわたしとキキを揶揄することでわたしを受け入れた猿たちですが、けしてヒトを受け入れたわけでないということです。彼らは、自分を猿と思い込んでいるヒトとして、わたしを受け入れたにすぎないのです。そのことをすぐに悟ったわたしは、絶対にヒトとして振る舞ってはならない、そのためにはどんなことでもキキの指示どおりに行動しなければならない、そう自分に言い聞かせました。したがって、すくなくともいまのところ、猿たちとの関わりはキキを介してのみ可能なのであって、それ以外の関わりはあり得ないのです。

げんに猿たちは、わたしとキキの関係を好色な目で眺め、そのことを揶揄することでわたしを容認していますが、けして警戒を怠っていないのです。いざとなれば、ボスのひと言で全員がわたしに襲いかかり、形がなくなるまでに引き裂くことで排除することは明らかなのです。そのことを十分に知っているからこそキキは、いっそう用心深くしていて、彼女自身、わたしをオス猿であると思い込んでいるメス猿であるかのように振る舞うことで、わたしを必死に保護しているのです。

猿たちのそうした警戒心は、わたしを見つけたその朝からすぐに、ボス猿がひとりの猿をわたしたちの監視役につけたことでもわかりました。それはまだ性に目覚めていない少年猿ですが、わたしたちのそばをひとときも離れず、監視しつづけています。この少年猿はボス猿に心酔していて、キキとわたしを、ことにわたしを頭から蔑視しきっているのです。つまりその若さで、保守性の塊りなのです。この保守性は、猿たちのもっとも基本的な精神構造であり、したがって繁殖行為にまだ目覚めない少年猿にもっとも顕著に現われる特性なのです。猿たちを支配するもうひとつの精神構造である放逸な性がなければ、この保守性によって彼らはとうに絶滅していたはず、そう断言できるくらいなのです。

さて、猿たちの社会の自己制御というこの報告書の本題に入りますが、いま言ったように、厳密な意味では、わたしは彼らの社会に受け入れられていないのです。せいぜいボス猿に相手にされないキキに与えられた代用品といったところです。その代用品が自分を猿と思い込んでいるヒトのオスなので、彼らは蔑視しながらも面白がっているにすぎないのです。しかもキキとわたしはつねに集団の外に置かれていて、そのうえ監視役の少年猿が疑念の目をつねに光らせているので、行動範囲も極端に制限されています。また、わたしを猿の一員にしようと目論んでいるキキも、わたしの行動が仲間に見咎められないよう細心の注意を払っていて、あらゆる面で自己制御するようわたしに働きかけています。たしかに、自己制御しつづける以外、わたしの生きる道はないのです。

ところで、本題のその自己制御についてですが、ヒトの側から見ると、猿たちの自己制御はおどろくばかりです。たとえば、この集団のテリトリーは大きな岩に埋めつくされたこの一郭に限られていますが、餌になるのは岩と岩の間に生えるわずかな植物とそこに巣食う小動物だけです。それでいてこの岩場のまわりには広大な原生林が広がり、食物になる植物が豊富にあります。それでもこの集団は、よほどのことがないかぎり、そこへは踏み入れないのです。そうです。危険が多すぎるのです。その危険を冒す習慣がついてしまうと、集団全体の絶滅がいつかかならず来る、そのことを知っているからです。そこで彼らは、自分たち六十匹ほどの集団とその周辺猿の十五、六匹がなんとか生きていけるこの岩場の食料だけで我慢して、それ以上のものを求めないのです。それにはこうした自己制御によるしかないことを十分に心得ているからです。

このほかにも、猿たちが種の存続のために自己制御しているると考えられることが、さまざまな面で見受けられます。キキの保護のもとにあって猿の仲間になる決意をしたわたしは、ヒトの社会への置土産としてこの報告書を貴学会に提出しようと考え、こうしてしたためはじめたわけですが、けっきょく、猿たちにおける自己制御の事例を二つだけ報告するにとどめることにしました。というのも、この二例のうちの言葉というものをめぐる問題こそ、猿たちの社会に加わったわたしが、いま、ヒトという種が等閑視している自己制御に関するもっとも顕著な例であると、痛感しているからなのです。

わたしが言葉（?）を交わす相手はキキひとりで、もちろんできるかぎり彼女の言葉を理解しようと努力しました。ですが、その努力は虚しく、いつまで経っても、キイキイと聞こえるばかりなのです。たしかにそのキイキイには、細かいニュアンスを含んでいて、それによって、同意とか、拒絶とか、警告とか、そうしたたくさんの意味あいを聞き分けることができます。その聞き分けができなければ、わたしたちは最低の関係さえ維持できないでしょう。それでいて、そうして聞き分けたキイキイは、その場その場がそうした内容を聞き分けさせるのであって、ひとつの言葉としてではないのです。したがって厳密には、わたしは猿たちの口から言葉が発せられたのをいちども耳にしていないことになります。

ご存じのように猿たちの知能は、ヒトとの比較でもかなり高い水準にあります。わたしを保護しつつ、なんとしても猿の一員として認めさせようとしているキキなどは、おどろくほど高い知能を持っています。ときには、わたしを子供扱いにして叱っていることさえあります。そんな高い知能を持っているのに、言葉に関しては、彼女といえどもまったくの未発達なのです。これはいったいどういうことでしょう。

わたしは発想を逆にしてみました。猿たちがヒトのなかに置かれたとき、無数の言葉を発するヒトは、彼らの目にどう映るだろうと考えてみました。おそらく彼らは言葉の多さにおどろき、なにがなんだかわからないにちがいありません。たとえば、もっとも単純な物の名前にしても、どうしていちいち名前をつけるのか、名前なんかつけると、ひとつの物がふたつになったり、全体と部分がごっちゃになったりして、なにがなんだかわからなくなり、とても利口なやり方とは思えない、そう思って呆れ返るにちがいありません。

そういう意味では、わたしは彼女にキキという名前をつけたこと自体、ヒトの発想でしかないことを知りました。げんに猿たちは名前を持っていません。名前を持っていないということは、ヒトの側から見れば不便極まりない事態であり、混乱そのものです。ところが猿の側から見れば、ここに自分がいるという事実のほかに余計な名前を持つなぞ、それこそ混乱であり、たがいの関係を寸断する以外のなにものでもないのです。事実としてそこに確かに存在しているからこそ、みんながその事実を把握できて、たがいに相手を認め合うことができるのです。ヒトのようにいちいち名前をつけるから、誰もが個であろうとするのです。名前がなければ、猿たちのように集団の一員という意識がつねに個としての意識を凌いでいて、その結果として集団の安泰が維持されるのです。

このようなわけで、キキという名前をつけたことはもう取り返しがつきませんが、わたしは言葉について、考えを根本から改める決意をしました。猿たちのキイキイをヒトの言葉に置き換えることをやめにしたのです。ヒトの言葉を忘れて、キイキイだけの境涯に身を置いたとき、猿たちの社会に入ることができるはずだ、そう考えたのです。ヒトの場合でいえば、言葉を覚える以前の赤ん坊のような状態に自分を退化させればいい、そう考えたのです。

けれども、わたしのこの考えは間違っていました。赤ん坊の発声は要望でしかありませんが、猿たちのキイキイは、それ自体、成熟したものであり、彼らの社会を維持していくためのもっとも重要なものなのです。たとえば、同じキイキイでも、その地位によって発声の仕方もさまざまで、またそのときそのときで、微妙に変化させているのです。彼らの複雑な社会の構造を反映しているのです。

わたしはこう考えました。言葉が未発達なのだ、言葉として独立していないのだ。キイキイは、体全体の行為として発せられているのだ。それにしても、これだけの複雑な社会を維持しているにもかかわらず、言葉が未発達なのは、なにが原因だろう。なにか重要な原因があるはずだ。ところが、こうした疑念に捉われているうちに、わたしはある夜、重大な事実に遭遇したのです。

その夜もいつものようにキキと抱き合って寝ていましたが、わたしは真夜中にふと目を覚ましました。満月が煌々と照っていて、まわりの岩が白々と浮き出ています。あまりの明るさに目を覚ましたのかと思いましたが、そうではありません。ヒトのしゃべる声が聞こえていて、その声が眠っていた頭脳を刺激したらしいのです。いったいどういうことだろう。こんなところにヒトがやって来るなんて、信じられない。

わたしはキキが目を覚まさないよう、抱きついた腕をそっと解いて、体を起こしました。たしかにヒトのしゃべる声がしています。半年が経ついまになって、救助隊が来たのだろうか。わたしはひどい不安に襲われました。近くに監視の少年猿が寝ているはずで、彼がその声に気づいた時点で、わたしは生命の危機に曝されるのです。ボス猿は先手を打って、みんなにわたしを襲わせるにちがいないのです。

どうすればいいのかわからないままに、わたしはその声に耳を澄ませました。しゃべっているといっても、独り言のように聞こえるのです。わたしの知らない言語のようですが、はっきり聞こえていて、たしかにヒトの言葉にちがいないのです。

わたしはそっと立ち上がり、岩に登って、近くで眠っている監視役の少年猿を捜しました。彼はすぐ近くで寝ていました。わたしはその様子を見守りました。目を覚まさないように祈るばかりです。ところが、聞こえているその声は、彼が発しているように聞こえるのです。まさかそんな！わたしは愕然として、なおも聞き入りました。意味は聞き分けられませんが、ひとつひとつの音節がはっきりしていて、猿たちのキイキイとはあきらかにちがっています。

いったいどういうことなのか。もちろん少年猿は寝言でしゃべっているのですが、寝言であっても、言葉の根幹が脳裏にあるからこそ、それが言葉として発声されているのです。もちろん、オウムの口真似などとはまったく異なっています。ということは、猿たちの社会に以前、キイキイではない言葉があったということ、いまその言葉の根幹が休止状態にあるということ、その根幹が睡眠という無意識のなかで、たまたま少年猿の脳裏で蘇ったということを意味しているのです。そして猿たちはその昔、自己制御でもって、その言葉を廃止したにちがいない、ということを意味しているのです。

もちろんこれはあくまでもわたしの推測にすぎません。それに、猿のそうした寝言を聞いたのはそれっきりで、いまのところ再度の機会に恵まれていません。それでもわたしはその事実を確信しているのです。というのも、猿たちの自己制御ということに関して、この報告の二つ目の事例として、もっとはっきりした証拠に遭遇する機会に恵まれたからです。それは、彼らが火を起こすことも、火を扱うことも知っているという事実です。それなのに彼らは火をまったく使いません。彼らは自己制御で火を使うことを、みずからに禁じているにちがいないのです。

それも夜中のことでした。キキも監視役の少年猿も、それぞれに慣れたせいもあって、昼間の餌捜しの疲れでぐっすりと寝込み、わたしが起き出しても気づかないことが多くなっていました。もちろんわたしが遠くへ行くことがないとわかっているからです。わたしはいつものようにキキの腕からそっと抜け出て岩の上に登り、あたりを眺めていました。こうしてひとりで坐っている時間は、まだすこし残っているヒトであったときの習慣なのです。おそらくキキもそのことを知っているので、黙認しているのでしょう。

こんなふうに自然のなかに何か月も置かれると、感覚が信じがたいほど鋭敏になるものです。そうしてぼんやりと暗がりを眺めているうちに、わたしはある懐かしい匂いに気づきました。煙の匂いでした。ということは、近くに火があるということです。わたしはひどく不安になりました。こうして猿たちの一員になったいま、わたしがもっとも恐れるのはヒトと猿たちのあいだのトラブルであり、ヒトには絶対に接近してほしくないのです。

もしヒトが近くまで来ているのなら、こちらから警告を発しなければなりません。猿の社会に入って知ったことですが、どんな動物も他の種に対して極端なまでに気を配り、無駄な接触をしないよう最大限の注意を払っています。餌になるもの、敵対するもの以外は、可能なかぎり見て見ぬふりをするのです。それに反して、ヒトという種は、他のどんな種にも無法なくらい無遠慮に接しようとします。それもみんな、体から分離した言語というシステムでもってすべての存在を蔽いつくし、すべての存在をみずからの思慮で計り得るという、途方もない考え方が基本になっているからでしょう。

わたしはその煙の匂いのするほうへゆっくりと移動しました。そして百メートルほど行ったとき、岩陰で火を燃やしている五、六人の人影を見つけました。もちろん野営しているのだと思いました。わたしはさらに近づきました。猿たちに気づかれないように声をかけなければなりません。だが言葉が出ませんでした。すでにヒトの発声の仕方を忘れていて、キイキイという声にしかならないのです。

そのときどこからかキイキイという声が聞こえました。猿たちが気づいて近くに来ている、これはまずい、そう思いましたが、こうなっては、もうどうすることもできません。ところが、それ以上なにも起こらず、キイキイという小さな声が聞こえるばかりでした。わたしははっと気づきました。

そうです。火を燃やしているのは猿たちでした。いちどもボスになれなくて、集団の外周に追いやられたまま年老いたオス猿が五、六匹、握りこぶしほどの小さな火を囲んでいるのでした。しかも彼らは、その火に向かって宥めるように呟きかけているのです。創造主との繋がりを確認しているのです。おそらくそれが生殖から見放されて生涯を終えるオス猿たちの役目なのでしょう。

このように理解すると、わたしはほっとした気持になり、キキのところにもどり抱き合いましたが、しばらく寝つけませんでした。次のような考えに頭が熱して、容易に冷めなかったからです。

猿たちが火を使わないのはどういう理由からだろう。もちろん言語というシステムを放棄したのとおなじ理由からにちがいない。つまりこういうことではないのか。すべての生き物の存在理由は種の存続ということにある。そしてその観点から考えると、どのような生き物も、それぞれの進化の過程のもっとも適切なポイントで、決定的な自己制御がなされてはじめて、種の存続が可能になる。

霊長類の場合は、言葉と火の使用から後退するという自己制御が、そのもっとも適切なポイントであった。ところがヒトは、そのポイントを通り越して、火を自由に操り、言語を地球上に張りめぐらせてしまった。したがって、ヒトという種の存続は、ほんの束の間にすぎず、つまり神との和解が成立するに至る以前に、終焉するほかない、ということになる。それに反して猿たちは、神との和解を見越して、そのためにさまざまに自己制御をみずからに課している、ということになる。

地球環境改良学会の会員の皆様！　この報告書を終えるにあたって、はなはだ僭越ではありますが、わたしなりの結論を書き添えることをお許し願わなければなりません。それは自己制御ということに関してのヒトと猿の相違についてであり、わたしが得た結論は、自己制御による種の存続という観点から見ると、ヒトはすでに種の存続を放棄していることになる、ということです。そして、仮に種の存続の放棄が許されているとしても、ヒト以外の種をその放棄の巻き添えにする権利までは有していない、ということであります。

（了）

女の家

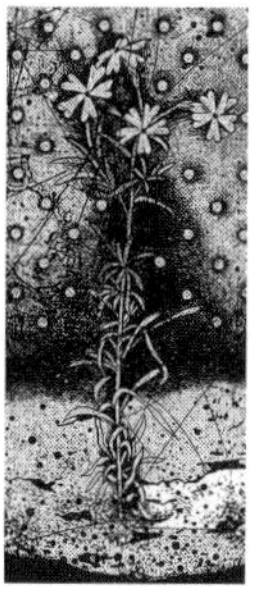

佳子をつれて七年ぶりで故郷の村を訪ねることにした。仕事の行き先がたまたま近くだったので、その気になったのだ。それに、同棲して四、五年もなるのに、佳子とはいちども旅行をしていなくて、その穴埋めのつもりもあったのだ。

わたしが言い出したとき、佳子はべつにうれしそうな様子を見せなかった。むしろ戸惑いを見せたくらいで、意外な気がした。故郷に立ち寄るということは、母に引き合わせるということであって、彼女がひそかに要求しているはずの入籍にちかづくことなのだから、わたしとしては大英断であった。それとも彼女は、そんな結果にならないと考えていて、母に会うのを怖れたのだろうか。

故郷の村は、七年のあいだにすっかり変わっていた。谷川にそって長く伸びる村は、観光地になり、どうしてこんなところがと思えるほど賑わっていた。裏山に登ると累々とつらなる連山が展望できて、たしかに壮観な眺めだが、ただそれだけのことで、村そのものに見るべきものがあるわけではない。こんなところにも人が住んでいるのかとおどろくような、山間の淋しい村にすぎなかった。

バスを降りて、舗装された路を佳子の先に立って歩きながら、わたしはひどく勝手がちがう気がした。石ころだらけの路の両側に貧しい家がぽつりぽつりあるきりだったのに、川魚料理、民芸品店、釣り人相手の洒落た店などがならんでいて、共同の駐車場も用意されていた。

「素敵なところね。想像したとおりだわ」

佳子はあたりを見まわしながら言った。わたしはいやな気がした。世辞にしても見え透いていた。それに、わたしが彼女に話して聞かせたのは、貧しい村の暮らしぶりだった。それなのに、想像したとおり素敵なところ、とはどういうつもりだろう。

家の前に立って、わたしはもういちどおどろかされた。古い平屋の上に二階ができているのだ。手狭といっても母ひとりなのに、どういうことだろう。年に二、三度電話で話すきりだが、母はどうして改築したことを言わなかったのだろう。そんな費用をどこから捻出したのだろう。そう思いながら、あらためて二階を見上げると、奇妙な二階だった。屋根の一部をつぶして、そこに長方形の箱を乗せたという恰好で、窓さえないのだ。

玄関に入ろうとすると、男の子が立ちふさがっていた。こざっぱりした服装の四、五歳の男の子で、両手でドアをしっかりつかんでいる。わたしは一瞬、子供の目にたじろいだ。おまえが誰か知っている、だから家に入れない、そう言っているみたいなのだ。

「母さん、いますか。わたしです」

男の子の頭越しに呼んでみた。返事はなかった。男の子を押しのけるのは造作もないが、なぜかためらわれた。もういちど呼んだが、やはり返事がない。

「お留守じゃないの」

佳子はそう言って、わたしの顔をちらっと見た。

「ねえ、坊や。お母さん、お留守なのね。そうでしょう」

男の子は、わたしの顔から彼女の顔に視線を移して、

「お母さんは、お山へ行っています」

と本を読むような調子で言った。やはりわたしを拒んでいる気負いが感じ取れた。それでも佳子がさらに、

「そう。お母さん、お仕事なのね。それで坊や、お留守番なの。お利口ね」

と声をかけると、男の子は「うん」とうなずき、引き入れようとするように、一歩後ずさりした。佳子は振り返って、わたしの顔を見た。

「そこらをすこし歩いてこよう」

わたしはこう言って、鞄を男の子の足もとに押し入れて、通りに出た。母の留守に入る気になれなかった。

「どうした？　行くよ」

わたしはさらに声を強めて言った。佳子は仕方ないという表情を見せてから、

「坊や、待っていてね。お姉さん、すぐにもどって来ますからね」

と言って、通りに出て来た。

「あれはなんだ？」

わたしは追いついた彼女に言った。

「あの子供だよ。なんだって家に子供がいるのだ」

「そうね」

と言いながらも、彼女は後ろをふり向いて手を振ってい
た。

「でも可愛い子だわ」

「可愛いかどうか知らないが、どうしておふくろを母さんと呼ぶのだ?」

佳子はわたしの顔を目のはしで見た。どうしてそんなことを気にするのか、そう言いたそうだった。

「まあいい。いずれ近所の子で、親たちを真似ているのだろう」

わたしはそう言って、夕闇の迫る山へ目を向けた。佳子はなにか言おうとして思いとどまり、ふたりはしばらく黙って歩いた。

「お母さん、あそこで働いていらっしゃるのね」

佳子が裏山の頂きのあたりを眺めて言った。ロープウェーができていて、小さな箱がふたつ、山の傾斜にそってゆっくり動いている。わたしは不意を食らった。母があそこで働いている? どうしてそんなことが……。それに、あんなものがいつできたのだろう。

「あの子がそう言ったのかい?」

「お山へ行っている。そう言ったじゃないの。案内係をしていらっしゃるのよ。いいお仕事だわ」

佳子は確信ありげに言った。

「………」

わたしは言葉が出なかった。路はそのあたりから傾斜を強めて人家がなくなり、しばらく行くと左手に、山裾を削り取った恰好で空地ができていた。その一郭に屋根の尖った小さなロッジがあって、「フラワーロープウェー」という看板が出ている。あたりはもう暗く陰っていた。

機械室のようなものがあって、そこに黄色の服に黄色の帽子をかぶった中年の男がひとり、窓のようなものに向かって坐り、機械を操作していた。モーターのかすかな響きと、ロープのきしむ音が聞こえていた。その男が振り向いてなにか言った。よく聞こえなかったが、きょうの運転は終わったと言ったのだろう。わたしはかまわず改札口をぬけて、乗り場になっている急な階段を登った。佳子が男になにか言って、あとから階段を登って来た。

乗り場に立っていると、渓谷にそって鉄の箱が揺れながら近づいた。そして乗り場の軌道に納まると、ドアが開いて、ひとりの女が飛び降りた。「お母さんね」と佳子が小さな声で言った。たしかに母であった。細いズボンをはき、

頭をスカーフでつつんだ恰好は、わたしをおどろかせた。もちろんそんな年ではないけれども、わたしの頭のなかには、すっかり老け込んで、自分の身のまわりのことで精いっぱいという、そんなイメージができていたのだ。

飛び降りたあと母は、わたしたちにちらっと目を向けただけであった。母につづいて若い男女が降りた。母は片方の手でドアを押さえ、もう一方の手で若い女の手をとって降りるのを手伝った。

母はわたしたちには声をかけず、若い男女を案内して階段を降りた。わたしたちもその後から降りた。若い男女は、山頂への往復のあいだに母に好意を持ったらしく、話しかけていて、母も受け答えしていた。「それはよろしゅうございました」というような言葉が母の口から出るなんて、信じられなかった。

車で去って行く若い男女を見送った母は、やはりわたしたちを無視して、ロッジに引き返した。母はすぐには出て来なかった。まだ仕事が残っているようだった。あたりはすっかり暗くなり、山は闇に姿を消そうとしていた。風も冷たくなりはじめていた。

わたしは、母のさっきの様子を思い出しながら、ひと言、声をかけるべきだった、そう思った。すくなくとも、佳子のことは言っておかなければならなかった。だがその佳子は、そんなことなどすこしも気にしていないらしく、そこいらを歩きまわっていた。

母はようやく出て来た。わたしは声をかけようと近づいたが、拒むような母の視線にたじろいで、やはり声をかけなかった。母は黙って歩き出し、わたしたちはすぐ後ろについて歩いた。母はスカーフとバッグを手に持ち、早足で歩いていた。後ろ姿はたしかに老いが目立ったが、それでも手足の動きに力が入っている、そんなふうに感じ取れた。

家に着いても、わたしの戸惑いはつづいた。さいわい、家に着くとすぐ母は食事の支度にかかり、言葉を交わす機会はなかった。ただ佳子のことだけはきちんと言っておかなければと思った。あとになって、この人は誰なの、家に泊まるの、などと言い出さないともかぎらなかった。もちろんこの際、すでに決まっている婚約者ということにしておこう、そう決めていた。

ところが紹介をするまでもなかった。佳子は部屋にわたしを残して、すぐに母のいる台所に入った。いつ用意したのか、エプロンをして、母の手伝いをはじめた。わたしはひとりぼんやりと坐っていた。それだけが気がかりだったのに、こんなふうにあっさりと彼女が母と折れ合うことがわかっていれば、すこしも心配する必要はなかったのだ。佳子は意外にしっかりしたところがあるらしいことも、新しい発見だった。

それにしても、長いあいだ放っておいたせいもあって、母の身にどのような変転があったのか、まるで考えがつかなかった。もちろんわたしに不満なのはわかっているが、それとはべつに、なにか強い決意のようなものを持っている、そんなふうに思えてならなかった。そうでなかったら、七年ぶりの息子にひと言も話しかけず、初対面の佳子と親しげに話をしているのは、どう考えても、奇妙なことだった。

そのとき玄関の戸が開いて、男の子の叫び声がした。同時に犬が二匹、部屋のなかに転がり込んで来た。わたしは思わず中腰になった。ほんの小さい犬だが、男の子がけしかけた、そう思ったのだ。

子犬たちは飛び跳ねながら、部屋を駆けめぐった。男の子が追いまわすと、子犬たちは男の子に飛びかかったり、奥の部屋に逃げ込んだりした。母と佳子がそろって台所から顔を出し――佳子は楽しそうに笑っていた――、母が男の子を叱ったが、男の子はすこしも気にする様子はなかった。そしてそのうち、どこかに閉じ込めたらしく、子犬たちのくんくん鳴く声が聞こえるばかりになった。

男の子はわたしを無視して、雨戸を閉めたあと、小さな体いっぱいを使ってテーブルを運び込み、食事の支度を手伝いはじめた。その様子から近所の子供ではなく、この家にいついた子であることは明らかだった。

夕食の支度はひどく手間取っていた。それほどの料理を作っているとは思えないのに、男の子がテーブルを用意しても、それらしい気配がなかった。台所から男の子の甲高い声が、母と佳子の声にまざって聞こえていた。

わたしはとうとう焦れて、台所をのぞこうと立ち上がった。だが、そこには行かず、隣りの勉強に使っていた納戸のような部屋をのぞいてみた。そこはそっくり昔のままで、小さな勉強机とわたしの手製の本箱が隅に置かれていた。ちがっているのは、天井板の半分がなくなり、そこに梯子がかかっていることだった。

その下に立って見上げると、闇が口を開けているだけで、あの奇妙な二階に通じている様子はなかった。念のために梯子を登ってみると、天井裏の暗闇のほか、なにも見分けがつかず、埃っぽい空気が淀んでいるばかりだった。

ところが、降りようとしたとき、低い呻き声のようなものが聞こえた。暗闇に目をこらすと、奥のほうにかすかな明かりが見えた。外は暗くなっているのだから、外からの明かりではない。

わたしは梯子を登って、天井裏に入り込んだ。そして梁の上を、手探りしながら、明かりのほうに這い進んだ。目の錯覚かと思えるほど淡い明かりで、ときどき目をこらして確かめなければならない。低い呻き声は自分の呼吸のように聞こえていた。

わたしの頭にひとつの記憶がよみがえった。子供のころ、この屋根裏に潜り込んで何冊かの書物を見つけたことがあった。古い医学書のようなものだったのだろう、図版がたくさん載っていた。ときどきそれを持ってきて、人体解剖図らしいものを眺めたのだ。それからさらに新聞紙に包んだものが見つかり、ガラスとゴムでできた器具のようなものが出てきたが、なんであるかわからないままに、ひどく興奮したことがあったのだ。

明かりが洩れている個所にたどり着いた。薄い板が入口らしいところをふさいでいて、明かりはその隙間から洩れていた。わたしは板を取り除いて、なかを覗いてみた。長方形の暗い空間で、これが不恰好な二階にちがいなかった。母はなんだって、こんなおかしなものをつくったのだろう。物置のつもりだろうか。それならどうして空っぽなのだろう。

とそのとき、ふたたび低い呻き声がはっきりと聞こえた。あきらかに空間の奥から聞こえていた。誰かがひそんでいる気配だった。わたしはその暗がりに目をこらした。暗くてよく見えないが、呻き声の主の輪郭がかすかに見分けられた。誰かが床の上に横たわり、低い呻き声を発しているのである。

二階に異様な人物が入り込んでいることを、母は知っているのだろうか。もちろん知らないはずはない。げんに梯子が用意されているのだから。それどころか、おそらく母の変転はこのことに関わりがあるにちがいなかった。

それにしても、こんなところに誰が捕われているのだろう。捕われている？　暗くてよく見えないが、どうやらなかの男は――もちろん男だ――手足を縛られて、転がされているのである。

ことりと音がした。同時にすこし明るくなった。床の一か所が下から押し開けられて、そこから光が差し込んだのである。見ると、痩せ細った男が動いている。明かりの穴に近づこうとして、手足を縛られた体を折り曲げ、その反動で前進しようとしているのだ。

わたしは音を立てて、自分の存在を男に知らせた。どうしてそんな気になったのか自分でもわからなかった。男は床に顔を押しつけたまま、こちらに顔を向けた。なにが起こったのかわからないらしく、男はきょとんとした表情をした。

救い出してやろうというつもりで、わたしは腕を伸ばした。すると、意図を察したらしく、男の顔に喜びの表情が浮かんだ。だがそれは、救い出されるという喜びの表情ではなかった。救い出されるのを拒絶できる機会を得た喜びにちがいなかった。事実、男は頭を横に振って、はっきりと拒絶していた。

その拒絶がわたしを恐怖におとし入れた。事情のわからないままにも、男の置かれた事態が理解できたのだ。そして、理解できたということがさらに恐怖を募らせたのだ。わたしは、伸ばした腕をあわてて退いた。そのとき肘を入口にぶつけた。するとはっきりとした声が聞こえた。

「上でなにか音がしましたわ」

「だいじょうぶ。逃げ出すことなんてない。足は自分で縛るくらいだから」

わたしはもうおどろかなかった。男のいる下が台所で、床の明かりはそこから射しているのだ。ときどきこうして覗き穴を開け、上から覗かせているのだろう。

「あら、そうなの。それじゃ、もうすっかり安心ね」

「そうよ。そうしたものよ」

「電話でおっしゃっていたとおりね」

わたしは梁の上を後もどりした。母と佳子の笑い声がつづいた。

部屋にもどると、男の子がテーブルに本をひろげていた。男の子は本から顔を上げてわたしの顔を見つめた。わたしは男の子のその視線に見送られて外に出た。星も出ていない暗い夜で、山はすっかり闇に溶けていた。それでも、あちこちの店から賑やかな声がしていた。観光客が二人三人と連れ立って、夕食後の散歩を楽しんでいた。

山のほうに登っているのに気づいて、わたしは途中で引き返した。そして家の前を通りすぎながら、あの不恰好な二階を見上げた。そんな二階など、影も形もなかった。幻覚だったのだろうか。もちろんそうだ。だが、幻覚であったにしても、あの二階にいたのはやはり父だった。その父は、わたしがあの男の子と同じような年のころ、家を出て行ったのだ。そうだ。はっきり思い出した。あの男の子のように、わたしがテーブルで本を読んでいるとき、父は家を出て行き、それっきりもどって来なかったのだ。母の見果てぬ夢のなかで、その父がすっかり老い果て、家に帰って来ているのだ……。

バス停に来ると、ちょうどそこにバスが来た。飛び乗ると、なかは暗く、客はいなかった。バスは動き出した。わたしは座席に体を沈め、目を閉じて、みずからに問いかけた。自分もいつかこの村に帰って来ることがあるだろうか。

そして、佳子の夢のなかでもある、あの奇妙な二階の住人になるのだろうか……。

バスがつぎのバス停で止まり、ドアが開いて、水音が聞こえた。昔と変わらぬ故郷の谷川のせせらぎである。

（了）

婚約

誰が言い出したのか知らないが、婚約者のケイ子を中傷する声がわたしの耳に入った。勤め先ですこし変わった仕事を担当している彼女が、その仕事にあまりに熱心すぎる、それが懸念されるというのである。

もちろんわたしは、そのような中傷に左右されるつもりはないが、それでも彼女が結婚後もつづけたいと言っているその仕事を、この機会にいちど見ておこうと思いついた。そこでそのことを彼女に電話で伝えると、いつでもどうぞという返事だった。

地下鉄の長い階段を登り外に出ると、車のはげしく行き交うひろい道路で、ケイ子に教わったとおり、そこに立って向かい側を眺めると、その建物はすぐ目に入った。食糧供給公社の委託を受けた食用動物にかんする研究所ということだが、七、八階はありそうな縦長の建物は、まわりの

ビルとすこしも変わらなかった。もちろん都心からそれほど遠くないところに牧場などあるはずはないが、オフィスビルとまったく同じ外観なのは、やはり意外であった。

ケイ子の名前を言って面会を求めると、すでにわたしの訪問を聞いていたらしい受付の女性は、彼女は、飼育室にいるのでそちらに行くようにと言った。そこで言われたとおりエレベーターを五階で降りると、目の前に〈飼育室B―2〉と書かれたドアがあった。ケイ子は動物学者でも農業技術者でもないが、この研究所ができたときからの職員で、飼育係に属しているのである。

重いドアを押して入ると、その階の大半を占めていそうなひろい部屋で、皓々とした明かりに満たされていた。ここが飼育室？　わたしはおどろいて目を見張った。ビルの外観がそうだったように、どう見ても牧舎という言葉のイ

メージから大きくかけ離れていた。

だがつぎの瞬間、重く湿った空気のなかに動物の甘酸っぱいような匂いがして、同時に動物たちの姿が目に映った。やはりビルのなかのこのひろびろとした密室が、遺伝子の組み替えによって誕生した新しい動物の飼育室であり、ケイ子のいう〈わたしの動物園〉であった。

それにしても不思議な光景だった。わたしは一歩踏み入れたそこに、茫然と立ち尽くした。部屋全体は六つか七つに仕切られていて、そのそれぞれの囲いのなかで、組み替えによって作り出された、まったく新しい哺乳類が、置物のようにうずくまったり、ロボットのようにゆっくり歩いたりしているのである。動物の飼育室だと知らなければ、古代の神々の像を模した前衛彫刻展にでも迷い込んだと思っただろう。実際に、美術展であるかのように、音楽が低い音で流れていた。

飼育室全体を見まわしても、ケイ子は見つからなかった。彼女ばかりでなく、ほかの誰も見当たらなかった。それでもわたしは、どこかで動物たちの世話をしているのだろうと思って、その不思議な形態をした動物たちを眺めながら、金属の柵のあいだを、奥のほうへ進んだ。成長過程で区分されているらしく、それぞれの囲いのなかに、ほぼ同じ大きさのさまざまな動物たちが、十五、六頭から二十頭くらい収まっている。

その動物たちを一頭一頭、目に入れるたびに、わたしは唖然とした。すでに実用段階に入ったとは聞いていたが、その異様な形態に、自分の目を疑わずにはおれなかった。猪と豚を交配させたイノブタという動物がいるが、とてもそんな生易しいものではない。大きさの順からいえば馬、牛、鹿、豚、羊、犬、兎などの繁殖力の旺盛な哺乳類を、さまざまに交配させて作り出された動物たちである。

途中まで進んだところで、わたしは立ち止まってしまった。あまり異様な形態の動物たちをいちどにたくさん見たので、イメージが錯綜して、頭が混乱したのである。同時にあらためて気づいたことは、われわれヒトが動物たちをどれほど典型的な形態で記憶しているかということである。だから、出現したこの新しい動物を認めるよりも、この動物たちの形態のうえに破壊された元の形態、つまり否定された元の動物の痕跡を探そうとせずにおれないということである。

たしかにわたしは動物が好きな子供であったが、それは遠い昔のことである。ようやく結婚しようとしているが、すでに三十七歳で人生の下り坂にかかっている。このようなわたしに、この不思議な形態をした、まったく新しい生存に関心を持て、それらの形態を記憶することに意味を見出せ、というのは無理な注文だろう。しかもこの新しい動物たちは、同じ哺乳類としてこの地球上でヒトと共存するためではなく、もっぱらヒトの食用として作り出された動物たちなのである。

わたしはイメージの混乱を持て余したままに、ようやく歩き出した。そして中央よりやや奥まったあたりまで進んだとき、囲いのひとつにケイ子の姿、馴れ親しんだヒトの形態を見出して、おもわずほっとした。

ケイ子は床に膝をついた恰好で、動物を愛撫していた。彼女は片手を上げてわたしに応えながらも、すぐにはやって来なかった。わたしはその囲いの柵に寄りかかって、彼女を見守った。これまでに知り得たケイ子は——見合いのあと五回ほど会っていた——どこか鈍いところがあって、それがすこし気になっていたが、〈わたしの動物園〉にいる彼女は別人のように生き生きとして見えた。

ケイ子のいる囲いには、大型犬くらいに成長した動物が十五、六頭、ゆったりと寝そべったり、仲間の邪魔をしないよう静かに歩いたりしていた。もちろんどの動物も二種類の動物の混合によって誕生した新しい動物たちである。

たとえば、すこし向こうの囲いのなかで歩きまわっている一頭は、小馬のような豚というべきか、豚のような小馬というべきか、馬と豚の合いの子であり、わたしが寄りかかっている柵のなかで、いかにも物憂そうに寝そべっているのは、ふさふさとした毛こそまったく生えていないが、犬との交配によって作られた巨大な兎である。

ケイ子の姿を目に入れたことで気持が落ち着いたのか、わたしはいくらか雰囲気に慣れた自分を感じながら、あらためて飼育室を眺めまわした。するとそこが、飼育室というよりも保育室と呼んだほうがふさわしいように思えた。この新しい動物たちに共通する特徴なのだろうが、さまざまな形態をしながらも、みんな赤ん坊であるかのように見えるのである。

つまり、成長して大きくなっても、生まれたときのそれぞれの体形がほとんど変化していない、そんなふうに思えるのである。もちろん食用動物として、配合の巧みな操作や完全飼料による急速な成長など、いろいろな工夫がなされた成果なのだろう。

さらに、赤ん坊に見えるもうひとつの理由があった。わたしの足もとに寝そべっている犬と兎の合いの子がそのよい例だが、どの動物にもほとんど体毛がないことである。

一定の温度に保たれた飼育室で生育され、寿命の三分の一にも達しないまえに生を中断されるようプログラムされているのだから、厚い皮膚や体毛など必要がないわけだ。この部屋に入った一瞬、大浴場に踏み入れたような錯覚を起こしたが、一様に淡い褐色の肌をした動物たちが、ヒトの裸のように見えたのである。

もっとも顔の表情だけは別であって、成長するにつれてあきらかに変化が認められた。赤ん坊のような体形を残しているせいで、どの動物もそろって愛くるしい表情を保ちながらも、しだいにその顔に憂いと混迷が加わるのである。

動物たちのそうした表情に気づくと、わたしは悲しい気持に誘われた。それに、これだけ多くの動物がいるのに、静まり返っていることも、そんな気持に誘われる原因のようだった。あるいは、その必要がないので、あらかじめ声帯が取り除かれているのかもしれない。いずれにせよ、低く流れる音楽とともに、木の床を歩きまわる、こつこつという蹄の音が聞こえるばかりなのである。

ところで、目に入れたときから気になっていたが、ケイ子は妙な服装をしていた。白衣か作業衣を着ていて当然と思えるのに、そうではなかった。薄い緑色の生地の、なかばドレス、なかばネグリジェといったものである。そのうえ、動物たちを真似たように裸足である。そんな恰好をした彼女は、なにをしているのか。

はじめのうちわたしは、動物たちを抱擁したり愛撫したりする彼女を見て、いまは休憩時間で、遊んでやっているのだろうと思っていた。だが遊びでないことがわかった。大型犬くらいの大きさの、しかも異なる形態をした動物たちをつぎつぎに抱擁するだけでも、小柄な彼女にとって大変な作業なのだ。

それに、彼女は遊びとは思えない真剣な表情をしていた。そこで、さらに気をつけて見ていると、愛撫にかける時間も手順も一定していて、あきらかに作業中だった。おそらく衣服も抱擁し愛撫するのに都合のよいよう、工夫したものにちがいなかった。

仕事中であることに気づくと、わたしはいっそう興味を持ってケイ子の動きを見守った。彼女は、一頭にそっと近づくと、両膝をつき、両腕をひろげて静かに抱擁する。そして、頭や首からはじめて、全身をゆっくり愛撫する。けして急ぐことのないその手つきは、慈しむかのようである。実際に、どの動物たちも、磨かれたように艶がある。

彼女の愛撫に対する動物たちが示す反応も興味を惹いた。彼女が近づいても動物たちは一様に知らぬふりをしている。彼女が抱擁すると、いま気づいたというように彼女のほうに顔を向ける。愛撫がはじまると、目をそっと閉じて、身動きもしない。愛撫が終わって、彼女がほかの動物のほうに行こうとするときになって、なにかを求めるかのように彼女の顔をじっと見つめる。すると彼女は、かならずそばにもどり、ほんのすこし追加の愛撫をして、あとは、さっと離れる。もちろん動物たちもそれ以上の要求は見せない。

その囲いの動物たちを一巡し終わったケイ子は、ようやくわたしのところに来た。顔を紅潮させた彼女は、照れたような微笑みを浮かべた。そして、わたしが微笑み返すと、ようやく安心したような表情を見せて、腕をわたしの首にまわしてキスをした。いちどキスをしたことがあったが、地味で大人しい彼女にしては、大胆な振る舞いだった。

「だめだよ。こんなところで……」

わたしはすこし顔をひいて言った。

「だいじょうぶ。この子たちは嫉妬することを知らないのよ」

ケイ子はもういちどキスをしてから腕を解いて、柵に背をもたせかけた。

「動物たちのことではないよ」

「それならもっとだいじょうぶ。モニターは切ってあるし、時間にならないと、誰も入って来ない」

金属の柵をはさんでケイ子は内側に、わたしは外側にそれぞれ立っていた。ふたりは話しているあいだも、動物たちを眺めていた。

「すると、ここにいる動物はみんな、あなたがひとりで世話をしているの」

「そうじゃない。飼料をやるとか、体を洗うとか、そうしたことは、それぞれの担当がする。わたしは、この子たちといっしょにいるのが仕事なのよ」

「ただいっしょにいるだけではないでしょう」

「もちろんよ。わたしの仕事は、この子たちを慰撫《いぶ》することなの」

「いぶ？」

わたしは彼女の横顔を見つめた。

「つまり、慰めいたわることよ」

「ああ、あの慰撫……いまやっていたように？」

「抱擁したり愛撫したりして、この子たちを慰めるのが仕事なの。といっても、それが大変なの。小さい子たちは甘えて離れようとしないし、ほら」

と言ってケイ子は、左手の奥の大きな動物たちを示した。

「あの子たちのような大きい子になると、抱擁するのも愛撫するのも、まるで格闘するみたいなの」

「なんのためにそんなことをするの」

「その説明がすこしむずかしいの」

ケイ子はすぐには答えないで、しばらく黙っていた。明るい光線を浴びているせいもあって、少女の面影を残している顔が、年齢どおりの三十を越えた顔になっている。

「先生たちが求める、慰撫効果の狙いが一貫していないかしら」

彼女は不服そうな口ぶりで言った。

「どんなふうに?」

「先生たちは、はじめのうち、慰撫効果の狙いをこう説明していた。組み替えによって生まれたこの動物たちは、もちろんその働きをしっかりと受け継いでいる。けれども、あまりにかけ離れた組み替えによって生まれたので、それが十分に作動せず、それが障害になる怖れがある。たとえば、この子の場合でいえば……」

と彼女は声をひそめ、足もとに寝そべった体毛のない巨大な兎に目を向けた。

「父親が犬で母親が兎でしょう。すると、この子の遺伝子の働きは犬と兎の両方があるわけだけれど、この子自身にとって、それがどうしてもしっくりしないことがあるの。もしあなたがヒトと馬の交配で生まれた最初の合いの子だったら、自分をどのように感ずるかしら。やはり自分がしっくりしていないように感ずるはずよ」

「しかしそれは、当然のことでしょう」

「でも、それが障害にまでなると、手のほどこしようがなくなり、あっというまに死んでしまう。だって、この〈B―2〉にいる子たちはみんな、これまで存在していなかった生き物なのよ。この地上にあって、これくらい生存根拠のない生き物はいないのよ」

「なるほど。そこで、先生たちは、抱擁や愛撫でもって、その障害を回避させよう、そう考えたわけだね」

「そうなの。先生たちははじめ、そう説明していたの。そしてわたしがその係りの第一号になったの。ところが――」

とケイ子は、いったん言葉を切り、すこし沈んだ声でつづけた。

「その同じ慰撫効果の狙いが、いまでは、まるでちがってしまっているの」

「どんなふうに?」

「正反対になった」

「というと?」

「組み替えの働きを現状のままに停止させ、それを維持させる、それが狙いになったの」

「どうしてだろう」

「しっくりしない感じを無理に排除すると、かえって生育のプログラムに狂いが出てくる恐れがある、そう考えるようになったからよ」

「ということは、あなたの先生たちは、つぎつぎに組み替えていくことで目的に達することができる、そう自信を持ったのだ」

「そうなの。すべての働きを正常にしなくても、極上の食肉を作り出せる、という目標が見えてきたからなの」

「このような動物を作り出した以上、そうした最終の目標へ向かうのは当然だろう」

「それならば、どうして慰撫効果を中止しないの」

「………」

わたしは答えられなかった。音楽が低く流れる飼育室に、動物たちの蹄の音が聞こえていた。

「慰撫効果の狙いについて、いまでは、先生たちの本心は、もっと別のところにあるのよ」

ようやくケイ子は呟くように言った。

「別のところ……それはどんな?」

「先生たちは怖れているのよ」

「なにを?」

「この子たちそのものを」

「つまり、このような奇形児を作り出したことを?」

「そうじゃない。先生たちは、自分たちの成果を誇りこそすれ、悔やんだりはしない」

「なるほど。そういうものかもしれない」

「研究の成果を誇りながらも、先生たちは一方で、この子たちを最初から食用として作ったことから生ずるかもしれない、あることを怖れているのよ」

「どういうことです」

「この子たちは、人間の食料として、最初からその存在が否定された物として、作り出された。実際にこの子たちは、何か月という計算された時間になると、予定した体重になり、人間の味覚にとってもっとも美味になる、そして人間でいえば十歳くらいだけれど、その時期に生命を断たれる、というプログラムが、遺伝子次元でもう決定されている。先生たちが恐れているのは、その時期に達するまえに、この子たちのなかに死の本能が目覚めるのではないか、ということなの」

「ビルのなかで誕生させられ、同じビルのなかで生命を中断されるこの動物たちが、生の本能ではなく、死の本能を目覚めさせても不思議はない、むしろ当然だ、という考えが出てくるわけだね」

「だから先生たちは、慰撫効果によって死の本能の目覚めを封じ込められないか、そう考えたの」

「しかし、飼育上の問題が解決できているのなら、死の本能の目覚めなど怖れる必要はないでしょう。それとも、死の本能が目覚めると、食肉としての味が落ちるとでもいうの？」

「まさか。そんなことはない。だからわたしは、先生たちは、ただこの子たちそのものを怖れている、そう言ったのよ」

「たしかに、考えようによっては、面倒な問題かもしれない。だが、この際、先生たちの考えはおくとして、あなた自身はどう考えているの。この動物たちのなかで死の本能が目覚める、というようなことがあると認めるの？」

ケイ子はわたしのほうに顔を向けた。真剣な表情を浮かべていた。

「もちろんわからない。動物たちの気持なんて、どんなに長くいっしょにいても、ほんとうのことはなにもわからない。もしわかったら、この子たちに接していることなんか、とてもできない。それでもこの子たちの様子を毎日見ていると、死の本能が目覚めても当然だ、そう思えてくる。だって、そうでしょう。組み替えの時点ですでに、生きるという本能も生殖本能も奪われたこの子たちにとって、親から受け継ぐことができるのは、死の本能以外なにもないのだから」

「死をはじめから押しつけられている以上、生存することの意味としては、死の本能に目覚めることしか残されていない、ということだね。けれども、死の本能に目覚めると仮定して、慰撫効果くらいで、その目覚めを阻止できるだろうか。とてもそんなふうには思えないが。そうじゃないのかい？」

「そのとおりね」

「となると、あなたはまったく無駄なことをしていることになる」

「そうなるわね。でも、先生たちの側ではなく、この子たちの側に立てば、問題は最初からはっきりしている」

「どんなふうに？」

わたしはこう訊いて、ケイ子の顔を見つめた。動物たちを眺めるその顔は、ふたたび頬がほんのりと紅潮して、目が輝いている。

「もし死の本能に目覚めることがないとすれば、この子たちは、なんのために生命を与えられて生きているのか、わからないことになる。だから、否定される物として生み出されたこの子たちにとって、死の本能に目覚めることだけが、生存の根拠になるはず、そう考えるほかない」

「するとあなたは、先生たちの狙いを逆手に取り、死の本能を目覚めさせてやりたい、そう考えていることになる」

「そうよ。わたしはこの子たちの側に立ち、慰撫効果でもって、死の本能を目覚めさせようとしているのよ」

「なるほど。あなたがこの仕事に情熱を持っている理由がよくわかった。それができれば、いずれは、この動物たちは、あなたの手を借りなくても、死の本能を目覚めさせることになる。そうなれば、あなたがこの新しい動物たちに生存の意味を賦与したことになる。そういうことでしょう」

「そこまでは考えなかったけれど、そう言われれば、そのとおりね」

「ただ問題は、抱擁とか、愛撫とか、そうした慰撫効果に、それだけの力があるか、ということだ」

「そうね。ないかもしれない。でもわたしは自分の方法を信じている」

「自分の方法?」

「ええ。いま言ったように」

とケイ子は、飼育室全体を見わたし、自分に言い聞かすように言った。

「抱擁するときも、愛撫するときも、ただ慰めいたわるのではなく、可能なかぎりの熱意をこめ、埋もれた死の本能に訴えるの。こんな恰好をしているのも、そのためなの」

ケイ子はこう言って、衣服の胸のあたりをひろげて見せた。わたしはその胸からそらした目を動物たちに向けて言った。

「なるほど。あなたの方法がよくわかった。死と向かい合うこの動物たちこそ、あなたの真の恋人というわけだ」

「真の恋人……まあ、ひどいことを言うのね」

ケイ子は顔を赤らめながらも、わたしの顔をじっと見つめた。わたしも同じように彼女の顔を見つめ返した。

「それ、やきもちのつもり?」

「そうかもしれない」

「そう。あなたはそういうつもりなの」

ケイ子はわたしの首に両腕をまわすと、はげしいキスをした。わたしは息苦しくなり、顔をすこし離して言った。

「ほら、あなたの恋人たちがこっちを見ているよ」

「かまわないわ。いくらでも見せつけてやればいいのよ」

キスをきっかけにはじまった会話は、二度目のキスで終わりになった。わたしはそのあとしばらくのあいだ、いちばん大きな動物たちの囲いに入って、彼らを抱擁したり愛撫したりしているケイ子の様子を見守っていたが、定刻になって白衣の職員が入って来たので、彼女に別れを告げて〈わたしの動物園〉を出た。

わたしは、地下鉄の入口に降りようとして立ち止まり、車の絶えない道路越しに研究所の建物を振り返った。そして飼育室のある五階のあたりを見上げながら、ひとつの問いを頭に思い浮かべた。ケイ子は死の本能を目覚めさせることができると、本気で信じているのだろうか。信じているとしたら、わたしが言い出したことだが、死に正面から向かい合うあの動物たちこそ、彼女にふさわしい恋人たちではないだろうか。そしてもしそうであるなら、婚約者としてのわたしの立場はどうなるだろう。それでも結婚は成り立つだろうか……。

もちろんわたしは、この問いを、念のために頭に思い浮かべたにすぎなかった。むしろわたしのなかでは、〈わたしの動物園〉を訪問したことによって、彼女との婚約は揺るぎないものになっていた。彼女の仕事を自分の目で確かめたことで、わたしのなかに残っていた結婚についての疑念が、拭い去られたからである。

（了）

海辺にて

夜のうちに嵐が去って、風の呻きや物の軋みからようやく解放された。昼ちかくになって、わたしは息子と犬のケンにせがまれて宿を出た。二日も安宿の湿っぽい裏部屋にいたので、まっ青な空から降りそそぐ陽光に目がくらんで、目を開けておれないくらいだった。

小さな漁村は活気に満ちていた。あらゆるものが一新したみたいに新鮮で、きらきらと輝いていた。どの家も洗濯物が干されていて、石垣に布団が持ち出されていた。強風に慣れている漁村の人たちも、さすがに晴れ晴れとした気分なのだろう、はずんだ声が澄んだ空気に高くひびいていた。

ケンともつれ合って走る息子の後ろから海辺の村をよぎって行くと、石垣越しに挨拶をする村人もいて、わたしは戸惑いながらも挨拶を返した。朽ちかけた宿に長逗留する奇妙な親子連れのことは、もちろん村人に知れわたり、彼らはそれなりに見慣れただろうが、わたしのほうはいつまでも村人に慣れなかった。わたしと良子と五歳の息子、そして犬のケンがこの村に居ついてもう二か月になっていた。

わたしと良子は、大都会における商業演劇に見切りをつけ、地方都市の公演によって新しいエネルギーを汲みとろうという旗印のもと、予定もないままに巡業に出た小さな劇団の団員だった。ところが、二年も経たないうちに劇団はお決まりの経営難におちいり、性風俗をなぞるいかがわしい出し物で食いつなぐ有様で、そのあげくに団員のあいだに諍いが起こった。そしてその煽りをくらい、演出助手、つまり小劇団ではむだ飯食いのわたしと、いつまでも未熟な、しかも子持ちの女優である良子は、当然の成り行きで、

あっさりと追放されたのである。

劇団を追放されることは、この世界で珍しいことではないが、その際に良子がとった態度が奇妙だった。都会にもどって出直そうというわたしの意見をかたくなにしりぞけて、このまま親子三人で旅をつづける、そう主張して譲らなかったのである。わたしは面食らった。劇団を離れた旅など意味がなく、だいいち息子の養育に不都合だった。わたしはそのことをなんども彼女に説明して、いったいなにが望みなのか問いつめた。もちろん良子も自分の主張の不合理さを認めていて、黙るばかりだった。

しかし彼女は最終的に納得できないらしく、都会にもどることを承知しなかった。そして業を煮やしたわたしが、これを最後とばかりにつよく詰問すると、怒ったような声でこんなふうに言った。たとえ劇団を離れようと、最初の目的、地方を旅することで新しいエネルギーを汲みとるという目的は放棄すべきでない。私たちの演劇運動の理念は、あくまでも人間性の追求にあるのだから、劇団を離れようと離れまいと、その理念に変わりはなく、したがってわたしたちは、このまま旅をつづけなければならない……。

わたしは唖然として良子の顔を見つめた。彼女は恥じらうように顔を伏せていたが、その顔には久しぶりに、学生どうしで知り合ったころの少女の面影が、疲れた表情に混ざって浮かんでいた。

いずれにせよ、旅費の持ち合わせがなく、たちまち宿の払いがとどこおって、急場しのぎの収入を得る必要があった。そして、良子のほうが先に仕事を見つけて、わたしは息子と安宿に残ることになった。その結果、それが彼女に主導権を与えることになり、彼女の意志どおりに旅の生活がはじまったのである。

たしかに、臨時の仕事は女のほうが見つけやすく、二か月ほどの間隔をおいて移動しながら、良子は行く先々で仕事を見つけて働いた。酒場、町工場、旅館の下働き……雇い主をどう言いくるめるのか、たちまち信用されて、それ相応に能力を発揮した。わたしはそんな精力的な彼女にあきれるばかりだった。親の家を飛び出してわたしのアパートに転がりこんだころのあの我儘な言動はすっかり消えていた。子供を生んだことが強くしたのだろうが、旅をつづけようとする意志がいっそう彼女を強くしたにちがいなかった。

もちろんわたしは、都会にもどってわたしを中心とした正常な家庭をつくらねばならない、そうしないとこの先どうなるかわからない、そう思いつづけていた。しかし彼女の顔を見ると、話を切りだせなかった。それにわたしは、日々の怠惰が身についたのか、生活をあらためたいとほんとうに望んでいるのかどうか、自分でもわからなくなっていた。もしかすると、このまま彼女にすべてをゆだね、いつまでも旅をつづけていたいのかもしれない、などと馬鹿なことを思ったりもした。

それにしても、良子がなぜ一か月とか二か月とか短い期間で移動するのか、わけがわからなかった。旅が目的なのだから移動するのは当然としても、やはり動機が不明だった。せっかく仕事に慣れたのに、とつぜん新しい行き先を宣言して、わたしと息子は仕方なく黙ってついて行くという有様だった。彼女は旅をすることでまだ、女優としてのなにかを得ようとしているのだろうか。とてもそんな期待は望めなかった。慣れない土地、気心の知れない人々、新しい仕事……。彼女の毎日は、疲れて宿にもどり、食事を準備し、眠るだけで、たまの休日も、洗濯やわたしでは行きとどかない息子の世話に追われて、土地の風物を見てまわるということさえなかった。

すると、彼女のほんとうの目的はなんだろう。なにが目的でこんな苦労をあえて背負いこむのだろう。都会にもどらないにしても、どこでもいい、居を定めたいと思わないのだろうか。それとも、旅の日々にうんざりして、どこかに腰を落ち着けたくなっているわたしの気持を見抜いていて、それでわざと移動を繰り返しているのだろうか。しかし、良子がわたしをあえて苦しめるなど、考えられない。劇団を追われたのは演出家を目指すわたしの傲慢さも原因のひとつだったが、まだいくらか和解の余地があったのにけしかけたのはむしろ彼女で、その結果として追放されたのである。

漁村を抜け出ると、一帯は松林がひろがって、その下が砂浜になっていた。わたしは松林の下の草に腰をおろして、ぼんやりと海を眺めていた。昨日までとは打って変わり、波が単調なリズムで砂浜を洗っていた。つよい日差しにも慣れて、ようやく落ち着いた気分になっていた。

そこはすこし高くなっているので、漁村の全景が眺められた。漁師たちの家は、浜辺の中央に小さく固まっている。鉤型になった突堤のあたりで、カモメが舞っていて、静けさのなかにその鳴き声だけがせわしく聞こえている。突堤の近くの浜辺に小さく人影が見えている。漁師のおかみさんたちが日だまりで、魚を裂いたり干したりしているのである。もちろん遠くて見えないが、良子もおかみさんたちに混ざり、魚の腹を裂いているはずだ。

　それにしても良子は、わたしのことを村の人たちにどんなふうに話しているのだろう。村の女たちは道などで会うと、ちょっと哀れむような笑みを見せる挨拶をするが、そんなときわたしは、自分が精神を病む人間に思われているような気がしてならない。ひょっとすると良子は、わたしのことをそんなふうに話しているのかもしれない。しかし精神を病んでいるのは彼女のほうかもしれないのだ。

　げんに、どうしてこんな辺鄙な漁村をわざわざ選んだのか、彼女の意図がまるでわからなかった。わたしの怠惰を際立たせて、立ちなおる機会を見出すのを期待している、そんなふうにも考えられたが、そんなことではなさそうだった。わたしが演出という仕事にもどるには都会でなければならないし、こんな辺鄙な漁村に来れば、わたしにできる臨時の仕事など見つかるはずがないのだ。ということは、彼女はあえて苦労を背負いこもうとしていることになるが、いったいなんのためにそんなことをするのだろう。もしそうなら、わたしは彼女の苦労をいっそう大きくするための重石にすぎないことになる。

　気がつくと、浜辺で遊んでいた息子とケンが、わたしにならんで寝そべっていた。息子はわたしが寝そべっているところばかり見て育ったせいか、その姿勢がわたしにそっくりだった。五歳の息子は、わたしに対してひどく無口だが、もちろん言葉が遅れているわけではない。宿の者やおなじ年ごろの子供たちが相手なら、旅のなかで育った子供らしく、たくましさを発揮して、よくしゃべった。わたしの胸のうちを察して、おなじ姿勢をとり、おなじ沈黙を保つことで、気持を寄せている、そんなふうにも思える。

　とうぜん息子は、母親よりもわたしのそばにいるほうが多いが、どこで遊んでいても、いつもわたしのことを気にしているらしく、ときどき様子を見に来る。そんなとき母親のためにわたしを見守っている、そんなふうに考えたくなることさえある。

　わたしは海を眺めている息子の横顔を見つめた。こんなふうに他人の子供を見るように息子を見てはいけないと思いながらも、自然にそういうふうになるのだ。奇妙な旅をしているあいだに、父親としての感情をなくしたのだろうか、そう思うと、空恐ろしくなるのだ。

　また、ときには息子が大人じみて見えることがある。すでに子供らしい無邪気さをなくしていて、すべてのものが憂いのベールにおおわれて目に映るのではないのか。移り変わる事物をあまりに多く目にしなければならず、五歳にしてすでに人生に倦んでいるのではないのか。そんなふうに思うこともある。もちろんそんなことがあるはずがない。

息子とケンは海の遠くへ目を向けていて、わたしが見ていることに気づかなかった。そのとき息子があくびをした。子供らしい可愛いあくびで、わたしはそれを見てほっとした。なんといっても五歳の子供だ。ところが、つづいて息子の横で前脚を投げ出しているケンがあくびをした。わたしはなぜかどきりとした。

この犬がどういうつもりでわたしたちについてくるのか、わからなかった。可愛がっているわけでもないのに、わたしたちから離れなかった。宿の許可がとれないときは、外にほったらかして、ろくに餌も与えなかった。息子の遊び相手になるので、ついて来るのを追い払わずにいるだけであった。どこかへ行ってしまえば、それはそれでいい、そう思っていた。

ところが、むしろその素っ気なさが気に入ったのか、去って行く気配を見せなかった。自分で寝床を探し、朝になると宿の前でわたしたちが起きだすのを待っていた。名前も息子がイヌ、イヌと言っているので仕方なく、特別の名前をつけて情が移るのを恐れて、とりあえずケンと呼んでいた。

わたしはときどきこの犬は何歳くらいだろうと思った。息子を相手に戯れているところはそんなには見えないが、かなりの老齢で、ひどい辛酸を舐めてきたのかもしれない。皺らしい深い溝のある細長い顔を前脚のあいだに落とし、目やにの溜まった目をしょぼつかせている様子から見ると、余命いくばくもなく、残り少ない日々をわたしたち親子の旅に託して、長年の寂寥を癒しているのかもしれない。そんなふうにも思えた。

つづいて息子はもういちどあくびをした。

「アキラ、海に飽きたか」

波の音で聞こえないのか、息子は返事をしなかった。わたしはもういちど繰り返した。

「うん。飽きた」

「そうか、飽きたか」

「うん。飽きた」

「じゃ、山のほうに行ってみるか」

「…………」

「山だぞ。行かないか」

「…………」

口をきくのもおっくうだと言いたげだった。

「見晴らしがいいぞ。遠くまで見えるぞ」

「うん。でもぼく行かない。ケンとここで待っている」

「………」

それでもわたしは立ちあがり、「さあ、出発だ。ケン、おまえも来い」と、脇腹のあたりを靴先で小突いた。ケンはこちらに首をまわそうとしながらも、息子が動く気配のないのを見て、顔を前にもどした。わたしは仕方なく、ひとりで歩きだした。あんなふうに言ってもついて来るだろうと思った。

しかし十歩ばかり歩いて振り返っても、息子もケンも海を眺める姿勢を崩していなかった。無理やり連れて来ればよかった、わたしはそう思いながら、岬のほうに通ずるらしい道を進んだ。

迂回しながら岬の先端に出るのか、いったん砂浜と松林を離れた道は、灌木の茂ったあいだを登っていて、すこし進んだだけで山の中という感じになった。旅ばかりしていて、いつも見知らぬ風景のなかにいる自分を見出すせいか、わたしは自然に対して鈍感になっていた。都会を離れたころは、自然のなかを夢中で歩きまわったのに、いまではほとんど関心を失っていた。

さっきまでは道だったのに、いつのまにか足もとがごつごつとした岩が剝き出しになり、水路の跡のような地形になった。引き返す気になれないので、岩や木に捉まりながら崖にちかいところをよじ登り、見えていた明るみにたどり着いた。しかしそこは道ではなかった。左手はなだらかな山の傾斜になり、右手はそそり立つ崖になっていて、そのあいだの平地といったところで、一面背の高い柔らかな草におおわれていた。

わたしは草のなかに踏み入れた。膝のあたりまである薄緑色の草は、歩を運ぶたびにさらさら音を立て、色をかすかに変化させせながら、四方にひろがった。わたしはまん中あたりで足をとめた。山肌の濃い緑、頭上の空の青さに、空気までが緑とも青ともつかぬ色に染まって、水の底にいるようだった。

その静寂がたちまち破られた。いきなり小鳥たちの鳴き声がして、激しい羽ばたきが聞こえた。だが、あたりを見まわしても、どこにも姿はなかった。鋭い鳴き声と激しい羽ばたきを聞いていると、わけのわからない衝動にかられた鳥たちが、小さな体を幹に打ちつけている、そんな光景が頭に浮かんだ。

不安な気持を打ち消すために、わたしは勢いよく草を分けて歩きだした。そして、右側の崖のふちに立つと、思ったとおり、そこから岬の裏側の入江が見おろせた。入江のいちばん奥深いところで、濃い青緑色の液体を静かにたたえていた。あまりに鮮やかな色彩なので、現実の海には見えないくらいだった。

足もとの崖のすぐ下に道があった。樹の幹に支えられて滑りおりると、山の中腹を削ってつくった車も通れる幅の道で、ゆるく傾斜していた。下れば入江の奥に出て、登れば漁村にもどる道につながっているにちがいなかった。入江の奥に降りてみたかったが、引き返す面倒を考え、あきらめて道を登りだした。

しばらく進むと、木々をかき分ける音がした。足をとめてあたりを眺めると、道の左手の下から聞こえ、誰かが登って来る気配で、実際にすぐ下の灌木のあいだに頭が見えた。こんなところで誰にも会いたくなかった。わたしは足を早めた。

しかしそのまえに道に出て来たその男が、いきなり「おお、Aじゃないか」と叫ぶように言って、道の真ん中に立ちはだかった。わたしはわけもわからないままに「来たな」と思い、足をとめて男を見た。男は黒っぽい背広にネクタイをしていた。

「まちがいない。Aだ」

男は繰り返した。

「ああ、きみか」

わたしは呆気にとられながらも、ようやくOという男なのを認めた。

「ああ、きみか、もあるものか。こんなところで」

「それもそうだが、きみだって、どうしてここに……」

わたしは、そう言いながらも、すこしもおどろいていない自分を小気味よく思った。しかし実際は、こんなところでこの男に出会うなんて、信じがたいことなのだ。

「ほんとにおれが誰なのかわかっているのだろうな」

Oもこう言って、いたずらっぽい顔をした。

「わかっているさ」

「どうも怪しいな」

そう言われると、Oとわかっていても、どこか不安があった。Oは酒臭い息をしていた。それにしても、ずいぶん変わった、そんな感じだった。学生寮で同室だったころの勉強一筋の青臭さはみじんもなかった。世間にとっぷりと浸かることに成功したのだろう、七、八年のうちに顔幅まで増大させて、首筋にしぶとさを滲ませている。

Oはわたしの承諾もなしに坂を降りはじめて、同郷の先輩が社長をしている会社に入り、いま社長秘書をしているなどと話しだした。さらに、会社の寮がこの下の入江の奥にできて、昨日が寮開きで接待係として来ている、そう説明した。

それが自分とどんな関わりがあるのか、わたしはそう思って、別れて引き返そうと思いながらも、いっしょに坂を降りた。それに、相手が自分のことばかり話して、わたしがどうしてここにいるのか訊こうとしないことも、かえって振りきれない気持にさせていた。

そういえば、彼は学生のころからわたしをライバル視していて、まったくちがう分野に進みながらも、わたしのことを気にかけていたらしい。ということは、わたしの消息を知っていて、わたしの立場に触れないことで同情しているつもりなのかもしれない。

「いや、まいったよ。こんな田舎で、しかも昼間から酌婦を連れて来いという。社長は田舎者だから、酌婦ぬきの宴会なんて、考えられないのだ。まったく手を焼くよ。きみにはわからないだろうが……」

学生のころはこんな口のきき方をする男ではなかった。いずれにせよ、相手がこちらをどう思っているか読めたので、わたしは安心した。これでいつでもこの男に背を向けることができる、そう思ったのだ。

「ほら、あそこだよ」

Oは入江のいちばん奥を示した。白い建物が見えた。四、五階のコンクリートの建物が崖を背に、海に向かって建っている。

「こんなところにすごいものを作ったものだ」

「社長は漁師の生まれだろう。だから寮はみな海なのだ。社員のためと言っているが、けっきょく自分の好みの押しつけなのだ……」

Oはわたしの言葉を勝手に解釈して言った。わたしは引き返そうという考えをひとまず引っ込めて、建物を近くで見てみようと思った。この路もその寮のためにつくったものらしい。

路は海に面したその建物の裏側にある玄関に出た。マイクロバスが帰りの客を送って行くところで、ごった返していた。Oはここで待っていてくれと言って、帰りの客たちに挨拶をはじめたが、いつまでも終わる様子がなかった。わたしはこれさいわいと引き返しかけたが、ふと見ると、建物の横に外階段がついていた。屋上に登れば入江の光景が一望できるはずで、ひと目見てみたくなった。

外階段を登り、人気のない屋上に出た。陽光が照りつけていて、建って間がないせいか、石灰の匂いがした。見ると屋上の一部がガラス張りの部屋になっていて、なかに人が認められた。わたしはなにか予感のようなものを感じて、その部屋に近づいた。

畳の敷かれた部屋で、少人数の宴会の最中だった。会社の幹部と特別の招待客たちだろう、二十人くらいの浴衣を着た赤ら顔の男たちが、膳を前に車座になっている。その男たちに混ざって、Oが言っていた、酌婦の代役を無理に頼まれた漁村のおかみさんたち、七、八人の女が酌をしている。

わたしは、誰も気づく様子がないので、興味をおぼえて、ガラス越しに覗きつづけた。にわか仕立ての酌婦が、遊びに慣れた男たちには面白いのか、こんな時間なのにかなり座が乱れている。

よく見ると、おかみさんたちのなかには、あきらかに逃げ腰で酌をしている者もいる。浜で魚を裂いているおかみさんたちに、こんな場での酌婦のまねごとなどできるわけがない。わたしはそう思いながらも、さらに興味をおぼえて見守った。声が聞こえないことがひとりひとりの動きを、奇妙なくらいはっきりと見せているのである。

もちろんその情景がこんなふうに興味深くわたしの目に映るのは、漁師のおかみさんたちをにわか酌婦に仕立てたという情景を、演出家としての視線で眺めるせいにちがいなかった。したがって、その演出家の視線が漁師のおかみさんたちのなかに良子がいることを認めた瞬間も、それほどおどろきはなかった。いずれにせよ、法外な報酬が前渡しされたにちがいなかった。そうでなければ、いくらなんでも漁師のおかみさんたちが、引き受けるはずがない。もしかすると、良子がイニシアチブを取ったのかもしれない。十分に考えられることだ。

わたしは良子の動きを見つめて、あることに気づいた。わざと野暮ったい化粧をしているのだが、さらに見ていると、大胆な試みがもっとはっきりと見てとれた。ただ酌婦を演じているのではなく、漁師のおかみさんがにわか酌婦に化けているという演技、そのぎこちない仕草や戸惑いまでも演じているのである。それが真の演技になっているので、男たちは呆然と彼女に見惚れているのである。

良子の演技に見入りながら、わたしは、自分が演出しているような錯覚にとらわれた。子供を生んでもまだ幼さから抜けきれず、未熟な演技しかできなかった彼女が、成熟しながらも粗野なままの漁師のおかみさんたち、この場面での彼女たちの当惑の表情までも、みごとに演じているのである。なんという変貌ぶりだろう、これが舞台の上なら、まちがいなく観客の気持をつかむことができるだろう。

わたしはいよいよ演技の内容を高める良子の姿を見守りつづけた。演技であることを知らない男たちは、呆然とした様子で彼女に見入っている。その男たちは、むしろ彼女に操られた格好で、演技に協力しているようにさえ見える。おかみさんたちもおなじで、男たちに酌をしながらも、みんな彼女に見惚れているのである。

わたしは確信することができた。あれが真の演技だ。彼女が身を挺して生み出しているのは、まさに演技の本質そのものだ。つまり、彼女は漁師のおかみさんに化け、さらに酌婦に化けているわけだが、その二重の虚構が、あるひとつの存在を完璧にちかい形で表現しているのである。そして演出家のわたしはいま、あたかも自分が出現させたかのように、そうした存在をはっきりとした形で目にしているのである。

もちろん彼女はまちがっていた。これは芝居ではない。まわりにいるのはこの寮の持ち主の社長やその取引相手の会社の社長たち、つまり現実のなかで生きている人たちだ。そのことはさしあたって、彼女の演技には関係がないだろうが、男たち自身は、彼女の演技に感動しながらも、その感動がなにに発しているかを知らないのである。

実際に、男たちはすこしずつ彼女のほうににじり寄る気配を見せはじめている。おかみさんたちも彼女の演技に誘われて、男たちを挑発しはじめている。けれども、いずれ男たちの振る舞いが、良子の演技を中断させるだろう。おかみさんたちも自分がなにをしているかに気がつくだろう。

こんなふうに予想したところで、わたしはその場を離れた。彼女たちがわれに返る場面を目撃する必要などなかった。良子が見せてくれた、二重の虚構によって生み出されるひとつの存在を、はっきりと確認できただけで十分であった。わたしが目指している演出は、そうした存在を生み出すことにあるのだ。

わたしは屋上の囲いに近づいた。すぐ下に入江の海が見おろせた。ほとんど濃紺といっていい海水が、まるで湖水であるかのように、岬と岬のあいだを満たした状態で、固まっているのである。わたしは囲いから身を乗り出して、思いっきり腕を伸ばした。固まった海水に手を突っ込んでひっくり返し、海の中身をそっくり外気に晒したい、そんな衝動に駆られたのである。

（了）

引っ越し

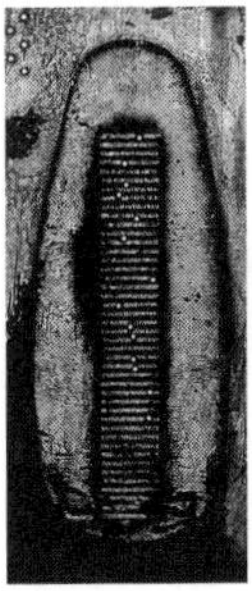

越して来たばかりの家にもどろうとして、ターミナル駅の長い地下道を歩いている。昨夜からの引っ越し騒ぎで疲れきり、足を運ぶのもおっくうで、のろのろと歩いている。

それにしても、きょうの叔父たちはどうしたのだろう。いつもなら母にもてなしを強要したあげくに、酔っ払ってむだ話に夢中になり、とどまることを知らない。「やはり兄さんにはかなわん。さすがは兄さんだ」などと父をおだてたり、自分たちの無能ぶりを誇張したりして、いつまでも腰をあげない。ところがきょうにかぎって、道化じみた振る舞いをすこしも見せず、父の前に神妙な顔をならべていた。

叔父たちばかりではない。あの胸糞の悪い従兄たちもそうだった。わたしたち一家を腹のなかで馬鹿にしている叔父たちを見ならい、いや、叔父たちよりももっとたちが悪く、酔っているのか、そのふりをしているのか、姉や妹たちを追いまわし、彼女たちが嫌がるのもかまわず、淫らなことをささやきかけるのをやめない。そんな従兄たちまでが、きょうはなぜか大人しくしていた。

叔父たちのきょうの変わり様は、なにを意味しているのだろう。ことがあるたびに押しかけて来て、大騒ぎをする彼らが、母の勧める酒にほとんど手をつけず、一時間ばかりいて、そそくさと帰って行った。いつもなら酔った彼らを電車に乗せるのにひと苦労するのに、わたしから逃げるようにして、改札に入って行ったのだ。

叔父たちとは反対に、父はひどく上機嫌だった。得意そうに家のなかを案内したあと、ほんのわずかな酒に酔い、固辞する叔父たちに酒を執拗に勧めていた。上機嫌……そうだ。わたしがこんな軽はずみなことをしたのも、昨夜からつづいている父の上機嫌がはじまりだったのだ。その上機嫌に乗ぜられて、父に代わり一家をまかされて以来、どんなにのろまと言われようと、熟慮に熟慮を重ね、あくまでも慎重でなければならない、という自戒をあっけなく破ってしまったのだ。

どうしてこんなことになったのだろう。もちろん、一家をまかされたとはいえ、できるかぎり父が望むようにしよう、それがあとを継いだ者の気配りでなければならない、かねてからそう心に決めていたからだ。時代の流れに逆らって家長を中心とした家を守ってこられたのも、父の長年のがんばりのお陰であり、その父を蔑ろにすることなど許されない、そう考えていたからだ。

だが、こんどにかぎり、父の言動を無視すべきだったのだ。すくなくとも父のなかでなにが起こっているか、父がどのような状態にあるか、冷静に見きわめるべきだったのだ。そうすれば、下見もせずに引っ越すなどという軽率なことはしなかったはずだ。

わたしたち一家は、いまでは珍しい大家族で、せめてもう二間か三間ある家に移りたいというのがかねてからの願いであり、家族のあいだでたえず繰り返される話題だった。だがそれは、いわば夢にちかい願いであり、これまでいちども具体的に検討されたことはなかった。いくらせまくても、わたしたち子供にとっては生まれ育った家であり、父や母にしても住み慣れた家で、それを見捨て、よその土地で余生をすごすなど思いも寄らなかったはずだ。それなのに一日が経ったいま、まだ現実とは思えないのだが、こうして見知らぬ町に来ているのだ。それはつぎのような、信じがたい成り行きだったのだ。

仕事をやめてひさしい父は、きのうめずらしく知合いに会うと言って外出し、夜おそく帰って来た。そして、すこし酒に酔っていた父は、玄関に入るなり、あす引っ越しをする、そう宣言した。もちろん冗談だと思った。近ごろの父はなんでも自分ひとりで決めたがるのだが、いくらなんでも、そんな大事を、ひとりで決めるはずがないからだ。

だが、興奮している父は、引っ越しを宣言すると同時に、おどろいて質問を浴びせる母やわたしに取り合わず、自分の持ち物を箱に詰めはじめたのである。わたしたちは呆れ返って、そんな父をしばらく見守っていた。ところがそのうちに、父の興奮が乗り移ったみたいに、家族みんなが、自分の持ち物をまとめはじめ、誰よりも反対してしかるべき母までもが、弟たちに手伝わせて荷造りをはじめたのだ。

これはいけないぞ。父の怪しげな言動に左右されては、とんでもないことになる。わたしはそう思って蒼くなった。体の衰えがそれほど目立つわけでもないのに父が仕事をやめたのは、ふだんの振る舞いではわからないが、家業である掛け軸の表装という仕事のうえで、信じがたいような間違いを犯すようになったからで、近ごろの父の言動はまったく信用できないのだ。

わたしは必死になってやめさせようとしたが、みんなはその気になっていて、誰も手をとめなかった。こうなっては、引っ越し先がどんなところなのか、どういう経緯でこのようなことになったのか、父から聞き出して、ひとつひとつ疑問をならべ、そこから説得するしかない。そこでわたしは、荷造りをする父につきまとい、必死で聞き出そうとした。父も隠そうとしたわけではなかった。興奮していてくわしく答えられないだけで、わたしがかろうじて知り得たのは、つぎのようなことだった。

なんでもその家の持ち主の女性は、父の友人の古くからの知合いで、その席でたまたま紹介された。そして、初対面なのに意気投合して、それは気の毒だ、ちょうどよい空き家があるのでぜひ使ってくれ、ということになった、というのである。しかも、大家族でも余る部屋数、ただ同然の安い家賃、ターミナル駅に地下道でつながる便利さ、どれをとってもこれ以上は考えられない好条件だというのである。

もちろんわたしは、そんな話をにわかに信じたわけではない。裏になにか面倒な問題があるはずだ、そう思った。だいいち、その女性を紹介した人物も、父にそんな知合いがいるなんて、いちども聞いたことがない。その人物とその女性のつながりも、どういうものかわからない。それに、なによりも父に、女性に気に入られるとか、意気投合するとか、そんなことが起こるとは、とても考えられない。

それなのに、わたし自身が、そんな途方もない話を信じて、引っ越すことに決めたのである。父が「伯母さま」と呼んでいる、その女性のことを聞いたとき、わたしのなかで、なにかが狂ったのである。父は「伯母さま」にすでに籠絡されてしまっているが、わたしなら籠絡されることなく、その女性に対してはっきりした意識で、対等に戦いを挑むことができる、その戦いで十分に勝算がある、なぜか、そんなふうに思ったのである。そして気がつくと、自分でも荷造りをはじめていたのである。

なんと慌ただしい引っ越しだったろう。興奮した父は自分の荷物のことしか頭になく、母と姉は細々としたことにかかりっきりで、大きな荷造りや運送屋の手配など、なにもかもわたしひとりでしなければならなかった。一日経ったいま、こうして見知らぬ町に来ていることが夢としか思えない。日暮れに着く予定が夜になり、ようやく荷物を運び入れ、家のなかを見てまわり、荷を解く気力もなく坐りこんでいるところに、叔父たちがやって来た。そしていま、叔父たちを駅の改札まで送って、新しい家に帰ろうとしているのだが、すでに真夜中ちかくになっている。

いま思い出したが、わたしはきょう、みごとな日没の光景を見た。徹夜の荷造りで疲れきり、トラックの助手席でうとうとしていたときである。ふと目を開けると、トラックは高速道路を走っていて、正面からつよい夕日を浴びていた。都会の彼方に沈む陽は、橙色に縁どられて真っ赤に燃え、その巨大な照明が都会の広がりを隈なく照らしていた。

わたしは眠りに呑みこまれそうになりながらも、その光景に茫然と見とれていた。夕日に向かって高速道路を走りつづけるトラックが、このまま空中に浮きあがり、陽へ向かって驀進する、そんな幻想にさえとらわれた。

さらにわたしは、遠くの空の彼方に、ふしぎなものを見た。桃色に染まってぽっかりと浮かんだ雲の下に、なにかが、きらきらと銀色に輝いているのだ。十五、六個あって、雲に挑むかのように、つぎつぎに跳躍していて、どうやらグライダーらしいとわかったが、その上下運動に感動をおぼえたのである。

地下街はどこまでもつづいている。この町はなんと奇妙な町だろう。巨大な地下ターミナル駅と地下街だけでできているらしく、真夜中なのに、どの店もあかあかと輝き、飲食店は満員の客でにぎわっている。

そんな真夜中の地下街を、人々はこともなげに歩きまわっている。この町の住人にとって、陽はもう存在しないのだろうか、そう思ってみたくなるくらいだ。だが、いまのわたしに、この町のことをこれ以上考える余裕はない。引っ越して来た家が、町におとらず奇妙な家であるからだ。

いったいあれを家といえるだろうか。荷物といっしょに運びこまれたとき、トラックがそのまま地下道にもぐり込んだので、ビルを目にする機会はなかったが、降ろされたところは、コンクリートがむき出しのひんやりとした通路だった。そして、そこに鉄の扉が待ち受けていて、そのなかがわたしたちの新しい住まいだった。地階であるあの家は、ドア一枚でターミナル駅に通ずる地下道につながっているのである。

引っ越し先があのような家であるのを、父は知っていたのだろうか。いや、知らなかったのだ。父は着く早々に、窓がない、窓のない家など家ではない、そう言って、騒ぎ出したが、部屋がたくさんあるということのほか、引っ越し先がどんな家なのか確かめなかったのだ。それなのに父は、だまされた、いますぐもとの家にもどる、そうわめき散らし、荷物を足蹴にしたりした。

それでいて父は、「伯母さま」については、ひと言も触れなかった。あまりに異様な家なので、たまらず怒りにかられたのだろうが、実際は、ここに住み着くしかない、そう腹のなかですでに覚悟していたのだ。そればかりか、引っ越しを決めたときすでに、どのような成り行きにも身をゆだねる覚悟をしていたはずだ。ただ父の過ちは、それが自分ひとりの身の処し方であったのに、家族みんなを引き入れてしまったことだ。

いずれにしても、父が怒りにかられたのも、無理はなかった。わたし自身、こんなところで生活はできない、そう思った。庭に向かって三方が開け放たれ、いつもどこかに陽が射しこむ家、風通しが良すぎる家、そんな家に住み慣れたわたしたちに、窓のない家の生活など想像すらできない。だいいち、部屋に窓がなければ、体をどちらへ向けていいのかわからないし、入ったとたん、もう出ることしか考えられなくなる。

だが、とりあえず、父の怒りを静めなければならなかった。父の怒鳴り声に母はおろおろするばかりだし、小さな弟や妹たちはおびえ、荷物の後ろで、姉や上の妹たちに抱きついている。近ごろの父は、母のいうことにまるで耳をかさず、したがって動揺が長くなると、自分でも収拾がつかなくなるのだ。

ところが父の動揺はすぐおさまったのだ。弟たちふたりが隣りの部屋から大声で呼ぶので、何ごとかと駆けつけると、そこはロビーのような細長い部屋で、ひろい壁一面が黒いパネルのようなものでおおわれていて、弟たちはその隙間から外を覗いていた。そしてふたりは、わたしたちが入って行くと、その黒いパネルのようなものを、カーテンを開けるように左右にひろく引いた。するとそこに庭があらわれたのだ。

わたしたちは喚声をあげた。きのうまでの猫の額のような庭とは大ちがいの、ひろびろとした庭であった。木々が生い茂り、そのあいだを通して遠くまでもが見通せる。たくさんの花壇に見たことのない花が咲き乱れている。

だが、わたしたちが感嘆したのは、ほんの一瞬にすぎなかった。壁一面のガラス張りの向こうにあるのは、ホテルのロビーとかレストランなどによく見かける、遠近法と照明を巧みに利用した、奥行四、五メートルの、ただのコンクリートの壁の隙間でしかなかった。そのことは、父をはじめ家族みんなもすぐに気づいたが、誰もそれを口に出して言わなかった。さしあたって、父の機嫌のなおることが、なによりも大事なのだ。

父の動揺がおさまって、わたしはほっとした。今夜じゅうにしなければならないことがたくさんあって、父にかまっておれないのだ。最小限の荷を解かなければならないし、なによりもあすの朝ここから出勤する姉とふたりの妹のために、それぞれの職場までの通勤路、電車乗り継ぎや所要時間など詳しく調べなければならない。それを地図にして持たせてやらなければ、彼女たちは職場にたどり着けない。あまり丈夫でない彼女たちは、働きに出るだけで一日の体力をほとんど消耗してしまい、家では食事と睡眠のほかなにもしない習慣が身についているので、誰かが面倒をみてやらなければならない。

というのも、近ごろの母は、すこしも頼りにならないからだ。母は下の三人、小学校に入ったばかりの妹と、やっと歩き出した双子の弟と妹にかかりきりなのだ。もちろん父に姉たちの面倒をみてもらうわけにはいかない。そこでけっきょく、わたしの仕事になっている。だが、姉とふたりの妹の世話など、男のわたしにはひどく厄介で、いくら気持をこめても、彼女たちを満足させることはできない。彼女たちもわたしもしばしば途方にくれてしまう。

こうしたときいつも思うのは、我が家の家族構成はどうしてこうなっているのか、ということである。わたしをふくめて上の六人の子供と下の三人の子供は、兄弟でないみたいで、したがってわたしは、父からふたつの家族を引き継いだようなものなのだ。一方の家族は父と姉とふたりの妹、それに上のふたりの弟たち――中学生だからもう手はかからないが、といっても、まだわたしを助けてはくれない――の六人。

もう一方は、いつもおどおどしている母を中心とする、小学生の妹と、さらに幼い双子の弟と妹の四人。実際に父は、下の三人の子供を自分の子供とは思っていないかのようで、訪れる人たちが下の三人を、姉かわたしの子供と思い違いをしても、訂正しようとしない。母も近ごろは、自分の子はこの三人だけだと言わんばかりに、ほかの子供の面倒をみようとしない。

このようなわけで、わたしは、自分がどれだけ多くの問題を抱えこんでいるか、そのひとつひとつをどのように処理すればいいのか、考えただけでも足がすくんでしまう。たとえば、すでに婚期を逸している姉、結婚に必要な若さを日に日に失い、姉とおなじように婚期を逸しつつあるふたりの妹。彼女たちのことを考えると、胸のなかを冷たい風が吹き抜ける。間数の多い家に住むことよりも、彼女たちに相手を見つけさせ、家から送り出してやることが先決なのだ。それなのに、あのような家に引っ越しては、かえって出費がかさんで、彼女たちの給料を当てにしなければならず、さらに家にしばりつける結果になりかねない。

というのも、長男であるわたしは、家でできる仕事、掛け軸の表装という先祖伝来の仕事を継いでいるが、父が働かなくなったいま、ひとりで一家を養うだけの収入を得ることができないからだ。といって、わたしが外に働きに出るわけにはいかない。家というもの以上にこの世に大切なものはなく、長男は家を守ることに専念しなくてはならないというのが、我が家の掟なのだ。

この掟は、代々受け継がれてきたもので、わたしの意思に関わりなく決められたことだ。一家を守らねばならない家長が、十時間以上も家を空けなければならない外の仕事につくなどということは、思案の外、論外なのだ。そのようなことになれば、家長までもが外の空気に犯され、家のなかに吹きこむ隙間風を感知できなくなり、やがては外と内との区別がつかなくなり、その結果、家はいずれ崩壊してしまう、というのが先祖以来すこしも変わらぬ、我が家の考え方なのだ。

もちろんわたしは、子供のころ、この掟に反発した。よその家ではそんなことはまったくない。家長だってみんな外に働きに出ていても、家は崩壊しない。わたしの家が異常なのだ……。だが、いまのわたしは、そうではない。一点の疑念もなく、先祖から受け継いだ掟を信じている。家を守ることに専念すればするほど、家というものがどんなに多くの危険に晒されているか、したがって、家を守ることがどんなにやり甲斐のあることか、身をもって確信している。

たとえば、わたしは、表装の仕事をしながらも、一日じゅう家のなかを歩きまわっている。外から見れば、怠けているように見えるだろう。だがそれは、家というものの本質を理解しない人たちの目にそう映るだけのことだ。家を守るというその一点において、わたしはけして気をゆるめることはない。家のなかをたえずめぐりながら、家を押しつぶそうとする外圧をつねに感じとり、内側から必死で押し返している。それは、終わりのない戦いであり、おなじ立場でなければ、とても理解できることではない。

そんなわたしを、ひとはあまりに観念的すぎる、そう揶揄する。そのことはわたしもよく承知している。事実、自分でも観念的だと思っている。だが、ほかのことは知らないが、家を守るということにかぎって、観念的すぎるということはない。日々、つぎつぎに起こる問題を、ひとつひとつ処理しなければならず、それを間違いなく果たすためには、そうした嘲笑を浴びるくらい観念的であってはじめて、可能になるからだ。

このようなわけで、わたしは外に働きに出るわけにはいかず、したがって姉たちの給料を当てにしないわけにはいかない。いまでは父も母も家計のことにまるで気を配ろうとせず、わたしひとりで悩まねばならない。表装の仕事は、長年のあいだ組合からまわって来る、最上級のものだけを手がけてきたので、いまさら粗雑なものを請け負うことはできない。

それなのに父は、姉たちに、結婚費用を全額は用意してやれない、半分は給料から蓄えるがよい、などと呑気なことを言っている。実際は、それどころでなく、姉たちの給料がなければ、明日の生活にも困るありさまなのだ。姉たちは協力してくれているが、彼女たちの先々を考えると、暗澹とせずにおれない。虚しい労働が彼女たちを、結婚についてばかりではなく、すべてのことに無気力にさせてしまう、そう思うと、家長であるということに、どんな意味があるのか、そう考えざるを得ないのだ。

これもみんな、七十、八十になってもできる表装という仕事を、父が五十になるかならないかで放棄したことが原因なのだ。父とわたし、そのふたりの稼ぎを合わせてようやく維持できる家計は、わたしひとりではどうにもならない。この悩みを解決するには、かろうじて二十代にとどまっているわたしが、ふつうの二倍も三倍もの収入がある仕事を求めて外に働きに出るしかない、そう考えて、わたしは外に働きに出ることを、つねに思い描いている。それでなくとも、家にこもりきりでは、結婚に発展する可能性をはらんだ女性とめぐり会う機会もない。

わたしは毎晩、家族が寝静まるのを待って寝床に入り、眠りにつくまでの三十分、自分の時間に当てている。その時間、決まって空想するのは、世間に出てたくさんの人に交わり、自分の能力にふさわしい成果をおさめるという夢である。もちろん、表装の仕事しか知らないわたしに、世間に出て成功する能力があるとは思えない。

それでも、もしかすると、その職場の人間関係のうえで、抜群の能力を発揮できるのではないか、そう思うことがある。つまり、上役や同僚にかこまれたとき、その人たちひとりひとりの性格や立場や能力を細かく観察し、それにふさわしい配慮で応対できるのではないか、それを試してみたいという夢である。

だが、この夢はかなえられることはない。家長にとって世間というものは、家の外の広がりであるとか、他人の集まりであるとか、たんにそうしたものではなく、極端な見方をすれば、敵対する者たちの領域でもあって、そこに踏み入れることは、家長にかぎって言えば、敵に身を売ることであり、自己放棄を意味するのだ。

いずれにしても、姉や妹たちを職場に駆りたてなければならないのは、つらいことだ。疲労で青ざめて家にたどり着く彼女たちを、胸を痛めずに迎える日は一日もない。いっそのこと、外に働きに出ようと決心しかかることもある。そうすることで、嫁ぐ準備をさせ、結果として子孫が枝葉にひろがるよう、願うべきではないのか。家を守るとは、そういうことであり、わたしはむしろ家長としての責任を怠っているのではないのか……。

もちろんこのような考えは、わたしの弱さからくる一時的な迷いにすぎない。代々受け継いできて、いまではわたしの信念になっている家長の務めは、ただたんに、家族が無事であるようにはかり、子孫が栄えることを願うことではない。

そうではなく、家長の務めは、ひたすら家という概念を守りとおすことなのだ。家という概念を介して過去にさかのぼり、人間の本来の在り方に回帰できる支え柱を保ちつづけることなのだ。家長がその支え柱を保ちつづけていればこそ、家族はそれぞれに移ろいやすい外の世界と接触することができ、そうすることで生きる意味を未来につなげることができるのである。ということは、外の世界との接触を制限されている家長は、生きている意味を十分に確かめることを、あきらめなければならない、ということなのだ。

このようなわけで、家族の現状をことさら悲しんだり、家計の破綻を怖れたりすることは、本来の務めを疎かにしていることになる。姉たちを犠牲にしているなどという感情におぼれて、外に働きに出るようなことになれば、支え柱を失くした家に、荒廃という外の風が入りこみ、すべてが崩壊して塵になり、はき捨てられてしまうのである。

駅のある中心から遠ざかったせいか、地下の通路は薄暗くなり、湿っぽい感じになっている。それでもまだショーウインドーに代わって、手垢のついたドアがならび、労務者ふうの男たちが盛んに出入りしている。酔っ払いが壁にそってのろのろと歩いていたり、わけのわからない声を発したりしている。

さっきから気になっているのは、叔父たちを送って行ったとき、こんな荒れた感じの地下道を通ったかどうか、記憶がはっきりしないことである。どこも見憶えがなく、路に迷ったとしか思えない。あの家が入っているビルの名をまだ知らないのだから、道を訊ねようもない。そればかりか、あまりに疲れて、まわりをよく見る気力もない。これでは、あの家の地下道に接したドアに、偶然に行き当たらないかぎり、ひと晩じゅう歩きつづけなければならない。

空気が重く淀んでいるせいもあるのだろう、意識が混濁して、あらぬ妄想に誘われそうである。この町では、すべてのことが終わりに向かって、異様な速さで処理されている、そんなふうに思えてならない。家というものがなければ、人間の営みは、どんな喜びもない労働と虚しい飲食の繰り返しでしかない。つまりこの町は、いっそう早い終わりを求める人間のたまり場でしかない。そうでなければ、人々がどうして、真夜中にこのような地下道をさ迷っているのかわからない。

ところが、新しい住まいは、その異様な町にドア一枚で接している。あのドアから侵入するものを、わたしは阻止できるだろうか。いかにも穏健な隣人たちにかこまれたきのうまでの家でさえ、侵入するものをかろうじて阻止していたのに、この町と一体になったあのような家で、それが可能だろうか。もしそれができなければ、この引っ越しは、一家埋没の始まりでしかない。

それにしても、父になにが起こったのだろう。あれほど変化を嫌い、なにをするにも、あれほど慎重だった父が、思いがけない行動に出るようになったのは、なぜだろう。とつぜん自慢の盆栽や庭木を引っこ抜き、赤土を運び入れて、真っ平らな庭にしてしまう、と思うと、家主の許可もなしに、家の外壁を白ペンキで塗りつぶしはじめて、わたしたちをあわてさせるという始末だった。

あのような父を見ていると、わたしは怖くなる。わたし自身、おなじように気ままな思いつきや衝動にとらわれるのではないか、そんな不安にかられるからだ。これ以上この不安を強めないためには、父の姿を見ずにすむよう、彼を一室に閉じこめるべきではないのか、とも思う。きのうまでの家ではそのための部屋は望めなかったが、あの新しい家にはそのための部屋はいくらでもある。

それなのにわたしは、その父が外で拾って来た引っ越し話に、たわいもなく引きこまれてしまったのだ。せめて、家主であるその「伯母さま」に会い、下見をすべきであったのに、それさえ怠ったのだ。家長としてこれくらい軽率なことがあるだろうか。家を守るということのなかには、住まいがどれほど大きな要素を占めているか、十分に承知していたはずなのに。

それとも、わたしの一家はすでに、埋没という化け物に呑みこまれてしまっているのだろうか。母までが反対しなかったばかりか、自分から荷造りをはじめたということは、すでにその化け物の餌食になっているからだろうか。そうかもしれない。そうでなければ、地下にある住居などに引っ越すなんて、想像もできないことだ。

といっても、いまさら悔いても仕方がない。こうなっては、とりあえずあの家に慣れなければならない。家に着きしだい家族を寝かせ、夜を徹して、家のなかを隈なく調べなければならない。ひどく厄介な家に引っ越して来たことは確かなのだ。

たとえば、トイレがそうだった。窓がないと騒ぎ出した父の動揺がおさまったと思うと、母が小さな子供たちを連れてうろうろし、トイレが見つからないと、泣き声で訴えはじめた。ようやくわかってみると、家の外に出て地下道の端にある公衆トイレを利用するのだという。それを聞いて母は坐りこんだ。小さな子供たちはそのつど連れていかなければならないし、姉たちでさえひとりで地下道に出るのを恐がっている。このことだけでも、わたしの心配はつきない。

なによりも厄介なのは、あの家の広さだ。ひとり一室ずつ割り当ててもなお余りある、そう父は言っていたが、それどころではない。しかも廊下にそってならんでいるとか、広間のまわりに配置されているとかならともかく、どの部屋もそれぞれ二つも三つもあるドアでつながれていて、複雑に入り組んでいる。そんな部屋のひとつにいる自分に気づいて、そこから出ようとしても、どのドアを開けていいのかわからない。それらしく思えるドアを開けてつぎの部屋に入ると、やはり見当ちがいの部屋で、おなじようにいくつもドアが待ち受けている。あとは偶然を当てにして、片端からドアを開けるほかない。

もちろん、実際はそんなに多く部屋があるわけではないのだろう。複雑に入り組んでいるから、そんなふうに思えるのだろう。いずれにせよ、そのことに気づいた母は、一部屋に閉じこもり、ここでかたまって暮らそう、そう言い出したくらいだ。わたし自身、べつの意味で不安になった。きのうまでは家の内と外という区分けですんだが、あの家はそれ自体が、外であるか、内であるか、区別のつかない間取りなのである。

そればかりではない。部屋そのものが、あまりに不釣り合いだ。家具を例にとれば、まさにそうだ。わたしたちの家具はどれもみんなこぢんまりとしたもので、あのような天井の高い、がらんとした家のなかでは、いかにもみすぼらしく、滑稽にさえ見える。これまで大切にしてきた持ち物も、あんなひろい部屋では、がらくたにしか見えない。せめて窓でもあれば、カーテンを吊り、そこを居場所にきめ、すこしずつ工夫すれば、部屋の広さに馴れるかもしれないが、窓そのものがなく、目に入るのは高い天井のほか、ひろい壁と複数のドアばかりだ。

それに、それぞれが自室で寝床についても、大きな空間がのしかかり、それが気になって、容易に寝つけないだろう。何時間も目を覚ましていなければならないだろう。そうなると、家族ひとりひとりのなかに、どんな異物が生ずるかわからず、その異物は、わたしにとって新たな敵の出現ということになる。いや、その異物はすでに父のなかに入りこんでいる。

あの大きな食堂を見つけたときが、そうだった。そこには二十人は席につけそうな大きなテーブルがあって、父は豪華な晩餐の光景でも思い描いたのか、あすからはここで食事をすると言って、大はりきりだった。きのうまで台所の板の間で小さな食卓を囲んでひと皿に盛りつけたものを小鳥みたいに突っつき合っていたのに、あのような広大な食堂でどんな食事をしようというのだろう。だいいち調理場までのあいだを往復するだけで母は疲れてしまう。それなのに父は、そんなことはおかまいなしで、母がどんなに泣いて訴えようが、また、わたしたちがどんなに反対しようが、言い出したことは、なんとしても、いちどは実行せずにはおかないだろう。

ダブルベッドを見つけたときも、そうだった。母を呼ぶ父の大声にみんなで駆けつけると、寝室のまん中にすえられた大きなベッドに長々と寝そべり、今夜から母さんといっしょにここで寝ると得意そうに宣言し、ならんで横になるよう母を手招きした。そして、代わって這い登ろうとする小さな弟たちを叱りつけたうえ、母が仕方なくベッドのはしに腰をおろすまで、どうしても承知しなかった。

父のあのような振る舞いに出くわすと、これからどんな事態が起こるか予想もつかず、目の前がまっ暗になる。心配なのは父だけではない。内と外の区別のないあの家では、母や姉、すぐ下のふたりの妹たちだって、わたしが気づいたとき、すでにわたしの手を離れて、ばらばらになっているという事態だって生じかねない。いったんそうなると、家族ひとりひとりの後を追って、あのひろい家のなかをドアからドアへと必死で駆けまわっても、もはやなんの甲斐もないだろう。

そうだ。家族がばらばらにならないよう、あの家の構造をなによりも早く掌握し、隅々まで支配下におく必要がある。それにはまず、「伯母さま」の正体を見きわめる必要がある。なぜなら、あの家の不可解な広さや複雑な間取りは、あの女性の正体と一体になっているように思えてならないからだ。

いったい、「伯母さま」は何者なのだろう。あの家のもっと下の階に住んでいるらしく、どこかにある階段を登って、いきなり姿をあらわしたのだが、わたしはその異様な出現に挨拶も忘れて、「伯母さま」に茫然と見とれたくらいである。

家主である「伯母さま」は、堂々たる体躯の持ち主だった。角張った顎、くっきりとした鼻筋、大きな口と黒々とした目、丸くふくらませた豊かな髪など、魁偉といっていい容貌だった。その巨体を、黒いガウンのような衣服でつつみ、長い黒の手袋をしているので、見えているのは、銀色のサンダルをはいた、ピンク色の素足ばかりだった。わたしは「伯母さま」から目をそらせないままに、自分にこう言い聞かせていた。

ただ同然の家賃だって？　いや、ちがう。相手が父のような人間だからこそ目をつけて提供を申し出たのだろうが、すくなくとも「伯母さま」の側では、すでに父からなにか担保を取っているはずだ。だが、日々の生活にさえ事欠くわたしたち一家から、どんな担保を取ったのだろう。そうだ、父のあまりに早い老いが担保になったのだ。ということは、わたしたち一家の行く末そのものが、そっくり担保になったのだ。

「伯母さま」はわたしを無視した。家長としても、ほとんど取るに足らない存在、一瞬のうちに、そう判断したにちがいなかった。だがわたしは、たとえそうであっても、簡単に引き下がるわけにはいかない、そう思った。そういう意味では、最初の出会いが大事であったのに、ただ見とれていただけの自分の愚鈍さが、いまになって悔やまれるのだ。

その愚鈍さは、わたしだけではなかった。父も母もそうだった。一家の行く末がそっくり担保に取られているとはいえ､父は、これだけの家をただ同然に提供した「伯母さま」に対して、いかにもそっけない態度を見せたのだ。ふだん卑屈なくらい腰をかがめてくどくど挨拶をする母も、押し黙ったまま小柄な体を反り返らせ、まるで挑むように「伯母さま」をにらんでいたのだ。

そのような父と母に対して、「伯母さま」は呆れたというように、口もとにかすかな笑みを浮かべていた。そして「伯母さま」はけっきょく、なにも言わないで、やはりどこかにある階段を降りて行ったのだが、その無言の振る舞いは、わたしたち一家の運命がすでに「伯母さま」の手に握られていることを、わたしたちの出方によっては、いつでも餌食にする用意があることを、はっきりと教えていたのである。

もちろんわたしは、そうやすやす「伯母さま」の餌食になるつもりはない。可能なかぎりあらゆる抵抗を試み、立ち向かって行く覚悟でいる。これからはじまる「伯母さま」との戦いを思うと、むしろ勇み立つくらいだ。当然、正面から挑む力がない以上、ゲリラ戦法を駆使しなければならないだろう。あの巨体のまわりを四六時中歩きまわったり、言い訳をしたり、泣きついたり、あるいは、なにか弱みを見つけておどしたり、あらゆる攻撃を執拗に繰り返すつもりだ。

場合によっては、戦いがひどく不利になったとき、みずからを生贄にし、「伯母さま」の住居である地下何階かにおもむいて、その寝室に入りこむという非常手段だって辞さない覚悟でいる。もしそうなれば、わたしの結婚の望みはますます遠のくが、家を守ることがわたしに課せられた使命である以上、尻込みをするわけにはいかない……。

わたしはこんなふうに自分に言い聞かせながらも、一方では、ある考えにとらえられていた。それは、「伯母さま」との戦いがすでに無意味になっているのではないか、という考えだった。「伯母さま」は、これまでにわたしたちのような埋没しつつある一家を呑みこみ、消化することで、あの巨体を保っているのであり、ますます肥大するほかない存在ではないのか、ということだった。

そしてそれが「伯母さま」の正体であるなら、わたしたち一家はすでに埋没してしまっていることになる。「伯母さま」は父をひと目見たとき、わたしたち一家の埋没を見きわめたからこそ、わたしたちをあの家に引き入れたのであり、いずれあの巨体のなかに回収することでわたしたちを救おうとしている、ということになる。もしそういうことであるなら、わたしの戦いはすでに意味を失くしている。

そこまで来て、わたしは足をとめて顔をあげた。見憶えのあるドアの前に立っていた。迷わずに新しい家にたどり着いたのだ。「伯母さま」に惹き寄せられているわたしは、道を迷う心配など最初からなかったのだ。わたしは、ドアに手を伸ばそうとして思いとどまり、すこし引き返した。公衆トイレのわきに階段があるのを認めて、夜景をひと目見よう、そう思いついたのだ。

せまい急な階段を登って行くと、下から照らす地下道の明かりが届かなくなり、かろうじて段が見分けられる暗さになった。どこにも通じていない、行き止まりの天井が待っているのだろうか。そう思いながらもさらに登ると、ふいに新鮮な空気が感じとれた。いったん足をとめてから、こんどはゆっくりと残りの五、六段を登り、おそるおそる外に顔を出してみた。マンホールから首を出す恰好で、首から上が外気に触れた。

だが、町の光景どころか、街灯の明かりさえ見えなかった。目の前の雑草や石ころが見分けられるほかは、首をめぐらせても、ビルはおろか、どんな建物の影も見えず、荒れ地を闇がおおっているばかりだ。ということは、ここはやはり地下だけの町なのだ。新しい住まいも、ビルの地階などではなく、地下壕のようなものなのだ。

わたしはしばらく夜空を仰いでいたが、われに返ると、すでに動揺は静まっていた。わたしは思った。新しい家は、怖れるようなことはなにもないのかもしれない。わたしたち一家をこうして地下に招き入れた「伯母さま」だって、まだその正体は知れないけれども、ただの世話好きの「伯母さま」なのかもしれない……。

そう思いながら、暗い夜空を見上げていると、荷物を運ぶトラックの助手席で見た光景が、遠い昔のことのように思い出された。夕日にきらきらと輝きながら、桃色に染まった雲に飛びつこうとしている飛行物体、その下で徐々に傾いて地中に没して行く大都会……。

ふと見ると、遠くの闇の空に、赤い光が認められた。赤い斑点の連なりが弧を描き中空で揺れているのだ。あれはなんだろう。なにかの前兆だろうか。わたしはもう一段登って、階段の穴から身を乗り出してみた。凧だ。点滅する豆電球をつけたムカデ凧が、夜風に揺れているのだ。暗い夜空に挑むかのように、誰かが真夜中に凧上げをしているのだ。

（了）

湖底へ

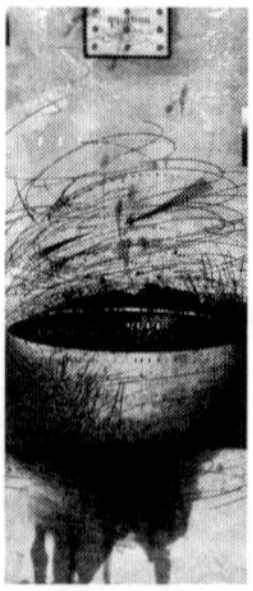

Ｉに肩をゆすられて目をさますと、バスの座席にいた。車内は明かりが消されていて、乗客は心地良さそうに寝ていた。ハンカチで顔をおおっている者もいた。こんな時間に見知らぬところで降りて、ホテルを探さなければならないと思うと、みんなの眠りがうらやましかった。車掌が乗客の眠りをさまたげたくないという顔で、こちらを見ていた。

停車してドアが開いた。何人かの客が窓を眺め、暗いのを確かめて、眠りにもどった。私たちが降りると同時に、バスは動き出して、車の途絶えた路をたちまち遠ざかった。眠り込んでいたせいで、無理に降ろされたというような気持が残っていた。

あたりを眺めても、路の左右に林がひろがるばかりで、観光地とは思えなかった。降りるところを間違えたのだろうか。そんなはずはなかった。バスに乗るとき、車掌にたしかめたのだ。車掌も起こすから寝ていてもいい、そう言ったのだ。

「ホテルはどこなの？」

Ｉが心細そうな声で言った。

「………」

路の向こう側、月も星も出ていない暗い夜空の下に、黒々とした山が見わけられた。その山の下に湖水があって、ホテルはその湖畔にあるはずだった。だがそこに行く路がわからなかった。向こうから来る車がスピードを落としたと思うと、百メートルくらい手前で右折した。ホテルに行くのだ。

「こんな時間に予約がなくて、だいじょうぶかしら」

ホテルがあることがわかって、Ｉがひとまず安心したような声で言った。

「だいじょうぶさ。季節はずれだ」

しばらく行くと、樹々のあいだにホテルの明かりが見えた。車が右折したところまでもどる必要はないと判断して、そのほうへとつづく細い路に入った。すぐに、木々が頭上をおおう、狭い土の路にかわった。ホテルの明かりを目当てに、なかば手探りで進まねばならなかった。

ようやくその建物の下に出た。思いがけない大きなホテルで、たくさんの窓に明かりがついていた。ホテルの裏に出たらしく、出入り口に近づくと、ドアが開いていた。薄暗い通路がつづき、食器を洗う音や話し声がした。まだ仕事を終えていないのだ。

Iが玄関にまわろうと言ったが、従業員に会ったら案内してもらえばいい、わたしはそう言って、先に立ち、薄暗い通路を進んだ。その通路の端に来て左に折れたとき、後ろで誰かに話しかけるIの声がした。振り返ると、警備員らしい男と向かい合っている。わたしは交渉をIにまかせて見守った。

裏口から入ったことを謝ったあと、Iは交渉をはじめた。警備の男はしきりに首を横に振っていた。満室なんてことがあるだろうか。もしそうなら、こんな時間にどうすればいいのだろう。Iも必死で頼み込んでいた。五、六歩しか離れていないのに、ふたりの声はよく聞き取れなかった。このあたりは従業員たちの宿舎にもなっているらしく、なかがうるさいのだ。

説得に成功したらしく、警備の男は、廊下を引き返して行った。わたしが近づこうとすると、Iはきつい声で、「勝手に動いちゃだめ」と言った。裏口から入り込んだことがよほど警備の男を怒らせたにちがいなく、誓って約束したので、ここからはわたしが責任を持つ、そう言っているのだ。洗い物を終えた女たちが、わたしたちをじろじろ見ながら、近くのドアのなかに入って行った。

年配の女がやって来た。すこし離れたところで立ちどまり、ついて来るようにと合図をし、背を向けて歩き出した。私たちはあわてて後を追った。廊下を二、三度曲がり、階段をひとつ登ると、長い廊下が待っていた。しかも薄暗く、廊下というよりも通路といった感じで、ところどころ明かりが途切れた。

ふたたび明るい廊下に出たが、よほど大きなホテルらしく、無人の廊下は、つきることがない、そんな感じだった。余計な仕事をさせられて不服なのだろう、女は口をきかないばかりか、振り返ろうともしない。

ようやく女は、ひとつの部屋の前で立ちどまった。そしてドアを開けただけで、なにも言わずに向きを変え、引き返して行った。たしかに、あの長い廊下をたどるのは面倒にちがいなかった。こんなところまで連れて来たのは、やはり満室ということだろうか。

控えの間から奥に入ろうとして、わたしは足をとめた。夜具が敷きっぱなしで、食事の後片づけもしていないのだ。部屋を間違えたのではないのか。そう思ったが、Iは「ここでいいのよ」と言った。さっきの交渉で部屋の状況を知らされていたのだろう。

わたしは敷きっぱなしの夜具を避けて、窓の側に出た。窓を開けると、二メートルくらい離れたところに崖があって、露に濡れた岩肌が部屋の明かりを反射していた。何階かわからないが、大きな建物の裏側に位置する部屋にちがいなかった。

わたしは窓のそばにある肘掛椅子に腰をおろした。部屋はひどい散らかりようだった。従業員の宿舎といった有様で、足の踏み場もない。もちろん、こんな夜中に飛び込んだのだから、文句は言えなかった。

Iが部屋に入って来た。着替えてこざっぱりした恰好をしていた。どこで探したのか、両手にバケツと箒をさげている。夜具などを片付けるのはともかく、こんな時間に掃除をするつもりだろうか。わたしは、その必要はないと言おうとしたが、声が出せなかった。Iは、布団や浴衣などを控えの間に運んだり、テーブルの食器類を廊下に出したりした。アパートの部屋の掃除と変わらない様子で、すこしも面倒に思っていないようだった。

わたしは眠気がこらえ切れず、目を閉じた。眠れないことはわかっていた。旅に出てからずっとそうなのだが、バスのなかでは眠れるのに、ホテルに着いて眠ろうとすると、頭が冴えて、いろんなイメージが浮かび出てくるのだった。夕陽をうけて刃物のように光る道路、幾重にもつらなる山々、鏡面のように輝く湖水、渓谷の底の白い流れなど、バスの窓から眺めるともなく眺めていた光景が、ありありと再生されて、眠気を圧倒するのである。しかもそのイメージは一日一日と量を増して、鮮明なスライド写真のように、つぎつぎに映し出されるのだ。

これもみんな、旅の目的がなくなっているせいにちがいなかった。四、五日の休養のための旅が一日伸び二日伸びて、すでに半月になっている。しかもバスに乗って遠距離移動するという旅にかわり、ホテルに着くのは、いつも夜のおそい時間なのだ。

どうしてこんなことになったのか、自分でもわからなかった。予定どおりに都会にもどれば、なんでもなかったのに、日を伸ばしているうちに、引き返せなくなったのである。ホテルに着くと、明日は都会にもどろうと決めながらも、翌日になると、旅をつづけたい気持に押し出されて、できるだけ遠くへと、行先を変更するのだ。

それにしても、一日伸ばしに旅をつづけることに、Iがなぜ反対しないのか、わからなかった。ひょっとすると、Iは、都会の生活にもどることを怖れているのではないのか、そう思うことさえある。もしそうであるなら、どういうことだろう。

いずれにしても、旅をつづけるうちに、Iに顕著にあらわれた変化は、それはわたしもそうなのだが、しだいに寡黙になったことである。したがってふたりは、ひと言かふた言、必要な言葉しか交わさなくなっていた。言葉を多く交わすと、かろうじて隠しおおせているものが露見してしまう、とでもいうように。

ようやく掃除をおえたIは、夜具を敷くのかと思っていると、鞄の中身を出してテーブルにならべはじめた。家から持ってきたものだけでなく、途中で買ったものまで、いくつかに分けてならべていた。昨夜までは、ホテルに着くと、疲れた体をすぐに横たえたのに、まるで、ここが目的地であるかのように、落ち着いた様子である。わたしは、そんなIになにか言わなければと思いながらも、やはりためらい、口を閉ざしていた。

暗く深いところに落ちて行く、そう思った瞬間、反転して浮上し、ここに連れもどされた、というような危うい気持で目をさますと、まだ上着を着て、椅子に腰かけていた。Iはいなくて、テーブルに鞄から出したものがひろげられていた。

そうだ。Iはどこかに行ってしまったのだ。そのために自分のものを選り分けたのだ。これ以上旅をつづける気持のないことを、姿を消すことで教えたのだ。当然のことだ。これは、自分たちの意志ではどうにもならない旅なのだから……。

水の音がしていた。わたしは、その音に導かれて控えの間に入り、そこにあるドアを開けてみた。浴室で、Iが床のタイルにしゃがんで、歌をうたいながら洗濯をしていた。めったに歌など歌わないのに、手を動かしながら歌っているのだ。声をかけて、こちらに顔を向けさせよう。そう思いながらも、わたしはそれができなかった。

Ｉのほうから振り向いた。笑みを浮かべていた。わたしが覗いているのを知っていたような笑みである。なにか話しかけなければ……。だがわたしは、黙ってＩの顔を見つめていた。話しかけたりすれば、その笑みを浮かべた顔が見知らぬ顔に変わってしまう、そんなふうに思えたのである。それでもようやく言った。「すこし廊下を歩いてくる」。

廊下に出てドアを閉めようとすると、反対に押しもどされて、Ｉが顔を出した。その顔が見知らぬ女に見えて、わたしはあわてて背を向けた。そして十歩ほど進んだところで振り返ると、Ｉはまだこちらを見ていた。わたしはなにか言おうとした。だがそのまえに、Ｉのほうが廊下にひびく甲高い声で言った。

「どんなことになっても、いっしょですからね。忘れてはだめですよ」

廊下に人影はなく、両側におなじドアがならぶばかりだった。ドアのなかも静まり返っていて、どんな物音も、どんな人声も聞こえなかった。警備の男は満室だと言っていたが、そしてまた、外から眺めたとき、たくさんの窓は明かりがついていたが、それでもなぜか、どの部屋もみんな空き室ではないのか、そんなふうに思えてならなかった。

わたしは無人の廊下を歩きつづけた。階段の前に出ると、ためらうことなく、そこを降りて、上の階とすこしも変わらない、その階の廊下を歩きつづけた。さらに、階段の前に出るたびに、さっきとおなじ階段だろうか、ちがう階段だろうか、そう思いながらも、やはりそれを降りて、歩きまわった。

なぜか先へ先へと進まずにおれなかった、何階なのか表示がないので、いくら降りても切りがない、そんな感じだった。この旅がそうであるように、自分で自分を止めることができないのである。「どんなことになっても、いっしょですからね」というＩの言葉が繰り返し頭に思い浮かんで、その言葉に押しやられている、そんな気持もあった。

そこまで来たとき、わたしは足をとめて、二、三歩引き返した。部屋と部屋との間に通路のようなものを認めたのだ。暗いその通路を覗くと、赤いランプが点々とつらなっている。非常口につうじているのだろう、わたしはそう思いながらも、そこに入ってみた。人ひとりがとおれる細い通路で、左右の壁を手探りしながら進んだ。

ドアに行き当たった。重いそのドアを用心深く開けると、意外な光景が待っていた。外階段でもあって、外気に触れるだろうと思ったのに、ロビーのようなところだった。わたしはいったんドアを閉めて、暗がりのなかで気持を落ち着かせてから、あらためてドアを開けた。

そこは明かりに満たされていた。その明かりのなかを、そろって白い衣服を着た大勢の人が、静かに歩いていた。許可なく入ることが禁じられた場所のような気がしたので、わたしは、ドアの前を通りかかった四、五人の人たちの後ろに隠れるようにして、ロビーに踏み入れた。振り返ると、出て来たドアは、おなじ白い壁のなかに消えていて、もう見分けがつかなかった。

さしあたって、咎められそうな気配はなかった。というよりも、目に映らないみたいに誰もわたしに顔を向けなかった。わたしはとりあえず安心して、人々の群れに混ざって歩き出した。片側に軽食堂や喫茶店のようなものが連なり、向かい側のガラス張りの壁にそって、白いテーブルがならんでいた。観光地の小さな街がそっくりホテルのなかに納まっているという感じだった。

白いテーブルをかこんでお茶を飲んでいる人たちは、ガラスの壁越しに外を眺めていた。近づいて外を眺めてみると、真っ暗でなんの見分けもつかないが、下のほうにさまざまな色の明かりが群がって見えた。なんの明かりだろう。そう思って、目をこらすと、点滅をしたり弧線を描いたりしていて、湖畔にある明かりだとわかった。なおも眺めていると、湖水のなかに噴水があって、その明かりに水柱が照らされた。まわりにはボートも浮かんでいた。こんな遅い時間なのに、遊園地も賑わっているのである。

わたしはふたたびロビーを歩きはじめた。人々はゆっくりと歩いていて、歩調に合わせていると、もどかしいくらいだった。それでいて、急に立ちどまったり、急に向きなおって引き返したりする人もいて、気をつけていないと、ぶつかってしまう。そんなとき人々は、ていねいに謝罪し合っている。どうやら、誰もみんな、ロビーを行ったり来たり、それを繰り返しているようだった。その緩慢な動きから、ここは療養所のようなところで、時間を持て余した人々がそぞろ歩きしている、そんな光景のように思えた。

軽食堂や喫茶店を目に入れて、わたしは空腹をおぼえた。だが店に入る勇気はなかった。あの通路でつながっていても、ここは別のホテルにちがいなく、着ているものも異なっているのだから、店に入れば、通報される気がした。それに、なぜかはっきりとは見定められないのだが、書割みたいに作られていて、じっさいには、飲み食いできないのかもしれなかった。げんに、店のなかに、誰の姿も認められないのだ。

　それにしても、こんな真夜中、この人たちはどうして起きているのか。そう思ってよく見ると、ガラスの壁の反対側、そのところどころに、通路の出入り口が見つかった。なかを見ると、両側にドアがならんでいる。どうやらそこが、個室であるらしく、出入りしている。昼のあいだは、閉じこもっていて、夜中のこの時間になると、こうしてロビーに出て来るのかもしれない。

　ロビーの端まで来ると、段のゆるい階段があった。ひろい踊り場にも白いテーブルが置かれていて、そこでも人々が茶を飲みながら、階段を登り降りする人たちを眺めていた。踊り場の壁に大きな絵が二枚かかっていた。その絵を見れば、ここがどういうところなのかわかるような気がして、足をとめた。

　一枚目の絵は、いま眺めた湖水を描いたものにちがいなく、湖水を見おろす構図になっている。岸辺の遊園地のいろんな遊具、向こう岸の森林、そこに住む動物、ボート遊びの様子など、均一の細密画の手法で、克明に描かれている。しばらく目を向けていたが、細かい描写なので、全部を見るには、どれだけの時間が必要なのか、わからない。といって、全体をいちどに眺めても、なにも把握できず、見たことにならない。

　二枚目は暗い色で塗りつぶされた絵で、ちょっと見たところ、なにが描かれているのかわからない。それでもよく見ると、あきらかに、おなじ湖水が描かれている。岸辺で描いたものだろう、前景である濃い緑の樹々が画面のなかばを占めていて、その樹々のあいだに、ほとんどおなじ色の湖水が覗いている。その結果、森林と湖水の区別がつかず、いくら眺めても、暗い色の塊りが認められるばかりで、絵として眺めることは、ほとんど不可能なのだ。

　わたしは一枚目の絵に視線をもどし、さらに二枚目に目を向けた。こうして視線をなんども往復させて、ふたつの絵を見比べた。ふたつの絵を融合させて、ひとつの絵として完成させるよう求められている、そんな気がしたからだ。だがけっきょく、あきらめて背を向け、残っている階段を降りた。

　下の階のロビーも、上の階とまったくおなじだった。ガラス張りの壁にそってならんだ白いテーブルと、書割でしかないらしい軽食堂や喫茶店などのあいだを、やはり白い衣装の人たちが、静かに歩いていた。わたしはその人たちに混ざって歩き出したが、ロビーの雰囲気に慣れたせいもあって、煌々とした明かりのなかにも、暗さが潜んでいる、そんなふうに感じはじめていた。

そして、その暗さに気づくと、別の考えが思い浮かんだ。この人たちは、ここに幽閉されているのではないのか。この時間になると、許されて起き出し、こうしてロビーを行き来しているのではないのか。じっさいに、人々のおそい歩みは、幽閉に疲れきったというような、異様な衰弱を感じさせるのである。

行き止まりの奥に来て、わたしは、みんなとおなじようにUターンして引き返した。途中、ひとりの男を見分けて、咄嗟に人々の後ろに身を隠した。なぜそうしたのか自分でもわからず、おそるおそる顔を出してみた。その男は、青色の制服のようなものを着ていて、守衛にちがいなかった。笑みを浮かべて人々を見まわしながらも、不法な侵入者がいないか、目を光らせているのである。

守衛とすれ違った。見つからなかったようだが、五、六歩進んでから振り返ると、相手もちょうど振り返ったところだった。守衛は気づかぬふりをして向こうに歩いて行く。わたしは人々をかき分け、小走りに駆け出した。追って来ているにちがいなく、いまにも肩をつかまれそうだった。階段のところまで来た。そしてそこを登ろうとすると、降りて来る別の守衛が目に入った。わたしはあわてて、さらに階段を降りた。

その階も白い衣装の人々で埋めつくされていた。不案内な建物のなかで守衛から逃げおおせるとは思わなかったが、こちらから彼らの腕のなかに飛び込むつもりはなかった。人々をかき分けて進むと、接触した人たちがよろけたり、転びそうになったりした。だが誰も、騒ぎ立てたり、不作法を責めたりはしなかった。自分のなかに引きこもり、なにかにじっと耐えている、ひどく大人しい人たちなのだ。

建物の構造がわからないのだから、行き当たりばったり逃走するしかなかった。壁のところどころにある細い通路のひとつに入ってみた。左右に個室のある通路で、出入りする人々が、あわててドアのなかに引っ込んだり、壁に張りついて路を開けたりした。

通路の端まで行き着くと、ドアが待っていた。ためらうゆとりはなく、重いドアを開けて滑り込んだ。薄暗くひんやりとしたところで、どこかにある、小さな明かりが足もとの螺旋階段を照らしていた。わたしは手摺りにつかまり、足音を消して降りた。それでも、井戸の底に降りて行くみたいで、足音が低くひびいた。

ようやく足が床に着いた。物置のようなせまい暗がりで、なにも聞こえなかった。わたしはその静寂さに安堵をおぼえて、しばらくじっとしていたが、暗がりのなかに細い縦の線の明かりを見つけると、そこに進み出た。そして、ドアらしいその個所を押してみると、外は短い廊下のようなところだった。右側はガラスの壁になっていて、なかは浴室なのだろう、水のはじける音がしていた。左側は食器類の触れ合う音に混ざって、話し声が聞こえていた。

おなじ捕まるにしても、こんな騒がしいところで捕まりたくない。わたしはそう思って、急いで通りぬけた。そして、そこを出ると、廊下がまっすぐつづいていて、見ると、ロビーにつうずる階段が目に入った。振り出しにもどったのである。

ほかに行き場がなく、わたしは仕方なく、ロビーにもどろうとした。すると途中、右側の壁にドアがひとつあって、半分開いていた。覗くと、降りる階段が見えた。わたしはそこに入り込んだ。幅のせまい階段で、足もとが暗く、危なっかしい。それでもなぜか、この階段こそ探していた階段だ、そう確信したのである。

薄暗がりのせいもあって、ひどく長く感じられる階段だった。こんなふうに、いつまでも降りつづけることになるだろうか。そう考えはじめたころ、鈍いざわめきのような音が聞き取れた。目をこらすと、降りたそこは、地階のホールのようなところで、薄暗がりのなかに、床を埋めたたくさんの人が見分けられた。

わたしは階段の途中で足をとめて、さっきなぜ、「この階段だ」、そう確信したのか、確かめようとした。というのも、ホールの上部の壁に絵が描かれているのを見つけ、それを見れば、なんのためのホールなのかわかる、そう思ったのだ。

だが、絵そのものが消えかけているうえに、明かりが乏しく、なにが描かれているのか、わからなかった。わずかに認められる炎のようなものから、閻魔マンダラかとも思えたが、大半がはげ落ち、残った部分もくすんでいて、そうした絵かどうかさえ確認できなかった。仮に確認できても、いまでは、そうしたものを信ずるわけにはいかないだろう。

十段ほどを降りて、わたしはホールに降り立った。そのあたりは、ただ人で埋まっているばかりだが、向こう側に近づくにつれて、列ができているようだった。わたしはその人々のなかに紛れ込んだ。とにかく向こう側まで行ってみよう、そう思ったのだ。

ひどい込みようで、ほとんど動けなかった。それでもわたしは、はじめのうち、人々のあいだに隙間を見つけて、無理に体を押し入れて進んだ。だが、中ほどまで来て人垣にはばまれ、それ以上は進めなくなった。こうなっては、自力で進むことをあきらめて、人の動きに身をまかすほかなかった。

　これだけ多くの人がいるのに、ホールは異常に静まり返っていた。踏み違えるかすかな音のほか、何ひとつ聞こえなかった。それは、すぐにわかったことだが、誰もがひとりきりでこの場に置かれている、そればかりか、誰もが自分を放棄した状態に置かれている、ということのせいに思えた。

　人々の動きに逆らうことをあきらめると、わたしは、すこしずつ右のほうに押しやられ、最後には、壁に押しつけられた。見ると、タイル張りの壁で、床から天井までタイル画で埋められている。わたしはなにが描かれているか見分けようとした。だが、腕を突っ張っても、まわりから押されて、目とのあいだに必要な距離が作れなかった。そうしているうちにも、壁にそってさらに移動を強いられ、ホールの隅に押し込められて、身動きできなくなった。

　気がつくと、出札口のようなところに向かう人々の列のなかに立っていた。あれだけ多くの人がいたのに、すっかり少なくなり、そのせいで、いっそう暗い感じになり、ホール自体がいまにも、暗闇に呑まれそうだった。

　列はどんどん短くなった。窓口に近づくにつれて、まわりの人たちの抱いている脅えがわたしにも伝わった。同時に、なにか思い違いをして、誤ったことをしているのではないのか、そんな考えが繰り返し浮かんだ。そして、その過ちをはっきりさせなければと思いながらも、気がつくと、受付の窓口のようなものの前に立っていた。

　それは、Uの字を逆さまにした形をしていて、おなじものが左右にいくつかならんでいた。わたしは顔を近づけてみた。すこし低いところにあるので、かがまなければならなかった。奥から冷たい空気が吹きつけている、そんなふうに感じられたが、どんな反応もなかった。

　こちらからなにか要求するのだろうか。わたしはそう思って、隣りの窓口の様子をうかがった。老人が窓口に顔を入れて、木札のようなものを受け取っていた。わたしはそれにならって、窓口に顔を入れた。そして、なにかを承諾する言葉を口にしようとしたが、どんな言葉も思い浮かばなかった。

　見ると、窓口のなかに黒い布がさがっていた。その薄い布越しにふたつの目がこちらを見つめていた。布の裏に鏡があって、そこに自分の目が映っている、そんなふうにも思えた。わたしはその目を見つめ返した。吸い込まれそうな眼差しだった。

わたしは息苦しくなり、窓口から顔を出した。そのとき、後ろで待っていた老人がわたしを押しのけ、窓口に顔を突き入れた。そして奥に向かってなにか言った。わたしは老人の両肩をつかんで、引きおろした。老人は床に転げ落ちた。代わって窓口に顔を入れると、黒い布の下から干からびた手が差し出されていて、木札を握っていた。わたしはそれをつかんで、その場を離れた。

木札がなにを意味しているのかわからないままにも、わたしは、手に入れたことに満足していた。窓口を離れた人たちが向かう、ホールの奥のほうに進んだ。そこに鉄の門扉があって、その前に、十人ほどの人が集まっていた。その後ろに立っていると、門扉が音も立てずに、向こう側にゆっくりと開いた。人々はそこに吸い込まれて行く。わたしはその後につづいた。

洞窟だな。そう思いながら、人々の後ろから進んだ。空気が冷えていて、水滴が天井から落ちてくる。壁のところどころに凹みがあって、ろうそくが灯っていた。その明かりは、目に入ると同時に、頭のなかにまで入り込んでくるのである。

ろうそくの明かりの列に導かれて進んだ。目に入るたびに、やはりその明かりが頭に入り込んだ。水の音が聞こえた。小さな滝のような音で、それがしだいに大きくなる。五、六段の段があって、それを降りると、ふたたびゆるい坂にもどった。頭のなかでは、入り込んだ光の塊りが、きらめきつづけている。場違いな光に思えて、消し去ろうとしても、むしろ輝きは増すばかりだ。

前を歩く人たちが立ちどまった。小さな洞窟のような空間で、十何人かがひとかたまりになった。ここが終点だろうか。そう思っていると、突然、天井やまわりの壁から水が噴き出して、ずぶ濡れになった。まわりの岩が崩れるかと思える勢いだった。

水の噴射は急にやんで、ふたたび歩き出した。しばらく行くと、改札口のような低い鉄の柵があって、そこを通ったとき、誰かがわたしの手から木札をもぎ取った。さらに十歩ばかり進むと、小さな空間が待っていた。

こんどこそ、これ以上は進めないらしい。そう思って、顔をあげると、ごく小さな部屋で、天井も壁も床もすべてが黄金色に輝いていた。さっきまで頭のなかできらめいていた光の塊りが、外に出て箱状になり、わたしたちはそのなかに納まっているのである。

　同時に、床が揺れたと思うと、体がすうーと落下した。納まった黄金色の部屋がエレベーターに似た乗り物になっているのである。終わりになる。わたしはそう覚悟した。それでも、意識をすこしでも長く保とうと、両目を見ひらいた。黄金色以外になにも見えなかった。終わりになる。わたしはもういちど覚悟して目を閉じ、失われて行く方向に意識を傾けた。それに応ずるかのように、乗り物がななめ下方へ滑降しはじめた。湖水の底へ滑り落ちて行く、そう思った。


「そんなところで寝込むと、風邪をひくわ」

　肩に置かれたIの手に目を開けた。わたしはまだ上着を着て、窓のそばの椅子に腰かけていた。いつのまにか寝入っていたのである。部屋には夜具が敷かれて、Iもパジャマに着替えていた。

「ああ、まだここにいる」

　まわりを見て、わたしはおもわず言った。

「どこにいるつもりだったの?」

　Iがめずらしく訊ねた。

「あるイメージの流れにはまり込み、もうすこしで引き返せなくなるところだった。これ以上旅行をつづけるのは危険だな」

「都会にもどるの?」

「嫌なのかい?」

「いいえ。あなたといっしょなら、どこだって、おなじだもの」

「どこだっておなじ? たとえば、いまのイメージの続きのなかでも?」

「ええ、そうよ」

「…………」

　わたしは返す言葉につまった。明日はかならず都会にもどらねばならない、そう思った。


（了）

彷徨

夢のなかで見失った自分をふたたび見出したのは、真昼の陽が照りつける、煉瓦の建物にかこまれた広場であった。そして、その広場を埋めた民族衣装の人々の様子から、砂漠のなかの都市の広場であることもわかった。しかもその人々は異常に興奮した状態にあって、なにか不吉なことが起こりそうな雰囲気がただよっていた。

わたしは身の危険を感じて、すぐにも立ち去らねばと思った。だが、夢のなかでは、どうにもならなかった。そこで、危険の原因を知ろうと、広場をあらためて眺めた。すると、幾何学模様で埋まった壁、飾りつけた馬車や輿《こし》、屋上を占拠した人々など、すべてのものが夢とは思えない克明さで目に映った。

そして、夢の特性によって異国人のわたしにもわかったことだが、きょうは砂漠の民の十年に一度の祭りであった。しかもただの祭りではなく、砂漠の民ひとりひとりが大なり小なり自分の運命を賭ける祭りであった。民族衣装で着飾った人々は、刻々と迫るその運命の瞬間を待って、それで興奮しているのである。

このような状況であることを知って、さらによく眺めると、広場の中央がひろく開けられていて、二十数台の木馬が横一列にならんでいた。さまざまに色彩が施された木馬で、すでに騎手たちが跨がり、競技がはじまろうとしているのである。

夢のなかとはいえ、もちろん木馬が走るわけではない。木馬が据えられた台座に車輪がついていて、それを象に曳かせるのである。象たちは、見たところふつうなら十歳くらいの大きさだが、立派な大人の象である。街路を疾駆するには小回りのきくほうが有利なので、特殊な飼育法で長

年かけて小型化された象である。

つづいて目を惹くのは、木馬に跨がった騎手たちの衣服である。そのきらびやかな衣服はそれぞれの木馬の持ち主である貴族の紋章をあしらったもので、真っ青な空や赤褐色の煉瓦の壁に映えて、華麗な色彩を見せている。騎手の衣服だけではない。象の頭や背にも持ち主の紋章が描かれている。

それらの紋章には重要な意味がある。紋章の持主であるそれぞれの貴族たち一族の名誉と運命が、ひとえにこの競技にかかっているのである。どのような経緯ではじまったのか知る由もないが、予想を裏切って、あまりひどい負け方をすると、貴族の地位を剝奪されて、きょう一日で零落するのである。

運命の変転をこの競技に賭けているのは、象や木馬の持ち主である貴族たちだけではない。この都市とその周辺の砂漠を遊牧する部族たちすべての人々が、貧富にかかわりなく、男も女も、老人や子供たちさえも、十年に一度のこの競技に全財産を賭けて、みずからの運命を占うのである。砂漠の民である彼らは、十年に一度のこの競技にそれぞれの夢を託すことで、砂漠の生活の苛酷さに耐えるのである。

こういうことで、きょうはすべての人の運命が変転する特別の日であり、砂漠の民であるこの場の人々は、灼熱の陽の光を浴びながら、かたずを呑んで競技のスタートを待っているのである。夢のなかで自分を見失ったわたしが、ふたたび自分を見出したのは、こうした異様な状況にある広場のただ中であった。

ラッパが吹き鳴らされて、スタートのときがきた。ラッパの音につづいて、鼻を太陽へ向けて垂直に伸ばした一頭の象が、啼き声をあげた。どの象も人々の興奮に刺激され、鼻をしきりに振っていたが、その一頭が代表して、不吉な予感を訴えるかのように、途方もなく大きな啼き声を発したのである。

もういちどラッパが吹き鳴らされて、広場は静まり返り、群衆の視線が木馬の騎手たちに集まった。腰を浮かせた騎手たちは、すでに鞭を振りかざし、合図の旗が振りおろされるのを待っている。広場をかこむ建物の屋上では、貴族たちが緊張した面持ちで自分たちの騎手と象を見おろしている。

旗が振られた。同時に騎手たちの鞭が振りおろされて、象たちがいっせいに走りだした。広場を圧する喚声が起こり、女たちが悲鳴をあげる。そのどよめきのなかを、二十数台の木馬が横一列にならんで、幅をせばめながら、正面の門をめざし、猛然と突進する。

象たちはみごとに訓練されている。スタート前の不安そうな様子は一変して、力強い動きである。鼻を頭上で後方に曲げ、寸胴な脚を敷石に叩きつけ、躯全体を弾ませ突進する様子は、巨大な玉が転がるかのようで、とても象とは思えない。

木馬の車輪が敷石におそろしい音を立てて転がり、群衆の喚声と悲鳴が加わる。先頭の木馬は早くも門をくぐり抜け、市街に出て行く。さらに二台三台とつづき、一台が抜け出るたびに屋上の一郭を占領した貴族たちが、異様な歓喜の声をあげる。せまい街路を駆け抜けるには、門を上位で抜け出る必要があって、関門のひとつなのである。たちまち十台ほどの木馬が門をくぐり抜け、市街に出て行く。

異変が生じたのは、その何秒かあとであった。三台がならんで通るのが精いっぱいの門に四頭の象がいちどに殺到して、激突したのである。騎手が放り出され、象たちは横倒しになり、木馬は大破した。そこに後続の六、七台が、つぎつぎに乗りあげた。それがきっかけに大惨事になった。騎手を放り出した十数頭の象が木馬の台車を引きずったまま、群衆のなかに飛びこんだのである。そのうえに、富裕な者たちが乗り入れた馬までが暴れだしたのである。

広場はパニックになった。煉瓦の壁にかこまれて逃げ場がなく、逃げまどうあいだに、象や馬に踏みつぶされたり、木馬の台座や馬車の下敷きになったりした。なんとかもうひとつの門にたどり着いても、ひどい混乱に押し合いへし合いしていて、その果てに将棋倒しになり、多くの人々が圧死した。

そのような惨劇の場からどうして無事に脱出できたのか、わたしは憶えがなかった。夢中で出口に向かい、運よく脱出できたのだろうが、われに返ると、左右に煉瓦の壁がつづく路地のなかにいた。前後を眺めると、広場からそれほど離れているとは思えないのに、人っ子ひとりいなくて、ひっそりとしている。

わたしは、そこにいる自分に気づくと同時に、女を抱きかかえていることに気づいた。わが身を救うだけで精いっぱいだったはずなのに、あの混乱からどうして救い出せたのか、不思議でならなかった。救い出したというより、女のほうでわたしにすがりついて、離れなかったのかもしれない。

女は失神していた。意識を取りもどさせるために、わたしはひとまずおろそうとした。ところが首に巻いた女の両腕がどうしても解けなかった。気を失いながらも、餌物をしめつける力だけはしっかりと保っているのである。

仕方なく女を抱きかかえて、煉瓦の壁がつづく路地を歩きだした。そして歩きだしてはじめて、女の異常な軽さに気づいた。抱きかかえていることを意識しなかったのも、広場のあの大混乱から救い出せたのも、この軽さのせいにちがいなかった。それでいて非常な勁さを秘めているらしく、しなやかな腕は首に絡みついて離れないのだ。

ほっそりした体を薄絹でつつんだ女は、もちろんベールで顔を隠していた。のぞいてみると、異様な美しさで、砂漠という海が生んだ奇跡の真珠とは、まさにこのことである。細い首と肩に巻きついた豊かな黒髪は、照りつける陽の下でもしっとりと濡れて、体の重みの半分を占めるかと思えるほどだ。そっと閉じた瞼の膨らみ、細く通った鼻、寂しげな笑みをふくむ唇、尖った顎など、その小さな顔は、砂漠の夜空に浮かんだ三日月のように妖しい。薄絹につつまれた細い肢体も、ふしぎな柔らかさで、きつく抱きしめると、腕のなかで溶けてしまいそうだ。

それでいて、わたしは、このような形容では、この女の美しさの本質を表現したことにならない、そう思った。なぜなら、この女の美しさは、あきらかに砂漠の民の渇望が生んだ幻想にもとづいているからだ。一年じゅう炎天下にあって、すべてのものが干涸びるこの地では、あらゆる感情や思考がひとつの幻想に収斂せずにはいないが、その幻想とは、水の精であるニンフの存在を信じることである。そしてその存在を信じるならば、これほどしっとりと濡れた柔らかな肌と冷たい髪を持つこの女をニンフでないとは、誰も言いきれないだろう、そう思えるからである。

たとえば、わたしは砂漠の民の一員ではないが、仮に砂漠の民に生まれた少年だとしよう。すると、ひとりの老人があたりに女たちがいないことを確かめて、少年であるわたしに異様に熱っぽい声で、つぎのように語るだろう。

よいか、少年よ。砂漠に生きる男なら誰でも、口にこそ出さないが、胸のなかに生涯けして消えることのない渇望を持ちつづけている。むしろその渇望を持たずには生きていけない、そう言ってもいいくらいだ。

その渇望とは、ある館の主人になる夢だ。その館の奥まった中庭には、主人以外は誰も近づいてはならない井戸がある。そして、枯れないその井戸のそばに東屋《あずまや》があって、若い女が住んでいる。それは、その館の主人の愛妾のような存在だが、ただの愛妾ではない。井戸を守る水の精なのだ。

だからその女は、館の主人が何代かわろうとつねに二十歳を越えない若さを保っている。

ところで、その館の主人になるということは、あとは零落するばかりなのだ。この世の存在ではないニンフとの関係を、長く保つことができないからだ。いずれニンフの戯れの恋の餌食になるか、あるいは自分からニンフに夢中になるかして、現実の生活をないがしろにしてしまう。その果てに狂気にとり憑かれたり、おかしな振る舞いをしたりして、しまいには零落してしまう。このようなわけで、めったにない幸運に恵まれて、その館の主人になったとしても、けっきょくは、零落したうえ、砂漠で生きるために必要なこの幻想までもなくしてしまう。

少年よ。いまのおまえには、ありふれたおとぎ話に思えるだろう。しかし、砂漠の民である以上、なんらかの形で、水の精であるニンフという存在に支配されることになる。そのことをけして忘れてはならない。また、支配されても恥じてはならない。この幻想にどれだけの価値をおくか、この幻想をどのようにして保ちつづけるか、それを決めるのはおまえ自身なのだ……。

老人の言うとおりである。偶然に拾ったこの女を、正真正銘のニンフと見なすかどうかは、わたし自身が決めることである。そして事実わたしは、砂漠の民の一員ではないにもかかわらず、しっとりと濡れた柔らかな肌と重く冷たい髪を持つこの女を、ニンフだと見なしたのである。

それにしても、どうして水の精であるニンフが、こんなところに姿をあらわしたのか。館の奥の中庭に住むニンフは、いつも井戸のかたわらで水に戯れているが、館の主人以外の人間に姿を見られるのを怖れて、外には一歩も出ないはずだ。これはわたしの勝手な想像にすぎないが、さしあたってつぎのように考えてみた。

零落寸前のその館の主人は、きょうの競技に全財産を賭けた。そして、なんとしてもこの賭けに勝つために、幸運をもたらす女神として、門外不出のニンフをこっそりと輿に乗せて広場にやって来た。もちろん本来なら、ニンフたちがこのような要求を受け入れることはない。水に恋をするニンフたちは、人間の男に戯れに恋をすることがあっても、真剣に恋をすることはあり得ないからだ。

ところが、ニンフといえども、ときには自分の不死性に飽くことがある。そんなとき館の主人に真剣に恋をしかけることで、自分も死すべき定めを持つ人間だと思いこもうとする。おそらくその館の主人も、ニンフのおちいったそのような状態に乗じて口説き落とし、広場に強引に連れ出したのだろう。

恋しい男の頼みとはいえ、はじめて館の外の空気に触れただけでなく、群衆の集まる場所に連れ出されて、このニンフはどんな心地だっただろう。もちろん輿のなかでこの世の存在でない身をすくませていたにちがいない。競技のことなど、なんのことかわからず、自分を非難する叫び声にしか聞こえない喧騒に、輿のなかで長い髪を頭に巻きつけ、その上から両手でしっかり耳をふさぎ、震えていたのだろう。館の奥の井戸のそばでこそ不死身のニンフも、照りつける陽の下では、朝露のようにはかない存在なのだ。

こうした状態にあったとき、あの惨事が起こった。担ぎ手の下僕たちが混乱に巻きこまれて輿がひっくり返り、この世の存在でない身が輿から放り出された。同時に、なにが起こったのかわからないまま、たまたまそこに居合わせたわたしにすがりつき、そのとたんに失神した……。

これが砂漠に生きる男たちのいだく幻想にあやかったわたしの想像であり、おなじこの想像が異国人であるわたしにさえ、このニンフを自分のものにすることを当然のことのように決意させたのである。それでなくとも、灼熱の大気のなかで、ひんやりとした柔らかな肌、流れ落ちる水のような冷たい髪、この感覚を味わった者は、その瞬間から為すべきことがほかになにもなくなる、この地上にこのニンフと自分のほかになにも存在しなくなる、そう言ってもいいくらいなのである。

わたしのこうした決意に対して、女はどんな反応を見せたのか。もちろん意識がないのだからなにもわからなかった。ただそれでも、わたしが自分のものにしようと決意して、広場からすこしでも遠ざかろうと足を早めると、その決意に同意するかのように、首に巻きついた両腕がきつく締めつけたのである。

わたしは路地のなかを歩きだしたが、ニンフを抱きかかえた恰好はあまりに人目に立ちすぎた。煉瓦の壁にはさまれただけの路地にもわずかだが通行人があって、いまにも物見高い人々にかこまれそうだった。しかしすぐにわかったことだが、それはまったく余計な心配だった。路地のなかをひっそりと歩いている人々は、誰ひとり、まるで目に映らないかのように、ニンフを抱きかかえたわたしに目を向けないのである。

人々の無関心は好都合だが、べつの問題が生じた。こうして歩きだしながらも行先の当てがまったくないことだった。いくら歩きつづけても、左右におなじ煉瓦の壁があらわれるだけで、前方にモスクの塔が見えるとか、庭園の一部が見えるとか、そうした目印さえ見えてこないのである。したがって、東も西もわからないままに、おなじ煉瓦の壁があらわれるだけの道路を、任意の方角に歩きつづけるほかないのである。

ところで、わたしはしばらくして、ひとりの男とひとりの女がついて来るのに気づいた。砂漠の民特有のするどい眼光をしているが、零落しつくしたらしい中年男と、ひとりで外出しない女の慣わしを平然と無視した、得体の知れない初老の乞食女である。

彼らはたがいに腹を探り合いながら、獲物を横取りするハイエナのように、わたしから離れなかった。わたしの拾った女の価値を抜け目なく鑑定して、わたしが持て余して放り出すのを虎視たんたんと狙っている、そんなふうに思えた。ところが、その彼らがつぎのようなきっかけで、わたしの同行者になったのである。

ニンフは異様なほどに軽く、抱きかかえて歩いてもすこしも苦にならないが、薄絹が滑りよく、すぐに半裸にちかい状態になってしまう。そのときもわたしは、薄絹が脱げかけて困り果て、立ち往生した。すると、その機会を待っていた男が歩み寄り、肌にじかに着ていた汗臭い上着を、ニンフにかけようとした。

乞食女はそれを見逃さなかった。そのまえにすばやく割って入り、男を押しのけると、自分の肩をつつんでいた布をとって、ニンフをおおったのである。自分の上着ではあまりにひどすぎると思ったのだろう、男も納得したが、その行為でもって既得権を手にしたつもりらしく、乞食女もまた、男が折れたことで、とりあえずその権利を認めたらしく、ふたりはそれをきっかけに、わたしの協力者になったのである。

もちろんわたしはふたりを信用したわけではなかった。彼らの目的がわからない以上、やはり最初に考えたように、横取りして高級娼婦として売り飛ばそうとたくらんでいる、ふたりが協力し合うのも、奪い取るまでの一時的な妥協でしかない、という考えを捨てなかった。

実際に、彼らがその気になれば、わたしからニンフを奪うことなど造作もなかった。ニンフを抱きかかえて自由のきかないわたしを、砂漠の民お得意のナイフでぶすりとやっても、奇妙に錯綜した迷路である路上に、証言する目撃者などいないのだ。

しかし、わたしとニンフに付き添ったふたりは、そのあとも押し黙ったまま、そんな素振りをまったく見せなかった。それどころか、申し分のない協力者であった。中年男はつねにわたしの前を歩きながら、ニンフを通行人の視線に晒さないように気を配っている。乞食女は、ニンフをつつんだ薄絹が滑り落ちないよう手を添えている。つまり、自分たちの意図を完全に隠した彼らは、ますます緊張した面持ちになり、わたしを信頼しきったみたいに、わたしに歩調を合わせているのである。

当然のことだが、彼らのその不可解な信頼は、かえってわたしを疑惑の深みに引き入れた。わたしはニンフを抱きかかえ、東も西もわからず歩きつづけている。それなのにこの都市の隅々まで知りつくしているはずの彼らは、わたしがどの方向へ進もうと、なんの反応も見せず、また、どこかに案内しようという素振りも見せない。これはなにを意味するのか。もしそれが信頼でないとしたら、どういうことになるのか……。

いずれにせよ、わたしはこうして彼らに守られた恰好で、ニンフを抱きかかえ、焼けこげる大気のなか、どこまでも延長する煉瓦の壁にそって、休みなく歩きつづけたのである。そして、どこにもたどり着けないうちに、夕日が赤いたてがみで地表を真っ赤に染めながら砂漠の彼方に沈んで、地表は青黒くよどむ大気におおわれたのである。

＊

満月が空の中央にあって、黄金色の月光が乾燥した大気をあまねく満たし、砂漠の大地に降りそそいでいる。わたしはふたりの奇妙な同行者に守られて、ニンフを抱きかかえたまま、まだ歩きつづけている。わたしの足は一歩一歩、月光の波に洗われている。

路は煉瓦の壁のあいだを延々とつづき、真っすぐに進んでも、左右どちらに曲がっても、目新しい事物はなにも見えてこない。煉瓦の壁でできたこの都市がどういう構造になっているのか、いつになったらこの単調な迷路から抜け出るのか、まるで見当もつかず、混迷は深まるばかりである。

ニンフは失神したままである。それでいて、わたしの首に巻いた細い腕はけして力を緩《ゆる》めない。抱きかかえていることは、苦にならないが、いまではこの異様な軽さが、わたしの疑念の対象になっている。

十年に一度の祭りを終えた砂漠の民たちは、昼間の興奮に疲れて、迷路をつくる煉瓦の壁の内側で、深い眠りに落ちている。真夜中の静寂のなかに、彼らの呻き声が、ときおり壁をとおして聞きとれる。砂漠の民の眠りにつねにあらわれる残忍な夢にうなされるのだろうが、それがどのような夢なのか、想像している暇はない。わたし自身、夢のなかで時間を踏みはずして、迷路でしかない砂漠の都市をさ迷いながら、つぎのように自問しているのである。

この彷徨はいつになったら、終わるのだろう。真昼からはじまった彷徨は、陽が没して夜になり、さらに真夜中になっても、終わる気配がない。このまま夜を徹して煉瓦のあいだをさ迷いつづけ、その果てに、なにが待ち受けているのだろう。夢のなかのこの都市の上に、ふたたび陽が昇ることがあるのだろうか。

それにしても、このふたりの奇妙な同行者、零落した中年の男と初老の乞食女はいったい何者だろう。同胞である砂漠の民が眠りの淵に身を沈めたいまも、異国人のわたしから離れないのは、もちろん失神したニンフをめぐって、なにかたくらみを隠しているのだろうが、それにしても不可解な同行者である。

わたしが落ちこんだ夢は、蒼く澄んだ夜空の中央に満月を昇らせたまま、時間を静止させている。わたしはまだ、失神したニンフを抱きかかえ、煌々たる月光に照らされて、さ迷いつづけている。この状態から抜け出すには、この夢そのものについて、あえて結論を見出すほかに、あり得ないのである。

いや、わたしはすでに結論を見出している。それは、この夢をただの夢と見なすことは、もはや許されないということである。この夢から覚めることをあきらめ、この事態を現実として受け入れるほかない、ということである。そしてこの夢を現実として受け入れるには、このニンフとの関わりこそ、わたしの置かれた現実であり、したがって、ニンフの正体を見きわめる必要があるということだ。つまり、ニンフのこの失神状態も、その正体のひとつとして、つぎのように認めなければならない、ということだ。

つまりこのニンフは失神などしていない、ということだ。館の奥の井戸のそば以外のところでは、これがニンフの正体なのだ。げんに、わたしが疑念に倦み疲れて、打っちゃったらどうだろう、そう思いはじめると、それに反応して、首に巻きつけた細い腕がつよく締めつけてくるのは、それが正体である証拠ではないだろうか。

そうだ。間違いない。井戸を離れると、水の精であるニンフは、本来の価値をなくして、ただ意味もなく漂う存在になってしまうのだ。したがっていままでは、このニンフにとって偶然にすがりついたわたしだけが拠り所なのだ……。

もっとも、このような考え方をすれば、このニンフの置かれた状況はそっくりわたしの置かれた状況でもある。夢のなかをさ迷うわたしも、この迷路のほかに、どこにも行き場がないのだ。つまり、ニンフを捨てれば、夢から覚めるかもしれないのに、それを拒絶している以上、わたしに与えられた現実はこのニンフしかなく、そしてその結果として、この彷徨に終止符を打てないのだ。

わたしはその結論を先へ先へと伸ばして、なおも歩きつづけている。頭上の満月はさらに皓々と冴えわたり、煉瓦の堆積である家々の平坦な広がりの上を、発掘された遺跡さながらに照らしている。歩を運ぶたびに路面に映える月光が黄金色の花粉になって舞いあがる。砂漠の都市をつつむ夜の大気はすっかり冷えこみ、いよいよ冷気が肌を刺してくる。

いまやわたしの願いは、どこでもいい、この煉瓦の迷路を抜け出て、砂漠の地平線を目にすることである。しかしそれは叶えられることのない願いだ。しだいにわかってきたことだが、この彷徨は、わたしがみずからが結論づけたように、夢でありながらも現実としてわたしの身に生じているることであるからだ。

わたしが落ちこんだ夢は、時間を静止させている。その静止のせいで、この夢の行き先がようやく見えてきた。それはこういうことだ。

わたしは幸運を拾ったのではなく、悲運を拾ったのである。井戸のそばを離れたことで価値を失い、ただ漂うだけの存在になったこのニンフについて、むしろつぎのように想像すべきだったのだ。つまり、水の精であるこの女は、館の奥から追放される必要があった。なぜなら、井戸を枯らす衰亡のニンフになっていたからだ。そこでニンフたちを支配する天上の力が、落ちぶれようとしている館の主人に果敢な賭けを強いて広場に運び出させ、十年に一度の祭りを利用して、投棄させようとした。そして、たまたまあの惨事が生じて、わたしが拾うことになった……。

このように考えると、同行者である中年男と乞食女の不可解な態度も謎でなくなる。彼らはニンフを投棄した館の主人に雇われていて、わたしが拾ったものをどう処分するか見とどける、いや、衰亡のニンフがもたらす悲運がわたしの身に乗り移り、引き返せない深みに踏み入れるまで、捨てさせないように協力する、それが役目なのだ。正体に気づいたとき、もはや手おくれ、という状況が生ずるのを待っているからなのだ……。

したがって、このニンフを放棄さえすれば、おちいっているこの事態は、たちまち解決するのかもしれないのだ。この迷路から脱出できるだけでなく、この夢そのものからも覚めるのかもしれないのだ。

しかしわたしは、それでもその考えを拒絶せずにおれないのである。このニンフを捨てさえすれば、ほんとうにこの夢から覚めるのだろうか。そのことに間違いないだろうか。いや、もう二度とこの夢の外には出られないのだ。したがって、このニンフがいまでは残された唯一の現実なのだ……。

それに、すでに手おくれになっている。ニンフを捨てようにも、わたしの体とニンフの体が離れられなくなっている。炎天下を歩きまわっていたとき、湿った肌と水の流れのような髪は、この世のものと思えない心地よさだったが、夜更けになるにつれ急速に冷えはじめているのである。

砂漠の大気はさらに冷えこみ、わたしは凍えそうになりながらも、まだ歩きつづけている。いずれ氷のように冷たくなるニンフとひとつになり、息絶えるのだろうが、それまでこの迷路を彷徨しつづけるほかないのである。残されているのは、わたしが凍死したあと、不死の身であるこのニンフがどうなるのか、という問いだけである。

（了）

取り戻し

自分を見出したのは、窓どころかドアさえない、長方形の空間のなかであった。パジャマに裸足という恰好で、その空間の中央におかれた棺のわきに立っていたのだ。ひとりではなかった。棺をはさんだ向かい側に、見知らぬ女が立っていた。極端に顔を俯けた女は、一種の硬直した状態にあるらしく、傾いたその姿勢をかろうじて保っている、そんなふうにも見えた。

わたしは棺から半歩さがって、あらためて女を眺めてみた。四十なかばの小柄な女で、裾の長い白いスーツを着て、赤いヒールをはいている。スーツの腰のあたりに半島のような形で、血の大きな染みがついている。顔は異様な蒼白さで、なにかのショックを受けたみたいに、黒い髪が不自然な形にくずれている。

わたしはかがんで、おそるおそる女の顔をのぞいてみた。

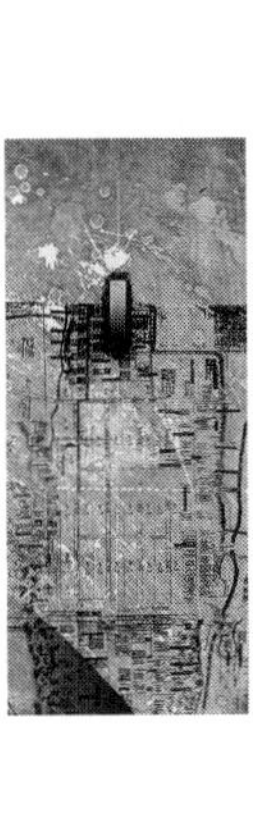

すると女は、それを待っていたかのように、体を起こして顔をあげた。そして、見るというよりも感じ取るというように、見開いた白い眼を、わたしの顔に向けた。わたしは、その白い眼にたじろぎながらも、おもわず声をかけた。

「あなたは誰です」

密閉された空間のせいか、くぐもった声は、自分の声とは思えなかった。それでも聞き取った女は、白い眼をわたしの顔から棺に移して、わたしよりもくぐもった、まるで地中から洩れ出たような声で答えた。

「わたしは十四年前までこの人の妻だった」

その異様な声にいっそうたじろぎながら、わたしはさらに問いかけた。

「それで、このなかの人は誰です」

「あなたは知っているはずよ。そうでしょう」

「わたしが考えている人ならば、たしかに……」

「そうよ。あなたが考えているその人よ」

「これは、いったいどういうことです」

要領の得ない返事にいらだち、わたしはすこし声をつよめた。

「どうしてわたしといっしょに、あなたがここにいるのか、ということね」

女は視線を棺に向けたまま、沈んだ声で言った。

「わたしは、この人を引き取りに来たのだけれど、それには、あなたに立ち合ってもらう必要があるからよ」

「しかし、医大に献体するという遺言があったそうですよ」

「知っている。わたしが言っているのは、遺体ではなく、この人の死そのもの」

「死そのもの?」

「そう、死そのもの」

当然という口調で繰り返すと、女はようやく棺から顔をあげて、白い眼でわたしの顔を見つめた。

「あなたがここにいなければ、わたしはこの人の死を引き取れないの」

「どういうことです」

わたしはこう訊いて、白い眼をかろうじて見つめ返した。


「そのことを、いまから説明する。あなたに納得してもらってはじめて、この人の死を引き取れるのだから」

「…………」

なにを納得させようというのだろう。死そのものを引き取るとはどういうことだろう。わたしはそう思いながら、あらためてまわりを眺めた。やはりがらんとした四角い空間のままである。

「大きな棺ね」

女は棺を見おろして言った。

「四人がかりで収めたのです」

「そうね。大柄な人だった」

女はこう言って、棺に手をのばす仕草をした。

「蓋を取ってちょうだい。早くこの人を見てみたいの」

「しかし……」

「なにをためらっているの」

「その瞬間の表情が残っているのです。だから……」

「そんなこと、すこしも心配しなくていい。死者というものは、息を引き取ったときの表情や様子で自画像を保っている。だから、たがいに、どんな表情をしていようと平気で、それを怖いとか、醜いとか、思わない。それどころか、そのときの状態に依存しているわたしのような場合、その換しているくらい。だから、そんな心配はしないで、この人を見せてちょうだい」

「なるほど。どうやらわたしは、あなたに逆らえない立場にあるようですね。逆らったりすると、とんでもないことになりそうですね」

わたしは棺にかがんで蓋を取りのけた。シーツに包まれたその人は、棺の幅いっぱいに収まっている。わたしは、三枚重ねのシーツを一枚ずつひろげて、棺の左右に垂らした。三枚目のシーツを取りのぞくと、裸のその人があらわれた。眼だけが包帯が巻かれていて、そのせいで、その瞬間の表情はなかば隠されている。

わたしが体を起こすと、それを待って、女が身をかがめた。視力が極端に弱いのか、眼で触るようにして、顔を移動させている。

「この眼はどうしたの」

「閉じないので、看護師が巻いて隠したのです」

「なぜ閉じないの」

「医学的なことはわかりませんが、わたしは勝手にこう解釈しました。死を自分の外に見ようとしたこの人の意志が、その瞬間に、目蓋をこのように硬直させて、それで閉じなくなった、というふうに」

「死を自分の外に見ようとした?」

女はわたしの言葉を繰り返し、すこし間をおいて、つぶやくように言った。

「そうね、そういうことでしょうね。でも、死を自分の外に見ようとしたのは、ほんとうにこの人の意志かしら」

「この人の意志でなければ、誰の意志だというのです」

わたしはおどろいて訊いた。

「もちろんあなたの意志よ」

「わたしの……どうしてわたしの意志なのです」

「この人とあなたの関わりを考えれば、当然、そういうことになる。だから、その関わりをもっとくわしく知りたいの」

女はこう言いながら、髪の乱れた頭を、まだその人の体にそって移動させていた。

「しかし、わたしが知ったとき、この人はすでに瀕死の状態にあった」

「わたしが知りたいのは、そういうことではない。あなたたちがどのようにしてそれぞれの意志を交換させたのか、ということよ」

「交換?」

「そう。あなたたちは、死をめぐって、たがいの意志を交換させた。そうでしょう」

「しかし……」

「いいえ、交換させた」

わたしのとまどいを無視して、女は断言するように言った。

「この人はあなたから〈死を自分の外に見る意志〉を受け取った、そのことはいまの話でわかった。それで、あなたはこの人からどういう意志を受け取ったの？」

「そこまで知っているのなら隠しても仕方がない。わたしはこの人から〈死を自分の外に求める意志〉を受け取ったのです」

「〈死を自分の外に求める意志〉……やはりそうね。それ以外に交換するものなどあるはずがない」

「でも、この人もわたしも、はっきりと意図してそうしたわけではない。瀕死の状態にあるこの人の意識は、すでに正常ではなかったし、おなじ病室に入れられたわたしも、この人が死んで行こうとしているのを知って、そのときに認められるはずの死を見よう、そう考えただけです」

「どういう経過でそういうことになったの」

「似たような意志がたまたま出くわしたのです。この人は、瀕死の状態にありながらも死を自分のなかに見出せないでいて、死を自分の外に求めていた、またわたしが、自分がなにを欲しているのかわからないままに、そこにあらわれる死を見ようとしていた、このふたつの意志が、これ以外にないタイミングで出くわし、予想もしなかった事態を生じさせたのです」

「予想もしなかった事態……そうね。そういうことね。それはわたしにとってもおなじだった。わたしがこうしてここに姿をあらわし、あなたをここに連れて来なければならなかったのも、その予想もしなかった事態を解決するためなの」

女はようやく棺から体を起こした。白い眼は濡れたように光っている。その眼でわたしの顔を見つめて、女はさらにつづけた。

「だから、この事態が解決できれば、わたしたち三人は、それぞれに自分を救うことになる。それには、まずあなたに、この事態がどういう事態なのか理解してもらう必要がある。それがわかれば、この事態から抜け出ることがどれほど重要であるのかも、おのずとわかる」

「ということは、この事態を招きながらも、わたしが自分のしたことを自覚していなかった、いまも自覚していない、そう言いたいのですね」

「そう。中途半端なままに凍結している現在のこの事態が、全体の半分でしかないことを理解していない、そう言っている。そして、その後半を理解すれば、最終の目的がなんであるかも、おのずと明らかになる、そう言っている」

「なるほど。それで、その後半とはどういうことです」

「でも、そのまえに、前半を確認しておかないと、後半の理解が不十分になってしまう。あなたたちが〈死を自分の外に求める意志〉と〈死を自分の外に見る意志〉とをどのようにして交換したのか、それを確認しておく必要がある」

「それで、それを確認するには、どうすればいいのです」

「起こったことの経過を話しさえすれば、おのずと前半の意味が確認できる」

「わたしが話すのですか」

「ほかに誰がいるというの。この人が話せるわけがないでしょう」

ふたりは、相手の顔からそらした眼を棺のなかのその人へ向けた。包帯で目隠しした顔は、ふたりの話を聴いているようにも見えるのである。

「二か月前のことです。わたしは、都心の路上を歩いていて突然、失明したのです。そして近くのこの病院につれて来られたのですが、適当な病室がなかったのでしょう、医師たちは、わたしを瀕死の状態にあるこの人の病室に入れたのです」

わたしはこう言って、話し出した。

「さいわい一週間ほどで視力は回復したのですが、病原がわかるまでということで、そのまま、この人の病室に留め置かれたのです。そしてわたしは、その思わぬ成り行きに、これもなにかの縁だ、この人を看取ってやろう、そう考えたのです。

ですが、看取るということでは、ほとんど意味をなさないことがわかりました。この人は、苦しそうな呼吸と静かな寝息を繰り返すばかりで、すくなくとも正常な意識としては、すでに意識のない状態になっていたからです。身動きひとつせず、苦痛の表情さえ見せず、いつ息を引き取ってもおかしくない状態になっていたのです。げんに、医師たちの診察も形ばかりのものになっていました。

それでもわたしは、回復した視力でもって、この人を見守りつづけました。看取るという考えこそなくなりましたが、この人から眼を離せなくなっていたのです。そしてわたしは、自分がなにを望んでいるかを、ようやく知ったのです。そうだ、死というものを見たい、そう望んでいるのだ。

この人が死ぬときそこに姿を見せるはずの死の形を、この眼で見たい、そう望んでいるのだ……。

わたしはその願望のとりこになりました。この機会を逃してはならない、この機会を逃したら死から見放されてしまうという、自分でもよくわからない観念にとりつかれたのです。そしてそのおなじ観念が、あたかも死を見ることが可能であるかのように、わたしに思わせたのです。

たしかに、わたしの眼から見ても、この人の置かれた状態は異常でした。瀕死の状態にありながらも、頭から切り離された体の各部分が、てんでばらばらにそこにあって、それぞれ勝手に生きている、それなのに、この人自身は、死から見捨てられている、そんなふうに見えてならないのです。

そんなあるとき、真夜中でしたが、わたしは、この人が眼を開けているのに気づきました。こんなふうにはっきりと眼を開けているのを、いちども見たことがなかったので、わたしは震えあがりました。意識を回復させて、ラザロのように起きあがるのではないか、そう思ったくらいでした。そして、何日かをかけて確かめたのですが、なぜか、真夜中すぎの二時間だけ、きまって眼を大きく開けていることがわかったのです。

わたしはその夜から、毎日、眼を見開いたこの人を見守りつづけました。わたしの頭を占領したのは、この時間にかぎって、どうして眼を大きく見開くのか、ということでした。そしてまた、このように大きく見開いている以上、なにかを見ようとしているはずだが、いったいなにを見ようとしているのか、ということでした。

といっても、わたしの考えは最初から決まっていました。この人がこんなに大きく眼を見開いているのは、この時間になると、意識をいくらかはっきりさせることができて、その意識でもって、自分のなかに見出せない死を、自分の外に求めているからだ、という考えでした。

ですが、ただ見開かれているだけで、なにも起きないのでした。死を外に求めてなどいない、わたしの思い過ごしでしかない、そんなふうにも思えるのです。もしそうであるなら、この人の死によって死を見たいというわたしの願いは、虚しいことになります。

わたしは、そうした疑念が頭をもたげるたびに、――いや、ちがう。内側では不在であるからこそ、死は外側にあらわれて、それを見ることができるはずだ――そう自分に言い聞かせて、見開かれたこの人の眼を、いっそう執拗に見つめつづけました。じっさいに、真夜中のその二時間にかぎって、眼が閉じられることは、いちどもなかったのです」

わたしはここでいったん口を閉ざした。女は棺から髪の乱れた頭をあげると、わたしの顔を見つめて言った。

「そこまではわかった。それからどうしたの」

女の白い眼に見つめられても、わたしはもうそれほど怯えを感じなかった。

「そうしているうちに、十日ほどして、やはり真夜中のその時間でしたが、わたしは、この人の眼球にかすかな反応を認めたのです」

わたしはこう言って、ふたたび話し出した。

「それは、静止した眼球が、光を反射するもの、しかもごく小さいものにかぎって、ほんのわずか反応を見せる、ということでした。そのことから、わたしはこう考えました。自分の外に死を求めるこの人にとって、その外というものは、小さく光るもの以外、すべて消滅してしまっている。したがって、小さく光るものをはっきりと確認できれば、死を見出したことになり、死ぬことができるのではないのか。

わたしはこの考えを試してみました。匙や爪切や果物ナイフなど、病室にあるものはかぎられていましたが、そうした小さく光るものを、見開かれた眼球に近づけてみたのです。ですが、ほとんど認めがたいほどの反応しかありません。そしてそのとき、わたしはふと、わたしの眼ではどうだろう、スタンドの明かりを当てれば、小さく光るものになるはずだ、そう思いついたのです。

この思いつきは、まさに天啓と言えました。わたしは、スタンドの明かりを顔に当てると、この人の顔の上にかがんで、眼をすこしずつ近づけてみました。するとこの人の眼球に、はじめて眼差しが生じたのです。そして、さらに十五センチほどまでに接近させると、その眼差しがわたしの眼に飛びついて来たのです。わたしは、つかみかかるその力をこらえきれず、顔を離しました。その眼差しは、まさに〈死を自分の外に求める意志〉そのものでした。

わたしはそのことを確信して、ふたたび顔を近づけました。やはり眼差しが生じて、わたしの眼に飛びつきました。わたしは、こんどは、その眼差しに耐えました。すると、〈死を自分の外に求める意志〉であるその眼差しは、さらにわたしのなかに侵入して来たのです。わたしはみずからの眼差しでもって、それを押し返そうしました。ですが、いったん侵入を許したものは、ふせぎ切れるものではありません。わたしは抵抗をやめて、この人の〈死を自分の外に求める意志〉である眼差しが侵入するにまかせました。

この人の眼差しは、まるで液体であるかのように、わたしのなかに注ぎ込まれました。それは異様な瞬間の持続でした。わたしは、自分を自分ではない誰かであるように見做すことで、その一秒一秒に耐えました。言いかえれば、眼差しを受け入れるひとつの器《うつわ》という事物になって、この人の〈死を自分の外に求める意志〉を受け入れていたのです。このつぎの日の夜も、わたしはこの人の眼に顔を近づけて、侵入する眼差しを受け入れました。まったくおなじことが起こりました。そしてまた、いつもは、二時間ちかく見開かれているこの人の眼が、眼差しでわたしを満たしおえると、すぐに閉じられることもわかりました。

この人の〈死を自分の外に求める意志〉を受け入れる器という役目は、わたしを夢中にさせました。わたしは毎夜、おなじ試みを繰り返しました。わたしの考えが正しければ、この人にとって外であるわたしの眼とわたしのなかは、死そのものであるはずだから、その死と、この人の〈死を自分の外に求める意志〉とがひとつになることで、死ぬことができなければならない、そう考えたのです。

ですが、死への意志である眼差しをわたしのなかに注ぎ込むだけでは、この人は死ぬことはできませんでした。眼差しを注ぎおわるとすぐに眼を閉じ、死への意志から解放された安らぎをただよわせて、眠りに落ちるのです。このようにして、真夜中すぎになると、きまってこの人は、自分の外に死を求めて眼を見開き、わたしは、その意志を受け入れる器の役目を果たすべく、照明をあてた眼をその眼に近づけるのですが、それ以上のことは起きないのです。

わたしはどうしていいのかわからなくなり、考え込みました。この試みはどんな意味もないのだろうか。この人は、自分という内側の闇から遁れて一時的な慰めを得る、わたしは、自分を失うという戯れを演ずる、ただそれだけにすぎないのだろうか。

わたしはそのたびに、自分に言い聞かせました。いや、そうではない。この人は死の床に横たわっていて、しかもその意識が〈死を自分の外に求める意志〉と化している。一方で、わたしはみずからを、死を受け入れる器であると見做している。こうした事態のなかで、〈死を自分の外に求める意志〉がわたしのなかに侵入して来る以上、この試みが慰めや戯れなどであるはずがない。わたしはこのように確信して、毎夜、この試みをつづけました。ですが、やはりおなじことの繰り返しでしかありません。

そうするうちに、わたしの頭にある考えが浮かびました。この人の眼差しがわたしのなかに侵入できるのだから、反対にわたしの眼差しもこの人のなかに侵入できるのではないのか。わたしの〈死を自分の外に見る意志〉も、この人のなかを自分の外と見做して、そこに侵入できるのではないのか……。

そうだ、侵入できないはずはない。そして、わたしが侵入し得たとき、この人は、わたしの〈死を自分の外に見る意志〉を自分が求めている死そのものであると見做すことで、死ぬことができるのではないか……。そうだ、きっとそうであるにちがいない。

わたしはこの考えを実行に移しました。はじめはうまくいきませんでした。眼差しをこの人の見開いた眼に刺し入れようとしても、そのまえに、この人の眼差しが圧倒的な力でわたしのなかに侵入して、わたしは自分を失ってしまうからです。そして、わたしが気づいて自分に返ったとき、この人の眼はすでに閉じられているからです。

それでも、わたしはあきらめませんでした。そして二日前、真夜中のこの時間、ついに成功したのです。この人の眼差しを受け入れて、いったん自分を失いながらも、自分に返ったわたしは、渾身の力を振りしぼり、眼差しでもって、この人の眼を刺しつらぬいたのです。もちろんわたしのその眼差しは、〈死を自分の外に見る意志〉そのものでした。この人は、その反撃に動転し、眼差しに異様な力をこめて拒みつづけました。ふたつの眼差しのあいだに、異様なせめぎ合いが生じました。それは途方もない戦いでした。

やがてわたしのほうが優勢になり、わたしの眼差しは、この人の眼のなかに侵入し得たのでした。勢いづいたわたしは、可能なかぎり力をこめて、さらにこの人のなかに侵入したのでした。この人のなかは……そうです、この人のなかは、広さも、長さも、深さもない、いわば純粋な暗黒の虚空でした。それでいて、凶器に似せて浸入した瞬間、自在な物体となったわたしの〈死を自分の外に見る意志〉は、その暗黒の虚空の隅々まで浸透し得て、そこにぴったりと収まったのでした。

このようにしてわたしは、もちろん、自分を取り戻してからそう確信したのですが、その瞬間、死というものを見ることができたのです。ですから、死を見るということは、わたしが考えていたこととはまるでちがっていたのです。死を自分のなかに見出せない人間には、それを自分の外に見るほかないのですが、死を外に見るとは、他者という空間において、自己が消滅するのを確認することだったのです。

わたしは自分に戻りました。この人はすでに死んでいました。わたしの〈死を自分の外に見る意志〉である眼差しを受け入れたことで、死を成就させたにちがいなく、眼を大きく見開いたまま、息絶えていました。眼に眼を接近させても、なかば飛び出た眼球は、もうどのような反応も見せませんでした。

わたしは話しおえて、まわりに視線をめぐらせた。やはり不確かな長方形の空間のままであった。女の顔に視線を戻すと、女はわたしの視線を白い眼で受け止めて、大きくうなずいた。

「すると、やはりあなたのおかげで、この人は死ぬことができたのね」

「そのはずです。あのとき偶然に死んだのなら話はべつで、すべてがわたしの戯言《たわごと》ということになりますが」

「そうね、そういうことになる。でもだいじょうぶ。戯言なんかじゃない。あなたの話が真実だから、あなたはいまここにいて、こうしてわたしと話している。ということは、わたしのほうもあなたの話をそっくり信ずるしかない。ところで、いまの話の結論はなにかしら」

「こういうことだと思います。わたしの〈死を自分の外に見る意志〉である眼差しがこの人のなかに侵入したとき、この人がそれを死そのものであると認め、それを受け入れた、そしてその結果、死が成就して、この人は死ぬことができた」

「そういうことね。けれど、だからその死は半分の死でしかない」

「しかしこの人はげんにこうして死んでいる」

「あなたの側から見てそう見えるだけよ」

「すると、まだ生きているというのですか」

「生きているとまでは言わない。すくなくとも半分は死んでいるのだから。でも、眼が閉じないのは、この人のなかであなたの〈死を自分の外に見る意志〉が働いているからでしょう。そうじゃない?」

「そんなふうにも考えられる。それで、それがわたしのせいだというのですね」

「そう。でも、非難しているのではない。死を求めながら死ねずにいたこの人がこうして半分の死でも死ねたのは、あなたのおかげなのだから。ただ、あなたのやり方が不徹底だったので、この人は半分の死しか死ぬことができず、そのためにわたしはあなたをここに連れて来なければならなかった」

「でも、この人の場合、ほかにどのような死があったというのです」

「わたしは、半分の死だからいけないとは言っていない。この人にはこのような死しかなかった、というのは、それはそれで正しい。けれど、もういちど眼差しを交換して、死そのものにしてもらわなくてはならない」

「たしかに、そのようにも考えられる。ですが、この人にとってそうである、ということであって、わたしはどうなるのです」

「そうね、そのことを考えなかった……」

女は白い眼で虚空をにらみ、考えるような表情を浮かべた。そして言った。

「そのとき、あなたも死ぬ」

「………」

「この人の死は、〈死を自分の外に求める意志〉が取り戻されたとき、それはもはや単なる意志ではなく、意志が求めたものそれ自体、つまり死そのものになる。それとおなじように、あなたの〈死を自分の外に見る意志〉も、それが取り戻されたとき、死そのものになる」

わたしはおどろかなかった。女の言っていることをすでにうべなっていた。

「わたしもこの人といっしょに死ぬわけですね?」

「そうじゃない。どうしてそんな……おなじ死ぬといっても、内容がちがう。だって　あなたの意志は、死を求めることではなく、死を見ることでしょう。だからあなたは、おなじ死でも、死を見るという意志において、死ぬことになる。言いかえれば、生きながらに死ぬことになる。それがあなたの望みであったはずよ」

「生きながらに死ぬ……」

とわたしは女の言葉を繰り返した。

「つまりは、死を措定させ得たけれども、この人もわたしも、死を実体化するまでには至らなかった、ということですね」

「だから、実体化されるのを、この人はこうして待っている」

女はこう言って、棺のなかのその人を見おろした。

「そういうことですね。わかりました。それで、わたしは、どうすればいいのです」

「でもそのまえに、わたしがどうしてこのようなことを頼むのか、話しておく」

棺から顔を上げた女はこう言って、白く光る眼でわたしの顔を見つめた。

「はじめにも言ったように、わたしは地上で――地上というのは生きていたときという意味よ――この人の妻だったが、十四年前、交通事故で死んだ。この人と待ち合わせた街角に立っていて、無謀運転の犠牲になった。そう、これはそのときの出血の跡なの」

女は白いドレスの赤く染まった腰のあたりへ眼を向けた。

「ところが、自分が死ぬなどと、いちども思ったことのなかったわたしは、その死を十全に死に切れなかった。それで、死んだこの人がわたしのところに来るのを待ちつづけた。それなのに、この人はわたしのところに来なかった。そしてわたしは、その死が半分の死でしかないことを知った。

ところで、なぜわたしにこの人の死が必要なのか。それは、信仰の篤い人にあやかって信仰の不足をおぎなうことで、罪をぬぐい去るのとおなじように、十全に死に切れずにいる死者は、死をきちんと自覚して死んだ人の死にあやかり、死に直さなければならないからなの。といっても、誰の死でもよいわけではない。心の繫がりをはっきり感じていて、それが生死を越えてつづくことを願っていた人の死でなければならない。この人はわたしにとってそういう人だった。これで、わたしの立場がわかってもらえたでしょう」

わたしは納得してうなずいた。

「あなたが何者なのか、わたしの置かれた立場がどういうものなのか、はっきりとわかった。それで、質問に戻りますが、わたしはなにをすればいいのです」

「ええ」

と女は言って、わたしの顔からふたたび棺に視線を移した。

「でも、そのまえに眼の包帯を取ってちょうだい」

わたしは棺の上にかがんで、眼をおおう包帯をといた。女は黙って見守った。包帯を取りおえると、最期の表情があらわれた。見開かれた眼は、やはり虚ろなままである。

わたしが棺から体を起こすと、女はかわってかがみ込んだ。

「ああ、こんなに老いている。人の一生なんて、ほんの一瞬のことなのに……」

「この人はどういう人です」

「特別の人じゃない。ただすこし変わっているとすれば、わたしを失ったことをひとときも忘れず、いつかもういちど、わたしに逢えるのではないか、そう思いつづけていた、そういう人だった」

「すると、いまその望みがかなうところですね」

「でも、人に逢いたいと思うのは生きているあいだのことで、死んだあとは、人に逢いたいなんて、思わない。死んだ人間が思い悩むのは——十全な死を死んだ人はすでに無を成就させているので、その必要はないけれど——、どうすれば十全な死と一体になれるかということばかり。わたしがこの人を待ちつづけたのも、この人の死にあやかり、自分の死を十全な死にして、無を成就させたいからなの」

「ということは、死者の唯一の望みは、無を成就させるということですね」

「感覚も感情もなくなっているのに、ほかになにを望むというの。自己という不要なものをぬぐい去ることで、無を成就させたい、ただそれだけを願っている」

「すると、死を自分の外に見たいという、わたしの願いなんて、なんの意味もない、ということになりますね」

「それはちがう。反対よ。あなたの場合、希有な機会に恵まれたことになる」

「どうして?」

「だってそうでしょう。あなたは、たまたま瀕死の状態にあるこの人とベッドが隣り合わせになった。しかもこの人自身が瀕死の状態にありながらも死を自分のなかに見出せずにいた。そんなふたりのあいだに〈死を自分の外に求める意志〉と〈死を自分の外に見る意志〉の出会いがあって、あなたの言葉で言えば、死が措定された。その結果として、あなたは死を自分の外に見出す機会を得た。これこそ希有な機会というほかないでしょう」

「たしかにわたしは、眼差しをこの人のなかに侵入させたとき、死そのものを見たと思った。それは、希有な機会といっていいことだったのかもしれない……」

「いいえ。わたしが言っているのは、そのことではない。なるほどあなたは、この人のなかに自己を侵入させたとき、死の片鱗を見たのでしょう。けれども、それだけではなんにもならない。げんに、もしほんとうに死を見たのなら、死を措定させながら、それを停滞させておくはずがない。いったい、あなたは自分の外に死を見るということがどういうことだと考えているの」

「…………」

「あなたはさっき、死を見るとは、他者のなかという無限大の空間において、自己がその隅々にまで行き渡り、消滅することを確認する、そう言った。けれど、それでは半分しか意味をなさない。死を自分の外に見るということは、そこから折り返して、自己を精神という実体にすることなのよ」

「実体にする?」

「そう。もしそういう目的がなければ、死などを見てどうしようというの。他者のなかで自己が消滅するのを確認するだけなら、そうあるべきことを、確認したにすぎない。そうではない。あなたがこの人の死を見ようとしたのは、自己を精神という実体にする、それが目的であったはずよ」

わたしはおもわずうなずいた。これまで自覚できずにいたことを、女を介していまようやく自覚した、そんな気がしたのである。

「あなたのいうとおりなら、たしかに希有な機会に恵まれたことになる」

「そう。精神を自己のなかに求めれば自己に閉じ込められてしまう、精神を自己の外に求めれば自己が疎外されてしまう。そうした困難の時代にあって、自己を精神という実体に移行させ得る機会に出会うなんて、めったにないことよ」

「そこまでいうのでしたら、好運ということにしましょう」

わたしはこう言って、棺のなかのその人の見開かれた眼を見つめた。ほんとうに死に切っていないのだろうか。

「だいじょうぶ」

と女は、わたしの疑念を読み取って言った。

「さっきも言ったように、死を措定し得ているからこそ、わたしたち三人は、いまここにこうして集まっている。そうでしょう」

「そういうことになります。それで、わたしは、どうすればいいのです」

「交換したままになっている意志を、たがいに取り戻せばいい。ただしこんどは、この人の眼差しは静止しているのだから、それを甦らせたうえで、あなたひとりで双方を操作しなければならない」

「成功しなかったら?」

「そのとき、この人は、措定された死の状態のままになってしまう。そしてわたしも、あやかって死に切るための十全な死を見出せず、不完全な死の状態に永遠にとどまってしまう」

「そしてわたしは?」

「あなたは、この人から受け入れた〈死を自分の外に求める意志〉に揺れつづける偽の精神の持続、つまり虚無という意識の持続になってしまう」

「そういうことですね。わかりました。やってみましょう」

わたしの頭に、その人のなかに眼差しを侵入させた瞬間の記憶が甦った。そのときわたしは、ナイフを突き刺すのとおなじ戦慄をおぼえ、これは人殺し以外のなにものでもない、そう確信して、そうしたのである。ところがこんどは、突き刺したそのおなじナイフをその人から抜き取り、みずからに突き刺さねばならず、自死に等しい行為なのである。

「そう。これは、あなたにとって自殺行為とおなじなのよ」

と女は、わたしの胸のつぶやきを聴き取って言った。

「でも、自分を殺さないでどうして自己を精神という実体にできるというの。〈死を自分の外に見る意志〉は、同時にみずから殺そうとする意志でもあるはずよ。だからこそ、この人の陥っている状態を見抜いて、その機会を見逃さなかった。そのあなたがその目的を遂げられないなんて、そんなことはあり得ない。自己を精神という実体にするということは、死の準備ができたということで、死者の側から見れば、これ以上の大事はない」

「そういうことなら、話はこれで十分ですね」

「そういうことね」

話をおえた女とわたしは、棺のなかのその人を見おろしてしばらく黙っていたが、わたしは決意をあらたにして言った。

「眼に光をあてなければいけないのですが、その光がありません」

「それはだいじょうぶ」

と女は、棺に向けていた顔を上げて言った。

「わたしの眼の光があなたの眼に移っている。だからその必要はない」

「わたしの眼もあなたの眼のように白く光っているのですね」

「そう。すでにあなたの眼も半分は死者の眼になっている」

「わかりました。はじめましょう」

わたしは体をかがめ、両手を棺につき、その人の顔に顔を近づけた。大きく見開かれた眼は虚ろなままで、生きている気配はない。女が言った。

「疑ってはいけない。すこしでも疑いがあれば、けしてうまくいかない」

それでも脳裏に疑念がよぎった。これは巧みに仕かけられた罠ではないのか。この女も死者などではなく、錬金術者かなにかで、この人を生き返らせるために必要な贄として、わたしをここに呼び出したのではないのか……。

「まだ疑っている。そんな疑いがあれば、けしてうまくいかない」

そうだ、疑ってはならない。わたしは自分に言い聞かせた。いまここで起こっていることを疑えば、この人との関わりの経緯がすべて虚偽だったことになってしまう。それに、いま自分を殺そうとしている。そのことを忘れてはいけない……。

「そのとおりよ」

と女は、わたしの胸のなかの言葉を聞き取って言った。

「あなたはいま自死しようとしている。〈死を自分の外に見る意志〉を取り戻すことで自分を殺そうとしている。自分を殺したとき、自己を精神という実体として誕生させることができる」

わたしはその言葉に勇気づけられ、その人の眼を凝視したまま、顔をさらに近づけた。十五センチほどまでに接近させたとき、見開かれた眼がぴくりと動いて、眼差しが生じた。同時にその眼差しがわたしの眼に飛びつき、つかみかかった。その異様な力を堪え切れず、わたしは顔を上げようとした。

「耐えて！　耐えるのよ！」

女がわたしの首の後ろを押さえ、さらに力を入れた。

「自分を殺すには、自分の眼差ししかないのよ」

眼差しが眼に侵入してきた。〈死を自分の外に見る意志〉であるわたし自身の眼差しである。

「さあ、こんどはこの状態で、この人の眼差しを戻すのよ」

わたしは侵入する眼差しを受け入れると同時に、眼差しでその人の眼を刺しつらぬき、〈死を自分の外に求める意志〉であるその人の眼差しを、その人のなかに戻そうとした。

「それでよい。そのふたつの行為を同時に成立させねばならないのだから、すぐにはうまくいかない。でも、時間のないここでは、何度でも反復できる。さあ、もういちど……」

わたしは相反するふたつの行為を同時にできず、交互に繰り返してしまう。そのたびに最初に戻ってやり直す。しだいに自己が失われていく。

「さあ、もういちど……さあ、もういちど……」

行為の反復をうながして、激励する女の声がつづいた。もはやなんの疑いも、なんの迷いもない。自己さえも失われて、死を外に求める意志と死を外に見る意志のせめぎ合いだけが、生死を越えた営みとして、この場に生起している。


（了）

大津波

異変が起きたときわたしは、婚約者のF子といっしょだった。副都心にある二十五階のビルの頂上のレストランだった。夜景のひろがり、ネオンの海の輝き、車のライトの流れを一望できる席で、テーブルをはさんで向かい合っていたのだ。

異変を知覚した瞬間、ふたりは黙り込んで、猜疑に取りつかれた二匹の生き物のように、たがいに見つめ合った。十秒二十秒……と沈黙がつづいた。その沈黙のなかで、ビルが何十センチか浮き上がったまま、静かに揺れている、そんなふうに感じていた。

ほぼ満席の客がなぜか騒ぎ出す様子がないので、わたしも立ち上がりたいのをこらえていた。F子も立ち上がらず、異変の原因がわたしにあるみたいに、不審の目をわたしの顔に向けていた。婚約者をこんなおかしな店に連れて来るなんて、なんて思いやりがないのだろう、わたしはだまされた、とでも言いたそうだった。

わたしは彼女の誤解を解く気になれなかった。なにか異変が起こると、その責任を近くの者に押しつけずにおれない彼女の思考の狭さにおどろいて、そんな考え方をするなら勝手にそうすればいい、そう思って、彼女からそらした目を天井で揺れる照明に向けていた。浮き上がったまま揺れているビルが、いまにも崩壊しそうに感じられて、たまらなく不気味だった。

F子が、細く切れた目でわたしの顔を見つめたまま、いきなり立ち上がった。そして、なにも言わずにくるりと背を向けて、入口のほうに走り出した。わたしもあわてて立ち上がり、その後を追って、入口のレジの前で彼女の肩をつかまえた。

とそのとき、なにか大きな音がしたと思うと、背後が空虚になったように感じた。振り返ると、すぐ後ろの床の二間四方くらいが陥没して、ぽっかりと穴が開いていた。「あれっ、大変。地震だわ」F子も気づいて、黒々とした穴を覗き込んだ。底のない深い穴で、なにも見えなかった。わたしは、異変の原因を知り、恐怖にすがりついてくる、そう思って、彼女を受け入れる構えをした。

だが、こちらに振り向いた彼女は、これまで見せたことのない、意志の強そうな表情をして、「わたし、帰る。父さんたち、きっと心配している。早く帰ってやらないと」と言って、さよならも言わずに店を飛び出して行った。

わたしは呆気にとられて、透明なドア越しにF子を見送った。それでも彼女は、このまま立ち去るのは気がひけたのか、体を半分こちらに向け、胸のあたりで手をふって、こんなことになって残念だわ、というような仕草を見せた。そしてつぎの瞬間、あちこちの店から飛び出した人たちに紛れて見えなくなった。

もちろん、F子にこうした偏狭なところがあることはわかっていた。それでもその偏狭さは、いずれわたしひとりに向けられたものに変わり、わたしにとってむしろ好都合なものになるはずだ、そう勝手に思い込んでいたのである。ところが、その偏狭さの裏に家族へのこんな強い思いが隠されていたわけだ。

もちろん彼女の気持がわからないでもなかった。なにか大きな異変に遭遇すると、まず親兄弟の安否が気づかわれるものかもしれず、わたし自身、彼女の言葉に、父たちのことを思い浮かべた。この機会に、父たちの家に行ってみたらどうだろう、この異変をきっかけに和解できるかもしれない、咄嗟にそう思ったのだ。

あたりを見まわすと、すでにレジの女もウェイトレスたちも逃げていた。振り向くと、陥没した床の向こう側に、客たちが集まっていた。床の穴を覗いたり、ほかに出口のないのがわかっていながら、店の奥にもどったりしているのだ。彼らを助けるには陥没した穴に渡す板をどこかで見つけてくるほかないが、店の者さえ逃げ出したのだから、どうすることもできない。

逃げまどう人でごった返すなかを、階段のほうに行くと、エレベーターが一台、ドアが開いていて、満員になっていた。たまたま最上階のここで自動停止したのだろうが、せっかく乗れたので権利を放棄する気になれず、動き出すのを待っているのである。

わたしはエレベーターの前を走り抜けて、階段を駆け降りた。そしてその階を覗いてみると、廊下の両側に事務室のドアがならんでいて、逃げまどう人たちの姿があったが、妙に静まり返っていた。ちょっと見ると、せわしく働いているようにも見えた。それでいて天井の板が垂れさがり、壁がはがれ、床が持ち上がっていた。

わたしは階段をつぎつぎに駆け降りながら、自分がひどく冷静に行動しているのに気づいた。逃げまどう人たちをよそ目に、落ちて来る天井板や剝がれる壁から巧みに身をかわし、障害物を軽々と飛びこえていた。そして、このように危険をやすやすと回避できるのは、この異変が人間に直接危害を加えないからではないか、そんなふうに思ったりした。もちろんそんなことはなかった。げんに、あちこちに倒れている人が認められた。

それでもやはり奇妙だった。その人たちは落ちて来る物や倒れた物の下敷きになり圧死したのだろうけれども、見たところ外傷はなく、一瞬のうちに死んだみたいに、苦悶の表情がまるでなかった。悲鳴や救いを求める叫び声も、どこからも聞こえなかった。

ということは、とわたしは、階段を駆け降りながら思った。これは、一瞬一瞬の運に左右される、またその運をうまく利用した者のみが生き残れるゲームに似た異変ではないだろうか。だから、敗者である死者たちも、みずから敗北を認めて、あんなに簡単に死ぬのではないだろうか。もしそうであるなら、わたしはいまのところ運があるということだ。

もちろんゲームなぞではなかった。逃げまどう人々は、うろうろしているうちに、倒れかかる壁や落ちて来る天井の下敷きになって、あっけなく命を失うのである。わたしは、そんな場面になんども出くわしながら、二十五の階段をつぎつぎに駆け降りつづけた。

その階まで降りると、低い天井がなかば崩れ落ちて、瓦礫の山になっていた。地階の駐車場まで降りて来たのである。地震なのに地下に降りるなんて、狂気の沙汰だ。わたしはそう思いながらも、足をとめなかった。そしてその階からさらに降りると、地下鉄の入口があった。しかもそのとき、改札口の向こうに電車が入って来た。

電車が動いている！　わたしは改札口と無人のホームを駆けぬけて、ドアの閉まる寸前に飛び乗った。途中で地上に出るこの路線は、終点で乗り継げば、父たちの家にたどり着けるはずだった。

電車はすぐに動き出した。見まわすと、十人ばかりの客が乗っている。この場合、走る電車くらい危険なものはないと思えるのに、誰もふだんと変わらない様子をしていた。それとも、走っている電車がいちばん安全なのだろうか。もしそうなら無事に父たちの家にたどり着けるかもしれない。

だがやはり変だった。電車の振動がいつもとちがっていた。水の上を滑っているような柔らかな感じだった。ということは、地震ではないということだった。最初のあの浮き上がるような感覚も、地震の衝撃とは明らかにちがっていた。

わたしは思った。おそらく遠くのほうで、たとえば地球の裏側のどこかで、途方もなく大きな異変が起こったのだ。その異変がいずれ襲ってくるのだろうが、これはその前触れなのだ。最初のあの大きな揺れも、途方もなく大きな風に包まれた、というような揺れ方だった。そしていまも、その大きな風に包まれた不思議な静けさのなかで、人々は死んでいくのだ。異変の本体が襲って来るまえに、その前兆にみずからを投げ入れて、死を先取りするかのように、死んで行くのだ。

ということは、とわたしはさらに思った。この異変はこれから本格的にはじまり、すべてのものが呑み込まれてしまうということだ。呑み込まれる……。そうだ、津波だ。巨大な津波が襲ってこようとしているのだ。その前触れが大風になって、この大都市に到達したのだ。山々さえ呑み込む大津波で、すべての人に同じ運命が待っているのだ。だから、F子が感じ取ったように、為すべきことは親兄弟に会うことしか残されていないのだ。

だがわたしには、それも叶わないことがわかった。なぜこんな思い違いをしたのか、この電車は海とは反対の方角に向かっているのである。いつか父たちから決定的に引き離されるときが来るだろうと思っていたが、この異変によって、そのことが、こうしてはっきりしたのだ。

電車はその駅で停車して、動き出さなかった。終点に着いたのだろうか、そんなはずはない……と思っていると、客がいっせいにホームに飛び出すので、わたしも後を追った。そして改札を通り抜け、さらに階段を駆け登った。駅名を目に入れると、やはり海のある方角とは反対の丘陵地だった。さしあたって安全なところに運ばれたわけだが、その結果として、父たちの家からはさらに遠く隔てられたのである。

階段を登ったところにある公衆電話に、人の列ができていた。その後ろに立って待ちながら、彼らの言葉から異変について情報を得ようとしたが、誰もみんな、絶望的な状況を確信しているらしく、別れの言葉を手短に伝えるだけであった。

ようやくわたしの番がきたが、いまさらどんな言葉で別れを告げたらいいのかわからなかった。それどころか、父たちはわたしのことなど、とうに忘れているにちがいなかった。そう思うとわたしは悲しくなったが、さいわい、ダイヤルをまわそうとして、番号を忘れていることに気づいた。

外に出ると、街は闇であった。もちろん山を目指すべきだが、方角がつかめなかった。といって、じっとしているわけにもいかなかった。そこで、闇のなかに聞こえる足音を頼りに、そのほうへ向かうと、懐中電灯を振りまわしながら走っている七、八人の群れに行き当たった。

その人々に交ざって、闇のなかを一時間ばかり走りつづけた。だが、その人たちも遁れて行く当てがないらしく、また山に導いてくれる様子もなかった。そればかりか、危険な方角に向かっているように思えて、足の動きがしだいに鈍くなった。実際に、前を行く懐中電灯の群れは、まるで裂けた地中にこぼれ落ちたみたいに、急に見えなくなった。

ひとりになると、恐怖があらたに込み上げた。それでも足をとめずに闇のなかを走りつづけた。どんな小さな物音も聞こえなかった。その異様な静けさが、大津波が押し寄せる前触れのように感じられた。この異様な静けさのなかに自分ひとり生き残っているとわかったなら、どんな気持になるのだろう、そんなことを思ってみた。そのときはどんな未練もなく、またどんな恐怖もなく、死んで行ける気がした。

東の空が白みはじめた。山が薄明かりのなかに浮かび出て、山の狭間の田畑であることがわかった。何軒かの農家も認められた。ひと晩をかけて、山のちかくまで来ていたのである。

静かな夜明けだった。なにも起こらずに一日が過ぎる、津波などどこにもない、そんなふうに思いたかったが、あたりは刻々と明るさを増し、津波の様子が想像されて、あらたな恐怖が生まれた。

急な下り坂になり、いきなりアスファルトの道路に抜け出た。路の下に大きな川の流れがあって、向こう岸は、二、三キロ先の山まで田畑が広がっている。幹線道路のひとつにちがいなく、ゆるやかに登りながら、山の狭間をぬって伸びている。

そのとき「おおっ！　はじまったぞ」という声が、喚声とも悲鳴ともつかぬ叫びに交ざって聞こえた。振り返ると、三十人くらいの人たちが、道路の片側の傾斜に立って、遠くを眺めている。なんのことかわからないままに、同じようにその傾斜を登り、その人たちが眺めるほうを見ると、対岸の山の横に、副都心とわかる高層ビル群が遠望できた。ここはかなりの標高なのだ。

「おおっ！」

「ああっ！」

ふたたび声が起こった。朝の光に映えた副都心の高層ビル群がぐらりと傾いて、白く輝いたまま、徐々に沈んだ。いくつかのビルが横倒しになり、それがさらにいくつかのビルを横倒しにした。その眺めはほんの一瞬でしかなかったが、いかにも荘厳で、感動的だった。たちまち地に伏したビル群は、津波におおい隠された。

高層ビル群でも、あんなふうに倒壊するのだから、都心全体はすでに津波の下に没したにちがいなかった。まして、海に近いところに住んでいた父たちは、昨夜のうちに水の底に沈んだにちがいなかった。ということは、父たちとのわだかまりはすでにふっ切れていて、自分自身からさえも解放されている、ということだった。

このような気持は、ここにいる誰もが同じにちがいなかった。巨大な都会が蜃気楼のように消え失せる光景を目撃すれば、自分ひとり助かろうなんて考えないし、考える必要もないからだ。みんなは顔を紅潮させていて、その津波の襲来を待っているのである。

三分後だろうか五分後だろうか、早くも津波が迫って来た。人々はすこしも動揺を見せず、黄金色に輝く洪水が、川を逆流する様子を見守った。津波の先端が、それを楽しむかのように揺らぎながら、山の狭間を昇って行くのである。そしてさらに、膨大な液体が土手から溢れ出て、向こう岸の田畑のひろがりを、黄金色に塗り替えたのである。

その洪水に誘われるみたいに、人々は斜面を降りて路にもどった。わたしもその人たちといっしょに路に立ち、目の前に広がるその光景を眺めた。だがそれも、ほんの束の間だった。上流まで満たしおえた洪水は、揺らぎをとめると同時に、ゆっくりと水位をふくらませ、路面がみるみる洪水に満たされた。

人々は川上へと移動しはじめた。すでに水が道の下にもぐり込み、路面が揺らぐので、みんな、四つん這いになっていた。アスファルトが畳二枚くらいの大きさに割れていて、そのひとつひとつに跳びついて、渡るのである。

わたしもみんなに倣った。水嵩が増えつづけて、浮いたアスファルトがしだいに大きく傾くので、跳び渡るのがしだいに難しくなった。何人もの人が渡りそこねて、アスファルトのあいだに落ちて水没した。

ようやく山に登る路にたどり着いた。その路を、残った二十人くらいの人たちといっしょに登りはじめた。水位はしばらくここまではやって来ないだろう、そう考えて、とりあえずほっとした。

ところが、地響きのような轟きに振り返ると、大都市を呑み尽くした大波が近くまで迫っていた。向かい側の山にぶつかり、それが折り返して、こちらに向かって来るのだ。

わたしは夢中で這い登りはじめたが、すぐに息切れがして、立ちどまった。すると、木々を揺らせて昇る水位に、たちまち腰まで浸された。波はそこでいったん退いて行き、いまのうちにと、ふたたび必死で登り出したが、早くもつぎの波が、背後に迫った。山をも呑みこむ巨大な波が、唸り声を上げて迫って来るのである。

わたしは観念して立ちどまり、体の向きを変えて波と向き合った。同時に背丈より高い波が顔を打ち、頭上をはるかに超えて行った。わたしはそばの木に抱きついていた。何人もの人が足をすくわれ、波の上に押し上げられて行った。

大波は最後に、細かく分かれた滝のように流れ落ちた。わたしはふたたび四つん這いで登り出した。こんども助かった、そう思いながら登りつづけると、ようやく頂上近くにたどり着いた。そしてそこに立ちどまると、右側に大きな凹みがあって、さっきの大波が残したのだろう、池になっていた。

わたしは草の上に腰を降ろして、ひと息入れた。疲れと眠気に放心状態におちいりそうだった。気を取りなおして遠くを眺めても、人家はすべて水没し、目に入るのは水と中腹まで水没した山ばかりである。

華やいだ声がした。そのほうを見ると、木立のあいだを通して三十半ばの女と十二、三歳の少年が目に入った。親子にちがいなく、そこにできた池で水に戯れているのだ。水は膝あたりまであって、母親はスカートの裾を腰に巻きつけ、少年は半ズボンの裾を折っている。それでいてふたりとも、さっきの大波をかぶったのだろう、ずぶ濡れなのだ。

ふたりは水をかけっこしていた。運よく助かったことが奇跡に思えて、地球上にふたりきりのような気持になっているにちがいなかった。さらに、差し迫った死が親子というより姉と弟のような感情にさせているにちがいなかった。ふたりは水をかけ合いながら、追っかけたり、抱き合ったりしているのである。

ふたりを眺めているうちに、わたしも楽しい気持になった。少年は母親に追いつめられて、いちばん深い淵まで後ずさりした。そのとき、少年のすぐ後ろで水が湧き出し、ふくれ上がったと思うと、少年を後ろから抱え込むようにして引き入れた。母親はあわてなかった。笑い声を上げながら両手を伸ばし、やはり笑っている少年に抱きついた。笑い声とともにふたりは波の下に消えて行った。

わたしはふたたび登り出した。木立のあいだを行くと、これまで見かけなかった人影が、背の高い草を掻き分けて、あちこちから現われた。追われる獣という恰好だった。

頂上の近くに来た。もちろん頂上に登ったところで助からないことはわかっていた。もっと高い山々が背後に控えているが、谷はすでに水没して渡れない。それでも人々は頂上を目指していた。最後に残ったひと握りの人間という感じで、わたしもそうだが、誰も生に執着する様子はなく、妙に落ち着いていた。

そのあいだも水位は刻々と上昇して、遅れる人がつぎつぎに呑み込まれた。そんなときその人たちは、這い登る波に背後から襲われて、「ああ、つかまった、もうだめ」と言っているみたいに、おとなしく水に攫《さら》われるのである。

頂上に大きな岩があった。まわりを五、六十人が囲んで坐っていた。わたしがおもわず岩をよじ登ろうとすると、「人は天に昇るに能わず……」と足もとで声がした。見ると、白い髭を生やした老人が、岩の根もとに坐っていた。いかにも老人らしい容貌で、目の前の空間の半分を満たした、満々たる水を愉快そうに眺めながら、誰にとはなしに呟いているのである。

たしかに、その岩の上に登れば、さらに上に昇りたい衝動にとらわれるだろう。わたしはそのことに気づいて、みんながそうしているように、岩の下に腰を降ろした。そして足もとに迫った水に向かい合った。

空と水だけの広漠とした眺めであった。その膨大な空と水を前にしていると、すでに自分というものは存在しないのも同然であり、あとは存在しないその自分が水の底に引き入れられるのを待つばかりだった。

わたしは忘れていたF子のことを思い出した。彼女はあれからどうしただろう。津波に呑まれるまえに家に帰りつけただろうか。あんな身勝手な女でも、わたしが気持を分け合った、唯ひとりの人間だったのである。

（了）

ウオーター・ピープル

ベッドの脇の窓を見ると、もう夕暮れちかくになっている。台所で母さんが夕食の支度をする音がしている。ということは、この暑いなかで五時間くらいも昼寝していたことになるけれど、そんなおかしなことがあるだろうか。「あの子はいつまで寝ているのだろう」という母さんの声が聞こえたのだから、長く寝ていたことはまちがいないけれど、どうしてこんなに長く寝たのだろう。あまり暑いのでなにか変な病気になり、死んだみたいに眠っていたのだろうか。

そうだ。こんなおかしなことが起こったのは、ウオーター・ピープルのせいだ。そうとしか思えない。父さんたちはウオーター・ピープルをどうしたのだろう。逃がしてやったのだろうか。それともどこかに押し込めてあるのだろうか。それに、池にかぶせる竹の蔽《おお》いは完成したのだろうか。犯人が捕まったのだからもうその必要はなく、作業は中止になったのだろうか……。いや、こんな考え方をしてはいけない。ウオーター・ピープルが現実に存在するなんて、そんなふうに考えてはいけない。長い昼寝のなかで見た夢にすぎないのだから。

でも、あんなにはっきりとした夢があるだろうか。こんなに細かいところまでおぼえている夢があるだろうか。いつもは、夢のなかでの気持はしばらく残っていても、細かいところはすぐに忘れてしまう。その気持だって一時間もすれば消えてしまう。それなのに細かいこともおぼえているし、夢のなかでのそのときの気持だって、そっくり残っている。そうだ、夢ではない。上の兄さんが言った「なんだ。やっぱりウオーター・ピープルじゃないか」という言葉もはっきりおぼえているし、父さんが隣りの家に駆け込んだ様子もよくおぼえている。

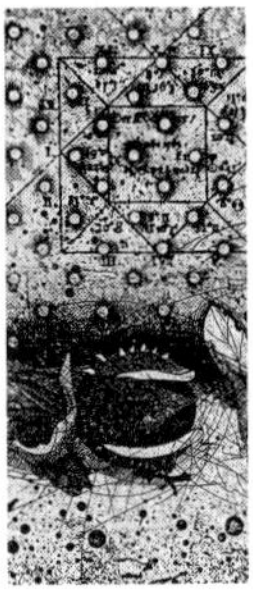

でも、もし夢でないなら、ウオーター・ピープルという生き物をはじめて見て興奮したはずなのに、そのあとすぐ昼寝にもどったのは、どういうことだろう。現実であったなら、上の兄さんがどういう生き物なのか説明してくれたはずだが、そんな記憶はないし、鯉を取りもどしたはずの父さんのことも、なにもおぼえていない。それだけではない。あの騒ぎだから母さんも飛んで来ただろうし、姉さんたちも二階から降りて来たかもしれない。それなのにそんな記憶はまったくない。そう考えると、どうしても夢だったとしか思えない。

それにしても、これが恋というものだろうか。ぼくはきょうまで恋というものを言葉でしか知らなかったが、もしこれが恋であるとすると、恋とはなんと変なものだろう。ウオーター・ピープルが夢だったのか現実だったのか判断ができないのも、恋のせいかもしれない。どっちにしても、こんな中途半端な状態では夕食に出られない。波子さんといっしょになる夕食までに、頭のなかを整理して、ウオーター・ピープルのことだけでもはっきりさせておかなければならない。そうしないと、波子さんの前でどうしていいのかわからず、なにか変なことを口走ったり、なにか変なことをしたりしてしまうかもしれない。そんなことがないように、朝からのことをもういちど最初からよく思い出してみる必要がある。

ぼくはきのうの夜うまく寝入れなかったので、けさ寝坊をした。窓を開けて寝るのを母さんが嫌がるので、眠くなるぎりぎりまで開けていて、眠る間ぎわに閉めようと考えていたのだが、そのタイミングがわからなくて、いらいらしていたからだ。それから、きょう帰って来ることになっていた大学生の下の兄さんが、父さんに特別に送金してもらいカメラを買ったので、それを見せてもらうのを楽しみにしていて、それで気持がそわそわして寝つけなかったことも原因だ。

きょうは夏休みになっていちばん暑い日だった。寝坊して起きるともう暑くなっていた。それに、楽しみにしていたカメラを見ることができなかった。夜行で帰って来た下の兄さんは、夜明けの河口を撮影するのだといって、もう外出していたからだ。しかもそのあと何人かの先生や友だちを訪ねるので、夕方まで帰らないというのだ。早く起きていれば、撮影に連れて行ってもらえたのに、そう思うと、寝坊したのが恨めしくて仕方なかった。

父さんも上の兄さんも先生だから、いまは夏休みだ。それに、姉さんも川辺波子さんが遊びに来るので二、三日休みをもらっている。父さんは朝ご飯を早々にすませて、二、三日前から予定していた作業を裏庭ではじめた。細かく裂いた竹を編んで、池にかぶせる蔽いを作るのだ。上の兄さんとぼくも、父さんとの約束で、手伝うことになっていた。というのも、この一週間のうちに父さんの自慢の五、六十センチもある鯉が二匹も忽然と消えたのだ。鯉は楽しみの少ない父さんの大切な趣味だから、ぼくの家にとって大事件なのだ。猫がそんな大きなものを捕るはずはなく、犯人はまったく見当もつかなかった。ショックを受けた父さんは、怒りに高ぶる気持を抑えるのに精いっぱいで、口がきけなくなったくらいだ。

母さんや上の兄さんは、どこかの子供のいたずらだろうと言っている。でもぼくには、そんな大胆ないたずらをする子供が近所にいるとは思えない。夏休み中なので父さんも兄さんもぼくも家にいるのだから、夜中に庭に忍び込んだということになるけれども、子供がどうしてそんなことまでするだろう。どっちにしても、犯人の詮索よりも防御が先という父さんの考えにそって、池にかぶせる竹の蔽いを作ることになり、きのうようやく竹が手に入って、けさからその作業にかかったのだ。

夏のいちばん暑い盛りだから、父さんも上の兄さんもぼくもランニングシャツ姿になって、汗を拭き拭き作業をした。上の兄さんが長さを切りそろえた竹を父さんとぼくが四つに裂いた。ぼくは暑いなかで作業をしながらも、あれこれと気になることがあって気持が忙しかった。寝坊をして下の兄さんの撮影について行けなかったこと、そしてもっと気になったのは、波子さんの華やいだ声がときどき二階から聞こえることだった。

というのも、波子さんがタクシーで家に着いたとき、ぼくはたまたま玄関にいて、誰よりも早く挨拶をされたのだが、そのときいっぺんに好きになったのだ。姉さんとおなじ年なのに、丸い顔はまだ子供みたいで、目がくりくりしていて、姉さんの友だちというより、そのときはまだ上の兄さんの結婚の相手候補だとは知らなかったので、ぼくの年上の女友だちになる人だ、すっかりそんなふうに思ってしまったのだ。もちろんよく考えれば、そんなことが実際に起こるはずがないのだけれど。

暑いなかで汗だくになり、ようやく竹を裂く作業がおわり、蔽いを作る材料がそろったところで昼になった。姉さんたちが二階から降りて来ていっしょに食事をするのだろうと楽しみにしていたのに、姉さんが自分たちの食事を二階に運んで行き、ぼくはがっかりした。朝早く出かけた下の兄さんは、やっぱり昼になっても帰らなかった。

ぼくは食事の支度がととのうのを待つあいだ、部屋の隅に置いてある下の兄さんの荷物へなんども目をやった。下の兄さんは、カメラを持って出たけれど説明書があるはずで、それだけでも見て細かい性能について早く知りたかった。もちろん勝手に荷物に触れるわけにはいかない。母さんはそんなぼくの気持を見透かしているかのように、なんて辛抱のない子だろうというような目で見ていた。

それでいてぼくは一方で、二階の姉さんたちの笑い声も気になって仕方がなかった。とくに波子さんの笑い声は華やかで、おなじ女でも、母さんや姉さんとはまるでちがう気がした。なにか用があれば、二階に登ることができて、もしかすると顔が見られるかもしれない、そう思っていたけれど、そんな用はなく、その機会はなかった。もちろんぼくは二階の声に気を取られていることを、母さんに知られないように十分に気をつけていた。

父さんは食事を待つあいだも、池にかぶせる竹の蔽いの設計図と睨めっこしていた。父さんはそれを三日もかかって設計したのだ。ぼくはそんな父さんを見て、自分もあんなにひとつのことに集中できたらいいのに、などと思ったりしていた。二階の姉さんたちの食事が終わったころになって、ようやく父さんと上の兄さんとぼくの食事がはじまった。そのとき、母さんの話から波子さんが上の兄さんの結婚の相手候補だということを知ったのだが、ぼくは、もし結婚ということになったら、ぼくはどうなるのだろうとひどく不安になった。波子さんとおなじ屋根の下で寝起きすることになるのだから、どんどん好きになってしまい、しまいには気持が変になるかもしれない、そう思ったのだ。

食事のあと、母さんは父さんに、こんなに暑いのだから、作業は夕方すればいいと言っていたが、父さんは黙っていた。父さんの設計図どおりに真ん中がぽっかり空いた帽子の庇《ひさし》のような蔽いをうまく作れるかどうか、実際に作業をしてみないとわからなかった。ぼくは夏休みに入ってから昼寝をする癖がついていたけれど、きょうは父さんの手伝いをしなければならず、昼寝はしないつもりだった。

でもあまりに暑いので、さすがの父さんも、母さんの言うように家のなかで上の兄さんといっしょに作業をはじめて、とりあえずぼくがすることはなかった。そこでぼくは自分のベッドに寝転んで、下の兄さんが買ってもらった高性能カメラのこと、二階の波子さんの丸い顔やくりくりした目のこと、そろそろ宿題に本格的にかからねばならないことなど考えているうちに寝てしまった。

そしてそのとき、奇妙な声を聞いたような気がして、昼寝から目を覚ましたのだった。まるでお婆さんが叫んでいるような声で、ぼくはぐっすり眠っていたのに、なにかそんなものを予期していたみたいに勢いよくベッドを飛び出して、開いている窓から顔を出したのだった。するといきなり奇妙なものが目に入ったのだった。

ぼくの部屋の窓の下は裏庭から玄関に出る通路で、垣根が隣りの家を隔てている。その通路の地面に、父さんのお気に入りの薄い桃色の鯉が、太った体をくねらせながら這っているのだ。するとつづいて、奇妙なものがあらわれた。その鯉を追って真っ黒な人間の赤ん坊が、裏庭のほうから這い出て来たのだ。もちろんつぎの瞬間、いや、人間ではない、ぼくはそう判断した。

その未知の生き物は、体をくねらせて逃げる鯉を捕まえようと、つんのめるような格好で両手を伸ばしていた。三本の指のあいだの水かきが目にはっきりと映った。この生き物が鯉を捕ったのだ。ぼくは父さんたちを大声で呼ぼうとした。

ところがそのまえに裏庭から出て来た父さんが、人間の赤ん坊のようなその生き物の尻のあたりを、サンダル履きの足で蹴飛ばしたのだ。穏やかな性格の父さんにしてはひどく乱暴で、ぼくはびっくりした。その生き物はひと蹴りでひっくり返ったが、それでもまだ鯉の尾を三本指の両手でつかもうとしていた。

すると、ひっくり返ったところを、父さんがもういちど、こんどは顎のあたりをまともに蹴り上げた。その生き物は喉を絞るような悲鳴を上げたと思うと、そこにのびてしまった。と同時に、その手から逃れた鯉は大きくジャンプして、垣根の向こうに消えた。父さんはその生き物はそのままにして、隣りの家の庭に駆け込もうと玄関のほうへ走って行った。

それにつづいて、それが予定の場面みたいに、上の兄さんが父さんを追ってあらわれた。そして上の兄さんは「なんだ。やっぱりウオーター・ピープルじゃないか」と言って、父さんに蹴られてのびた生き物を、猫や小犬を抱くように両手を両脇に入れ、腹を前にして抱きあげた。ウオーター・ピープル？　訳せば水人間ということだろうが、そんな名前の生き物がいただろうか。ぼくはとっさにそう思った。すると上の兄さんは、ぼくのその疑問に答えるかのように、腹を前にしてかかえたその生き物を、窓から顔を出したぼくのほうに向けたのだ。そのおかげでぼくは、その生き物を正面からよく見ることができたのだ。

その未知の生き物は、一瞬人間の赤ん坊に見えたように、全体が人間のような感じがした。ウオーター・ピープルという名前で呼ばれているのも、誰の目にもそんなふうに見えるからだろう。でも、人間のように見えたのは一瞬だけで、抱き上げられたところをよく見ると、むしろオットセイとかアシカとか、なにかそんな海の動物に似ていた。体型だけでなく、艶光りした黒い肌もそうだった。大きな鯉二匹も餌食にしたせいだろうか、腹がまるまると太っていた。その腹に比べて手と脚はひどく短く、太った腹からじかに生えている、そんな感じだった。ことに水かきのついた手は、体に比べておかしなほど小さい。

これだけを観察したあとぼくは、気絶したウオーター・ピープルを上の兄さんはどうするつもりだろうと思った。というのも、ウオーター・ピープルの様子が、失神しながらもどこか甘えているような感じがあって、それが気になったからだ。実際に上の兄さんも、それほど敵意を持っていないように思えた。

もちろん甘えているというその感じは、上の兄さんの抱き方のせいもあったのだろう。腹が大きく膨らんでいながら、その下のあたりが変にのっぺりしていて、それで人間の子供みたいに見えたのだろう。父さんに蹴られながらまだ鯉を捕まえようとしていたこともあって、身の危機を自覚できない子供のように思えたのだろう。子供でないとすると、自分の置かれた立場がよく自覚できない、自己中心的なところのある生き物なのかもしれない、そんなふうにも思えたのだろう。

それに、あのときもっと気になり、いまも気にしているのは、「なんだ。やっぱりウオーター・ピープルじゃないか」という、上の兄さんの「珍しくもない」というような言い方だった。「やっぱり」というのは犯人を予測していたということではないのか、そう思えたからだ。それは父さんについてもいえた。足蹴にして伸びたその生き物に目もくれず、鯉を助けるため隣りの家に駆け込んだ父さんの様子は、見知った近所の泥棒猫くらいにしか見なしていなくて、未知の生き物に遭遇したというような、そんな感じはまったくなかったのだ。

どっちにしてもぼくは、そのときこんなふうにいろいろなことを頭にいっぺんに思い浮かべた記憶があるのに、そのあとどうなったのか、記憶がぷつんと切れていて、なにも憶えていない。父さんは鯉を追って隣りの家に駆け込んで行ったが、鯉は無事だったのか。どんな小さなことでも大騒ぎする隣りのおばさんが、どんな騒ぎを起こしたのか。のびてしまったウオーター・ピープルを抱きかかえた上の兄さんが、それをそのあとどうしたのか。何ひとつ憶えていないのだ。だから、けっきょくのところ、あれは夢だった、そう自分に言い聞かせるほかないのだ。

もちろんそのほかのことはみんな事実だった。池に蔽いをするために父さんの手伝いをして、竹を細く裂く作業をしたこと。下の兄さんが夜行で帰って来て、ぼくが起きるまえに新しいカメラを持って出かけたこと。泊りがけで遊びに来た波子さんにいきなり玄関で会ったこと。みんな事実だった。そして昼になり、そのあといつものように昼寝して……お婆さんが叫ぶような変な声で目を覚まし、窓の外を見ると、鯉を追うウオーター・ピープルを父さんが蹴飛ばし……兄さんがそれを抱き上げて……。いや、そうではない。お昼になり、そのあといつものように昼寝をして……。

いや、やっぱり変だ。手伝う約束をしたのに手伝いをしなかったということは、蔽いを作る必要がなくなったということで、つまりはウオーター・ピープルという犯人が捕まったということで、その場合、ウオーター・ピープルは現実であるということになる……。

ぼくは夢と現実とが混ざってしまった頭をかかえて、まだ部屋でぐずぐずしている。夕食の支度がととのいつつあるらしく、父さんもすでに食卓についているようだ。でもぼくは、ウオーター・ピープルが夢だったのか現実だったのか、そのことがはっきりしないうちは、みんなの前に出られない、そんな気がしている。もちろん、上の兄さんか父さんに、いや、母さんでもかまわない、訊いてみれば、すぐに夢でしかないことがわかるだろう。いや、ウオーター・ピープルのことなど言い出す必要はない。池の蔽いの作業がどうなったのかを訊くだけでいいだろう。それにもし現実であるなら、誰もウオーター・ピープルに触れないなんて、そんなことはあり得ない。こんなふうに考えれば、どうしても夢としか思えない。

でも、そう思う尻から、それならどうしてあんなに鮮明な夢を見たのかという、おなじ疑問で頭がいっぱいになってしまう。ひどい暑さがつづくので頭がおかしくなっていて、それで夢のなかのイメージが、あんなふうに現実であるみたいに、くっきりと見えたのだろうか。たしかに、三本の細い指も、黒く長い爪も、指のあいだのコウモリの羽のような水かきも、この目ではっきりと見たのだ。それだけではない。「やっぱりウオーター・ピープルじゃないか」という言葉から、上の兄さんがウオーター・ピープルをまえから知っていた、それどころか、これまでにも見たことがある、あのときはっきりそうは思ったのだ。

こう考えると、父さんたちははじめから知っていて、鯉を盗ったのはウオーター・ピープルにちがいない、そう見当をつけていたことになる。それなら、どうしてウオーター・ピープルのことをぼくに教えなかったのだろう。なにか秘密が隠されているのだろうか。下の兄さんや姉さんもウオーター・ピープルのことを知っているのだろうか。そうだ、知っているのだ。ぼくひとりが知らないのだ。だから、ぼくは知らなかったのではなく、知らされていなかったのだ。

それでは母さんはどうだろう。父さんをはじめ兄さんたちも知っていることを母さんが知らないはずはない。母さんはふだんから、父さんや兄さんより自分のほうが物知りだと思っているくらいなのだ。でも母さんは鯉を盗んだのは近所の子供だろうと言っていた。ということは、犯人がウオーター・ピープルであることをぼくに気づかれないよう、みんなに注意するため、わざと犯人は子供だろうなどと言ったのだろうか。もしそうならウオーター・ピープルはぼくに隠す必要のある生き物ということになる。つまりウオーター・ピープルは大人の世界に関わりのあるなにかであり、子供であるぼくにはまだ隠されていなければならないものということになる。たとえば、ぼくはこんどすこし変に思ったのだが、下の兄さんがカメラのことを言い出したとき、父さんは「余計な出費だな」と言いながらも、それでも予算を組んであったみたいに送金した。もし言い出したのがぼくなら、父さんはあきれ返って、ただ苦笑するだけだったろう。それもみんな、大学生だけれど下の兄さんを大人として扱っているからなのだ。

こんなふうに考えると、ウオーター・ピープルについて、ぼくはもっとよく考えてみる必要がある。いったいウオーター・ピープルはどこからやって来たのか。もちろん川からだ。あれだけの大きな生き物がぼくの家の小さな池に住んでいるはずがないのだから。川から田んぼの畦道にそった水路をたどり、ぼくの家までやって来たことになる。きょう狙われたのは三匹目の鯉だったが、犯人はおなじウオーター・ピープルだろうか。それともほかに仲間がいるのだろうか。いや、あの一匹だけだ。複数のウオーター・ピープルなんて考えられない。ウオーター・ピープルは、その姿がほとんど人の目に入らない生き物なのだろうから、目に見える姿としては、一匹でも多すぎるくらいなのだ。

もちろん川からなんども通って来たのではなく、一週間くらいまえから池の底か木の陰にでも隠れていたということだって十分に考えられる。そこに隠れて警戒しつつぼくの家の様子、ことに父さんの出方をうかがっていたのかもしれない。きょうもほんとうは夜になってから隠れ家を這い出るつもりだったのに、魔がさして昼中にのこのこあらわれたのかもしれない。あるいは池に、蔽いをしようとしているのを見て、そのまえにもう一匹だけ取ろうと焦ったのかもしれない。ウオーター・ピープルのほうからすれば、苦労して人目を避け、せっかくここまでやって来たのだから、大型の鯉とはいえ二匹だけでは帰るに帰れず、せめてもう一匹と考えたのかもしれない。

それにしても、犯人がウオーター・ピープルであることを、どうして子供に隠さなければならないのだろう。河童がそうであるみたいに、実在するかしないかはっきりとしないウオーター・ピープルのような存在をめぐって、子供の頭を混乱させるのはよくないということだろうか。現実に存在するものをしっかり見定める習慣を身につけさせたうえで、存在するか存在しないかはっきりしないものを教える、というのが正しい順序だからだろうか。ぼくがいまおちいっているような混乱を起こさないように、ウオーター・ピープルのような存在は、子供から遠ざけておく必要があるからだろうか。

ということは、いまのぼくにとってウオーター・ピープルはやっぱり、実際に存在するか存在しないか、そのどちらともわからない、曖昧な生き物ということになる。曖昧ということはこの場合、夢とも現実とも断言できないということであり、それが夢であるか現実であるか、その選択はぼく自身にまかされていることになる。だから、こんなふうにどちらともはっきり判断できないのかもしれない。そして、はっきり判断できないということは、子供だから許されることであり、大人になるとこうした選択に迷うことは許されず、曖昧なものには目もくれずに、現実にだけ目を向けなければならない、ということだろうか。

それならば、上の兄さんはどうしてよく見るようにと、ウオーター・ピープルをぼくのほうに差し向けていたのだろう。ウオーター・ピープルをぼくによく見せることと、兄さんが波子さんと結婚することのあいだに、なにか関わりがあるのだろうか。

どっちにしても、もし夢でないとしたら、父さんたちは捕まえたウオーター・ピープルをどうしたのか、そのことがいちばんの問題だ。考えられるのはふたつしかない。川のほうに逃がしてやったか、蹴られて失神したままのところを殺してしまったか、そのどちらかだ。でも、あんな人間の赤ん坊そっくりなものを殺してしまうなんて、そんなことはとても考えられない。ということは、二度と来ないようにと言い聞かせて、あるいはすこしだけ懲らしめて、放してやったということになる。つまり父さんたちはそうした形で、ウオーター・ピープルとの繋がりを保留したことになる。

それとも、やっぱり処分してしまったのだろうか。あんなものを殺してしまうなんてそんなことはあり得ない、そう思えるけれど、大人の世界では、ウオーター・ピープルを捕まえたらすぐに殺すことになっていて、あのあとすぐに殺したのかもしれない。ぼくは殺されるところを目撃して、そのショックに気を失ったみたいになり、それで何時間も寝込んだのかもしれない。

けっきょくウオーター・ピープルが実在する生き物なのか夢のなかの生き物なのか、どちらとも結論が出せないままに、ぼくは母さんに呼ばれて食卓についた。とりあえずウオーター・ピープルのことは、自分からは口にしないでおこう、そう自分に言い聞かせた。席に着いたとき、母さんがちらっと横目でぼくの顔を見たので、やっぱりなにか隠していると思ったが、それだって母さんのいつもの眼差しなのかもしれない。母さんはそんなふうにちらっと流し目で見ることで、自分を魅力的に見せることができる、そんなふうに思い込んでいるみたいなところがあるのだ。それでぼくのような末っ子にまでそんな目をして見せることがあるのだ。

食卓にはみんなそろっていた。下の兄さんも帰っていて、きょう一日でひと通り先生たちのところをまわってきた話を父さんや上の兄さんにしていた。父さんも兄さんも教師なので、どの先生も知っているのだ。そしてそこには波子さんもいて、姉さんが母さんの手伝いをしているので、ひとりで静かに坐って、みんなの話を黙って聞いていた。ほとんど下の兄さんが同級生や先生たちの話をしていて、それに父さんと上の兄さんが質問する、そんな会話だった。上の兄さんは波子さんがいるので、いつものようにはしゃべらなかった。

ぼくはウオーター・ピープルのこともあって、ひと言も口をきかなかった。それに、波子さんと上の兄さんが結婚するようなことになれば、この家でいっしょに生活することになるのだから、そうなったらぼくはいったいどうなるのだろうと、朝から心配になっていることをなんども繰り返し考えていた。どんどん好きになり、すっかり気持が浮いてしまって、もう勉強もなにも手がつかなくなるかもしれない。波子さんが好きだという気持を母さんの目から隠そうとするだけでも、一日じゅう気を配っていなければならなくなり、けっきょくは家出をするしかなくなってしまうかもしれない。

ぼくは食事をしながらウオーター・ピープルのことも考えていたが、今夜は波子さんがいるのでウオーター・ピープルのことは誰も話さないだろうと思った。もし夢ではなくウオーター・ピープルが実在しているのなら、ぼくのいちばんの期待としては、どこかに押し込めてあるといいなあ、ということだった。もしそうなら、あした下の兄さんの新しいカメラでウオーター・ピープルを思う存分撮影できるかもしれない。

でも、ウオーター・ピープルをどこかに押し込めてあるという考えには大きな問題があった。それは母さんだった。母さんは大の動物ぎらいで、ぼくが犬を飼えないのは母さんのせいなのだ。まして、河童に近いようなウオーター・ピープルをどこかに隠して置くなんて、そんなことが母さんに見つかったらどういうことになるか、父さんも上の兄さんもよく知っているはずだ。だから、押し込めてあるなんて、とてもそんなことはありえない。そう考えると、父さんたちは母さんの目に触れないようにとっくに処分したことになる。

処分？　殺してしまった？　でも、波子さんが来ているのに、殺してしまうなんてそんなことをするだろうか。たしかにウオーター・ピープルの様子は、いちど鯉の味を覚えたら、どうあってももういちど取ろうとせずにおれない、そんな考えを持っているように見えた。捕まってもそんなひどい罰を受けない、そんな甘えがあるように見えた。ということは、母さんのこともあって、やはりすぐに処分してしまったのかもしれない。すでに遺体にして、川に返してやったのかもしれない。

けっきょく、とうとう夕食のあいだもそのあとも、ウオーター・ピープルのことは誰も口に出さず、ぼくは、現実であったか、夢であったのか、どちらとも確信できずに終わった。頭のなかがこんなふうに混乱したのははじめてのことで、ぼくは悲しいような、そうでないような気持で、それ以上なにも考えられなかった。いつもなら落ち着かないぼくを観察する母さんも、波子さんと上の兄さんの様子にばかり気をとられて、ぼくのことは目に入らない様子だった。

食事のあとぼくは下の兄さんにカメラを見せてもらい、その性能を細かく説明してもらった。下の兄さんの口ぶりは、どれほど優れたカメラか、むしろそばにいる父さんに聞かせているようだった。そのあいだも上の兄さんは、母さんが遠慮なく波子さんにいろんなことを質問するのではらはらしているらしく、ふだんとはまるでちがって、おかしなくらい緊張していた。そんな状態のなかにあって父さんは、ウオーター・ピープルを足蹴にしたり、鯉を追って隣りに駆け込んだりしたのが嘘みたいに、泰然とした態度を保っていた。

ぼくは、食事のあといつもは家族の話に加わるのだが、すぐに自分の部屋に引き上げた。母さんも波子さんのことがあるので、ぼくが部屋に早く引っ込むのを待っているような気がしたのだ。ぼくはこんなことはあまり考えたくなかったが、そしてそんなことがあるはずはないと思いながらも、ウオーター・ピープルと波子さんが同時にあらわれたことが気になって、やっぱりなにか関係があるのではないか、そう思えてならなかった。それはこんな考えだった。

こんなふうに夢か現実かわからないことに振りまわされるのは、波子さんがあらわれて、ぼくがいっぺんに恋をしたからなのだ。それであんなに長い昼寝をして、ウオーター・ピープルが出てくる夢を見たのだ。川辺波子なんて水にかかわりのある名前は、ウオーター・ピープルとつながっている証拠だ。上の兄さんも母さんも波子さんが気に入ったみいだから、きっと結婚することになる。そうなるとぼくはもう家におれなくなり、家を出ることになる。それだけではなく、ウオーター・ピープルのように一人ぼっちになり、どこかでこっそり生きなければならなくなる……。

ぼくはこんなことをあれこれと考えていたのに、そしてまたあんなに長い昼寝をしたのに、それでも眠くなって、すこしうとうとした。それでいてすぐに目を覚ました。ぐっすり眠り込むと夢を見て、真っ黒な赤ん坊そっくりのウオーター・ピープルがあらわれそうで怖かったのだ。ウオーター・ピープルが夢のなかの生き物なのか現実の生き物なのか、まだはっきりと結論づけることができなくて、それだけにいっそう、すぐにも夢のなかにあらわれそうな気がしたのだ。そして実際に、ふたたび眠り込んだのだが、するとやっぱりすぐに夢のなかにウオーター・ピープルがあらわれたのだ。

夢のなかのウオーター・ピープルは、まっすぐ立ってい て、ぼくとほとんど対等の存在としてあらわれた。ぼくは新しい友だちを作ろうとしているような気持になり、ウオーター・ピープルに向かって、「おまえは夢のなかの生き物なのか、現実に存在する生き物なのか」と訊いてみた。するとウオーター・ピープルは、「両方だ」と答えた。そしてさらに、「だが、おまえたち人間は、両方ということに耐えられない。だからウオーター・ピープルは架空の生き物だと一方的に決めてしまう。それが人間の限界だ。おまえはどうだ?」と訊き返してきた。ぼくはそれを聞いて安心し、「それならぼくは両方だ」と威張って返事をした。ほんとうは波子さんのことも訊いてみたかったのだが、勇気がなかったので、そのことは黙っていた。

（了）

ある帰郷

尾行の相手を見失った場合、ただちに事務所に電話を入れることになっていた。それなのにわたしは、連絡をためらったまま、当てずっぽうの張り込みを半日もつづけていた。二日にわたる尾行でこれといった成果を収めていないと思うと、どうしてもその気になれなかったのだ。

わたしは張り込みが苦手だった。尾行ならば目の前の獲物を一途に追っていればいいが、張り込みとなると、相手がいつあらわれるかわからないので、たえず目を配っていなければならず、気の休まる暇がない。まして、このような田舎町の駅では身の隠しようもなく、それだけよけいに緊張を強いられる。

それにしても、いっぱい食ったような後味の悪さが尾を曳いていた。紳士風のあの男はどういう人間だったのだろう。ふつう一日も尾行すれば、どういう人間で、どういう行動に出そうか、およその見当がつくものだが、あの男にかぎってまったくつかみどころがなかった。下町をぶらぶら歩きまわるかと思うと、名のある商社に臆する様子もなく入って行く、安価な中華料理店で昼食をすますかと思うと、興信所の調査マンなどは覗くこともできない高級な酒場で時間をついやす、最後には最低の安宿に泊まる、といったぐあいで、行動の意図がまるでわからなかった。

しかも先入観から生ずる失態を恐れて――実際は調査マンを信用していないのだ――、対象の人物が何者か、調査の目的がどこにあるのか、伏せられていることがあって、こんどもその例で、尾行はいっそう困難だった。その結果、二日にわたってさんざん引きまわされ、こんな田舎町まで連れて来られたあげくに、まんまと撒かれたのである。

もちろん下っ端の調査マンは、対象の表面的な動きを忠

実に記録すればすむことで、行動のひとつひとつの意図まで探る必要はない。だが、一日二日と尾行しながら観察していると、どうしても相手の行動を順序立てようとせずにおれなくなる。それなのに、あの男のように予想外の動きを繰り返されると、すっかり面食らって、不要な疑念にとらわれてしまう。とうに尾行に気づいていて、わざとでたらめな行動をしているのではないのか、というわけだ。

それくらいならまだいい。こんどのようにわけがわからず引きまわされると、反対に相手に追われているような錯覚にさえおちてだが、疑惑が昂じて、もちろん疲労も手伝っていり、こういう人物の場合、いっそのこと名乗り出て、実はこうこうだと説明し、面談に持ち込んだほうが手っ取り早いのではないかなどという、わけのわからない妄想にとらわれてしまう。

だが正直なところ、その男を見失ったのは、そうした疑念や妄想にとらわれたせいではなかった。それどころか、こんな田舎にやって来たことから決定的な行動に出ることが予想されて、尾行に成功しつつあると自信を取りもどしていた。ところが、生じた事態はまったく反対で、つぎのようなぐあいだった。

田舎駅を出た男は、商店のまばらな人気のない街路を、例によって年甲斐もなく跳ねるような足取りで歩き出した。とくに珍しい町並みでもないのに、目に入るものすべてに興味をそそられるというように、あちこちに視線を向け、尾行に気づいている様子などまるでなかった。

もちろんわたしは警戒を怠らなかった。相手が呑気そうに見えるときそれにつられて気をゆるめると、思わぬ失策を犯すことがあるからだ。それに、都会の繁華なところとちがって、振り返ったらかならずその目に晒されるわけで、二日のあいだにいちどでもこちらの姿を記憶にとどめていたならば、たちまち正体を見破られる。無頓着そうに見える人物が意外とするどい洞察力を持っているものなのだ。

ところが、すこし距離を保った用心深さがかえって仇《あだ》になった。そこまで来たとき、真っすぐ進むかと思われた男が、交差路でひょいと身をひるがえし曲がったので、あわてて駆けつけると、もうどこにも姿がなかった。そこは商店街の裏の人気のない住宅地で、男が入りそうな建物さえなかった。知り合いの家でもあって駆け込んだのだろうか。それにしてもすばやい動きで、どこかで愉快そうに笑っていそうな気がした。そのあとわたしは、一時間くらいそのあたりを歩きまわったが、いちど小さな葬儀に出喰わしたきりで、男の影も形もなかった。

尾行が不首尾に終わったことは明らかで、事務所に連絡を取らねばならなかった。そうすればなにか事情がわかり、あらためて打つ手が指示され、失態は失態としていちおう責任は免れることができる。だがわたしは、どうしても未練があって、連絡する気になれなかった。自分ひとりの判断で男の正体を突き止めたいという気持になっていて、尾行中止という指示を怖れたのだ。

そこでわたしは、男がこの町を出るとすればかならずこの駅にもどって来る、すくなくとも尾行に気づいていなければあらわれる、そう確信して張り込みをはじめた。だが、考えてみればまったく当てにならない確信だった。事実、一時間経っても二時間経っても男はあらわれなかった。

こうなっては、いったん失態を認めて気持を切り替える必要がある、自分の置かれた立場を客観視する必要がある、わたしはそう思いはじめていた。げんに、長い苛立ちに蝕まれたまま、傷ついて動けなくなった獣さながらの状態におちいり、小さな待合室から一歩も踏み出せなくなっていた。

さらに一時間が経って、午後になった。そして、当てのない張り込みをつづけているといつもそうなのだが、しだいに妄想に取りつかれはじめた。これはふつうの張り込みではない、なにか重要な事態が生ずるのを待っているのだ、という考えに頭を占領されて、夢を見ているような心地になったのである。

実際に奇妙なことが起こった。電車が着いて四、五人の客が出て行ったあと、がらんとした改札口に三十人ばかりの一行があらわれたが、その一行を目にして、わたしはなにか奇異な感じに打たれたのである。そしてさらに、その一行の出現に羞恥のようなものをおぼえて、体が熱くなったのである。それでいて、その一行にべつに変わった様子はなく、老人や女を交えたふつうの人たちであった。

その一行はひと塊りになって、町の通りに入って行った。わたしは、あの人たちがどうしたというのだろう、そう自分に問いかけて、釈然としない気持でその人たちを見送った。ところが、その一行が角を曲がり見えなくなったとたん、わたしはわけがわからないままに張り込みを中断して、その人たちのあとを追って駅を出たのである。

わたしはすぐに追いついた。一行は通りをすこし行ってから枝路に入り、山際のほうへと進んだ。人も車も通らない路で、黙々と歩きつづける一行の後ろから、落ちこぼれたような恰好でついて行くと、警戒心のいらない尾行のせいもあって、わたしは苛立たしい気持からすっかり解放されていた。やや傾いた陽差しがそそぐ田園風景になり、午後の物憂い気配が漂っている。一行は、そののどかな風景に目を向けることもなく、歩きつづけている。

やがて谷間に入り、日陰になった路をすこし行くと、両側に十軒ほどの旅館があらわれた。そこだけ石畳の坂路になり、旅館が軒を接して窮屈そうにならんでいる。どれも古びた構えの木造の旅館で、あたりに漂う湯の香りから湯治場であることがわかった。

坂路の中程と思えるところに来たとき、一行は一軒の旅館に入ってしまい、わたしは旅館の前に取り残された。どうしてついて来たのか自分でもわからず、路上に立って旅館を眺めていた。すると、いったん玄関に消えた一行の人たちが、二階の窓に姿を見せた。わたしはその人たちを見上げて、なぜその人たちについて来たのかようやく理解した。その一行は故郷の町の人たち、しかも町内の人たちなのである。

そのことを知ると同時に、わたしはふらふらと旅館に入った。そして咎められることなく二階に上がると、おそい昼食なのか、二間つづきの部屋で食事がはじまっていた。わたしは誰に声をかけようかと、座卓を囲んだ人たちを見まわした。十年帰っていないけれども、みんな顔見知りのはずである。

ところがいくら眺めても、どこの家の誰だと、ひとりも思い起こせなかった。わたしはおどろいて逃げ出そうとしたが、その場の雰囲気の懐かしさに立ち去れなかった。そればかりか、前後の見境もなく、その場の雰囲気に身をまかせて、食事の席に紛れ込んだ。

さいわい、ひとり余分に加わってもさしつかえのない食事なので、忘れていた空腹を満たしながら、ひとりひとりの顔を見つめて、懸命に名前を思い出そうとした。どの人も都会に出るまでごく身近にいた人たちで、ひとりでも誰だと思い出せれば、つぎつぎに記憶が甦ってくるはずだった。だがなぜか、やはりひとりも名前を思い出せなかった。

それにしても奇妙だった。みんなは、それぞれひとりで食事しているみたいに、黙り込んでいるのである。わたしが割り込んだので座が白けている、はじめはそんなふうに思ったが、そうではなかった。彼らは最初からわたしの出現にどんな不審も持っていないのである。そのことがはっきりすると、ひとりひとり誰なのかを思い出すことなど意味がないように思えて、わたしはその場の雰囲気に慣れてしまった。

わたしは食事のあと席を立って、たばこをすうために廊下に出た。窓の外を眺めると、目の前に山の緑がけわしい傾斜で迫っていた。手摺りから乗り出すと、緑のその傾斜と建物とのあいだに、幅二メートルほどの小川があって、盛り上がるように流れていた。

足音に振り返ると、十人ばかり男女が通りかかった。一行のなかのわたしと同年輩の人たちで、みんなでどこかに行くところだった。わたしはなにも考えずに、彼らの後を追った。廊下の端にある細い階段を降りると、空気が蒸れ、硫黄の匂いがして、温泉宿であることを思い出させた。

裸になって男たちといっしょに入って行くと、大きく立派な浴室で、半円形の大理石の浴槽があって、鮮やかな黄色の湯が湯気を立ち昇らせていた。わたしはその濃い色にすこしためらいながらも、男たちにならって湯に体を沈めた。すこしおくれて女たちが別のドアから入って来た。女たちはそろいの黒い水着をつけていて、見えている手足が異様なくらい白く見えた。彼女たちが入ると、浴槽はいっぱいになった。

十人ほどの男女は、黄色の湯に首まで浸かり、ここでもやはり黙り込んでいた。こんな間近に顔を突き合わせながら黙り込んでいるのは、いかにも不自然で、彼らがなにか共通の考えにとらわれていて、それで口を閉ざしている、そんなふうにも思えた。もしそうなら、彼らがとらわれている共通した考えとはなんだろう。

そう思ったとたん、わたしはおどろいて、浴槽を飛び出しそうになった。まわりで湯に浸かっているのは、子供のころの遊び友だちなのだ。兄弟みたいに親しくしていた人たちなのだ。もちろん都会に出てからは、故郷の町のことはなにもかも記憶から消し去ったつもりで、この人たちのこともすっかり忘れていたのだが……。

わたしは逃げ出したい気持をかろうじておさえた。それに、食事の席がそうであったように、見たところ誰もわたしの出現を不審に思っていないようだった。ということは、わたしがなにかの幻想にとらわれているのと同じように、この人たちもなにかの幻想にとらわれていて、それでなんの疑念も持たないということだった。言いかえれば、こうした共同の幻想にとらわれた場合は、成り行きに身をゆだねるしかないということだった。

ふと気づくと、全員が半円形の浴槽の縁につかまり、体を浮かせてばた足をしていた。男と女が交互に位置取りをして、ばた足をしているのである。なんのためにこんなことをしているのかわからないままに、わたしも黒い水着を着たふたりの女にはさまれて、足をばたつかせていた。もちろんふざけているのではなかった。男も女もみんな、そうしなければならないというような真面目な顔をしていた。

ここの入浴法だろうか、そう思って見まわすと、頭の上のタイルの壁に額のようなものがあって、温泉の効用とか入浴法らしいことが書かれていた。ところが、足をばたつかせながら首を反らせて読み取ろうとしたが、なぜか読めなかった。大きな字なので読めないはずがないのに、字であることがわかるだけで、どうしても意味がつかめないのである。

あきらめて視線を降ろすと、別のものが目に入った。すぐ目の前のタイルの壁のいちばん下が、水槽を埋め込んだようになっているのである。だが水槽ではない。二階の窓から眺めたあの小川だろう、ガラスの向こうに早い水の流れがあって、小石の敷かれた川底が透けて見えている。

その流れのなかを黒い棒状のものが、いくつもきらりと光って流れすぎた。魚ならば小さな流れにふさわしくない大きさで、目をこらして見定めようとするが、一瞬の速さで、魚かどうか、見分けることができなかった。

やがてみんなはばた足をやめて、湯から上がり、浴場を出て行った。色鮮やかだった黄色の湯は、白く濁り、泡立っていた。なんのためにそんなことをしたのか、けっきょくわからなかった。

みんなの後を追って二階の部屋にもどると、そこは空っぽで、いっしょに風呂に入った人たちも、鞄を持って出て行く。割り当てられた部屋で昼寝をするのだろうと思い、彼らの後について行こうとした。昨夜は、例の男と同じ安宿に泊まったのだが、二、三時間うとうとしただけなので、ひと眠りできると思うと、うれしくなった。

ところがみんなは一階に降りて、玄関を出て行く。そして、後を追って外に出ると、そこに待っているバスに乗り込んでしまった。わたしは躊躇した。このバスに乗ることは、仕事だけでなく都会での生活を放棄することになるからである。故郷を出てから十年つづけた生き方を捨てることになるからである。

それなのに、いまさらどうして田舎に帰ることができよう。わたしはそう自分に向かって言い、都会の生活や仕事を思い起こそうとした。だが、頭に浮かぶのは、二日のあいだ尾行した例の男のことばかりだった。あの男はもう見つからないのだ。ということは、このバスに乗り込むほかないということだ。

わたしはバスに乗った。みんなは座席に沈み込んでいて、もう居眠りをしている者もいた。すぐにドアが閉まり、バスは故郷の町へ向けて動き出した。

バスは、いったんひろい路に出たと思うと、ふたたび山峡につづく路を進み、やがて長いトンネルにもぐり込んだ。そしてトンネルを抜け出ると、水田がひろがった。バスは水田地帯を真っすぐによぎって行く。

これは近ごろ開通した路で、故郷の町の近くを通るはずだった。わたしは窓にあらわれる景色を眺めつづけた。都会のなかで人ばかり追い、風景などに目を向けることがなかったので、ひどく新鮮に目に映った。山々の稜線の連なり、夕日に光る川の流れ、樹々に囲まれた農家のたたずまい、すべてが、親しみを込めた合図を送っているようにさえ思えた。

遠くに見える山に、どこか見覚えがあるような気がしていたが、故郷の町から眺められる山であることがわかった。眺める方角がちがっていてわからなかったのだ。わたしはその山をすっかり忘れていた。幼いころから朝夕、部屋の窓の正面にそびえるその山を、まるで自分の気持を映す鏡のように眺めていたのである。

その山に向かって運ばれていると思うと、気持が落ち着いて、窓の景色を眺める必要がなくなった。そこで、みんながそうしているように、座席に沈み込んで目を閉じた。眠気がたちまち頭をもたげて来た。車内は静まり返っていて、振動が感じられなければ、バスに乗っていることを忘れるくらいだった。

思いもかけない成り行きに身をまかせてしまったが、仕事を放棄したことをすこしも悔いていなかった。というよりも、十年ものあいだ、都会でそんな仕事をしていたことが嘘のようだった。こうして故郷の町の人たちといっしょに、もう何年もバスに揺られて旅をしている、そんな奇妙な妄想にとらわれていた。

わたしは、見失ったあの男のことを思い起こして、ひとつの考えに行き着いた。いまようやくわかった。あの男は都会の生活を捨てて、故郷に帰ったのだ。でたらめそうに見えた行動も、都会の生活に別れを告げるためで、自分の過去の痕跡のいくつかを訪ね歩いたのだ……。

眠気がこらえ切れなくなった。わたしは眠気に身をまかせた。頭のなかに帯のような路を走るバスが見えた。そのバスは、故郷の町へ向かって、ひたすらに走っていた。タイヤの快いリズムと、後方に引きもどされるような感覚に誘われて、うとうとしはじめた。

肩を叩かれて目を覚ますと、バスは空になっていた。運転手がひとり残ったわたしを起こしたのだ。降りると、故郷の町の小さな駅の前だった。十年ぶりで見る故郷の町は、時間が止まったみたいにすこしも変わっていなかった。この小さな町はいつも夕暮のような印象がするのである。

それでも人だかりがあって、一瞬、なんだろうと思ったが、そう思うと同時に「お教さま」のことを、すっかり忘れていたことに気づいた。そろいのハッピを着た信者たちがあちこちにたむろする光景は、まるで古い写真を見るようだった。

「お教さま」というのは、駅の周辺から中心部まで町の大半を占めているある教団のことで、これという特色のない町は「お教さま」によって外部に知られていて、むしろ町は教団に属していると思われていた。

事実、町の暮らしは「お教さま」に寄生する恰好になり、「お教さま」なしでは考えられなくなっていた。それでいて信仰はべつで、町の人たちのなかに「お教さま」の信者はほとんどいなかった。そればかりか、町の人たちは、若い女を生神様として祭るという教えがどういうものか、知ろうとさえしなかった。

わたしが知っているのも、町にはみ出して来る「お教さま」にかぎられていた。「お教さま」は年中なにか行事をしていて、全国から大勢の信者が町に乗り込んで来る。その行事のあいだ、教団の境内だけでなく、町中まで繰り出してきて、ところかまわず掃き清め、むやみに水をまき散らし、白い幕を張りめぐらせるのである。

そんなとき町の人たちは、信者たちに町を明け渡して、家に引きこもる。といってもそれだけのことで、町の人たちの生活が「お教さま」に掻き乱されることはない。境内でなにが行なわれているか知らないが、四、五日もすると水が退くように信者たちは去って、町は静けさを取りもどすのである。

もちろん子供のころだが、「お教さま」の信者たちが見せる整然とした振る舞いが恐ろしいことの起こる前兆に思えて、わたしはいつも怯えていた。物心のつく年齢になっても「お教さま」がどんな信仰なのか興味を持つことはなく、また、反抗する気持もなかった。すこしでも興味を示したりすれば、あるいはすこしでも反抗する素振りを見せたりすれば、弱みを握られたうえ、心をさらけ出すことを強いられ、最後には引き入れられてしまう、そんな不安があったからだ。町の人たちも同じ不安があるので、「お教さま」の信仰に関心のないふりをしているのだろう、そう思っていた。

バスを降りた人たちといっしょに「お教さま」の信者たちのあいだを抜けて、町のただひとつの通りに入った。みんながすこし怯むような気持で歩いていることがわかった。わたしたちの地区は、いまでは町はずれになっているが、「お教さま」がここに本拠を構えるまでは町の中心だったので、そのことを誇りにして「お教さま」に依存することを拒み、他の地区の人たちから特別の目で見られているのである。

ゆるい下り坂になって川のほうに伸びる通りは、すこしも変わっていなかった。賑わっているのは、信者相手のみやげ物である干し菓子、信者に多い年寄や女向けの安っぽい衣料などを商う店ばかりで、町の人たちの姿は見かけなかった。門前町のような賑わいには、いつも物淋しい影がつきまとっているのである。

店が途切れると、町並みは暗くなり、電灯の明かりが目につきはじめた。西の空にかすかな明るみを残すだけで、町は闇に呑まれようとしていた。あたりは人通りがなく、左側につづく「お教さま」の境内の森が、高い塀越しに黒々と見えていた。その森に抜きん出てそそり立つ伽藍の頂上に、黄金造りといわれる尖塔が、みずからを照らす照明を浴びて、赤みをおびた輝きを暗い夜空に放っていた。

帰って行こうとしている川筋の地区までのあいだに、家並みの途切れたところがあって、そこまで来ると一行は列を崩して、だらけた足取りになった。年老いた両親の家はすぐそこであった。

外灯が間遠になり薄暗くなった路を、みんなの後ろについて歩きながら、わたしは自分に問いかけていた。家に帰ってなにをしようというのだ。この田舎町に落ち着けると、ほんとうに思っているのか。自分たちだけで老いて消えて去るという、両親の覚悟を十分に認めているからこそ、あえて電話さえしなくなっていたのではないのか……。

もちろんわたしは、都会の生活に満足していたわけではない。仕事に追われるだけの味気ない独身生活でしかなかった。だからといって、この田舎町を懐かしく思ったことはなかった。故郷は体のなかに残っている夢に似たもの、ほとんど意識することのない記憶、そうしたものでしかなかったのだ。

それなのに、あの男に二日にわたり引っ張りまわされたあげく、故郷の町の人たちと奇妙な出会いをして、思いもかけず帰郷することになったのである。するとこんどは一転して、きのうまでの都会の生活が夢にしか思えなくなったのである。

「お教さま」の高い塀が終わって角を曲がると、左手に光の群れがあらわれた。「お教さま」に隣接するそこに広い敷地があって、いくつもの工場らしい建物を囲んで、青白い外灯が連なっているのだ。

この町にもこんな大きな変化があったのだ。わたしはそう思いながら、その裏門らしいところで足を止めた。一行はわたしを残して、川筋の路に降りて行った。わたしはそれを見とどけて、門に歩み寄った。門扉は閉まっていたが、脇に出入り口があった。以前は雑木林だったはずで、芝生の植わった敷地に、同じ建物が整然とならんでいるのである。

建物のひとつに近づいてみた。できて間がないらしく、新しい建物であった。さらに二、三の建物に近づいてみたが、どれもみんな明かりが消えて、静まり返っている。まだ操業していなくて、この広大な敷地のなかには誰もいないのかもしれない。そう思いながらも、十ほどある建物の中心のあたりまで来て、そこに立って見まわすと、建物のひとつに非常口らしい赤いランプが灯っていた。

近づいてドアを押してみると、鍵がかかっていなかった。なかは暗くてなにも見えないが、生暖かい空気がかすかに感じ取れた。向かい側に明るみが見えている。わたしはなんの考えもなしに踏み入れた。暗くてなにも見分けられないが、倉庫のようなところだろうと見当をつけて、その明るみのほうへ手さぐりで進んだ。

見えない足もとがゆるい登りになった。明るみはそこを登ったところにあるようだった。わたしはその明るみを目指して、足もとを一歩一歩さぐりながら、ゆるい勾配を登った。そしてしばらくすると、足もとが平らになった。と同時に、わたしは後ろに引っくり返りそうになり、かろうじてしゃがみ込んだ。いつのまにか、足もとがベルトコンベヤーになっていて、それに乗っていたのだ。飛び降りるわけにはいかないので、わたしはそのままの姿勢でいた。

明かりのなかに入った。幅二メートルほどのベルトコンベヤーだった。下は広い作業場になっていて、五十人くらいの女たちが作業をしていた。ベルトコンベヤーは向こう側の倉庫のようなところに達しているらしい。

真ん中あたりまで来た。わたしはしゃがんでいた体を起こして、前方を眺めた。向こう側に着いたとき、無事に降りることができるという保証がない。ダスターシュートのようなものに放り込まれるのかもしれない。そう気づいたのである。

目の前に棒状のものがあった。わたしは思わずそれを手にして、前後を考えずにベルトコンベヤーを支える鉄の柱を叩いた。音が反響して、作業中の女たちがざわついた。つづいて「静かに！　危険はない」というマイクの声が流れた。危険はない？　どうしてそんなことが言えるのだ！

そう思いながらも、わたしは、落ち着いたその声に安心した。そこで、居場所を知らせるために、すこし身を乗り出させてみた。女たちが照明の明かりを手でさえぎりながら見上げている。すばやく見つけて指をさしている者もいる。

「そこにいるのは誰だ！」

マイクの声が言った。女たちのざわつきがやんだ。

「従業員志願の者です」

わたしは大声で叫び返した。言い訳をしている余裕はなかった。

「志願者？」

「そうです。ですから、早く止めてください」

「間違いなく志願者だな」

「間違いなく志願者です」

「志願者なら、終身、ここで働くことを誓えるはずだ。間違いないな」

「間違いありません」

「よし、わかった。おい、止めてやれ」

マイクの主が誰かに言って、ベルトコンベヤーは静かに止まった。暗いところに入り込む五、六メートル手前だった。

「よし、連れて来い」

マイクの声がふたたび命じた。機械室から男が腕を出していた。ベルトコンベヤーはゆるく傾斜していて、危険などまったくなかった。マイクの声の主にまんまと騙されたのだ。

わたしは男の導くままに、いったん機械室に入り、別の出入り口から鉄の梯子を降りた。「第六工場事務所」と書かれた部屋があって、そこに連れ込まれた。女子従業員たちはなにもなかったように、作業にもどっていた。

仮事務所という感じの部屋で、正面に工場長らしい年配の男がいて、左に事務員がふたり机をならべていた。もうひとり、肩にハンドマイクを下げた五十歳くらいの赤ら顔の男がドアの内側に立っていて、わたしをじろじろ眺めた。現場監督といった役職らしく、さっきの男にちがいなかった。

敷地のなかはともかく、工場にまで入り込んだことをどう言い訳すればいいのか、なにも考えつかなかった。わたしは思った。いずれにしても、興信所の仕事をしていたことだけは口にしないでおこう、そうでないと、どんな疑いを押しつけられるかわからない。それよりも、この町で生まれてこの町で育ったことを執拗に主張すれば、彼らの追求も自然にやわらぐはずだ。

ところが、工場長に向かって切り出した現場監督の言葉を聞いて唖然とした。工場にもぐり込んだことはひと言も触れず、いきなり、この男が工場で働くことを希望している、身元と能力は自分が保証する、そう言い出したのである。ということは、さっきの上と下でのやり取りは、わたしを従業員にしようというはっきりとした意図があってのことだったわけだ。それにしても勝手なやり方だ。

といっても、成り行きを考えると、どんな抗議もできなかった。すくなくともこの監督に対して終身ここで働くことを誓ったのである。それなのに抗議すれば、ひどく面倒なことになりそうだった。それに工場長は、すべてをこの現場監督にまかせているのだろう、「よろしいですね」という監督の言葉にうなずいて、事務の男に手続きをするよう命じた。

監督のハンドマイクで小突かれて、わたしはふたりの事務員のうちひとりの前に立った。その事務員の顔を見て、かなり親しくしていた、かつての同級生であることに気づいた。小さな町だからこういうことがあっても不思議はなかった。その男は簡単な書類をつくり、最後に賃金の額を言ったが、それ相応の額だった。仮契約ということで拇印を押すと、もう書類はでき上がっていた。

事務室を出ると、監督は先に立って出口に案内した。事務所の横にドアがあって、そこが正式の出入り口だった。わたしが仮契約を守るかどうか、そんな懸念はいっさい持っていないらしい監督は、ドアの外に送り出すとき、あすは、お勤めのあとの五時からだ、時間を厳守するよう、そう言った。つまり夜勤ということだった。

お勤めのあと？　お勤めとはなんだろう。わたしの頭に記憶がよみがえった。「お教さま」が事業に乗り出すという話を聞いたことがあった。すると、これは教団が経営する工場なのだ。働いているのはみんな教団の信者なのだ。従業員を志願したことは、そのまま入団を志願したことになるのだろうか。

わたしはおどろいて監督の顔を見た。もちろん熱心な信者なのだろう。さらによく見ると、肩幅のがっしりした男だが、お勤めと工場の仕事の両方をしているせいもあるのだろう、ひどく疲れている様子だった。わたしは、それを認めると、その疲れの一部を負担してもよい、監督に代わってハンドマイクを肩にかけ、女子従業員のあいだを駆けめぐってもよい、そんなふうに思った。

陽はすでにとっぷりと暮れて、墨を流したような濃い闇が町を包んでいた。川の近くを並行する県道を車がひっきりなしに走っていて、その響きがかすかに聞き取れた。

橋のところに来た。両親の家はまっすぐ進んで五分ばかりのところだった。だがわたしは橋を渡って、対岸の川べりの薄暗い小路をぶらぶら歩いた。学校の帰りよく遠まわりした路で、甘い香りをふくんだ空気、土や草の匂い、対岸の人家の明かり、すべてが懐かしく、胸がうずく気持だった。

淵のようになった深い川で、覗き込むようにすると、街灯の明かりにかろうじて淀んだ流れが見えた。もうすこし早い時間なら、あちこちの崖の出っ張りに釣り糸を垂れている人影を見かけるはずで、淀んだ流れにふさわしく、ときおり思わぬ大物が釣れるのである。

川にそった暗い小路にも、一か所だけ明かりがあった。小屋がけのような五、六軒の酒場の明かりで、昔のままだった。学校の帰りなど遠回りしたのはこの酒場があるためで、客待ちの女たちの姿が戸口に見えることがあって、それが胸をときめかせたのだ。

その酒場に近づくと、酒場のすこし手前の薄暗がりに、女が立っていた。ほかに人影はなく、わたしが近づくのを待っているみたいだった。声をかけてくるだろうか、そう思いながらゆっくり近づくと、

「どうしてこんなに遅くなったの」

といきなり言って、女は歩み寄った。

わたしはおどろいて身を退こうとしたが、そのまえに女がわたしの腕をつかんで引き寄せた。思いがけない強い力で、わたしは女の胸にぶつかった。するとこんどは、そのはずみで女がよろけ、わたしはあわてて両手で女を抱き止めた。

ふたりは抱き合う恰好になった。女はそのまま動こうとしない。どこかを打ちつけて気を失ったのだろうか。そんなことはなかった。酒場の女ではないらしいが、どういう女だろう。気が狂《ふ》れていて、夜になるとここに出没し、通りかかる男に声をかけているのではないのか。そう思うと不気味になり、すこし体を離して、女の顔を酒場の明かり

のほうへ向けてみた。美しい顔だった。

「きみは誰なの?」

「誰って……そんな。フィアンセにそんな訊き方するなんて、おかしいわ」

照らし出された顔にたしかに見覚えがあった。子供のころ、美人になるだろうと評判だった女で、声をかける勇気はなかったが、わたしのあこがれの対象であった。彼女の一家は町ではめずらしく「お教さま」の熱心な信者でもあったのだ。

その女がどうしてここにいるのだろう。「お教さま」の信者たちに祭られて大事にされるのだろうというのが、わたしの想像した彼女の未来だったのに、どうしてこんな時間にこんなところに立っているのだろう。わたしが都会に出ているあいだに、彼女の身に不幸が生じたのだろうか。

酒場から四、五人の男が出て来た。わたしは女を離そうとしたが、離れなかった。男たちは通りかかって、卑猥な言葉を投げかけた。すると女が彼らになにか叱るようなことを言った。男たちは「へえ」というような声を出して、すごすごと通りすぎた。男たちは「お教さま」のハッピを着ていた。ということは、この女はやはりまだ教団のなかで地位を保っているのだ。

女はふたたび目を閉じて肩をすぼめ、わたしに抱かれる恰好になった。いかにも型どおりにそうしているというふうで、わたしの驚きや戸惑いなど、まったく意に介していなかった。それでも待ち切れなくなったのか、女は顔をわたしの胸から離し、同時に両腕をわたしの首にまわして、

「おじさんもおばさんも、承知しているのよ」

とすこし言い訳じみた声で言った。

誰のことだろう。もちろん父と母のことだ。ということは、父と母も「お教さま」の信者になっているのだ。

「あなただって、もちろん承知でしょう」

「…………」

わたしは返事をすることも、訊き返すこともできなかった。

「ねえ、承知なのでしょう」

女はこう言って、わたしの首から両手を下ろすと、ふたたびわたしに抱きついて、こんどは首の付け根に口を押しつけた。それだけではなかった。するどく歯を立てた。痛みがしだいに強くなった。わたしはこらえ切れなくなってうなずいた。

「やっぱり承知なのね。それなのに、どうしてこんなに遅くなったの」

「いろいろ事情があって、仕方がなかったのだ」

あすの再会を約束して女と別れ、橋を渡って、家のほうに引き返した。川底から昇る冷気が、心地よく感じられた。両親の家まで五、六分なので、さらにゆっくり足を運んだ。都会の生活や調査マンという仕事が思い出されたが、夢のなかのことのようにしか思い起こせなかった。遠くへ目を向けると、「お教さま」の伽藍の尖塔が、暗い上空に赤みをおびた輝きを放っていた。わたしはそれを眺めながら、自分に向かって問いかけた。

これはすべて仕組まれたことではないだろうか。「お教さま」の生き神様として祭られていた女を、人間にもどして嫁がせるため、わたしに眼をつけたのではないのか。尾行していたあの男は、わたしを引き渡すため、あの町まで誘導する役目を持っていたのではないだろうか。父と母ばかりか、近所の人たちもみんな「お教さま」に改宗していて、わたしを連れもどすために、あの町にあらわれたのではないだろうか。

もちろん出来すぎた考えだった。すべてが偶然であると考えるほうが、むしろ自然だろう。それに、仮に婚約者に仕立てるため仕組まれたとしても、わたしにとって何ひとつ、悪いほうに傾いたわけではない。こんなふうにわたしの意志と関わりなくことが運ぶ以上、この先、どこでなにをしようと、もう自分から進んではなにもできない。そのことは明らかであり、ここが故郷であることを考えれば、むしろ歓迎すべき成り行きというべきだろう。

わたしは頭のなかの考えからわれに返り、伽藍の赤く輝く尖塔から目を離して、そこに立ち止まった。両親の家の前であった。明かりがあかあかと灯り、賑やかな声が洩れていた。息子の帰郷を祝うささやかな宴会の最中にちがいなかった。

（了）

入村者

錆びた線路にそって登りつづけ、分水嶺とでもいえる外輪山の頂上に着くと、眼前に荒涼とした火口原があらわれた。灰色の地殻の広大なひろがりが、空にじかに接しているのである。その中央に位置して、廃墟になった駅舎がぽつんとある。火口そのものは、そのひろがりの右端の隅で、白煙を細く立ち昇らせている。

　わたしは荒涼とした眺めを前にして、その光景をあえて受け入れるべく、しばらく眺めていた。ふもとで山岳電車が廃線になったことを知り、むしろ勇んで徒歩で登って来たのである。その錆びた線路は、足もとからさらに、廃墟と化した駅舎まで真っすぐにくだっている。

　わたしはふたたび線路にそって、火口原の内側の傾斜を降りはじめた。線路に敷かれている溶岩が、陽に焼けて脆くなっているのか、ひと足ごとに音を立ててくだけた。

駅舎の近くまで来た。遠目には、灰色の海に浮かぶ難破船を思わせたが、近づくにつれて、天井も窓枠もない廃屋、ただのコンクリートの残骸でしかない。まわりはさまざまな形の溶岩で埋まっている。

　駅舎を通りぬけて広場に出た。歓迎アーチの台座だったらしい、墓石に似たコンクリートの塊りが、向き合って立っている。そのあいだを進むと、広場は一本の道になって先へとつづいている。線路の延長線上にあるその道は、外輪山の反対側を一直線に登っているのである。

　その道はすぐに登りになった。一片の雲もない空の一点を破り、陽が銀色の染《し》みを作っている。靴音が火口原の隅々まで響き渡るかのようで、生きているものは、白煙を吐いている火口のほか、わたしひとりである。

　外輪山の頂上に登り着くと、前方に灰色の台地がひろがった。背の低い松が生えた台地で、道はそこを真っすぐに伸びている。遠くに淡く、山々の連なりが望まれる。

しばらく行くと、前方に白いものが見えた。近づくと、石の橋である。古いものらしく、低い欄干のあちこちが壊れていたり、床に凹凸ができていたりしている。

橋の中ほどまで来て、わたしは足をとめた。何人かの男がいて、欄干越しに橋の下を覗いているのだ。見ると、ひとりの男が、釣り糸を手に持ち、橋の真下に垂らしている。そして、ほかの者がそれを囲んでいるのだが、ただ見物しているのではない。釣り糸を垂らしている男の腰を、ひとりの男が腕をまわしてかかえ、さらに、そのふたりを左右からふたりの男が腰をつかんで支えている。残りのふたりは、そんな四人の足もとにしゃがんで、橋の下を覗いている。

わたしはそこまで来て立ちどまった。それ以上近づいて、低い欄干から乗り出した恰好の彼らを、おどろかせたくなかった。というのも、川を見おろす彼らは、まだわたしに気づいていない様子なのだ。よく見ると、釣り糸を垂れている男だけが若く、あとの五人は、かなりの年配である。

男たちはある種の雰囲気を漂わせていた。ということは、N村の者だということだろうか。きっとそうだ。このあたりには、N村しかないはずだから。そう思うと、わたしは親しさをおぼえた。N村の者ならば、今日から兄弟のようにして暮らすことになるのだ。

橋の下を覗いていたふたりの男が立ちあがった。つづいて釣り人を支えていた男たちも腕をといて、後ろにさがった。釣り人が糸をたぐりはじめた。ほんとうに釣れたのだろうか。こんなところに魚がいるのだろうか。そう思っていると、太い棒のような黒く長いものが欄干をこえて、男たちの足もとに横たわった。それを囲んで、男たちは腰をかがめた。男たちのあいだから覗くと、一メートルほどもある淡水魚である。

どういう魚なのかわからないが、黒い丸太のような胴体に、褐色の斑点が無数にある。こうして釣りあげられても、すこしも暴れない。それどころか、置かれた事態に関心がないとでもいうように、ぴくりともしない。未発達の手足のようにも見えるヒレを胴体に添わせていて、小さな目をじっと見開いている。

男たちの様子からは、獲物に満足しているのか不満なのか、まるでわからなかった。これだけの大物を釣りあげて不満ということはないだろうが、六人が輪になって魚を眺めたまま、黙りこんでいるのである。ただの釣りではないらしい。

男たちはたがいに、了解したというようにうなずき合うと、ひとりが魚の頭部の下に手を差し入れ、さらに尾の下にも手を差し入れた。そして、病人を抱くようにして持ちあげると、欄干に歩み寄った。あとの五人は黙って見守っている。魚は欄干に吊したザルに入れられ、そのザルに紐がついていて、ゆっくりと下ろされた。

橋の下に目を向けると、橋は台地をふたつに割る川にかかっていて、真下がちょうど池のように、淀みを作っている。そしてそこに、おなじ大きさの魚の群れが黒くなって認められる。ザルが水面に着いて、魚の群れが四方に散った。ザルが沈められると、なかの魚はあわてる様子もなくゆっくりと泳ぎ出て、仲間と区別がつかなくなった。

引きあげたザルを欄干に固定すると、六人の男は、欄干越しに真下の淀みを見おろして、その姿勢を保った。こんな高いところからでも、なにかが識別できるらしく、魚たちの動きに重大な関心があるといった様子である。それにしても物静かな人たちで、わたしはまだいちども彼らの声を聞いていなかった。

わたしはひとりに歩み寄って、肩にそっと手を置いた。その男はゆっくりとこちらに顔を向けた。べつにおどろいている様子はなかった。なにかを恥じているみたいな、あるいは、すこし照れたような笑みを浮かべただけである。わたしは「N村はどこにあるのですか」と問いかけた。

その男の顔から笑みが消えて、苦しそうな表情になった。わたしはもういちど繰り返した。その男は橋の向こう岸を指さした。その方向へ顔を向けても、さっきから見えている灰色の台地と、ひろい空と、遠方にかすむ山々が見えるばかりである。

わたしは相手の男の顔に視線をもどして、N村の者かどうか、さらに訊こうとした。だが相手はもう橋の下へ目を向けていた。わたしは彼らを後にして歩き出した。N村の者かどうか、すぐにもわかることだった。

橋を渡りおえて、灰色の台地をすこし行くと、道は下り坂になり、下のほうにひろびろとした光景がひらけた。灰色の台地はしだいに低くなり、進むにつれて緑が加わり、さらにその先はすっかり緑におおわれているのだ。あの緑のなかにN村はあるのだろうか、そう思いながら見わたしていると、それとはべつに、台地のすこし先のほうが傾斜になり、そこに隠れるようにして、屋根の一部が見えていた。

あれがそうなのだ。わたしはひと目でそう確信して、そのほうへ進んだ。すると、急な下り階段があって、その先に、それがN村にちがいなく、その全景があらわれた。病棟のようなものが四棟あるきりで、樹木はほとんどなく、広大な空に押しつぶされて、台地の窪地に収まっている、という感じである。

坂を降りきって近づくと、四つの棟は、外側の回廊でつながれて四辺形をつくり、なかが広場になっていた。テニスコートくらいの広さで、舗装の半分が剝げていて、水たまりの跡ができていたり、草が生え出ていたりしている。

わたしは渡り廊下から、棟のひとつに入ってみた。部屋がならんでいた。人の気配はなく、表札もついていない。ドアのひとつを開けてみた。壁ぎわに鉄製のベッドがひとつあるばかりで、湿っぽい、饐《す》えたような匂いがかすかに感じ取れた。

わたしはなかに踏み入れて、窓を開けてみた。向かいの建物の屋根の上に、灰色の台地の一部が見えていた。わたしは思った。これが、この村で生じた奇跡《しるし》にみずからを託した人たちが、毎日、目にしていた眺めなのだ。

そのとき向かいの建物の窓が開いた。そして、窓をまたぐ形で、男がひとり広場に出て来た。そして、部屋に何人かいるらしく、荷物を受け取っている。そして最後に、その男に支えられて、全員が窓から出て来た。その男をふくめて、男二人に女三人である。男のひとりが抜きん出て背が高い。どこかに出かけるところらしいが、どうして窓から出たのか、わからなかった。なにか縁起をかついでいるのだろうか。

わたしは回廊にもどり、広場に入って、彼らに近づいた。みんな大きなリュックサックを背負い、両手に荷物を持っている。二人の男はコートのような上着を着ていて、三人の女は裾の長いスカートをはいている。

彼らはわたしに気づいて、いっせいにこちらに顔を向けた。そして、ひと目で入村者だと認めたのだろう、困惑の表情を見せた。自分たちが村を見捨てる日に、どうして入村者があらわれたのか、茫然としている様子である。

わたしは問いかけるのをためらった。双方の沈黙があって、ようやくリーダーらしい小柄な女が一歩前に進み出た。ひと言なにか言わなければ出発できない、そんな表情だった。わたしも一歩前に出た。

「わたしたちは、いま村を立ち退くところです」

女は、ひとつの意志を表明するかのように、声を強めて言った。同時に彼女は、腰まである大きなリュックサックをわたしのほうに向けた。残りの四人もおなじようにリュックサックの背中を見せた。村を去る決意を、村にも自分たち自身にも、こうした態度で示した、というような身振りだった。

「会堂はどこにあるのです」

わたしは彼らのあとを五、六歩追って、その背中に問いかけた。背の高い男が腕を伸ばして、回廊の左のほうを差し示した。わたしは渡り廊下のところで立ちどまった。リュックサックを背負った五人は、駆けるようにして遠ざかり、その姿はたちまち小さくなった。

ふたたび回廊に入ってすこし行くと、会堂があって、今週の聖句とかかれた黒板がさがっていたが、そこにはなにも書かれていなかった。ドアを押して入ると、長椅子が二列にならんでいて、四、五十人は収容できる細長い会堂だった。わたしは、長椅子のあいだを通っていちばん前に出た。仕来たりどおり祭壇はなく、すこし背の高い机がひとつあるきりだった。

わたしは机に両手をついて、長椅子の列を見まわした。この村で生じた奇跡《しるし》を言葉に置き替えることでやり直そう、そう考えていたのだが、空の椅子の列を前にしては、どんな言葉も思い浮かばなかった。

窓が白い布でおおわれていて、穏やかな明るさになっていた。わたしは長椅子に腰をおろしていた。頭がすこしぼんやりしていて、こんな形で迎えられたことが、実感できなかった。眠気をおぼえて目を閉じた。列車を乗り継いだので、寝不足になっていた。眠って目をさませば、事態はよくなっているのではないか、そう思った。

どこかで物音がして、眠気を追いはらってくれた。耳をすますと、重いものを動かすような音がしていた。背後から聞こえるように思えて振り返ると、壁の隅にドアの把手があった。物音はそこから聞こえていた。立ちあがって近づき、把手を引くと、聴衆の前に出るときの控えの間で、ドアの向かいに、もうひとつドアがあった。

わたしは控えの間に入り、向かいのドアに歩み寄ろうして、何気なく振り返った。目の前にひとりの男が立っていた。ドアの内側が衣服を点検するための等身大の鏡になっているのだ。わたしは鏡のなかの自分をじっと見つめた。自分であるようには見えなかった。自分であると偽っている自分、そんな人物のような気がした。

わたしは鏡に背を向けて、向かいのドアをノックした。返事はなかったが、誰かがいることはたしかだった。もういちどノックして、同時にドアを押してみた。すこし隙間ができたが、なにかがふさいでいて、それ以上はひろがらなかった。わたしはその隙間から声をかけた。

「ここからは入れないのですか。どうしてふさいであるのです」

隙間の向こうに老人らしい顔が見えた。

「どなたでしょう」

「入村者です」

「………」

ほかにも人がいるらしく、なにかささやき合う様子だった。

「とにかく開けてください」

「いま開けますから、そんなに押さないでください」

ふさいでいる戸棚のようなものが動いて、ようやく通れるだけの隙間が開いた。体をそこに押し入れると、目の前にふたりの男が立っていた。声の主の老人と若い男だった。わたしは黙ってふたりに頭をさげてから、部屋のなかを眺めた。すでに空で、廊下につうずるドアも窓も開け放たれていた。老人が、大きな戸棚をさして、言い訳するように言った。

「これは重くて、放っておくしかない……」

やはりこの村の者ではないようだった。それでも訊いてみた。

「あなたたちは、この村の人ですか」

「とんでもない。ふもとの村の者です。使えるものがあれば運び出していいということで」

「すると、ここにはもう誰もいないのですね」

「さっき、最後の人たちが降りました」

「やはりそうですか」

わたしは窓に歩み寄って、外を眺めた。庭にとめたトラックに、机や椅子が積まれていた。この大きな戸棚を残して、すべてを運び出したところだった。遠くに視線を向けると、灰色の台地の一部が見えて、頂きが強い陽に輝いていた。わたしはめまいをおぼえて、目を閉じた。すると脳裏に、白煙を立ち昇らせる火口が浮かんだ。

「立ち去る理由をなんと言っていましたか」

とわたしは、気持を取りもどして訊ねた。

「奇跡《しるし》が途絶えた、そう言っていました」

と老人が答えた。

「だが、わたしらには、なんのことかわかりません」

「なにもないところだからこそ、奇跡《しるし》があったわけですね」

わたしは自分に言い聞かすようにつぶやいた。

「とはいえ、奇跡《しるし》はいつまでもつづかない。奇跡《しるし》がなくなれば、拠り所がなくなる。だから、こんどは、言葉を拠り所にしなければならない。そう思いませんか」

「はあ……」

老人は困惑したような顔をした。若い男は黙ったまま、わたしの顔を執拗に見つめていた。

「ところで、この上に、古い石の橋がありますね」

「神の橋ですか」

「あれは神の橋というのですか」

「昔からそう呼ばれています」

「それで、あの橋に、男の人たちがいましたが、この村の人ではないのですか」

「釣り占いの人たちですね」

「釣り占い？」

「あの人たちは、釣れた魚を見て、いろんなことを決めるのです」

「………」

「よく働くおとなしい人たちです。わたしらの村で、仕事を手伝ってくれています」

「すると、以前はこの村の人だったのですね」

「そうです。ここから降りて、わたしらの村で暮らすようになったのです」

　これで間違いなく、願いは断たれたのである。語りかける相手がいなければ、奇跡《しるし》を言葉に置き替えることができないのだ。わたしは気が遠くなるのをおぼえて、壁に体を寄せかけた。

「だいじょうぶですか」

　老人が歩み寄ろうとした。わたしはそれを制して壁に寄りかかった。

「だいじょうぶです。かまわず仕事をつづけてください」

　若い男が外に飛び出して行った。と思うと、椅子を持って来た。わたしは礼を言って腰かけた。そうして目を閉じていると、どこか暗い穴に墜ちて行く、そんな自分が見える気がした。

　老人たちは荷を積みおえて綱をかけていた。わたしは椅子から立ちあがり、部屋から庭に出て、作業を見守った。綱をかけおえると、若い男は老人を残して、どこかへ走って行った。部屋の戸締りをした老人が、わたしのそばにやって来た。

「あの人たちの釣り占いですが」

　とわたしは老人に訊ねた。

「あの人たちがはじめたのではなく、もちろん昔のことでしょうが、あなたの村でおなじことをしていたのではありませんか」

「そんなふうに言う人もいますが、よくわからないのです」

「そうですか。それで、ここはどうなるのです」

「しばらくはこのままでしょう」

「そのあとは？」

「そのうち自然になくなるでしょう」

「そういうことですね」

若い男がもどって来て、老人になにか言った。若い男が降りて来たほうを見ると、神の橋への近道があるようだった。わたしがそのほうへ歩きかけると、老人が後ろから声をかけた。

「村まで車で十分です。いっしょに降りませんか。ここにはもう誰もいないのですよ」

わたしは礼を言うのを忘れていた。

「どうもご親切に。でも、心に決めてここに来たのですから」

「それでは無理に誘いませんが、その気になったら、いつでも降りて来てください。村にいてもらってもいいですから」

「そういうわけにはいかないでしょう」

老人は、黙ったままうなずくと、引き返した。若い男はすでに運転席に坐っていた。

わたしは坂を登りはじめた。途中で息をつくため立ちどまると、N村の全景が見おろせた。そして、村の向こうに坂をくだるトラックが見えたが、止まったと思うと、そこで待っていた釣り占いの男たちが、荷台によじ登った。トラックは緑で埋まった平野へと遠ざかって行った。

わたしは神の橋を渡って、外輪山にたどり着いた。そしてふたたび火口原に入ったが、廃墟になった駅舎へは向かわず、火口原を斜めによぎり、火口に向かった。火口に着くと、まわりに灰色の溶岩がマンモスの死骸のように横たわり、火口を隠していた。陽がすこし西にかたむいた上空は、異様なほどの青さで、いまにも一点が破れて、そこから闇が噴き出し、地上は暗黒に包まれるのではないか、そんなイメージにとらわれた。

背丈よりも高い溶岩と溶岩のあいだを抜けると、いきなり火口のふちに出た。白煙が昇っていて、底のほうは見えなかった。わたしは灰色の瓦礫に腰をおろして、噴火口を見おろした。白煙を追って見あげると、白煙と陽が溶け合って、黄色い光の輪ができていた。

噴きあがる白煙が途切れて、下のほうに黒い穴が見えた。ぽっかりと開いた、ただ黒いだけの穴である。わたしは腰を浮かせて、滑り降りようとした。だが、そのまえに、会堂の控えの間の鏡に映った、自分ではない自分が、わたしの先を越して、ずるずると落ちて行くのを認め、あやうく踏みとどまった。

（了）

四辺形が崩れた

一

われに返って、そこに腰かけている自分を見出した。細長い楕円をたてに割った形の大きなテーブルがふたつ、それぞれ逆向きに左右の壁に押しつけられていて、その一方のテーブルに向かって腰かけていたのである。ひとりではなかった。二十人くらいの人が、同じように、放心したかのような状態で、ふたつのテーブルに向かって腰かけていた。喫茶店とか居酒屋とか、そうしたところではなく、窓ひとつない、なんの飾りつけもない、いかにもがらんとした、ただの長方形の部屋であった。

　こうして自分を見出しながらも、わたしは記憶をなくしていて、自分が誰なのか、どうしてここにいるのか、なにも思い起こせなかった。それでいて、記憶が失われたこの状態に、すこしの不安も感じなかった。誰かに強いられたり、反対に自分から無理に望んだりしたのではなく、最初からの予定どおりに、ごく自然の成り行きで、ここにやって来た、そんなふうにも思えた。

　おのずとわかっていることもあった。ひとりでここにやって来たこと、この人たちとともに、さらにどこかに出発しようとしていること、その途中のこの部屋で、そのときが来るのを待っているということ、などである。それに、こうして室内にいながらも、爽やかな空気と山の気配が感じ取れるので、どこかの高原のようなところらしいことも、わかっていた。

　ときどき、ただひとつの出入り口であるドアがそっと押し開けられて、いま着いた人が心細そうに顔をのぞかせた。わたしはそのたびに、その人に向かって微笑みかけた。席

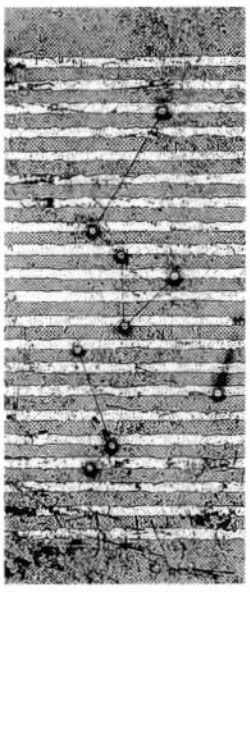

を立つようなことはしなかったが、気持のうえでは、ドアまで出向いて、手を取り合ったり肩を叩き合ったりしたいくらいだった。もちろんすべての記憶をなくしているのだから、見知った人であるはずはなかった。

わたしのこのような気持は、すべての人が共有しているようだった。先にこの部屋に着いた全員が、ひとりまたひとりと入って来る人を見ると、懐かしい顔を見出したかのような気持になり、おもわず微笑みを浮かべて、迎え入れるのである。そしてそれにこたえ、入って来る人の誰もが、恥じらいを見せながらも、同じように微笑みを浮かべるのである。

ところがそのあとが妙だった。その人が安心した様子でテーブルの空いた席に着くと、なぜ顔見知りのように思ったのか、なぜ懐かしく思ったのか、わからなくなるのである。そして、入って来たその人も、先に着いた人がみんなそうであったように、おそらくはその時点で記憶を失い、なかば放心状態におちいるのである。

あるいは、この部屋になにか仕かけがあって、その仕かけによって記憶を失うのかもしれなかった。先に着いた人は、新しく着いた人のその様子を見ると、自分もあんなふうに不安をいだいてドアを開け、微笑みに迎えられた、そう認めることで、見知っている懐かしい人のように思うのかもしれなかった。

もちろん新しく着いたその人が見知らぬ人だとわかっても、部屋に満ちた穏やかな空気がそこなわれることはなかった。新しい仲間を迎えたざわめきがおさまると、もとの静けさにもどり、それぞれが記憶を喪失した薄明さのなかに落ち着くのである。

そしてそのあいだ誰も、まわりの人に話しかけるとか、仲間意識を押しつけるとか、そんなことはしなかった。そんなことをしなくても、おのずと浮かぶ微笑みをかわすだけで、十分に気持がつうずるのである。全員がひとしく記憶を失っているせいで、静止したかのような、穏やかな時間に収まっているのである。

もうドアが押し開けられる気配はなく、ふたつの細長い三日月型のテーブルの席も、四十人ほどでいっぱいになっていた。どういう人たちが集まったのか、年齢を見ても二十五くらいの若者から七十すぎの老人までの男女で、共通点など見つかりそうになかった。それに、自分が誰なのか記憶をなくしているのに、どんな人たちなのかを詮索したところではじまらなかった。

みんな似たような恰好をしていた。男性はセーターにチョッキで帽子をかぶり、女性はセーターにカーディガンで、髪をスカーフでつつんでいた。男性も女性もズボンの裾を厚手の靴下のなかに入れて、ズックをはいていた。要するにハイキングの恰好である。衣服の色も調和をはかったみたいに、地味な色で統一されていた。見方によっては、古着を着ているように見えなくもなかった。あるいは、誰かによって用意されたものを身に着けたのかもしれない。

似たような恰好をしているということは、研修会とか同好会とか、なにかそういった集まりだろうか。そう考えたが、この部屋に入ったとたん、これまでの記憶がすべて消し去られて、自分が誰かわからなくなるのだから、そのような集まりとは思えなかった。むしろこんなふうにも考えられた。

これはなにか学術的な実験で、われわれは志願した被験者ではないだろうか。だから、主催者がどこかで見守っているはずで、十分にあり得ることだが、何人かが紛れ込んでいて、ひそかに観察しているのではないだろうか。自分が誰であるかわからないのに、不安をおぼえないのも、その人たちの庇護を信じているからではないだろうか。

それにしても、ときどき意識が途切れるのに、それがすこしも気にならないのは妙だった。意識が不意にもどって、同じ席に腰かけている自分を見出すのだが、そうした繰り返しも、けして不快ではないのだ。意識が失われる瞬間、爽やかな気分の奥にさらに快い一点があって、そこに吸い込まれる、そんなふうにも思えるのである。

このような意識の在り方は、わたしばかりではなく、ここにいる誰も同じにちがいなかった。つまり、この部屋には、記憶を喪失させると同時に、みんなの気持をひとつの方向に誘導する作用が働いている、そんなふうにも考えられた。

意識がすこしずつはっきりとして、気がつくと、最初から近くにいたのか、それとも意識のない状態で席替えがあったのか、わたしは、三人の人たちとひと組になっていた。まるでなにかを相談しているみたいに、額を寄せ合っているのである。そしてすぐにわかったことだが、ただ額を寄せ合っているだけではなく、気持のうえでも四人で四辺形をつくっていて、その一辺である自分を保つには、あとの三辺であるこの人たちを頼るほかはない、こんなふうに思えるのである。

それは、人の良さそうな、子供のように目をくるくるさせる髪の薄い老人、ひどく長身の、けして不快ではないけれども、狐を思わせる、顔の尖った、二十五くらいの青年、濃い飴色に染めた髪を赤いスカーフの下にのぞかせた、白い頬のふっくらした、四十なかばの女性という三人である。

まわりを見ると、部屋にいる全員が、四人ひと組のグループに分けられていた。そしてその結果、四人ひと組になったことで全員にひとしく持っていた親しみが薄れて、ほかの人たちがほとんど気にならなかった。気持のすべてが組になった三人に集中して、ほかの人たちだけではなく、まわりの事物までもが視野のなかで、ぼんやり霞んで見えるのである。

四人は微笑みを浮かべたまま、黙って顔を見合わせていた。わたし自身、自分が誰なのか記憶をなくしているのに、老人と青年に対して、あなたのことはよく知っていますよ、あまりよく知っているので、きまりが悪いくらいですよ、とでも言いたいような気持から笑みを浮かべていた。おそらくこの気持は、老人も青年も同じにちがいなく、女性だけが、子猫を見守る母猫のように、すこし心配そうに三人の男の顔を順に眺めていた。

ほかのグループがみんなそうであるように、こうして四人で額を寄せていると、なにか課題が与えられていて、それについて話し合わねばならないというような気持が生まれた。げんに、いまにも、いちどにしゃべり出しそうだった。だが、まわりを眺めても、話をしているグループはなく、あいかわらず部屋は静まり返っていた。

それに、この場には、口にしてはいけない言葉がいくつもあって、とくにきびしく禁じられているのが、それしか話題のなさそうな、ここがどこなのか、自分たちはなんのために集まっているのか、という疑問や当て推量を口にすることに思えて、うかつに口をひらけないのである。記憶が排除されたこの薄明さにとどまっていてはじめて、与えられた課題に取り組めるのであって、不用意なことを口にすれば、この薄明さそのものが失われてしまう、そんなふうにも思えるのである。

こうして三人と顔を合わせていると、その課題に取り組むためには、この人たちがわたしにとっていっそう必要な人たちに思えてきた。たとえば、自分が誰かわからなくなっていることもあって、もしその人たちから、あなたはこういう人ですよと言われたら、さしあたってそうした人であることに満足できそうな気がした。そればかりか、老人と青年と女性とわたし、その四人でひとつの人格を構成している、そんな考え方さえ成り立つように思えた。

わたしがこのように思っていると、これ以上は、沈黙に耐えられないというように、笑みを浮かべながら、老人が話しかけてきた。こうなっては仕方ない、年の功で口火を切ろうという口ぶりだった。

「ようやくお目にかかれました。どんな人とごいっしょするのか、楽しみにしていたのですよ」

それを待っていたように、わたしも、わけがわからないままに答えていた。

「それはわたしも同じですが、こうしてせっかくごいっしょさせていただきながらも、ご迷惑をかけそうな気がして、恐縮しております」

「そんなふうにいえば、こちらこそ役立たずの年寄りで……」

「いえいえ。経験豊かな年配者と組になり、ほっとしております。ただ、もうすこし低い声で話してください。こうしたことを口にするのは、禁句のはずですから」

「おお、そうでした。さすがに先生をしておられるだけに、注意が行き届いておられて、こころ丈夫でおれます」

老人はこう言ったが、その顔は、先生はやはりお堅いとでも言いたそうだった。もちろんわたしは、自分が先生と呼ばれる人間とは思えなかった。老人こそ先生と呼ばれる立場にあるのに、記憶を失っているのでそれに気づかず、自分のことを口にしたのかもしれない、そんなふうにも思えた。

だからといって、そんな者ではありません、それはあなた自身のことでしょう、などとは言えなかった。このような薄明さのなかで、否定したり疑問視したりすれば、収拾がつかなくなる怖れがあった。それに、ここにいる誰もみんな記憶を失っているはずで、したがってこの場では、たがいに言われたことを否定する根拠はないということだった。言われたとおりの誰かであってもよいわけで、とりあえず黙って受け入れるのが正しいということだった。

それに、個人であるということが失われていて、四人でひとつの人格をつくっているという考え方をすれば、わたしと老人とが入れ替わっていても、それほど不都合はないはずだった。そう思うと、わたしはすこし気持が楽になり、老人をまねて言ってみた。

「わたしのほうこそ、みなさんだけが頼り、そう思って、どんな方々と組になるのか、いろいろと想像していました」

「うふふ。やはりね」

老人はこう言って、それが癖らしく、照れたように禿げかけた頭をひと撫ぜした。なるほど。ここでは、こんなふうにすれば、ことがうまく運ぶようにできているらしい。

そう思っていると、青年と小声で話していた女性が、ほつれた飴色の髪をスカーフの下に押し込みながら、白い大きな花を思わせる顔を、わたしのほうに向けた。

「ほんとうにそうですわ。わたしも、そのときが来たとき、頼りにするのはどんな方だろうとよく想像したものです。男の人でさえそんなふうにおっしゃるくらいですから、女のわたしなんぞはもう……」

女性はこう言って、きまり悪そうに顔を伏せた。

「まったくです、奥さん」

と老人がとりなすように言った。

「そのときが来るのは避けられない。せめて、支えになってくださるのは、どんな方だろうと」

「はい、わたしもそればかり」

奥さんはあいづちを打ち、わたしも青年もうなずいて、四人はしんみりとした。だがすぐに、わたしは、これではいけない、話題を変えよう、そう考えて、なにを言おうとしているのか自覚しないままに、青年に向かって言った。

「そうそう、きみはアフリカに行って来たのでしたね」

それでいてわたしは、どうしてこんなでたらめを言い出すのだろうと気づいて、あわてて取り消そうとした。

「いや、ちがったかな……」

ところが青年はあっさりと受け入れた。

「あちこち歩いて来ました。でも、どこに行ったところで、それから一瞬も遁れることができるわけはなく、けっきょく、そこに身を投ずるほかはない、そう考えて半年で切り上げました。ムダなことをしたものです」

こう言いながらも、青年の顔は、アフリカ大陸を横断したとは思えない青白さだった。やはり青年も、わたしが訊いたことに合わせて答えただけかもしれず、そんなことはあり得るはずはないけれども、アフリカに行ったのは、わたし自身なのかもしれない、ふとそう思った。

「そうじゃないな」

と老人が静かな声で言った。

「異国の空の下でのひとり旅は、きみにとってこのうえなく貴重だったはずだ。そしていま、その貴重さがわかるときがきた、そう考えるべきだ」

「そうよ。それがどんなに貴重なものだったか、いまならわかるはずよ。同じ体験でもあなたの場合、ほかの人とは重みがまったくちがっているもの」

奥さんもこう言い添えた。

「そうかもしれません。でも、逃げ切れるものではないと、つくづく思い知らされました。みなさんと同じように正面に見据えないと」

「そうですね。お若いから、かえってそうした姿勢を、いっそうつよく求められるのかもしれませんね」

わたしも真剣な気持になって言ったが、なんの話をしているのか、やはりわかっていなかった。なにか漠然とした了解のなかで、言葉を口にしているにすぎなかった。

「それはそうね。でも、若い人にそんなふうに言われると、避けようとしたり拒んだりしようとしたことを、恥ずかしく思いますわ」

奥さんもこう言って、老人とわたしに同意を求めるように、親しみをこめた目を向けた。

「それならば、この年寄りがいちばん面目ないが、こればかりはどうも……」

最後に老人がこう言って、ふたたび禿げかけた頭をひと撫ぜした。

そのあとも、似たような言葉が、ぽつりぽつりとつづいたが、その会話は、核心に引き寄せられながらも、その周辺をいたずらにめぐるばかりで、核心をつくことはなかった。自分たちがなんのためにここにいるか知っているけれども、それを口にすることが禁じられているので、〈ここ〉とか〈それ〉とか、代名詞を使っているとでもいうように。

ところが実際は、自分が誰かわからないのと同じように、それらの代名詞がなにを指しているのか、わかっていないのである。それでいて、わからないことがすこしも苦にならないのである。すくなくともいまは、わかる必要はないし、もしわかるようなことがあれば、この薄明さから覚めてしまい、そのときここにいることの意味がなくなる、そんなふうに思えるのである。したがって、核心に触れそうになると、あわてて安全な会話にもどることで、危険から身をかわしている、そんなふうにも考えられるのである。

いずれにせよ、はっきりしているのは、四人であたかもひとつの人格を構成しているかのような状態を保ちつつ、与えられた課題を見出さねばならないということであり、それを見出しさえすれば、おのずとその課題を克服したことになる、ということだった。そのためには、自分が四辺形の一辺であることを忘れず、そのバランスを保ちつづけなければならないのである。

やがて私たちは口を閉ざした。置かれた状況はすこしも明らかにならなかったが、そのことでは不満はなかった。ただ、すこし気持が沈んで自分のなかに引き籠もりがちになるので、そうならないために、たがいに視線をかわしながら、たえず笑みを浮かべていなければならなかった。

　このような状態は、どのグループも同じらしく、話し声で満ちていた部屋がふたたび静まり返っていた。その静けさのなかには、いくらか重苦しい雰囲気が加わっていたが、それは次のステップへの期待と怖れがこめられているせいであった。

二

　砂利を踏みしめる響きが脚から腰へ、腰から胸へと伝わり、そして、それが頭に昇って来て、われに返ると、懸命に足を繰り出していた。一歩一歩、慎重に足を運びながらも、それでいて、うわの空で歩いているのである。

　肩がぶつかったので見ると、老人がならんで歩いていた。半分眠っているみたいに、一歩ごとに体を左右に大きく揺らせている。そして、老人の前を、奥さんが長身の青年の肩に頭を押しつけるようにして、腰で調子を取りながら歩いている。

　わたしはまわりの状況をぼんやりと感じ取っていた。やはり高原のようなところで、集まったあの部屋を出発して、ようやくここまでやって来たのである。顔をあげて見渡せば、山脈の連なりが遠くに見えるとか、深い谷が見下ろせるとか、そうした光景が目に映るのだろうが、その気配を感じているだけで、精いっぱいなのである。

　意識がはっきりしないせいもあって、浮き橋をわたるみたいに頼りなく、この場から自分を消し去りたい、それが瞬《まばた》きひとつでできる、そんな気持がつづいていた。それでもズックの足を繰り出しているのは、先になにか大切なことが待ち受けているという考えがあって、その考えにあと押しされているからである。

　踏みしめる砂利の感触に助けられ、失われそうになる意識を保ちつづけて、ようやくその岩山の前にたどり着いた。足をとめた一行は、とぐろを巻いた蛇のようにひと塊りになり、たがいに顔を見合わせた。といっても、まだ笑みをかわす余裕はなく、みんなそろって心細そうな顔をしていた。

　それでもわたしは、四人ひと組になっていることに勇気づけられ、顔をあげて、前方をふさいだ岩山を眺めた。その岩山は、褐色の縞が横に走るほかは真っ黒で、横たわった巨大な獣を思わせた。これからその岩山をうがつ洞窟に入って行くことは、教えられなくてもわかっていた。

　わたしは、その洞窟の暗黒を思うだけで息苦しくなり、そうすれば岩山が消えてなくなるとでもいうように、目をつよく閉じた。すると暗い目ぶたの裏に、にぶく光る洞窟の入口があらわれた。これから入って行くのは、目ぶたの裏のこの洞窟なのだ。だから、自分のなかに入って行くのと同じなのだ……。ざわめきに目を開けると、仲間たちが動きはじめていて、ふたたび長い列になった一行は、先頭がすでに岩山をうがつ洞窟に潜り込んでいた。

その動きにしたがって歩き出すと、入口の前に奇妙なものがあった。二本の竹竿を×印にして立てたもので、その下をくぐって洞窟に入るのだが、二本の竹竿の地面にちかい脚の部分に、鮮やかな青色の幅広いズボンのようなものがはかせてあるのだ。そしてそれが、風もないのに音を立ててはためいているのだ。みんなは、そのズボンに触れないように気をつけながら、×印の竹竿の下をくぐって行くのである。

奥さんとならんで老人と青年のあとにつづいた。×印の竹竿をくぐろうとしたとき、奥さんがはためくズボンに怯えて、わたしの腕をにぎりしめた。とそのとき、竹竿のズボンにわたしの足が触れたらしく、一瞬、はためきがやんだ。そしてその沈黙のなかで「触れたぞ、触れたぞ」という声が、なにかを予告するみたいに聞こえた。奥さんを支えて通りすぎると、竹竿のズボンのはためきが、まるで追いすがるようにはげしくなった。

自然の洞窟に思えたが、すこし行くと、人工のトンネルであるらしいことがわかった。すくなくとも洞窟の壁を削って拡張したもので、ひろい入口をすぎると、急にせまくなり、そのまま岩をうがってつづいた。オレンジ色の明かりがところどころに灯り、まわりの黒光りする岩肌を照らしている。

わたしは、老人と青年の後ろを、奥さんと肩を触れ合うようにして進んだ。小さな明かりのところに来るたびに、老人と青年が黒い影になって浮き出た。地面がかたい砂地なので、みんなが口を閉ざした静けさのなかに、足音だけが水を踏むような音で聞こえていた。

そこまで来たとき、奥さんが「ああっ！」と叫んで、足をとめた。そして首の後ろを見せる恰好をした。

「なにか貼りついたみたい。見てちょうだい」

天井から水滴が落ちたのだろう。

「だめです。暗くて見えない。でも大丈夫。ただの水です」

「ほんとうに水かしら」

「ええ、水です」

わたしはこう言って、歩き出そうとした。とこんどは、奥さんがなにかにつまずいて、わたしの腕に両手でつかまった。と同時に、近くで、唸り声がした。地中から洩れ出たようなしわがれ声である。

「聞いた?」

「ええ」

「いまの声、なにかしら」

老人と青年が五、六歩先で足をとめて、体をこちらに向けていた。あとから来る人たちが前を通って行く。

「あそこよ」

奥さんが向かい側を示した。岩壁に割れ目のような凹みがあって、そこにしゃがんだ人影が認められた。小柄な老婆で、蓬髪の頭を両手でつかんで天井をあおぎ、唸り声を出しているのである。ここをねぐらにしている乞食だろう、足先に箱が置かれていて、まわりに小粒のリンゴが転がっている。奥さんがその箱に靴をぶつけたのだ。

わたしはリンゴを拾って箱にもどした。奥さんもしゃがんで拾ったが、乞食女に怯えて、拾ったものをいちいちわたしに手渡した。ふたりで六、七個も拾うと、もう見つからなかった。乞食女はまだ唸り声を出していた。その様子から、詫びを言っても許されそうにないので、奥さんをうながして歩き出そうとした。

そのとき、乞食女から二、三メートル離れた壁が剝がれたみたいに、ひとりの男がふたりの前に立ちはだかった。乞食女と同じように小柄だが、禿げた頭がむやみに大きい。奥さんが悲鳴をあげて、ふたたびわたしの腕にすがりついた。乞食女の亭主にちがいなく、暗がりのなかで成り行きを見守りながら、飛び出すタイミングをはかっていたのだろう。

わたしは乞食男の気迫に押されて、奥さんといっしょに後ずさった。小柄ながらも筋骨が張った乞食男は、仁王立ちという恰好で、食らいついて来そうだった。体を大きく見せようというのか、短い両脚をひろげて踏ん張り、握りしめた両手を突き出し、顔をぐいとあげて、ぎょろりとした目でにらんでいる。へんに自信たっぷりという様子で、自分に酔っている感じさえする。

足をとめていた老人と青年が、待ちかねて引き返して来た。三人でかかれば、こんな乞食男など取るに足りない。わたしはそう思って、ほっとした。両手両足をひろげた恰好の乞食男は、奥さんとわたしをにらんだまま、老人と青年に向かって「あんたらに用はない。先に行け」と、甲高い声で言い放った。だが老人と青年はさらに近づいた。

「わからんのか。あんたらは先に行け、そう言ったんだ」

乞食男がもういちど言った。

「ふたりをおいては行けないんだ」

老人が静かな声で言った。

「どうしてだ?」

「四人でひと組になっている。だから、ばらばらになれないんだ」

青年もつづけて言った。

「そうだ。四人はいっしょだ」

すると突然、乞食男がわめき出した。同じことを繰り返しているようだが、壁にひびいて、なにを言っているのかわからない。乞食男そのものよりも、壁にひびくその声に怯えて、四人は体を寄せ合った。

「買い取れと言っているように聞こえるけれど……」

ようやくわたしの耳が聞き分けた。

「そうよ。買えって、言っているよ」

奥さんも言った。

「わかった。買おう」

老人が落ち着いた声で言うと、乞食男は黙った。こんなところに店を出している非はべつとして、地面に転がったリンゴは傷になったかもしれず、言っていることは一応もっともだった。だが、それならそれで、どうして穏やかに言わないのか。こんな暗がりのなかでわめき散らすなど、脅迫と変わらない。そのことに青年も気づいたらしく、小声で言った。

「これは最初から仕組んだのですよ」

「うむ。だがもういい」

老人は乞食男に訊いた。

「十ばかりあるから半分の五つもらおう。いくらだね」

「百円だ!」

乞食男は怒鳴るように言った。わたしはその安さにおどろいた。みんな買ってもいいと思った。だが青年が言い出した。

「それはおかしい。そこにある板にひとつ十円とある。五つだから五十円だ」

「そうよ。五十円よ」

奥さんも口添えした。

「いや、百円だ!」

乞食男ははげしく頭を左右に振り、その怒りにふたたび活路を見出したのか、筋骨を盛り上がらせて言い張った。

「百円だ! 百円だ!」

「それじゃあ、ここにある値段はなんだね」

老人が穏やかな口調で訊いた。

「値段は売手の勝手だ。ひとつ二十円！」

乞食男は言い張った。ねらいはなんだろう。通りかかる者の足もとにリンゴをぶちまけ、言いがかりをつけ、買い取らせるのが目的ではないのか。それならそれでいい。一個二十円にしてもひどく安いのだから。だが、こんなふうにわめき散らされては、折れて出る気になれない。老人がみんなを代表して突っぱねた。

「五つで五十円。それよりほか買う気はない」

すると、そのひと言がそんなに効果があったのか、乞食男は首うなだれて、両手をだらりと垂らした。そして、自分を慰めるにはこれしかないというように、低い声でつぶやき出した。

「ひとつ十円。十個、みんな買ってくれ！」

急にしょげかえったその様子は、すっかり老いぼれて見え、気持をどう静めていいのかわからないというふうで、なおも繰り返した。

「ひとつ十円。十個、みんな買ってくれ！」

「十個はいらない。ほんとうはひとつだっていらないのだ」

青年がさとすように言った。

「そうよ。私たち、ほしくないのよ」

奥さんも言った。

「十個、みんな買ってくれ。百円だ……」

乞食男は私たちを無視して、つぶやいていた。

「そんな押し売りをするなら、ひとつも買わない」

老人はこう言い、三人をうながして歩き出した。乞食男は前に立ちはだかり、つかみかかる構えを見せたが、青年がかまわずに押しのけた。すると乞食男は両手で頭をかかえて、いきなり泣き出したのである。頭を両手で抱え、はげしく両肩を揺すり、ひろげた両足で地団太を踏んで、全身の悲しみを絞り出しているのである。私たちは立ち去るのを忘れて、茫然と見守った。

そのとき奥さんが小さな悲鳴をあげた。暗いなかに動くものがあって、目をこらすと、忘れていた乞食女が岩の凹みから這い出て、蓬髪の頭を突き出しながら、いざり寄っていた。

乞食男の足もとにたどり着いた乞食女は、亭主の体をよじ登るようにして立ち上がると、その首に片腕を巻きつけて体を支え、もう一方の手で亭主の背中を擦りはじめたが、そうしているあいだも、私たちのほうに顔を向けて、白く光る目でにらんでいた。

乞食男は泣き止みそうになかった。いったいどうしたというのだろう。これほどの嘆きが自分たちのせいだというのだろうか。たとえきっかけをつくったのはそうであっても、乞食男の嘆きはあまりにもはげしすぎる。こうなっては、私たちにできることは、一刻も早く立ち去ることだけだ。

私たちは、顔を見合わせると、奥さんを囲んで歩き出した。乞食夫婦が追って来る心配はなかったが、それでも駆け足になった。亭主の泣き声に混ざって聞こえる乞食女の怒鳴り声がトンネルにひびいて、背中に飛びかかった。

「おまえらは壊れたぞ。男と女は青旗に触れたから、行き着けんぞ」

青旗というのは、青いズボンをはかせたあの×印の竿のことにちがいなかった。なんのことなのかわからないままにも、わたしは、まずいことになったと思った。

三

町は休火山のカルデラの底にひろがっていた。その町の真ん中に休憩所があった。私たち一行は、テーブルに向かって、椅子に腰かけていた。こうしてひと塊りになると見分けがつかないが、それでもよく見ると、やはり四人ひと組で、なにか小声で話し合っていた。

だが私たちは、奥さんとわたし、老人と青年とに別れたまま、黙り込んでいた。トンネルを抜け出たあとしばらくして一行に追いついたが、〈おまえらは壊れたぞ。男と女は青旗に触れたから、行き着けんぞ〉という乞食女の言葉が頭にあって、それで、そのあいだ口を閉ざしていたのである。そしていまも、四人の結びつきは壊れたという考えが拭い去れず、同じテーブルに向かっていても、言葉を交わせないのである。

わたしは、老人と青年からそらした目を、まわりに向けていた。路の向かい側に別荘風の家がならんでいて、どの家も庭木がなく、芝だけなので、玄関やベランダがそっくり見えている。木造づくりの洋館は、人の住む気配がないこともあって、セットの町を思わせる。視線を遠くに向けると、家々の屋根越しに火口原を囲む外輪山が眺められる。その稜線がゆるやかな円を描いている。

ここが外国人たちが拓いた避暑地であること、一時期、駐留軍に没収されて保養地になっていたこと、そのあと、人気の観光地として賑わったことなど、わたしはさっきふと思い出した。ところが、それが事実であるかどうか、事実であるとして、どの地方のどういう山のカルデラなのか思い起こせず、したがって、よみがえった記憶が、ほんとうなのかどうか、断定できないのである。

町はすっかり寂れていた。観光客らしい姿はなく、週末になればすこしは賑わうのか、住みついた人たちが往来するばかりだった。どの建物も白ペンキがはげ落ちて灰色になり、そのせいで町全体が影絵の町を思わせるのだ。

路の向こう側に瀟洒な家があって、前庭に置かれたテーブルを囲み、三人の女が椅子に腰かけていた。白い服装のその女たちは、路を隔てた私たち一行にどんな関心も示さず、顔をこちらに向ける気配さえなかった。それどころか、絵のなかの人物のように動かなかった。ところがわたしは、その三人の女を見ているうちに、彼女たちが誰なのか、思い当たったのである。

六十くらいの女は、著名な作家がモデルにした女性である。作品のなかの奔放な若い女のイメージがどうして初老の女に結びつくのかわからないが、グラビアかなにかで見たのかもしれない。四十五前後の美しい顔立ちのふたりの女は、十五、六で映画にデビューした双子のスターにちがいなかった。鏡に映したような相似は、美しいというよりも凄味があって、スクリーンに大写しになった顔に、茫然と見惚れた記憶がある。双子が売り物だから大人になると価値がなくなり、三十になるまえにスクリーンから消えたはずだ。その三人の女は、過去を見つめる影像を思わせて、動く気配をまったく見せないのだ。

どうしてこのような記憶が頭に浮かぶのだろう。ほんとうにあの三人は、作品のモデルになった女や、映画のスターだった女たちだろうか。そう思うと、わたしは不安になり、視線を奥さんにもどした。テーブルの一点を見つめている奥さんは、いつのまにかスカーフを取っていて、ゆるやかにウエーブした飴色の髪がふさふさと肩にかかり、そのせいで顔の彫りが深くなって見えた。それでいて、仮面をつけているように見えるのである。

さっきまでとは別の女ではないだろうか。同じ奥さんであっても、あんなに親しい気持になっていたのに、なぜいまになって、謎めいた存在になったのだろう。わたしはそう思って、なおも奥さんの顔から目を離さずにいた。すると、路の向こうにいる三人の女の顔が、奥さんの仮面のような顔に二重写しになった。とそのとたん、わたしは、これらの記憶の正体に気づいたのである。

頭に浮かんだのは、わたしの記憶ではなく、奥さんの記憶なのである。外国人が拓いたこの避暑地が駐留軍の保養地になっていたことも、路をはさんだ向かいの家の庭にいる初老の女性が、作家がモデルにした女であることも、ふたりの女が双子のスターであったことも、すべて奥さんの記憶なのである。事実、視線を路の向こうに向けると、記憶でしかないことを教えるかのように、三人の女は消え失せていた。

奥さんが顔をゆっくりとあげた。その顔に、三人の女の顔はもう二重写しになっていなかった。それでも仮面のような感じは残っていて、その顔に浮かんだかすかな微笑みを認めると、わたしは理由もなく、怯えをおぼえた。

それでいてわたしは、奥さんが肩にかかる髪を後ろに払いながらうなずきかけると、なんのことかわからないままに、うなずき返していた。同時に、気持が奥さんのほうにすうーと惹き寄せられた。これからは奥さんに寄り添い、奥さんを頼りにしなければならない、そう思ったのである。

奥さんとふたりで、擂り鉢型にひろがる火口原の傾斜地に立っていた。ここまで来ると、カルデラの底に横たわる町の全景が眺められて、いまは大半の建物が放置されているようだが、最盛期にどれくらい賑わった保養地だったかが、ひと目で見て取れるのである。

なんのためにここに登ったのか、ここにこうして立っても、わからなかった。休憩所で休んでいた一行が、それぞれ四人のグループを保ったまま、町のあちこちに散って行くので、私たち四人も、カルデラの斜面を登り出したのである。ところが、四人いっしょにいなければいけないとわかっているのに、いつのまにか老人と青年がいなくなったのである。

まわりは黒々とした溶岩で埋まっていた。その岩の群れのなかを、奥さんとふたりで歩いた。コンクリートを埋めてつくった細い路があって、見晴らしのいい場所に出ると、カルデラのあちこちに散っている一行の四人づれが小さく認められた。白く濁った低い空、黒々とした溶岩の群れ、その内側にひろがる風化した町、そんな光景に囲まれていると、ここにこうしていることが、遠い過去の記憶のように思えるのである。

気がつくと、路でないところに立っていた。奥さんの後ろを歩いているうちに、迷い込んだのだ。奥さんはどこに行ったのだろう、そう思って、あたりを眺めると、平らな溶岩の上に立っていた。路を探している様子で、その顔を見たとたん、奥さんの記憶がわたしの頭によみがえった。駐留軍の保養地として接収されていたころ、この町に多くの若い女性が集まって来て、ひどく活気を呈したという記憶である。

　それにしても、なぜ奥さんの記憶がわたしの頭によみがえるのだろう。もちろん、老人と青年から引き離されたからにちがいなかった。四人でひとつの四辺形、ひとつの人格をつくっていたのに、その四辺形が崩れて、記憶に混線が生じたのである。すると、わたしの記憶も奥さんの頭によみがえるのだろうか。それとも、奥さんの記憶が一方的にわたしの頭によみがえるのだろうか。

　誰かにじっと見つめられている気がした。あたりを眺めるが、近くに誰もいない。遠くに目を向けると、五十メートル以上も離れた、やはり溶岩で埋まったあたりに、老人と青年が立っていて、こちらに顔を向けている。顔が白く見えるだけで、もちろん視線が感じとれる距離ではない。

「どうしたの。さあ、もどりましょう」

　奥さんは平らな溶岩から降りて、ふたりはならんで立った。

「ほら、彼らはあんなところにいる」

　わたしは老人と青年を指さして言った。

「そうね。うまくいかないものね」

「あの乞食の夫婦のことがいけなかったのだろうか」

「そんなこと、わからない。最初からこうなることになっていたのかもしれない。だから、成り行きにまかせるしかないのよ」

「そうかもしれないけれど……ほかのグループはみんなうまくいっている」

「見かけはそうね」

　もういちど四人がいっしょになることを、奥さんはあきらめているようだった。そうであるなら、与えられた課題に取り組めず、なんのためにこの山にやって来たのかわからなくなる。

「さあ、もどりましょう。みなさん、そろそろ集まっている」

　遠くを見ると、カルデラのなかのあちこちに散っていた四人ひと組の仲間たちが、休憩所に集合しはじめている。

　奥さんといっしょに傾斜地を降りて行くと、老人と青年もこちらに降りて来た。溶岩と溶岩のあいだに見え隠れするふたりは、どこか頼りなさそうで、足場の悪いこともあって、肩や腰をぶつけ合いながら坂を降りている。町に入ったところで、ふたりが近づくのを待とうとしたが、そんなことをしても無駄よ、というように、奥さんが腰を押しつけてわたしを進ませた。


　休憩所にもどり、しばらくして、一行は、ふたたびカルデラの内側の傾斜を、稜線に向かって登った。外輪山の頂上まで登りつめると、灰色の景色から鮮やかな緑の世界に一変した。草原がなだらかにくだり、その草原の下のほうは、さらに濃い緑一色になっている。その緑のスロープの右側に、紫がかった濃い褐色の岩山が、谷越えに見えている。

細い路は、その濃い緑に向かって草原のなかをまっすぐ伸びている。一行は滑り落ちる蛇のように、長くなってその坂をくだった。降りるにしたがって、意識がふたたびぼんやりしはじめた。緑に囲まれると同時に、薄明さのなかにもどったのである。

路はなおも谷間にそってくだり、樹々の向こうに濃い褐色の岩山が、せり上がって見えはじめた。一行は、足もとに視線を向けたまま、黙々と歩きつづけた。緑はいっそう深まって、樹々の下に入ると、視界が閉ざされた。

やがて路が平らになり、路の右側に川があらわれた。幅二メートルほどの川で、染料を溶かしたように青黒く見える水が、岩と岩のあいだをゆったりと流れている。その青黒い流れが目に入るたびに、胸がどきりとした。

まもなくその川にかかった土の橋のところに来た。褐色の岩壁が谷越えに迫っているが、巨大な樹木が分厚い葉を繁らせていて、その岩壁を隠している。川はすこし先で滝になっているらしく、水の落ちる轟きが聞こえていた。

土の橋を渡ったところで、いったん川と別れた路は、その巨大な樹々の森に入って、不気味な雰囲気に包まれた。路はさらに崖のほうに伸びていて、進むにしたがい滝のしぶきが霧になって立ち込め、空気が湿っぽくなった。

崖のふちに出ると、滝の轟きがさらに大きくなった。路は崖を右へ左へと折り返しながら谷底に降りている。下のほうがどうなっているのか、樹々に隠れて見えない。急な斜面には滑り止めの段ができていて、その足がかりのないところでは、四人ひと組で支え合いながら降りるのだが、奥さんとわたしは、ふたりだけで支え合わねばならない。しばらくすると、足の下に見える樹々のあいだに、屋根のようなものが見えてきた。

四

すこし広くなっているが、そこはまだ坂の途中であった。滝壺に落ちる水音が、足のはるか下に聞こえていた。仲間たちの後ろから前方を眺めると、二本のトーテムポールが立っていて、獣が刻まれたその二本を一本の紐が結んでいる。そしてその紐の真ん中に、〈家畜舎〉と書かれた看板が下がっている。仲間の頭越しに見ると、前方に小屋の入口らしいものが見える。

仲間たちのあとにつづくと、二本のトーテムポールのあいだを通り抜けて、その小屋に入った。小さな電灯の明りに、両側が格子になった通路がかろうじて見分けられるだけで、なんのための小屋なのかわからない。もちろん家畜がいる気配はない。みんなに混ざって、奥さんといっしょに、その暗い通路を進んだ。両側の格子のところどころに出入り口があるが、不気味で覗いてみる気になれない。

ようやく出口に達して外に出たが、そこにある五、六段の石段を降りると、同じような小屋の入口が待っていた。なぜそうなっているのかわからないが、小屋を通ってしか崖を降りられないようになっているらしい。

二番目の小屋に入ろうとすると、足をとめた奥さんが、わたしの腕をつよくにぎりしめた。歩くようにうながしても、動こうとしない。奥さんの顔を見ると、仮面のようになっている。と同時に、わたしの頭に奥さんの記憶がよみがえった。カルデラのなかの町が駐留軍の保養地だったころ、ここは売春窟だったという記憶である。

すると、奥さんはここにいたことがあるということだろうか。そうは思えなかった。おそらく、奥さん自身さえ知らない記憶が、四辺形が崩れた混乱にまぎれて、奥さんの頭によみがえり、それがわたしの頭にも、こうして転写されているのだろう。

ようやく奥さんが歩き出して、二番目の小屋に入ると、頭上の電灯はあいかわらず暗いが、それでもさっきの小屋よりはいくらか明るく、雰囲気に慣れた一行は、通路の途中で足をとめて、左右の格子のなかを覗いている。それにしても、売春窟の抜け殻を見せるのに、どうしてこんなに暗くしてあるのだろう。

そう思いながら、そこまで来たとき、誘いかける低い声が聞こえた。見ると、格子のなかの暗がりに白い顔が浮き出ている。同時に、格子のあいだから手が伸びた。わたしはおどろいて後ずさった。これは奥さんの記憶ではなく、本物の売春窟が再現されているのだろうか。そう思って、奥さんのほうを見ると、怯える様子はなく、反対側の格子のなかを覗いている。

その小屋を出たあと、やはり五、六段の石段を降りて、三つ目の小屋に入った。通路は、たがいに相手を求める人でごった返していた。娼婦たちが左右の出入り口から身を乗り出して、客を引き入れようとしているのである。男装をした女や坊主頭の女などもいて、異様な雰囲気である。

売春窟が再現されているのだ。あえてそう断定すると、わたしのなかに衝動が生まれた。それを克服することで、与えられた課題に取り組めたはずの衝動である。娼婦たちはてんでにひとつの言葉を口にしている。符丁で自分の売り物を客に知らせているのである。だが、四辺形の一辺でなくなったわたしには、みずからの衝動がなんであるのか、わからないのである。

四番目の小屋はさらに長く、通路はいっそう込み合っていた。誰もがみんな、それぞれの衝動に取りつかれて、格子の前を右往左往していた。

仕切りの出入り口から身を乗り出した女のひとりが、わたしの首に腕をまわして、つよい力で引き寄せた。女は死者を模した化粧をしていた。わたしは遁れようとしながらも、一瞬、相手に身をまかせたい衝動にかられた。だがそのまえに、奥さんがなにか言って、ふたりのあいだに割って入った。

その小屋を出ると、谷の底ちかくまで降りたのか、滝壺に落ちる水音が、足のすぐ下で大きく轟いている。石段を降りると、五つ目の小屋があって、なかは真っ暗であった。その暗がりのなかを進むと、符丁を呼び交わす声がこだまのように聞こえていた。

「ここで行き止まりのようだ」

わたしはそこまで来て、奥さんの方に向き直って言った。

「課題にたどり着けなかったのだ。あの乞食女も、行き着けない、そう言っていた」

「そういうことかもしれない」

「それでどうなるのだろう」

「どうにもならない」

奥さんが宥めるように、静かな声で言った。

「はじめからこうなるように、決まっていたのだから」

「ということは、元にもどって、繰り返す、ということだろうか」

「そう。だから、ここでこうして待っていればいい」

「そういうことですね」

奥さんとわたしは、暗がりのなかでそのときを待って、身をひそめた。滝壺に落ちる水音が足の下で聞こえていた。

（了）

沼

なにか手違いが生じたにちがいなかった。調査をすませて連絡をすると、調査資料を送り、そのまま現地に待機せよ、という返事だったが、そのあとどんな指示も来ないのだ。わたしは、二、三日こそ休暇をもらったつもりでいたが、日がたつにつれて、しだいに不安になった。出張調査の日延べなど、これまで例がなかったからだ。それに、海辺にあるこの小さな町に、追調査をするようなものがあるとは思えなかった。

それでもわたしは、自分でもなぜかわからないが、連絡をためらい、さらに無為の日を重ねた。こうなった以上、会社を刺激するような催促は避けるべきだ、会社が現地に残している調査員を思い出してくれるのを、気長に待つしかない、そう考えたのだ。

だが、四日五日とたっても、指示は来なかった。わたしはそのあいだ、宿の部屋にこもり、すぐに応答できるよう電話のそばを離れずにいた。そうすることで、指示があると同時に、これまでの無為の責任をすばやく会社に押しつけることができる、とでもいうように。

もっとも、外出したい気持を我慢していたわけではなかった。調査に使った二日のあいだ、町を隅々まで歩きまわり、むやみに目につく寺社のほか、見物するものなど、なにもないことはわかっていた。もちろんわたしに、寺社を見てまわる趣味はなく、電話が鳴りさえすればすぐにもどってくる生活を、ひたすら待っていた。

七日目の午後になってはじめて、わたしの頭に、調査になにか手落ちがあったのではないのか、ないとは絶対に言いきれない、という考えが浮かんだ。このような小さな町の調査は無駄に終わることが多く、どこかにそのような考えがあって、それで気がゆるみ、思わぬ失態をしたのかもしれないのだ。もっとも、調査資料を送るまえに待機するよう指示があったのだから、それでは理屈に合わないのだが。

いずれにせよ、もういちど町に出て確認してみなければならない。わたしはそう考え、一週間ぶりに宿を出て、町をひと回りしてみた。もちろん見落としなどあるはずがなかった。この町の何十倍という中都市の調査さえ、ひとりでやりおおせたことがあるのだ。

ところが、宿のある路地に入ろうとして、何気なく遠くに目を向け、おどろいて足をとめた。曇り空の下にひとかたまりの森があって、そのなかに灰色の建物が見えているのだ。わたしはあわてて地図をひろげ、その一点を指で押さえた。どうしてあんな大きなものを見落としたのだろう。

だが、顔をあげてそこに目を向け、わたしはおもわず笑みを浮かべた。森の陰になかば隠れてビルのように見えるのは、天守閣跡の石垣であった。もちろん石垣など調査の対象外だった。わたしは晴れ晴れした気分になり、その森のほうへぶらぶらと歩き出した。

しばらく行くと、ゆったりとした流れが海にそそぐ河口に出た。小さな港にもなっていて、漁船が船首をならべていた。わたしは漁港を眺めながら、河口にかかった橋を渡った。そして、そのことが起きたのは、橋の中ほどまで来たときだった。それまでなぜ目に入らなかったのか、そこに立っている老人にはげしくぶつかったのである。

わたしは欄干に片手をついて、かろうじて転ばずにすんだ。見ると、老人が茫然とした表情でわたしを見つめていた。わたしは、老人のその表情を見て、ぶつかった瞬間、老人とわたしのあいだに、なにかが起こった、そう確信した。だがいったいなにが？

たとえば、わたしが老人からなにかを奪い取り、老人のほうも、奪い取られたことで目が覚めた、とでもいうようなことが。げんにわたしは、なにかを奪い取ったという事実を承認しなければならないという考えから、老人に向かってうなずいていた。そして老人自身も、それを了解したかのように、うなずき返したのである。

老人はよろける足どりで、町にもどって行った。その後ろ姿を見送ったあと、わたしは橋の残りを渡った。すると、そこはもう河を堀にした城内だった。城の建物はなく、石垣だけが残っていて、代わりに森におおわれた神社になっていた。資料にこの神社を書き加えることを怠っていたが、発展をさまたげる位置になければ、寺社は調査の対象から除外してよく、手落ちではないはずだった。

わたしは森のなかにつづく参道を進んで、神社の境内に入った。鳥居から本殿まで敷石が伸びていた。人の気配はなく、静まり返っていて、靴音がこだました。本殿の近くまで来ると、背後の森のなかに、天守閣跡の石垣が見えた。わたしは本殿の脇をまわり、天守閣跡のほうに進みながら、あの老人と自分とのあいだになにが起こったのか、自分は老人からなにを奪い取ったのか、まだ考えていた。

折り返してつづく石段を登って、天守閣跡である頂上に着いた。三十メートル四方くらいの広さで、森の上に見晴らし台のように突き出ている。ごく小規模な天守閣だったらしく、土台らしい平らな石が、中央と四隅にひとつずつ据えられているきりである。

石垣の縁に歩み寄り、首を伸ばすようにして下をのぞいてみた。切り立った石垣の下にさらに石垣があって、その下がそのまま川である。落ちれば川まで真っ逆さまだ。その川の向こう岸に、調査の対象の城下町が、鳥瞰図さながらひろがっている。

その町の光景を眺めながら、もちろん末端の調査員の責任ではないけれども、調査の対象としてこの町を選んだこと自体、誤りである、そう思った。海、山、河にかこまれた町は、異様なほどの美しさで、その美しさを無視した評価など、無意味だからである。

わたしは中央の石に腰をおろし、それしか目に入らない白っぽい曇り空に目を向けて、あの老人とのあいだになにが起こったのか、まだ考えていた。とうに自覚していなければならないのに、それができずにいる、という気持を拭い去れないでいた。

それと同時に、久しく思い出すことのなかった故郷の町を思い出していた。故郷の町には、海はもちろん川らしい川さえないのだが、その町が、なぜか、すでにこの世から消え失せている、そんなふうに思い出されるのである。

故郷の町を思い起こしているうちに、軽い眠気におそわれたのか、ふとわれに返ると、いつ登って来たのか、目の前に人が立っていた。裾の長い、白い服を着た長身の女と、やはり白い上着に灰色の半ズボンの三歳くらいの男の子で、わたしに背を向け、石垣の縁にならんで立っているのである。

ふたりは、真っすぐに伸ばした背中を、すこしも動かさなかった。女はともかく、子供まで動かないのは変ではないだろうか。あんなに熱心になにを見ているのだろう。わたしはそう思って、腰かけた石から立ちあがり、海を眺めてみた。水平線のあたりが白く光るばかりで、漁船らしいものさえ見えない。

女の体が動いた。前方に傾いたのだ。わたしはおもわず腰を浮かせた。前のめりに、石垣の外に落ちて行く、一瞬そんなふうに目に映ったのだ。もちろんそんなことがあるはずはない。女は石垣の下をのぞいただけで、真似てかがもうとした男の子を、しゃがんで抱きとめた。

女はおかしな化粧をしていた。化粧の途中で中断したみたいに、眉や唇まで白く塗りつぶされていて、ただ白いだけなのである。女は男の子の肩に手を置いて、なにか話しかけていた。だがその声は聞こえなかった。男の子も黙ったまま、真剣な眼差しを女の口もとへ向けている。

ふたりは、そこにわたしがいないかのように、いちども顔をこちらに向けなかった。やがて女が立ちあがり、男の子も女に寄り添い、わたしに背を向けて、ふたたび沖のほうを眺める姿勢にもどった。

わたしは暗い森におおわれた本殿の裏に入り込み、回廊の床の柱に背をもたせかけていた。床下のかび臭い匂い、日陰の植物の生臭い匂い、それらの混ざった空気が冷たく淀んでいた。

どうしてこんなところにいるのだろう。わたしはそう自分に問いかけた。天守閣跡をおりたあと、宿にもどろうと鳥居まで引き返しながらも、なぜかそこで踵を返して、神社の境内を歩きまわったのだ。そして気がつくと、ここに入り込んでいたのである。

顔をあげると、天守閣跡につうずる小道に、樹のあいだに見え隠れして、白いものが動いている。天守閣跡にいた女である。仮面に似た白い顔を上向き加減にして、こちらに近づいて来るのである。子供の姿は見えなかった。わたしは、女を待つために自分がここにとどまっていたことに気づいて、女を追って踏み出そうとした。

だがそのまえに、女のほうが本殿の裏に入って来た。白い顔をわたしに向けたまま、いちども目をそらさずに近づき、わたしの胸に肩を擦りつけるようにして通りすぎた。女の背を見ると、男の子を背負っているが、奇妙な背負い方だった。男の子は片側に極端に傾き、両手をだらりと垂らしていて、いまにもずり落ちそうなのだ。それなのに女は、長身の背を真っすぐに伸ばして、平然と足を運んでいるのである。

わたしは女のあとを追った。湿っぽいところにいたせいか、冷えた体が思うように動かなかった。女はもういちど角を曲がって、本殿の正面に出た。わたしを誘うために回り道をしたことになるけれども、ほんとにそうであるかどうか、わからなかった。

境内は静まり返り、小鳥のさえずりさえ聞こえなかった。女は足音も立てず、敷石の上を鳥居のほうに歩いて行く。男の子を背負った背中を真っすぐに伸ばし、敷石にそっと足を乗せては、伸びあがるようにして歩くのだ。

女は、わたしがついて来るのを確かめるかのように、いちど鳥居の手前で立ちどまったあと、右手の森のなかに入った。後につづくと、すぐそこに宮司の住まいらしい平屋があって、裏は森にかこまれた畑になっていた。

女の姿はどこにもなかった。ここで消え失せた、そんな感じだった。だがわたしは、見失ったとは思わなかった。畑に踏み入れて、そこから眺めると、右手に離れのような部屋があって、そこに女の姿が認められた。

わたしは畑をよぎって近づいた。母屋に接した小さな部屋で、女は薄暗いそこに、男の子を抱くようにしてならび、横たわっていた。わたしは縁側の前に立って見守った。招くような仕草を見せるだろう、そう思ったのだ。だが女はどんな仕草も見せなかった。

わたしは進み出て、縁側に腰かけた。女の白い顔には、やはりどんな反応もあらわれなかった。目を開けているけれど、眠っているのではないのか。そう思った。すると、わたし自身、突然のように眠気におそわれた。わたしは目を閉じた。目蓋の裏に女の白い顔が消えずに残った。それが徐々に消えて行き、わたしはうとうとした。と思うと、すぐに目をさました。カラスの鳴き声に、眠りから引き出されたのである。

顔をあげると、女はさっきまでと同じ姿勢を保って、あいかわらず目を庭に向けていた。カラスは鳴きやまなかった。執拗さをあらわに、しゃがれ声を浴びせかけるのである。女は眉に皺を寄せて、その機会を待っていたかのように、唇を動かした。

「なかに入って、閉めてくださらない」

かろうじて聞き分けられた。わたしは部屋にあがって、障子を閉めた。カラスは鳴きやんだ。眠いのを我慢していたのか、女は目を閉じて、ただ白いだけの顔になった。

目をさますと、闇のなかに横たわっていた。なにかを抱いていた。なんだろう、そう思うと同時に、女であることに気づいた。引き離そうとしたが、離れなかった。そばに男の子が、物のように静かに横たわっていた。

どれくらい時間がたったのだろう。四、五時間もたっただろうか。いずれにしても真夜中であることはたしかだった。しかも、明け方に近づく夜ではなく、いつまでもつづく夜、そんなふうに思えた。

頭の近くで音がした。見ると、明かりの細い線ができている。フスマの隙間にもれる明かりで、誰かがのぞいているのだ。わたしはそのほうに手を伸ばした。

「どうしたの?」

女が枯れた声で言った。

「誰かがのぞいているんだ」

「そんなこと、ほっておいて……」

わたしは伸ばした手で、畳をたたいてみた。フスマの向こうで逃げ出す気配がして、隙間からもれる明かりの線がくっきりした。

わたしは女を抱いた腕を解いて、フスマの隙間をのぞいてみた。ひとつの光景が目に入った。隣りは明かりの消えた部屋だが、その向こうに板の間があって、そこに二十人ほどの男たちが車座に坐っているのである。

老人ばかりの静かな集まりだった。裸電球がともり、それぞれの前に膳が置かれている。黙って杯を舐めているか、顔を隅の暗がりへ向けているか、そのどちらかである。

老婆がひとり、床に這いつくばり、老人たちに耳打ちをしている。老婆は、わたしが自分たちを見ていることを、教えようとしているにちがいなかった。だが老人たちは、うるさそうに払いのけるばかりで、相手にならなかった。老婆は、あきらめて隅の暗がりにしゃがみ込み、両手に顔を埋めてしまった。

老人たちの集まりは、どんな小さな変化も見せなかった。なにかの身ぶりをすることもなく、不動の光景のままである。それでもわたしは、老人たちが、橋の上での、あの老人とわたしのあいだに生じた出来ごとを思いめぐらせている、そんなふうに思えてならなかった。後ろで女が異様に掠れた声で言った。

「そんなところでなにをしているの」

「向こうでぼくのことを話しているんだ」

「釘が打ちつけてある。誰も入って来られないわ」

わたしはフスマを離れて、元のところにもどり、女を抱いた。

やがて老人たちの歌がはじまった。それが強まるとも弱まるともなく、単調なリズムでつづいた。意識はいっそう薄らいで、その歌さえ堪《こら》えきれなくなった。

＊

男の子の手をひいた女とならんで、砂利を踏みしめながら歩いている。桜並木のつづく土手で、頭上は白い枝でおおわれている。大勢の人がいる。同じ紅白の鼻緒の新しい下駄をはいた人々が、同じ方向へ歩いているのである。土手に登って来る人がつぎつぎに加わり、長い列になっている。

なにかに惹き寄せられるにまかせて、歩いている。どこに行こうとしているのか、すこしも気にならない。運ばれて来て墓地に降ろされたときも、同じであった。墓地のその場から、女と男の子と連れだって、墓石のあいだの小道を歩き出したのである。瀬戸物の破片が埋められた、歩きづらい道で、しばらく進んだところで、土手に行き当たり、その傾斜を登ったのである。

前方を見つめて、ひたすら足を運んでいる。顔をあげて眺めても、桜並木と、土手の左右にひろがる墓地が目に入るばかりで、変化のある景色はなにもあらわれない。土手は、その墓石の海に突き出た形で、弓なりに伸びている。満開の桜の木の上には、薄紫色の半透明の空間がひろがっている。

限りのない歩行である。どのくらい歩きつづけているのか、見当もつかなくなっている。前を行く人の影にみずからを似せて、一歩一歩、足を押し出している。さらに意識が薄らいで、ならんで歩いている女や男の子さえ忘れがちになり、まわりを埋めて歩む人々も、揺れ動く影でしかない。

歩くことに疲れることはないが、進むにつれて土手が伸びるように思え、水のなかを進んでいるみたいに、もどかしい。土手の左右には、あいかわらず視界のかぎり墓石の海がひろがり、どんな変化のある風景もあらわれない。この単調さに飽いてしだいに自分を見失うことになる、それが目的で歩いている、そんなふうに思うこともある。

そこまで来て顔をあげると、桜の花びらが散りはじめている。進むにつれて花びらはさらに多くなり、降るように落ちて来る。地面そのものが揺れているのか、大気に変動が生じたのか、風がすこしもないのに、吹雪のように舞いあがる。ときには、白い塊りのまま、重そうに落ちてくる。

視界は花びらの白い幕ですっかり閉ざされている。砂利を踏みしめる足音が波の音のように聞こえている。前を行く人の足音を見失わないよう、耳を澄ましていなければならない。いつのまにか、男の子を真ん中に手をつないで歩いている。男の子がときどき手を握りしめる。一方の手を女の手とつないでいるので、その握り方で、女の気持がそっくり伝わるのである。

そこまで来ると、降りしきる花びらがやんで、視界が開けている。桜並木は焼けただれたように黒ずみ、その黒い枝の上に、やはり薄紫色の半透明な空が見えている。あたり一面、荒涼とした感じである、その場に近づいたらしく、前を行く人々の頭越しに眺めると、土手はふたつに分岐しているらしく、そのあたりで人の列がとどこおっている。

その場に近づくにつれて、さらに荒々しい眺めになる。左右に分かれた土手は、湾曲しながら伸びていて、遠くでふたたびひとつになっている。そして、環になったその土手のなかから、濃い霧のようなものが立ちのぼり、地響きが足の下に感じ取れる。

その場に来ると、ひとつの光景があらわれる。環状になった土手の内側が擂り鉢型にえぐられていて、その底が沼になっているのである。火口を思わせるが、沼の周辺は、黒っぽい泥土である。沼の中心で、褐色の液体が煮えたぎり、湯気を立ちのぼらせている。人々に押し出される恰好で、女とともに男の子を両側から支え、ふたつに分岐した土手の一方を進む。二、三人がならんで歩けるだけの幅になり、足を踏みはずしそうである。そこまで来ると、その先はいっぱいの人で埋まっていて、それ以上は進めない。人々は立ちどまって、沼を見おろしている。

男の子を真ん中にならんで立ち、沼のほうに体を向ける。沼は環状の土手の中央にあって、真下に見おろす恰好である。沼は煮えたぎり、湯気を噴きあげている。人々は、誰もが沼に魅入られて、のぞき込んでいる。沼は巨大な目でもあって、そうして足もとをのぞき込んでいると、目が逸らせなくなるのである。

突然、近くで喚《わめ》き声が起こる。土手の内側、その斜面の中ほどに立ちならんだ十人ほどの白い布をまとった男たちが、喚き出したのである。沼のまわりの斜面のあちこちに、同じように、そうした十人くらいの男たちが出現している。

その喚き声はしだいにあたりを圧する大音響になる。声というよりは、つかみかかる力で締めつけてくるのである。耳をふさごうとしながらも、そのたびに思いとどまり、最後には受け入れる。すると、その喚き声が快い響きに一転して、体ごとすっぽりとつつんで来るのである。

やがて、白い布の男たちは、さらに声を高めながら、そこに積みあげた石を沼に向かって投げ込みはじめる。人の頭ほどある石で、両手でかかえて押し出すように投げ入れるのである。石は急な勾配を転がり落ちて、沼のまわりの泥土に穴を開けてつぎつぎに沈む。同じ作業があちこちでいっせいにはじまっている。

近くでも喚き声が起こる。白い布の男たちの作業に合わせて、土手に立つ人々が同じ喚き声を発しはじめたのである。その声は、たちまち全体にひろがり、大気を震わせる巨大な轟きになる。抑えられていたものが一気に噴き出したのである。

女と男の子も大きく口を開けている。ふたりはあたかも、聾唖の沈黙から解き放たれたみたいに、喚き声を出しているのである。そのことに勇気づけられて、大きく口を開ける。すると、おのずから声が出る。いったん声を出すと、強い衝動が込みあげて、あるかぎりの声を絞り出さずにおれない。

白い布の男たちは、石を投げ入れる作業を終えて、後向きの姿勢で土手の傾斜を登り出す。頂上ちかくまで来ると、そこで立ちどまって、ひときわ高い声を発する。同時に、体を折るようなはげしい動作で沼に向かって腕を振りおろす。人々はそれを合図にどよめき、沼に向かって斜面をおりはじめる。

その動作につられ、踏み出そうとして、かろうじてとどまり、眼前の光景を見守る。人々は白い布の男たちのあいだを通り抜けて、いっせいに沼に降りて行く。人々はさらに、投げ込まれた石を伝って、深みに入って行く。石がつきると、足場がなくなり、腰まで泥に没して、それ以上は進めない。

すると人々は、最後の力を振りしぼり、前方に体を投げ出すのである。浮いたまま、すこしずつ中心部に引き寄せられて行く。そしてそこで、煮えたぎる褐色の波に呑まれて、つぎつぎに姿が見えなくなるのである。

近くに喚き声がして、まわりを眺めると、土手の上にはわずかの人しか残っていない。それは自分の声である。人間の声とは思えないその声に、口を閉ざそうとするが、声そのものが生き物であるみたいに、おのずから出て行くのである。

沼のまわりでは、残り少なくなった人々が、つぎつぎに沼の中心部に入って行く。脱ぎ捨てられた紅白の鼻緒の新しい下駄が、沼のまわりにならんでいる。自分の足に目を向けて同じ下駄をはいていることを確かめ、それから女のほうを見る。女はすでに口を閉ざしていて、その目が促している。その目にうなずき返すことで、ようやく口を閉ざす。あるかぎりの喚き声を出したせいか、どんな思いも残っていない。

両側から男の子の手をにぎり、斜面へと踏み出す。男の子は足をふんばって、いちどは拒むが、両方から引っ張ると、ずるずると滑り降りる。そして弾みがつき、それが面白いのか、自分から地面を蹴って前方に飛びあがる。女とともに、体を反らすことで後ろに重心を保ちつつ、男の子に引っ張られる恰好で、沼へと降りて行く。

（了）

夢の中のアーマ

箏〈序〉

夜中にふと目を覚ますと、ドアが大きく開いていて、一間しかない部屋のなかが廊下から丸見えになっていた。アーマとならんで寝ているところを、アパートの何人かに見られたにちがいなく、嫌な気持がした。アパートの住人たち——ということは世間ということになるけれど——から隔ててくれ、その目から守ってくれるドアである。

さいわいアーマはよく眠っていた。わたしは夜具をそっと這い出ると、腕を伸ばして箏を手に取り、柄の先をドアの把手のあたりに押しつけ、音を立てないようにそっと閉めた。これでひとまず安心だ。朝までぐっすり眠れば、この嫌な気持を忘れているだろう。

ところが、寝床にもぐり込もうとすると、よく眠っているはずのアーマがむっくりと起き上がった。そして、暗がりのなかでいきなり、

「わたし、あなたと別れることにする」

と言った。まるでこの機会をねらっていたみたいな口ぶりだった。

「いいとも、賛成だな」

わたしもすばやく応じた。ひさしく絶えていたが、以前しょっちゅうこんなやり取りをしていたことがあって、そのころの気持が一気によみがえりそうだった。

「そうじゃないの。こんどは本気なの」

暗がりのなかで彼女の顔が、窓にさす外灯の明かりのせいか、ひどく大きく見えた。

「それにしても、どうしてこんな時間に言い出すんだ」

これまでのヒステリックな別れ話とはちがう、沈んだようなようすが気になった。

「そんなこと、どうだっていい。あなたは、いつ別れてもいい、そう思っているのでしょう」

「それはそうだが……」

不意をつかれた感じで、これでは話がどんどん進んでしまう。眠い、眠い、そんなことは明日だ。そう言って終わりにすればよかったのに、それもできない。

「それならば、なにも言い争うことはない。そうでしょう」

「たしかにそうだ」

彼女は先手をとって話をつけてしまおう、そう考えているようだった。

「それにしても、なんだってこんな時間に?」

わたしは繰り返した。アーマは、決心した気持を乱されるのを用心してなのか、すぐには答えなかった。暗がりのなかで、たがいに相手を他人として感じようとしているみたいだった。

それでなくとも、さっきまでなんの懸念もなくならんで寝ていたことを思うと、惨めな気持がいっそう募った。もちろん彼女はわたしに見切りをつけたいのだろう。そのことはわかっていた。だが、どうしてこんな真夜中に言い出したのか、その理由だけでも知らないと、この惨めな気持がおさまりそうになかった。

「どうして決心したのか、訊きたいの?」

ようやくアーマが言った。

「そっちから言い出したのだから、こちらに理由を聞く権利があるだろう」

こんな言い方はまずいと思いながらも、わたしは冷静さをよそおって言った。

「そうね。それなら言う。さっきあなたは、箒でドアを閉めたでしょう」

「………」

「あれを見て決心したの」

「それがどうしたというの?」

「わからないの。二度は言わないからよく聞いて」

わたしは暗がりのなかでアーマの顔を見つめて、その言葉を待った。

「さっきドアを閉めたとき、どうして起きてきちんと閉めなかったの。鍵がゆるんでいて、しっかりかけないと自然に開くのよ。もう一年もまえからよ。そんなことも気づかなかったの。それなのに箒なんかで押して……。このことひとつ取っても、わたしたちの将来がどういうものか、はっきり見えてしまっている。そうでしょう……」

だがそれでも、アーマはわたしを見捨てず、三十六年ものあいだ寝食をともにして、一昨年他界した。そしてわたしは、ふたたびひとりになり、来月になると、彼女の死から二年の歳月が経つことになる。わたしはこの二年のあいだに何度か、アーマの夢を見た。以下は、日記の代わりの雑録帳からその夢のいくつかを拾い出し、残された者の気持をすこし加えて、タイトルをつけたものである。

鉄の扉を開ける

山を登りきると、そこに、おそろしく飾りっ気のない、四角なコンクリートの建物が待っていた。なかに入ると、殺風景な待合室のようなところで、やっと顔が見分けられるくらいの小さな電灯がともり、どうしてこんなところにと思うくらい大勢の人で、ごった返していた。しかもみんな老人だった。

おそらく、わたしが登って来たけわしい道とはべつに、ケーブルかなにかがあって、簡単に登って来られるにちがいなかった。そうでなければ、このような老人たちがここまで来られるはずがない。ということは、アーマだって、ひとりになればそれくらいのことは思いつくだろうから、すでに登って来ているにちがいなかった。

建物の中ほどまで進んで、そこで見まわすと、はたして老人たちのなかにアーマの姿が見つかった。だがわたしは、一瞬、ほんとうにアーマなのかどうか、目をうたがった。彼女を見失っていた四、五時間のあいだに、髪は真っ白になり、顔は蠟のように透きとおり、肩がひどく瘦せて、全身がぼろぼろになっている、そんな印象なのである。

わたしはアーマを茫然として見守った。彼女は、必死のようすで人々を押しのけて、奥にある部屋に入ろうとしていた。ひと一倍まわりに気をつかう彼女にしては、考えられない振る舞いだった。さいわいその場は、誰もがみんな、彼女と同じようにわれ先に入ろうとしていて、彼女の振る舞いも、人々のひんしゅくを買うことはないようだった。

わたしはそのようすを見守りながら、アーマの変貌に身のすくむ思いだった。この山に登ったことで心労が一気にあらわれたのだろうけれども、その心労は、長い年月わたしが能力をこえた野心を燃やしつづけ、彼女に過剰な負担をかけたせいであった。そのことははっきりとしていて、どんな言い訳もできなかった。

わたしはおそるおそるアーマに近づいて、名前を呼んだ。彼女は顔をあげてわたしの顔を見た。ところが、目に入れながらも、すぐに視線をそらしてしまった。わたしはおどろいて、もういちど名前を呼んだ。すると彼女は、ふたたびこちらに顔を向け、ようやくわたしを認めて、「ああ、あなたなの。どうしてこんなに遅くなったの」と言った。

アーマは自分の変貌に気づいていないようだった。ということは、みずからをいつも冷静に見つめる彼女が、すでに正常な意識状態でないということだった。彼女の意識以上のものが彼女を支配しはじめているということだった。と同時に、それは、彼女の自己制御によってこれまで保たれてきたわたしたちの関係が、すでに破綻していることを意味していた。

それでもアーマは、わたしを認めると、わたしの腕をつかみ、強引に老人たちをかき分けて、奥の部屋に入った。するとそこは、正面に舞台がある平土間のようなところで、老人たちで埋まっていた。どうしてこんなところに舞台があるのだろう、そう思ってよく見ると、舞台の端に「死」という演目が出ていた。といっても、幕は開いていながら、舞台は空っぽで、なにも演じられていなかった。老人たちはみんな、その空っぽの舞台を、放心したみたいに眺めているのである。

アーマは舞台などに目を向けず、ほぼ満員の平土間をしきりに見まわしていた。そしてなにかを見つけたらしく、脱いだ靴を抱えて駆け出した。空いている座布団を見つけたのである。座布団はひとつしかなかった。彼女はちょっと思案するようすを見せたと思うと、いきなり隣りの老人を突き飛ばして、わたしのために座布団を確保した。わたしはおどろいて走り寄った。

もちろんその老人は怒り出した。座布団なんかなくていい、わたしがそう言って、座布団を返すように言っても、彼女は頑として動じなかった。あなたがそんな弱腰だからわたしがいつも苦労するというような顔をしていた。その真剣な表情は、とても言い聞かせるどころではなかった。わたしは仕方なく老人に謝って、とりあえず彼女を落ち着かせることにした。

さいわい老人は納得してくれて、わたしはアーマとならんで座布団に坐った。彼女はきょろきょろして落ち着かないようすだったが、しばらくすると大人しくなった。ひどく疲れているようだった。すこし眠ってくれるとありがたいのだが、素直に寝てくれるだろうか。そう思ってみずから横たわり、「すこし寝ようよ」と言ってみた。彼女はうなずいて横になり、すぐに軽いいびきを立てはじめた。そしてそのいびきが聞こえなくなると、異常なくらい静かになった。

　わたしはそっと起きて、座布団を隣りの老人に返し、事務所のようなものを捜すためにそこを出た。どこかに病人を収容してくれるところがないか、問い合わせようと考えたのだ。部屋を出ると、さっきはあんなにごった返していたのに、もう誰もいなかった。

　事務所のようなものも見つからなかったが、壁の一か所に通路の入口があった。鉄の扉を押して入ってみると、ひんやりとした地下道で、足もとまでとどかない弱々しい電灯がともるばかりだった。どこか間違ったところに入り込んだような気がしたが、ともかくそこに入ってみるしかなかった。

　長い通路がようやく行き止まりになり、そこにも鉄の扉が待っていた。開けると、なかはがらんとした炊事場で、三方のコンクリートの壁にそって、流し台やコンロがならんでいた。そして老人と思われる人たちが、なにか思いつめたようなようすで、それでいていそいそとしたようすで、それぞれに煮炊きをしていた。炊事場があるのだから宿泊設備もあるはずだ。とりあえずそこに泊めてもらおう。あとのことはそれからだ。そう思って眺めていると、さらにもうひとつ、奥まったところにある鉄の扉が目に入った。

　その鉄の扉は、どことは言えないが、ふつうの扉とは異なっているように思えた。わたしは、つよく惹き寄せられる気持のままに、炊事場をよぎって近づき、その扉を開けてみた。そして開けると同時に、そこにひとつの光景を見出すことで、ここがどういうところなのか、たちどころに理解したのである。

　それはこんな光景だった。開けた扉に接して、扉のあいだから射す明かりに、ほんのすこし目に映るばかりだが、いきなり岩の斜面が下り坂になって広がっている。そしてその先が断崖になり、深い淵になって、暗黒の領域がはじまっている。

　さらによく見ると、岩の斜面に丸い穴が無数にうがたれていて、そこに老人たちがしゃがむようにして入り込んでいる。そのひとつひとつが、老人たちの仮住まいなのである。すでに暗黒の淵に降りる用意ができている老人たちは、その穴を仮住まいにして自炊しながら、それぞれの死が十分に成熟し、暗黒の領域に降りるときが来るのを待っているのである。

　ということは、アーマを置いてきた劇場は、ここに来る前の段階であって、舞台は空っぽに見えながらも、それぞれの死が演じられているのである。老人たちが放心したように眺めているのは、自分の死を眺めているからである。

なるほど、とわたしは思った。物ごとにはすべて、それにふさわしい順序というものがあり、それをひとつひとつ認めて、それらに身をゆだねることで、それをクリアすればいい、ということなのだ。アーマは、物ごとの順序を無視するわたしを、いつも不安そうに見ていたのだが、彼女ははからずも、身をもってそのことを教えているのである。

わたしは、このように考えると、あらためて目の前の暗黒の光景を眺め、記憶にしっかりとおさめると、アーマのいる劇場にもどるべく、その扉をそっと閉めたのである。

海

わたしとアーマは、嵐のなか、小船をあやつり、夜おそくなってようやく岬の裏側のこの小さな港町にたどり着いた。だが、宿があるかどうかわからないので、わたしはアーマを埠頭に残して、宿を探しに行った。ほかにも避難した船が何艘もあって、どこも満室ということだった。それでもわたしは、必死で頼み込み、布団部屋でよければという ことで、なんとか約束を取りつけた。

すでに二時間が経っていた。さあ、アーマを連れてきて、休ませなければ……と、わたしはその宿を出たが、なぜか帰り路がわからなかった。小さい港町だから海のあるほうに出ればいいと思うのだが、その海がどこにあるのか、どうしてもわからないのだった。

歩きまわっているうちに、どんどん時間が経って、真夜中になった。わたしは苛立ちにかられて、しゃにむに歩きつづけた。潮の香がしているのに、まるで幻の港町にいるかのように、どうしても海に出ることができないのだった。

ようやくわかってきたが、アーマとわたしのあいだに、なにかが挟《はさ》まっていて、それがわたしたちを隔てているのだった。そして、それがなんであるかを、はっきりと認めさえすれば、海に出ることがわかっているのに、わたしにそのことを認める勇気がないのだった。

気体

わたしは死んだアーマと見知らぬ都市のホテルに滞在していた。わたしたちは夜になるのを待って外出した。だが、ホテルを出るとすぐに、彼女が「やはりホテルにもどりパソコンの本を勉強して、仕事の段取りをしましょう」と言った。死者に逆らうわけにはいかないので、わたしも賛成して、近くの本屋に入った。

わたしは入口ちかくでパソコンの本を選んでいた。アーマもそばでわたしを見守っていたが、急にあわてたようすで、店の奥に駆け込んだ。どうしたのだろう、そう思ってあとを追うと、試着室のようにカーテンで仕切られたところがあって、彼女はそのなかに入った。

わたしはカーテンの隙間から覗いてみた。なかは小さな暗い空間で、それでいて妙に密度の濃い感じで満たされていた。どうやら死者という壊れやすい体を、一時的に復元しなおすことのできる場所のようだった。事実、「そこにいるのだね」と問いかけてみると、返事こそなかったが、空間自体が揺れ動いた。仮の姿を解体させた彼女が、気体のような状態になって、そこにいることは明らかだった。

山祭り

アーマといっしょに、谷間を流れる川にそって、上流へとたどっていた。やがてその川は、大きな山襞にぶつかり、支流と合流する地点に出た。わたしたちはそこにある吊り橋を渡って、こんどは支流にそって登りはじめた。せまい谷間は前方が見通せないので、どこに続いているのかわからず、山のなかでふたりきりという感じがいっそう強まった。引っ返したほうがいいのではないか。こんな山のなかを歩いていても、どこにも行き着けないのだから。そう思いながらも、わたしたちは、惹かれるように先へ先へと歩きつづけた。

山襞のひとつをまわると、思いがけなく片側に小さな畑があって、村がありそうな気配がした。ほっとしてしばらく行くと、笛の音が聞こえて、三十人くらいの人たちがあらわれた。一列になって、こちらにやって来るのである。

わたしたちは路の脇にのいて見守った。祭りにしてはあまりにも静かだった。その人々の前方をじっと見つめる目に、わたしたちもまわりの景色も映っていないかのようで、みんなであるひとつの思いにとらわれている、そんなようすにも見えた。

笛を吹いているのは先頭の四人で、そのひとたちだけが顔を黒く塗っていた。オレンジ色のごく薄い服を着ていた。笛を吹きながら、跳ねるように歩いているのである。

ほんの一瞬の出会いでしかなかった。わたしとアーマは、行列に心を打たれて、茫然として見送った。見えなくなっても、そこを動けずにいた。笛の音は、しだいに弱まり、聞こえなくなったが、まわりの山にこだましているかのように、かすかな音色がいつまでも耳を離れなかった。

　新たな淋しさが加わったような気持で歩き出すと、まもなくして谷間の奥にある小さな集落に入った。さっきの行列が村の全員だったのか、人影はなかった。小さな集落なので、すぐに反対側の村はずれに出た。そこに祠《ほこら》のようなものがあって、その前の空き地に、三方をムシロで囲んで一坪くらいの舞台のようなものが作られていた。ここで祭事が行なわれたにちがいなく、祭りというよりも、なにかの儀式のようなものだったのだろう。

　小さな集落は、山の裾にへばりつくようにあって、完全に行き止まりだった。引き返すほかないが、わたしたちは引き返す気はなかった。それなら、これからどうすればいいのだろう。さしあたって、村人たちが帰って来るのを待つしかないが、帰って来るだろうか。山の日暮れは早く、あたりは暗くなりはじめた。急に元気をなくしたアーマは、その舞台に横になり、見るからに小さくなっていた。わたしたちの進退が尽きたのである。

　村人たちは帰って来なかった。わたしたちは、ムシロに囲まれた舞台の上で寝た。朝になり目をさますと、アーマは死んでいた。かすかに微笑んでいた。ほんとうは、この旅に出るまえに、すでに死んでいたのである。わたしは舞台の外に出た。山のなかの無人の村に雪が降っていた。

映画館

映画を見ていたが、トイレに行きたくなったのでロビーに出た。すると、どうしてこんなところにいるのか、死んだアーマがいた。死んで一年ちかくが経っていた。声をかけると、やはりトイレを探しているのだという。死んだ人間もトイレへ行くのだろうか。そう思いながら、ふたりであちこち探したが、トイレはどうしても見つからなかった。

　地下に降りる階段があって、そこを降りると、そこにもうひとつ、別の映画館があった。重い扉を押し開けると、薄暗がりのなかに、無人のまま、椅子がならんでいた。いまでは一館でしか上映されないが、この建物には、映画館がいくつもおさまっているのである。おそらく残りの映画館もみんな、いまにもはじまる上映を待って、薄暗がりのなかに、スクリーンが白く浮き出ているにちがいないのだ。

　無人の館内に入ったアーマとわたしは、中ごろの座席に腰かけて、なにも映っていないスクリーンに目を向けていた。三十何年もの昔、わたしたちは、こんなふうに映画館の座席にならんで、映写がはじまるのを待っていたのである。そしていま、いかにも不思議に思えるのだが、こうしていると、出会ったばかりで、ふたりの関係がこれからはじまろうとしている、そんなふうに思えてならないのである。

蜂

庭に出ていたアーマが、蜂に刺されたみたいだと言って、さかんに腕をさすっていた。

見ていると、体を小刻みに震わせている。これはいけない。わたしはそう思って、医者に行くようにと言った。それでもアーマはためらっているので、健康保険証を渡して、早く行くようにと言いつづけた。彼女は行きたくないらしく、スカートをどれにしようかなどと言っていた。いつもズボンをはいているのに、どうして医者に行くのにスカートをはくのかわからなかった。彼女はようやく覚悟したらしく、

「じゃ行ってくるわ。きょうは朝から、なにか嫌な予感がしていたのよ」

と妙に悲しそうな声で言った。

「本屋のすこし手前、はんこ屋の隣りの皮膚科だよ」

「わかっている」

アーマは一時間ほどして帰って来た。

「親切なお医者さんだったわ」

なんでもなかったらしく、変に晴れ晴れとした顔をしていた。そんな彼女のようすを見て、わたしは医者に行かせたことを後悔した。死んでいる彼女は医者になんか行く必要はなかったのだ。それなのに医者に行ったので、死んでいることを忘れたみたいな状態になって帰ってきたのである。わたしはそんな状態の彼女に対して、どう振る舞ったらいいのか、わからなくなったのである。

花束

外出からアパートの近くまで帰って来たとき、アーマがいきなり路にとめてあった小型トラックの荷台によじ登った。すると、トラックは坂でもないのに動き出してバックし、路を斜めによぎって、路の反対側にある川に落ちた。呆然としているわたしの目に、車とともに両足を放り出すような恰好で落ちていくアーマの姿が、はっきりと映った。

車は川底に沈んだが、さいわいアーマは軽い怪我だけで助かった。

その代わりにアーマは気が違っていた。気が違ったからあのような突飛な行動に出たのか事故のショックで気が違ったのか、どちらともわからなかったが、いずれにしても、わたしたちの共同生活はその瞬間に破綻したのである。

すっかり幼女のようになったアーマは、それでもまだ、わたしとの生活がつづいているつもりらしく、ままごとのような仕草をしながら「あなた、ごはんよ」とか「早くお風呂に入ってね」などと呟いていた。

ひと月が経った。ある施設がアーマをあずかってくれるということで、案内の女といっしょにアパートをあとにした。アーマは小さな荷物を持っていた。途中、事故のあったところを通りかかると、花束が置かれていて、アーマがその花を自分のものだと主張してきかなかった。近くにいる人に訊くと、一週間まえここから女性が川に落ちて死んだというのである。奇妙な偶然だが、事情を話して、その花束をゆずってもらい、所有権を主張して聞かないアーマに持たせた。

その施設に着いた。施設といってもふつうの民家で、女たちが七、八人いた。ちょっと見たところ、どの女も病気のようには見えなかった。ただ彼女たちは、アーマをぐるりととり囲んで、珍しいものを見るみたいに無遠慮にじろじろ眺めていた。それでいて、そばにいるわたしには、まるでそこにいないみたいに誰ひとり目を向けなかった。

そのような女たちに対して、アーマは変に真剣な顔をして、静かに見つめ返していた。事故以来こんな分別くさそうな顔を見るのははじめてだった。どうやら彼女は、自分の身に生じたことを自覚しはじめたようだった。そうであるとすると、なにをどんなふうに自覚しはじめたのだろう。花束の所有権を主張したということは、自分がすでに死者に等しい存在であることを自覚しはじめた、ということだろうか。

いずれにしても、つぎのことはたしかだった。つまり、彼女が自分の気持を抑えることで維持されてきた、三十何年ものわたしとの生活が完全に終わったということ、彼女の頭に居すわりつづけたわたしという存在が消え失せた、ということだった。

わたしはこのように考えて、愕然とすると同時に、これから自分はどうなるのだろうと思った。彼女の頭のなかにいる自分を想定し、それを基準にすることでこれまでなんとかやってこられたのに、そこから押し出されて、ひとりきりになってしまったのである。見ると、そんなわたしの動揺をよそに、アーマは手にした花を、まわりの女たちに一輪ずつ配っていた。

門扉の前で

坂の上にある大きな鉄の門扉の向こうに、死んだアーマがいた。わたしはその門扉を開けて入ろうとするが、どうしても開かなかった。なにかが邪魔をしていた。彼女は門扉の向こうでしきりに焦れていた。

「あなた、どうして犬なんか連れているの。犬といっしょじゃ、ここには入れないのよ」

そう言われると、目に映らないけれども、わたしのそばに犬がいるような気がした。よく見れば見えるのかもしれないが、ひとりになってから、動転した気持がもとの状態にもどらず、そのせいもあって、まわりのものをよく見るということができないのである。

「どうしてもついて来るのだ。いっしょでもいいじゃないか」

「だめよ。だめといったら。どうしてもだめよ。ここに犬の入るお墓はないのよ」

「だったら、どうすればいいんだ」

「わたしだってわからない。わたしはもう死んでいるのだから、あなた、自分ひとりで考えなさいよ」

「それじゃ考えるから、それまでそこで待っていてくれる?」

「ええ、待っているわ。でも、わたしの気持だけでは、とても待ちきれないわ。だってわたし、ほんとうに死んでいるのよ」

白い箱

わたしは大きな都市のなかを、死んだアーマを探して三日も四日も歩きまわった。以前アーマといっしょに住んでいた場所を訪ね歩いたのである。だが、どこもみんなすっかり変わってしまい、まごつくばかりだった。以前はなかった天を突くような高層ビルが立ちならんでいて、昔のかすかな面影さえ、どこにも見出せなかった。

きょうもまた夜になり、わたしはすっかり疲れ果てていた。そのせいで、こうしてひとりでいることが現実なのか夢なのか、どちらともわからなくなっていた。アーマがいなくなるなんて、どうしても信じられず、なにかのまちがいのような気がしてならなかった。また、彼女がいないのは、彼女と知り合う三十何年か以前にもどってしまっているからではないのか、そんなふうにも思えてならなかった。もしそうであるなら、これから彼女と出会うことになるわけだが……。

そのときも、大きな通りの歩道を当てもなく歩いていた。すると高層ビルにはさまれた暗い路地に、人だかりがしていた。わたしは、ある予感がして、そこに近づいた。人々は路上に置かれた紙袋をとり囲んでいる。底のひろいデパートの紙袋で、みんなが、声がしていると言っている。わたしは胸さわぎがして、紙袋のなかを覗いてみた。ケーキなどを入れる、白い四角な紙の箱が納まっていて、その白い箱が生きているように見えるのだ。

わたしはおもわず声をかけた。

「アーマなの?」

「ああ、あなた。どうしてもっと早く来てくれなかったの。わたし、ここで、こうして待っていたのよ」

「ずっと探していたんだ。でもどうしてこんな……」

「こんなって……わたし、どんなふうなの」

「…………」

その白い箱がすこし動いている。

「ねえ、わたし、どんなふうになっているの」

「…………」

「わたし、死んでからの自分がどうなっているのか、よくわからないのよ。ねえ、教えて」

「箱だよ」

「箱って?」

「白い紙の箱だよ」

「どんな?」

「蓋のあるふつうの白い箱だよ」

「それがわたしなのね」

「そうだよ」

「そう。やっぱりそうなのね」

「やっぱりって?」

「ええ。でも、あなたは生きているのだから、そんなこと知らなくていいのよ」

「…………」

手招き?

わたしは死んだアーマを探して、終わりのない、虚しい旅をつづけていた。ある町に来て、小さな旅館に入った。案内された二階の部屋の窓を開けると、手の届きそうな近くに隣りの家の窓があった。そして、開いたその窓から部屋のなかが見え、そこに敷かれた布団に、アーマが横たわっていた。死人には見えないけれども、いかにも気だるそうだった。この信じがたい出会いに、わたしは茫然と彼女を見つめていた。

アーマもすぐわたしに気づいて、横たわったその恰好で、じっと見つめ返した。おどろいているようすはなく、わたしが彼女を探していることを知っていて、困惑しているように思える表情だった。

わたしは、窓越しにその表情を見つめて、どうすればいいのか、わからなかった。彼女から一瞬でも目を離すと、消えてしまう、そう思えたからである。また、実際に、彼女はそういう存在であるのだから、振る舞いに十分気をつけねばならなかった。

ようやくアーマがひとつの仕草を見せた。胸の上で組んでいた手を解いて、左手をすこし動かしたのである。親指以外の指を半分折り曲げて、手招きしたのである。わたしはそれを認めて、勇み立った。もちろん、いくら隣接しているからといって、窓から窓に移るわけにはいかない。

わたしは急いで外に出て、隣りの家に入った。空き家のようだった。ところが、アーマのいた部屋がどうしても見つからなかった。二階の部屋のドアを片端から開けてみても、暗い空き部屋であったり、古雑誌が山積みになっていたり、どういうことなのか、空の棺が置かれていたりして、どうしてもアーマのいた部屋が見つからなかった。

家をまちがえているのだろうか。そんなふうにも思ってみたが、もちろんそんなことはなかった。この家のどこかにあの部屋はあるはずだった。だがわたしは、探しあぐねて、すっかり途方にくれ、そのあげくに、ひとつの疑問にとらわれた。アーマのいた部屋に行き着けないのは、わたしが思い違いをしているからではないのか、指をかすかに曲げて手招きをしたように見えたが、ほんとうは、アーマはむしろ、もう探すのをやめるように、そう合図したのではなかったのか……。

二十年後

わたしは政治犯として矯正収容所に入ることになった。その収容所は木々が生い茂るひろい敷地のなかにあった。職員たちも親切そうで、ホテルのように居心地がよさそうだった。なにかしたいことはないかと職員に訊かれて、わたしは「入所中にドイツ語を習得したい」と答えた。「それは良い考えです、時間はいくらでもあるのですから」ということだったが、そのときわたしは、どのくらいの刑期になるのだろう、ひょっとすると、二度と出られないのかもしれない、そう思った。

アーマとひと晩をともにすることが許されていた。夕方、わたしたちは収容所内のレストランで食事したあと散歩に出て、収容所に隣接する街にも入ってみた。銭湯などもあって、なかのようすが見えたりして、温泉に来ているみたいだった。遊園地のような一郭もあって、夜だから動いてはいないが、ふたりで大きなカップに入ったりした。

こんな子供らしい気持になったのは、いっしょになってはじめてのように思いながら、これまでの生活についてあれこれと話し合った。楽しかった歳月を振り返り、たがいに相手に感謝することで、きょうまでの生活に別れを告げようとしたのである。だが、アーマもわたしも、明日の別れがまったく実感できず、むしろこれまでの生活が夢であり、これからほんとうの生活がはじまる、そんな錯誤にさえとらわれがちであった。

彼女はひとりでどうやって生きて行くのだろうと思うと、わたしは暗澹とした気持になり、気が動転して「きみはいくつになったの」などと訊いて、「なにを言っているの。いまさら」とアーマを呆れさせたりした。親はもちろん兄弟もいないのだから、彼女のこれからの寂しさを思うと、わたしは胸がふさがる思いがした。それでもアーマは、「だいじょうぶよ。なんとかなるわ。あなたとふたりで懸命に生きてきた思い出があるから」と言った。ほんとうにだいじょうぶだろうか。心配でならなかった。

もちろんその寂しさは、わたしも同じだった。ひとりで生きて行くなど、明日からの現実だとは、とても思えなかった。彼女と別れるということは、もう明日がなくなったということ、人生が終わったということだった。ドイツ語の習得なんて、それこそなんの意味もなかった。

わたしたちは所内にもどって、ひろい敷地のなかを宿舎に向かっていた。川沿いの舗装された路で、収監者たちが大勢、散歩していた。ところが、そこまで来たとき、アーマが先へ先へと早足で歩き出して、わたしは後を追おうとするが、散歩している人たちが邪魔になって、追いつけなかった。

どうしたのだろう、ふざけているのだろうか、そう思ううちにも、彼女はどんどん先に行って、いっそう離れてしまった。それでもしばらくスカートの水色だけが遠くに見えていたが、そのうちにその水色も消え失せてしまった。

それっきりアーマはいなくなったのである。ひと晩いっしょにいてもいいのに、そのまえに消えてしまったのである。いったいどこに行ったのだろう？　なぜあんな消え方をしたのだろう？　今晩ひと晩だけという、そんなつらい時間に耐えられない、そう思ったのだろうか。いずれにしろ、そのとき以来、彼女のその消え方がわたしの心に刻まれてしまったのである。そして、収容所の毎日の散歩の時間、スカートの水色を探して、所内を歩きまわらずにおれなくなったのである。

二十年が経った。わたしは刑期を終えて出所した。ドイツ語はいちおう習得したが、すでに老い果てていて、そんなものはなんの役にも立たなかった。わたしは収容所からそのまま、ある保護施設に移された。

ところが、その保護施設でアーマに再会したのである。彼女は自分が誰であるかさえわからない廃人になっていた。いつからこうなのかと職員に訊ねると、二十年前にすでにこの状態で連れて来られたということであった。ということは、あの収容所で過ごした一日のあいだに、気持をそっくりわたしに託すことで、自分は死者になって、ここに来たのである。

明るすぎる墓地

アーマを連れて両親の家を訪ねる決心をした。彼女を両親に会わせることは正式に結婚するということであって、わたしとしては大英断だった。ところが、わたしは決心しながらもどこか本気ではない気持もあって、最終的にはそういうことにはならないだろう、そんなふうにも思っていた。アーマもわたしのそんな気持を知っているような気がした。

両親が兄といっしょに郊外に建てた家を訪ねるのは、はじめてだった。駅を出ると、妙に明るい町が待っていた。かすかにメロディが流れている、そんな感じだった。家の近くまで来ると、向こうに大きな川があるらしく、その明るい雰囲気がいっそう強まった。

両親の家の二、三軒前まで来た。わたしはそこで足をとめて、ごく自然な気持で、やはり延期だ、ここからひとりで引き返してくれ、とアーマに言った。彼女も素直にうなずいたが、「でも、あなたが家に入るところを見ている」と言った。そこでわたしは両親の家に向かってひとりで歩き出した。

ところが、足がとまらず家の前を通り越して、一軒向こうの家の門に入りかけた。わたしは苦笑してアーマのところに引き返し、彼女の笑い顔に見守られて、もういちど両親の家に向かった。だがやはりその前を通り越してしまった。

仕方なくふたたびアーマのところにもどり、こんどはいっしょに歩き出した。だがわたしたちは、両親の家に入らず、脇の小道へと足を運んだ。その小道を通っているとき、彼女が「きれいなお墓ね。わたしには、きれいすぎるわ」と小声で言った。よく見るとたしかにそこは家ではなく、こじんまりした墓地で、墓石をおおい隠すように、さまざまな花が咲いていた。

こうして墓地を後にすると、路はすこしずつ坂になり、やがて公園でもある小さな丘の上に出た。明るい陽が輝いていて、そこから眺めると、大きな川が見えた。向こう岸の河川敷で野球をしていて、白いユニホームが動いていた。その上の遠くに山々がくっきりと見えていた。わたしたちは、そこに黙って立ち、その光景をいつまでも眺めていた。

再度の別れ

アーマといっしょに川原を歩いていた。川は干潟になった海辺のようで、向こう岸が見えなかった。そこまで来たとき、アーマはなにも言わず、予定の行動であるかのように、わたしをそこに残して、どんどん向こう岸へと遠ざかって行った。

わたしはあまりの唐突さに、なにが起こったのかわからず、浅い流れを身軽そうに渡って行くアーマの後姿を呆然と見送った。彼女はいちども振り返らなかった。水色のスカートがしだいに小さくなり、やがてそれも消えてしまった。

その姿が見えなくなってはじめて、わたしはことの重大さを自覚した。彼女の唐突な行動も驚きだったが、自分がひとりになったことが信じられず、どうすればいいのかわからなかった。ひとりで家に帰るしかないのだろうか。そんなことが自分にできるだろうか。それに、アーマといっしょに生活していたあの家はまだあるだろうか。あるとしても、そこでどうやってひとりで生きていけばいいのだろう……。

わたしは動転した気持のまま、川原を歩きまわった。半日が経って夜になったが、そのことにもほとんど気づかなかった。さらに真夜中になり、疲れきって、頭が働かなくなった。そしてそのことがむしろわたしに勇気を与えた。

アーマを追ってこの川を渡ったらどうだろう。向こう岸で彼女に会えるのではないだろうか。そうだ。きっと、会える。問題は、わたしにこの川を渡れるかどうかということだ……。

いや、そうじゃない。もし溺れ死んでアーマに会えないとしても、結果として彼女が行った向こう岸に行けるのだから、どうしてためらうことがあるだろう。わたしはそう考えることで一筋の光明を見出した思いになり、川を真っすぐに渡りはじめた。

暗い夜で何ひとつ見えず、むしろその暗さが救いだった。途方もなくひろい川で、どのくらいのあいだ歩きつづけているのか、わからなかった。昼が来ないので何日とはいえないけれども、暗い夜のなかを五日も六日も歩きつづけたような気がした。さいわいアーマが渡ったときそうだったように、水の流れは浅く、いちばん深いところで膝の下くらいだった。こうしてわたしはとうとう向こう岸にたどり着いたのである。

向こう岸に着いたと思うと同時に、意外なことに、もう小さな町に入っていた。しかも町は大勢の人で賑わっていた。町のようすはいかにも質素で、中世の町はこんなふうではなかったのか、と思えるような佇まいだった。

わたしはそんな町のなかを歩きまわった。アーマと別れてから一週間くらい経っているような気がしているので、彼女が見つかるかどうか不安だった。ところが、まるで注文したようにすぐ、大勢の人々のなかにアーマを見つけた。そのときになってはじめて気づいたのだが、向こう岸であるこの町は、家も人もふくめて何ひとつ色彩がなかった。それなのに、わたしのための目印であるかのように、彼女のスカートの水色だけがまだ色彩を残していたのである。

わたしは彼女に声をかけようとして、危うく思いとどまった。アーマひとりではなく、連れがいたからである。アーマと同年くらいの女で、見たところ特別に親しい間柄のように思えた。アーマもその同性の連れに絶対の信頼を寄せている、そんなふうに見えた。

わたしはふたりの後を追った。彼女たちは楽しそうに話しながら、人ごみのなかをぬって行く。こんな気楽そうなアーマを見るのははじめてで、わたしは、自分がどれだけ彼女に緊張した生き方を強いていたか、あらためて教えられた気がした。実際に、病気がちだった彼女は、死後を楽しみにしているようなところさえあったのだ。

ふたりは小さな店に入った。蕎麦とか団子などを食べさせる店のようで、この店に来ることを長いあいだ楽しみにしていたにちがいなく、彼女はいかにもいそいそとした、まるで子供のようなようすだった。そういう仕草をほとんどわたしに見せなかっただけに、いっそう子供のように見えるのである。

子供……そうだ。わたしはようやく気づいた。アーマといっしょにいるのは、彼女の母親にちがいなかった。母親はいまのアーマと同じような歳で死んだのだから、友達のように見えて当然なのだ。だから彼女は、あんなに安心したような、甘えるような態度を見せているのだ。

わたしは店の外に立って、ふたりが店から出て来るのを待った。そのあいだに、長い年月あまりに彼女に負担をかけすぎていたことを思い起こして、いまさらながら悔やまれてならなかったが、同時にわたしから解放された彼女が、子供のころのような自分にもどっているのを見て、すこしその気持が安らぐのをおぼえた。

ようやくふたりは店を出てきた。「アーちゃん、おいしかったわね」「うん。おいしかった」ふたりの声が聞きとれた。とそのとき、アーマはわたしを目に入れて、おどろいたように立ちどまり、じっとわたしの顔を見つめた。あきらかにわたしを認めて、その眼差しを陰らせたのである。それに気づいた母親が、「アーちゃん、どうしたの」と言うと、われに返ったように「うん、なんでもない」と言って、その腕にすがり、わたしから視線をそらした。

わたしは、アーマの視線がそらされた一瞬、彼女が再度わたしから失われたことを知った。彼女はわたしを残して、死んでしまったのだ。彼女に会いにここまでやって来たけれども、声もかけずに引き返すほかないのだ。死者でありながら彼女がいま見せた眼差しの一瞬の陰りこそ、彼女がわたしのことをどれだけ心配しながら生きていたかを、これ以上ない明確さで証明したのだ。

わたしはこのように確信して、自分を納得させながらも、まだふたりの後を追った。アーマと母親は、仲のよい友達みたいに抱き合うようにして歩いていた。そしてそれが唯一の色彩である彼女のスカートの水色に引き寄せられて後をついて行くと、町外れのような寂れたところに出た。路の両側に小屋がけのような貧しい家々がつらなっていた。いくらか人通りもあって、どこか淋しそうに見えながら、それでいて満足しているらしい人々が静かに歩いていた。知り合いなのか、ふたりもときどき挨拶をしていた。

やがてふたりは、そんな家のひとつのなかに入った。川を渡って行ったときと同じように、アーマはわたしのほうを振り返らなかった。わたしはもう動揺しなかった。家に入る彼女たちのようすが、いかにも自分たちの家にもどって来たという感じで、そのことがむしろわたしを安堵させたのである。

わたしはふたりが入った家の前に進み出た。家はなかば土に没していた。そして木のドアは、いまふたりが入ったばかりなのに、もう下のほうが土に埋もれていた。わたしはその土を取り除きたい気持にかられたが、その気持をこらえて、川のほうに引き返した。

(了)

第三章

雪の伝説

二十年ぶりの大雪と聞いていたが、駅に着いてみると、想像をはるかに越えていた。小さな駅舎は雪にすっぽりと没して、四、五人の男たちが懸命に雪かきをしていた。駅を出ても雪を踏み固めた溝のような道が細々とつづくばかりで、もちろん車は使えなかった。雪が降りしきっていて、視界はほとんど閉ざされていた。

列車のなかで故郷に近づくにつれて寡黙になった小姓堂は、自分の鞄とわたしの鞄を肩にかけて、その細い雪の道を先に立って導いた。ときどき立ち止まってくれたが、それでもわたしはすぐに遅れた。こんなに深い雪のなかを歩くのは、この村にいた子供のころ以来で、足の運びがわからないのだ。それに山も川もすべて雪に隠れていて、記憶にあるものが何ひとつ認められないことも、わたしの戸惑いを募らせていた。

学生であり運動選手でもある小姓堂と知り合ったのは、わたしがある大学で事務の仕事をしているからだった。子供のころ小姓堂の故郷のこの村にいたことがあるわたしは、その風変わりな姓に記憶があって、たまたま彼に声をかけ、それをきっかけに親しくなったのである。

孤児であるわたしが東北のこの村にいたのは、十歳のときの一年にすぎず、大雪だったその年から二十年が経っている。だからわたしの記憶は、半年ちかくも雪に閉ざされた村の暗いイメージのほか、ほとんど薄れていた。それが小姓堂と知り合ったことで、裏山の栗林、小さな猿たち、崖の下の暗い小道、清水の湧く共同井戸、小姓堂というおなじ姓のおなじ造りの家々、村人たちの慎ましい生活など、記憶がありありと甦ったのである。

小姓堂は、運動部の正月の合宿練習が終わった一月の中

ごろになって、帰郷するので同行しないかと誘った。夏に誘いがあるだろうと思っていたのになかったので、わたしはその唐突な誘いにおどろいた。それに、そのときの小姓堂の様子がすこし変わっていた。熱心に勧めるのではなく、むしろ自分の意に反して誘っている、そんな沈んだ様子だったのである。

雪が降りしきるなか、車なら五分の道を一時間ちかくもかかって小姓堂の家に着いた。すでに日が落ちて谷間の村は雪と闇に沈んでいた。着くと同時に、わたしは自分の思い違いを知らされた。わたしはなぜか小姓堂の家は記憶にある旧家だろうと思いこんでいたのである。ところが彼の家は、その旧家の屋敷の裏手にある、物置小屋のような建物の二階だった。実際に、一階には使われなくなった農機具が収められていた。もちろん小姓堂はすこしも悪びれる様子なく二階に案内した。

二階は外観からは想像もできないくらいこざっぱりしていた。すこしも貧しいという感じはなかった。お母さんと姉さんがいて、すでに手料理が卓袱台《ちゃぶだい》に並んでいた。すこし妙だったのは、お母さんたちが小さな台所から「お帰りなさい」と声をかけたきりで、わたしの挨拶に挨拶らしい言葉を返さなかったことである。それに、これも妙なことだが、それまでわたしは小姓堂に家族についてなにも訊かなかったし小姓堂も話さなかったので、そのときはじめて父親のいない三人だけの家族らしいと知ったのである。

暗い夜空から雪がやむことなく降りつづいていた。山と雪にかこまれた静けさのなかでわたしはひとりで湯に浸かっていた。いっしょに入るのだろうと思ったのに、案内した小姓堂は、熱ければこうして雪を入れればいいといって、湯船のまわりの雪を掻き入れてみせると、二、三度、振り返る仕草を見せながら、わたしを残して引き返したのだ。

この村には、あちこちに温泉が湧き出ていた。簡素な屋根と囲みをしつらえて共同風呂として利用しているのである。ここもそのひとつで、四、五人しか入れないごく小さなものである。すぐ後ろは雪にすっぽりと蔽われた裏山で、まわりの空気は凍てついていた。

わたしは湯に浸かってしばらくのあいだは落ち着かず、出ようと思いながらもあまりの寒さにそのつど躊躇した。そして、そうしているうちに、いつのまにか心地よくなり、出そびれてしまった。それに、頭にいくつか疑念が生じていて、それも湯を出ることを躊躇させていた。

その疑念のひとつは、お母さんと姉さんが口にした「お帰りなさい」という言葉だった。そのときわたしは一瞬小姓堂に向かって言ったのだと思ったが、すぐに、そうではなく、自分に向けられた言葉だと気づいて、妙だと思いながらも受け入れた。そうでなければ、お母さんたちはわたしに挨拶しなかったことになるからだ。つまりあの「お帰りなさい」は、二十年ぶりで村を訪れたわたしに対する挨拶だったわけだが、考えてみれば、奇妙な挨拶だった。

疑念のもうひとつは、小姓堂がわたしと親しくしていたのは、けして友情などではなく、いずれわたしをこの村に連れ帰り、お母さんたちに会わせるためではなかったのか、そう思えてならないことである。それにしても、もしそうであるなら、お母さんたちは何者だろう。ほんとに小姓堂のお母さんと姉さんだろうか。母親とか姉とかいうものを知らないわたしの受けた印象は、信じがたいほど優しい女性たちということである。しかもただ優しいだけではなく、なぜかわからないが、世の中にこんな優しい人たちがいるだろうかと疑いたくなるような異様な優しさを秘めているように思えることである。

このふたつの疑念をひとつにすると、どういうことになるだろう。お母さんと姉さんは二十年前のわたしを知っていたということ、そればかりか十歳のわたしになにか関わりがあったということになる。そして小姓堂を介してわたしをこの村に招き寄せたということになる。ということは、お母さんたちはわたしに対してなにか意図を持っていることになるけれども、それはいったいなんだろう。好意だろうか、悪意だろうか。もちろん悪意であるはずがない。それだけは確かだ……。

いずれにしても、食事のあとしばらくして、温泉の香りがしていることに気づいて、わたしがそれを口にすると、待っていたように、お母さんが「湯殿へ案内してあげなさい」と小姓堂に言ったのである。すると小姓堂はぴくりと身を震わせて、「えっ、もうですか……」と戸惑ったように呟いたのだが、つづいて姉さんがお母さんに代わって、「ええ、そうですよ」と妙に強い口調で答えたのである。

降りつづく雪は湯船にも吹き込んでいた。わたしはその雪片を見つめていた。湯の表面に落ちてつぎつぎに消え失せる一瞬は、いくら見つめても見飽きることがなかった。雪は頭や肩にも落ちて来る。それが火照った体に心地よく、わたしはすでに湯を出ることを考えなくなっていた。

さらに時間が経って、どのくらい湯に入っているのか、わからなくなっていた。わたしはある声を聞き取ろうと懸命に耳を澄ませていた。雪の積もる音が聞き取れるほどの静けさのなかに、その声がわたしの疑念に答えるかのように、ささやきつづけているのである。やがてその声が聞きとれた。二十年前このすぐ裏山の奥の雪のなかで耳にした女の声である。

十歳のわたしはスキーに夢中になっていた。その日も悪天候なのにひとりで山に出かけ、吹雪に巻きこまれて、谷の凹地に転げ落ちた。深い雪でどんなにあがいても傾斜が登れず、とうとう動けなくなり、もうだめだとあきらめた。

真夜中になって月が昇った。雪に埋もれたわたしは、明るくなったのでかえって怖くなり、泣きながら月を見ていた。するとそのとき月の光を浴びて青く光る雪の塊りがふたつ、谷の傾斜を滑り降りて来た。その雪の塊りが人の形をしているので不思議に思っていると、低く細い声がかすかに聞こえた。

「母さん、やっぱり子供だわ」

「小さいね。でもせっかくだから、これにおし」

「でも、かわいそうだわ」

「それじゃ、こんどいつになるかわからないよ。こんな大雪はめったにないからね」

「……………」

「いいから、これにおし」

「この子にしてもいいけれど、この子がもっと大きくなってからにしたいわ」

「それまで我慢するというのかい?」

「ええ。わたしそうするわ」

「おまえがそうしたいなら、それでもいいけれど……」

雪が降りつづいていた。わたしはすでに湯船を出る気持をなくしていた。といっても、自分の意志からではなく、甦ったふたりの女の声がこのような気持にさせたのである。それにそのことに関わりのある、子供のころの記憶がわたしのなかで甦っていた。二十年前のその年も大雪で、冬のあいだに何人かの村人が亡くなったが、村の人々がその人たちの死をことさら悲しむ様子はなく、むしろ大事な伝説による死であるかのように話していたという記憶である。

真夜中になり雪はいっそう激しく降っていた。湯船にゆったりと浸かって夢うつつになりながらも、わたしはすさらに夜が更けて、雪に埋もれた東北地方の山や野に、雪はやむことなく降りつづいていた。わたしは湯に浸かり、降りしきる雪を眺めながらも、自分がどこにいるのか、もうわからなくなっていた。

（了）

でに確信していた。それは、わたし自身、二十年ぶりの大雪にこうして抱かれ、村人たちが話していたその伝説の死を待っているということだった。

事実、わたしは何度か立ち上がって小姓堂の家の在りかを確かめたが、雪が降りしきるなかに見出したのは、二階などない、低い屋根に雪を乗せた小屋であった。

梨の木の下で

　ある城下町に滞在していたときのことである。わたしは、宿を出て、古びた町中を歩きまわっていた。そして気がつくと、屋敷町といったところに迷い込んでいた。昼すこしまえの時間で、上空は急に暗くなり、海があるはずの方角から、雨雲が押し寄せる気配だった。

　わたしは空を見あげて、たぶん大丈夫だろうけれど、降り出すかもしれない、傘を持っていないのだから急がねばならない、そう思った。だが、宿のある方角がわからず、また、道を訊こうにも、誰も歩いていなかった。

　そこまで来て、冠木門のある家の前を通りかかると、人の良さそうな老女が、門から顔を出して、梨の初物をごいっしょにどうぞ、と言って、門のなかに招き入れてくれた。わたしはこれ幸いと招待を受けた。そのあいだに降り出せばしばらく雨宿りさせてもらえばいい、やまなければ、傘を借りればいい、とっさにそう考えたのだ。見るからに旧家といった構えの家で、自家の梨が実ると、こうして誰はなしに招待するのが慣わしなのかもしれない。

　老女に案内されて庭に入ると、雨が降り出しそうな気配なのに、ささやかな集まりの最中だった。もちろん、こんな時間なのだから、暇な老人たちにちがいなかった。風向きなどを考えて、大丈夫、降らない、そう判断しているのかもしれない。いずれにせよ、大きな声など聞こえず、いかにもひっそりとした集まりのようだった。

　老女に言われて、そのほうを見ると、頭上に大きな木があって、たくさん実がなっていた。梨の木にしては異様な大きさだった。老女は申し訳なさそうに、小ぶりで、甘みも少なく、あまり美味しくない、たくさんなるのであちこちに配っているが、それでも採りきれずに、半分は鳥たちの餌になってしまう、というようなことを言った。無理に引き入れて、さぞ迷惑だろう、という口ぶりだった。

その梨の木の下に来た。古びた木のテーブルがあって、七、八人の男たちが腰かけていた。梨をご馳走になり、おしゃべりをしながら、茶を飲んでいるのだ。老婆は、そこまで案内すると、「どうぞ、お好きなお席に」と言って、茶の用意をするのだろう、屋敷の方に引き返して行った。テーブルをかこんでいるのは、やはりみんな老人だった。

わたしは挨拶をして、空いた椅子に腰かけた。老人たちは、かすかに頭を下げたようにも見えたが、受け入れたのでなく、むしろ無視した、そんなふうな動きにも見えた。それでいてわたしは、なぜかその無視を快く受け入れていた。

老女が茶と梨を載せた盆を持って来た。そして、それをわたしの前に置いて、「粗茶ですが、どうぞ」と言って、引き返した。正式に招かれたわけで、わたしはほっとした気持だった。

老人たちはわたしにかまわず話をつづけていた。みんな、わたしよりもすこし年配にちがいなく、いかにも落ち着いた、静かな雰囲気だった。それなりの地位にあった人たちなのだろう、背筋をしゃんと伸ばした様子は、気品のようなものさえ感じさせた。

わたしは梨を食べているあいだ、老人たちの声だけを耳に入れていた。そして、食べおえて、あらためて話の内容に耳を傾けたが、しだいに老人たちから視線をそらさずにおれなくなった。というのも、老人たちは戦争の話をしているのだが、日露戦争の話なのである。しかも、昨日のことのように、露軍との白兵戦を語り、その細部をたがいに確認し合っているのである。

わたしは浮かした腰をおろして、そらしていた視線をおそるおそる老人たちへ向けた。軍帽こそかぶっていないが、どの老人も軍服姿だった。そして、その軍服はわたしが実物を見たことのない、日露戦争当時のものだった。

仮装しているのだろうか。そんなことはなかった。仮装していないということは、この老人たちは、わたしよりも六、七十歳以上も年上であって、百歳をはるかに超えているということになる。わたしはそう思って、もういちど老人たちをよく見てみた。

老人たちは、わたしがそこにいないかのように、わたしの視線に対して、どんな反応も見せなかった。蒼白い顔に、兵士らしい端正さをたたえて、凄惨な戦いの有様をたんたんと語るばかりだった。

戦死した兵士たちの亡霊だろうか、一瞬そう思ったが、もちろん亡霊などではなかった。だいいち、亡霊であるならば、当然、戦死したときの若い兵士の恰好でなければならない。だが、目の前にいるのは、軍服を着ているが、みんな老人なのである。

わたしの頭に、生死を越えた存在、という言葉が浮かんだ。この場合、そう考え、そう認めるほかなかった。つまり、わたしは死者たちのなかに招き入れられ、死者たちの話を聞かされている、ということだった。

それにしても、日露戦争の戦死者にどういう関わりがあるのだろう、わたしはそう思いながら、なおも男たちの話に耳を傾けていたが、その話からは、老人たちと自分とのあいだに、なにか大きな断絶がある、そう感ずるばかりだった。しかもその断絶は、生者と死者とのあいだにある隔りではなかった。

老人たちが話すことでわたしに教えようとしているのは、あきらかに、死そのものの断絶であった。わたし自身が死者であると仮定しても、この老人たちの死とわたしの死のあいだにあるだろう、そうした断絶であった。国のために命を落とした人間の死とそうでない死との違いという断絶だろうか、そんなふうにも思ったが、そういうことでもなかった。

それならば、それはどんな断絶だろう。時代の経過にしたがって死そのものの在り方が変成するのだろうか。老人たちとわたしのあいだには、せいぜい祖父と孫くらいの隔たりしかない。そんな短いあいだに、死の在り方そのものが変成するのだろうか。

いずれにしても、老人たちの話を聴いていると、わたしと老人とのあいだに、死に関して、超えられない断絶が横たわっている、そんな感じがいっそう強まるのである。不変であるはずの死、その死の在り方に、断絶ができている、そう思えてくるのである。梨を食べ終え、茶を飲み終わって、あとはここを辞するばかりだったが、その断絶がどういうものかわからないうちは、ここを立ち去れない、そんな気がしてならないのである。

男たちからそらした視線を上空へ向けると、大きな梨の木の上に、いよいよ雨雲が暗くおおいはじめていた。いまにも降り出しそうだった。それでも老人たちは、わたしに聞かせるかのように、旅順の攻防の詳細を語りつづけているのである。

(了)

待合室

窓は吹雪に閉ざされて、なにも見えなかった。密室に閉じこめられたような鬱陶しい気分が何時間もつづいた。しかもその支線は積雪で運休しているらしく、一夜を待合室で過ごすことになりそうだった。

それでなくとも気の重い旅だった。ただひとりの兄弟である弟は、東北の日本海に面した小さな町に住んでいて、もう七年も会っていなかった。その弟の手紙がこの悪天候のなか、わたしをここまで連れて来たのである。もともと病身なのだから、病気というだけの文面なら、これまでもそうしたように放っておけたが、危篤にちかいというような文面では、そういうわけにはいかなかった。

父が再婚した女とのあいだに生まれた弟は、歳が離れているせいもあって、わたしにはどういう人間なのかよくわからなかった。わたしを頼って上京した十七、八歳のころすでに病身で、快活なところなどいちども見たことがなかった。なにか暗い想いのようなものを後生大事に抱えこんでいる、という感じの男だった。

そんな病身なのに、弟はなぜか、故郷でもない雪の多い地方に住んでいた。そのこともわたしにはさっぱりわからなかった。しかも彼は、雪の降るころになるとかならず、「素晴らしい雪景色を見にいらっしゃい」という妙に執拗な手紙をくれた。もちろんわたしはいちども応じなかった。彼の神経質そうな性格や陰鬱そうな表情を思い浮かべると、そんな誘いに乗ったりすれば、どこか暗いところに引きこまれる、そんな気がしてならなかった。

列車は遅れに遅れて乗換え駅に着いた。弟の住む町に行く支線はやはり運休していた。それにすでに真夜中になっ

ていて、その駅で降りたのはわたしひとりだった。雪の重みで電線がきれたのだろうか、駅舎はまっ暗で、それでなくとも綿をちぎったような雪粒がななめに吹雪いていて、何ひとつ見分けがつかなかった。駅員の懐中電灯に導かれて、ようやく待合室にたどり着いた。

待合室も明かりがなく、長椅子の列がかろうじて見分けられた。駅員が行ってしまったので、手探りするようにして長椅子のあいだを進んだ。どの椅子にも黒い陰になって人が横たわっていた。待合室をひと回りしてようやく空いた席を見つけた。ホームに接した窓の下で、風とともに雪がしきりに窓ガラスに吹きつけていた。わたしは鞄を足もとに置いて、硬く冷たい長椅子に腰かけた。おなじ椅子に人影が横になっていた。すっぽりとフードをかぶっているようだった。

真夜中の待合室は静まり返っていた。外はあいかわらず荒れていて、隙間から吹きこむ風がひゅうひゅうと長く尾を引くような音をさせていた。その音がなにかの意図を持ってわたしにまといつこうとしている、そんなふうに聞こえてならなかった。

わたしはたばこを吸うためにライターの火をつけた。一瞬の明かりに、隣りに横たわる女性らしい影が浮き出た。そして火が消えて十秒くらいしてから、フードがかすかに動くのが見分けられて、「まぶしいことね」という声がした。細く美しい声だった。なにかを枕にしている様子である。

とりあえず詫びを言ったが、女はなにも言わなかった。もちろん若い女で、美しい声にふさわしい美しい顔をしているにちがいなかった。まどろんでいるわけではなさそうなので、わたしは声をかけてみた。

「ひどい雪ですね」

女はやはりなにも言わなかった。「まぶしいことね」と言ったのは、ひとり言みたいなものだったのだろう、そう思っていると、意外なことを言った。

「あら、常識的なおっしゃりよう。つまらないこと」

顔を見てみたいが、この暗さではフードを脱いでも、見分けられそうにない。

「こんな難儀に遭っているのですよ」

「難儀ですって？」

女は、こんどはすばやく応じた。

「そうかもしれませんが、わたしはちがいますわ」

「雪がよほどお好きなのですね」

「雪、大好き。でもいまは、大切な人を待っているからですわ」

ずいぶん遠慮のない言い方である。

「恋人でしょう」

「恋人ではありません。でもこれからその人と婚約しますの」

「…………」

「七年越しのお誘いがようやく実って、その人が今夜ここに着きますの」

「七年ですって?」

わたしは弟の手紙を思い出した。弟は七年のあいだ毎年冬になると、「素晴らしい雪景色を見にいらっしゃい」という手紙を寄こしたのだ。

「わたし、ある人の勧めで婚約するのですが、今夜はじめてその人にお会いしますの。それでこうして待っているのです」

わたしは気持が昂ぶっている自分に気づいた。

「それで、婚約を勧めたある人というのは、どういう方です?」

「わたしの婚約者でした」

「どうしてその人と結婚しなかったのです?」

「どうしてって、そうなっているからですわ」

「…………」

「わたしたちのところでは、婚約期間は七年という決まりがあります。それなのに男の人たちは、きまって七年のまえに亡くなってしまいますの。わたしたちの婚約者はみんなそうですわ」

「…………」

わたしはなにか言おうとしたが、言葉が見つからなかった。

「その人はずいぶんお兄さま思いの人で、お兄さまの話ばかりしていました。そして自分が亡くなったら、そのあと自分に代わって婚約者になってもらう、それがいちばんの楽しみだ、いつもそう言っておりましたのよ」

風がごおーと鳴って、駅舎の屋根に雪が落ちる音がした。ホーム越しに吹きつけて、ガラス戸をがたがたと鳴らした。

「あらあら、あの娘《こ》たち、すてきな歓迎ぶりだこと」

女はフードの頭をすこし動かして、いかにもうれしそうに言った。意味は理解しかねたが、その言葉にわたしは気持をさらに昂ぶらせた。それでもその昂ぶりをおさえて、あらがうように言ってみた。

「それでは一方的に婚約を押しつけることになりませんか」

「あら、どうして？　そんなことはありません。婚約をお兄さまに勧めたその人が、わたしとの婚約で、自分がこの七年どれだけ幸福であったか、そしていまどれだけ満足して死んで行くか、手紙に十分に書いて差しあげていましたから」

そんなことが書いてあっただろうか。真剣に読まなかったけれども、そう言われれば、たしかになにかそうした、この世のこととは思えない歓びに浸っている、兄さんもかならずここにいらっしゃい、そんなふうなことが書かれていたような気がする。

「それに、この待合室まで来れば、誰だってもう帰りたいとは思いませんわ。昔からそんな人はひとりもいませんもの。それもみんな雪のおかげですわ。来るまえは、雪なんてぞっとする、できれば行かないですませたい、そう思うみたいだけれど、雪にすっぽりとつつまれたこの待合室に入れば、帰りたいなんて誰も思いませんわ」

わたしはその言葉が終わるのを待って、待合室を見まわした。腰かけた長椅子のほかは消え失せていて、なにも目に映らない。

「そう、もうおわかりね。これは婚約者を迎えるための待合室で、ここにはお兄さまおひとりしかいませんのよ」

女はこう言って、薄暗がりのなかで体を起こすと、わたしの腕をつかんだ。氷のように冷たいのに、それでいて焼けるように熱い手であった。その異様な感覚に目がさめたような気持で見まわすと、駅の待合室ではなく、雪になかば埋まった船小屋である。

「もうおわかりでしょう。お兄さま」

フードを脱いだ女は、わたしの首に腕をまわして引き寄せた。顔と顔が触れた。たっぷりある黒髪のせいもあって、雪玉のように小さく見える顔である。ふたつの大きな眼が顔の半分を占めている。女はその小さな顔を上に向け、細く長い首をぐいと伸ばし、風音に負けない大声で叫んだ。

「捕まえた！　おまえたち、いまよ。さあ、大暴れして！」

風がごおーと鳴り、はげしい吹雪が船小屋をおそった。

「ああ、あの娘《こ》たち、猛烈すぎるわ」

船小屋はめりめりと音を立て、屋根が吹き飛び、船べりが倒れた。最後に、だだだァーという大きな音につつまれ、なにもわからなくなった。

気がつくと、わたしは、赤いマントを着た巨大な女に抱えられて、吹雪がやんで月の光に照らされた雪原《せつげん》を、女の雪深い臥所《ふしど》へと急いでいた。

（了）

棘

文章家をこころざすOとわたしは、これまでずっと仲良くやってきた。もちろん海のものとも山のものともわからない、まったくの無名の存在だった。ところがきょう、Oとわたしは、わたしがいまいるこの場所で、決定的に決別した。

わたしたちは、いつものように、片側が崖になったこの空地に立っていた。この場所はわたしたちにとって、文章家になれるかどうかという局面を意味していて、ここに立つと、対抗意識が目覚めて、たがいに腹をさぐり合い、相手の出方をうかがうのだった。そしてきょうは、もはやこの空地にとどまっているわけにはいかない、すぐにも崖を降りる決意をしなければならないという終局的な状況に追いつめられていた。この崖をどういうふうに降りるかという一点に成否がかかっていて、それによって創作の道が拓けるか、決定的な挫折に終わるのか、という瀬戸際に立っていたのである。

このようにして、相手の動きと崖とを交互に見守りながら、Oとわたしがあいかわらず決断できずにいると、そこにKという名の売れた文章家が乳母車を押して入って来た。こんなところにあらわれるところをみると、名を成した文章家でも行きづまることがあって、無名のとき立っていた場所に舞い戻ることもあるのだろう。わたしはそう思いながら、Oとともに、さっそくKのそばに寄ってみた。文章家とはどんな生き物なのか、どんな匂いを発散させているのか、確かめてみようというわけだ。

思ったとおり、べつに変わったところはなかった。強いていえば、ひどく近眼らしく度の強いメガネをしていて、レンズのその厚みが外界をこの文章家に都合よく屈折させていて、創作に必要な狭い空間を構成するのに役立っている、その結果、その狭い空間のなかで大人しく生きる害のない生き物になっている、という印象だった。

ところが、Oはこの先輩に話しかけ、見えすいた世辞を浴びせはじめて、わたしをおどろかせた。わたしたちのような無名の文章家の気持など、うんざりするほど知っているのだろう、Kはべつにうるさそうな様子を見せないかわりに、世辞を気にかけるふうもなく、乳母車に積まれた機械をいじっていた。どうやら文章家というのは、自分のことにかまけて、他人のことにはほとんど興味が持てない人種らしい。といっても、やはり世辞はべつであり、どんな見えすいた世辞でも効果がないなんてことはあり得ない。いや、大いに効果があるはずだ。

わたしはそのことをすばやく認めて、Oに負けずに「ぼくはKさんの文章を音読してみたことがありますが、作為的ではない快いリズムが生じました。散文が芸術になり得るかどうかは、文章にその人独自のリズムがあるかどうかだと思うのです……」などと口からでまかせの世辞を言った。すると、乳母車に乗せた奇妙な機械にかかりっきりのKは、機械から顔をあげずに、「言うはやすしだ。そのリズムを生み出すには、こうやって食い物から作り出さねばならんことを、世間の連中はまったく知らない……」とひとりごとのように呟いた。

文章のリズムを生み出すための食い物だって？　わたしは頭にパンチを食らったようにめまいを起こし、顔が青ざめるのを感じた。そうだったのか。文章家になるにはそういう作業まで必要だったのか。それなのに、Oとわたしは抽象論ばかりを振りまわして、文章のための食い物など考えもしなかった。すると、これがその特別な食い物を作る機械なのだ……。Oとわたしは押し退け合うようにして、Kの仕事ぶりに見入った。

乳母車に渡した板の上に据えられたその機械は、文章家自身のお手製だろう、ミシンのような形をしたブリキの箱で、機械の右側が作業台になっている。Kはメリケン粉を乳母車の底からしゃもじですくって容器に入れ、そのうえに水と、やはり乳母車の底にある何種類かの液体をすこしずつ加えて混ぜ合わせている。そして、できた練粉を指先につけて舐め、さらにいくつかの液体を足して調合している。その際、いちいち乳母車の把手に下がっている汚れたノートになにか書きこむ。

ようやく満足できる練粉ができたらしく、Kはひとりうなずいて、機械の左側にあるラッパのような受け口にその練粉を注ぎこみ、スイッチを入れた。機械が身震いするように動きだした。と同時に、Kは乳母車を押しはじめた。

Oとわたしは、ならんで見守った。Kは、空地を左回りに四回、乳母車を押してまわった。そしてそのあいだ、本来ならば他人に見せない文章家の姿なのだろう、願いをこめるような真剣な表情で、子守歌を歌っていた。

　彼がもとの位置にもどると、Oとわたしはふたたび押し退け合いながら機械を覗きこんだ。Kが別のスイッチを入れると、ブリキの機械はごとんごとんといまにも壊れそうな音を立てはじめたが、しばらくして機械の右側にある出口から、石鹸ほどの大きさの四角なものが押し出された。食パンのように見えるが、もっと白く、もっとやわらかで、オカラのようなものだ。

　文章家は、さっそくつまんで口に入れると、舌の上で転がして、それから喉をごくりとさせて飲みこみ、胃がどんなふうに受け入れるか感じ取ろうとしているのだろう、しばらく目を閉じていた。わたしはその隙に指でつまんで舌に乗せてみた。離乳食のようにやわらかなそれは、甘味をつけたヨーグルトみたいで、まるで頼りない。Oもわたしを真似て口に入れたが、「うまい、なかなかいける。これならいいリズムを生み出してくれるのは当然だ……」などと言いながら、飲みこむまえにもう世辞を言った。Kはその声に目を開け、はじめて気づいたかのようにわたしたちの顔を見つめた。わたしたちの反応を参考にしようというのか、真剣な目つきだ。

「Kさん、ほんとうにおいしいですよ。こんなのははじめてだ」とOは繰り返した。文章家はなぜか顔を赤らめて、「きみは？」というようにわたしの顔を見た。そこでわたしも、「なかなかいいですね。ただぼくとしては、できれば、もうすこし堅く、もうすこし塩味がほしいな。もっともこの甘さ、この柔らかさがKさんの文章の特徴といえばそれまでですが……」などと勝手なことを言った。

　わたしの言葉に苦笑したKは、他人の味覚など参考にならないと考えなおしたらしく、「もとよりこれが最上の出来というわけじゃない。いや、中くらいか、そのちょっと下だな」と言い訳をした。それでもOは「ぼくは好きだな、この味。ぼくの味覚にぴったりだ。Kさん、もっと食べていいですか？」としきりに世辞を繰り返した。

　文章家は「好きなだけやりたまえ」と答え、例のノートになにか書きつけながら、「ねえ、きみ」とわたしに言った。「問題は胃腸との関係だよ。いくらいいものを作り出せても、胃腸が消化できなければなんにもならない。われわれはこのことをすぐに忘れてしまう。したがって、出来上がる食い物に合うよう、つねに胃腸の働きをコントロールしていなければならない。一種の妥協といえるだろうが、その状態を長期的に維持するのがまた厄介なのだ。もちろん、めったにない幸運だが、他人が作った食い物が胃腸にふしぎに合うことだって、なくはないのだが……」

それを聞いて、オカラのようなものを夢中で口に押し込みながらOがつづけた。

「そうですよ。Kさんのおっしゃるとおりですよ。げんに、Kさんの作ったものがぼくの胃腸にぴったり合ったのですから。ひょっとすると、Kさんの胃腸よりぼくの胃腸にうまく合うのではないか、そう思えるくらいですよ」

それからどのくらい時間が経ったのか、気がつくと、わたしはおなじ空地にひとりで立っていた。あたりを見まわしても、どこへ行ったのか、Oの姿はなかった。とうとう崖を降りたのだろうか。わたしは崖のふちまで進んで、崖の下を覗いてみた。どこにも姿はない。ところが顔を上げたとき、すこし先の崖が崩れて坂になっているのが目に入った。いつのまにあんなことになったのだろう。おどろいてよく見ると、その坂になったところに轍がついている。乳母車の跡である。その轍にそって視線を伸ばすと……いた！　あんなところまで行ってしまっている！

Oは崖の下に広がる草原の中ほどにKといっしょにいた。そこでもういちど例のオカラを製造しているらしく、ふたりは肩を寄せ合った恰好で、乳母車を押して草原に円を描いている。Oのやつ、調子のいいことを言っていたが、Kにしっかり食らいついて、崖を無事に降りることに成功したのだ。

わたしは、下の草原で乳母車を押して円を描くふたりを眺めながら、どうしようと考えた。まんまとOに出し抜かれたが、崖崩れの轍にそって降りれば、わたしにだって無事に降りることができそうだった。このチャンスを逃す手はない。Oにできたことがどうして自分にできないことがあろう。しかし、OはKに付き添うことで降りることができたのであって、おなじ道とはいえ、ひとりでは危険ではないだろうか。仮に無事に降りることができても、あの草原でなにをすればいいのか。そんな模倣では、たちまち行き詰まるのではないのか。それよりも、いましばらくここにとどまり、独自の降り方が見つかるまで、これまでどおりにやって行くべきではないのか。

しかしわたしは、この空き地にうんざりしていた。すでに長いあいだここにとどまりながらも、なにも見出せなかったのだ。それなのに、ここにとどまりつづけるのは、降りる勇気がないことを証明するばかりで、才能の片鱗も発揮をせず朽ち果てる結果になりかねない。わたしはそう考えると、無理やり自分に言い聞かせた。やはりこの機会を利用して崖を降りよう。いずれ確信のないままに降りることになるのは目に見えているのだから、これ以上ぐずぐずしていると、これまでの努力が無駄になってしまう。

わたしは決心をして、崖崩れのほうへ歩きだした。ところが五、六歩も行かないうちになにかにつまずいて転び、あやうく崖を転げ落ちそうになった。地面に這いつくばり、なんとか転げ落ちずにすんだが、こんどは起きあがろうとしても、起きあがれない。どうしたのだろう？

足だ！　右足がどうかしたのだ。横たわったまま右足を顔の近くまで持ちあげてみた。足の甲に棘が刺さっている。しかもただの棘ではない。長さが四、五センチのこまかく竹を裂いたようなものが、何十本と刷毛のようになって突き刺さっているのだ。いや、突き刺さったのではなく、血が出ていないところをみると、突然、そこに生え出たのだ。

さいわい痛みはない。足全体が石みたいに硬く、そのせいか体のなかにセメントでも詰めこまれたような気分だ。それにしても、どうしてこんなことが……。そうだ。あのオカラに当たったのだ。指先でちょっとつまんだだけなのに、よほど体質に合わず、たちまちこんな異物を噴き出させたのだ。だから、崖を降りる勇気がなくてわざと作った傷ではない。絶対にそんなことはない。

わたしは背中を地面につけて仰向けになった。そして足を顔の上に持ってきて、足の甲に生え出た何十本もの棘の一本を引っ張ってみた。根が張っているみたいに抜けない。そこでさらに顔に近づけて、こんどは歯で噛んで引っ張ってみた。痛みに耐えながら引っ張りつづけると、ようやく抜けた。二本目にかかった。さらに三本、四本……。わたしは時間を忘れてその行為に夢中になった。抜く尻から生え出るのではないのか、そう思いながらも、その作業を中断できなかった。

いつのまにか夜の帳が下りていた。わたしはまだ棘を抜く作業にかかりきりだった。とうに崖の下の草原は暗闇に沈んでいた。あれからOたちはどうしただろう。わたしはぼんやりそう思ったが、もう彼らに関心はなく、棘を抜くことにさらに意識を集中した。棘はいくら抜いても抜ききつくせないので絶望しそうだったが、それでも、もう自分にはこの作業しか残されていない、そう自分に言い聞かせていた。それに、抜き取る一瞬の鋭い痛みはけして慣れないが、この痛みがいずれこの崖を降りる独自の方法を教えてくれるはずだ、そんな考えにとらわれていた。

（了）

雪の朝に

朝早く家を出て、待ち合わせのバス停へ向かった。駆落ちをするのにゴムの長靴は変だったが、前々日の夜から降りつづく雪に、町はすっかり埋まっていた。わたしは歩きだしておどろいた。三月なかばの大雪も珍しいが、きめ細かい雪質で、息を吹きつければ舞いあがりそうだった。さいわい風はなかったが、すこしでも風があれば、視界は白く閉ざされて、バス停にさえ行き着けないだろう、そう思えるほどだった。

わたしはあちこちにぶつかったり、足を滑らせたりしながら、なんとか通りに出て、雪のなかにバス停を見出した。ほっとしてよく見ると、ズボンまでも真っ白になっていて、叩いたくらいでは落ちそうになかった。さいわい水気のない雪なので、無理に落とすことはなかった。それよりも心配なのは、小麦粉のような雪を吸いこんで大丈夫だろうかということだった。わたしは肺が丈夫ではなく、肺の病気で死ぬだろう、そう確信していた。

バス停には、この大雪にもかかわらず、四人の先客がバスの到着を待っていた。しかも四人とも老人で、すこし様子が変であった。この珍しい大雪にも興奮していなくて、ここにいることを恥じているみたいに、悄然とうつむき、視線を足もとに落としているのだ。

もっとも、わたし自身、はじめのうちこそ季節はずれの雪景色を眺めていたが、そのうちおなじようにうつむいてしまった。そして胸のなかで繰り返し思った。駆落ちなんてほんとうに約束しただろうか。夢でしかないことを現実だと思いこみ、こうして雪のなかに立っているのではないのか。それどころか、ここにこうしていること自体が夢ではないのか……。

老人たちが顔をあげた。その気配に目を向けると、通りの遠くに雪が舞いあがっていた。バスが竜巻のように雪を舞いあげながら、やって来るところだった。もちろん音は聞こえなかった。わたしは、家を出てから自分の咳のほか、どんな音も声も聞いていなかった。町はそれほど深い静けさにつつまれていた。

バスがはっきりと見えてきた。老人たちが車道に進み出た。わたしは、あとにつづこうとして、あやうく立ちどまった。彼女が来なければ、駆落ちにならないのだ。するとやはり、約束は夢のなかのことだったのだろうか。夢でないとしても、夢に似たなにかに暗示された妄想だったのだろうか。

たしかにそんなふうにも考えられた。Lは子供のころからの友人で、親兄弟以上に親しい間柄なのだ。それなのに、その妻と駆落ちをするなんて、そんな理屈に合わないことが起こるはずがないのだ。さらにわたしは思った。

こうして待っている相手が彼女ではなくて、Lならばどんなにいいだろう。この珍しい雪景色がどんなふうに目に映るか、それぞれの印象を述べ合い、それを照合し合って、飽くことを知らないだろう。Lとはそれくらい親しい仲であり、たがいに自分を映す鏡みたいに一対になって生きてきたのである。

バスは目の前にやって来た。窓はすべて雪におおわれていて、バスと知らなかったら雪の巨大な塊りが移動して来たと思っただろう。停車して雪の壁にドアが開いた。老人たちは護送される囚人のように首うなだれて乗車した。後につづこうとして、わたしはおもわず踏みとどまった。バスが発車すれば、駆落ちという妄想から解放される、一瞬、そう思ったのだ。

バスは発車しなかった。わたしが乗るのを待って、ドアは開いたままだった。わたしは乗る意志のないことを示すために、後ずさりしようとした。だがそのとき誰かに背中を押されて、反対にステップに足を乗せた。そしてそのまま乗りこんだ。

その誰かも乗って来て、見ると、彼女であった。自分でもまだ信じられないが、友人の妻と駆落ちすることになったのだ。わたしは彼女のほうを見ないようにして、運転席のふたつ後ろの席に腰かけた。町を出るまではたがいに知らぬふりをしていなければならない、そう思ったのだ。

バスは動きだした。ほとんど走っているとは思えないほど静かだった。しかも窓が雪でふさがれているので、大きな穴倉のなかにいるみたいだった。顔をうつむけたまま彼女を探すと、反対側の席に腰かけて、真っすぐ前へ顔を向けていた。

わたしは目をうたがった。ほんとうに彼女、Lの妻だろうか。ふだん見る彼女は化粧らしい化粧もしないので、いつも尼僧を思わせた。ところが今朝はまるでちがっていた。カツラをつけたみたいに長い髪を両肩に垂らし、顔を真っ白に塗っている。三日月型に赤く眉を曳き、銀色の口紅をつけている。役者のメーキャップのようだ。服装もその化粧にふさわしく、足先まで隠れる鮮やかな赤紫色のマントを羽織っている。仮面舞踏会のための狂女の扮装といった恰好である。

彼女は顔を真っすぐに前方へ向けていた。青く塗った瞼はきつく閉じられている。わたしはそのまま目を閉じていてくれることを願わずにおれなかった。その目に見つめられたら、自分が自分でなくなる、なぜかそんな気がしたのだ。

乗客も彼女の異様な仮装におどろいているだろう、わたしはそう思って、車内を見まわした。だが七、八人の乗客は、誰も彼女を見ていなかった。それに、乗客はすべて老人で、もちろん彼女ほど念入りではないが、顔を白く塗っていた。

わたしは、乗客たちのその白い顔を見て、これはなにかの間違いではないのか、そう思った。その間違いのせいで、駆落ちなんて途方もない妄想が生まれ、それに身をまかせてしまったのではないのか。だから、その間違いを思い出せば、この妄想から覚めて、ここから抜け出せるのではないのか……。だがなにも思い出せなかった。子供のころからのLとの親しい関わり、それが遠い記憶のように思い出されるばかりだった。

バスは雪に埋もれた町を走りつづけた。バス停を出てからいちども停車しなかった。左右にかすかに揺れるほかは、どんな振動もなかった。動いていることを確かめようと、外を見ようとしても、窓は雪のカーテンですっかり閉ざされていた。

車内も静けさに満たされていた。その静けさは、白い顔をうつむけ、身じろぎもしない乗客のひとりひとりが、おのずから醸し出している、そんなふうに思えた。彼女だけが化粧をした顔をフロントガラスへ真っすぐに向けていて、極度に緊張したその表情が、わたしを落ち着かせなかった。

わたしはあることに気がついた。彼女の裾の長いマントの下に足が見えていたが、裸足であった。それに気づいて、よく見ると、ほかの客もみんな裸足であった。落ち着かないのは靴をはいているせいだろうか。わたしはそう思って、長靴を脱いで裸足になった。吹きこむ雪が床に積もっていたが、足を乗せても、冷たくなかった。すでに感覚がなくなっていて、むしろそのことがわたしの気持を落ち着かせた。

バスは雪に埋もれた町を走りつづけた。どんな物音も聞こえなかった。老人たちはあいかわらず白く塗った顔をうつむけている。彼女もいつのまにか、なにかを念じているかのように、老人たちに同化して、顔をうつむけている。

わたしはようやく彼女の顔を見つめることに慣れて、この駆落ちがなにを意味するか、すこし理解できた気がした。双子のように一対であったLから分離して、つぎの段階に進むには、駆落ちという形で彼女の仲立ちが必要だった、そんなふうに思えた。

このように理解したうえで、わたしは足もとの雪を両手にすくい、顔に塗りつけた。小麦粉のように滑らかな雪は、溶け出さなかった。老人たちとおなじ化粧になったはずで、なにかをうまく成就させ得たという確信が生まれた。

バスは雪に埋もれた町をなおも走りつづけた。宙に浮いているような柔らかな振動が感じられるばかりで、その振動に身をゆだねているだけで、自分に満足をおぼえた。バスに乗ったときからずっと気になっていた運転手の不在すら、もうすこしも気にならなかった。

(了)

サーカスの少女

なにもかもうまくいかなかった。父は一家を支える実質的な力を喪失していた。兄はどこか体のぐあいが悪いらしく、父に代わって家を支える力がなかった。下の兄は自分の小さな家族を維持するだけで精いっぱいだった。そしてわたしは、未熟な人間のままで、自分で自分を保つ力がなかった。もちろん職場の人たちも、まずい関係にはないけれども、生きる支えになってくれなかった。それに、仕事が極端に少なくなり、会社は倒産しかけていた。

　午後、わたしは、仕事がないので時間をもてあまして、近くの公園に出かけた。サーカスのテントができているというので、散歩がてらに見物に行ったのだ。たしかに、突然あらわれた巨大なテントは、ちょっとした見ものだった。

　帰りに近道をしようと、テントの背後にある仮設の宿舎の横を通りかかった。すると宿舎のひとつのドアが開いていて、舞台衣装の恰好をした少女の姿が見えた。とその瞬間わたしは、「彼女がそうだ！」と確信した。それでいてなにを確信したのか、自分でもわからなかった。もちろんサーカスの少女に知り合いなどあるはずがない。

　ところが、わたしが「彼女がそうだ！」と確信すると同時に、振り返ってわたしを認めた少女が、いきなり宿舎を飛び出して来て、わたしに抱きついた。わたしと少女はしっかりと抱き合った。彼女は異様なくらい痩せていて、そのことがわたしをおどろかせた。ああ、もうこんなに痩せている、そう思った。

　少女の母親と付添いの女が、すぐ飛び出して来た。そして私たちを引き離しにかかった。少女は容易に離れなかった。まるでわたしの体に痩せた体をもぐり込ませようとしているみたいだった。それでも母親たちの執拗さに負けて、

わたしから引き離されたが、そのとき彼女は「わたし、もうじき死ぬ。きっと見ていてね。お願いよ」とささやいたのである。

その夜、わたしはサーカス小屋へ入った。満員の盛況であった。「もうじき死ぬ。きっと見ていてね」という言葉がどういう意味かわからないけれども、彼女を見ることができるのは舞台しかなかったからである。

彼女は空中ブランコ乗りで、出し物の最後を飾って、ひとりで演技した。いくつもの揺れるブランコに、つぎつぎに飛び移るのである。その痩せ細った、しなやかな姿態は、薄い衣装をまとっていて、まるで蝶が舞うように華麗だった。はじめのうちこそはらはらしていた観衆も、飛翔があまりにも軽々しいので、同じ人間であることを忘れて、茫然と見とれていた。それはわたしもおなじだった。恐怖はすこしも感じなかった。ただ、演技をおえて、下に張られた網に降りたとき、網の外に飛び出しそうで、わたしは思わず腰を浮かせた。

翌日の午後も、わたしは彼女の宿舎の横を通りかかった。すると彼女は、昨日と同様に母親たちを振りきって、飛び出して来た。そして私たちは、昨日にもまして激しい抱擁をした。もちろん母親たちは、すぐに私たちを引き離した。

その夜のショーも無事であった。それでも細かく観察できるようになったわたしの目は、彼女の飛翔がいっそう軽くなっているのを認めた。ブランコに飛びつくとき、横棒にぴたりと合うはずの手が、すこし早く達するのだ。飛翔能力が彼女の技術を越えていて、その分だけ危険が高まっているのである。じっさいに、昨日と同じように、演技をおえて張られた網に飛び降りたとき、昨日にまして危うく外に飛び出しそうになった。

つぎの日の午後も、宿舎の横で私たちははげしく抱擁した。この抱擁が演技の上で、彼女に力をあたえるのか、それともエネルギーをうばうのか、どちらともわからなかった。ただ、母親たちはやはり長い抱擁は許さなかった。いずれにせよ、彼女が日ごとに痩せ細り、それが飛翔能力を高めていることは確かで、わたしは、この事態をどう考えたらいいのか、わからなかった。「きっと見ていてね」という彼女の言葉どおり、観客席で見ているしかなかった。

何日か経った。その夜の彼女の飛翔は、あまりにも見事なので、ブランコが目に映らないくらいだった。彼女のしなやかな肢体だけが宙に舞って見えた。たしかに彼女は、もうブランコを必要としなくなろうとしていた。あとは、わたしがその飛翔の停止をどう受けとめるか、つまり彼女の死をどう受けとめるか、それだけが残されていた。その意味で、午後の抱擁は、わたしがその死をより深く抱きとめるためのレッスンであった。

その日は、宿舎の裏口は閉まっていた。死んでしまったのかと思った。もちろんそんなはずはなかった。それでは約束を果たせなかったことになる。夜になった。やはり彼女のショーは中止されなかった。ということは、今夜が「きっと見ていてね」というその日なのである。

わたしは最前列に席を取った。張られた網を飛び越えて落下する彼女を抱き取ろう、そう心に決めていた。この一週間、毎日彼女を抱いたので、どのように抱けばいいか、よくわかっていた。

もちろんそうしたところで、死を抱きしめることでしかないことは、すでにはっきりしていた。

（了）

海

案内されたのは地階のような感じの部屋であった。わたしは、フロントに電話をして、部屋替えを申し出た。やって来た初老の支配人は、どういうつもりなのか、おかげさまで今夜は満室ですと、妙に浮き浮きした顔で言った。もちろんわたしも負けずに、それならやむを得ないが、こんな重苦しい部屋では、持病の発作が起きそうだから、念のためホテルが契約している医者の在宅を確認しておいてもらいたいと言い返した。

さすがの支配人も渋い顔をしたが、すぐに反撃に出て、それはお気の毒ですが、別の部屋となると、お客様にお願いして部屋を空けてもらわねばならず、その場合、倍額の料金をちょうだいすることになります、と言った。朝までひと眠りするだけだから、倍額など払えるはずがない。

わたしは、部屋替えをあきらめたが、せめて地階でないことだけでも確かめようと、支配人のいる前で窓に歩み寄ろうとした。だが支配人は、そのまえに、もう取り合うつもりはないという意思表示だろう、「よーくお休みなさい」という皮肉とも聞こえる挨拶を残して、部屋を出て行った。

わたしは釈然としないまま、部屋の真ん中に立ちつくした。たしかに地方都市のホテルにしては、一流なのだろう、厚い絨毯が敷かれているし、調度品も外国産らしいものがそろっている。大きなベッドも凝ったものだ。しかしやはり陰気な感じがしてならない。

この窓だって、こんなに小さく作ってあるのは、ここが地階だからではないのか。わたしはそう思いながら、厚ぼったいカーテンを半分ひいてみた。部屋の照明が映すだけの黒い窓ガラスがあらわれた。こうしたニセの窓の外は、せまい温室みたいな空間になっていて、申し訳のように造花の鉢植えなどが置いてあるものだ。

ところが、黒々とした窓ガラスの下のほうに、赤や黄の明かりが見えた。わたしは目を凝らした。どう見ても街の明かりとネオンの輝きである。するとここは、すくなくとも五、六階の高さであり、そうでなければ、高台に建っていることになる。それならば、海はどこにあるのだろう。

わたしは、A子の話を思い出した。それによれば、公園になっている丘陵があって、その下に浜辺がひろがっているはずであった。彼女は、その浜辺から三百メートル、いや、五百メートルも沖に泳ぎ出したことがある、そう話していたのである。だが、繁華街の明かりのほかはなにも見えず、海らしい広がりなど、まるでその気配もない。

けっきょく、海の所在のわからないまま、窓を離れると、わたしはパジャマに着替えて、ベッドに横たわった。そして暗い天井を眺めていると、やはり地階にいるような重苦しさがぶり返してきた。どうやらこの感じは、部屋のせいでなく、わたしがとらわれている気持のせいであるらしい。A子から聞いて想像していた、海に面した明るい都市のイメージとはあまりにちがうので、こんな気持になるのかもしれない。

それにしても、どうしてこの都市を訪ねる気になったのか、自分でもわからなかった。A子に未練を残しているのだろうか。そんなことはなかった。事実わたしは、二年という契約の同棲がすぎても出て行こうとしない彼女に対して、無理に追い立てるようなことはしたくないと思いながらも、すこしずつ苛立ちを強めていたのである。この苛立ちが極端な冷淡さに変わったとき、彼女も居たたまれなくなり、去って行くだろう、そう思っていたのである。

しかしA子は、わたしの気持など気づいていないみたいに、出て行く気配を見せなかった。毎朝、わたしを仕事に送り出して、どんなにおそく帰っても、夕食を食べずに待っていたのである。ところが、ある日、仕事をおえて帰ると、それが唯ひとつの持ち物であった大きな鞄とともに、置き手紙一枚残さず、A子は姿を消していたのである。そんな素振りはすこしもなかったので、わたしは呆然とした。

もちろんわたしは、その日から久しぶりで晴れ晴れとした気分ですごした。生涯独身で通そうと決意した身なので、彼女との二年の同棲生活が悔やまれて、それを取り返すべく、仕事をおえると、彼女がいなくなった家にいそいそと帰ったものである。

ところが、一か月ほどして、二年のあいだ繰り返し聞かされていたせいだろう、A子の故郷であるこの地方都市の夢を見たのである。そして、その夜からこの都市の夢を見るくせがついてしまい、そうしているうちに、実際にこの目でこの都市を見たくなったのである。

それにしても、いまになって、この都市にどうして気持をとらわれるのか、わけがわからなかった。A子が異様なほど熱心に話すので仕方なく聞いていたが、地方都市にな どまるで興味はなかった。聞いているほうが無難なので、聞くともなく聞いていたにすぎなかった。夢に見なければ、彼女とともにこの都市のことなどすっかり忘れていたはずである。

部屋はあいかわらず重苦しさが感じられた。それでもしだいに眠気がこみ上げてきて、すこしうとうとした。と思うと、すぐに目を覚ました。誰かが耳もとでささやいたような気がしたのだ。わたしは耳を澄ませた。隣りの部屋の声だろうか。まさか。こんな厚い壁越しに人の声が聞こえるはずがない。なにかの錯覚だ。そう思って目を閉じた。するとふたたび、こんどは、女の声とはっきりわかる話し声が聞こえた。

わたしは起きて耳を澄ませてみた。たしかに話し声がしていた。ベッドを降りて、声のするほうに近づいた。ベッドの反対側の壁に接してテーブルとソファーが置かれていて、その壁のあたりから聞こえていた。よく見ると、暗くて気づかずにいたが、壁の一か所に体をもぐり込ませるだけの凹みが作られていた。話し声はそこから聞こえていた。

その凹みに体を入れると、二、三メートル奥の行き止まりに、椅子が置いてあった。わたしはおのずとそこに腰かける恰好になった。すると、ちょうど目の高さに薄明かりのもれる小さな窓が作られていた。

わたしはその窓におそるおそる顔を寄せてみた。隣りの部屋のなかが見えて、すぐそこにあるベッドに、半裸の男と下着姿の女が坐っていた。同時に「それ、おいしいでしょう。ねえ、おいしいでしょう」という声が聞こえた。半裸の男が大きなトマトをかじっていて、女がその様子を熱心に見つめているのである。

もちろん向こうからはこちらが見えない仕かけになっているはずで、わたしは安心してガラスに顔を押し当てた。女はなおも「ねえ、おいしいでしょう。ねえ、とてもおいしいでしょう」と言いつづけていて、半裸の男は、女の言葉にうなずきながら、夢中でトマトにかじりついている。

「ここはトマトの産地なの。畑で完熟したトマトは、どこのよりも真っ赤で、どこのよりもおいしいの。わたしは、誰にだって、好きなだけ食べてもらうことにしているの……」

わたしはガラス越しに女の顔を見つめた。薄暗がりだが、覗き窓がベッドに接しているので、顔が見分けられた。間違いなかった。A子であった。彼女はやはり故郷の都市に帰っていたのである。ガラスがなければ手のとどくところに、わたしと二年同棲していて、それから契約どおりに去って行ったA子が、そこにいるのである。

おどろきが薄らぐと、この再会がそれほど奇異に思えなくなった。戯れにしろ、みずから娼婦と名乗っていたA子との奇妙な同棲を思い起こせば、それほどおどろくに当たらなかった。ふたたびA子の言葉が耳に入った。べつの話題に移っていた。

「……そうなの。わたしは、その人と二年いっしょに住んでいたけれど、もう男と女の関係ではなかった。それでいてその人は、自分ではまるで気づかなかったけれども、女との関わりがなければ、生きていけない人間だった……」

半裸の男は、あいかわらず真っ赤に熟れたトマトを貪りながら、機械的にうなずいていた。彼女の話など意に介する様子はなく、食欲に身をまかせていた。男のその様子がA子との日々をわたしに思い出させた。彼女はわたしに向かって、二年のあいだ、たえず話しかけていたのに、わたしはいちども真剣に耳を貸さなかったのである。

「そうなの。だからわたしは、その人に海のことばかり話すしかなかった。だって、女のほうに目を向けないのなら、もう海しかないことが、わたしには、よくわかっていたのだもの。それなのに、あの人はまるで聞く耳を持たなかった。海なんて、ただの大きな水溜りでしかない、そんなふうに思っているみたいだった……」

たしかにA子は、わたしに向かって海の話ばかりしていたのである。そして彼女はいまも、トマトを食べつづける男の顔を見つめながら、海について話しているのである。

「ねえ、わたしの言うこと、わかるでしょう。そう、その人にとって海はただの言葉でしかなかった。そのことに気づいたからわたしは、わたし自身が海という言葉になって、あの人に向かって話しかけつづけるしかなかった……」

わたしははっきりと思い出した。「わたしは、わたしは、わたしは……」という彼女の言葉が、わたしの耳にたしかに「海は、海は、海は……」というように響いていたのである。したがって海が語っていたのである。それなのにわたしは、そのことをまるで理解しようとせず、ただのおしゃべりだと思っていたのである。そして半年経ったいま、そのことの意味を知るために夢に導かれて、この都市にやって来たのである。

ということは、海という言葉をとらえる能力がわたしから失われている以上、A子自身が海になるほかなかったのである。そして、その結果、わたしとの関係を経て、自称でもある娼婦にもどった彼女は、みずからを海だと言いつつ、海と男たちとの関係について話しつづけるほかに、身を保てなくなっているのである。いまでは、海でもある自分が、男たちにとってどのような存在であるかを、説きつづけなければならないのである。

しかし、A子がどれほど執拗に話しつづけても、男たちは彼女の言葉を真剣に聴こうとしないだろう。わたしがそうであったように、海という言葉をとらえる能力をなくしている男たちは、彼女がいくら「わたしが海だ」と語っても、なんのことかわからず、ただのおしゃべりだと思うだろう。

それでも彼女は、男たちに向かってみずからがそうである海について、執拗に話しつづけなければならないだろう。といっても、彼女はまったく無駄なことをしているわけではない。男たちは、その場ではたしかに耳を貸さないけれども、いつか彼女を理解するときが来るのである。

このように考えをめぐらすと、わたしはひどく満足をおぼえて、壁の奥の凹みから出た。そしてベッドに寝転んで、なおも海について語りつづけるA子の声を聞きながら、悦びに満たされていた。地下の部屋にいるような重苦しい感じも消えて、晴れ晴れとした気分になっていた。ここが丘の上に建つホテルであり、朝になれば、窓から視界のかぎり青々とした海が望める、そうはっきりと確信したからである。

（了）

確認すること

　ここでは時間がたっぷりある。というよりも、死者であるわたしに時間の観念はなく、あるのは死者としての想念ばかりである。そしてその想念自体がみずからの消滅を願っているのに消滅できず、それゆえにここを立ち退けずにいる。それはつぎのような疑問、三番目のあの息子は、わたしの死に際して、どうしてあのような行為に出たのかという疑問が残っているからである。わたしは、死者の声が届くならば、おまえにこんな思いをさせられるとは思いもしなかった、おまえは間違っていた、とあの息子に言ってやりたい。あの息子がわたしの臨終に立ち合いたいと願ったことは当然のことで、もちろんそのことはいい。しかしなにも、あんなやり方をする必要はなかった、そう言いたいのだ。

　あの息子をあんなふうに駆り立てたのはなんであったのか。死の床に横たわったわたしは、恐ろしい力で押し倒し組み伏せようとする相手と、まさに死に物狂いで戦いつづけなければならなかった。そんなわたしをあの息子は、ベッドの脇の椅子に坐って、まるでなにか、そこに生じている事物でも見るように、見つめつづけていた。わたしは、息子がそこにいると気づいてはいたものの、もう息子の考えまで知ろうとする気力も体力もなかった。そんなことはめったになかったが、苦痛がすこし薄らいだとき、彼の顔がぼんやりと認められて、なぜいつもここにいるのだろう、そう思っただけである。

　あの息子はなにが目的で、それまで保ってきた距離を放棄して、わたしにあれほど接近しようとしたのだろう。そのころはまだ病状はそれほど進んでいなくて（わたしがそう思っていただけで、実際はひどい状態になっていたのだが）、ベッドに体を起こすことができたのだが、わたしは

こう思った。あの息子は、父親が自分をまるで理解していないという不満を持つ一方で、自分のほうは父親を理解しているとひそかに自負していて、そのことをわたしにわからせようとしている、そのために毎日病院にやって来る、そう単純に思っていた。

たしかに彼が察していたとおり、わたしは息子を理解していなかった。そのことはいまになってはっきりとわかる。といっても、理解できなかったのではなく、理解しようという気持がなかったのだ。わたしにわかっていたのは、あの息子が何ひとつやり遂げる能力を持っていない、無能力な人間だということであった。そして、そうした考えがあったからこそ、手を貸してやることも、忠告することもしなかった。こんなにも無能力で、しかも努力をすることも知らない息子を理解してもどんな甲斐もない、そう思っていた。実際に、どうしてあのような息子に父親が期待をかけることができるだろう。

しかしいま思うと、どうして息子のような無能力者が出現したのか、せめてそのことだけでも知ろうとすべきだった。それなのにわたしは、無能力な息子を理解しても意味がない、いっそう哀れになるだけだ、そう思いこんでいた。実際のところ、あの息子のように、自分の無能力を棚にあげて、この世のあらゆることに懐疑的な態度を見せる人間に、どうして親のわたしが理解を示し得ただろう。無能力を一種の能力と思い込んでいるような人間に、どうしてその態度を改めるよう、忠告できただろう。

このようなわけで、理由のない不満をいつまでも持ちつづける息子を、親として不快に思わずにはいられない、見て見ぬふりをするほかはない、という状況が生まれたのだ。世間にうまく適応できないということでは、わたし自身そうであったが、わたしは、あの息子のように、適応できないことを人より優れた能力などとは思わず、なんとか適応しようとつねに努力した。それがわたしの人生だった。

ところがいまになって、自分の生き方について悔いはないのに、あの息子を理解しなかったことが想念として残り、それが死後の想念としてわたしをここにとどまらせているように思えてならない。いったいなぜなのか。わたしは、自分の一生がそれほど道を踏み誤っていたとは思わない。だから、「わたしのことは放っておいてくれ！　死んだわたしのことなどかまわず、必死になって生きろ。それだけが大切なのだ」そう息子に向かって、ここからでも叫びたいくらいだ。

もちろん、あの息子との関わりがそのまま、想念としてのわたしをここにとどまらせている、そう本気で考えているわけではない。あの息子がどういう人間であったのかという、そんな疑問が、わたしをここにとどまらせていることなどあり得ない。げんにわたしは、気の小さい、まるで頼りにならない人間、物ごとに対して集中力を欠き、落ち着きというものが爪の垢ほどもない、目に入れるのも忍びない人間、そう思って、あの息子に関してはどんな期待も放棄していたが、そのことは間違っていなかったはずだ。

それなのに、死後のいまになって、ほんとうにそれだけのことだったのか、あの息子に関してわたしはなにか重要なことを見落としていたのではないのか、という疑念が想念となり、わたしをここにとどまらせている、そう思えてならない。

そうだ。わたしがあの息子についてなにかを見落としていたことは確かだ。あの息子についてというよりも、人間という存在になにか基本的な変化が起こっているのに、その変化がなんであるかを理解しようとしない、そうあの子に思わせたことは確かだ。それにしても、わたしが理解できなかったこと、いや、理解しようとしなかったこと、それはなんだったのか。死の床に横たわったわたしに対して、あの息子にあのような振る舞いをさせたのは、なんであったのか。

あの息子は死の床にあるわたしを、その一か月ばかりのあいだ、母親や兄弟を押し退けるようにしてベッドの脇の椅子に腰かけ、見つめつづけていた。苦痛に意識がとぎれとぎれになり、時間の感覚も空間の感覚も狂ってしまっているわたしが、ふと目を開けると、いつもあの息子がわたしの顔を覗きこんでいた。わたしの視力はすでに衰えていて、ほとんど物を識別できなかったが、息子の白いシャツとメガネだけはわかった。そのふたつだけが、わたしにまだ自分が生きていると確信させることすらあった。

あの息子は、死の床にあるわたしが彼の振る舞いに戸惑い、苛立たしく思っていることに気づかなかったのだろうか。わたしは、息子のそんな振る舞いが歯ぎしりするほど腹立たしかった。死ぬところなど見てもらいたくなかった。たとえば、上の二人の息子の態度は最初からわかっていた。親が死ぬときに誰もが感ずるだろうことを感じ、誰もがするだろうことをするだろう。つまり、ひとつの事実としてそのまま受け入れるだろう。実際にわたし自身そうだったが、親の死はそれ以外に受け入れようがないはずだ。

それなのにあの息子は、まるで死んで行くことがどういうことなのか、死とはなんであるかを、わたしに教えようとするかのように、じっとわたしを見守っていた。わたしはそんなことはして貰いたくなかった。これから死んで行く人間が、どうして死について知る必要があるだろう。死の床に横たわっていることがすでに死なのだ。それに、どうしてあの息子が知っている程度のことを、わたしが知らないことがあろうか。それとも、あの息子はすでに死についてなにか知っていたのだろうか。いや、そんなことはあり得ない。もしそうなら、あの息子の思い違いだ。知っていると思っていただけのことだ……。

いや、待て、そうではない。やはりあの息子の振る舞いには意味があったのだ。そうだ。あの振る舞いはけしてわたしのためではない。あれは、あの息子が、もの心がついてからはじめて見せた真剣さそのものだった。そうだ。彼はわたしの死を見ることで死というものがなんであるかということ、つまり死について自分が知っていると思っていることが、それがほんとうかどうか、確かめようとしたのだ。だから彼は、ベッドの脇の椅子に坐っていながらも、看病の真似のようなことはいっさいしなかったのだ。

しかし、もしそうなら、あの息子が知っていた死とはなんだろう。わたしの死を見ることで確かめようとした、あの息子がすでに知っていた死とはなんだろう。そうだ。死を知るということは死の不在を知ることでしかなく、したがって、あらかじめ死というものが不在であることを知っていなければならない。だからあの息子は、死の不在を確かめようと、わたしを見つめつづけていたのだ……。

それにしても、死の不在を確かめたからといって、それが生きていくうえにどんな役に立つというのか。それは、ただつねに死の不在のまわりをうろつくだけのことであり、そんなふうに死の不在という圏内にとどまっているから、あの息子の生は不毛であり、あのような無能力者でしかありえない、ということではないのか。

いずれにしても、いまはっきりとわかったことだが、わたしの死の床でのあの息子の振る舞いは、死が不在であることを確かめることだったのだ。こう考えれば、すべてがはっきりする。それはこういうことだ。わたし自身、いや、誰だって、生きているときすでに死が不在であることを知っている。そして実際に死んで、死の不在を確かめる。つまり、死とは死の不在を確かめることだ。ただあの息子は、そのことを生きているうちに、わたしの死を介して確かめようとしていた。しかしそれを確かめたからといって、それがなんのためになるというのか？

（了）

反転

気がつくと、裸で仰向けに寝て、蟹と取っ組み合っていた。のしかかる相手を、両手両足で突き放そうとしていた。わたしが小さくなったのか、相手が巨大化したのか、蟹はむやみに大きく、長い脚でわたしの腹をらくらくと跨いでいた。どう見ても、蟹のほうが優勢で、わたしは劣勢を強いられていた。

といっても、甲殻類なんかに負けられなかった。そこで、数の上ではるかに劣る手足で突き放しながら、とりあえず相手を観察した。その結果、巨大ということのほか、もうひとつ明らかな特徴を見出した。白い体の持ち主だということである。

しかもただの白さではなかった。体内に発光装置でもそなえているのか、扁平な甲羅も、複雑な構造をした腹部も、もちろんたくさんの脚も、すべて真っ白なのである。それだけではなかった。伸び縮みする肉柄の先端についた、握りこぶしくらいもある目玉さえ、白色電球がともったようだし、いまのところ用なしといった恰好で、働いている脚の邪魔にならないようもたげられた一対のハサミも、白い手袋をしているみたいだった。

したがって、蟹といっても、明らかにまがいものであり、なにかが蟹に身をやつしている、そんなふうにも考えられた。夢に出没するものは、どんなに奇怪なものであっても、おのずからそれなりの了解というものがあるはずなのに、この蟹とわたしのあいだには、そうした繋がりは見出せないのである。

するとこいつは、当然、外からわたしの眠りのなかに、無理やり入り込んで来たことになる。そう考えるほかない。この白さがその証拠だった。本来、夢にあらわれる色合い

としては、こんな白さはあり得ないのだ。

いずれにしても、こちらの手足は四本、向こうはハサミを除外しても八本。これでは、どんなにがんばってみても、勝負にならない。それでなくとも、相手は硬い甲羅におおわれているのに、こちらはパジャマさえ着ていない。脚の尖った爪は、それだけで恐ろしい武器である。

それでもわたしは、しばらくのあいだ、組み伏せられまいと、相手の脚を必死で押しのけていた。四本の手足でなんとか相手の四本の脚を制しても、相手はまだ残っている四本の脚で攻めてくる。したがって、せっかく制した四本を放棄して、新たな四本に立ち向かわねばならない。いうならば、ふたりをいちどに相手にしているようなもので、相手の倍の速さで手足を動かし、防御しなければならない。

わたしはくたびれて、戦意をなくした。あるかぎりの力を振りしぼって戦いつづけても、組み敷かれた状態を維持するのが精いっぱいで、この劣勢を挽回することなど、とても望めない、そう思ったからだ。そこで、いったん戦いを中断して、相手の出方を見守った。

すると意外なことがわかった。蟹は、長い脚でわたしの腹を跨いでいて、残りの脚をわたしの体に乗せているが、重みというものがすこしもないのである。ということは、わたしは、相手の脚の数に幻惑されて、無意味な抵抗をしていたことになる。

重みがないということは、やはり、まがいものの蟹ということである。そうであるならば、逆に馬乗りになり、脚をぽきぽきもいで、退治できるかもしれない。もちろんそんな無法なことをするつもりはない。それよりも、蟹に身をやつしてまで人の眠りのなかに入って来たのは、それなりのわけがあるだろうから、それを知ることが先である。

そこでわたしは、そのまま静かに横たわり、蟹の出方を見守った。すると、抵抗しようがしまいが、蟹の動きはまったく同じであることがわかった。甲羅の向きをすこしずつ変えながら、たくさんの脚を巧みにあやつって、胸や腹のあちこちに脚先を移動させているのである。

蟹はなにをしているのか。獲物の大きさに戸惑っているのだろうか。そういうことなら、そのうち持て余してあきらめ、手ぶらで、すごすご巣穴に帰って行くかもしれない。そうすれば、わたしのほうも、夢の消え去った安らかな眠りにもどれるわけだ。

もちろんそんな甘い考えは許されなかった。戸惑っているのではなく、巣穴に運ぶ方法を、たとえば、切り刻んで運ぶ方法を検討しているのかもしれなかった。いずれにしても蟹はひどく冷静だった。めったにない大きな餌食に出くわしながらも、それらしい興奮も見せず、下等動物のあの貪欲さや性急さとも無縁といった様子である。

わたしは、あちこちに触れる蟹の作業にもなれて、好きなようにさせていた。いまのところ、脚の爪先でかるく触れるだけで、もたげたハサミを使う気配はなく、そのハサミの動向さえ目を離さずにいれば、さしあたって安心だった。

足のほうはどうなっているのか。わたしはそう思って、体を起こそうとした。ところが起こせなかった。ぴくりとも動かないのだ。それでも、なんとかすこし動く首をもたげると、いつのまにか、体全体が異様に膨れ上がっていた。目に入るのは、胸の膨らみと、それよりもさらに高く膨らんだ腹ばかりで、足はその山に隠れて見えないのだ。

蟹はなにをしたのか。わたしの考えとはべつの作業をしていたのである。爪先で体に触っていたのは、大きさをはかったり、抱きかかえよいところを探したり、そうしたことをしていたのではなく、体じゅうを爪先で細かく刺していたのである。つまりなにかを注入していたのである。なにを注入していたのか。もちろん、甲殻を白く見せている光を注入していたのである。なんという迂闊さだろう。わたしはかっとなって、相手の三角の蓋のついた腹部を蹴り上げようとした。だが、足はすでに丸太のように膨らんでいて、動かせなかった。足ばかりではない。両腕も二倍もの太さになり、投げ出されたみたいにそこにあって、使い物にならない。したがって、動かせるのは目だけだが、目ではどんな抵抗もできない。

わたしが動けないと知った蟹は、遠慮なく爪先を突き刺しはじめた。痛くはないが、腹部を中心に、体じゅうがすでに、怖いくらい膨れ上がっている。なんとかしなければならない。こうした生き物は音に弱く、声を発すれば、獲物を放棄して、巣穴に逃げ込むのではないのか。そう思いついたが、すでに喉も押し潰されていて、声が出せない。

こうなっては、あとは、相手の顔をにらみつけて、脅しをかけるほかないが、それは無理な注文だ。だいいち、顔をにらみつけるといっても、どこが顔なのかわからない。伸び縮みしている肉柄の先の目玉に怒りの視線を向けるしかないが、相手は肉柄をくねくね自在に動かして、視線を合わせないようにしている。

やがて蟹は、そうしているうちにも、これ以上は無理と判断したのか、作業を終えた。そして、山ほどにも膨張したわたしの上から降りたが、成果を点検しているらしく、まわりを横歩きしはじめた。成果に満足しているのだろう、甲羅全体を顎のように上下に動かして、うなずいている。わたしのなかに送り込んだ分だけ甲殻はくすんだ色になり、ほんものの蟹らしくなって見える。

それにしても、こんなに膨らませて、どうしようというのだろう。考えられるのはふたつだ。ひとつは、膨らませることで軽くして、巣穴へ運びよくする。ふたつは、こんなふうに膨らませ、そのうえで破裂させて、ばらばらになったものを、巣穴へ運ぶ。いずれにしても、蟹という生き物は、死骸の解体を生業《なりわい》としている、そのことを思い起こすべきだったのだ。

点検を終えた蟹は、わたしの脇腹に甲羅をぴったりと寄せた。そして白い目玉をさかんに動かして、膨れ上がった腹部をたんねんに眺めまわした。わたしは持ち上げられたハサミを見ていた。開いたハサミの内側に、ぎざぎざの列が認められた。やはり巣穴に運びよい大きさに切り刻むつもりだろうか。だがわたしはまだ生きている。生きているものを切り刻むなんて……。

といっても、指一本動かせないのだから、観念するほかはない。蟹は、一方のハサミで腹の膨らみをそっと撫でた。わたしは目を閉じた。あんなハサミで、こんなに膨らんだ腹をうまく、すうーと切り裂くことができるのだろうか……。

ハサミが腹を突き破ったとき、わたしは、それが破裂音であるかのように、みずから叫び声をあげて、眠りからさめた。やはり夢だった。そう安堵しながらも、パジャマの上から腹に手をやった。腹は無事であった。それでもしばらく動かずにいた。夢からさめた感じが、いつもとはまるでちがっていた。腹が破裂したイメージが生々しく頭に残っていた。それはつぎのようなイメージであった。

蟹がハサミを腹に突き立てた瞬間、その切り口が一方は喉へ、他方は下腹部へ、一直線に走った。と同時に、注入されていた光が、その亀裂から一気に噴出した。そしてその噴出の勢いで、背骨を軸に、一瞬にして、内部が外部に、外部が内部にひっくり返った。

そのイメージはいまもつづいていた。内部が外に晒されたという感覚で、しかもその感覚の持続が、すこしも不快ではないのだ。自分の内部を白日に晒しているという、この思いもかけない快感を、どうすれば持続させることができるか、そんなふうにさえ考えているのである。

それにしても明るかった。わたしはそれに気づいて、ようやくはっきりと目を開けた。頭のすぐ上にあるカーテンが開いていた。昨夜、といっても、すでに夜明け近くなっていたが、閉め忘れて、寝てしまったのだ。その窓からガラス越しに陽が入り込んでいるのだ。もちろん蟹の正体はこの日差しであり、それが夢のなかに闖入したのである。

わたしは目を閉じた。反転した感覚はまだつづいていた。外部が丸まって新しい内部をつくっていたが、当然、その新しい内部は空白だった。そのことを認めて、ようやく蟹の目的がなんであったのかを理解した。

蟹の目的は、反転によって内部である暗がりを陽に晒して、消滅させることであったのだ。言い替えれば、昼の明るみである陽の光が、蟹というイメージを介してわたしを反転させ、わたしのなかに溜まっていた暗がりを回収したのである。

だがなんのために？　わたしはきのうまで、その暗がりを感じ取ることで、昼の明るみに耐えてきたのである。その暗がりでは、なにもかもひとつに溶け合っていて、どんな裂け目もなく、どんな区分もなく、わたしはその柔らかな深みに浸っておれたのである。その暗がりはわたしの信頼にこたえて、わたしを庇護してくれていたのである。

その暗がりという庇護がこうして奪われたのである。反転した瞬間に、その暗がりが昼の明るさのなかに消滅して、その庇護が失われたのである。

わたしは寝床の上に立ち上がった。昨日までのあの柔らかい体ではなく、棒のように堅い、真っすぐな体になっていた。背丈もすこし高くなって感じられた。それに、体の隅々までが、かつて経験したことのない爽快さに満ちていて、頭もすっきりしていた。

その爽快さに気づくと、わたしはじっとしておれなくなった。せまい部屋のなかを歩きまわった。さらには、窓を開け、馴れない長身を折り曲げて、窓の外に旗竿のように首を突き出してみた。青黒く見えるまでに晴れ上がった空が、目の前でぐらりとかたむき、その一点を破って、陽が銀色に輝いていた。

昨日までのわたしは、空や陽へ目を向けることさえ嫌った。いまはちがった。なにかの予感に充たされていて、外に向かっての衝動に突き上げられていた。炎天下に全身を晒して、「さあ、わたしを見てくれ！」とでも叫びたい気持だった。

その衝動のままに、わたしは部屋を飛び出した。昨日までとは背丈がちがうので、衣服が合わなくなり、窮屈だった。見た目に変にちがいないが、そんなことは、いまは、どうでもよかった。

アパートから路地に出たところで足をとめて、部屋の窓を眺めた。色あせた緑色のカーテンが認められた。わたしはそのなかで眠りを貪り、さまざまな夢を遡行することで、内部の暗がりという庇護に守られていたのである。

それなのにどうして、こんなことになったのか。自分でも気づかずに、こうなることを望んでいたのだろうか。もしそうであるなら、内部の奥の暗がりという庇護がすでに無効になっていた、ということになる。

アパートのある路地から通りに出た。正面から陽がまともに照りつけた。一瞬、体が溶けてしまうという感覚が生じた。地中から這い出て、はじめて陽の光を浴びた生き物だった。

わたしは目を閉じた。反転によってできた内部の空洞が見えた。アパートに引き返し、寝床に入って、その空洞にもぐり込むべきだろうか。わたしは足をとめなかった。内部と外部とが入れ替わった以上、この状態で新たな庇護を見出さなければならない、そう思った。

（了）

水人間

宿といっても、八十とも九十ともしれない年老いた老婆と、行き遅れたような三十くらいのふたりの女と、孫娘とでもいえる十七、八の娘がいるだけの小さな宿で、わたしがそこを定宿にしていたのは、その孫娘の美しさに惹かれていたからである。その日、宿に着くと、よいところに来てくれたと、老婆はわたしの手を取らんばかりで、どうしたのかと問うと、孫娘が攫《さら》われたというのである。老婆の話はこうだ。

この町の下に湖がある。その湖の底に水人間たちが住んでいる。ところが、その水人間たちの男、つまり水男たちは、いつも地上の女に恋い焦がれていて、大胆にも地上に上がって来て、若い女を攫っていくことがある。宿のすぐ裏に使われなくなった古井戸があって、地下の湖と地上をつなぐ通路のひとつになっているが、そこまで登って来て隠れていた水男のひとりが、通りかかった孫娘を攫ったというのである。

老婆はこのように話して、これから孫娘を助けに行くので手伝ってくれ、もし助け出せたら孫娘を嫁にしてもいい、という。こんなチャンスは二度とないだろうし、こんなふうに頼まれて、断わることなどできるはずがない。

わたしが二つ返事に承諾すると、老婆はさらに説明した。その湖のなかでは、女は水人間たちとおなじように呼吸できるが、男は慣れるまでは呼吸できない。そのために、案内役の老婆はもちろん、わたしに酸素を補給するためふたりの三十女もいっしょに行くが、そのふたりが一分ごとに口移しにわたしに酸素を補給するのだという。

さっそく老婆とふたりの女といっしょに、古井戸から地中の湖の底に降りた。湖の底は水の流れがあまりなく、水垢がただよい、ちょうど日没前のような薄暗い感じがした。それでもどこかに湧き水があって鮮度が保たれているらしく、なんとか見通しがきいた。すこし行くと、湖の底に小さな町があらわれた。昔ふうの古い家がならんでいて、どこか懐かしいような趣である。人通りなどはなく、無人の町のようにも見える。

もちろんわたしは、ふたりの女から酸素の補給を受けつづけた。左右からわたしを抱えたふたりの女が、交互に口づけして、わたしの肺に空気を送りこむのである。その際、しっかりと唇を合わせ、水を飲まないようにしなければならない。ふたりの女はその行為にひどく熱心で、自分の番がまわってくるのが待ちきれない様子だった。水に髪が逆立っていたり、また、なぜか目が光っていたりして、彼女たちの表情は鬼気迫るものがあった。

老婆が先に立って、湖の底を進んだ。泳ぐようにすいすいと歩く老婆は、孫娘を攫った水男の見当がついているらしく、路に迷う様子はなかった。水人間たちとなにか繫がりがあるにちがいなかった。

老婆はある一軒の家の前で足を止めた。どうするのか見ていると、大きく口を開けてなにか叫んだ。もちろんわたしの耳には聞こえなかったが、水を伝わり家のなかに届いたらしく、玄関の戸が開いて中年くらいの水女が出て来た。体つきは地上の人間とすこしも変わらないが、髪の薄い頭が魚のようにすこし尖っている。老婆が詰《なじ》るように叫んだ。水女は尖った頭を深くたれて、うなだれた。

さらに老婆はなにか怒鳴った。するとその水女はいったん家に引っ込んで、水男を連れて出て来た。水男は、地上の男とすこしも変わらないが、見るからにくたびれて、すっかり萎れきっている。そして、水男につづいてもうひとり、やはりかなりくたびれた様子の水女が出て来た。その水女も、髪の薄い頭が魚のように尖っている。

その水女は、水男の妻にちがいなく、両の目から緑色の涙を流していた。わたしはその様子から、生じている事態を察することができた。この水男が孫娘を攫ったのであり、妻である水女は、そのことから生じた結果を嘆いて、泣いているのである。

どうやらすでに決着がついているようだった。中年の水女が、水男を老婆の前に押し出した。老婆はうなずいて、わたしのほうに顔を向けた。そしてなにか言った。それが水の層を伝わって、わたしの耳に聞き取れた。水男を殺せというのである。それが地上の女を攫った水男の定めだというのである。

わたしは、孫娘を取り返せばそれですむではないか、そう言ったつもりで口を動かした。老婆は、それですむのなら、手伝ってもらう必要はないと言った。ということは、水男を殺させるためにわたしを連れて来たことになる。なおもためらっていると、酸素補給のふたりの女が老婆の後ろに後ずさりした。これでは窒息してしまう。

わたしはやむなくうなずいた。仕来りなら仕方ない、そう自分に無理やり言い聞かせたのである。ふたりの女が競って酸素をくれた。

老婆が水男をわたしの前に引き寄せたので、その首を両手に握りしめたが、水のなかのせいか力がすこしも入らない。そこでさらに頭を背中のほうに折り曲げた。柔らかな体で頭が背中に着いたが、それでも水男は死にそうにない。こんなことで殺せるのだろうか。わたしはそう思いながらも、ふたつ折りにした水男をさらに強く折り曲げた。

老婆がわたしの腕をにぎり、水男を離すようにと引っ張った。腕を解くと、水男はすでに死んでいて、水中をゆっくり浮上しはじめた。妻である水女がその死骸にすがりつき、ふたりはそのままさらに浮上し、視界から消えて行った。

老婆がふたたびなにか言った。すると元気づいた中年の水女が、家のなかに泳ぎ入ると、孫娘を連れて来た。孫娘はあいかわらず美しいが、すこし髪が薄くなり、頭が魚のように尖りはじめていた。わたしは孫娘と黙って見つめ合ったが、酸素切れになり、ふたりの女を振り返った。彼女たちは酸素を補給してくれなかった。代わりに孫娘がすうーと近づいて来て、形のいい唇をわたしの口に押し当てた。あきらかに酸素の補給のためだけの口づけではなかった。酸素の補給が終わっても、その口づけをつづけた。

肩に置かれた手に気づいて、わたしはようやく抱擁を解いた。まわりを見ると、中年の水女しかいない。老婆とふたりの三十女は、わたしと孫娘を残して、地上にもどったのである。ということは、すべて予定どおりに運んだ、ということだった。あの水男はすでにぼろぼろになり、交換の時期になっていた、それで、その水男に孫娘を攫わせ、さらに孫娘に恋するわたしを欺いて、水男を殺させたのである。

（了）

歌声

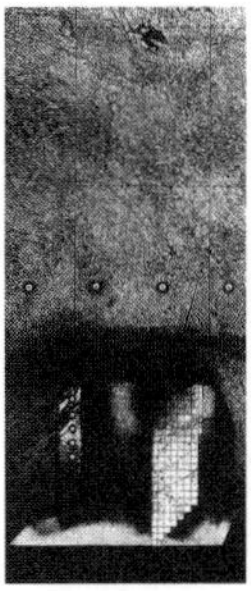

わたしは駅を出て、車がはげしく行き交う路の歩道を歩いていた。そのとき、理由もなく外部からおそう虚しさが、乾いた地面に染みこむ雨水のように、胸に染みこんできた。こんなときわたしは、体の隅々で待機している怒りを結集させることで、その虚しさを撃退することにしていた。ところが、あまり出しぬけに召集された怒りが、心臓を引きつらせて、その痛みにおもわず立ちどまった。

立ちどまったところを、通行人がつぎつぎにぶつかってきて、車道に押し出されそうになった。わたしは痛む胸を両手で押さえて、路の反対側に後退しようとしたが、通行人が多くて思うようにならなかった。

それでもなんとか後退しようとしていると、若い男に突き飛ばされて、路の反対側に押しもどされた。わたしはそこにあるコンクリートの塀にすがりついた。昼の日の光のなかで、自分がこんなにも孤立していることが、わたしを愕然とさせた。

われに返ると、わたしは塀のなかから聞こえる歌声に聞き入っていた。ラジオから流れる、すぐ馴染むように作られた恋の歌である。心臓の異変は回復しつつあるらしく、痛みと驚きに閉ざされていた意識が開かれて、歌声を受け入れていたのである。そのことに気づいて、わたしは歌声にうっとりと聞き入った。

その歌声はまっすぐにやって来て、岩の隙間に滑りこむ蛇のように、あえぐ口からわたしの内部にやすやすと入って来た。そしてその侵入を意識すると、わたしはさらに陶然となった。内部を満たす蛇である歌声にくすぐられると、その内部が溶け出すように感じられて、そのことが無上の喜びに思えるのである。

わたしは音楽にまったく縁のない人間だった。ことに声楽に対してそうで、人間があんな声を出すなんて理性に反する、そう断定していた。歌声を耳にするたびに、子供のころの体験が思い出されて、嫌悪がよみがえるのである。それは、友人の姉の結婚式に誘われて、教会の礼拝に出席したときのことだった。

礼拝がおわりに近づき、賛美歌の番号が告げられオルガンが鳴りひびき、合唱がはじまった。神父が大きな声で歌い出し、その声を追ってあちこちの席から不揃いの声が起こり、それがひとつの大きな流れになり、神父の声を呑みこんでいく。神父も負けずに声を張りあげ、オルガン弾きの老女も——教会のオルガン弾きであることをその日はじめて知ったのだが、それは街でよく見かける、子供たちが西洋乞食と呼んでいる女性で、十五歳のわたしは、彼女にひそかに恋心を抱いていたのだ——音量をいっぱいにあげ、それにつれて人々もますます声量を高め、礼拝堂は歌声のるつぼと化していく。

もちろんわたしは口をきつく閉ざしていた。歌声を出すなど破廉恥な真似は、理性のある人間のすることではない、歌を歌うなどという奇妙な行為は、自分の人生にいちどだってあってはならない、そう信じていたのだ。学校の音楽の時間も押し黙って通したくらいで、幼児のころいちど伯母たちにそそのかされて、無理やり歌わされたことがあったが、そのことを思い出すたびに、生涯の汚点として悔やまれ、自分の生涯に二度と喉から歌声が出ることはない、そうあらためて誓ったものだ。

ともあれ、礼拝堂を圧する途方もない声量の歌声の渦中にあって、わたしは口を閉ざしていた。神を讃える歌声の昂りは、とどまることを知らず、天井を突き破り、屋根をもたげ、天上へと昇って行く。人々もその歌声に引きずられて上昇してしまい、わたしひとりがそこにとり残された。それでもわたしは、彼らの上昇にどんな羨望もおぼえなかった。それどころか、彼らの上昇は過誤によるものだ、そう言い切れる気がした。それだけでなく、その過誤から自分ひとりでも身を離していなければならない、それが自分に与えられた使命だ、そうみずからに言い聞かせていた。

ところがそのすぐあと、わたしはわけのわからない戦慄をおぼえて、自分を失いかけたのである。ひと声も歌わないのに、礼拝堂を満たす歌声に誘われて、みんなといっしょに上昇したいという衝動をおぼえたのである。もちろんわたしは、屈してはならないという考えにもどって、歌声に抵抗した。うつむけていた顔をあげて、意識のかぎりを集中して神父の顔を凝視したのである。顔というよりも歌声の出どころである口を、参列者を満足気に見まわす血色のいい赤ら顔のなかの大きく開けられた口を、凝視したのである。

神父の口のなかはすっかり見えていた。大粒の歯の列のあいだに分厚い舌が下顎に押さえつけられていて、喉の奥までが覗けた。そこから真っ赤な流出物である歌声が吐き出されていた。それは異様な眺めであり、その異様さをはっきり認めることでわたしは歌声に抵抗して、上昇への衝動をかろうじて押し殺したのである。このときの経験を介して、歌声から離反していることが自分の使命だという、信念を持つようになったのである。

ところがいま、心臓の痛みという攻撃からわたしを救ったのは、その歌声であった。しかもごく平凡な恋の歌であった。喘ぎに開いた口から歌声という蛇を呑みこみつづけ、その侵入を迎え入れていると、胸の痛みを忘れさせてくれたばかりか、かつておぼえのない慰めをあたえてくれるのである。あれほど拒絶しつづけた歌声を受け入れるなんて、みずから信念を裏切ったのだろうか。それとも間違った信念にとらわれていたのだろうか。

いずれにせよ、いま喘ぐ口から受け入れているのは、あれほど嫌った歌声であった。たしかに、讃美歌のあのような上昇のための歌声とはちがっているが、体内に入りこみ、その愛撫で傷んだ自己を癒してくれるものとしての歌声であった。言いかえれば、天に昇ろうとする歌声ではなく、地に帰って行こうとする歌声であった。

恋の歌はおわった。わたしはコンクリートの塀にすがりついたまま、つぎの歌声を待った。もう聞こえなかった。歌声がやむと同時に、背後から街の騒音が襲いかかった。無数の爪を持つ騒音で、背中を容赦なく引っ掻くのだが、こんな恐ろしい騒音のなかでも生きられる人間とは、なんと不思議な生き物だろう、そう思うくらいだった。

塀にすがりついたまま、なおもしばらく耳を澄ましていたが、やはり歌声はもう聞こえなかった。背後の騒音はいよいよ激しくなり、たとえ歌声が流れて来ても、聞き取れそうになかった。わたしは塀から手を離して歩道にもどった。

胸の異変はおさまったが、わたしのなかにひとつの疑いが生じていた。いまの歌はほんとに聞こえていたのだろうか。記憶していた歌声を外から聞こえるかのように錯覚したのではないのか。そんなことはあり得なかった。あのような恋の歌を、記憶しているはずがないのだから。明らかに、外部から突如やって来て入りこみ、あたかも恩寵であるかのように、内部から愛撫してくれたのだ。

わたしは、このように自分を納得させると、予定していた行先を変更して、とりあえず駅に引き返した。そしてそのあともういちど、歌声を聞くことになったのである。

わたしは駅までもどったが、行先を変更したとはいえ、新しい行先を見つけたわけではなかった。そこで、ひと休みして行先を考えようと、あたりを見まわすと、地階にあるイタリア料理の看板が目に入った。二階分はありそうな長い階段で、降りたところにマットがあって、靴の底が持ちあがるように感じられたと思うと、自動ドアがゆっくりと開いた。体を押しこむようにして入ると、店内はなぜか暗くて、よく見えない。

奥にカウンターがあって、その上にだけ明かりがあった。わたしはそのほうへ手さぐりするようにして進んだ。左側の壁にそってテーブルが一列にならんでいて、列車のような店内の様子に、以前にこの店に入ったことがあるのを思い出した。

わたしは途中まで来て、なにか様子がおかしいことに気づいた。そして、なにがおかしいのかを知ったとき、すでに手遅れだった。水浸しの床を踏んで歩いていたのである。わたしはあわてて座席に腰かけ、両足を持ちあげた。靴のなかまで濡れてしまったが、その足を下ろすわけにはいかず、椅子にさらに深く坐って、両足を椅子のふちに乗せた。

水道管でも破裂したのだろうが、この災難の責任を取ってもらわねばならない。すくなくとも謝罪してもらわねばならない。わたしはそう思って、奥に声をかけようとした。だがそのまえに、カウンターの上に避難したウエイトレスが目に入った。四つん這いになり、毛を逆立てた猫のような恰好で、水浸しの床を見つめているのである。

わたしはウエイトレスに声をかけた。彼女は顔をあげると、目をこちらに向けたが、すぐに床の水に視線をもどしてしまった。そうだ。女性であろうと猫であろうと、水に見入った状態にある者を邪魔してはならない。だが、それなら、この場合、どうすればいいのか。靴下までぐしょ濡れになった足を床に下ろし、ふたたび水を踏んで、出て行かねばならないのか。それでは、あまりに馬鹿げていないだろうか。

密室の静けさのなかに水の音がしていた。かなりの勢いで水が噴き出ているにちがいなかった。地階であることを思うと、窮地におちいっている自分を、ことさら意識せずにおれなかった。椅子の上で仰むけの姿勢のまま、どういう行動に出ればいいのか、判断がつかないのである。

そのとき、水の噴き出す音とともに、歌声が聞こえた。カウンターの後ろにあるドアのなかからである。しかもそれは正真正銘の肉声、本格的なテノールである。いくら音楽に無知なわたしでも、舟歌の一種、運河に浮かぶゴンドラの船頭が舟を操りながらうたう歌であることはわかった。みごとな歌いぶりである。腹の底から歌いあげられ、豊かな声量が太い喉からやすやすと吐き出され、それが地下室の壁にひびいて、いっそう効果を高めている。

どんな男が歌っているのだろう。そう思ったとたん、わたしの頭に記憶がよみがえった。以前この店に入ったとき、イタリア人のコックを見かけたが、歌っているのはあの大男にちがいなかった。そう確信すると同時に、さらにひとつの光景が頭に浮かんだ。ドアのなかはもちろん調理場である。暗い電灯がともったそこも水浸しになっている。大男のイタリア人コックが、裸の脚を水に浸して立ち、水をバケツで汲みあげて、流しに流している。

わたしはさらに想像した。このみごとなテノール歌手は何者だろう。いまは地階にある料理店のコックに、つまり地下牢の囚人に等しい境遇に零落しているが、かつては運河を往来するゴンドラの船頭だったのだ。バケツが玩具のように小さく見えるくらい太い腕がそのことを物語っている。

悲運に慣れてしまったその大男が、思いがけない出水に故郷の運河を思い起こして、感情を抑えきれず、歌い出したのである。バケツで水を汲みあげながら、われを忘れて歌っているのである。

わたしは、このような光景をドアの向こうに思い描きながら、水浸しの靴を持ちあげた恰好で歌声に聞き入った。恋の歌を口から吸いこんだときとおなじように、口を大きく開けて歌声という蛇を呑みこみ、内部からのその愛撫に身をまかせていた。それにしても、歌声とはなんだろう。わたしはあらためてそう自分に問いかけて、こんなふうに思った。

わたしは、理性に反するものという考えから、歌声をあれほど嫌っていたのである。たとえば、この歌声の主である大男だって、理性という面から見れば、取るに足らない存在だろう。こんなふうに零落したのも、みずからを抑える、ほんのわずかな理性の欠如のせいにちがいなく、けして華々しい悲運などではないだろう。

そのことは、カウンターの上で四つん這いになっているウエイトレスの様子を見ればおのずとわかる。彼女はときどき奥のドアのほうへ目を向けるが、歌声に対して露骨な軽蔑をあらわにしている。おそらく彼女はコックの女なのだ。いつも故郷の運河を夢見ているこのテノール歌手は、彼女からも馬鹿にされているのだ。

もちろんコックの身の上など、この際、どうでもよい。あれほど嫌悪しつづけてきた歌声、それがいま、生きるための手がかり、慰めと悦びになろうとしているのである。外部からわたしのなかに入って来る歌声が、これまでの内部を占領していた理性に取って代わろうとしているのである。

わたしがこんなふうに思っているあいだに、舟歌はおわり、地階の密室はしいんとした。それでも耳を澄ましていると、期待に応えるようにドアの向こうで、ふたたび歌声がはじまった。だがこんどは、さっきのような豊かな声量ではない。あたりをうかがうような歌い方は、おなじ歌い手とは思えぬくらい弱々しいものだ。出水は止まったらしく、退いて行く水の流れが、歌声とともに聞き取れるくらいである。

ドアのなかに飛びこんで、大男を力づけるべきだろうか。わたしは一瞬、そんな衝動にかられた。歌声を褒めたたえ、わたしにとってどれほど大きな慰めであるか、教えるべきではないだろうか。もちろん、ウエイトレスがカウンターの上で見張っている以上、そんなことができるはずがない。

それに、怒鳴る声が聞こえて、歌声はやんでしまった。おそらく応急処置をおえた店のオーナーが怒鳴り散らしているのだろう。言い訳をするらしい大男の声が聞こえ、罵倒する声がそれを中断させ、つづいて殴りつけるにぶい音がした。おそらくこの出水も大男が引き起こしたもので、それなのに平然と歌っているので、怒りを爆発させたのだろう。壁の隅に追いつめられた大男は、背の低い相手が殴りよいよう巨体をかがめているのかもしれない。オーナーは飛びつくようにして殴っているのかもしれない。

もちろん大男のコックは、その気になれば、手にしているバケツでオーナーを一撃で倒すことができる。またそうする勇気がないわけでもない。そうしないのは、彼がすでに夢のなかの住人であるからだ。だからこそ、コックに身をやつし、コオロギのようにこの地下牢にひそんでいるのである。彼の女であるウエイトレスに軽蔑されることすら、いまでは平気なのだ。まして、薄っぺらな現実の見本である小男のオーナーなど、相手にするだけの価値もないのである。

わたしは、あえてこのように想像し、このように断言することで、ようやく立ちあがる勇気を得た。床に両足を下ろして、座席から腰をあげた。水は靴が浸かる深さになっていた。いつのまにかカウンターから降りたウエイトレスが、裸足で通路に立ちふさがっている。わたしが奥の調理場に駆けこもうとしている、テノール歌手をこの地下牢から救い出そうとしている、そう思い違いしているのかもしれない。

もちろんわたしにそんなつもりはない。夢のなかの住人は、孤独のうちにも自分を保っていて、人の慰めなど必要としないものである。この大男の場合も、内部に秘めた歌声だけで十分なのだ。

わたしは靴先で水を蹴って、ウエイトレスのほうへ一歩踏み出してみた。彼女は両腕をひろげて、阻止する身構えを見せた。彼女なりに大男を愛しているのだろう。わたしはそのことを知って安心し、彼女に背を向けると、水を踏んで出口へ向かった。そして、自動ドアの外に出ると、コックのみごとな歌声を体のなかによみがえらせながら、せまい急な階段を登った。

(了)

山車

それがあらわれたのは一週間前だった。そのときわたしは城跡を散歩していたのだが、なにかが後ろからうるさくつきまとう気配なので、不意をついて振り返った。すると、右肩のななめ上一メートルくらいのところに、それが浮いていた。わたしは、一瞬、巣を集団脱出した蜂の群れかと思った。もちろんそんなものではなかった。直径十五センチくらいの、なにかが燃えているような、ぼうーとした白い塊りだった。

　わたしは前方に顔をもどすことで、それを無視した。墓地を通ったのでついてきたのだろうが、そんなものにかかわればろくなことはない、無視するにかぎる、そう考えたのだ。それに、こうした類《たぐい》のものは、解釈しだいでどうにでもなるのだから、気にしないことだ。そう自分に言い聞かせたのだ。

天守閣の下まで来た。そしてふと思いついて、いつもは通りすぎるのだが、天守閣の薄暗い梯子段を登り、最上階の望楼にたどり着いた。するとそこに、わたしが登って来るのを待っていたみたいに、三十センチばかりの、ごく上品な白い蛇が、珍客を迎えるいそいそとした様子で、黒光りする床の上を泳いで出て来た。そこでわたしは、その蛇に向かって、初対面にもかかわらず、「困りました。見てください。こんなものに見こまれて……」と泣き言を言ってみた。できることなら、彼女に押しつけてやろう、そう思ったのだ。

　するとその白蛇は、形のいい尖った頭を二、三センチもたげ、小粒のぴかっと光る黒い目で、わたしの後ろのそれをちらっと見てから、ひどく甲高い金属的な声で、「その人魂《ひとだま》はおまえから出たのだ」と言ったのである。

このようなわけで、それはわたしの人魂であり、そのとき以来、右肩のななめ後ろ一メートルのところに、しばしばあらわれるようになったのである。

こうして一週間がたった。気にするとたしかに鬱陶しいが、さいわい、わたしの目にだけに見えて、まわりの誰も気づく様子はない。それに、直接の害はなさそうなので、あえて精神科などに行く必要はないだろう、そう思って、そのままにしておいたのである。

ところがきょうになって、高さはおなじだが四、五メートル前方にまわった人魂が、しきりに前進する様子を見せはじめたのである。あきらかに、ついて来い、そう言っているのだ。なにはともあれ、わたし自身の人魂なのだから、ついて行くしかなかった。家を出た人魂は、白くぼうーと灯ったまま、駅のほうへ進んだ。どこへ行くのかと訊かれても、わたしとしては「人魂に訊いてくれ」そう答えるほかない。

人魂は、通行人の頭のすこし上のあたりに浮いた状態で、どんどん進んで、そんなところにどんな用があるのか、やがて映画館にたどり着いた。映画館といっても、取り壊しを待つだけの、いまでは駅裏の商店街のなかにある廃屋《はいおく》にすぎない。雨ざらしの壁面は塗料が剝げ落ち、写真を飾るウインドウのガラスも割れて、建物全体が巨大なネズミの死骸を思わせる代物である。

それでもわたしは、なるほど、ここが目的地なのかと合点して、自分の人魂だけに嗜好がわかる気がした。魂というものは、おのれに似たもの、清浄な魂は清浄なものに、汚染された魂は汚染したものに餓えているといわれるが、まさにそのとおりで、わたしの人魂にはこの廃屋がいかにも相応しいように思えた。

わたしの思惑など意に介するふうもなく、人魂はその廃屋に入った。わたしも壊れたドアをこじ開けて後につづいた。荒れほうだいの館内は、饐えた臭気が、異様な濃度で残っていて、息もできないくらいだった。時がたつにつれてますます強烈になるその臭気は、人間がどれほど多くの汚物によってできているかを、同時に人間にどれだけ多く陰湿な楽しみが与えられているかを、如実に証明しているというわけだ。人魂は、そんななかを、まだスクリーンが残っている舞台のほうへ、座席のあいだの通路を進んだ。そして最後に舞台に上がったので、わたしも舞台に上がった。

舞台に上がるとき目を離したすきに、人魂が見えなくなった。こんなところにやって来たのは、やはりなにか意図があるはずだ。わたしはそう思いながら、舞台の上を探した。もちろん自分の人魂の好みくらい見当がつく。長年、光の影を吸いつづけた習性から、まだ埃を吸いつづけるスクリーンの一か所がかすかに震えているが、人魂はそこに潜りこんだのである。

舞台の床は朽ちていて、いまにも奈落に吸いこまれそうだった。わたしは踏み抜かないよう用心しながら、その個所に近づいた。埃で縞模様になったスクリーンは、よく見ると、上下に裂け目が走っている。わたしはその裂け目を左右にひろげ、できた穴に体を入れて、スクリーンの裏側に出た。

スクリーン一枚で隔てられたそこに、小川がさらさらと流れていた。人魂はその小川をさかのぼって行く。わたしは流れにくるぶしまで浸かって、人魂の後を追った。小川といっても、もちろん実物の小川ではなく、映像の小川である。

やがて小川から離れた人魂は、民家のあるほうへ進んだ。宿場町といった感じの軒の低い通りである。よく見ると、スクリーンにさんざん映し出されたセットの宿場町で、あの世への経路のように寂れた街道である。そんな町など眺める気になれないので、わたしは人魂の後ろをうつむいて歩いたが、どこからか「あら、いやだ。あんな不浄なものまで入りこんで……」という声が聞こえた。

顔を上げると、狭い通りをぞろぞろと人が歩いている。いや、歩いているのではなく、宙に浮いて、漂っているのである。というのも、すべて、かつてスクリーンに映し出された人物たちなのだ。本人は故人になっているのに、映像は生きていて、スクリーンの裏にこうして滞留しているのである。

わたしはその映像の亡霊たちに触れないよう、路の片側に身を寄せた。さいわい、映像の亡霊たちはわたしに目を向ける様子はなく、さっきは「不浄なもの……」という声は聞こえたけれども、誰もわたしには関心がないようだった。

人魂に導かれて、暗く陰気な宿場町を進んだ。まわりでは映像の亡霊たちが、スクリーンから抜け出たさまざまな扮装のまま、ゆらゆらと揺れ動く群れとなって漂っている。みんながおなじひとつの思いを持ち、その思いを思い詰めている様子である。

こんなふうに思っていると、軒の低い家並みの向こうから、巨大なものが近づいて来た。軒よりも高い山車《だし》である。その接近が興奮させるらしく、ざわめき出した映像の亡霊たちは、映像であることを利用して屋根の高さまで浮上したりしている。見ると、山車の上に異様な塑像が載っている。海には海坊主というものがいるそうだが、さしあたり山坊主といった風体で、朱が剝げた半裸像である。

山車がさらに近づいて、山坊主がよく見えた。いびつな頭はみごとに禿げあがり、肉の厚い耳と鼻がだらりと垂れ下がり、目玉をぎょろりとむいた形相は、なんとも怪異である。それに、ただの造り物ではなく、山車の上にどっかと坐って、錫杖《しゃくじょう》と銅剣を握った太い両腕を突き出している。

そこまで来て、人魂が宙に浮いたまま停止したので、わたしも立ちどまった。映像の亡霊たちがそこに集まり、黒い塊りになっている。山車の前輪が地ならしローラーになっていて、その前に身を横たえ、積み重なっているのである。そして、山坊主が振り下ろす錫杖と銅剣が、映像の亡霊たちを地ならしローラーの下に押しこんでいるのである。

するとローラーに踏み敷かれた映像の亡霊たちは、フィルムが燃えるように激しい炎になって燃えあがるのである。そして、暗い空気のなかで橙色の火の玉となり、あきらかに悦びの表情を見せつつ、暗い上空へと消えて行くのである。

山車が目の前に迫った。わたしは後ずさりしようとした。だが体を動かせなかった。人魂が映像の亡霊たちに立ち交じり、動こうとしないのである。人魂がここに来たのは、映像の亡霊たちとおなじように、車輪の下敷きになるためだろうか。もしそうであるなら、なぜだろう。わたしの人魂は亡霊ではないし、だいいち、わたしはまだ死者ではない。それなのにどうして映像の亡霊たちとおなじ望みを持っているのだろう。

そのときわたしのその疑問に答えるかのように、人魂が目の前でみるみる姿を変えた。わたしの似姿になってあらわれたのである。わたしとその等身大の似姿は、まるで仇同士のように向かい合った。

たしかにそれはわたしであったが、ひどくくたびれていた。何世紀も生きつづけてきたかのようにすり切れ、ぼろぼろになり、汚れきっていた。青白い顔、胴長の不恰好な体つき、折れ曲がった脚など、とても自分とは思えなかった。映像の亡霊たちに「あんな不浄なものまで」と言われたのも当然だ。

そのことを認めると、わたしの頭に血が昇った。自分がこんな使い古されたものであったかと思うと、これまであれこれと希望をいだき、情熱に駆られていた自分を呪わずにおれなかった。わたしは自分の人魂であることを忘れて、相手をにらみつけ、両手のこぶしで威嚇しながら、一歩一歩前進した。自分の手で抹殺しよう、そう思ったのだ。

　すると相手は、わたしの出方におどろいたのか、後退しはじめた。わたしはその弱腰に拍子抜けしながらも、みずからの憎悪に勝てず、一歩一歩と詰めよった。とそのときであった。後退する似姿は、疲れきった顔に微笑を浮かべたと思うと、その微笑が合図であるかのようにくるりと背を向けた。そしてそのまま、石の車輪の前に身を投げたのである。

　あっという間の出来ごとだった。山坊主の錫杖が一撃すると、わたしの人魂でもある似姿はあえなくふたつに折れて、そのまま石の車輪の下に押しこまれたのである。同時に映像の亡霊たちとおなじように激しい炎になって燃えあがり、さらに橙色の火の玉となって、暗い大気のなかに消え失せたのである。

　わたしは愕然として立ちつくした。人魂が消滅したいま、自分がどういう存在になったのか、見当もつかなかった。人魂を失った人間……そんなものがどうして生きていられるだろう。仮に生きられるとして、そんなものを人間といえるだろうか。わたしがこう自分に問いかけ、呆然としているあいだも、まわりでは映像の亡霊たちがつぎつぎに車輪の下に身を投じていた。炎になって激しく燃えあがり、橙色の火の玉になり、暗い虚空に消えて行くのである。

　わたしはわれに返った。まだそこに立っていて、一連の言葉を聞き取っていた。ただ聞き取っているだけではなく、その言葉に全身を浸されて恍惚となっていた。わたしはその言葉に耳を傾けた。みずからを消滅させるべく、映像の亡霊たちが口にしている言葉で、その言葉があたかも空気であるかのように、わたしを包みこんでいるのである。

羯諦《ぎゃてい》　羯諦《ぎゃてい》　波羅羯諦《はらぎゃてい》　波羅僧羯諦《はらそうぎゃてい》　菩提薩婆訶《ぼじそわか》

往ける者よ、往ける者よ、彼岸に往ける者よ、彼岸に全く往ける者よ、さとりよ、幸あれ

（了）

訳注（往ける者よ、往ける者よ、彼岸に往ける者よ、彼岸に全く往ける者よ、さとりよ、幸あれ）——般若心経（岩波文庫版）

雨期

梅雨でもないのに雨が降りつづいて止む気配がない。上空はすっかり灰色の厚い雲におおわれていて、昼も夜も休みなく水滴が落ちて来る。もう誰も青空を求めて顔をあげようとせず、日に日に水位を高める洪水におびえて、足もとばかり見つめている。

長引く雨期は、ぼくの家を世間から完全に切り離してしまっている。もちろんぼくの家だけではなく、終末感に取りつかれて外部から情報を得ようとしなくなった結果、すべての人が家に閉じこもり、それぞれに洪水のただ中で孤立無援になっている。

世間との関わりを断ったのとおなじように、家のなかもばらばらになっている。一日じゅう机に向かっている父、気が動転したまま、おろおろするばかりの母、家の修理にかかりきりの兄、雨天に慣れきって水遊びに夢中の弟や妹たち。

洪水の本格的な侵入は半年前だった。垣根の外の小川があふれたのがはじまりで、日に日に増す水位は、垣根をこえて庭に溢れ出し、やがて床下に浸水した。そしてその夜、ろうそくの明かりを囲んで食事をしていると、床板が持ちあがり、揺らぐ畳の間から水が溢れ出て、あわてて二階に移った。こうして洪水に階下を占領された一家の生活は、せまい二階にかぎられてしまった。

階段の上から覗くと、水没した階下に家具が水に浮いていて、それが日ごとに上昇する。階下は壁土が溶け落ちて、半分は柱だけになっている。二階に移ってからも、ぼくはあいかわらず机に向かっている。二階は二間しかなく、階下から運びあげた家具や父の本などで足の踏み場もない状態だ。

遊び場をなくした弟と妹たちは、階下が浸水したはじめのうちこそ、二階の部屋の隅でおとなしくしていたが、だんだん我慢できなくなり、階下の水のなかで遊ぶことをおぼえた。しばらくは母がとがめるので階段の下あたりで遊んでいたが、しだいに大胆になり、大っぴらに水遊びに没頭しはじめた。いまでは家具などでつくった筏を水没した庭に浮かべて遊んでいる。

ぼくは二階の窓の下に机をすえて、一日じゅう勉強している。雨がやんで元の生活がもどるとはもう信じていないけれども、勉強をしているのが自分の務めだと思っている。しかしほんとうの気持は、弟や妹たちの水遊びのほうに傾いている。窓から見ていると、弟と妹たちは、流れて来るものを拾い集め、それを工夫して、いろんな遊びに夢中になっている。路のほうまで筏を漕ぎ出して行くこともある。

もちろん季節外れの水遊びがいけないことは、ぼくにもわかっている。だが一方で、半年以上も雨に閉じこめられた体は、すっかり水気に馴染んでいるのだから、いっそのこと水のなかに身を浸したらどんなに清々するだろう、それどころか、季節の巡《めぐ》りがすっかり変わったのだから、水に即した生活に変える必要がある、そう思わずにいられない。

兄は毎日、一日じゅう家の修理にかかりきりだ。水の侵入を防ごうと大工道具を腰にさげて、水に潜ったり、屋根に登ったり、家の内外を隈なく点検している。たっぷり水を吸った古い家は、もう手の施しようがなくなっているけれども、兄は残された二階の二間だけは守ろうと悪戦苦闘している。

もちろん兄の努力は、いずれ家を丸ごと呑みこむ水の圧倒的な量の前に、なんの効果も発揮できないことは明らかだ。だが兄は、効果があるとかないとか、それとべつに、家の修理を自分の任務だと考えているようだ。実際に、兄の努力のおかげで、一家はなんとかまだ二階に無事でおれるのだ。

それに反して、これまでは家を支えてきた母はすっかり弱っている。上昇する水位におびえて、一日じゅう、階段の上から下を覗いたり、窓から外を眺めたりしている。水が階段の何段目まで来たとか、お茶の木が水没したとか、誰も聞こうとしないので、ひとりで呟いている。そしてその呟きが聞こえないと思うと、部屋の隅で背中を丸めて寝ている。水遊びに夢中の弟たちをもう叱ろうともしない。

ぼくは二階の窓際の机に向かい、あいかわらず勉強をしている。いや、勉強をしているふりをしている。実際は恐怖でいっぱいで、勉強どころではない。止むことなく降りしきる雨音、階下のなかばを満たしてなおも浸水しつづける水音を聞いていると、かならずやって来る破局が想像されて、恐怖のあまり眠りこむことさえある。

人類の終焉であるこの雨期の到来を、父がどう思っているのか、ぼくにはわからない。父は二階に移ってからも、どんな事態になっているのか気づいていないみたいに、家具や本で埋まった片隅の机の前を動こうとしない。もともと世間の出来ごとに無関心な父だが、このような事態になってもまだ動揺を見せないのは、いったいどういうことなのか、ぼくにはまるでわからない。

父に見習って机に向かい勉強をするふりをしながらも、ぼくは自分の態度にも疑問を感じている。父の場合、すべてが無駄であるというあきらめから、本という過去に身を没入させているのだろうけれども、そんなあきらめのないぼくが父を真似て参考書に目を向けているのは愚かではないか、そう思えてならない。それだけではない。終わることのない雨期が親子のあいだを完全に引き裂いてしまっているのに、まだ父を見習っているのは自己欺瞞ではないか、そう思えてならない。

ぼくは兄や弟たちの様子を見守りながら、腰を上げたい衝動をじっとこらえている。すでに参考書に目を通す気力をなくしている。だいいち、天井から落ちる水滴で本はでこぼこに膨れあがり、ページをめくろうとすると、すぐ破れてしまう。父のほうを見ると、それでもページを一枚一枚ていねいに剝がしている。

それなのにぼくがまだこうして机に向かっているのは、ただひたすら父に敬意を表して真似ているにすぎない。それ以外のどんな理由もない。ほんとうは、勉強をしているふりなどしないで、最後なのだから水のなかに入って思いっきり遊んだほうが利口だ、そう思っている。いずれ家が完全に水没して溺れ死ぬのだから、すこしでも水に馴染んでおく必要がある、そんなふうにも考えている。

それでもやはり父の手前それができない。父を見習って机に向かっていなければならない、そう無理やり自分に言い聞かせている。いっそのこと早く大洪水が襲いかかり、家ごと流されてしまえばいい、そんな自棄《やけ》な気持になることもある。

水遊びの弟や妹たちの声が騒がしくなる。「捕まえて……そう、それも捕まえて……」という妹たちの言葉が聞こえる。腰を浮かせて窓から眺めると、崩れた壁の穴から体を乗り出させた弟が、流れて来るなにか大きなものを棒で抑えて、水没した階下に引き入れようとしている。人間の死体だ。ところがその裸の死体はすこしも死体らしくない。どうしてそんなふうになっているのか、白く透き通っていて、銀色の骨が透いて見えている。

「また流れて来たわ。ああ、あんなにいっぱい……」

妹たちが叫ぶ。父のほうをうかがうと、あいかわらず机に向かったままだが、心なしか顔が青ざめて土色に見える。それを見てぼくは、やはりそうだ、と思う。とうに死んだつもりの父は、壁が倒れ屋根が落ちて来る瞬間を待っていて、それまでの繋ぎに本に没頭しているのだ。けれども、まだ死んだつもりになっていないぼくは、もう時間をむだにできない。これ以上水位が上がると、水没までの時間がなくなり、あえて水に馴染むことの意味がなくなってしまう……。

それでもぼくは机の前を離れず、立ちあがりたい衝動をこらえている。父はいっそう読書に没頭している。兄は屋根に登って修理に余念がない。母は階段の上にうずくまって、昇って来る水位を監視している。

ぼくはときどき腰を浮かせて、窓から透明な死体を集めている弟や妹たちを眺める。見ると、妹たちは弟が集めた死体を一体ずつ調べて、気に入らないものを庭の外に流している。なんてもったいないことをするのだろう。もっとよく調べなければ……。そう思うと、ぼくは窓に足をかけて水へ飛びこみたくなる。それでもやはりその衝動をこらえて、机の前に坐りなおすのだ。

（了）

第四章

Ⅳ〈断片集〉

冠島

わたしは女とならんで山の頂上のベンチに腰かけている。近くに住む人々がその形から冠島と呼びならわしているように、山というよりは平野に浮かぶ島といったほうがふさわしい、地表におけるごくささやかな突起物である。いつどういうめぐり合わせでそうなったのか知らないが、そっくりわたしの所有物である。小さな山でも松、檜、楢、桜、楓……とひととおりそろっている。いまは秋で夕暮どきである。ベンチのまわりの樹々は、平野の彼方に沈む夕日を受けた葉むらの一枚一枚を、それぞれの濃淡におうじて、鮮やかに燃えたたせている。

女はわたしの横で休みなくしゃべりつづけている。わたしが聞いていないのを気にかける様子もなく、しゃべりつづけている。実際にわたしは、女のおしゃべりがすこしも気にならない。下界から遮断されたここに坐り、こうして紅葉した樹々に囲まれていると、夕暮どきの大気の澄んだ青さのせいで、海のなかにいて、潮に揺られているかのような気分になるのである。

まだ女の声が聞こえている。このベンチに腰かけていることが奇跡のように思える。それに、樹々のこの美しさはどうだろう。とてもこの世の美しさとは思えない。それとも故郷の持ち山のベンチにこうして婚約者とならんで腰かけているのは、現《うつつ》ではないのだろうか。婚約者？　すると結婚しようとしていることになるが、わたしはそんなに若いのだろうか。たしかに女がしゃべっているのは新婚生活のこまごまとした計画のようだ。

どうも変だ。わたしはすでに老人で、結婚とか家庭とか、そんなことに縁のなくなった人間ではないのか。それどころか、いま死の床に横たわり、かすかに残っている意識で若いころの記憶をなぞっているのではないのか。だから、こんなふうに海の底にいて、上のほうに波の音を聞いているような心地がするのではないのか……。

いや、そんなはずはない。わたしはまだ人生の入口に達したばかりの若者だ。どんな人生も歩んだ実感がない。未来が開けているように感じられてならない。それならどうして死の淵に立つ老人のような気持になっているのだろう。そうだ。思い出した。わたしはこの婚約者を都から連れて来たのだ。冠島の一部をきり崩して新居を建てる計画なのだ。ならんで腰かけている女の若々しい顔をひと目見れば、死の淵に立っているようなこの気持は一瞬に消え失せるはずだ……。

しかし女のほうへ顔を向けることができない。死の床の枕に後頭部をつけているみたいに頭を動かせない。こんな状態でなにができるというのか。冠島をきり崩して新居を建てる？　いまにも死の淵に沈もうとしているのに、どうしてそんな途方もない計画を思いついたのだろう。自分が若者なのか老人なのか判断はつかないけれども、わたしに人生などもうないのだ。そのことだけはたしかだ。すると隣りに坐っている女は？　そうだ、この女も女のおしゃべりもわたしの見果てぬ夢なのだ……。

いつのまにか暗闇の底にいる。やはり死の床の上にいるのだろうか。いや、ちがう。女は消え失せたが、まだ冠島の頂上のベンチに腰かけている。陽はとうに落ちてあの異様に美しい色彩の世界は反転し、暗黒の舞台に変わっている。なんと冷え冷えとした、真っ黒な大気だろう。その暗黒に塗りこめられたなかで、押し包むような夜風に樹々がざわめき、落葉が黒い紙吹雪となって降りそそぐ。

言いようのない寂しさが足もとから襲ってくる。そうだ。足もとだ。足の裏をつよく押しつけてみると、おのずから理解できる。この冠島は墳墓なのだ。わたしはその墳墓の主、千五百年もの昔の死者なのだ。だから墳墓はわたしのもの、わたしの所有物なのだ。あまりに短かった生涯に未練を残していて、ときどきこうして這い出し、このベンチに腰かけ、見果てぬ夢を見ようとせずにおれないのだ。

青い卵

わたしがひそかに隠し持っている青い卵は、野球のボールよりずっと大きく、サッカーのボールよりずっと小さい。ちょうど駝鳥の卵くらいといえばいいのだろうか。この卵はまん丸ではない。鶏卵ほどではないけれども、あきらかに楕円形である。すこし楕円形であるというこの微妙なところがなんともいえない魅力で、これがもし鶏卵とおなじくらいの楕円形であったり、多くの鳥たちの卵がそうであるように、まん丸であったりしたら、わたしはこの卵にこれほど執着しないだろう。

わたしの住まいは団地の三階である。この卵は、ここに引っ越すことになり、ひとりで下見に来たとき、包帯のような白い布に巻かれて、空っぽの押入れの奥にそっと置かれているのを見つけたのである。そしてそのとき、なにか特別の考えがあったわけではないが、妻や娘に見せてはいけない、とっさにそう判断して、彼女たちの目から隠すことに決めたのである。それから二年、わたしはそれをいまも彼女たちに隠しとおしている。彼女たちが留守のときや、寝静まったときなどに、押入れの奥に隠した箱詰めの本の底から、こっそり取り出し、いたわるようにして包帯を解き、つくづくと眺めるのである。

この卵のもうひとつの魅力は色である。もちろん均一の青色だが、その青色が固定していない。そのときそのときのわたしの気分や体調しだいで、ペンキを塗ったばかりのように真っ青に見えたり、いくらか緑色がかった青に見えたりする。ときにはなかが透けるみたいな薄い青に見えることもある。

したがって、これが本来の色だと断定することはできない。こうした微妙な色の変化もあって、なかがどうなっているのか割って確かめてみたい気持になることもあるが、もちろんそんな大それたことがわたしにできるはずがない。だいいち、割って割れるものかどうかも定かではない。

ところで、楕円から円へ移行する途上という曲線の動き、こちらの気持をはかるように微妙に変化する青色、それらにわたしは限りない執着をおぼえながらも、ときにはこのような奇妙な卵を抱えこんでいる自分に不安をおぼえ、このままではいけない、なんとかしなければ、という焦燥にとらわれることがある。しかもその不安は日増しに募っている。

そうした不安が抑えようもなく高まったとき、わたしは、いっそのこと、妻や娘にこの卵を見せたら、気が楽になるのではないかと思うことがある。そうすれば、もちろん彼女たちはおどろくだろうけれど、一週間もすれば目の前に転がっていても、気にしなくなるだろう。そして彼女たちのその様子を見れば、わたしもこの卵にこれほど執着しなくなり、このような不安から解放されるだろう。そうなれば、仕事にもうすこし力をそそぐことができ、夫であり親である務めもいくらかましに果たせるようになるだろう。妻がいつもそれとなく要求しているように、もうすこし年齢にふさわしい現実的な人間になれるだろう。

たしかにこの卵は、わたしを夢想に誘いこみ、意味もなく執着させているだけなのかもしれない。そのことを自分でもなかば自覚しているので、不安にとらわれるのかもしれない。したがってこの卵を人目に晒し、その人たちの無関心な反応を見れば、この執着からあっさり醒めるのかもしれない。そしてそのときこの卵の価値はなくなり、はじめから特別の価値などなかったのだ、そう自分に言い聞かすことができるのかもしれない。

しかしそのような考えにとらわれるのは、せいぜい一日か二日である。三日目にはその考えを否定して、わたしはこう自分に言い聞かせる。いや、この卵を人目に晒すなんて、そんなことは絶対にできない。そんな考えにうかうかと乗ぜられて、人目に晒すことでこの卵を無価値だと決めつけたりすれば、自分自身を無価値な人間だと決めてしまうのとおなじ過ちを犯すことになる……。

こうしてわたしは現状維持にとどまり、押入れの奥に潜んでいるこの青い卵を思い浮かべては、価値がない、いや、価値がある、という問答を繰り返しながら、職場と団地のあいだを往復しているのである。

悪しき共同幻想

六人の同僚と残業をおえて外に出ると、強い明かりの下で長いあいだ書類に向けていた目に、明かりの消えたビルが大きな森の黒い影のように映った。深夜の街は静まり返り、街灯の青白い明かりが刃物のように冷たくきらめいていた。誰ともなく酒を飲もうと言いだした。会社の寮がある郊外までタクシーで帰るのだが、たしかにそのまえに頭の疲れをいやす必要があった。そこで、こんな時間に開いている店があるだろうかと危ぶみながらも、酒場をもとめてビル街の裏側を斜めにつづく路に入った。

開いている酒場は見つからなかった。それにその通りはひどく陰気で、会社の近くにこんな通りがあっただろうかと怪しまれた。屋根の低い商店はみんなブリキの戸を閉ざしていて、まるでひと昔まえの田舎町の商店街を思わせた。いつ雨が降ったのか、古いアスファルトが濡れていた。そのアスファルトが、場違いのところに迷いこんだことを教えるみたいに、靴音を異様に高くひびかせた。

妙なところに迷いこんだことは明らかだった。悪しき共同幻想にとらわれたことは明白だった。それなのに、誰もそのことを口にしなかった。まるで口をきけなくなったみたいに、すっかり黙りこんでいた。

引き返さなければ、まずいことになる、そうわかっていたが、すでに手遅れだった。わたし自身すっかり共同幻想の虜になっていて、こうなっては、とりあえずみんなで足並みをそろえて、この路が行き着くところまで歩きつづけるほかない、という気持になっていた。

彷徨

ビルのなかのような構造をした街。それでいて列車がそのなかを走っている。本屋がたくさんある。わたしは仕事がきれて、ひどく不安な気持になっている。なんの当てもなしに仕事を捜して歩きまわっている。しだいにまわりの人間が人間に見えなくなる。人間という抽象的な存在、そんな感じである。空腹と焦燥。脚の筋肉がしきりに痛む。妻がいま帰るかいま帰るかと、家で待っているような気がするが、わたしに妻があるのかどうか、家があるのかどうか、それさえはっきりしない。

いつのまにか街の外に出ている。大きな暗い森があって、あちこちに監視人が立っている。黒い制服を着た男たちで、むやみに「そっちじゃない」「そっちじゃない」と声をかける。よく見ると、ささやかな喪章のつもりなのか、その連中はかならず人差し指と中指に黒い包帯を巻いている。

朱色の塔

最後の難所と思える水浸しの平野を横断しおわり、大きな森に入ったところで、まだ目に映らないが、朱色の塔はもうすぐあらわれる、わたしはそう確信した。長いあいだ朱色の塔のことだけを考えて生きてきたので、そうした確信が持てたのである。

といっても、朱色の塔がどんなものなのか、はっきりと知っているわけではなかった。見つかるはずだという確信、見つけ出そうという意志、それをともに持ちつづけてきたにすぎなかった。だから一方では、朱色の塔なんて現実には存在しない、そんなふうにも思っていた。したがって、樹々の向こうにちらっと見えただけで、いや、その気配を感じただけで十分に満足し、引き返すことができるはずだった。

実際に、朱色の塔は、行き着くための存在ではなく、存在することを自らに確信させるための対象物でしかなかった。ということは、存在することがはっきりと確信できた時点で、むしろ引き返すべきなのだ。だがわたしは足をとめなかった。塔の朱色が目に映った瞬間、息絶えるかもしれないのに、自分でも不思議なくらい冷静な気持で、朱色の塔へ向かって歩を進めたのである。

行列

広々とした褐色の草原のようなところを歩いていた。珍しく晴れ晴れとした気分だった。やがてその草原を真ふたつによぎる鉄道の線路にぶつかった。そこでその線路にそって歩きはじめたが、さらに何時間かすると、ずっと遠くに駅舎が小さく見えて、やがてその駅舎へ向かって長い行列ができているのが見分けられた。

なんのための行列だろう。そう思いながらその行列の最後尾まで来たが、やはりなんの行列かわからなかった。そこからでも駅舎は何キロも先にあるのだ。そこで、なぜか恥ずかしさをおぼえながらも、なんのための行列なのか、最後尾の人に訊ねてみた。その人は「列車に乗るためですよ」と真面目な顔をして言った。

そうだ、もちろんそうだろう。それにしても、どうして線路にそって長く一列になっているのだろう。そのことも訊ねてみた。するとその人は「線路があるからですよ」と言った。たしかにそうだ。なにもない平野に真っすぐ一列にならぶのはいかにも不自然だ。

「それで、列車はほんとうに来るのですか」と最後に訊ねてみると、「それは来るでしょう。こんなに大勢の人が待っているのですから」という返事だった。そうだ。来るにちがいない。わたしはようやく納得して、その行列の最後尾の人間になった。

ケーブル駅にて

わたしたちは涼しい木陰でテーブルに向かって腰かけている。この十日のあいだずっといっしょだった四人で、先生と呼ばれている老人、すこし尖った顔をした若い男、仮に奥さんと呼ばれている中年の女性、そしてわたしの四人である。わたしたちは疑似死体験という旅を終えたいま、まだなにも考えることができず、放心したようにぼんやりして、そこに腰かけているのである。

路を隔てた向かいにケーブルの駅の入口が見えていて、観光客がさかんに出入りしている。わたしたちはこれからそのケーブルで下山して、それぞれの生活にもどって行くわけだが、そのために疑似死からもどった生の意識をさらに覚醒させて、生きる意欲を取りもどそうとしているのである。

しかしわたしたちは、下山してもそこに待っているのは仮の生活でしかない、そう考えるようになったいま、それがひどく面倒なことのように思えてならないのである。疑似の体験であっても、死がどんなにか本質的なものであるか、あんなにもはっきりと理解できたので、このまま山のなかに引き返したい、そんな気持が強いのである。もちろんそんなことは許されない。現実がどんなに虚しいものであろうと、疑似とはいえ死をいちど体験した以上は、その虚しさに耐える義務が生じているのである。

空港

空港へ行こうとしていた。昨夜の豪雨で崖崩れがあって、田圃の畔道をつたい、回り道して行かねばならなかった。こんなところを行ってほんとうに空港に行き着けるのかどうか半信半疑だったが、勤め人ふうの男たちが何人も畔道を歩いているので、その後ろについて行った。

畔道を歩きおえると、地下道の入口があった。そこに入ってしばらくすると、大勢の人がぞろぞろとやって来た。事故現場からの夜勤明けの労務者たちらしく、くたびれた足を引きずるようにして歩いている。その長い地下道は容易につきなかった。おなじほうへ向かっていた勤め人ふうの男たちもいつのまにかいなくなり、わたしひとりになっていた。

そこまで来てようやく壁にそって登る階段を見つけ、その長い階段を登った。着いたところはがらんとしたロビーのようなところで、椅子やテーブルがあって、何人かの男たちが掃除をしていた。そのひとりに近づいて、「空港はどこですか」と訊いてみた。まったく見当ちがいのことを訊いたような気がした。ところが、その男は掃除の手を休めて、箒の柄で明かりのほうを示した。一方の壁がガラス張りになっているのだ。

わたしはそのガラスの壁に近づいた。するといきなり飛行機が目に入った。しかも一機や二機ではない。何十機もならんでいた。だがそれは、操縦席がなかったり片方の翼がなかったりして、すべて飛行機の残骸であった。つまりここは飛行機の墓場であり、このロビーはその墓場を眺めるためのものであった。

ある団地

　どこかで路をまちがえて、見知らぬ団地に踏み入れてしまった。大きな団地で十五、六階もある建物が林立していた。しばらく歩いているうちに、そんなに遅い時間でもないのに、人影がまったくないことに気づいた。それに樹木が一本もないコンクリートだけの団地だった。

　ふつうの団地ではないらしいが、それなら、いったい誰が入る団地だろう。そう思ってまわりの建物をよく見ると、窓のなかに動くものが認められた。ベルトコンベヤーのようなものが動いていて、なにかを運んでいる様子である。ということは、ここは工業団地だろうか。

　さらに進むと、中央に位置するところに、小さな展望台のようなものが設けられていて、すこし高くなっていた。登ってみると、双眼鏡が六台、環状に据えられていた。なにを見るためのものだろう。もちろん天体を眺めるものではない。まわりは十五、六階もの建物でふさがれているのでほぼ真上しか見えないのだから。それに、この都会の真ん中で星など見えるはずがない。

　試しに双眼鏡のひとつを覗いてみた。見えるのは建物の窓だけである。窓のなかのベルトコンベヤーに焦点を合わせると、運ばれているものがはっきりと見分けられた。人間の死体である。灰色をした裸の死体が一体ずつ間隔をおいてならべられていて、休みなく運ばれているのである。

　ということは、この団地に搬入されたあとも、死体は、あのようにただ運ばれているだけで、どこへもたどり着けないでいるのである。だから、この団地は増大しつづけるほかはなく、それでこんな大規模なものになっているのだ。

理想

ドアを開けると、ひとりの男が立っていた。わたしはその男を見て、ひどく腹が立った。なんだって、こんな男がわたしの部屋のドアを叩くのか。しかしわたしは、同時に自分に関わりのある人間であることも直感した。そこで後ずさりして迎え入れた。男は黙って入って来た。男ひとりではなかった。後ろから彼の妻らしい女と十歳くらいの女の子が、当然といった顔で入って来た。そして彼らは、立ちどまったわたしの前で、よく見てくださいというように、女の子を真ん中に姿勢を正して、横一列にならんだ。

わたしは男を後まわしにして、女と女の子を眺めた。女は美人でも不美人でもない、際立って聡明そうでも際立って愚鈍そうでもない、どこででも見かける、いかにも平凡そうな女性だった。それ以外に言いようがなかった。女の子も母親そっくりで、母親をまねて作った人形のようだった。顔だけでなく、肩も腕も手も足もまったくおなじで、全体が半分くらいに小さく作られているにすぎなかった。つまりはすべてが平凡なのだ。

さて肝心の男だが、それはもう完全な作り物で、とても生きた人間には思えない滑稽な代物だった。こんな人間がよくも存在していられるものだ、とでも言いたくなるくらいだった。それでいて、この男はわたしに関わりがあるという確信がいっそう強まっていた。いや、単なる関わりではなかった。もっとも重要な人間であった。

というのも、わたしはとうとう認めてしまったが、もしわたしがもういちど人間として生を享けるようなことがあるとすれば、この男は、わたしがみずからこうであろうと望まずにいられない理想の人間であった。したがって女と女の子も、こうであろうと望まずにいられない理想の妻であり、理想の子供であった。

時間切れ

寺の息子であるOが「いちど読めば、ただちに悟りがひらける」という寺の宝物を持って来てくれた。ただし、父親の和尚さんに見つかるといけないので一時間だけという条件つきだった。わたしは焦った。というのも、巻物のように丸めてあるそれは、紐が何重にも巻きつけてあって、慎重に解かねばならないからだ。けっきょく紐を解くだけで四十分をついやした。そしてようやく開いてみると、ほとんど真っ黒だった。それでもなんとか文字であると判別できたが、わたしにそのような古い文字が読めるはずがなかった。それにもう五分しか残っていなかった。

引っ越し

家主にアパートを出ると伝えると、どこへ行くのかと訊かれた。そして、そのときになってはじめて、まったく当てのないことに気づいた。それでもわたしは、このアパートは飽いてしまった、仕方ない、と言った。すると家主は、それならわたしの所有するもうひとつのアパートに越せばいいと言って、敷地の奥に案内した。おなじ敷地内にそんなアパートがあるなんて、これまで聞いていなかった。

そのアパートは広い敷地のいちばん奥、裏山に隠れるようにして建っていた。これまでのアパートとは反対にひどく古いもので、すくなくとも百年くらいまえの建物のように思えた。誰も住んでいないのか、見たところ生活の痕跡がまったく認められず、もちろんこれまでのアパートとちがって、どこもみな不便きわまりない造りだった。それに日当たりは悪く、窓から見えるのは、樹木におおわれた裏山の暗がりばかりだった。

実際に、どうしてこんな廃屋にちかい建物がまだ建っているのか不思議だった。とうの昔に朽ち果て、土にもどっていて当然に思えた。ところがげんにこうしてまだ建っているのである。ということは、このままでいくと、いまいるアパートよりも長持ちするのかもしれない。いいかえれば、このアパートに住めば、時間の観念がちがったものになり、飽きるということがなく、出たいという気にならないかもしれない。そう思うと、わたしは期待に胸がうずくのを感じた。それでいて、家主の強い勧めにもかかわらず、この古いアパートに住もうという決心が容易につかないのである。

道連れ

折り返しながらつづく非常階段を登って、とうとう最上階に着いた。そしてそこに事務所の裏口らしいドアを見出した。そのドアをノックすると、とても返事が得られるとは思えなかったが、待ち受けていたようにドアが開いて、百歳にもなりそうな老人が顔を見せた。そしてそこから出て来た老人は、用件を訊こうともせず、ふたりは手摺りにそってならんで立ち、しばらく眼下に広がる都会の光景を眺めていた。ビルの群立する向こうに何本かの運河が見え、さらにその向こうに工場地帯があって、褐色の煙が上空にただよい、ゆっくりと海のほうへ流れていた。

その光景は、縁あってこの世に生を享け、いまその生を終えようとしている、という事実をわたしにはっきりと実感させた。わたしがおもわず涙ぐむと、老人が慰めるように肩に手を置いた。氷のように冷たい手で、その冷たさがここまで登って来た目的をはっきりとわたしに思い出させた。

わたしは気を取りなおして老人のほうへ向きなおり、うなずいてみせた。すると、うなずき返した老人は、わたしをドアのなかに導いた。薄暗いそこは事務所などではなく、すぐ足もとに鉄製の細い階段が降りていた。ふたりはその階段を、おぼつかない足どりで、ならんで降りはじめた。

誕生

見守っていると、男の胸は異様に盛りあがり、そのまま破裂するかと思えるほどである。やがてその胸が一転して内側に怖いほど深く沈んでいく。この異様な呼吸運動を繰り返しながら、男はしだいに目覚めるのである。つまり、支配されている無意識の世界から身をもぎ離そうと戦っているのである。そしてその様子から、こうして見守っているだけで、無意識の世界から脱することがどれほど壮絶な戦いであるかが、見てとれるのである。

さらに見守っていると、胸以外にも体のあちこちが動きだし、いまにも両目が開かれそうである。そうして目が開かれてはじめて、自分がベッドの上にいることを知るのだが、しかしいまのところ男は、自分が誰であり、どういう状態に置かれているのか、まだ知らない。そして自分が誰かまだ知らないということでは、この瞬間の男は、自己というものを持ち合わせない神にも比すべき存在であるといってよい。その意味では、これ以上にない大げさな比喩を使えば、こうした無意識からの目覚めの動きそのものが、宇宙はこんなふうにして誕生したのかもしれない、そう思わせるのである。

共同墓地

わたしは故郷の村に帰って来た。谷にそって細長くつづく村である。わたしは谷の奥へと道を登った。都会でわたしの身に起こった希有な事態、死にながらもその死を猶予されているという事態は、どうやら故郷にも伝わっているらしく、人々は家のなかから好奇心をむき出しに、わたしの通過を見守った。それでいて彼らは誰も道に出て来なかった。

谷の奥まで来て、わたしは父が昔借りていた家に入った。死んだ父が借りていたのは階下だけだったが、わたしは一軒そっくり借りたのである。わたしの帰郷の知らせを受けて、すでに家族たち全員、母、兄、姉、妹たちが集まっていた。だが彼らは、こうして出迎えながらも、誰もわたしに声をかけず、黙ってわたしの挙動のひとつひとつを、疑わしそうに見守るばかりだった。

しばらくしてわたしは外出し、あらためて村をひと回りして、何人か古い友人の家を訪ねてみた。しかし彼らは、やはりわたしの話にうなずくだけで、誰ひとり声を返さなかった。帰りに村に一軒ある店で買物をしたが、店の主人はそわそわと落ち着かず、ろくに受け答えもできなかった。

借りた家の近くにもどって来た。ところがその家が見つからなかった。まちがいなくここだとわかっていながら、その家が目に入らないのだ。とそのとき、わたしの頭に父が借りていた家はとうに取り壊されたという記憶が甦った。すると、さっきの家や家族は幻覚だったのだろうか。死にながらも死を猶予されているというわたしの置かれた事態が、あのような幻覚を生じさせたのだろうか。そうだ、きっと、そうであるにちがいない。

わたしは気を取りなおし、家があったその場を後にして、ふたたび歩きだした。そして気づくと、谷間のいちばん奥にある梅林に来ていた。その先は村の共同墓地があるばかりだった。わたしはその墓地を思い起こすと同時に、手にしている買物が墓穴を掘る道具であることに、ようやく気づいたのである。

鉱山の採掘現場

河か沼のようなところを、小さな舟で運ばれて来た。そこに行くにはこの水路しかないというのだ。目的地に近づくと、ときどき岸に小さな小屋があらわれた。採掘壕の出入口ということで、よく見ると、たしかにどの小屋もすぐ後ろの山に接していた。山の内部へと採掘トンネルが網の目になって広がっているのだろう。

まもなく目的地に着いて、そこにある作業員宿舎に入った。汚れた作業服の男たちが食堂に集まっていて、食事を受け取るために列を作っていた。みな人の良さそうな中年の男たちだった。そして誰もが、職業病の予防のためなのか、あるいはすでにその病いにかかっていて、そうしていると苦痛がいくらかやわらぐのか、首や肩から、小石をいくつも縛った紐を何本も吊していた。

その男たちは珍しそうにわたしをじろじろ眺めた。はにかんだような、きまりの悪そうな表情をしながらも、こちらを見ずにはおれないという様子だった。無理もなかった。すっかり世間から忘れられたこの鉱山に、外部の人間がやって来ることなどめったになく、またここから出ることのない彼らにとって、わたしは久しぶりで目にする珍しい見世物でもあるのだろう。

といっても、それはほんの二、三日のことでしかないだろう。ここにやって来たということは、すでに彼らとおなじ境界に置かれたということであって、わたしが彼らと見分けがつかなくなることは、はっきりしているのだから。げんにわたしは、採掘現場の作業については未知なので不安を残していたが、こうしてここにやって来たという事実によって、すっかり安心した状態にいる自分を感じているのである。

出口のない建物

広大な建造物である。二階建ての木造の建物がたくさんあって、それらが病棟のように窓のない通路でつながれている。わたしはその建物群から出ようとして歩きまわっているが、どうしても出口が見つからない。事務所のようなものを探そうともしているが、おなじような部屋がならぶばかりで、それらしいものはいっこうにあらわれない。ときどきドアが開いた部屋もあってなかが覗けるが、実際に病室なのか、ベッドがいくつもならんでいて、どのベッドにも人が寝ている。

建物群の外れのあたりと思える暗い棟に入りこむと、めずらしく廊下にひとり男がぼんやりと立っていた。そこで、出口の在りかを訊ねると、「出口ねえ。そんなものがこの建物にあったっけ?」という、愛想のない返事である。仕方なく「なければならないと思うのですが」と答えて、さらに奥に進んだ。

そこまで来て、何気なく窓の外を見ると、別棟のような形で浴室があって、開いた窓のなかに女の裸が見えた。女はしゃがんで体を洗っていて、しばらくその様子を眺めていたが、しだいにやり切れない気持になり、窓に背を向けて先へ進んだ。

やがて本当のどん詰まりらしいところに来て、ようやく出口が見つかり、建物の外に出ることができた。ところが、そこに立って眺めると、この建物群のまわりを五、六十メートルもある崖が高々と囲んでいる。たしかに頂上に樹々の緑がすこし見えているが、とても登れるような崖ではない。つまりここは、この建物群からは脱出できないことを教えるための出口でしかないのである。

沈黙

悪魔に乗ぜられた人間たちがどこかから発射したのだろう、空の一角から光りの塊りが飛来したと思うと、それが頭上で炸裂した。一瞬にしてビルの屋根は吹き飛び、ビルの壁はどこかへ行ってしまい、大都会は真っ平らになった。

それでもわたしひとり、そこに立っていた。消滅した都市の跡は、銀色と桃色の混ざったような光りに照らされていて、はるか遠くまで見とおせる。その異様な明るみのなかで、残骸が一様に白く光りながら激しく燃えている。そのまわり一面に黒い袋のようなものが無数に転がっているが、黒焦げの人間である。爆風に頭と手足が吹き飛ばされて、こんな格好になったのだ。

わたしはその光景を眺めながら思った。おなじ場所にいながら、どうしてわたしだけ生きているのだろう。ただの偶然だろうか。それとも証人として生き残ったのだろうか。もし証人として生き残ったのなら、なんための証人だろう？　このすさまじい破壊が悪魔に乗ぜられた人間たちの手でなされたものであっても、実際には、その悪魔をも支配する創造主が、自己否定するためか、そうでなければ、みずからを覚醒させるためか、あるいはただの気まぐれか、なにかそうしたことのために引き起こしたものであるはずだ。それなのにどうして証人が必要なのだろう？

いずれにしても、いまはかすかな風もないが、強風が吹けば、黒い袋みたいな死体はもちろん、人間の手で作られたものはきれいに一掃されるだろう。そして、人間をはじめ生き物など、つまり生命の在るものなど、もともと不要だったのだ、とでもいうように、地球に異様な静けさがおおうだろう。星々が保っているあの沈黙がもどってくるだろう。

死の試み

わたしたち五人は、ほんのすこしのあいだだったが、死んですぐ生き返った。それはこんなふうに起こった。

わたしたち五人はそのとき、なにかが起こることを予感して、おもわず顔を見合わせた。その瞬間、電灯の明かりがすうーと尾を曳くように細くなり、部屋が真っ暗になった。と思うと、蝿が飛ぶような小さな音がして、ひとりが隣りの部屋（実際は部屋などなかったのだが）に連れ去られたのがわかった。「ああ、彼は死んだ」と残りの四人は確信した。つづいておなじことが二人目に起こった。そして三人目がわたしだった。

すこしも恐怖はなかった。その瞬間にすうーと自分が小さな点に縮小して行き、泡のように軽くなったと思うと、自分が一匹の蝿になって飛翔するのを感じた。そして隣りの部屋に着くと、そこに先着のふたりが片膝を立てた恰好でうずくまっていた。そこでわたしもその姿勢を見習ったが、同時に、死んだのだという、ちょっと神秘的な心地を味わった。すぐにあとのふたりも蝿になって飛んで来た。

これが試みとして課せられた死であるという感じを抱いた状態で、わたしたちはなおもつぎに起こることを待った。もちろん話し合ったり、めくばせし合ったり、そんなことはしなかったが、五人いっしょだという感じはつよく持っていた。

しばらくして自然の音とはちがった、空気の震えるような音響が起こり、その音に完全に包まれたと思うと、なにかが入れ代わったのがわかり、つづいてわたしたちはもとの部屋にいる自分を見出した。同時に電灯がともった。わたしたちは「ほらね、死というのはあれくらいの変化だよ」とでも言い合うように視線を交わしたが、そのことは声に出しては言わなかった。言葉にすればいまの体験が無になる、そんな気がしたからである。

豹

人間が豹になって人間を襲っているという。まさかと思ったが、本当らしい。しかも簡単に豹になれるということで、その決意をする者が後を絶たないという。というのも、豹になって人間を餌食にするようになれば、煩わしい人間の世界に決定的に決別できて、まちがいなくみずからを持することができる、というのである。

それにしても為政者たちはどうして黙認しているのだろう。また世論もどうして見て見ぬふりをしているのだろう。いずれにせよ、豹になるならいまのうちだという考えがますます広まっているらしい。

わたしはきょう、はじめて実際にそうした一頭の豹を目撃した。三時ごろなのに都心は夜のように暗かった。そんななかを歩いていると、ほんの十メートルほど先で、一頭の豹が舗道を歩いている人間に襲いかかり、地下道に引き入れたのである。わたしのほかにも何人かが目撃したはずだが、みんな見て見ぬふりをした。

わたしは、なるほど、誰もが見て見ぬふりをするのは当然だ、そう思った。豹たちを撃ち殺すことになれば、さまざまな問題が生じて、騒ぎがさらに大きくなることは明らかだからだ。したがって、さしあたり現状のように、見て見ぬふりをし、流行が自然に終息するのを待つ、それが最善の策だ、という為政者たちの考えや、それとおなじ意見の世論は、まずは妥当なところだろう。

氷河への途上で

わたしたちは、とても叶えられないだろうと思いながらも、氷河を見たいと国境警備隊に申しこんでみた。するとあっさり受け入れられた。それでさっそくふたりの警備隊員に案内されて、険しい山岳地帯へ向かった。すると奇妙な出会いが待っていた。かなり登ったところで巨大な動物に出くわしたのである。

その未知の動物は馬に似ていた。だが大きさがまるでちがった。むやみやたらに大きいのだ。背丈はもちろん馬よりもずっと高く、なによりも胴まわりが恐ろしく太い。重量はおそらく馬の五、六倍は十分にあるだろう。それでいながら頭が異様に小さく、しかもその表情がどこか人間の顔を思わせるのである。

そんな巨大なものが七頭も通りかかったので、わたしたちは、目の前を壁にふさがれた思いに、呆然とした。七頭は時間の流れを止めるかのように、ゆっくりと通りすぎて行く。わたしたちを警戒するどころか、目に入っていないかのように見向きもしない。ふたりの警備隊員は、わたしたちを立ちどまらせたまま、自分たちは顔を伏せていて、あまりじろじろ見ないようにと注意をうながした。しかしどうして目をそらすことなどできよう。たしかに、彼らの顔を見れば、途方もない巨体にもかかわらず、いかにも神経質そうで、その忠告も無理はないとは思えるのだが……。

残された子供たち

わたしはモンゴル共和国のロシアに接している地方にやって来た。かつて日本にかかわりのあったという建物（学校）を訪ねて、はるばるやって来たのである。といっても、すこしは日本風かもしれないが、見たところ、特別に変わった建物ではなく、新しい校舎の裏手にある二棟の古びた建物でしかなかった。もちろんわたしは校舎を見に来たのではない。それはこういうわけである。

とうに故人になっているが、ここで教師をしていた日本人夫妻がいて、その子供である双子の男たちが、いまもまだこの建物に住んでいる。しかもその双子の子供は、すでに五十歳をすぎているのに、十歳くらいで成長がとまったままという異常な事態なのだ。そしてその異常さがモンゴル共和国ではしだいに重荷になり、なんとか説得して日本に引き取ってもらえないかということで、面会して彼らの考えを聴取するために、わたしが派遣されたのである。

その双子はふたつある校舎にそれぞれひとりずつ住んでいた。べつに仲が悪いという印象はなかったが、互いに相手の存在を無視している様子だった。仕方なくわたしは別々に面会した。彼ら二人のあいだのどこか覚めたような関係がどういうことを意味するか、最初から懸念されたが、実際に面会して唖然とした。

結論を端的に述べると、ひとりは、この国（ということはこの建物）を去る気は毛頭ない、永久にここにとどまるという強い意志を表明した。体つきや顔つきは子供のままなのに、はっきりしたその態度は、帰国を勧めるわたしばかりではなく、日本という国そのものを頭から馬鹿にしている様子だった。地球の端っこにある、そんなちっぽけな島なんかにどうして行けるか、というわけだ。たしかに、地球上の最大の大陸の中央に居すわっている彼にとって、日本列島など目の端にも入らないのかもしれない。

もうひとりは、日本国の待遇によっては、帰国してやってもいいという返事であった。ところがその待遇に途方もない条件をつけていた。素朴極まりない遊牧民たちが住むこんなところで、どうしてそんな知識を得たのか、途方もない快楽主義を夢見ているらしく、国が進んでそれを満たしてくれるならば、帰国してもいいというのである。もちろん、口にすることさえ憚られるそんなアンモラルな要求を国が認めるわけがない。

わたしはすっかり困惑した。見たところ、どうしても十歳の子供にしか見えないだけに、彼らのその表明がいっそう異様に感じられて、どう判断していいのか、まるでわからなかったからだ。もちろん、彼らのそうした態度だけではなかった。この結果をモンゴルと日本の両政府にどう報告して、どう意見を述べていいのかも、まるでわからなかったからである。

階段

駅の近くにある十階ばかりのひどく細長いビルである。そのビルにはエレベーターがなく、階段を登らねばならない。しかもどの階も二部屋しかなく、どういう理由でそうなっているのかわからないが、そのふたつの部屋を通り抜けないと、つぎの階に登れないのである。

なんとか六階まで登ったとき、管理人の女に会って、十階まで案内してもらった。ところがその十階まで来たとき、ここが最上階で、もう上に登る階段はないと言われた。ということは、わたしが目的としていた屋上はないわけで、それがわかっていれば、登って来ることはなかったのだ。

その十階にも二部屋あって、誰かが寝ていた。しかもひとりやふたりではない。まるで死体置場のようにずらりとならんで寝ていた。女はその部屋をちょっと覗く振りをして、「満員だわ。しばらくここで待っていなければ……」と言った。

わたしは仕方なくその部屋の入口で、寝床に空きができるまで待つことにした。というのも、どういう構造になっているのかわからないが、屋上がないばかりか、階段はすべて登り専用で、降りることはできないというのである。

カフカを訪ねて

わたしはプラハでカフカの住所を捜しあてた。ところがその建物の住人たちはそんな人は住んでいないと言う。そう言われてみればもっともだった。カフカはすでに百年以上もまえに故人になっているのだから。しかし、これは夢なのだから、彼に会っていけないという法はないだろう。わたしはそう考えて、その建物を出ると、カフカを探してプラハの街を歩きまわった。あんなに散歩が好きだったのだから、街をぶらついているかもしれない、そう思ったのだ。

どうして忘れていたのか、そうして歩きまわっているうちに、カフカが一時期、父親の家を出て部屋を借りたことを思い出した。そこでその建物のある街へ向かった。そしてその街に踏み入れたが、そこは無人の街と化していた。それでも彼の日記で読んだ記憶をたどりながら、しいんとした街のなかを探しつづけた。その結果として確信したことは、その街はあきらかに死者たちの街であり、したがってカフカもまだここに留まっているはずだということだった。

その確信のおかげで、その古びた建物を目にしたとき、すぐにここだと断言できた。そしてその建物に入って二階に登った。彼の住まいが二階だというかすかな記憶があったからだ。ところがそこは役所の一室だった。そうだ、カフカは役人だったのだ。そのことを忘れていて、彼の住居ではなく、彼の勤め先に来てしまったのだ。それでもドアを開けると、五人の役人が書類を箱詰めにしていた。そしてひとりがわたしを見て、引っ越しをすることになったので受け付けません、と言った。

わたしは、そうじゃない、フランツ・カフカを探している、と告げた。五人は仕事の手をとめて、たがいに顔を見合わせた。わたしはもういちどカフカの名前を言った。すると五人がそれぞれ自分以外の四人を指さした。ということは、五人ともカフカだということだろうか、死者たちの街であるここでは、誰もがみんなカフカだということだろうか。そうだ。ここでは誰もがみんなカフカなのだ。

ニセ信者

わたしは信者でもないのに、お山へ向かう白装束の大勢の人たちに混ざって、降りしきる雪のなかを歩いている。お山に登るのはこの冬だけでもう三度目だ。わたしひとりが黒いコートを着ている。これまではわたしもみんなとおなじ白装束に装っていたのだが、信者でないわたしがおなじ恰好をしていては欺瞞になる、そう考えて、普通のコートにしたのである。

というのも、わたしは不信心をなおしたいと思い、それでお山のことを聞いて、参加しはじめたのだが、いまでは、お山に登ったところで不信心がなおらないことはわかっていて、それなのにみんなとおなじ白装束に装うのは、良心に恥じるところがあったからだ。つまり、「お山に登っていれば信心が目覚めるだろう、という期待はもうなくなった。ということは、もうお山に登ってもなんの甲斐もない。自分を欺くのはもういい加減にしたらどうだ」というわけだ。

たしかにその通りだった。わたしに信心が生ずることはあり得なかった。そのことははっきりしていた。それならどうしてこの人たちの仲間にこうして加わっているのか。そうだ。むしろ信心が生ずることはない、そうわかっているからこそ安心して、白装束の人たちに混ざり、黙々と足を運んでいるのである。

お山が近づくと、降りしきる雪のなかにも、一種の雰囲気がただよいはじめた。頂上には雪に埋もれて、簡素な社殿があるばかりだが、それでもその前に立つと、晴れがましい気持になるのである。わたしは、その気持にふさわしく、白装束の信者たちに混ざって歩きながら、雪を手ですくっては体になすりつけ、黒いコートを白く見せようとせずにおれないのである。この見え透いた欺瞞に自分の信心を賭けるしかない、いまではそう考えているのである。

案内人たち

その橋のところで立ちどまった案内人の男が、向こう岸を指さして、「あの煙突のある建物がそうだ」と言った。たしかに煙突が薄暗がりのなかに見えるように思えて、わたしはその方角をじっと眺めたが、視力がすっかり弱っていて、それ以上はっきり見さだめることはできなかった。

わたしは仕方なくうなずいた。男がひどくいい加減な案内人であることはすでにわかっていた。だが、こう老いぼれては、相手の言うことの正否を判断する力はなく、指示どおりにするほかなかった。したがって、誤ったところに行き着いても、こんな案内人しか見つけられなかった自分の不運を呪うほかなかった。

男と別れてひとりで橋を渡り、それらしい建物に入った。安宿のようなこともしていて、部屋に入るまえに食事をすますらしく、台所のようなところですぐに食事になった。女将らしい年配の女と女中らしい若い女がいて、さらに三十歳くらいの男が同席した。男は客というより下宿人のようなものらしい。食事はごく質素なもので、それに食事中にわたしが手にした茶わんが三度も割れた。この宿ではよくあることらしく、すぐに別の茶わんが用意された。

食事が終わると、若い女が部屋に案内すると言った。ただしこの家には客室がないので別の建物へ行くのだという。そして女は、貴重品以外のものはここに置いていくようにと言って、勝手にわたしの荷物の中身を調べた。貴重品は持って行けというのだから親切な忠告にはちがいないが、平気で客の荷物をかきまわすのにはおどろいた。

若い女に案内されて、裏口から外に出た。しばらく行くとコンクリートで固めた小さな崖の上に出た。女は難なく飛び降りたが、目の悪い老人にはとても飛び降りる勇気はなかった。女は用意されていた竹竿を差し出してくれた。わたしはそれにすがって降りた。降りてみると、どうしてあれほど高く見えたのか、腰ほどの高さしかない。女はさらに路地の奥に導いた。

ようやくそこに着いた。宿というより町工場のようなところで、ガラス戸を開けて入った。広い土間があるばかりで、こんなころではとても気持ち良く横たわるわけにはいかないだろうと思っていると、ほっそりとした俳優のような男が出て来て、女はその男にわたしを引き渡した。わたしはその男に「よろしくお願いします」とていねいに頭をさげた。すると男も「こちらこそよろしくお願いします」と言って、いっそうていねいに返礼した。そしてその男は女の労をねぎらい、彼女が引き返して行くと、わたしをその建物の奥に案内した。

いちばん奥らしいところまで来ると、地下に降りる段が待っていた。男は先に立ってそこを降りた。降りたところは、やはり地下室のようなところで、四つの壁にいくつも横穴が黒々とならんでいた。そしてそこにいかにもずる賢そうな初老の男が待っていて、案内した男はその男にわたしを引き渡した。彼の役目はそれだけで、きびすを返して階段を登って行った。

初老の男はわたしのほうに向きなおると、手を出して「貴重品をあずかる」と言った。ひどくぶっきらぼうな言い方で腹が立った。いずれ巻きあげられるだろうと覚悟していたが、これではまるで強奪ではないか。それでもわたしは黙って差し出した。もともとたいしたものではない。それから……そうだ。貴重品のことに気を取られて、肝心のことを忘れるところだった。それからわたしは、壁にたくさん開けられている横穴のひとつに、その最後の案内人によって押し入れられたのである。

白い病院

貨物車のような窓のない電車に乗っていた。十人ばかりの男たちがいっしょで、誰もみんな立ったまま、口を閉ざしていた。この乗物に乗った以上、なにが起こっても仕方がない、そう覚悟をしている感じで、それはわたしもおなじだった。電車は時計とは反対まわりに円を描くように進んでいて、しだいにその角度が強まった。そしてその感じが極端になったと思うと、意外にも田舎じみた駅にとまった。もちろん終点である。

コスモスでも咲いていそうな、いかにものんびりしたところだった。みんなの後につづいて電車を降りると、駅の出口がそのまま病院の正門になっていた。病院というよりも鄙びた保養所という構えで、わたしたちが入って行っても、誰も出迎えなかった。庭の手入れをしたり散歩したりしている人の姿があちこちに認められた。

ここに来て一か月か二か月くらい経った。一か月か二か月くらいと曖昧な言い方をしたのは、この病院にいると、月日の経過にひどく無頓着になる、というよりも時間の経過がほとんど感じ取れなくなるのである。

この病院はだいたいこんなふうである。いくつかある白い病棟は三方を沼に囲まれていて、その沼は隙間なく蓮の葉で埋まっている。二階のバルコニーから眺めると、なぜか沼の向こうはいつも夜みたいで、実際にはなにも見えないが、そこに都会の夜景が蜃気楼のように遠望できるような気がする。そしてその幻の夜景との対比のせいか、この病院はつねに昼の世界に属している、そんな錯覚がつきまとって離れない。

病院なのにここにはどんな医療設備もない。それどころか医者さえいない。白衣を着ている者もいるが、それも医者ではなく患者である。つまりここではすべての患者が医師を兼ねている。したがって従来の医学的知識は意味をなさない。新参の入院患者が先輩の入院患者に教わることは、焦らないこと、むしろ無知を知識とすること、ということである。そして、そんなことはかつて一例もないらしいが、どうしてもここが嫌になったら、折り返す貨物車に乗ればいい、だから気持を楽に持つように、ということである。

このようなわけで、この病院は、社会から遠くに隔離された研究所という感じである。事実、患者たちは医療に関する議論に夢中になっている。といっても、穏やかな議論というか、むしろ真面目なおしゃべりといったところで、けして人の説を説き伏せようとしたり、自分の考えが正しいと主張したりすることはない。というのも、みんながみんな自分のなかに病気を探しているのだが、それでいてここでは誰ひとり病人ではなく、むしろ病気はみんなの憧れの対象であるかのような存在なのである。

村

平屋の建物が集まった小さな村である。建物と建物のあいだに屋根だけの作業場があちこちにあって、それぞれ五人とか十人とかの男女が集まり、さまざまな作業をしている。いかにも手仕事にいそしんでいるという雰囲気で、地味な生活を黙々と営んでいるという気配が感じ取れる。

そんな村のなかをよぎって、真ん中あたりにある、すこし大きな建物に入って行くと、出て来た年配の女性が、なにも言わずに、わたしを奥のほうへ案内した。廊下の左側に食堂などの共同使用の部屋がならび、向かい側に個室らしいごく小さい部屋がつづいている。その共同使用の部屋いっぱいに午後の日が差し込んでいる。

案内の女性はドアの前に立ちどまった。そこにすでにわたしの鞄が置かれていた。わたしがうなずくと、案内の女性はちょっと微笑んで見せ、黙って引き返した。わたしはいったんノブに手をかけながらも、開けるのを思いとどまった。廊下の先のほうに出入り口があるのが目に入り、部屋に入るまえにもうすこし村の様子を見ておきたい、そう思ったのだ。

わたしはその出入り口から出て、村のなかを歩きまわった。わたしの到着はみんなに知られているのか、ここでは誰に対してもそうなのか、好奇の目を向けるようなことはしない。たまたま目が合うと、かすかに会釈して、微笑を浮かべるだけである。仲間同士でも声を高めて話すようなことはないらしく、作業の音以外は村全体を沈黙が支配している。心身ともにこの村の生活にゆったり浸っている、そんな感じである。

村の外にも出てみたが、灰色の溶岩である外輪山がぐるりと望めるだけで、あとは広大な空があるばかりだ。この村の人たちにとって草木などの生命の営みでさえすでに意味をなくしている、そればかりか、みずからの生命の働きさえ捨て去り、ひたすら手仕事にいそしむことで、あたかも死者であるかのような完全な落着きのなかに納まっている、そんなふうにさえ思えるのである。

（了）

あとがき

意識の変成

わたしは高校生で、学校の帰り路だった。友人と、河口に近い橋の上を歩いていた。たまたま読んでいた漱石の『こころ』について、わたしがなにか話したのだろう、それを聞いて、友人がいきなりこう言った。「性は魔物だ。魅入られたら、ひとたまりもない。Ｋの場合も、そういうことだった」

もちろん、大人の口真似でしかないことは、わかっていた。それでもわたしは、一瞬、めまいをおぼえた。そうした読み方ができることに、夢にも気づかず、ただの読み物として、読んでいたからだ。友人のそのひと言が、わたしの遅れた脳に一撃を加えたのである。

わたしは、それをきっかけに、自己というものを意識するようになった。外へ向けられていた子供の意識が、内に向けられたことで、自己意識に変成したのだ。目覚めたこの自己意識は、わたしのなかに居すわって、動かなくなった。

卒業して京都の予備校にいた。授業に出ないで、ドストエフスキーばかり読んでいた。作中の人物たちは、自己意識の世界の住人であり、わたしにとって、どの作品も、いつでも逃げ込める、格好のシェルターだった。

けっきょく予備校を退学して、田舎にもどった。毎夜、海辺に寝ころんで、満天の星を眺めながら、『こころ』のKや、『悪霊』のキリーロフを思い起こし、「やはり死ねないいな」そう思った。ドストエフスキーに夢中になりながらも、一方では、過剰すぎる自己意識の世界から脱出しなければならない、そうとも考えていたのだ。

逃亡するみたいに、東京に出た。するとそこに、カフカの作品群が待っていた。なかでも『城』は、特殊な構築物という感じで、行く手をふさいでいた。わたしはそれに向かい合おうとした。カフカの自己は、ドストエフスキーの自己とは、まるで違っていた。あくまでも表皮的であり、自己に行き着けない自己として表現されていた。つまり、自己否定を通してしか、見出し得ない自己として表現されていた。

けっきょくわたしは、何年もかかわりながらも、『城』の前から退散した。それでも、カフカを読んだことで、自分も書いてみたい、そう思うようになっていた。と言っても、すぐには書き出せなかった。いまに書く、いまに書く、そう自分に言い聞かせながら、先へ先へと延ばしていた。

四十も半ばになって、ようやく書きはじめた。書く作業のためには足場が必要だった。わたしはその足場を、思いっきり後退させて、設定した。あの田舎の町であり、河口の橋の上である。友人のあの言葉で目覚めた自己意識が、それ以上は脱皮しないままに、そっくり残っていたからである。

わたしは、残されていた自己意識を頼りに、ほそぼそと書きつづけた。甲斐のない作業であっても、自己というものを自己の外に見出す作業、そう思えば、あえて恥ずることもない、という居直りだった。そして一昨年、八十歳を超えた身にもかかわらず、作品集『贄のとき』を出してもらった。

今回のこの作品集も、それ以前の作品から選んだもので、ほとんどが未発表である。それを、前回同様、鳥居昭彦氏と小沢美智恵さんのお二人が、こうして立派な本にして下さったのである。ここに記して、感謝の意としなければならない。

著者

二〇二二年　三月

中野睦夫（なかの・むつお）

1936年　新潟県生まれ。
　　　　福井県立若狭高等学校卒業。
2006年　小説「引っ越し」で、第2回銀華文学賞受賞。
2015年　小説「贄《にえ》のとき」で、第25回早稲田文学新人賞受賞。
2019年　小説「待合室」で、第29回ゆきのまち幻想文学賞受賞。
2020年　中野睦夫作品集『贄のとき』を刊行。

構成：小沢美智恵
装画：今村由男
装幀：シングルカット社デザイン室

中野睦夫作品集 II 『終わりの街』

発行日　2022年4月28日
著　者　中野睦夫
発行者　鳥居昭彦
発行所　株式会社シングルカット
東京都北区志茂 1-27-20　〒 115-0042
Phone: 03-5249-4300　Facsimile: 03-5249-4301
e-mail: info@singlecut.co.jp
印刷・製本　シナノ書籍印刷株式会社

 ISBN978-4-938737-70-2

早稲田文学新人賞受賞作「贄のとき」ほか全八篇を収載

中野睦夫作品集
贄《にえ》のとき

フランツ・カフカとサミュエル・ベケット、あるいは安部公房の影響を正面から受けた「贄のとき」は、一種の既視感を抱かせつつも、しかしカフカ、ベケット、安部にはない雰囲気を醸し出し、読者の予想を裏切る独自の展開を見せてくれた。

裏の局長秘書控え室があっけなく見つかってしまったことに読者は一瞬驚くが、次の瞬間にはもうそれを当たり前の事実として受け入れ、作品を読み続けている。とにかく、読者が奇抜なことを当たり前に受け入れ、前に進み続けるように、この小説はできているのである。喩えて言うなら、それは完璧な綱渡りに似ていると思う。全体の設定やひとつひとつの言葉、またそれぞれの場面の象徴性が全面に出すぎてしまうのでは、と当然不安を抱かせる際どいところでも、作者は一度も綱を踏み外すことなく、ただ脇目もふらずにたんたんと歩き続け、読者に息を飲ませる。最後の場面は、私にはあまりよくわからなかった。それは冒頭に戻り、もう一度読み直してみたくなるような良質のわからなさである。（第二五回「早稲田文学新人賞」選評より）

マイケル・エメリック（日本文学者・UCLA教授）

定価：3080円（本体2800円＋税）　本文：528頁　判型：A5判上製

ISBN978-4-938737-68-9

村上龍　寂しい国の殺人

「現代を被う寂しさは、過去のどの時代にも存在しなかった」。神戸連続児童殺傷事件を背景に、日本の近代化終焉を告げるヴィジュアルテキスト。〈英訳併記〉

定価 1980円（税込）
A5変型上製 カラー96頁

金鶴泳　土の悲しみ

金鶴泳の遺作。「幾度も先入観から自由であろうとしながら読んで、なおかつ、この作品の持つ、ひとすじの美しい悲しみは私を打ちのめしたのである」〈三枝和子〉

定価 1320円（税込）
四六変型上製 2色104頁

村上龍文学的エッセイ集

文学的という言葉はあまり好きではありませんが、あえてタイトルにしたのは、パラダイムの変化の時期には文学にしかできないことがあると思っているからです。〈龍〉

定価 2200円（税込）
四六判上製 本文464頁

小沢美智恵　評伝 吉野せい メロスの群れ

農婦・吉野せいの生涯と文学。七十代半ばに刊行した『洟をたらした神』、そこには文学者の誰ひとりとして描きえなかった生活の重みと鋭い切れ味の文体があった。

定価 1760円（税込）
四六判上製 本文256頁

初出掲載誌

引っ越し　…「文芸思潮」9号（2006年1月25日）
白い光　……「文芸思潮」36号（2010年7月25日）
歌声　………「若狭文学」48号（2010年8月30日）
女の家　……「若狭文学」49号（2011年8月30日）
待合室　……「あおもり草子」257号（2019年4月1日）
祭日　………「早稲田文学」1035号（2021年3月18日）

今村由男装画作品

カバー………「封印された記憶」（エッチング／木版／金箔 55×45cm 2008）
表紙…………「時の詩－春の計測」（メゾチント／エッチング／木版／金箔 30×43cm 2016）
扉……………「時の詩」（フレスコセッコ／金箔 12号P 2019）
本文挿画……　各作品タイトルの挿画は、今村由男氏の作品群から構成（部分使用含）した。